关仁山文集

回头

关仁山 著

河北出版传媒集团

花山文艺出版社

图书在版编目（CIP）数据

日头/关仁山著. —石家庄：花山文艺出版社，
2017.1（2019.3重印）
（关仁山文集）
ISBN 978-7-80755-772-2

Ⅰ.①日… Ⅱ.①关… Ⅲ.①长篇小说－中国－当
代 Ⅳ.①I247.5

中国版本图书馆CIP数据核字（2016）第301924号

丛 书 名：关仁山文集
书　　名：**日　头**
著　　者：关仁山

书名题签：关仁山
策　　划：张采鑫　赵锁学
责任编辑：李　爽　刘燕军
特约编辑：仰　洁
责任校对：李　伟
装帧设计：鸿儒文轩·书心瞬意
美术编辑：胡彤亮
出版发行：花山文艺出版社（邮政编码：050061）
　　　　　（河北省石家庄市友谊北大街330号）
销售热线：0311-88643221　010-57572860
传　　真：0311-88643225　010-57572860
印　　刷：三河市华东印刷有限公司
经　　销：新华书店
开　　本：710×1000　1/16
印　　张：32
字　　数：470千字
版　　次：2017年2月第1版
　　　　　2019年3月第2次印刷
书　　号：ISBN 978-7-80755-772-2
定　　价：78.00元

目 录

第一律 太簇

1

闺女是爹的贴心小棉袄儿。

我最喜欢二闺女火苗儿了。这个小棉袄儿烈性，暖和，贴心。要是哪个男人想抢我的小棉袄儿，那就好比从我心头挖肉。火苗儿漂亮，日头村的男人，瞅她的时候眼神发直，眼珠子发绿。我这闺女也爱瞅帅小伙，盯着小伙子时眼珠也有绿光。老婆偷偷跟我说："你说咱闺女是不是得了花痴？"我没鼻子没脸地呵斥老婆一顿："胡说个啥！"老婆不再吱声了。不是我吹牛，火苗儿这孩子，长相的确出众，鹅蛋脸，大眼睛，长睫毛，面皮白嫩。大辫子被她自己剪掉了，留个新式运动头，像个假小子，走路一蹦一蹦，说话干净利索，宛如一阵清风。那眼媚的，那皮嫩的，她不用咋打扮，就亮一条街。村人都夸奖说："老轸头那闺女少见，真是少见。"媒婆婶子说："火苗儿这孩子，长大一准儿就是迷死男人不偿命的小妖精。"听到这话，火苗儿不气不恼，只是嘻嘻地笑。

可是，这个雪天，竟然有人挖我的心头肉来了。

仰了脸瞅，雪纷纷扬扬。雪没在地上印出一个脚印，却将古钟糊住了。古钟挂在状元槐半腰，槐枝嘎地响了一声。状元槐树枯着，竟然没折，家雀儿呼啦啦飞了。灰巴巴的槐树枝，一律快活地动着，弹出雪粉。槐树下麦秸垛也气吹似的胀起来，隐隐有些抖动。

常日里出来溜达的老人和孩子，一个也不见。

雪越下越疯，看样子一时半会儿歇不住。雪和泥搅成一团，踩在脚下，揉搓出干燥的摩擦声，刺啦刺啦的。路很滑，我走得不紧不慢，却跌跌撞撞，只一个孤独的影子。

我佝偻着身子走着，村里响起年轻人叽叽喳喳的声音。槐树、麦秸垛、猪圈、鸡窝都被雪盖上了。扭头瞅见金家门楣上，挂上了一串串的红辣椒。金家媳妇小米微笑着探出墙头，喊："轸叔，跟你说个秘密！"我一愣："啥秘密？"小米神秘地说："说了您别生气呀！"我揩了脸上的雪，说："不生气。"小米咯咯一笑说："有人偷你的小棉袄儿啦！"我糊糊涂涂："啥？我穿着棉袄哪！"小米大声地吼："装啥糊涂？告诉你吧，你家火苗儿跟个男人在麦秸垛那儿亲嘴哩！"说着，她抬手指了指北边。

我一听，脑袋轰地一响。追我家闺女，哪个浑小子有这么大胆啊？

我急了，赶紧掉头去找。

北风浸骨，瞬间起了雪雾，远远近近一片模糊，近了，要喊一嗓子，才知道对方是谁。我愣了愣，一步一滑，走不大稳，这树、这钟、这街巷、这平原、这山峦，晃晃得虚成一个梦了。嗖的一声，一条黑狗蹿来，短腿在雪地上踏动，踏了一阵，一跳一跳地跑开了。

我踏雪寻找火苗儿来了。

到处是白雪，哪里有人影！我在槐树下站了好久，风骤然狂猛了，掀得雪粉飞扬，雪粉从枝杈上掉下来，掉进脖子里，叫人觉出几分寒凉。我暗暗骂："这丫头野成啥样了！多冷的天，跟谁亲嘴啊？"

雪住了，日头没露头。天是白的，地也是白的。两股白搅成一团，是铜钟的青光。风冷冷地涌来，真是无风不起浪，有浪高三丈。当真见鬼了，我看见金沐灶和我家火苗儿在一起呢！

村街的麦秸垛旁，我瞅见金沐灶把一枚毛主席像章给了火苗儿。金沐灶戴着一顶军帽，胸口别了三枚毛主席像章，威风凛凛的样子。火苗儿仰着运动头，含情的眼睛闪了闪，火辣辣地烧着。金沐灶那身影，那感觉，是悠悠晃晃的迷醉。我躲在暗处屏住呼吸仔细听着。

金沐灶说："火苗儿，我想看看你。"

火苗儿说："沐灶哥，看我，你晚上做梦了吧？"

金沐灶说："做啦！"

火苗儿问："做的啥梦？"

金沐灶抓着脑袋说："跟人说梦伤运气。"

火苗儿笑了："还不好意思呢，梦见美女了吧？说，梦见谁了？"

金沐灶说："梦见你啦！"

火苗儿说："梦见我干啥？"

金沐灶笑了笑："井里打水一根绳，哥就爱妹一个人。"

我眼前一黑，差点儿背过气去。金沐灶瞄上我家火苗儿是啥时候的事啊？

金沐灶掐着嗓子，唱起了冀东驴皮影：

　　　日头一出照四方，

　　　毛泽东思想闪金光……

火苗儿大睁着眼睛，鼓了鼓气，说："不对，这是电影《地道战》的插曲，太阳一出照四方，不是日头。"

金沐灶耍赖说："我们冀东平原，日头就是太阳，太阳就是日头。亏你还是日头村的人呢！"

火苗儿说："你这是偷换概念哩！"

金沐灶仰脸笑了，说："你说偷换就偷换吧。火苗儿，你记住，以后的日子，我来保护你！"

火苗儿生气地说："沐灶哥，我们是同学，如果掺杂别的就是对革命的亵渎。请金司令铭记。"如今金沐灶是造反派的司令，他带着同学们一回村，三下五除二就把权桑麻支书的权夺了。

金沐灶拽了拽她的胳膊，火苗儿挣脱了："我说的还不明白吗，你到底想干啥？"

金沐灶说："火苗儿，我喜欢你。你不喜欢我吗？"

火苗儿说："喜欢啊！"

金沐灶说："我们结婚吧。"

火苗儿咧嘴说："忒着急了吧？先定亲不中吗？"

金沐灶说："定亲也中啊！"说着就将火苗儿满怀抱住了，吧吧地亲个没完。

这个突然动作，吓了我一跳。

我粗声喊道："兔崽子，作恶，作恶，真是作恶呀！"吼着，我手中的轱木就朝金沐灶扔了过去。

金沐灶和火苗儿吓得连跑带颠，四处奔逃。

我追了几步喊："火苗儿，火苗儿！"

火苗儿拽着金沐灶飞跑，没搭理我。

我猜想，她准是玩火绳去了。这丫头从她娘肚子里生出来，是屁股先露头，坐着来到这个世界的，这叫"倒座莲花"。那时正是冬天，有一天屋子里生着火盆，我老婆手忙脚乱地奶孩子，把她掉进了火盆里。我娘见状浑身抖成一团，想说啥，却说不出来。我急忙把孩子从火盆里抱了起来，只见她嘴里喷火，全身没有一点儿烫伤，喷着火居然还能笑出声来。打那以后我就让人们叫她火苗儿。火苗儿自幼就喜欢划火柴，爱闻那硫黄味。她还经常带着火绳玩耍，拿火柴点火绳。

我不追了，收住双脚，气得浑身颤抖。

男大当婚，女大当嫁，天经地义。可我为啥不同意金沐灶娶女儿呢？因为金沐灶这小子性格让人抓拿不住，胆子大得能捅天。他娘张慧敏威震八方，愣是管不了自己的儿子。金沐灶的命有点儿邪性，他是他娘绊门槛跌了一跤，把他跌到人间的。他一落地，双眼瞪得溜圆，却不哭。赤脚医生抓着他的小腿提溜起来，朝小屁股拍了一巴掌，没哭；两巴掌，还是没哭；三巴掌，他的小脸憋紫了，嘴巴吐出一点儿黏液，一直不哭。大夫说，这孩子邪门了，长大了怕不是常人。金沐灶自幼淘气，被他娘一怒之下系了个拴贼扣，拴在院里的菩提树下。他还有一个爱好是用驴皮雕刻皮影人，唱皮影戏。

我鼓了鼓气，开始用轸木敲钟了。

咣！咣！钟声跳着，滚着，响远了。

噢，还忘了说我自己呢。我叫汪长轸，我种过庄稼、守过大车店、当过饲养员、杀过猪、宰过羊、卖过鸡蛋，是村里最后一个敲钟人。

我祖上都是种田的，也是敲钟的。我爷爷穷得没饭吃，喝刷锅水长大，因为没裤子穿，只好披个麻袋片敲钟。那一年大旱，日头一天比一天毒，熬干了燕子河，熬干了庄稼人的血。我爷爷敲钟求雨，敲了两天两夜，最后一口血喷在古钟上，累死了。接着，雨就噼里啪啦下来了。

日头村人管这敲钟的木棍叫轸木。这是雷击过的木头，棒硬，铁疙瘩一样。祖宗把轸木传给了我。我跟古钟一样，心怀慈悲之心。轸木敲在钟上，满街的慈悲之音。村人都知道，敲钟给我带来异相。记得有一年，我一敲钟，头发、胡子和眉毛都白了。霎时，我满脸皱纹，苍老起来。我回家对着镜子一瞅，吓得瘫软在地。后来家人慢慢适应了我的模样。此前，村里的人常对我说："你这老轸头，人总不老，我穿开裆裤时就这样儿，如今还是这样儿。看来你是定在那儿不变了，敢情是个仙人吧？"我骂道："我算啥仙人？人家杜伯儒道士才是真正的仙人哩！"

说到杜伯儒道士，必说他的祖先杜康。

日头村主要有四大姓，被称作四大家族。金家、权家、汪家和杜家。起初立村，杜家祖先主持布局。传说杜康这位老人白发如雪，脸呈桃容。老人手扶白须，嘴巴念叨："一二三四五，金木水火土。"按杜康的指点，四个家族，所居住地按五行分布：金、木、水、火、土。金家住西头；权家住东头；汪家住北头；杜家有木，青色，也住东头。而南头属火，是血燕和栗树的天地，围成一个圆圆的气场，拢着状元槐和古钟。在日头村有很多事说不清来龙去脉，人们只知道状元槐、古钟和魁星阁。日头村人造房子就像血燕垒窝，一嘴草，一口泥。房子一住，杜家先人就预言说："金生水，水生木，木生火，火生土，土生金，金家生着汪家，汪家生着权家，权家生着血燕，血燕生着杜家。"

天色幽暗一些，远处有踏雪声。

孩子们在雪地里撒欢，打雪仗，踢腾得雪粉像雾一样。钟声合我的心，到了贴心贴肺的程度。

钟声一响，村街就流淌起活气了。

孤单的老槐树热闹起来。槐树底下飘来一片红。这钟声，竟然招来了游街的红卫兵队伍。

卡车卷着冷风过来，车顶上戳着大喇叭，呼喊着他们的"革命宣言"。

我赶紧回家给红卫兵烧水。火苗儿凑到我身边，我刚要为她和金沐灶的事发怒，火苗儿用话遮掩过去了。她说造反的红卫兵到日头村来的，除了金沐灶这一拨儿，还有刚来的另一派别。

红卫兵说来就来了。人真多，满街里咔嚓嚓鞋底子响。

一个矬胖子脚步放慢，走到我跟前说："老乡，这白水我不喝，我要喝茶水，还要吃炖肉。"我愣了愣，吸了口凉气。有人说："这是我们的黑五司令！大名叫辛俊武，是邻村辛家庄人。"

我抬头打量他，矮、胖，熊猫似的大眼睛，白白净净的，只是外号叫黑五。我为难地说："红卫兵小将，你胃口太大了吧，难道还要吃我的肉喝我的血？"

黑五嘿嘿一笑："哪能呢，老乡，我们是干革命来的。"他仰脸喝了我的茶水，"老乡，好茶！年轻人血热，喝完水又蹦又叫的，有好戏看哪！"我劝他们到别的村去闹，黑五却不走，非要开个批斗会再撤。

黑五仰着脸嚷嚷："嘿！要是革命你就站过来，要是不革命，就滚你娘的蛋！"一群红卫兵噼里啪啦地奔过来。

以后事情的变化，恐怕连黑五都没有料到。姜还是老的辣。权桑麻虽被红卫兵看守起来，却让他儿子权大树给黑五递纸条。黑五看了纸条，嘿嘿地笑了。

后来听说，权大树几次偷偷找来了黑五，终于促成权桑麻跟黑五谈了一整天。黑五比金沐灶还邪乎，夜间好不容易睡着，街上突然响起鼓声，他又赶紧起来游行。

历史在我以外的世界风云变幻。在诡秘的命运面前，占星法往往也无能为力。这一事件将长久地影响到这个村庄的历史。我心中有了一个很深的疑问：他们为什么彼此仇恨？

这天中午，我儿子猴头戴着红袖章回了家。

我一愣："哎，你小子加入金沐灶的队伍了？"

猴头神秘地说："我参加了黑五的队伍。"

我骂道："是不是权大树拉你去的？"

猴头连眼皮都不眨："是啊。"

我瞪了眼："赶紧给我退出来！"

猴头噘嘴说："爹，你又拖我后腿了。"

我赌气说："人只有手和脚，哪有后腿啊？"

猴头急了："唉，爹，这都火烧眉毛了，你儿子也不能落后啊！"

我说："火苗儿搭进去了，你又瞎折腾？"

猴头咧咧嘴巴："爹，我可是红卫兵了。以后，你不能把我再当出气筒，想打就打，想骂就骂。"

我说："我不是你爹咋的？爹打儿子，天经地义。"

猴头回家跟我说："爹，要变天了。"

我抬头望了望天——雪停了。

猴头神秘地说："爹，告诉你个秘密，黑五被权家拉过去了。日后有好戏看哪！"

我深感不妙，骂了句："黑五那小子，就是个疯子！"

然后，我又想起火苗儿的婚事。金沐灶想娶火苗儿，起初，我这脑筋咋也转不过弯儿来。后来，瞅着这小伙子还像个人样儿，就勉强答应了。

谁知刚一答应，我又后悔了。唉，这可真是要把我的心头肉挖走了。

2

这一天，祸惹大了。

日头村只要活着的人，谁能忘掉这一天！日头冒出来，落雪的光芒，把一切照得明亮。北风正烈，屋顶和窗户响着呜呜的风。我对着头顶的日头，眯眼打了个喷嚏。我在状元槐下，瞅见黑五踉踉跄跄地奔跑，地上积雪被踩成黑色的烂泥。他跑到一个麦秸垛下与腰里硬偷偷接头。其实，我知道腰里硬是听支书权桑麻指挥的。

腰里硬握着黑五的手说："人有多大胆，地有多大产。你就放手干吧！"

黑五说："对付金沐灶，小菜一碟儿！"

腰里硬拍了拍黑五的肩膀，嘿嘿笑了。

腰里硬原名叫权金山，他是村支书权桑麻的红人，是权桑麻的本家侄子。他是个黑胖子，虎背熊腰，一脸疙瘩肉，长着一对鼓鼓的牛眼。他腰里常扎着一条牛皮带，皮带的铜扣闪闪发光，听说这是他当八路军的舅舅赠给他的。他看谁不顺眼，抡起皮带就打，于是得了个外号"腰里硬"。腰里硬人恶，但也义气，跟你好，割身上的肉给你，恼了你，他割你身上的肉喂狗。但是，他活到这把岁数，还是光棍儿一条。

变化都是瞬间的。腰里硬和黑五一联手，气势排山倒海，把金沐灶的红卫兵司令给撸了，恢复了权桑麻的支书职位。紧接着，他们还冲着金沐灶的爹金世鑫校长下手了。几天来，他们给金校长戴上铁帽子游街批斗。听我家猴头说，下一步，腰里硬要拿全村最旧的东西开刀。一听这话，我的眼皮嘣嘣直跳。啥是旧东西呢？

夜晚降临，街上挂着纸灯笼，一排一排的。我瞅见腰里硬点上纸灯笼，在街上荡来荡去，荡到村头，他一头撞到老槐树上。嘭的一声，腰里硬额头起了个包，他打了老槐树一巴掌："老东西，走路也不看着点儿！"我正靠着老槐树打盹儿，被他震醒了。腰里硬兴奋地说："老轸头，我找到最大的'四旧'了，这才是老东西呀，怎么也有一千年了吧？这不是'四旧'是啥，这是最大的'四旧'！"

这老槐树可是有点儿来头。金家祖上出过状元，传说这棵树是金家祖坟里冒出来的，皇帝命名为状元槐。状元槐有股子灵气，学生摸摸它就醒神提气，能考高分。金家将其视为神树自不必说，连地主汪老五也不敢怠慢，逢年过节总要给老槐树上供，在树前摆上肉、点心和水果，一家人趴在地上磕头。

刚才腰里硬的话让我心惊，我黑着脸说："腰里硬，别干刨人家祖坟的事，这是作孽呀！"腰里硬说："没你事儿。"腰里硬往村里走，我颠颠跟着，他抽出腰里的皮带吼："你再跟着我，我抽你！"我吓了一跳，收住脚步。我就知道他又要跟黑五密谋坏事了。

中午时分，我瞅见了日月同辉的景象。

日月同辉，是一种奇特天象。日头正当午，日头和月亮同时横在地平线以上，月亮的晕光眼睛很难看到。除了农历十五，都有可能出现这样的现象。这天是农历初七，村里屋顶的颜色由深变浅。

我想起杜伯儒的话，心中犯着嘀咕："奶奶的，怕要出大事了！"

我思前想后，越想心里越毛，咋也睡不着了。以后发生的事，真是猝不及防的。

天一亮，我就听见有人喊："古井冒黑水啦！"

我的脑袋大了，满目金星出溜儿出溜儿往外冒。我朝村西的古井跑去。跑在街上的人，都心急火燎。到了古井，井沿儿围了一圈儿人，天气阴阴，人人都在瑟瑟发抖。古井口蹿着一人高的水柱，颜色黑黑的。寒冷的水汽夹杂着硫黄味一阵阵漫过来，冒着泡，打着疙瘩，朝麻石街流去，最后变成薄冰。

我的心悬在了嗓子眼儿，瞪着恐怖的眼睛，不住地摇头："应验了，还是应验了。"此刻，说不清怕啥，反正是害怕。这种害怕是最折磨人的。唉，村里要出大事，那是老天爷在催命呢。

第二天上午，黑五带着红卫兵把状元槐给围了。他们在老槐树上贴了一张标语：打倒槐树老混蛋！

黑五带头喊口号："打倒老槐树，打倒老混蛋！"

红卫兵们就像鹦鹉般跟着喊。

喊声惊动了金沐灶的娘张慧敏。

张慧敏就是在那棵老槐树下出生的。当时张慧敏的娘带着肚子里的她讨饭，累了，靠着老槐树喘气，肚子越来越疼，额头冒着豆大的汗珠。忽然，下雨了，雨点噼里啪啦。张慧敏的娘大喊一声："老槐树啊，帮帮我——"老槐树就用浓密的叶子挡住了雨滴，任树外大雨瓢泼，树冠下却滴雨未下，就像置身屋内。女人自己接生，张慧敏呱呱坠地。后来听说老槐树是金家的金脉，张慧敏的母亲认定与金家有缘，经人撮合，将女儿许配给了金世鑫。张慧敏每年生日都去老槐树下烧香，叫一声槐树姥姥。后来金世鑫当了校长，他就是金沐灶的爹。

我挥着轸木，钟声响起。

张慧敏带着金沐灶来了，张慧敏说："轸头，对这帮王八蛋就得来铁器，你那轸木不中。"

火苗儿也来了，朝金沐灶一笑，说："这一来，我也可能像你一样了，都不是红卫兵了。"金沐灶说："可我心里还是红卫兵。"火苗儿回道："心里是红卫兵顶个屁呀，我是觉得我爹没做错啥。"

金沐灶脸一红喊："对，我娘也没做错啥！这棵老槐树是我太姥姥。"火苗儿说："那天晚上，你被黑五开除了红卫兵，我朝你脖颈吐了口唾沫，你恨我吧？"金沐灶说："有点儿恨。后来闻着你的唾沫是香的，就不恨了。"火苗儿说："知道吧，黑五想让我吐他我都不吐呢！我的唾沫金贵。"

这时，两个红卫兵拿着一把大锯，分坐在老槐树的两边，摆出一副扯大锯的阵势，就等黑五一声令下了。

张慧敏把钢叉往地上一插："看谁敢动状元槐！"

红卫兵有点儿怕张慧敏，有人嘀咕着："黄仙儿来了。"

红卫兵不让我敲钟了，我看看挂在老槐树上的大钟，大钟也生气地瞪着我。我对大钟说："老伙计呀，你倒了，咱俩也就散了。你就躲到哪个犄角旮旯儿睡觉吧，不能再出声了，这世道，钟也只能当哑巴了！"

张慧敏确实有股子仙气，平时只会小声唠叨的她此刻高门大嗓，听上去都不像她的声音："你们不能锯状元槐。这是金家祖先金状元栽下的，它连着我们金家的命脉，也连着咱日头村的命脉。这棵树旺，我们金家日子旺，日头村乡亲们的日子就旺。"

黑五大声骂："还状元，还日子旺，我听着就烦，统统是'四旧'，给我锯！"两个红卫兵拉起大锯来，嘎吱声十分刺耳。

刚伤到树皮，张慧敏就一钢叉飞过去，牢牢插在锯条上，咯嘣一声，锯条断了！

黑五说："找斧子来，我把这资产阶级的状元槐连根拔了！"

我心急火燎，抢起轸木敲起钟来，敲得雨点儿落地般急。大钟很兴奋，发出的声音清脆洪亮，瞬间便传遍了全村。人们听出这钟声代表着什么：村里出大事儿了！

张慧敏从树上拔下钢叉，朝黑五插去，黑五躲过了："老太婆你是沙奶奶呀，还敢来真的？"张慧敏骂道："信不信我插死你个王八蛋！"黑五大喊："流血了流血了！"张慧敏一愣，说："我还没插你就流血了？你倒他娘能装！"黑五大喊："树！树！树！"只见大树被钢叉插过的两个孔，有红色的液体流出来，腥腥的，越流越快，像河埝被拔了口子。

状元槐流血了，我能听见它低沉的呻吟声。

听到我的钟声，日头村几百人朝老槐树拥了过来。人们看着张慧敏跪在地上，抱着老槐树在哭，她的双手死死捂住老槐树的伤口，鲜血从指缝间淌下来。

我面部肌肉僵硬，瞪着恐怖的眼睛，呆了。

张慧敏边哭边说："姥姥，是我让您受的伤，我对不住您啊。可我不这样，您就没命了。红卫兵这些王八羔子要锯您呀！"

在张慧敏的哭声中，老槐树的血止住了。

转眼之间，熙熙攘攘的人群没影了。

第二天，浓雾就悄悄泛上来，缠在日头村不走了。我去敲钟的时候，看到老槐树被雾裹了，大钟一亮一亮地闪动。树身贴着一张标语：谁砍老槐树，他娘搞破鞋！也不知这是谁贴的。

我蹊跷着，心里有种不祥的预感，文庙魁星阁该遭殃了。

文庙魁星阁也是为金状元修的。"大跃进"的时候，被权桑麻抽去两根檩子，为炼钢炉填了劈柴。这之后房顶就有点儿塌，漏雨。

我老轸头低三下四了，去权家求权桑麻放过状元槐。权桑麻不说话，一个劲儿抠脚泥。

腰里硬来了。腰里硬也看到了老槐树流血的事，吓得差点儿尿裤子，到现在他的两腿还在打哆嗦。权桑麻对他没好气地说："瞧你那点儿出息！是血吗？"腰里硬说："是血，我闻来着，有腥味儿。"权桑麻愣了愣："别给我扯淡！轸头，这是真的吗？"

我迟疑地说："是啊，老槐树是树精，动不得，我怕遭报应啊！"

权桑麻和腰里硬喝酒，我也拿过酒杯喝。

酒下肚，权桑麻调高了弦儿："红卫兵冲锋在前，干得好啊！"

腰里硬骂："好个屁！看到老槐树流血，他们都屁滚尿流了。不过这事还真邪乎，树咋会流血呢？"

权桑麻说："娘个 × 的，我也搞不懂，咱把这树先放一放。"

我知道，红卫兵就是权桑麻手里的枪，他想崩谁就崩谁；红卫兵是他手里的棒子，他想打谁就打谁；红卫兵也是他手里的一盆脏水，他想埋汰谁就埋汰谁。

后来权桑麻把我支开了，他们说些啥我就不知道了。

这天夜里，我就知道要出大事。我睡不着，拿着那根轳木在街上晃荡。看着腰里硬和黑五带着红卫兵拉着一排子车干草走了过去，我想这帮王八蛋一定不干好事，就远远跟在后边。路过老槐树时，腰里硬突然回头喊了一声："把老轳头给我绑在树上！"他话音刚落，我就被红卫兵七手八脚绑了。我刚要喊，就被人用红袖章堵住了嘴。红袖章上面的"红卫兵"三个字是用油漆刷上去的，气味浓烈，我被呛得直流眼泪。

红卫兵们在文庙的外墙堆起了干草，我这才知道他们是要烧文庙魁星阁，怕我敲钟喊乡亲们救火，就把我绑成了粽子。

魁星阁着火了！

火光簇簇，一片通明，血燕四处惊飞，整个天空好像涂满了血。

我和老槐树一道，眼睁睁看着文庙的大火烧了起来。

大火烧得凶，像跟文庙有仇似的。天亮时文庙全都烧塌了，只剩下半堵墙。红卫兵排起长队，向着残垣断壁鼓掌。黑五说："这是毛泽东思想的伟大胜利！让我们欢呼吧！"

这帮混蛋，我还在树上绑着呢！一个红卫兵想起了自己的红袖章，才来给我松了绑。松了绑，我眼前一黑，差点儿背过气去。

金世鑫校长来了。他被红卫兵批斗游街。

金校长高个头，瘦，戴着一副眼镜，一头密密的头发天然卷着，有些女相，说话还带点儿娘娘腔。此时他两眼死死盯着文庙残址，脸色苍白，像个木头人。

黑五看到了金世鑫,说:"烧得好不好?"金世鑫浑身痉挛,眼睛流血。黑五说:"你服不服?"金世鑫扭歪了脸,眼睛在滴血。黑五说:"今儿就不斗你了,明儿再说。"黑五招呼红卫兵,"走啦,睡觉去!"说着,黑五跳上了排子车。等红卫兵走远,金世鑫突然跪倒在地,仰天长啸:"日头村的文脉断了,文脉呀!没了文脉,我们的子孙后代都要成为野蛮人啊!"

这天夜里,金世鑫要逃走。走前他找到我说:"下回他们就要毁天启大钟了。"我心里也有种不祥的预感。

金世鑫说:"这帮杂种肯定是要砸钟的,咱不能让他们砸呀!咱要把它藏到学校的仓库里去。"

我说这主意不赖。

我是生产队的饲养员,能调配牲口车辆。我赶着马车和金世鑫去了老槐树下,在黑夜里摸索着卸钟。钟有灵性,很配合,仿佛感觉到自己将有不测似的。我们没咋费事就把大钟稳稳扣在了马车上,又顺利地藏在了学校的储藏室里,然后在上面堆放了乱七八糟的教具。

可是,我和金世鑫藏钟的事还是走漏了风声。泄密人是我的儿子猴头。我气得举着轸木捶他。这狗 × 的,一点儿不随我,长得像一种叫"猴头"的蘑菇。我家院子里有一棵柞树,树上长着一种白色蘑菇,蘑菇拳头那么大,毛茸茸,圆溜溜的。我老婆怀孕的时候没啥油水,只能吃它补身子。儿子生下来时,小脸长得跟猴头菇似的。我说就叫他猴头吧。猴头这小子平时不爱说话,见了我也不叫声爹,好像知道自己亲爹是谁似的。猴头有夜游症,经常半夜起来去井上挑水,直挑到水缸漫出来才去睡觉,醒来后抄起扁担挑水时才发现水缸满满的。

猴头竟然成了告密者。

后来我才知道他瞅着黑五威风,就一直想当红卫兵。黑五收留他,有一个秘密约定,让他当个积极分子。猴头向黑五发誓:"我,我中!"

天亮的时候,猴头鬼鬼祟祟起了床,两道眉拧成一个肉疙瘩。他扛着一把大锤,偷偷溜了。

我心一悬,猴头干啥去呢?

我暗暗跟踪猴头出来。猴头带着黑五等红卫兵来到了学校，猴头一指储藏室："就在这儿！"储藏室被一把大锁锁着，猴头抡起大锤就砸，接着又一脚将门踹开，冲了进去。

坏了，这群狗×的奔天启大钟去了！

我赶紧去金世鑫家报告。我们直奔储藏室，金沐灶也跟了来。猴头大喊："打倒走资派金世鑫！打倒走资派的随从老轸头！"

我朝猴头大骂："兔崽子！要知道能生出你这个混蛋，当初还不如我射在墙上喂蝇子呢！"

猴头咧着嘴巴，说："你说这话晚了吧？生了我是你的光荣，我猴头当了红卫兵，是咱汪家的光荣！"

我抡起轸木打这个杂种，黑五躲在人群后高喊："要文斗不要武斗！"

腰里硬来了，说："老轸头是受了蒙蔽的革命群众，不能把他与金世鑫这样的走资派画等号。你们要打架就回家打去！"

猴头嘿嘿一笑，不说话了。

腰里硬指着大钟说："这就是万恶的旧社会的铁证啊，红卫兵们，你们说该砸不该砸？"

红卫兵们一齐高喊："砸！"

猴头高喊着，一锤砸在大钟的龙爪上。大钟嗡的一响，险些震裂我的耳膜。

龙爪的两个铜扣，擦着我的脸飞溅到天上去了。

黑五喊："猴头，考验你的时候到了！"

猴头喉咙呼噜呼噜响着，重新举起大锤。

我真没想到，金世鑫喊了一声："天杀的！"就一下扑在了大钟身上。我想扑过去将他拉开，可是，已经来不及了。

猴头的铁锤落下来了，噗的一响。铁锤砸在了金世鑫的后心上，金世鑫一口鲜血喷了出去，血喷到了天启大钟上，浸满了《金刚经》经文。

大钟饮血似的，呈现出鸡的形状。大钟发出嗡嗡的声响，使劲儿钻进人们的耳朵，耳膜都被震疼了。

我呀的一声吓着了，人们全都呆住了。

猴头也傻了。他的身上、脸上和眼睛上都溅着血滴。

我抡起轸木朝猴头打去："你个挨千刀的，你弄出人命来了！"

猴头趔趄了一下，栽倒在地。

我手中的轸木落地，狠狠地踢了猴头一脚骂道："你这狗东西，砸死了金校长，你死上万把次，也抵不了债啊！"

我两脚踢下去，猴头抱头鼠窜，哭着跑了。

我玩命追过去，猴头一头扎进燕子河，眨眼间无影无踪。

再回来，我看见金沐灶跪倒在金世鑫面前，哭喊着："爹！爹！"

金世鑫微微睁开眼睛，说："儿子，你要续文脉，重建魁星阁啊……"

金沐灶含泪点头，大声嘶喊着："爹！爹！"

金世鑫脑袋一歪，死了。

金沐灶呼天抢地哭着，声音忽高忽低。

毛嘎子瞅见这一幕，惊了，哇的一声怪叫，疯着跑了。

这时，天空突然出现了一个鸡形天象图。形状像一只公鸡，红红的鸡头，红得像血块；黑黑的翅膀，黑得像暗夜。我被这个天象图震惊了。这预示着啥呢？

黑五和红卫兵愣了片刻，突然有人高喊一声："抓住杀人犯汪猴头！"

我听说权桑麻发话了，黑五和红卫兵到处抓猴头去了。

猴头被红卫兵绑了，送到公社"革委会"关了起来。他跳河以后，躲进树林猫了一天一夜，还是被抓到了。

这就是我儿子猴头的命啊！我太难受了，真想一头撞死。

3

我是谁啊？

别问我是谁，请原谅暂时不能把我的身世公之于众。我是你们隐隐约约永远无法说清的一个谜。

我攀在树林里的菩提树上（我攀在菩提树上显得很滑稽），天圆地方，我看见村庄东面是一片挺开阔的田野，田野里卧着蜿蜒曲折的燕子河。成熟的稻穗、谷子、玉米的颜色和金黄色的日光一样了。我不愿意听老轸头的胡言乱语，愿意听燕子河边青蛙和昆虫的嘶鸣。

太阳升起来的时候，满树的白霜慢慢融化了。

我发现金世鑫所属的角宿闪光了。这是一束黄白色的光。角宿冷冷地挂在天幕，仿若凝在草叶上的露水。

村里有人要出生，有人要死去。生和死，仿佛像一阵风，把人和事都刮得无影无踪。我在云顶有一个发现，人死了，星宿不灭反而更加明亮了。但是，所属同一星宿的人星光颜色不同。人的死亡就像人的起源一样，都是人最大的困惑，谁也无法深入探究其中的缘由。有人说死是一次离开和醒悟。死是透明的吗？我死后还能看见自己吗？恶鬼还会追逐我的身体吗？（恶鬼不要死的灵魂，它总是盯着活的灵魂）

恶鬼消失了，我感觉身体如释重负。

那是梦吗？灿烂的流星雨过后，云顶上寺庙一座接一座地重建，庙里的十二律钟声分别鸣响。今天我首先敲响了太簇钟，丝丝缕缕的颤声宛若天籁之音。我用满含泪水的眼睛凝望夜空，满天星斗又涌进我的眼里。

我先说说占星法吧。人所属星宿（我说的不是西方的十二星座）与太阳、月亮的关系有多么神秘？如果没有星宿，我们就无法判断人与人的关系，人生就会分散成千万个转瞬即逝的云朵。

我常常仰望灿烂的星空寻找那二十八座星宿。（二十八座星宿包含着人生重要时刻的各种信息，准确地影响着人的性格和生理特征）

看不见的星宿在天空操纵着我们的命运，谁的灵魂没有伤口？（现在我能评价我所能回忆的一切，因为我能告诉你事物的真相）所以说，我们如果想借空间的陌生逃避时间的苦难，星宿就是一针镇静剂。

4

漆黑的夜，渐渐静了。

这个该死的夜晚，人是活的。我闭上眼，咋也睡不着了，眼前总是晃着金校长。表面看，我家猴头搅进这场厮杀，其实，这是权家与金家的厮杀。我满耳朵都是大钟嗡嗡的回声。

眼皮底下的事记不住，脚后跟跺烂的事忘不了。我先从金家和权家的两个状元说起吧。

传说过去村里出过文武两个状元、十个进士、十八个举人，出过上书、侍郎、翰林和御医。权家出个武状元权金汉，金家出个文状元金绍奎，因此人们都说日头村文武双全。可是，两个状元命运落差巨大。权状元南征北战屡立战功，被皇帝封为都堂，而金状元倔强刚直走了败势被贬至县令。

金状元一上任就接到很多冤枉大状，状告的都是权家。权都堂的两个弟弟权龙和权虎倚仗他大哥的官位胡作非为，欺压百姓。金状元犯愁了，他一个小小七品县令管得了权都堂吗？

这时候，城里老百姓给金状元跪了一片。

传说金状元中等身材，稍瘦，走路很轻，几乎没有声音。他总是脸带淡淡的笑容，温文尔雅。金状元想告倒权状元，他收集了许多状告权家的状纸，借着给皇上献宝的名义，去京城告状。

到了京城，金状元告到丞相府。丞相说权都堂是朝廷有功之臣，丞相府搬不动他。看来只有告御状一条路了。

金状元翻来覆去思虑再三，决定状告权家在县城城楼开便门。城上开便门，就是蔑视皇上的谋反行为，皇上看了一定会震怒。

果然，皇上看了这个奏折勃然大怒："竟敢在城上开私门，这岂不是蓄意谋反？罪该抄斩！"

金状元这才把两麻袋状纸递给皇上。

皇上命刑部批文满门抄斩。

金状元激动万分，三拜九叩退出金銮殿。那时天上下着乱箭般的急雨，金状元回到县衙，急命三班衙役列班伺候，等皇上诏书一到，即刻抄了权家。可是，传到金状元手里的竟然是一道赦书。他拿着皇上对权状元的赦书愁肠百结。没想到，他舍命告状换回的竟然是一道赦书。一气之下他关闭家门，熄灭灯火，在自己房间里大声恸哭。

可是过了一天,刑部的抄书也到了。是赦是抄? 皇帝把这个难题赐给他了。金状元心中纠结啊,赦了权家,等于放虎归山,百姓遭殃。自己已经惹了权家自然活不成了。抄了权家,岂不是犯了欺君之罪? 更是活不成。赦是死,抄也是死,金状元主意已定,我死也要为民除害!

金状元立即带领人马抄了权状元的家。

金状元料想这样的结局必将震惊全县。抄斩权家的这一天,街上鞭炮齐鸣,锣鼓喧天。百姓见到瘦削的金状元,齐声喊:"状元爷,大英雄啊!"

金状元此时激动得像个逃犯一样身心不安,他流着泪说:"我金绍奎这辈子值了!"

百姓簇拥着金状元风风光光到了县衙,金状元在耀眼的日光里登上大堂,脸上突然闪现出昔日那种动人的神采。

金状元缓缓睁开双目,此时一道精光射出,他抬手吞金,大笑三声:哈哈哈!

金状元倒地吐血而亡。众人震惊,当即哭声一片,泪如泉涌。

人们见金绍奎怀里揣着两道公文:一道是皇上的赦书,一道是皇上的抄书。他选择了抄书,自此,与权家的仇恨也就种下了。

后来,百姓用一个大瓦罐把金绍奎葬了。

金绍奎写一手好文章,百姓都说他是奎星,为了纪念金绍奎,族长就在村里给他建了奎星阁。

别瞅我文化低,也知道奎星阁。奎星阁又名魁星阁。魁星是古代神话中的神,是主宰文章兴衰的神。魁星爷生前相貌奇丑,脸上长满了麻子,还是个跛脚。然而,这位魁星爷志气奇高,发奋用功,竟然高中了。

相传,皇帝殿试时,问他为啥脸上全是麻子,他回答说:"麻面满天星。"问他的脚为啥跛了,他答:"独脚跳龙门。"皇帝很满意,就录取了他。这位魁星爷死后,升天做了魁星。魁星爷是主管人间文事的,左右文人考运。魁星阁外观高大,红柱、黄瓦、白墙,雕梁画栋,木雕的麒麟、凤凰和鳌鱼,姿态万千,绚丽夺目。阁内塑有一个鬼形神像,一脚跷起,形如"魁"字的大弯钩;一手捧斗,象征"魁"字中的小斗字;一手执笔如点状,好像点中了中举的士子。这就是传说的"魁星点斗"。

有了魁星阁，日头村就热闹了。

七月初七，是魁星爷的生日，读书人都要祭拜魁星，香火极旺。也有的香客，从百里千里之外赶来叩头祭拜。过了一年，金状元的墓地忽然长出一棵小槐树。春天的槐花一开，像有一团洁净的白云相围，恍如一种虚无缥缈的仙境。村人大喜，遂起名状元槐。

槐树养心、养气，状元槐上落满红红的血燕，槐树的枝枝杈杈热烈地扑向日头。槐树春天开花，花落结子，俗称槐米。槐米用木棒捣碎，放进大锅，与白布一起煮，布就变成黄绿色了。状元槐的神奇让人吃惊，它的根须扎得太深，除了吸收地下养分，树干、树枝和树叶都能在空气中吸收水分，所以状元槐比一般槐树长得快，每到春天它都要脱皮，树皮被道士杜伯儒收走当中药。到了冬天血燕南飞，状元槐枝杈秃着，几片残叶抖索在寒风里。树枝上落几只红嘴乌鸦，无论风摇得再急它们也不飞去。

说到这口大钟，那可是天启年间的事。

皇帝来到日头村听说了金状元的故事，感动之余遂赐一口大黄钟。这原本是一对黄钟，人称天启大钟，其中另一口赐给了北京怀柔红螺寺。

大钟重一吨，青铜材质，双龙钮，莲瓣罩顶中，底边有八卦方位图形，铸造工艺细致精美。钟表满布整部《金刚经》、诵经仪轨、诵经功德、二十药叉、四大天王、五果六通阿罗汉、菩萨、诸佛名号的文字。字体、纹饰、图案等线条细腻流畅，钟壁曲线流畅，壁厚适度，音色纯正浑厚。

金家人把黄钟收下，悬挂状元槐上。

人一代代生，又一代代死。日子久了，状元槐也老了，它的身上布满了刀砍斧凿的伤痕，还有多处枪伤。所有的伤口都长出一个坚硬的疙瘩，大如碗口，小如枣核，有的形似镰刀，有的状如牛眼。

其实权姓家族也有一段传说。有个名叫权皋的，一千多年前很风光，是唐朝的大臣。起初权皋跟随安禄山，后来发觉安禄山有了叛变之举，权皋傻了。他怕祸及父母，就装病，恳求辞职。安禄山看他可怜兮兮的，就准奏了。权皋携亲而去，刚渡江，安禄山就起兵了。权皋躲过一劫，留下美名。人们都佩服他对国家贞，对父母孝。他死后被谥为"孝贞"。

除了被抄的权都堂之外，权家是否有人在朝廷当过官已经无从考证。但他们坚信自己是权皋的后人，在权都堂被抄之后还会东山再起，于是在日头村建了权氏宗祠，挂了权皋的绣像，整天香火旺盛。不久，在权氏宗祠对面建了魁星阁，"魁星阁"仨字是皇上御笔，自然比权氏宗祠高大。权氏宗祠就像个小孩子整天给魁星阁这个大人鞠躬。

从那以后，权家就走了败运。权家人认为魁星阁压了宗祠，几次聚众砸天启大钟，拆魁星阁，两个家族动了锄镐。金家人最终保住了家族血脉，而权家宗祠却毁了。

我记得清末民初，披霞山与燕子河两拨土匪争地盘。一拨人住进了魁星阁，土匪头看着对面的权氏宗祠问："那是啥玩意儿？"有人告诉他，那是权氏宗祠。土匪头说："轰了它！"当夜，这边土匪架上土炮，朝权氏宗祠轰了两炮。

眨眼间，权氏宗祠成了废墟。

一时间，权家人男女老少的眼泪把废墟都打湿了。有人说炮轰宗祠的土匪头姓金。权家人躺着也中枪，权、金两家的仇怨结得更深了。

权桑麻掌权以后，视天启大钟、状元槐和魁星阁为眼中钉。

我一下子想起了土改那悲惨的一幕。那时权家和金家闹出了人命。村农会主席是腰里硬他爹权均义，他派权桑麻他爹权老歪带民兵到地主家去封锁财产，也叫作"封家"，即把所有财产贴上封条，严禁动用。我是民兵，权老歪也带我去了。

我们路过金家的时候，权老歪瞅见了乡绅金成功。权老歪站住了，歪着脖子说："金成功家有过雇工，他咋没评上地主啊？"有人说："人家是乡绅，有文化，受人敬重。"权老歪劈头就骂："啥乡绅，就是大地主，把金家也给我封了！"一听这话，我心发软，退了两步。

权老歪瞪了我一眼，亲手把金家封了。

隔了几天，开展斗争地主运动，村里农会召集开了斗争会。权老歪主动请战，斗争金成功，强迫金成功主动交代剥削、压迫农民的罪行。那一天，金成功被拉到状元槐下，金成功不服，权老歪像虎狼一样，扒光了金成功的衣裳，往他身上泼大粪。权老歪咔咔地笑，笑时捂着嘴巴。这笑声像刀子一样戳在我的心上，我脑子一蒙，反应不过来。

权老歪踹了金成功一脚，金成功摔倒了，满身臭粪。权老歪逼迫金成功在大粪上爬，又一桶大粪泼上去，金成功被粪淹了。金成功在粪便上爬着，摔倒，趴着不动了，惨不忍睹。权老歪歪着脑袋狂笑着。正午时分，权均义和工作组过来了。权均义大骂权老歪："咱祖宗可没干过你这号瞎事啊！"权老歪见权均义怒了，这才罢了手。我和二愣将臭烘烘的金成功背到家里，屋里净是难闻的臭粪味。金成功灰着脸，只剩了半口气，当天夜里就上吊自尽了。全家人哭得上气不接下气。

后半夜，权老歪突然得了一种怪病，痛苦难忍中大叫一声，吐血而亡。

唉，金家和权家的仇冤啥时能了啊？

5

那一天是金世鑫校长的葬礼。我要替儿子猴头赎罪，为金世鑫披麻戴孝。守灵的夜里，一个鸡形天象图挑在夜空，亮极了。我摸着自己颤动的脸，说不出一句整话。我一眼瞅见了那口天启大钟。月光透过树叶映在大钟上，金世鑫喷出的那一口鲜血呈现出一个鸡形的图案，像一个谜团。

天亮了，我去金家给金校长吊唁。

按"金、木、水、火、土"的分布，金家住村西头。三间土坯房，两明一暗。紧靠东墙，一溜三间厢房，厢房的北端，与正房的衔接处，是一间厨房。花格子窗户，就那么敞着，完全是开放式的。堂屋里垒着锅灶、风箱。终年的油烟气，熏黑了房梁和墙壁，灶台黑乎乎的。这种味道，让人想到饭菜和柴草的香气。

金校长和张慧敏住正房北屋的东间，金沐灶姐姐金淑琴住西间，金沐灶就住在厢房里。金淑琴戴重孝，跪地哭泣。她长着一张鹅蛋脸，有两个酒窝，皮肤润白俊俏。她眼睛很大，睫毛长长，扑闪闪的。她一开始还能哭出声，哭哑了嗓子，便成了干号。

张慧敏念着《金刚经》为丈夫超度。她跪在金世鑫的遗像前，焚香、烧纸、磕头。我看出来了，她相信在她的祈祷声中，金校长赤着脚，踏着莲花，向极乐世界飞去了。

吊丧的人越聚越多。我看见权桑麻支书过来吊唁。

权桑麻行了孝，哭得鼻涕一把泪一把："世鑫啊，桑麻送你来了，你不该死啊！"

我想这是猫哭耗子假慈悲呢。权桑麻小时候家境穷，当过乞丐，是苦日子里滚出来的。老田埂曾偷偷跟我说过："我亲眼看见权桑麻强奸地主女儿，还把地主推进燕子河淹死了。"这话让我心中一寒。可是，运气来了，门板都挡不住。那年县里开劳模会，选中了权桑麻。其实他原先叫权桑床，他的本家哥哥叫权桑麻，权桑麻是劳模，笔误，上级弄错了名叫权桑床去了，他被误选了。结果被老支书抬举，他与族兄换了名，成了真劳模，娶了俊俏的媳妇叫一枝花。一枝花为权桑麻生了两个儿子——权大树和权国金。由于金沐灶曾在山上救过权国金的命，让两家的关系复杂而微妙。

金世鑫葬礼这天，天阴阴的，半空中罩着乌云，久凝不散。

我、老婆、两个闺女大妞和火苗儿都来送葬。右派吕富仁和知青袁三定也来了。村子里的"地、富、反、坏、右"都集中在状元槐下，远远地默哀。杜伯儒一喊起灵，数不清的人，磕头跪拜。

我跪下了，默默地祷告一番，算是替猴头赎罪。

金沐灶摔了瓦罐，踉踉跄跄，举着灵幡一步一步退着走。张慧敏让出殡队伍到村里的学校走了一圈，让金校长最后看一眼学校。日头中学在燕子河右岸，低矮歪斜的土坯房，周围被柳树环抱，学校北边是操场。

突然，有人群堵在路上。人横着一字排开，我仔细一瞅，黑五带着一群红卫兵站在那里，每人的腰上都扎了一条白布带子。

红卫兵们凶凶的，乱叫乱骂。

送葬队伍被拦住，气氛紧张。人不动，影子便静在地上。金沐灶缓缓抬了头，没有作声，脸上布满乌云，眼睛血红。

我吓得变了脸色，七魂吓掉了三魂。

大队会计金茂才凑到黑五跟前问："你们……你们这是干啥？"

一个红卫兵蛮横地说："大叔，我们要见金校长！"

我瞪着眼睛问：“见金校长？你们不知道今天是啥日子吗？”

一个方脸儿的红卫兵瞅了黑五一眼说：“司令说了，金校长是走资派，葬礼不能大操大办！”

一听这话，我额头冒汗了，赶忙劝说：“各位红卫兵小将，你们稍等，你们听我老耷头说……”

黑五抬手拦住我。

火苗儿冲过来，对着黑五大吼：“黑五，啥叫走资派？人死为大，你还是不是人？”

黑五警告说：“汪火苗儿，注意你的阶级立场！”

火苗儿厉声回应他说：“黑五，你张狂啥呀？太过分啦！”

方脸儿干脆挑明了说：“我们只求一件事，金校长在下葬前，再接受我们最后一次批判！”接着他又大吼了一声，“金校长——你听见了吗？”

站在一旁的权国金一听立即大骂起来：“方脸儿，操你八辈祖宗！”

黑五阴阳怪气地说：“权国金，我知道你跟金沐灶的关系，他救过你的命，骂街不是革命，请你不要感情用事！”

金沐灶看了黑五一眼，他眼神里的东西让人害怕。他头也不回地朝前头走去。我看花眼了，紧追了几步。

金沐灶走到黑五面前：“你们要见金校长？”

黑五说：“是啊，我们要对走资派进行最后的批判！”

金沐灶突然回头冲金茂才大喊：“三叔，把棺材撬开！把我爹从棺材里扶起来，让狗×的批！”

众人立刻都不哭了，惊了。现场一下子静下来。

金茂才提着斧头乖乖过来了：“沐灶，你听三叔说。”

金沐灶咬着牙根儿，缓缓地说：“你们不是想批斗我爹吗，我现在就让我爹从棺材里出来，你们当面跟他说！不过，批斗完了，我还有话说！”

红卫兵愣了，面面相觑。

金沐灶大吼：“三叔，撬棺材！”

金茂才哭了：“大侄子，不能啊！”

金沐灶说罢转身，劈手夺过斧子，嘭的一声，砍在柏木棺材上。一时间，众人都不知所措了。我吓住了，后脊梁的冷汗一下子冒了出来。

权国金扑上去连忙拉住金沐灶："你……还……真撬棺材啊？"

金沐灶紧紧攥着斧头，大声吼着："撬！今天不撬也得撬！"

我六神无主地说："黑五，杀人不过头点地，人都死了，你……你也别这样啊，别让金校长的在天之灵……不得安生……"

黑五脸色骤黑，目光迷离。

方脸儿辩解说："我们是挽救金校长的黑暗灵魂，好让他在阴间里安生——"

金沐灶大声说："你他娘的才是黑暗灵魂呢！你们这是让我爹的在天之灵安生吗？你们这样拦街闹事，让他不能顺顺当当地入土！你们这是让他灵魂安生，还是存心跟他过不去？"

红卫兵们蔫蔫的，不说话了。

金沐灶晃了晃亮闪闪的斧头，声音越来越怪异："你们都给我打听打听，可着这冀东平原，从古至今有你们这么干的吗？前无古人，后无来者！我现在跟各位说明白，你们要想最后批判我爹，拯救他的灵魂，好，我成全你们！我现在就把棺材撬开，你们当着他的面狠狠地批，如果他点了头，说明我爹服了，我啥话不说。要是没点头，即便我金沐灶饶了你们，我手中的斧头也不答应！有种的来啊，谁退缩了谁是龟儿子！"他吼着，一抡斧子，咔嚓一声，砍在棺材上，木片横飞。

红卫兵们面面相觑，连连倒退着。

方脸儿攥紧了拳头，一步步逼近棺材。

我脸色变了，扑通一声跪地，大声哭道："金校长，您死得冤啊，我替我家猴头给您赎罪，大伙儿都来送您一程啊！"

众人立刻都喊起来："咱送送金校长啊——"

跟着，人们就号啕大哭起来。有的红卫兵也跟着哭起来。顿时一片哭声。黑五一挥手，红卫兵沮丧地撤了。

金沐灶晃了晃，一头晕倒，斧头落地。火苗儿疯了一样，紧紧地抱住他，摇着头，涕泪横飞。

我掐金沐灶的人中，他终于醒了。送殡的队伍立刻行动起来，哭声震天，浩浩荡荡地朝村外拥去。

人们把金世鑫的坟头堆得高高的，显示出几分威严。

从墓地回来，天空滚着雷声，这是捂雨呢。举行葬礼时，最要紧的往往是天气。好人的葬礼，雨水不断，那是老天为死者伤心落泪。坏人葬礼时，晴空万里，那是老天对死人的蔑视。金校长顺了天道，好人哩。闪电许久没出现了，这咔嚓一闪，能一下子照亮村路。

闪电过后下了暴雨，山洪一发，燕子河就满了。河水爬上浅滩，清清地流，远远的一弯，又一弯，小鱼在水里欢欢地窜着。

我忽然瞅见权桑麻双手叉腰站在雨中，脸上水淋淋的。

我瞅着他的样子，想起一些往事。"文化大革命"之初，权桑麻是拒绝的。从城里来的红卫兵、造反派给他送红袖章，请他戴上到外面转转，他黑了脸骂道："滚，转个屁！"他说话声音大，像敲钟。他把那些人轰出去了。红卫兵一走，权桑麻像是被人抽了大筋，浑身软塌塌的。他躺了一会儿，我就贸然进去了。权桑麻猛地站起来，烦躁地来回走动，看出来他很纠结，嘴唇起了一层水疱，神经兮兮地说："娘个 × 的，这日子真没法过了，憋在屋里，跟坐牢似的。这样活着，还不如去跳井。我权桑麻受过毛主席接见，一心跟着毛主席，回回都对心思，咋这'文化大革命'就兴奋不起来呢……"

权桑麻眼睛死盯着我。我吓得吐了冷气："支书，你，你是问我吗？"权桑麻没有看我。权桑麻咳嗽了一声又说："轸头，是我老了跟不上趟儿了，还是这红卫兵的干法压根儿就混蛋？群龙无首，乱哄哄的，咋个说了算？"说这话时，他的声音翻了许多倍，满屋搅着。

我讷讷地说："我一个敲钟的、种地的，我知道啥啊？"权桑麻眉头皱着："我不知道，你也不知道，都不知道，老天爷啊，咋办？咋办啊？"我说了一句："活人还能被尿憋死？"权桑麻眼睛亮了，自语着："娘个 × 的，我得出去打探打探了。"我应了一声说："快去打听打听吧，咱日头村可别落后呀！"

权桑麻皱了皱眉头，第二天就悄悄地走了。可是，在他出外考察时，金沐灶就带领红卫兵回村夺了他的权。权桑麻回来挨了批斗，连连大骂："娘个×，娘个×啊！"可权桑麻是铁手腕啊，短短几天，他靠腰里硬和黑五反败为胜，金家就家破人亡了！

我每次给金校长上坟，都瞅见一只兔子箭一般蹿进坟地的树林，猫在那儿折腾翻滚，撞得小树前摇后晃。这时我才想起金校长属兔。我给坟头培了几锹新土，窣窣的土响，惊跑了打滚的兔子。

这时候，金沐灶过来了，他瞅了我老半天，没吭声。

我对金沐灶说："孩子，咱两家不要结下仇啊。"

金沐灶说："轸叔，不会。"

我迟疑了一下，问："你和火苗儿的事？"

金沐灶说："轸叔，没问题。"

但说归说，我看他的眼神里闪着刀光。

日头西斜，人心焦渴。那一幕老晃。

冬日的脖子再长，也伸不到春天里去。金校长之死、金沐灶和火苗儿的事，让我睡不着，趁着夜色我去了披霞山的药王庙。

到了药王庙，天白孤孤的，像黎明时的鱼肚白。天气晴好，却是干冷干冷的。

鸡一打鸣儿，杜伯儒就起床修炼了。他像刺猬似的裹着一件黑棉袄，在冷屋里修炼。他闭着眼睛，似睡非睡，脸像夜光一样安静。

我低着头说："道长慈悲。"

杜伯儒还礼道："轸头啊，慈悲，慈悲。"

此话说完，没等我开口，杜伯儒就去敲晨钟。杜伯儒说："晨钟暮鼓，以召百灵，谓壮宫观之威仪，弘山陵之气象，须每日晨昏，不可有误。"

我站在那听着道钟，闷闷不乐。

药王庙的道钟比我的天启大钟小多了，没啥故事。但是，道钟作为法器悬挂于宫、观之内，有"钟声警万里，鼓声惠十方"的说法。神钟，在道教宫观里可说是最具有标志性的礼拜法器。《道书援神契》记载：古者祭乐有编钟、编磬，每架十六，以应十二律及四宫清声。又有特悬钟、特悬磬。特悬者，独悬也。

钟声余音消失，杜伯儒回来了。我慢慢坐下说："您听说没，金沐灶把权桑麻的权夺了。"

杜伯儒长叹一声："听说了，大违其道，大违其道啊！"

我试探着问："您有预见本领，请给他们算一算吧。"

杜伯儒没有马上回答，让我饮茶。

我慢慢端茶品饮，额头渐渐就生出津津细汗了。

杜伯儒拒绝说："你别往坑里推我啊，我不算命，这是啥世道啊？我这药王庙还泥菩萨过河自身难保呢。再说了，我自个儿的命还捉摸不透呢，算啥别人？"

我放下茶杯，抹了一把湿漉漉的嘴唇说："用儒家的话说，生死有命，富贵在天。道家咋看？"

杜伯儒端详了半天，紧锁着眉说："我的命在我不在天。遵循天道，坚持性命双修，便能益寿延年。"

我急了："伯儒，我不问性命双修，我也不想成仙，金校长走了，我想知道金沐灶与我家火苗儿的婚事，是凶是吉？"

杜伯儒不由得抽了口凉气："天见灰气，凶多吉少啊！"

我被他的预见吓了一跳，往后撤着身子。

我知道杜伯儒与金世鑫校长是好友，两人常常促膝谈心到深夜。当地百姓爱找杜道士给孩子起名儿，金沐灶这个名字就是他起的。杜伯儒说，这个名字大气，金木水火土占全了。

这天我来找杜伯儒，只见药王庙已经被红卫兵砸了，殿里殿外一片狼藉。

现在杜伯儒在哪儿呢？后来，我听说他躲进了披霞山的一个山洞里。他点着煤油灯研究《道德经》和《本草纲目》。我和金沐灶找到山洞时，鞋子都走烂了。金沐灶含泪对杜伯儒说："我爹死了。"杜伯儒说："贤侄，那天夜里你爹没来我这儿，我就知道出事儿了。我还看见了那个鸡形天象图。"我急忙问："对呀，这个天象图是啥意思啊？"

杜伯儒嘴唇颤抖，久久无语。

我说了说金校长的死，他死的时候一口鲜血喷在了大钟上，那血图挺奇怪的，我想请他去看看。

这时披霞山的红卫兵也在抓杜伯儒，他白天不敢出去，晚上才敢出洞打水，采点儿野果。踏着月光，我们偷偷上路了。

杜伯儒看了大钟，仔细端详着血图。他说像个锄头，又摇摇头，好像又不像。可这到底是啥呢？

金校长埋在金家老坟地，离魁星阁和老槐树不远的地方。这是我的主意，金校长守着魁星阁和老槐树他才睡得踏实。

大雨下得冒烟了。闪电刺眼，比白天还亮；雷声震耳，像敲响了百口大钟。老天爷暴跳如雷，他对这样的人间看不下去了！

我担心金校长的坟被冲，穿上蓑衣，戴上草帽出了门。走出门口，身旁的一棵榆树就被雷劈得掉下半颗脑袋，我险些被砸中。

走到坟边，我看见金沐灶和他姐姐金淑琴。金淑琴蹲在那里哭，哭声被雷声雨声淹得只剩一星半点儿。金校长生前爱听皮影戏，金沐灶掐着喉咙在他爹坟前唱着皮影传统剧目《五峰会》：

> 朕把他的灵柩带回朝，
> 再超度他的亡魂。
> 他的忠心扶日月，
> 他的浩气贯乾坤，
> 朕追封他忠烈公，
> 朕封他一辈一辈、辈辈辈的、世袭传留荫子孙——

金沐灶唱不下去了，泪流了一脸。

我走过去，腿都软了，看见金世鑫的坟被雨水冲出一个大洞，多半个棺材露在了外面，棺材盖被揭开了半边。就在这时，我发现金世鑫的尸体不见了！

大雨中，我问金沐灶："咋回事啊？"金沐灶只是摇头。我爬过去，一把搂住金沐灶，两人抱头痛哭。

　　星光流韵，一片芬芳。脱离翅膀的羽毛不是飞翔而是飘零。我从来没有想到在十五月圆这一天还能回到村里。看见他们这个样子我的眼在流泪，心在流血。

　　"嗷呜……嗷呜……"忽然传来几声狼叫声。

　　我听得真真切切。日头村北头的披霞山有狼。金沐灶吓得躲在我的怀里抖成一团。我说："孩子，别怕，啥都怕人。"

　　我循着声音望去，那声音竟是从老槐树上传来的。狼会上树？我说："不是狼，咱爷儿俩瞅瞅去。"

　　毛嘎子坐在老槐树上，狼叫声就是从他嘴里发出的。雷雨中，这声音有点儿瘆得慌。

　　毛嘎子眼睛不大，头发焦黄焦黄，他不长个，瘦小，像个小侏儒，说话龇牙咧嘴，小脑袋跟棉桃似的。他的脸上、脖子和手上都长着黑毛。有一天，杜伯儒跟我说："毛嘎子这种孩子，如果变得邪恶，就会立马长个头。"我惊奇地问："有这邪乎事？"杜伯儒回答得很肯定。我跟毛嘎子一说，毛嘎子还挺有骨气："我宁可不长个儿，也不当坏人！"

　　毛嘎子是杜老七的儿子。他浑身是毛，兔头、兔耳朵，是个怪胎。

　　毛嘎子更像只猴子，经常像猴子一样爬行。中午的时候，毛嘎子说话，大钟嗡嗡响着，除了我没人能听懂。还有一个怪现象，毛嘎子在天上哭，钟就是笑声；他笑，钟就是哭声。

　　我感觉毛嘎子说话是娘娘腔了，他像被金校长的灵魂附了体。

　　而在这个大雨天，金世鑫的尸体不见了。毛嘎子真的被灵魂附体了，他坐在状元槐的树顶上，像狼一样吼叫了一夜。天亮的时候，雨停了，日头升起来了。毛嘎子的两只耳朵慢慢地变成了翅膀，朝着日头飞去，直到消失在天空里。

　　此时，金沐灶已泪流满面。

　　我折了一根槐树枝，插在地上，地上没有影子了，说明即是正午，这个时候，毛嘎子该说话了。敲钟的时候到了，我突然想到，大钟已经不在了。我轻轻地叹了一口气。

梦境消失，白日的幻想纷纭而至。

记忆真是个顽固的东西。随着时间的流逝，我对日头的记忆越发真切越发历历在目。我是谁啊，连我自己都说不出个名堂。

我每到十五月圆就飞回村里，落在树林里一棵菩提树的树顶上。

我带着急促的呼吸突如其来从天而降，久已隐藏的秘密在春天黎明里揭开。我慢慢辨认出麦田、槐树、村舍、街道和懒散的狗，还有挂在日光里被血燕包围的天启大钟。

槐树花开了，花的香味愈加浓烈。

一片片花粉飞扬起来，在阳光里闪耀着细密的光芒。花粉一点点儿滚成大大的球体,在空中形成一个无边无际摇曳着熊熊火焰的光团(这景象让我痴迷)。光团一飘一飘飞升起来，刺激着我的眼睛，在我的头顶燃烧着，像一只玫瑰色的纸风筝。它渐渐消失的时候，有两行清泪从我的眼窝涌出。

那些变幻莫测五味杂陈的声响，渐渐淡了，我揪一片树叶当成小喇叭吹响，吹出鸟们千回百转的鸣叫声，悠悠扬扬的声音在小树林间萦绕。

远远地，我看见老轸头像一座钟卧在地上，如果不是他发出咔咔的冷笑，我还以为老轸头真的变成了一座古钟。村里的孩子们从状元槐底下兴奋地跑过，老轸头靠着树干一动不动地享受着一段惬意的散淡时光。

村里命案就这么过去了。还有新的事变在酝酿吗？

老轸头为什么还不敲响警钟？这钟声暴露了那些传说的真相。天启大钟蕴含着老轸头永远也猜不透的力量，可是，他天天敲钟却天天迷惑。

孤独而惆怅的黄昏到来了。我看到了状元槐，却没有看到天启大钟和魁星阁。

6

日头摇头晃脑，懒洋洋地照着。

风有点儿凉，像凉丝丝的雨打在身上似的，麻酥酥。我去敲上工钟的时候，日头高了，阳光撒欢地往下泼，我被晒得冒汗了，钟声让我舒筋展骨。

敲了钟，我就得说点儿钟的知识。

冀东平原，有个古老的风俗，村村都爱敲钟。钟分十二律。十二律，代表十二个月，含二十四节气。太簇、夹钟、姑洗、中吕、蕤宾、林钟、夷则、南吕、无射、应钟、黄钟、大吕。可是，我的讲述不能按月份来，因为我的故事含着钟的旋律，所以，我只能按每一律里所发生的故事讲给你听。

相传，十二律为黄帝的乐师伶伦创造。

伶伦在大夏之西昆仑之阴，取来解谷的竹子，选择薄厚均匀的竹节，制成十二管，用它们来倾听凤鸟的鸣叫。由于雄鸟叫了六声，因而生六律，属阳性；雌鸟叫六律，因而生六吕，属阴性。凤鸟身有八孔，故乐律隔八相生，自黄钟起，隔八律定准一音，连续相生十二次，再回到黄钟来。

钟声停了，老天爷喘了口气，火气又来了。

这场雨更大，哗哗啦啦，天翻过来了，一直下了七天七夜。

燕子河漫堤了，大水向着日头村倾泻。寡妇刘三妹的房子漏雨了，三妹孤身一人，接了大盆接小盆，后来连水桶都用上了。接着接着，房顶就掉了几片瓦。雨水像瀑布似的流下来，三妹大喊："房塌了——"房真的塌了！三妹被砸死了。日头村水灾死了第一个人。大雨中挖了墓坑，挖好后就灌满了水，三妹的棺材落不下去，漂在水上。权桑麻高喊："用土压！"劳忙的人们就往棺盖上砸土，好不容易才将棺材落了底。刘寡妇终于躺在水里了。

日头村在洪水里漂摇，男人、女人、老人、孩子都在灾难面前颤抖。权桑麻的身子骨累垮了，他咬牙顶着。

这几天，我陪着权桑麻蹚着水查看灾情，他有几回栽倒在水里，被我扶了起来。腰里硬说："抓革命，促救灾。咱把'地、富、反、坏、右'斗到台上来。"权桑麻回手打了他一耳光："娘个×的，都啥时候了，还想这事！"

权桑麻召开群众大会，动员共产党员都冲到救灾第一线。我拿了这根轸木当拐杖，跟着去救灾，当我瞅见燕子河的大水翻涌，眼晕了。

燕子河上的桥被冲垮了，我们要蹚过河去对岸的民房救人。

我拄着轸木探水的深浅，深一脚、浅一脚地往前扑。我们过河，王拐子不会水，人又矬，河水一下就没了脖子，他呛了一口水。洪水湍急，眼看就要被冲走了，权桑麻一把拽住了他。权桑麻背起他过了河。过了河，我们一帮人在河埝上直喘气。权桑麻指着燕子河的拐弯处说："同志们，等水退了，咱就治理燕子河，在那边再挖条支渠。"

我挺敬佩权桑麻，危难之际，他像个大英雄。

权桑麻对我说："轸头，等挖河的时候你当火头军，高粱米干饭、白菜豆腐，吃了盛吃了盛。"

腰里硬赶紧说："我要吃八大碗哩！"

权桑麻恶狠狠地说："娘个×的，撑死你！"腰里硬一听，哈哈笑了。

实际上，我们救灾的硬仗在刀把地。

刀把地在燕子河的河心处，有七八亩地，形状像一柄刀把。刀把地有劲儿，攥一把能流油。在这儿种点啥好呢？

权桑麻说种瓜。这儿四面环水，想偷瓜的也干着急。村上有几个喜欢偷鸡摸狗的一听便骂："这招儿够他娘损的。"

前两天，金茂才带着几个社员去刀把地拾掇瓜秧，到了地里就下雨了。他们挤进瓜棚里，看着雨景扯淡，起初还以为捡了个大便宜，因为雨天也是记工分的。金茂才谈到了自己的儿子黑丫，他说这小子就是泥鳅变的，整天一身黑泥，天生不怕水，扔进海里都淹不死。家里吃鱼都吃腻了，都是他小子下河摸来的。有一回，一口气摸了一大笸筐，拎不动，把他气哭了。这小子是雨天乐，爱在雨里跑，这会儿指不定多乐呵呢！人们问："茂才，你给小子起个丫头名字是为了好养，下回你老婆生了丫头叫个啥呀？"有人说："金会计你还有那劲儿吗？除去上茅房，老二就闲着了吧？"金茂才不示弱，回应说："把你媳妇交给我试试？"其实金茂才心里明白，老婆生黑丫得了怪病，她再也不能生养了。

不知不觉间，天渐渐黑了。

雨下大了，泼的一样，燕子河水暴涨，河水漫进了瓜地。瓜泡烂了，到处是腥臭逼人的湿凉。他们忽然发现，来时的那艘木船已经被洪水冲走了。金茂才等几个人被困在了瓜棚中，瓜棚也开始漏雨。照这样下去，人会被淹死的。汪老七趁着黑偷偷跑了。水大，汪老七被淹了个半死，冲到了下游被一个倒下的柳树拦住才保住了一条命，等到上岸时，已经是第二天了。

汪老七把消息带给了我们。我们跟着权桑麻去了崔家渡口。

渡口没有船,渡口的小石屋里住着崔老大,他一个人正在喝酒。权桑麻一把夺过他的酒杯:"兄弟,我是日头村的支书,权桑麻。刀把地困着我们七八个社员,危险啊,我想借你和你的船走一趟,把他们接回来。"崔老大一听,侃侃地说:"权支书,我知道你的大名,可是,雨忒大,河水急,出不了船。"权桑麻把酒杯摔在地上,黑了脸说:"你想见死不救?"崔老大说:"不是见死不救,我不想把命搭进去呀!前几天我把船撑翻了,淹死了两头猪。你说晦气不晦气!"权桑麻急得团团转:"你把船借给我们,我们自己划过去。"崔老大轻蔑地说:"就你们?都得掉水里冲走喂王八。我是老把式了,都不敢动劲儿。"权桑麻拍着胸脯说:"就算我们死了,也要把他们几个救回来!把船借给我们吧!"崔老大说:"屁话,你们死了还能救人吗?"权桑麻说:"那你说咋办?这样吧,我给你钱,眼下不方便,我先写个借条,回头让会计给你送过来。"权桑麻从炕上的烟笸箩里撕了一张烟纸,掏出口袋里插的圆珠笔就写。

崔老大摇头又说:"船坏了。"

我憋不住了,插话说:"崔老大,你还有良心没有?"

"娘个×的!你到底想咋样?"权桑麻随手抄起灶上的一把菜刀,晃了晃,菜刀闪着寒光。崔老大的脸顿时白了:"你,你还想跟我玩命?"权桑麻恶狠狠地说:"别把我逼急了,我可啥事都干得出来!"我赶忙上去夺权桑麻手里的菜刀,夺不下。崔老大来劲儿了:"我就不信,你不怕杀人偿命?"权桑麻嘿嘿一笑:"我不杀你,我给你留点儿东西,有了这东西,你再不开船,我就要留下你的东西了。"

崔老大叫得声音发颤:"你这个无赖!"

权桑麻冷冷一笑,像冬天里飕飕刮的西北风。在冷风中,权桑麻将自己的左手掌铺在桌子上,铺在了崔老大的眼皮底下,眨眼间,刀落了,小指头被砍下半截。

我不禁打了个寒战。大家惊呼着,崔老大也张大了嘴巴。权桑麻依旧笑笑:"该你了!"崔老大筛起糠来:"我开船,开船……"

权桑麻滴血的手一拍崔老大的肩膀:"好兄弟,这就对了。"权桑麻从墙上撕下一块报纸，把那半截小指裹起来，递给我："老轸头，帮我收着。"

我心疼地看着他，默默把小指装进怀里，顿时胸口像被烫了一下。

权桑麻竖起正在流血的那半截手指，放在嘴里含了含，又吹了吹，跟变戏法似的，血竟然止住了。

权桑麻走出门外，喊了一声："上船救人！"

洪水滚滚，撑船的崔老大使出吃奶的力气，累得都快虚脱了。船赶到时，浸在水里的金茂才等七人被救，再晚去半个时辰他们就都没命了。

权桑麻半截手指头，救了七条命。

金茂才跪了，抱着权桑麻的大腿不放，连声喊："恩人，恩人啊！"

权桑麻仗义地说："茂才啊，起来，起来，换作是你，你也会救我的。"

我把权桑麻的那半截小指给了金茂才。金茂才如获至宝，拿手掂了掂，说："我会当金元宝藏着。"

回到村，得知黑丫死了，尸体运回家，金茂才一见疯扑上去，一声没哭，就咕咚倒地背过气去。我们连捶带敲把他拍了过来。他脸色苍白，两眼肿得像熟透的桃子。金茂才老婆哭啊，飞溅的泪，化作倾盆大雨。原来是黑丫淘气，顶着大雨到河里摸鱼，沉了底儿。人们将他捞上来时，他双手死死攥着的瓜子鱼还活着。权桑麻过来看金茂才两口子，好生劝慰着："人啊，就是苦啊，苦海里泡着的。记住，天无绝人之路！"我听见一旁有一阵抽泣声，抬头一看，只见权大树隔着窗子往里看。

我轻轻走过去，问："孩子，看啥呢？"大树指着，金茂才家的柜子上摆着一只老旧座钟，看得出他喜欢那座钟。

雨停了。我回到家，一身疲惫。

当夜，老婆扯过被子，将白乎乎的胸部盖上说："黑丫淹死了，老婆不能生养，金会计成绝户了。"

我的心一沉，说："老两口哭得死去活来，看着心酸啊！"

没有几天，权桑麻就把大树过继给了金茂才。听说这事，我在院子里愣了半天，醒过神儿来的时候，发现自己的大拇指竖着。我家有一块镜子，上面画着"三英战吕布"，破"四旧"的时候我藏了起来。我找出镜子，用刀把画铲掉，用红油漆在上面写下六个大字：人民的好支书。

我把镜子送到了权桑麻家。权桑麻端详了好一阵，连连说："好，娘个×的，这是老百姓的口碑呀，比我那个全国劳模的证书都金贵。"我说："支书，菩萨心肠啊。"权桑麻说："我把大树过继给金茂才，就是让他日子过得有点儿指望。"我愣了愣问："你媳妇一枝花同意吗？"权桑麻说："开始不同意，人家说，孩子是她身上掉下来的肉，眼泪噼里啪啦地掉哇。经过我一番革命工作，通了。后来她还说了一句，你权桑麻革命都革到儿子头上了。"我笑着问："那大树乐意啊？"权桑麻说："嘿，跟你说，我原以为大树可能会哭，死活不同意。没想到大树两眼放光，高兴得跳了起来。我骂他，娘个×的，你咋那么愿意当别人的儿子呢？大树说，他家有只座钟。我说，那钟是分的地主汪老五的。"权桑麻一阵苦笑，"轸头，你说，这孩子咋回事啊？"我说："孩子毕竟是孩子嘛！"

金茂才病倒了，我去看望他。金茂才老婆说："要不咱俩离婚，你再找一个女人，为你生一窝。"金茂才不吭声，眼珠被眼泪罩了起来。我劝慰道："茂才，别急别急，就要有好事了。"我的话音刚落，权桑麻带着大树走进来。权桑麻和金茂才拉着手久久不松开。权大树却趴在柜子边，两眼直盯着座钟看。权桑麻说："茂才，咱俩感情深啊，就差不是一个娘生的了。打合作社起，你就跟着我干革命，你当了大队会计，成了日头村有身份的人啊。"

金茂才感动地说："支书，我这条命都是你给的，往后还是你指哪儿，我打哪儿，你让我上东，我绝不上西。就是自打黑丫死后，我总是想不开，我们金家真的绝后了！"

金茂才又流泪了。

权桑麻说："兄弟，人死不能复生，想开点儿。"权桑麻叫正在看座钟的大树过来。大树有点儿不情愿地过来了。权桑麻对金茂才说："你看我家大树咋样？"金茂才说："支书，你就别捅我心窝了。大树好啊，多好的孩子！比黑丫白净。"权桑麻说："你稀罕就好。我今儿来就是送儿子给你的，从今往后，大树就是你的亲儿子！"

金茂才和老婆一听都愣住了。

权桑麻说："茂才，你有儿子啦！"

金茂才好像没听清，吃惊地问："我，我有儿子？"

权桑麻说："大树过继给你了，他就是你的儿子啊！"

金茂才泪流满面："支书，这是多大的恩德呀！茂才可承受不起呀！"

权桑麻说："别把话扯远了。人哪，就是你救我一命，我拉你一程，得活出点儿人味儿来。你说是不是？"

金茂才抹着眼泪点头。

权桑麻断喝一声："大树，给你爹你娘跪下，叫爹叫娘。"

权大树咕咚一声跪倒在金茂才夫妇面前："爹！娘！"

金茂才和他老婆应着，两人把大树扶起来，紧紧和大树抱在一起。

权桑麻的眼眶也湿润了。

权大树住在了金茂才家，心却仍然留在权家。我听说，这孩子挺不适应，好在没离开日头村。那一天，我去权家串门，碰上权大树跑回家。一枝花抱着大树亲了亲："大树，茂才待你好吗？"权大树点点头："好。"权桑麻扇了权大树一巴掌："娘个×的，人家待你那么好，为啥总往家跑？赶紧回去找你爹！"权大树捂着两腮，咧着嘴巴哭了："你是我爹！"权桑麻吼道："金茂才是你爹，你以后姓金了，你叫金大树。"权大树瘫在地上，用手背抹眼泪。我急忙过去哄他："大树，别哭了，你有俩爹，两边都疼你呀！"权大树抬起胳膊，抹着眼睛哭。好说歹说，把权大树哄好了，我牵着他的手走出权家。

权桑麻让我务必把大树送到金茂才家，并让我叮嘱金茂才，从今天开始，权大树改名叫金大树。我见到金茂才一说，金茂才两口子掉了眼泪。金茂才说："权支书想得忒周到啊！"我说："大树挨了桑麻一巴掌，非要改姓。"金茂才连连说："不用，不用，姓权挺好，将来他要是掌权了，我这当爹的，还能借光不是。"我说："这孩子比国金鬼，将来有出息！"

金茂才龇着黄牙笑了。

后来的日子，权大树果然不敢轻易往权家跑了。

权桑麻把儿子送给了金茂才，义举轰动了全县。

全县都知道了日头村。

我们日头村名字来源于一个美丽的红嘴乌鸦神话。

这个故事，应该轮到我来讲述了。由于神话永远得不到证实，如今的人越来越不相信神话了。其实神话能让我们与祖先相逢。总有一天，离弃了神话的人们会在濒临灭亡的时刻对神话投怀送抱。

天色明朗，村里很久没有令我感动的故事了。

老轸头终日昏昏沉沉，脸上是与世无争的表情。我常年在日头底下活动，皮肤晒得黑红。我还是把追日头的故事讲给你们听吧。这个神话故事还是我童年时听来的。童年尽管有数不清的痛苦记忆，可是仍然不能磨灭那些美好的时光。

日头村的人几乎都知道这个神话。

很早很早以前，披霞山下的四户村还是一个小村庄。村里住着一对年轻的夫妻，男的叫元彻，女的叫梨娘，男耕女织，勤勤俭俭，两个人的日子过得很甜蜜。这天早晨天气温和，东方出现了一片朝霞，通红通红的太阳慢慢升起来啦。元彻和梨娘背着锄头下田耕地。

忽然，从西北方向刮来一阵狂风，天上的云彩是黑的，云霾翻腾而咆哮，刚刚升起的太阳一下子就消失了。没有太阳，又黑又冷。冰凉和平静很快过去，接下来的日子树叶不绿了，花朵不开了，庄稼不长了，吹来的都是阴风，所有的妖魔鬼怪，都趁着黑暗来到人间行凶作恶，杀人掠夺，树林里常有鬼怪发出吓人的吼声。

恐惧笼罩着人们，他们唉声叹气、忧心如焚，却毫无办法。梨娘牙齿打战，元彻在黑暗中把她拉入温暖的怀抱。梨娘绝望地伸长脖子像一只大雁，她问："太阳哪儿去了呢？"

披霞山药王庙的一位一百八十岁的道长说，东海底下有个魔王，魔王领着许多小妖到处干坏事，这些妖魔鬼怪最怕太阳，太阳一定是被这个魔王抢去了。

元彻看见人们在黑天黑地里过日子心里很难过，天天摸着黑，走前村串后村，挨家挨户去嘘寒问暖。他在暗黑中磕磕绊绊不知跌倒多少次，但最终还是爬起来了。他在林子里点一堆篝火供人们短暂聚会和取暖。橘黄色的篝火像一只金狐闪闪发光，但是阴风袭来篝火很快像花一样凋谢，林子里弥漫着一片哀愁的气息。梨娘哭泣着捂住自己的脸。有一天，元彻对梨娘说："梨娘呀，世上没有太阳，魔鬼钻到了心里，日夜啃咬着我，再等下去真是生不如死啊。我打算去把太阳寻回来！"

这并非是他幼稚无知或是野心狂妄。

梨娘听了，起初曾以美丽的微笑进行过坚决反对，但最后她还是想通了："要去就去吧，我不留你。家里的事你不用牵挂，只要你能把太阳找回来，大家就有好日子过啦。你就是村里的英雄！"

梨娘从自己头上剪下一绺头发，她用光润灵巧的手将黑发和马鬃混合打成了一双草鞋，又缝了一件宽松的棉袄给元彻穿上。风灌进衣裳袖筒中就会灌满空气，人就会借助风力飞翔起来。元彻又拉住梨娘说："梨娘呀，寻不到太阳我就不回来，即使死在路上，我也要变成一只红嘴乌鸦回家的，要给之后寻太阳的人引路。"

梨娘坐在家门口，因为黑暗不知道时间，就用冀东地方口音唱起忧伤的民歌为元彻祈福。梨娘天天摸着黑，爬上披霞山顶点燃火把瞭望。她的幻觉总是在黄昏出现，元彻蹒跚的影子出现在村口。可是世上还是墨黑墨黑的，不见元彻，更不见一丝阳光。

村里一直有人打听元彻的下落。

有一回，梨娘忽然看到有一颗亮晶晶的星星飞起来挂在天空上。这是她唯一看到的亮光。没有月亮，星星也是那么黯淡。

梨娘懂一些天象，这颗闪着紫光的星星就是元彻所属的箕宿（他的星宿与金沐灶的星宿意外巧合），梨娘含泪呼唤着元彻的名字，过了不多时辰，一只红嘴乌鸦飞回来了，垂着头停在她的脚边。

梨娘一看就明白元彻死在路上了，她伤心欲绝，昏倒在地。

黑暗中的红嘴乌鸦呼呼扇着翅膀唤醒梨娘。

当梨娘醒来的时候，她躺在树林里的草地上，身边一股奇异的香气扑入鼻息。她听到一声声婴儿的啼哭，她怀着元彻的孩子已经落生了。

梨娘和孩子在黑屋里苦苦忍受，孤儿寡母真像踏上了一条地狱之路。除了鬼魅之声再无其他生迹。她不再存任何希望和幻想。

可是，奇迹出现了。

有一天孩子突然响亮地喊了一声，这惊人的喊叫催成了孩子的疯长（他的喊声近乎我当年起飞时在槐树顶上的长吼）。梨娘惊得瞪起圆圆的眼睛。

这孩子一声长喊就会说话了。

两声长喊就会跑路了。

三声长喊他就长成一个彪形大汉了。

梨娘惊讶而欣喜，她给孩子取了个名字，叫"宝傲"。

梨娘在黑暗中领宝傲走动，儿子在黑暗中露出探询的目光。梨娘想起久久未归的丈夫，双腿软得像棉花一样瘫在地上，她无法抑制自己的悲伤就哭了起来。

宝傲惊讶地问："娘，你为什么哭呀？"

梨娘忍住悲痛把其父寻太阳死在路上的事讲给他听。

儿子焦虑而担当的状态足可与他的父亲相比。宝傲恳求说："娘，让我去把太阳找回来吧！"

梨娘看看儿子，痛惜地摇了摇头。她再次给儿子讲述了元彻找日头的悲惨命运，以警示自己的儿子。她从来不说丈夫的缺点，而是没完没了地说他的传奇经历。

元彻一度失去方向而被遗忘在时光中，她想如果有红嘴乌鸦相助，她可以让儿子试一试。她的这个想法并非心血来潮，因为丈夫元彻走的时候说过，他如果回不来就会变成一只红嘴乌鸦的。

自此梨娘开始整天呼唤红嘴乌鸦。

元彻终于在梨娘的梦中回家了，并答应派红嘴乌鸦陪伴儿子寻找太阳。

第二律　林钟

1

我得了偏头痛病，疼得龇牙咧嘴。

每个礼拜天我都去找杜伯儒，请他给我扎针灸。我担忧地说："听不到钟声了，我的脑袋就像裂开了一样。"杜伯儒说："大钟是日头村的魂啊，听不到钟声，村子的魂就丢了，村庄没魂，人还哪有魂儿啊？"

没有了魂儿，我就在村里的街道乱走，找自己的魂儿，但找不到。看到谁家的狗，我一轸木打过去，狗汪汪叫着跑开了。

我把自家的脸盆挂在了老槐树上，一通乱敲，脸盆上的搪瓷噗噗落下，几下子就敲漏了。

火苗儿跑过来，说："爹，瞎敲啥，敲坏了咱家使啥洗脸啊？"

我停下轸木，瞅着脸盆上的窟窿，胳膊上起了一层鸡皮疙瘩。

火苗儿说："爹，你败家呀？"说着，她一脚就将脸盆踢飞了。

我扛着轸木，大摇大摆地走了。

这天早上，日头还没出来，一街的瓦屋全都阴着影儿。杜伯儒从披霞山回到了日头村，先找了我，让我陪他去找权桑麻。他也没说啥事，我就带着去了。那时权桑麻正在画图纸，是治理燕子河的。

权桑麻不看杜伯儒，两眼盯着图纸，说了句："牛鬼蛇神出笼了？"

杜伯儒说："权支书，我已经改造好了。如今开了东方红诊所，为革命群众治病，深受革命群众欢迎啊。"

权桑麻说："我有病？"

杜伯儒说："哪能啊？您这身板，三棒子都打不倒。"

权桑麻厉声说："那你找我干啥？"

我吸了一口凉气，杜伯儒也是一哆嗦。

权桑麻把铅笔丢在图纸上，两眼放箭，乱射在了杜伯儒的身上。杜伯儒声音像蚊子叫："日头村不能没有天启大钟啊！"权桑麻好像没听见似的："没啥？大声点儿！"杜伯儒眯着眼睛，不吭声。权桑麻扭头问我："轸头，他刚才说的啥？"我望了望杜伯儒，不知咋说。杜伯儒涌起了一腔血："我不是道士了，我是革命群众，我以一个革命群众的身份，向你反映问题来了，你对革命群众啥态度？"权桑麻话软了："是个黄鼠狼都迷人，没想到你个老道也有脾气。有问题就大声说嘛，如今兴大鸣大放。"杜伯儒说："我是说，把天启大钟重新挂回状元槐，让老轸头继续敲钟，日头村才有精气神。"这话我听着心里受用，我早想敲钟了。权桑麻说："你这是资产阶级反攻倒算啊！那口钟当初是金世鑫藏起来的，结果闹出了人命，猴头到这阵儿还关着呢。还挂它做啥？没有钟，我们照样干革命，没有老金家，日头照样从东边出！"杜伯儒一番感慨："钟声响，文脉还能活，日头村就有救，钟要没了，啥都完了。"

权桑麻用指头敲敲图纸说："娘个 × 的，治理好燕子河，日头村才有救。别的，都是扯淡！"

杜伯儒走了。我怕权桑麻骂我，拔腿也要走。

这时权桑麻不知想起啥来，又追了出去："老杜，老杜！"

杜伯儒站住，问他啥事。权桑麻说："秋后日头村要修燕子河，社员都上阵。"杜伯儒没吭声继续往前走，权桑麻堵住了他的去路。杜伯儒一瞪眼："打劫呀？"权桑麻说："老杜，几百号社员响应主席根治海河的号召，我们挖燕子河，少不得头疼脑热的。你是华佗再世，瞧病没的说。我想请你到海河指挥部当医生。"杜伯儒哼了一声："你也知道求人啊？我不去，你还能绑了我！"

杜伯儒说着就倔倔地走了。

权桑麻嘟囔了一句:"这老小子,信你的道就中了,再掺和事,我非游你的街不可!"

我眼睛眨巴眨巴,一声没吭。

秋天种小麦。地里搭了种麦指挥部,是用焦黄的苇席围起来的。权桑麻广播各个生产队的种麦进度。每回广播前总是呼呼吹两下话筒:"抓革命,促生产。第一生产队今天种麦五亩半,第二生产队今天种麦三亩七……"广播到第五生产队时,大喇叭里传出一片鼾声,权桑麻睡着了。他已经四天四夜没合眼了。腰里硬想把他拽到床铺上,权桑麻说了梦话:"一枝花,你饶了我吧,我实在弄不了啦……"声音从大喇叭里传出来,种地的社员都笑疯了。

没多长时间,种麦指挥部拆了,燕子河畔又搭起了根治燕子河指挥部,权桑麻依然是总指挥。指挥部的后身是一溜儿工棚,社员变河工,就在这里栖身。我成了食堂做饭的,每天蒸金黄色的窝头,做白菜豆腐粉,几百号社员都吃,热气腾腾。我心里甜滋滋的,蹲在一旁抽旱烟,听远处隐隐的笑声。

这天晚上,大伙在河堤上唱起了评剧。

事情是这样的,几个样板戏唱完了,权桑麻让权国金改编剧本,将苏联电影《列宁在 1918》改编成了评剧。

我知道权桑麻有苏联情结。1952 年春天,槐树开花的时候,全国农业合作化运动来了,权桑麻成了积极分子。他带着一个由二十九户贫雇农和四条牛腿组成的农业合作社,取名"披霞山合作社",在青石板上创高产,此举轰动了全国,他当选为全国劳动模范。

权桑麻跟毛主席吃过饭,敬过酒,合过影。那只细长的黑色钢笔,就是毛主席送给他的,常常别在胸前。毛主席让他搞好生产,代问男女老少和娃娃们好。权桑麻沉浸在幸福的感觉里,吐着烟说:"见了毛主席,我权桑麻死了也不冤枉了。那一天,我参观北京故宫,还登上了天安门城楼。在故宫里看见了皇帝的龙椅,那叫威严,那叫气派,叫人一辈子都忘不了!"也是这一年,他跟农民参观团,去了一趟莫斯科。在莫斯科,这些农民代表还受到斯大林的接见。权桑麻说:"斯大林握着我的手,连说哈啦瘦!人家领袖真没架子,愣说我瘦,我回国就开始多吃增肥，后来才明白，哈啦瘦在俄语里是好的意思！差老鼻子了，你瞅这笑话出的。"

我听着笑喷了。

没几天，权国金把剧本改好了，就开演了。

权桑麻让我演列宁，我推托说："不中，列宁官大，还是你演吧！"权桑麻说："好，我演列宁，我弗拉基米尔·伊里奇·列宁！这苏联人名咋这长啊？"人们都笑了。后来，是这么分工的，我演肃反委员会主任捷尔仁斯基，腰里硬演瓦西里，金茂才主动上来说："我演办公室主任斯维尔德洛夫。"权桑麻说："你演得了吗？"金茂才说："说啥我也得给你撑面子！"权桑麻板了脸说："你要是撑，就得给我撑圆喽！"金茂才说："放心吧！"

权桑麻腰里掖着笤帚疙瘩，上场就喊："娘个×的，革命形势大发展，帝国主义他娘的急了眼。我列宁，唱啦？"底下人鼓掌："唱啊！"

权桑麻张大嘴巴唱道："列宁我打坐在克里姆林宫，尊一声斯维尔德洛夫请听分明，前几天，我派瓦西里去把粮食弄，为啥到这阵儿还不见回城？啊——啊——啊——"

金茂才上台道白："列宁同志，您别心窄了。"又接着唱，"尊一声列宁同志，且莫着急，为此事我请示了那捷尔仁斯基，他言道，彼得堡的交通不大便利，弄到了粮食难整车皮，瓦西里的工作他一向很努力，你就放心吧，你就放心吧，我的弗拉基米尔·伊里奇，咦——咦——咦——"

权桑麻嘿嘿一笑："嘿，茂才挺有才呀！"

腰里硬晃悠着登场了："列宁同志，瓦西里向您报告，粮食弄来了。"

权桑麻一拍大腿："娘个×的，忒好了！"

我被他们逗笑了。

权桑麻拿姿拿势地唱道："闻听瓦西里把粮食弄到，不由得列宁我喜上眉梢，时间紧，任务重，困难是忒不少哇，哈啦瘦，哈啦瘦，真他娘的哈啦瘦啊——"

人们都笑翻了。

我悄悄问金茂才："哈啦瘦，是啥意思？"

金茂才说："是俄语，好的意思。"

我比别人笑得慢半拍。

腰里硬怀里抱着一件羊皮袄登场了："列宁同志，这是彼得堡的革命群众孝敬您的！"

权桑麻打开包裹一看："咋，还有一包烟叶啊？"然后开唱，"这包烟叶，我不要，你把它送给那捷尔仁斯基——"

我呆愣着。有人瞅我："老轸头，说你哪！"

腰里硬踢我了一脚："轸头，该你啦！"

我一个趔趄，金茂才递给我一个烟斗。我接过烟斗，灰溜溜地上场，从权桑麻手中拿到烟叶，捻一点儿，放进烟斗里，点燃，吧嗒两口："我 ×，味儿忒地道啊！"

我这句话把他们都逗笑了。

咔嚓一个响雷，雨点子砸下来。

权桑麻朝观众挥挥手："娘个 × 的，散啦！"

人们纷纷往工棚里跑。

演评剧算是慰劳，接下来就苦劳了，社员们抬筐的抬筐，推车的推车，在长长的河堤上，就像蚂蚁搬家。权桑麻耍大锹，三锹就装了一抬筐，喊一声："走嘞——"就有两个人将土抬上河坝。一场秋雨一场凉，活儿不好干了。人们要在冰水中砌石坡，谁都不愿下去。权桑麻说："我这两条腿热，能把冰水烧开了！"说着，他第一个跳进冰水，搬石头。腰里硬试试探探下河，权桑麻说："下面有地雷呀，你他娘快点儿！"权桑麻高喊，"怕凉不革命，革命者都下来！"

人们呼啦啦都下去了。

权桑麻一个趔趄，险些栽倒在冰水里，他强撑着站起来，高喊："社员同志们，修成了这条渠，连接了燕子河，咱们就能把上千亩的旱地改成水浇田，就能粮过长江，棉过百了。"说着，权桑麻连打两个喷嚏，忽然抖成了一团，"娘个 × 的，咋着凉的啊？"

权桑麻发了疟疾，哆哆嗦嗦，人们把他抬到指挥部。我把杜伯儒叫到指挥部，我和杜伯儒一见都愣了，只见权桑麻盖了七八条被子，人被棉被埋了。权桑麻打着哆嗦，嘴里就一个字："冷冷冷……"

杜伯儒意味深长地说："桑麻啊，水凉了还可以喝，身子冷了还能热，要是心凉了很难再热啦。"

权桑麻说："快，快让我热起来吧！"

腰里硬抱着一床被子进来了。

杜伯儒给权桑麻把了脉，说："别盖了，再盖，你就让被子压死了。"

权桑麻说："压死比冻死强……"

杜伯儒熬了药，让权桑麻喝下去。权桑麻身上的被子一条一条往下揭，好了。权桑麻披着夹袄走了。

杜伯儒去了食堂，他和我住在一块儿。我买了两瓶薯干酒，夜里就白菜心喝酒。我们说起金世鑫，他叹息一声，哽咽说："金校长是好人，好人啊！"

我也流泪了："好人没好报，祸害一千年啊！"

我们俩睡不着，从金世鑫说到毛嘎子。杜伯儒问："你真听见毛嘎子说话啦？"我说："听见了。"然后，我就把过程详细说了一遍。可能我说玄乎了，说得杜伯儒脸色发白，倒抽冷气。

真是隔墙有耳，权桑麻听见了，他朝我吼道："轸头，别瞎说了，你要信闹鬼，就把毛嘎子给我捉回来！捉不着，就给我闭嘴！宣传迷信，我就给你戴大帽子游街呀！"

我吸了一口凉气，吓住了。

2

猴头回来了。猴头在公社关了两个月。他刚进家时，跟掉了魂儿似的，呆若木鸡。我怕他傻了，求权桑麻给他找个活干。权桑麻说，他这身板只能去挖河！我说，挖河就挖河吧！猴头就去了燕子河工地。猴头到了挖河工地，也不怎么和人说话，总是喃喃自语。

鸡叫头遍我就起床。我起床以后，猴头也摇头晃脑地起来了。猴头跟我犟嘴，我把他的胳膊、后胯都打肿了。猴头委屈地哭了："爹，我是革命啊，我砸的是钟，是破四旧，至于死了人，那是金校长自己扑上来的，我有啥办法？"
我黑着脸，说："你还强词夺理，赶紧到金家赔罪。"猴头咧着嘴巴说："金沐
灶手黑，他还不砍了我，我不去！"我瞪了眼睛说："我陪你去！"

金沐灶不请自来了。他拎着斧头进来，一声不吭，脸色发紫。我一瞅这架
势，这是来找猴头算账的。

金沐灶说："你把我爹砸死了，我就把你砍死，为我爹报仇！"猴头变得
胆小起来，吓得躲在我身后。我急了眼说："沐灶，咱爷儿俩不是说好了吗，
看我的面子，你不是原谅猴头了吗？再说，他真的不是故意的。公社也把他关
了，你就饶了他吧！"

金沐灶红着眼睛说："轸叔，我本想饶了他，可是，我梦见我爹了，我爹
在梦里不干哪！"我浑身哆嗦了，支吾说："孩子，梦都是反着的，我常去你
爹坟头，给他的坟上填土，他说原谅猴头了。"

金沐灶说："鬼话，我不信！"说着就抢斧子，院子里鸡飞狗跳。猴头一
头蹿进了后院高粱地，不见影了。金沐灶红着眼睛，气愤地嘟囔着："这有天
理吗？杀了人关了学习班就回来了。"我夺下他手里的斧子："你就是杀了他，
金校长也回不来了啊！再说了，他肚子里有几两油啊！砸钟的事，都是腰里硬
和黑五逼他干的！"金沐灶说："腰里硬，这个王八蛋，不得好死！"我说："孩
子，你斗不过他，他是民兵连长，有皮带，还有枪。"金沐灶恨恨地说："我不
怕他的破枪！"

那天夜里，我躲在暗处，看见腰里硬在街上转悠，斜挎着枪，嘴里哼着语
录歌。金沐灶的弹弓说话了，射出了一颗复仇的石子。腰里硬呀的一声，摸着
后脑勺跳起来："谁呀，谁呀？找死啊？"他乱嚷着，暗夜里看不到人。腰里
硬端起枪，朝后面瞄了瞄，啥都看不见。他揉着后脑勺，估计起了包。

金沐灶从墙头跳下来，他发现了我，吓一跳。我说："别惹他，招是非。
你娘咋样？"

金沐灶说："挺好，就是觉少！"

隔了两天，我来到金家看张慧敏。

张慧敏跟金沐灶正在争吵，张慧敏抄起墙角的钢叉说："找腰里硬算账

去！"金沐灶说："娘，算账有我，还用得着您？"张慧敏紧紧攥着钢叉，怎么也拦不住，我和金沐灶跟着她去找腰里硬。

到了腰里硬的家，两股钢叉一飞，擦着腰里硬的头皮掠了过去。

钢叉插在窗户框上，死死的。腰里硬吓直了眼，骂："金沐灶，你干啥呀？跑我这儿要黄鼠狼来了，你想要我命啊！"张慧敏说："你要了老金的命，我就要你的命！"张慧敏又去拔钢叉，却被腰里硬抢了先。腰里硬把钢叉扔到了房顶上："张慧敏，你不是黄仙儿吗，跳上房顶取去。"张慧敏要打腰里硬耳光，被腰里硬扭了手臂，疼得她哇哇叫："儿子，救我啊！"金沐灶捡起砖头要砸，啪的一声，腰里硬解下腰带将金沐灶抽倒在地，铜扣重重镶进了金沐灶的胳膊，金沐灶疼得原地转圈儿。金沐灶咬牙切齿，狠狠地骂："腰里硬，我 × 你娘！你把我爹害死了，又来糟践我们娘儿俩，你不得好死！"张慧敏抄起小板凳，向院子里的冷灶锅砸去，哐的一声，不知碎没碎。腰里硬跑进屋子里，出来时端着一杆枪。张慧敏跑过去挡住金沐灶："你打死我吧！"金沐灶将母亲推倒，过去抓起枪筒，抵住自己的额头。

我跑上去一把推开腰里硬的枪口："别开枪！别开枪！腰里硬，你放他们孤儿寡母一马吧！"

腰里硬撸了一下脑袋，说："老轸头，我就吓唬吓唬他们。他们是来找碴儿的，非说是我杀了金校长，要我偿命。老轸头，老金是你儿子猴头砸死的，你是亲眼看到的，对不对？"

我摇着头，一时说不出话来。

我走过去对张慧敏说："嫂子，都是我家猴头造的孽。从现在开始，我们汪家祖祖辈辈给你们金家当牛做马，中不中？"

张慧敏说："猴头是罪人，可腰里硬是幕后主使。"

张慧敏从衣袋里掏出了火柴，点起了地上的玉米叶子，往房跟前扔。火马上被腰里硬踩灭了。

权桑麻来了，脸红得像鸡冠子。

腰里硬眼泪哗哗的："叔，你可要给我做主啊！"

权桑麻夺下张慧敏手里的火柴："不像话！放火？烧了他一家，就得烧成片，你家我家都得烧了。"

张慧敏说："烧了就烧了，老金没了，我不要这个家了。"

权桑麻火了："你不要这个家了，大伙都不要家了？金沐灶还要不要这个家？他还要不要你这个娘？"

我插话说："支书，金校长一死，慧敏受了刺激。算了！"

权桑麻说："轸头，你咋老掺和金家的事啊？"

我被他骂蔫巴了，不吭气了。

权桑麻拉张慧敏坐下，语气缓和了："嫂子，金校长没了，我难过得三天三宿没合眼，心跟刀剜的一样，疼啊！"

权桑麻眼里闪着泪光："往后，家里有啥事，跟我吩咐一声，我全给办了。"

张慧敏的气消了一些，我跟金沐灶递个眼色。我送张慧敏和金沐灶回家，半路啥话都没说。

之后，我又去了金校长坟上，往坟上添了几锹新土。回村就往状元槐上看，却不见毛嘎子。难道这鬼精灵真飞到天上了？

金沐灶恨腰里硬，恨得牙根痒痒的。

魁星阁烧了，天启大钟也摘了。

权桑麻瞅着大钟生气，就让大伙将天启大钟投到了燕子河。

那天上午，大伙将大钟抬到燕子河。钟往河里一放，旱年，河水浅，龙爪露着。

我跳下去，使劲摁了摁龙爪，摁几下，摁不下去。没入伏的水，冷得扎人，我急着跑了上来。

到了傍晚，有人在街上喊："燕子河涨水喽！"

我正吃晚饭，扔下碗筷，奔燕子河去了，眼见燕子河水突然暴涨，河水一波波涌着，翻花冒泡，天启大钟淹得没影了。没下雨呀，哪里来的水啊？我只看一眼，水涌漫上来了。

我急着去找杜伯儒说了。杜伯儒听后缓了一阵，轻轻一笑："金生水呀！"

我豁然明白，天启大钟，皇帝赐给金家，大钟属金啊！

其实，悲剧的幕后主使者就是权桑麻。这个秘密，我是从权家偷听到的。

那天傍晚，天黑黑的，我瞅见腰里硬捂着脸来找权桑麻。我蹲在墙根下，听着屋里说话。腰里硬说："叔，这民兵连长我不干了！"权桑麻说："撂挑子？因为啥呀？"腰里硬指指脸："叔，我干革命工作挨人家打，还挨您的骂，我不干了，谁爱干谁干。"权桑麻说："演戏，知道不？"

腰里硬说："演戏知道。《红灯记》李玉和打鸠山耳光，是我在幕后拍了一巴掌，可没真打呀。"权桑麻说："咱爷儿俩虽然是演戏，但打你就得真打，要不然谁信啊。"腰里硬说："猴头打死了金世鑫，背地谁指使的？您啊！可是，您充好人，这黑锅让我背了，人家张慧敏和金沐灶能不找我算账吗？"

权桑麻说："娘个×的，今天我把话说到家了，金家还敢跟你使横，我就不干啦！你叔能让你走窟窿桥？"

这些话，证实了我的预感，权桑麻是幕后黑手。可是，我还不能跟金沐灶说，只能糊涂着，要是捅漏了，就会出人命啊！

我来到老槐树下，看见金沐灶跟权国金坐在那儿。

我知道这两个年轻人与我家大姐是同班同学，他俩有着很深的友谊。那一年，村里打井出义务工，金沐灶和权国金都去了，有一次意外塌方，金沐灶为了保护权国金砸伤了自己的脑袋，救了权国金一命。

天渐渐暗了，我们谁都不说话。过了一会儿，权国金说："金沐灶，你不是找我有事吗，咋不说话呀？"

金沐灶看着远处他爹的坟，张着嘴巴说："轸叔，你知道我的心里头盛着啥事吗？"

我说："你爹让你建魁星阁。"

金沐灶摇着头："不对，还有呢？"

权国金说："沐灶，我听说你爹埋了，尸体却突然没了。去哪儿了？"

金沐灶对权国金说："国金，奇了，找不到。我想，八成是附了毛嘎子的身了，他学我爹的声音可像了，真的。"

权国金说："你爹的棺材老空着，也不叫个事。"

金沐灶说："国金，你知道我爹生前最稀罕啥？"

权国金说："稀罕你呗。"

金沐灶说："他最稀罕天启大钟。我爹说过，大钟、老槐树、魁星阁，是我们日头村的文脉，断不得。魁星阁毁了，听说腰里硬还要毁大钟。我想把天启大钟保护起来，只能靠你帮忙了。"

权国金一愣："我？我能帮上忙吗？"

金沐灶说："你能，只有靠你了。"

权国金说："中，我跟爹说！"

金沐灶说："杜伯儒道士告诉我，文脉还得文地存，学校是有文气之地。'文化大革命'一开始，我爹就把大钟藏进了学校，可到底还是把命搭上了。他喷了一腔血，保住了大钟，文脉没有断。"

权国金眨巴着眼睛，说："你神神秘秘的，我听不懂。"

我插嘴说："就是跟你爹说，把天启大钟从燕子河捞起来，埋了，埋进金校长的坟里。"

权国金心里没底，讷讷地说："明白了。我去跟爹说，但得有轸叔陪着，一起跟我爹说。"

我应承下来。

3

我接着说红嘴乌鸦吧。

红嘴乌鸦带队打胜仗的故事我就不说了（红嘴乌鸦在我们这里深入人心，我断定金沐灶古怪的思维也许与红嘴乌鸦有关）。过去在村里，乌鸦与乌鸦是不一样的。嘴红的程度据说与乌鸦的年龄有关，老乌鸦嘴全红透了，幼小乌鸦嘴巴是粉红色的。红嘴乌鸦的神奇别人只能从传说中获得，而我却能身临其境地目睹它的飞翔，它的魔力我着着实实地领略到了。

我看到了红嘴乌鸦，它面对温暖的太阳正竖起了黑色羽毛。每一片羽毛都含着水珠，闪着耀眼而柔和的光芒。

我最后想出了一个主意，拔几片黑色羽毛在我身上长期携带着，那是我最喜欢的物件。红嘴乌鸦在日光的明亮里盘旋与众多鸟们联欢的气氛真是好极了。

红嘴乌鸦的神话无论多么遥远多么缥缈，对我还是充满了诱惑。

一只红嘴乌鸦幽灵般地出现在天空，传来叽溜叽溜的叫声（我看见了红嘴乌鸦，至于红嘴乌鸦在这个时候出现预示着什么结局就不得而知了）。宝俶走到门口，那只红灿灿的红嘴乌鸦轻轻落在他的肩膀上。

梨娘对宝俶说："儿呀，这只红嘴乌鸦是你爹死后变的，你只要朝着他指引的方向起飞，就不会走错路了。"

儿子点点头："是的，可敬的娘，是您在一念间圆了佛的心意。"

梨娘轻轻一笑，又对着红嘴乌鸦努了努嘴。

宝俶说："娘，我走后，不论时间过多久，您千万不要伤心呀！"

这话让梨娘的心辛酸又甜蜜。梨娘答应了他。

村人听说宝俶要去寻太阳，纷纷摸着黑赶来送行。

宝俶一个个摸了一遍村人的脸，就走了。

他刚刚上路，就碰上狂风，仿佛饱尝惊吓似的战战兢兢。他不顾黑暗和寒风，用响亮的喊叫来遮掩内心的慌张。他朝着东方那颗明亮的星星拼命地往前走，渐渐地，他辨认出那颗星星竟然是自己的星宿箕宿（这又是一个巧合还是必然？他的星宿竟然与金沐灶的箕宿重叠了）。他走呀走呀，他拐过一弯又一弯，翻过一山又一山，攀上了十八层陡壁，越过了十九道悬崖，荆棘把他的棉袄撕成布条条，棘刺在他身上划了许多血道道。棉袄越来越破，天气越来越冷。

一天，宝俶走进一座村庄，村里的人见来了位远客，头顶还盘旋着一只红嘴乌鸦，都围上来问他："孩子，你要往哪里去呀？"

宝俶说："我找太阳去！"

人们赞赏地说："好哇，孩子，可这只乌鸦会不会给你带来厄运？"

宝俶抚摩着红嘴乌鸦说："它是红嘴乌鸦，吉祥着呢，你们没见过吧？"

人们好奇，用灯火去照乌鸦的红嘴巴。人们看到他义无反顾的神态时，对他既敬佩又感激。人们看见他身上的棉袄很破烂，挡不住寒风，于是每人剪下自己的一块衣角，缝成一件五彩斑斓的"百家衣"送给他。宝俶穿上这件"百家衣"，带着红嘴乌鸦继续上路。

宝俶不停地往前走，走到一条大河边。

大河波光粼粼无边无际。宝俶一跃跳进大河使劲儿地朝对岸游，水浪没头没脑地打他，旋涡把他卷来卷去。他被无边无际的死寂包围了，在空旷而巨大的河流中显得那般渺小无助。眼看就要游到对岸了，忽然一阵寒风吹来，河水全都结成了冰，宝俶被冻在河当中。红嘴乌鸦用坚硬的红嘴巴啄碎他身旁的冰。红嘴乌鸦连冻带累昏死了。

宝俶双手把红嘴乌鸦紧紧地抱在怀里哭了。他带着红嘴乌鸦终于跳上了河岸。他脱下"百家衣"给红嘴乌鸦围上，红嘴乌鸦的身上有了热气，慢慢活了过来。

宝俶过了冰河，进了凤凰村。

凤凰村离山顶几百米远，越往上走山坡越陡，树木越密。树根扎得不深，山坡土质粗劣，画眉和百灵在树上歌唱。山庄里的房子很气派，男人长得很肥胖，女人长得很俊俏，村里的人没等他说话，就知道他是寻太阳的英雄。一时东家提酒，西家端菜；男的拉，女的扯，要请宝俶吃饭喝酒。一个妖媚的漂亮女人用大嗓门跟他说一些床上的下流话，还一边说一边拿一束紫色草刮他的鼻子（我知道那种山中的紫色草叫猫草。它有一种特殊的药理作用，能刺激人和动物对异性发情）。

尽管宝俶禁得住女人的挑逗，但是心里疑惑了：一路行来，没有太阳照耀，所过的村庄都是破破烂烂的，人民在受冻挨饿，为什么这里的人丰衣足食呢？

不知红嘴乌鸦怎么识破了妖怪设下的陷阱。原来这是鬼怪横行的赃窝，宝俶刚一端酒碗敬酒，冷不防红嘴乌鸦飞到他头顶上，啪啦一声，把一只草鞋丢进他端着的酒碗里，酒碗掉落在餐桌上。一只猫跳上来舔碗里的酒即刻死亡。

他瞪大了惊愕的眼睛，想到妖魔施魔法是要偷走他的灵魂。忽然，那只掉进酒碗的草鞋呼呼地燃烧起来（燃烧的火焰很像火苗儿玩的火绳儿）。宝俶仔细一看，这草鞋和他脚上穿的一模一样，是娘用头发和着马鬃丝打的，他听娘说过，立刻猜出这是他爹寻太阳穿过的草鞋。他把酒碗往地上使劲地一摔，双膝跪地，大吼一声："爹，我来了！"

突然，大山一阵巨响，凤凰村不见了，村里的人也顷刻间消失了，许许多多眨眼睛的妖魔一下子逃得无影无踪。他双手捧着父亲的草鞋，心中充满了悲壮的痛苦。紧接着,有一股神力推动着他与红嘴乌鸦一起飞旋起来。

他在飞行中想到了娘。

没有太阳的日子要多可怕有多可怕(黑暗久了地要陷落,这些消息零零碎碎地传到村里,吓得人恐惧无比,近乎绝望)。梨娘自从宝傻走了以后,无时无刻不在盼望儿子早些回来。她的脸上闪烁着凄凉的光亮,每天都和乡亲们爬到披霞山顶上向东瞭望,每次都要搬一块大石头垫脚,好让自己站得更高一点儿看得更远一点儿。

盼呀盼呀,望呀望呀,也不知过了多少时间,梨娘脚下的大石头已经叠成一座高高的石台,但是天空还是漆黑一片。

过去的日子,宝傻一直随着红嘴乌鸦徒步行走,如今他也能跟红嘴乌鸦一样飞翔了。他飞过一座座高山,终于看见一片汪洋大海。他游到一个很远很远的地方寻到了深深的海底。

这时,红嘴乌鸦只能在海面盘旋而不能入水。他看见一个岩洞,洞里闪闪发亮,太阳就被魔王藏在这个大岩洞里。宝傻游到岩洞口,见魔王率领着大小妖魔,已在那里摆开阵势等着他了。接着,宝傻就和魔王大战起来。

在他们打出水面的时候,红嘴乌鸦猛地啄瞎了魔王的一只眼睛。

接着,它又飞上去啄瞎了魔王的另一只眼睛。

魔王眼前一片黑暗,就乱碰乱撞,一头撞在岩石上,撞死了。魔王一死,小妖魔一下子就逃得无影无踪。

宝傻连气也没有歇,就用力推开岩洞口堵着的大石头,找到了太阳。他用尽最后的力气,托着太阳往海面上游。游呀游呀,不知经历了怎样的艰难,太阳在海面上终于露出半个脸。不料宝傻的力气已经用尽了,怎么也不能把太阳托上海面。

红嘴乌鸦飞过来了,用背脊驮着太阳,展开翅膀用力往上一飞,就把红彤彤的太阳托出了海面。

忽然间,东方的天边射出万道金光,太阳终于升起来了,天亮了。太阳升起时金光四射。

过了两天,村庄头顶上传来一声长长的凤鸣,报信的红嘴乌鸦先飞回来了,在披霞山顶上翩翩起舞，再次出现在梨娘的视野里。

梨娘和乡亲们高兴得欢呼起来，欢呼的声音震得地动山摇。潜伏在村里的妖魔被太阳光一照，原形毕露，瞬间变成了奇形怪状的黑鸟飞走了。

可是，宝佾却再也没有回来。

红嘴乌鸦凄厉地一叫，告别梨娘飞向云顶。

白发苍苍的梨娘再也无法回避太阳的光芒了，她正脸对着太阳，目不转睛地盯视着，五彩的阳光闪烁变幻，把她的眼睛照疼了，她流着眼泪说："我儿子也一定会变成红嘴乌鸦的。"

山顶上的石头被阳光晒热了，梨娘的心头一阵发烫，弯下腰去深深一吻，苍老的脸上布满仁慈。

忽然，有一只红嘴乌鸦扇了扇翅膀，消融在正午的阳光中，在遥远的云顶与那一只红嘴乌鸦会合了（看来红嘴乌鸦是成双成对的，但不是孪生的，而是隔代而生。如果你在一棵树上发现一只红嘴乌鸦，那么在隔代的时间里对面另一棵树上也会出现同样的红嘴乌鸦）。

冀东平原的人都习惯把太阳喊成日头，村庄从此改名日头村。

4

日头村进入雨季。没有瓢泼大雨，只有猫尿似的小雨。

下雨天，我脱下背心捉虱子，虱子不少，用指甲盖一挤，咯嘣咯嘣响。天晴了，我穿好衣裳，就去了权支书家，村里人还以为我拍马屁呢，其实，我是在为金校长说情。

权国金在门口等我，我们一同进了房间。

权桑麻无比健壮，虎生生。他正在搓脚丫，将趾缝儿里的泥抠出来，放在鼻尖上闻了闻，很享受的样子。村里人都知道，每当这个时候，去找权桑麻事就好办。我和金沐灶求权国金跟他爹多说说大钟的事。

权国金皱着鼻子，有点儿恶心，一张嘴就呕了两声。我想了想说："桑麻，我看国金这孩子有脑瓜儿。"

我朝权国金使眼色。权国金强挺着说了说天启大钟的事。

权桑麻将脚泥停在了鼻尖上："啥？要把大钟埋了？你的主意？要是你的主意就中，金家人的主意，咋说都不中！"

权国金嘬着牙花子，说："爹，你行行好，就依了金沐灶吧，他毕竟救过我。"权桑麻停止了抠脚泥："你啥意思？你爹啥时候不行好啦？"

我插嘴说："支书啥时候都行好，这件事办了就是忒好了，全村人都拥护你。"

权桑麻一愣，转脸问："全村人都拥护？"

权国金赶紧说："都拥护。"

我解释说："你想啊，金校长的尸首没了，但总不能埋口空棺材吧？大钟是他的心爱之物，埋了，死人安宁了，活人能不顺心吗？"

权桑麻说："是啊，瞅着大钟我就堵心。"

我顺着说："大钟在学校放着，也是一块心病。埋了，烂个彻底，一了百了。"

权桑麻不吭声，低着头，一下一下使劲地搓着脚丫子。

权国金不失时机地瞟一眼权桑麻，眼珠灵活地转了转。

权桑麻将手掌放在鼻尖，狠劲吸了吸，眯着的眼睛突然睁开了："中，把钟埋了吧！"

这个大晴天，天瓦蓝瓦蓝，日头无声地照着，没啥表情。天启大钟上了街，被几个壮汉抬着走，街上人山人海，人们都来看热闹。在金沐灶家门口，我用轸木敲响了大钟，九下，代表九九归一。我高喊一声："金校长，您回家看看吧，保佑张慧敏母子康健，一切平安！"

金沐灶、张慧敏、金淑琴抱着大钟哭，大钟被泪水冲刷着，却冲不掉血腥味道。我的眼泪顺着鼻子两侧流下，擦了再流。杜伯儒在前面走，抬手撒着纸钱。

墓穴已经挖好，人们将大钟稳稳地放进墓穴，日头正照着金校长喷的那摊血迹，猩红猩红的。杜伯儒抚摩了一阵大钟上雕刻的《金刚经》，然后扯着嗓子喊："神钟归土喽——"

湿土散着芳香，缓缓撒向天启大钟。

张慧敏在坟头烧纸，嘴里默念着什么。我凑到跟前，听她说的是："大钟保住了。"

大钟本应挂在老槐树上，回荡着嗡嗡的声音，而今却埋在了地下，它沉默了。

金沐灶跪在坟前，抚摩着坟上的新土，泪流不止。

我感动得鼻子一酸，张了张嘴。

杜伯儒说："这天启大钟啊，连着金家的血脉。金家有铸钟的历史，自铸过大钟之后，就再也没有铸过钟。他们不愿提起祖辈的往事，只是打心底敬重着这口天启大钟。"听了杜伯儒的讲述，金沐灶皱了皱眉头，这是从未有过的震撼。他想，这座坟里埋着他父亲的棺材，埋着天启大钟，也埋着他的祖先。

大钟埋进了黄土，我也就没了敲钟的营生，心中空落落的。我每天早上都要去坟上绕一遭，看看金校长，看看大钟。我坐在坟头，掏着心里话。也不知是对自己说，还是对金校长和大钟说的。背对着日头，我就这样念叨，念叨中，日头就从东边缓缓升起来了，很是扎眼。

毛嘎子失踪了，谁也不知道他去了哪儿。

我跟权桑麻说："毛嘎子飞了，去了天上，我亲眼看到的。"

权桑麻火了："纯属扯淡！红太阳是毛主席。毛主席能接受他那个浑小子？"

我吓得不敢吱声，悄悄溜了。

十五月圆，毛嘎子飞回来，落在菩提树上。

我也闹不明白，他到底去了太阳那里还是去了月亮那里？后来，毛嘎子说去了云顶。云顶是啥地方啊？头一回听说，那地方能吃？能喝？能睡觉吗？毛嘎子抱了一捆柴火，像鸟一样飞，飞到林子里的菩提树上搭窝。毛嘎子为啥不回状元槐呢？我骂道："你小子还添了毛病，专找树林里的菩提树。你不老实的话，我就砍了菩提树。"毛嘎子吮吮地拍打胸脯说："日头村就那一棵呀！你要砍了，就遭灭顶之灾啊！"我被吓住了。那天晚上，我家柴火垛有响动，高粱叶子哗啦哗啦响。我走出院子，以为毛嘎子落在柴火垛上，到跟前一瞅，柴火起伏拱动。闹鬼了吗？鬼最怕人吐唾沫，我恶狠狠地吐了几口。

吐完了，柴火垛还动个没完，我抄了轺木朝柴火打去，嗷的一声，两只母猪窜了出来。原来是我家的猪跑出猪圈了。我喊老婆把猪轰进猪圈,回去睡觉了。

醒来的时候,天微微亮了。我发现自己躺在老槐树下,一睁眼,瞅见日头出来了,我走到状元槐下,听见老槐树在笑。这笑声从哪儿来的?老槐树笑了,对着天,对着地,它在笑啥?在笑谁呢?

日头很烈,晒得状元槐啪啪爆皮。爆裂的声音像是人的笑声。阴天下雨的时候,老槐树就耷拉着脑袋,不吱声,爱理不理的样子,耍脾气。老槐树换了装束,树杈耷拉下来,我双手撑住树干,一个趔趄。后来,金沐灶赶来了,帮我把树杈用钢丝缠住。春风一吹,它不再开白色的花,而是将紫色的花朵插满了头,就像一个打扮妖艳的老太太。

农历五月初十,中国有一件大东西爆炸了——中国氢弹研制成功。

村里人在状元槐下庆祝,金沐灶的拳头,在汪猴头的脑袋上爆炸了。金沐灶一拳头打在猴头的太阳穴上,猴头吭都没吭,口吐白沫,昏死过去。我大喊一声:"救人啊!"腰里硬循声跑了过来,身后跟着几个小伙子。人们七手八脚,将猴头抬进了赤脚医生的家,这个毛头小伙,吓得脸都白了,拿针管的手抖来抖去,总算扎在了猴头的屁股上。

汪猴头醒了。金沐灶逃了,没了影儿。

腰里硬没抓住金沐灶,不甘心,他劈头盖脸地骂道:"金沐灶太嚣张了,这是给他走资派的老爹报仇呢!狗崽子的新动向,不能不防啊!他就是跑到天边,也得把他抓回来!"我想了想说:"猴头醒了,就算了吧。毕竟是猴头把金校长打死了。打一拳,让他出出气,也就平了。"腰里硬冲我拍桌子:"老轸头,他打的可是你儿子,你胳膊肘咋往外拐呢?一定要把他抓回来!"

天说黑就黑了。

腰里硬很兴奋,他就像是猫头鹰托生的。我跟在他身后,腿肚子往后拐。我们不知道,金沐灶躲在废弃的工棚里,工棚是去年挖河时用的。半夜里金沐灶饿了,从河里摸了几条鱼,烤着吃。腰里硬老远就看见了火堆,他说:"看见没,金沐灶就在那儿,捉活的,都别出声啊!"

几个人悄悄挨近火堆,我的心都提到嗓子眼儿了。

离金沐灶几米远的时候,我狠踢了一块石子,石子飞向了火堆。金沐灶激灵一下，站了起来，撒腿就跑。腰里硬率人猛追，金沐灶跑到燕子河边，扑通一声跳进河里。

正是汛期，河水流得急，金沐灶被冲进了芦苇荡里。腰里硬站在河岸吼："又让这王八蛋跑了！"我急得直跺脚："快救人啊！"腰里硬又吼："金沐灶，你个兔崽子，去死吧，日头村倒干净了！"他吼着，一猫腰，朝河水中扔了块石块，说了声："走！"他嘴里哼哼着，带着民兵往回走。

走了几步，腰里硬又站住了，冲站在河边的我说："走啊，你还等着捞尸啊？"我蹲下说："我拉屎，你们先走。"腰里硬说："你懒驴上磨屎尿多，咱们先走。"

腰里硬走远了，我的吼声变了音："金沐灶，你在哪儿啊？你要是还活着，就吭一声。"

周围一片死静死静。

过了一会儿，惨白的月光下一片水花泛起，我隐隐看见金沐灶露了一下黑乎乎的脑袋。咚的一声，我穿着衣裳就跳下河，一个猛子扎到他跟前，将金沐灶水啦啦拖上来。

金沐灶浑身筛糠，我把他扶到工棚的火堆旁，帮他烤衣服。金沐灶说："叔，你咋不恨我呢？"我说："你把猴头打成那样，昏迷了两天，我恨过你。可我又一想，是猴头把你爹打死了，你应该还他一拳。"我想把仇恨这块冰给焐化了。

金沐灶眼睛红了，张嘴仅说出一个字："我——"

天一亮，我和金沐灶回了村，直接去了权桑麻家。我敲门，一枝花打开门，端着尿盆出来，她有点儿不好意思地说："这都是桑麻尿的。"我哼了一声，说："一闻就是支书尿的，人能耐，连尿都特殊。"一枝花端着尿盆一路小跑，去了茅房。屋里传出声音："老轸头，厌恶啥呢？"我和金沐灶走进屋，权桑麻还卧在被窝里。他这几天光尿尿，拉不出屎，脾气正躁："娘个×的，啥事儿啊？"我一哈腰说："支书，金沐灶这孩子吓坏了，不敢回村。"权桑麻穿衣服，瞟瞟金沐灶："猴头不是好了吗？"我说："好人一样，没啥后遗症。事一出，金沐灶撒腿猛跑，腰里硬抓他，带着民兵去了燕子河，金沐灶吓得跳河了，要不是我，咱村还得出一条人命。"

"娘个×的，腰里硬去抓了？"权桑麻火了，脑袋像安了弹簧乱颤。

我说："敢情你不知道啊？"

权桑麻说："我知道个屁，蒙在鼓里了。腰里硬这小子假传圣旨，打铁烤煳卵子，无法无天啦！"我说："支书，你看金沐灶这事咋办啊？"权桑麻说："人家老爹死了，打仇人一拳解解气，有啥不对？不能不依不饶，他腰里硬出啥头啊？沐灶，气消了没？要不再朝我踹两脚？"

金沐灶说："支书，感谢你大仁大义。腰里硬忒坏，见死不救，还说淹死我之后，日头村就太平了。"

权桑麻下了地，摇晃着走了几圈，啪地一跺脚，吼："这人，狗脑子。别跟他一般见识。沐灶，打今儿往后，你就踏踏实实在村里待着，腰里硬不敢动你，他敢动你，我就动他！"

我救金沐灶的事在村上传开了，人们都说我是活菩萨。

5

收了庄稼，地里空了，风刮过，玉米和高粱叶子打滚儿，玩儿疯了。这个时候，袁三定探亲从上海回来了。

袁三定穿得干净，衣服洗得发白，没丁点儿尘土。他戴着一顶军帽，是的确良的，人很精神。袁三定住在生产队，跟我一个院，他愿意跟我拉家常。

袁三定偷偷跟我说，他是大资本家袁世豪的后代，还让我保密。我也无法考证。我瞅他的气质，像是出身名门。他到了日头村，除了看牲口就是扫厕所，没人注意他的存在，也没人搭理他，好像他不在人间似的。

袁三定从千里之外的上海，来到了北方的日头村，当了知青。这之前，袁三定的哥哥袁治邦来这儿当了知青，但是他死了。袁治邦是第一拨儿知青，不咋说话，整天像牛一样苦干。他喜欢历史，知道日头村有状元槐、魁星阁和天启大钟，就奔这儿来了。进了村，发现魁星阁毁了，大钟埋了，就剩下一棵孤零零的老槐树，袁治邦哭了。袁治邦想走，知青队长不让，叫他好好改造。燕子河发水，生产队的小牛犊掉进河里，袁治邦跳水救牛，牛被他推上岸，他却被水冲走了。几天后，人们在下游将他打捞上来，活蹦乱跳的一个大小伙子已成尸体，人被泡得老大，白白胖胖的。社员们哭着把他埋在了燕子河畔。权桑麻致的悼词，说袁治邦是毛主席的好知青。

第二天早晨，我发现金淑琴出门去了，她手里拿着一卷烧纸，走得很急，碎步荡响了街道。起初我以为这是去给她爹上坟，后来觉得又不是。给金校长上坟，应当是往村东的老槐树方向走，而金淑琴则是往村西去了。村西是燕子河，过了独木桥。我和金沐灶上了独木桥，小木桥摇摇晃晃，好像随时要塌。金沐灶问："叔，我姐给谁烧纸啊？"我说你就别管了。金沐灶说那我看看去。

燕子河畔的柳树下，有一座孤坟，村里人叫它知青坟。金淑琴蹲在坟前，点了烧纸，冒起一股蓝烟，呛得她一阵咳嗽。金淑琴说："治邦，我给你送钱，你还呛我呀。"说着，她笑了，那样子有点儿苦。

我和金沐灶躲在柳树后，瞅着金淑琴。

后来，金淑琴不说话了，纸烟袅袅，像灵魂上天。烧完了纸，金淑琴擦了擦眼睛，往回走。我和金沐灶也默默地跟在她身后。金淑琴听到响声，回头一瞅，愣住了："你们跟着我干啥？"我说："闺女，我知道你的心。这也不是啥丢人的事，把腰杆挺直喽！"金沐灶说："我知道你稀罕他。"金淑琴说："稀罕谁呀？"金沐灶说："坟里的。"金淑琴叹了一声："我俩啥事都没有。我稀罕他，也没敢跟他说，他也不知道。你说，这叫恋爱吗？"

金沐灶说："这叫暗恋吧。"

金淑琴说："他死了，我跟他说说话。活着的时候，我俩说的话忒少了。"

金沐灶说："我就把他当姐夫吧。"

金淑琴流泪了。

这时，袁三定迎面走了过来，金淑琴赶忙擦干眼泪。袁三定打招呼："轸叔好！社员同志好！"金沐灶说："知青好！"袁三定红着眼睛说："我想去看看我哥，他的坟头在哪儿？"金淑琴说："我叫金淑琴，沐灶的姐姐，我带你去吧。"

金淑琴就带着袁三定上了燕子河的独木桥。

我和金沐灶回村里了。

后来我想，也许就是这次机会，袁三定跟金淑琴好上了。

权老栓死了，是下地让马蜂蜇了，没救过来。权老栓是权桑麻的远房叔叔，没出五服。权桑麻挺难过，带腰里硬烧了马蜂窝。权桑麻主张丧事新办，不请吹鼓手，因为那是"四旧"。权桑麻说："老栓叔活了七十八了，也是喜丧。请县剧团吧，唱唱评戏。"

我和金沐灶被分配到搭台组，在权老栓家门口搭戏台。

唱评剧的时候，火苗儿认识了剧团女主演汪芳，从此她就跟评剧结缘了。

唱戏的这天夜里，我听到了几声狼叫。

听见狼吼，我就想撒尿，尿了半天也没尿净。我是饲养员，还照料着上百只羊，平时就住在生产队里。听到狼叫，我就提着马灯，拎了轸木走出去。到羊圈一看，有三只羊被掏空了，血淋淋的，狼吃饱后跑了。

狼，是从披霞山下来的。

那一天，腰里硬围着羊圈绕圈儿，呼呼喘粗气。我成了狼面前的羊，吓得不敢喘气。腰里硬指着我的鼻子，开了机关枪："老轸头，你是干啥吃的？连几只羊都看不住，让狼钻了空子！要不是你出身好，给你定个罪信不信？"我说："我斗不过狼啊。"腰里硬解开腰里的皮带，晃了晃说："你要把狼想象成阶级敌人，和它搏斗，誓死保卫集体财产，死了也光荣。"

我说："我怕光荣了。"

腰里硬笑了，笑得怪怪的："你别干了，我找个不怕光荣的替你。"

隔了两天，金沐灶接替了我。我担心他，夜里偷偷跑来和他做伴儿。一连好几天都很安静，狼没来。

这期间，腰里硬却干了一件狼事儿。

我听说，腰里硬把蓝串儿姑娘按在草垛里，强奸了。蓝串儿的老爹老田埂不干，让我陪着找了权桑麻。权桑麻臭骂了腰里硬一顿，孰料后来竟然暗中促成蓝串儿嫁给了腰里硬。把人往狼嘴里送，这权桑麻到底安的啥心？

腰里硬娶了蓝串儿，婚礼办得挺热闹。

那天我没去喝喜酒，心口堵得慌。

我飞回到树林里的菩提树上。

街道上的人稀稀落落，人们懒散地晒着太阳。忽然，看见我家门口挂着几只兔子，母亲坐在门口心不在焉地搓着玉米，她的手掌一捻一捻，玉米粒落地的声音碎碎地飘在钟声里。我瞬间便明白了门口挂着熏兔子的意义——母亲知道我爱吃兔肉企图诱我回家。村里人已经把我当成鬼了，我必须学会隐藏和躲闪才能活下来。

我不明白，村里人为什么不把我看成天使呢？不管他们把我当成天使还是魔鬼，我的思念告诉我真想回家落地。

有一次，我从林子里菩提树上试探着落地的一刹那，我的双脚像被电击似的弹了回来。我再次失败。看来我没有回到人间的可能了。我只能过飘着的生活了，很遗憾我想不出其他的结局。

我听见了悠扬的钟声。好像云顶上的钟声敲响，远远的上面彩色的云彩波动起来。那团隆起的云彩很像一座寺庙，远处看上去寺庙像一座辉煌飘逸的古老建筑，可是走近它却摸不着，后来我才辨别清楚那是海市蜃楼，连声音也是老轸头敲钟的回音。

云顶消失在我的上面，起风的云朵像我梦中的树林一样起伏。

据古老的经书记载，天上有一个人间净土的理想村庄叫云顶。我在一个叫云顶的地方停下了。这是个无人的仙境，原来世界上真的有无人之境。空气香甜美妙，日光洒在我的头上和眉毛上像金子一般，好久我都睁不开眼睛。云顶真是太有魅力了，让人纯洁无邪心醉神驰，让我瞠目结舌大开眼界，我的思维长久地停留在这里。后来我管这里叫云顶幻境。

我经历了漫长的循规蹈矩的生活以后，终于有了回村的念头。

四月是鹅抱窝孵卵的季节，它孵出了几只比蒲公英还娇嫩的小鹅。鹅是家禽中最懂感情也最能表达感情的动物。我想念家中的白鹅。白鹅在河边走动，那一片白色小花格外醒目，一群蝴蝶在上面飞舞。可是，我怎样才能回家啊？那是整整一年的时间，我像一只乱飞的乌鸦，飞翔在血燕和日光充盈的田野里，找不到落脚的地方。多亏了村北林子里的这棵菩提树啊。

沉默的菩提树，吉祥的菩提树。

　　我盘在菩提树上,获得了一种最清晰简便的观察办法。我像是一只在树枝上翻跟头的猴子。

　　风起的时候,锋利的树叶就会割破我的脸甚至击伤我的眼睛。我好奇地望着那群背书包上学的孩子,心中很难过,我要是能够跟他们一起上学该多好啊。但是,我又怕他们嘲笑我。过去他们就是这样嘲讽我的:"你看,毛嘎子多像一只脏猴。"如今我能看见他们,他们却再也看不见我了,他们要是知道我去了云顶与红嘴乌鸦相伴,一定会充满嫉妒,充满羡慕和向往。渐渐地,由于我与老轸头的对话,村里有人知道我还活着,但没人了解我的生活细节。

　　我是在太阳上居住的人,还是月亮上居住的人?他们说不清,我更说不清。我判断自己已经没有身体只有灵魂了。

　　杜伯儒说过天上有个云顶,还说看见云顶的人会即刻死掉。后来我才渐渐地感觉到杜伯儒的话并不是耸人听闻。刚到云顶的时候我一直高烧不止,奄奄一息,让我感觉马上就要完蛋了,眼看就要兑现杜伯儒的预言了。可是,我因祸得福地遇见了红嘴乌鸦。

　　从红嘴乌鸦的孤单中我看到了自己命运中的影子。

　　我反复对自己说:"红嘴乌鸦是吉祥鸟,它是来救我的。"是啊,我要吞噬空气进行蜕变了,我身上的黑毛褪掉了,瞬间变成了白毛。遗憾的是,我那两个小肉翅膀掉了,黑毛却再也没长出来。能听见气流的声音证明我是活着的,我就安详和心满意足地接受了自己继续生存的事实。

　　我像一个幽灵迎着旭日游出了云顶。

　　在那个日头时隐时现的中午,钟声给予了我深厚的温暖。我犹豫再三还是把我最隐秘的事情告诉了老轸头。我在天上哭的时候钟里是笑声,我在天上笑的时候钟里的回声是哭音。

　　在云顶我无从反抗也无从诉说。

　　我走不出日头村的真正原因,是我断不掉与村庄结成的生死缘分。我隐约听到人声的第一个反应就是怔住了。我听见他们的呼吸就像树林里旋转的风,渐渐托浮起缕缕凄凉。那是老轸头在跟人们说话。也不知是谁定的规矩,我跟老轸头说话,还是有时间限制的。

每天正午时分，老轸头拿槐枝往地上一插，地上没影儿的时候，天启大钟就嗡嗡地响起来。我的话通过大钟传达给他。

我哽咽着说："轸头爷爷，我是毛嘎子，你听到我说话了吗？"

老轸头听见的是笑声，惊喜地说："啊？嘎子，我听见你说话了，你在哪儿？在哪儿啊？"

我说就在树林里的菩提树上望着你呢。

老轸头扔了敲钟的轸木，去树林里的菩提树上找我。

可是，他见不到我真人。我选中了树林里那唯一的菩提树落脚（在北方菩提树极为稀有）。我这双脚多年前曾踩过日头村的土地，今天却怎么也不能着地，脚一着地就像电灼一般疼痛，我尝试了很多遍，却都以失败告终。

老轸头一遍遍说着村里的事，一户挨一户地说起来，可是关于我家的事一句都问不到。他说到我家的时候，竟然没有一点儿声音。这是一种什么样的奇怪现象呢？

从此，爹、娘和哥哥过上了我永远不知道的生活。

老轸头在树林里看不到我，急得满头冒汗："你个小兔崽子，别跟爷爷捉迷藏了，快快出来吧！"他把我给逗笑了。

我嘿嘿笑着："就不出去，气死你！"

老轸头惊得合不上嘴，呆呆地看。一刻多钟过去了，他忽然要爬上菩提树，爬了几下就滑落下去，摔在树下的草丛里。

我哈哈笑了。老轸头却说我在哭。我笑的时候，他怎么听着像哭？

老轸头跟着也落泪了："嘎子，你别哭了，你又活了。跟爷爷说说，这几年你到哪儿去了？"

我的笑声消失了，说了我在云顶的浪漫生活。

老轸头一拍大腿："嘿，杜伯儒说过天上有个云顶，还他娘的真有。你回来吧，云顶再好也不如在家里啊！"

我沮丧地说："我回不去了，我的脚已经不能沾地了。别的树我也不能落，只能落在这棵菩提树上啊！"

老轸头担忧地说："你在云顶，吃啥喝啥？住哪儿？"

我被问愣了，一时不能挥去真实的记忆，也想不起琐琐碎碎的细节。

我只是应付道："我不干活，但吃喝不愁。"

老轸头惊讶地说："嘿，小狗×的，真是怪了！真是怪了！"

老轸头得到这个消息后，立刻感到我还活着，但是回不来了。

现在是收敛好奇心的时刻。过了一会儿，老轸头又说："有一天，村里来了一个毛孩儿，我还以为你回来了，仔细一看不是你。唉！"他的话让我觉得温暖，同时又觉着寒冷。我好像第一次知道天下还有很多像我一样长毛的孩子，知道他们在忍受着什么样的折磨。

我停止诉说，我要用整个身体发出喊叫，惊醒泥土中翻身的亡灵。老轸头的行为让我麻醉，而我醒着，看见日头村上空飞来成群的血燕。

日头下山的时候，我看到几条狗从不远处的炊烟里狂叫着跑过来。不知是谁家的孕妇挺着大肚子笑眯眯地走过去，一头火红的头发跟晚霞一个颜色。我心头一热，没办法，我还得飞回云顶。

老轸头围着菩提树转了两圈，试图找我的影子，可是，他能听见我的心跳却怎么也看不见人。他看不见我在哪儿，我对他来说永远是个谜。

老轸头嘟囔说："毛嘎子，赶紧出来，再不出来我可要割你的鸡鸡啦。"

我故意不回答，在一旁偷偷窃笑。

老轸头把大量的时间用来谈往事，让我重新在村里活了一回，最终使我对世界上的种种不幸习以为常（在这个亦真亦幻的故事里，善与恶、爱与恨，让每一个人都进入角色，可是挥之不去的却是感情）。那一刻我心里涌上一股难舍的温情，我哭了。

我在菩提树上搭了窝，像鸟筑巢。

叶梢上挂着露水，露水里滚着人影。远远看上去房屋的影子像一群卧着的耕牛，房屋旁边堆着一垛一垛的柴火，不时有柴草被风吹到林子里刮到我脸上。我喜欢听风吹树杈的声音，因为这样能让我感觉到村里人在陪伴我说话。这个时刻，一个令人浑身灼热的念想就泛了上来：我在天上为日头村祈福！

西边天际流泻着落日的余晖，在我与老轸头说话间灯一样地熄灭了，黛色的天河从我身边穿过之后就平静下来。

天黑了，我要回云顶了，回望小村已是一片灯火。

灯火很暗，闪闪跳跳，像一个无限遥远的幽深世界。夜里活动的人，被月光普照，在星光闪烁中吸收养分。

我大概就是这样被太阳、月光和星星宠爱的人，由于我的存在，天地完美地衔接到了一起。

6

狼又来了，奔羊来的。

披霞山的狼组团下山，直扑生产队的羊圈。我点燃一挂鞭炮，狼被吓跑了。我和金沐灶去查看羊圈，死了七八只羊。

金沐灶望着地上的血迹，说："狼吃羊是正常的事，人咋能打过狼呢？我们又没有枪。"

我想到腰里硬有杆枪，就说："腰里硬再来时，你管他要枪。"

金沐灶说："他能给我吗？他要给我枪，我先一枪崩了他！"

那天上午，没有风，羊圈和树的影子都静在地上。我偷偷躲进了牲口棚，我能瞅见腰里硬，他却看不见我。腰里硬叉着腰，用鞋子踢着脚下的土，像一头尥蹶子的毛驴。腰里硬埋怨说："金沐灶，你咋回事，像个公社社员吗？你就是这样保护集体财产的？连羊都看不好，你还能干啥？我们生产队不养活白吃饭的。"

金沐灶不服地说："腰里硬，你说我和狼合伙破坏农业学大寨，要开批斗会，也得把狼抓来呀！"

腰里硬干瞪眼："你这是狡辩！羊群再受损失，我把你的工分全扣光！"

金沐灶语气软了下来："腰里硬，羊被狼吃了，没把集体财产保护好，我也很痛心，可我没办法呀。我手里只有一根棍子，狼不怕呀。狼还想连我一起吃了呢，你说我让狼吃了，集体的损失是不是更大？"腰里硬说："你死了，挡不住学大寨的脚步。这年头，四条腿的比两条腿的重要。好多英雄为保护集体财产都牺牲了，你能保护住羊，说不定还能成为烈士。"

金沐灶说："我不想死，我要做的事还多着呢。我要真死了，就是有人故意害我，我做鬼都饶不了他！"金沐灶的话，是一字一字挤出来的。

腰里硬一听，心里发毛："我可没故意整你，让你看羊圈，是重用你啊，还轮不到别人呢！"

金沐灶说："是好事，你就做到底吧，把你巡逻的枪借给我用用。"

腰里硬端端肩膀，把枪往上背了背："那不中。你打不死狼，就把你的工分都扣光！"说完，他横着膀子走了。

我从马厩里溜了出来，对金沐灶说："腰里硬真他娘的没人性，说的话，还不如一只狼。"

金沐灶说："这个王八蛋，要扣光我的工分，那我咋养活我娘呀！"

我说咱得想办法对付狼啊。

躲在被窝里，我想起一个故事，向金沐灶讲起来。

我爷爷当年是赶脚的，驴背上驮着货物，自己跟着驴屁股后面走，两条腿追着四条腿，是个苦营生，人们管这行叫"闻驴屁的"。有一回我爷爷半夜赶脚，走上了山路，看见前面有几点鬼火般的绿光，我爷爷想，遇到狼了，咋办？山路陡窄，退不回去了，又没处躲藏，咋办？我爷爷想点火堆，两手哆嗦，火镰打不着火。这时候，狼就凑过来了。我爷爷灵机一动，他推下货物，跳上驴背，用鞭子狠抽驴的脖子，驴啊啊大叫起来，震得一阵飞沙走石。驴猛地朝着前方冲了过去。几只狼蒙住了，吓得乱窜，我爷爷和驴就这样逃过了一劫。后来人们说，狼吓跑了，与日头村的公驴叫声大、叫声怪有关。就有一句民谣说："日头村的驴叫狼就跑，日头村的寡妇关门早。"

日头村的叫驴体形高大，身架匀称，毛色全黑，看起来非常威武。我和金沐灶决定训练两头叫驴。就给这两头叫驴加料，让它们吃得壮壮的。

一个深夜，隐着月色，狼又来了，这次是三只狼。狼像是饿坏了，疯狂地扑向羊圈。正在这时，两头驴发出一声嘶吼，冲将出来。一只老狼叼起一只小羊羔就跑，另外两只狼跟在后面。我和金沐灶骑在驴上，一溜儿狂跑，紧紧追赶，驴的叫声也越来越狠，啊啊的吼声回荡在夜色里。在这个夜晚，发生了多么不可思议的事件：两个人，两头驴，在追赶三只狼。狼吓得大气不敢出一声，逃命似的奔跑。

老狼丢下小羊羔逃命。我们顾不上小羊羔了，继续猛追下去。

不知追了多长时间，也不知追了有多远。天蒙蒙亮了，在一片树林前，一只狼倒下了，吐出一口血，累死了。另外两只狼躲进了山沟。

我们满身是汗，驴也气喘吁吁。我把那只死狼丢在驴的跟前说："你们是驴英雄啊。"当两头驴看到狼时，吓得口吐白沫，转身就跑。金沐灶要追，我说别追了。我养的牲口知道家，回生产队了。原来两头叫驴只知道叫，只知道跑，并没看清追的是狼。

驴跑了，我们只得走回去。

金沐灶背着我们的战利品——那只吓死的狼。山路崎岖，金沐灶崴了脚，我只能扶着他走。下雪了，小清雪，天降西北风，刮得我们嗖嗖地往前跑。金沐灶脚下一滑，一个趔趄，突然啊的一声，人已滚下了山坡。听到下面传来一句话："㮩叔，我死了……"

我一把没拉住，恨得直打自己的胳膊。我急得大喊："沐灶，别怕，叔来救你！"

山沟不太深，我扒开栗树枝爬了下去。

金沐灶躺在沟底，说："叔，我死了没？"

我瞪了瞪他，说："屁话，你死了还能说话？没事儿。"

金沐灶的脸被荆棘划伤了，一条腿在流血。我扶起他，他腿疼，嘴巴一咧一咧，不敢动。我就背起他颤颤地上山。清雪把山坡润得很滑，我只能踩着树丛往上走，后背一阵热，汗涔涔的。

好不容易走上山路，我俩都垮了，背靠背坐着。雪下大了，我们就要被埋在深雪里了。

我说："沐灶，咱得走啊，要不就冻死在这儿了。"

金沐灶说："叔，我腿断了，走不了，您走吧，让人来救我。"

我急了："腿断了也他娘的站起来，走！我一个人走了，再来叫人救你，起码得俩钟头，你早冻死了。"

金沐灶问："那只死狼咱得带回去，要不腰里硬不给记工分。"

我说："人都快没了，还要那死玩意儿干啥？"

金沐灶说："叔，狼在沟里呢，您找回来，我抱着它暖一会儿。"

我又下了沟，扛着那只死狼回来了，肩头确实暖和。我扛着那只死狼，扶着金沐灶走在山路上。雪下得疯狂，金沐灶用一条腿艰难地挪动，几次摔倒，又几次挣扎着爬起来。后来，实在走不动了，他躺在雪地里，对着漫天的雪花说："雪花，你就把我埋了吧！"

我也走不动了，饿得直想吃狼肉。我俩抱着取暖，中间是那只死狼。后来，我俩就睡了，实际上是昏迷。

再醒过来时，我俩躺在我家的火炕上。火苗儿带人找到了我俩，把我俩抬回了家。火苗儿拉着我冰凉的手，一会儿我又昏迷了。我醒来时感觉两只脚暖暖的，一瞅，是在老婆的怀里。火苗儿也学着她娘的样子，解开扣子，把金沐灶的双脚放进自己的怀中。

火苗儿身上有一股香气，热热的香气扑了过来。火苗儿紧紧抱着金沐灶的双脚，生怕他跑了似的。

从这件事儿看，火苗儿跟金沐灶的婚事又有缓和的余地了。

金沐灶醒过来了，他想让双脚挣脱开火苗儿的怀抱，但火苗儿死死抱着。金沐灶默默地流泪了。

日月同辉，日头村不得消停。

连着几天，村里都像中了邪一样，夜里总有人哭叫，凄凄惨惨的。我伤好以后赶紧爬上老婆的身，动作像敲钟，呼哧乱喘，跟上了天似的，啥烦心事都没了。忙过了快活事,呼呼睡去。恐怖的叫声又来了。我是啥角色？哪里有事，就去哪里忙活。我从床上爬起来，拎着轸木寻找声源，找不到，好像四面八方都在哭。我头发竖立，赶忙回家蒙起被子睡觉，哭声更响了。天亮的时候，传来噩耗：光棍汪老三上吊自杀了。与他同去的还有两头牛，壮壮实实的牛，躺下就口吐白沫死了。

魁星阁烧了，天启大钟埋了，村里邪气就上来了。

我去了披霞山，找到杜伯儒。杜伯儒问："是不是日头村出啥事了？"我说："村里中了邪了，一人两牛平白无故,死了。"杜伯儒说："我一人在披霞山，梦见的全是日头村。"我说:"老杜,你道行深,得救救咱们日头村啊!"杜伯儒想了想说:"法子倒有,就怕权桑麻不依。"

我和杜伯儒回到日头村,直奔权桑麻家。权桑麻还是那副模样,对杜伯儒不咋待见。我一说村里的乱事,权桑麻微开了一道眼缝,射出两道冷光:"难道牛鬼蛇神都出笼了?"杜伯儒说:"支书,别拿老眼光看人,我现在是红色的赤脚医生了。"我说:"支书,老杜是道士,咱日头村最近邪事忒多,我请杜大夫给咱们来献计。"杜伯儒连忙说:"不敢,不敢。"权桑麻忽然对我眉开眼笑:"轸头,你家大姐和我家国金挺热乎,这是好事啊。往后咱俩就是亲家了,你就别叫我支书了,显着生分。"我说:"桑麻,那就看孩子们的造化了,我说的是,咱村中邪的事你得管啊。"权桑麻说:"真他娘奇了怪了,整天夜里鬼哭狼嚎的,连腰里硬吓得都不敢巡逻了。老杜,你想个法子吧,以毒攻毒。"杜伯儒却一脸严肃地说:"我是红色赤脚医生。"权桑麻说:"好好好,红色赤脚医生,有啥好法子?"

杜伯儒说:"闹一回篓子灯!"

我知道,那是老辈子的事了,当年药王庙的来秀和尚圆寂,日头村就闹了一场大瘟疫。后来来秀和尚给老族长托梦说,要想去除瘟疫,一请阎王,二请判官,三请大鬼、小鬼,四请牛头马面,还要请出五个童男童女。把他们请出来后,要绕庄转三圈,驱瘟疫,保平安。于是,就有了篓子灯习俗。第二年,日头村无瘟疫。于是年年闹,日头村一片清明。"文革"了,篓子灯成了"四旧",不敢再闹了。

权桑麻听后吓了一跳:"我×,你这是让我上窟窿桥啊!"

我说:"若是'四旧'能救人,它就不是'四旧'。"

权桑麻在地上绕圈儿。权国金走了进来,说:"爹,又出事了,刘老四的媳妇扎水缸死了。"

权桑麻一跺脚:"娘个×的,闹!闹篓子灯!"

权桑麻先是召集妇女,用芦苇编织成圆圆的篓子。我老婆和大姐也跟着做起了篓子。老婆把编好的篓子剪出眼和嘴的部位,用红、绿、黄等彩纸剪成彩条,贴在篓口,装饰一番。

　　三天后的晚上，日头村家家户户挂上了红灯，门前摆上桌案，案上放好茶点，"莲花灯"挂在门前两侧。四个表演者把篓子扣在头上，青面獠牙，着实可怕，这就是"瘟神"了；一个头戴较大篓子的人扮演"鬼头"。"小鬼"在前面带队，列队两旁有两位"衙役"，拿着木棍上下左右舞动，监视"小鬼"们的行动。"小鬼"后面是"判官"，"判官"后面是"阎王"和"牛头马面"。"判官""阎王"和"牛头马面"在监控"小鬼"和"瘟神"，不准到人间作恶。在鬼怪队伍后面是五个童男童女，他们在欢快地舞蹈，欢庆驱除"瘟神"和"鬼怪"。

　　大鼓震天，权桑麻大步向前，往村街心一站，锣鼓停息。

　　权桑麻跨开马步，眼望西方，目光炯炯，威风凛凛。他两只手举过头顶，大声呼喊："妖魔鬼怪们都听着，我是权桑麻，你们有鬼招儿就往我身上使，别祸害我的乡亲们！我权桑麻不是你们给吓大的，我天天等着你们。今晚社火，恭请先人驱除瘟神，避灾免难，护我乡亲，永保平安。众后生们，起！"他的话刚停，锣鼓齐奏，篓子灯开闹。"瘟神"和"大鬼""小鬼"随着鼓点儿跺步、跳步、蹿步、挪步，跟在两侧的"衙役"也踩着锣鼓点儿挥舞木棍，不停地吓唬"瘟神"和"大鬼""小鬼"。"阎王""判官"则紧紧跟在"瘟神"和"大鬼""小鬼"的后面。"阎王"手里举着夺命刀，"判官"手里拿着狼牙棒，他俩边扭边怒目仇视前面的"瘟神"和"大鬼""小鬼"。表演队伍来到每家门口，每家都要燃放鞭炮，向表演者递上茶点。"篓子灯"队伍绕庄三圈，最后来到药王庙门前。

　　权桑麻又一次高举双手大喊一声："停！"瞬间，锣鼓声息了，表演也停止了。

　　杜伯儒眼望西方，大声说道："驱除瘟神的时辰已到，我们都来送瘟神吧！"人们纷纷拥上前来，把代表"瘟神"的篓子和代表"大鬼""小鬼"的篓子扔到路旁的苇沟里。权桑麻把点燃的火把，丢进篓子堆里。

　　大火熊熊燃起，杜伯儒喊了一声，大家又把"衙役""阎王""判官"和"牛头马面"的篓子扔到火堆里。

　　权桑麻双手叉腰，冲着黑夜的"鬼怪"吼："娘个×的，阎王、瘟神、大鬼、小鬼，你们都听着，老子是权桑麻，老子不怕你们！"

大火冲天，鞭炮雷鸣。篓子灯驱鬼结束了。

耍篓子灯时，我敲起了牛皮大鼓。大鼓敲得震天响，可是，不知咋的，耳朵里听到的却是钟声。

闹过篓子灯，夜里村庄消停多了。莫名的哭声停了，再也没有横死过人，牲口也安然无恙。

人们再见到权桑麻时，恭恭敬敬的，脸上多了几分敬畏。

人们崇敬地说："桑麻支书，了不起，你把牛鬼蛇神给镇住了。"

7

我是谁？

我想该揭开谜底了。人们想不到我是日头村的毛嘎子。我有好多故事要讲，这么多稀奇古怪、上天入地的故事与神话交织在一起了。过去，望着星星，母亲给我讲故事，除了追日头、红嘴乌鸦的故事之外还有好多故事。现在母亲默不作声，大概又在酝酿着新的故事。

唉，你问我是怎么飞上天的？我真的说不上来。

那一天，记得金校长死后，我站在状元槐顶上吼叫了三天三夜。日头出来的时候我飞走了。

那一刻，我娘和老轸头都是目击者。

我的身体飘浮起来，又被吸向一道美好、能灌输能量的亮光，随后飞上天空。在我飞走的一瞬间，疲倦的人群发出沮丧和担忧的叹息。

母亲站在晨风里不知所措地望着我远去，当我最后一眼看到母亲时，她已经瘫坐在地了。

我不仅不长个儿，还浑身长黑毛，这样的现状无论怎么发展都不可能有什么尊严可言。我一想到自己猴子般的模样，就有一股说不出的屈辱感。母亲爱我越深就越伤感。她为我带给家庭的羞辱而哭泣。可是，我瞬间离开了她，当母亲的还是无法承受这种失子之痛。事情来得太突然了，容不得我哭喊，容不得我转身，容不得我回望来路。

我惊讶自己怎么能飞呢？我起飞的时刻瞬间失去分量，被一种神秘力量裹挟着向高空推动。

这是一次寂寞旅程，要过很多山，过很多河，还要穿越很厚的云层。到了白色的云顶，我大吃一惊（天体宇宙是那般浩瀚无涯，到处是五彩缤纷的云层，直到今天我也没有触摸到它的边缘）。

炽热的阳光把我的身体晒瘦了，我身体轻便，飞得无拘无束，我飞行的能力只有红嘴乌鸦才能匹敌。我的感觉像是赴死，我第一次感受到了死亡的诱惑。

这里没有黑夜，最初的日子里，我什么都不敢看哪儿都不敢看，死亡整天在我心中扑腾着翅膀。隔绝了亲情，孤立无援，我更加孤独和寂寞，像一个飘荡的游魂。

升天的路能把人变成奇怪的飞禽。那会儿我害怕自己以后再也不是人了，再也找不到看不到我的村庄了。我痛不欲生。我判断了一下，自己远离家园是多么不幸。

后来转念一想，谁有我这样的待遇呢？能够随意坐在一朵云上畅游，夜晚蹲在一颗颗星星旁边冥想（连过往的鸟都羡慕我了），天空的浩瀚和美丽对我产生了极强的诱惑，让我长久地感激和铭记。

我飞升上天的消息不胫而走，很快传遍了全公社，并迅速传播到更远的地方。尽管众说不一，猜度纷纭。

老轸头将我上天的瞬间描绘得神乎其神，这样的故事不能不惊人。我在梦中常常出现母亲的面容。前来询问的人络绎不绝，这种荣光冲淡了母亲心头的悲伤，她也许巴望我再飞回来给他们亮亮相。

权桑麻在社员大会上骂道："这是迷信，斗私批修，更要破除迷信！娘个×的，毛嘎子升个屁天，八成是被野狼叼走了！"

人们被他说得目瞪口呆。

听到这样的混账话，母亲黯然神伤。爹啊娘啊，我想你们，可我真的消失了。我娘把饱满的粮种绑在乌鸦的腿上，让乌鸦一路顺风飘去，然后娘在我家的房顶上等候我。有一天黄昏，村里的房顶、草垛和树梢上都盘着一个毛孩子，不知为什么，村里突然冒出来那么多毛孩子，有的比我大，有的比我小，她已经认不出哪个是我了。娘不认识我了（有人说我消失得不彻底，说没有几天我就会回到日头村）。

我真的回不去了，我的躯壳我的灵魂我的记忆我的心智全都消失了。我是在星星和太阳中间长大时恐惧感才一点点消失的。

老轸头说娘一直在找我。

娘在每一天早晨和傍晚对着太阳大声喊："我的嘎子，回家吃饭喽！"

我在树林的菩提树上，每一句都能听到，我都答应着，可是，娘没有老轸头的本事，听不到我的回应（娘为了找我竟然让哥哥大嘎爬上状元槐的树顶，想开出一条我飞走的天路，这条路没能找到我，却又让许多孩子丢失了）。娘还是不死心，让大嘎捉了好多黑乌鸦，让老轸头在敲钟的时候放飞，三天后乌鸦孤独地返回日头村。

老轸头说："不是红嘴乌鸦不会有结果的。"

娘终于认命了。

我在天上与娘对望了一眼，相错而去，从此我与娘不再相识。

群峰交错的天边，停泊着从天而降的白云。

我飞翔的过程中要经过许多村庄和城市，可是，没有一个是我能下脚的地方，我沿着平行的轨道移动就像一对恒星。因为我不要结果，所以我的行动具有无限的可能性。越飞离太阳越近，我的身体越来越暖和，呼吸也越来越舒畅。从年龄上看我还不是很大，但我的经历却是饱经沧桑了。

我生来就是一个胆怯的男孩，可是却欲念横生。

由于长期在太阳跟前活动，我的身体出现了奇怪的变化。我于不知不觉间抖掉了过去的一身虱子。我被太阳晒得脱了两层皮，身上的黑毛慢慢变成白色，眼睛红得像猴子的屁股。我黑红的脸蛋儿在日光下闪闪发光。我感到无边无际的滔滔话语需要找到一个出口。

老轸头敲钟的时候我就能诉说，甚至还能跟这个老家伙进行一番辩论（我不禁心中一颤，身体不断接到未来的讯息。我真的能通晓预知未来吗？我能分享这未来的知识吗？）。

　　我被老轸头臭骂一通，这一切也许毫无意义但绝不是多余的。

　　我吃喝拉撒都在云顶，身体几近于无。云顶说大就大说小就小，形状很像一柄巨大的拂尘。每天我都要望一望刚出来的太阳。那里没有日常生活的困扰，一切都在美好的幻觉中解决。这种腾云驾雾的感觉，让我仿佛置身于传说的神话中。

　　天空偶尔传来天狼星的叫声。

第
三
律
姑
洗

1

金淑琴真的怀孕了，那是她和袁三定的结晶。

这样的事儿，总是女人先知道。我老婆知道了。金淑琴和我老婆也亲，心里话总往外掏。

袁三定跟我打听金淑琴的情况。我把一切都告诉了他。

金淑琴喜欢过袁三定的哥哥袁治邦，袁治邦死后，我们几个人把他埋在燕子河边的歪脖老柳树下，还立了一块碑。金淑琴就常常为袁治邦上坟，倒着满肚子里的话。后来，袁三定来了，两人渐渐熟了，她就把心里话告诉给了袁三定。袁三定说："当年要是你把心里话告诉哥哥，哥哥也许就不去救牛了。他应该知道爱情的美好，生命的可贵。正是因为他内心孤独，才想去干点儿什么，引起别人的注意，他死得太不值了。"

金淑琴流着眼泪说："忒不值了，忒不值了。"

金淑琴那种执着的爱，深深地感动了袁三定。

袁三定说："淑琴，我真心喜欢你，我代替哥哥来照顾你吧。"金淑琴就把头深埋在袁三定的怀里，嘤嘤地哭了。

那个夜晚，月亮知趣地躲进了云彩里。眼睁睁地，三星偏西了。袁三定和金淑琴就在稻草垛里把自己脱光，稻草散发着稻谷的香气，呛得他们直流眼泪。金淑琴喊了一声："我的亲人哪——"她的声音美妙盈耳，连旷野的蝈蝈都不叫了。人累了，紧紧依偎。金淑琴说："你别舍下我。"袁三定说："我不舍得。宝贝儿，我一定让你过日子。"金淑琴说："是咱们三口过好日子。"袁三定说："流到里面了，不会怀孕吧？"金淑琴说："别担心，万一有了，我就要，别怕。"袁三定说："你太可爱了，我把心掏给你吧。"袁三定枕着金淑琴的乳房，哭出声来："淑琴，你说，你让我做什么吧，让我死，我就死。"后来，金淑琴有了妊娠反应，背着家人大把大把吃酸酸的山里红。

也就在这时，袁三定接到了知青返城的通知。

袁三定要走了，金淑琴没把自己怀孕的事告诉他。袁三定被蒙在了鼓里，他对金淑琴说："等着吧，我安顿好了，就接你去上海。"

金淑琴流着泪说："有你这句话，我就知足了。"临走前，为了表示诚意，袁三定拿出两幅祖传名画，交给金淑琴保管。

金淑琴收下画，她感觉一阵恶心，赶紧跑到了茅房。回来的时候，她笑着对袁三定说："吃的饭，有点儿馊。"袁三定说："我不在的日子，一定多保重，对自己好一点儿。等我回来接你到上海。"

金淑琴深深地点头。

袁三定临走的时候，跟我见了一面，他叮嘱我说："叔，帮我好好照顾金淑琴。"我点了点头。他塞给我几块上海大白兔奶糖。我想说点儿啥，最后还是把话咽了。我没把金淑琴怀孕的事告诉他，我得尊重金淑琴的意见。可是，我不解的是，金淑琴一定是疯了，她执意要把孩子生下来，这在全村炸开了窝！我老婆也劝她，把孩子打掉，那上海人不会回来了。

金淑琴果断地说："不管他回不回来，我都要了这个孩子！"听说张慧敏和金沐灶都劝不住。金沐灶懂得姐姐的心思。看着姐姐日渐隆起的肚子，金沐灶说："生下来吧，我这个舅舅帮你带。"

一语成谶，姐姐金淑琴在生孩子时死了。

金淑琴死的那天中午，天空出现日月同辉的景象。

那天后半夜，金淑琴哭喊肚子疼，这是要生了，但预产期还差二十多天，咋就要生了呢？金沐灶急着去我家喊我，我急忙赶过来，我们送金淑琴去公社医院。他拉着排子车，我在后边推。路上，金淑琴疼得直叫，凄惨惨的。我边跑边劝说："孩子，你忍一忍，到公社医院就好了。"

北风呼啸，我们刚刚拉到状元槐下，金淑琴就疼得如鬼叫。我们赶紧停下，张慧敏连跑带颠地赶过来，一瞅是难产。

金沐灶扭头问我："轸叔，保大人还是保孩子？"

我哭着说："傻蛋，保你姐，他爹都走了，还保啥孩子？"

金沐灶大声说："大人孩子都得保啊！"

天气寒冷，金淑琴仍是满头的汗，汗水流得眯了眼睛，她吃力地说："沐灶、轸叔，我要保孩子！"

我说："淑琴，你可挺住啊！"

实在走不了，金淑琴只好在排子车上生孩子。这通折腾啊，惨不忍睹。好不容易孩子出来了，金淑琴的血也流干了，褥子和排子车滴着血。金淑琴气若游丝，对金沐灶说："你把外甥带大，别给三定添乱，别告诉他……"金淑琴看了一眼孩子，望了望状元槐，苍白的脸上露出一丝微笑说："就叫槐儿吧……"

金淑琴闭上眼睛去了。

张慧敏惊呆了。她猛地扑过去，攥着女儿冰凉的手，哭晕了："闺女啊，娘的心肝宝贝啊……"

我和金沐灶都哭了。这时杜伯儒也闻讯赶到了。

我和金沐灶将金淑琴的遗体拉回了金家，杜伯儒跟在车后，怀里抱着槐儿。孩子在杜伯儒的怀里很乖，睡了。

天下雪了，纷纷扬扬，洁白的雪花盖在金淑琴的身上。我和社员们打墓，把金淑琴埋在了金校长的坟旁。

午后的阳光很暖，房檐滴滴答答化雪，我有些倦意地闭着眼睛。我心里一紧一紧的。后来听说袁三定给金淑琴来过一封信，问候她近况，说过一阵就接她去上海。信是金沐灶回的，金沐灶在信中说，我姐姐已经嫁人了，她生活得很好。袁三定，你就是个混蛋王八蛋！

袁三定没再回信，也没再回日头村。

槐儿一出生,家里给穿上"土裤"。"土裤"也叫"沙土布袋",是由棉布缝制,长方形,顶端为"U"字形开口,孩子的脑袋从里面伸出,两侧露着黑黑的袖洞,双手可以自由出入,底端用针线密密缝牢。日头村的穷苦人家,多用旧布缝制土裤。

我和金沐灶到燕子河滩挖沙土,湿湿的沙土,在日光下暴晒多天,再用细筛子筛过,然后用铁锅炒热。我把炒过后的沙土装入土裤;天寒了,再在土裤上加棉丝。槐儿的大小便都在土裤中进行,便后换上新沙土。

过了一段时间,我发现金沐灶长高了,魁梧的身材,像铜铸成的,屹立不倒。他成了生产队最好的庄稼把式。他当了小组长,带领农民开垦土地。面对土地,金沐灶站成个骑马的姿势,将锄头冲太阳高高地举起,双臂暗暗一使劲儿,狠狠地挖将下去。嚓!锄尖深深地搠进土里,那一瞬间,真是说不出的痛快淋漓!握锄的手随即一抬一提,再往后一拉,一大块泥土便翻卷过来。浓烈而芳香的泥土气息,顿时扑满胸怀,令他兴奋,令他陶醉。他跪地长长地吼了一嗓子。

收了秋,冬闲了。风凉了,燕子纷纷逃离屋檐南飞。雾渐渐开了,林子里传出几声鸟叫。我在树林里割草,刚刚割到菩提树下,权桑麻喊我,说了说蛤蟆洼的农田改造。

我推荐金沐灶当突击队长。

权桑麻一听,哈哈笑了:"你老轸头模样不变,真是奇人,有胸怀啊!我看你的面子,给金沐灶一个机会!"

我说:"好,你大人大量。"

没几天,蛤蟆洼农田改造战役打响了。

那天上午,金沐灶和火苗儿进入了现场。我走出窝棚,仰脸瞅,日头已烧在脑顶。我瞅见他们分别带领着青年队和铁姑娘队,挖台田,没有机械,全靠人挖肩挑。金沐灶和黑五一副杠,两人挥舞铁锹,将抬筐装满,抬起两三百斤大筐上坡,将泥土倒掉。然后再下沟挖土,依次循环。两人的衣服都被汗浸透了,后来干脆脱了,只剩背心,露出疙瘩肉。

金沐灶戴着垫肩,上面是火苗儿绣的大好河山;黑五也戴着一副垫肩,是他对象绣的战天斗地。两人都肩负着各自的爱情。铁姑娘队也不示弱,和青年突击队赛干劲，赛进度。她们的阵地插起了宣传牌：妇女能顶半边天，比比青年突击队谁争先。

我还是老本行——火头军。忙里偷闲，就到工地转转。

工地搭起了工棚，人们吃住在这里。晚上，公社电影队来了，放映苏联电影《列宁在1918》和《列宁在十月》。在看电影的人群中，我没瞅见金沐灶和火苗儿。我猜他俩此时一准儿在一起！我听见银幕上的列宁同志在说："安静一点儿同志们，安静一点儿同志们！"可我的心，一点儿都不安静。

我偷偷跟踪金沐灶，他没去看电影，他去了田里，他在那里搭了个小窝棚，看护着锹和抬筐。外边有点儿冷，他钻进小窝棚，点燃马灯。我一探头，愣住了。火苗儿竟然在被窝里躺着。我缩回头，不敢再看了。金沐灶全身发热，脖子被热气梗住了，他问："你咋不看《列宁在1918》？"

火苗儿说："我想看你，你冷吧，被窝我都给你焐好了，我这就走。"我躲在暗处，透过缝隙看去。火苗儿起身要穿衣服，金沐灶看见火苗儿赤裸着上身，雪白的乳房高耸，像饱满的石榴一样即将裂开。金沐灶颤巍巍地说："真好看……"火苗儿说："好看啊，就让你看个够。"火苗儿放下衣服，掀开被子，她的胴体展现开来，冰清玉洁的美丽肌肤，散发着温馨的气息，像玫瑰花一样沁人心脾。金沐灶疯了，他脱掉衣服，紧紧地把火苗儿抱住，亲吻着她的脖颈、丰腴的肩膀和胸脯……

我的眼睛被劈蒙，眼神直直的。我害臊了，晃悠着跑了。

槐儿很快长高了。小时候常常哭得上气不接下气。他的嘴唇一年四季发青发紫，让人看着不大对劲儿。后来去医院一查，竟是先天性心脏病。那时候，也没啥好办法，说是能活到二十岁就不错了。张慧敏和金沐灶为他没少流泪，我也替孩子揪着心。好在这孩子招人稀罕，若是抱着一条大金鱼，就成杨柳青年画的模样了。我平时总要装块糖给他。槐儿穿着开裆裤，我总是逗他："槐儿过来，让姥爷摸个鸡鸡吃。"槐儿总是听话地跑过来，将小鸡鸡展露在我的面前。我揪一下，把手放在嘴边，发出吱吱的声响："真好吃。"

金沐灶喜欢槐儿，一收工就把他架在脖子上，围着村庄跑。槐儿咯咯笑，有着亲人的关爱，没娘的孩子也挺快乐的。

金沐灶去我家找火苗儿，火苗儿正在划火柴。

我跟金沐灶说话，他不搭理我，眼睛盯着火苗儿，火苗儿也用忽闪忽闪的大眼看着金沐灶。金沐灶说："等结了婚，我给你买两大箱火柴，让你随便划。"我在一旁阻拦说："别了，那不就惯坏了她。"火苗儿激动地呀了一声，火柴棍已烧到了她的指头。我吓了一跳，赶紧躲出去了。

但是，金沐灶和火苗儿的说话声，我都能听见。火苗儿说："你说，你跟我结婚？"金沐灶说："咋啦？你不乐意？"火苗儿说："我一万个乐意，我还怕你不乐意呢！"金沐灶说："我咋不乐意呢，我要了你，就该对你负责啊。"火苗儿说："你那意思，为了对我负责才娶我呀？你是不是不爱我？"然后就有了响动。我估计金沐灶已把火苗儿抱在自己腿上，亲吻着。

金沐灶说："火苗儿，我爱你。"

火苗儿喊："金沐灶，你就是我的！"

脆啦啦的喊声，震得我耳膜疼。

金沐灶和火苗儿的事，我和老婆就算默许了。但我知道，张慧敏不会答应。后来，我从火苗儿嘴里得知，金沐灶第一次跟娘提起他和火苗儿搞对象的事，张慧敏差点儿晕过去。她哭了，拉了长腔喊："老天爷，这还叫不叫人活了呀！"金沐灶慌慌地说："娘，别这样，猴头砸死了爹，火苗儿没罪呀！"张慧敏说："你娘就是想通了，你爹的亡灵能依你？再说，火苗儿那孩子疯癫，像个女孩吗？"金沐灶："娘，萝卜白菜各有所爱，我稀罕她，我爱火苗儿。我想先跟她定亲，明年开春就结婚。"张慧敏抱着槐儿哭成了泪人。槐儿受了姥姥的感染，小脸蛋儿啪啪掉泪。张慧敏边哭边说："沐灶啊，天下姑娘死绝啦？你非要娶仇家的闺女，你忘了你爹是让谁砸死的了？那是火苗儿的亲哥哥用大锤砸死的！如今，你却仇将恩报，你对得起你爹的在天之灵吗？"张慧敏越哭越伤心，竟然一下背过气去，晕倒在地。

槐儿吓哭了，一个劲儿地喊姥姥。槐儿说："舅舅，你快救姥姥啊！"金沐灶拿出几根银针，用杜伯儒教的针灸法，在张慧敏的穴位上扎了几针，她就醒过来了。张慧敏死板着脸说："沐灶，你若娶火苗儿，我带着槐儿要饭去，把家留给你们！"张慧敏沉着脸，抱起槐儿就走。

金沐灶拦住张慧敏一跪，含泪说："娘，您这是让我背一个不忠不孝的名声啊！金氏家族忠厚仁义，我觉得还有包容。火苗儿不是猴头，她手上没有沾我们金家的血，一个汪家姑娘，她有啥错啊？还有轸头叔，他对我家多好，一个多么仁慈善良的人啊！"

张慧敏抱着槐儿，呆呆地坐着。

金沐灶说："娘，您信佛，佛家主张化敌为友。"

张慧敏哽咽了，说："那是两码事儿，我是怕你爹灵魂不安生哩！"

金沐灶站起来，擦干眼泪说："娘，您既然这样认为，就听您的，您和槐儿别走了。我去告诉火苗儿，把亲事退了。"

金沐灶走了。他怕娘抱着槐儿离家出走，从外面锁上了院门。

金沐灶这小子真的要退亲！我知道，儿子拗不过娘。他当着我的面说："火苗儿，咱俩分手吧！我欠你的情，这辈子还不上，下辈子我当牛做马也要还！"

说完，金沐灶转身走了出去。

火苗儿不吃不喝三天了，眼见着消瘦，整日坐在家里划火柴闻硫黄味儿，眼瞅着一个大姑娘要毁了。

我心急火燎，火气冲上我的天灵盖。我提起轸木四处找金沐灶，我要打折他的狗腿。可是，找不到他，金家没有，街上也没有，这小子躲哪儿去了？我就在金家等他，张慧敏横三阻四，油盐不进。她恨我们家，恨得有道理。

后来，我听说金沐灶藏在杜伯儒那里。

我去了披霞山，药王庙改成了东方红诊所。见到杜伯儒，他一愣，然后打掩护，我还是从墙旮旯找到了躲藏的金沐灶。我喊了一声："金沐灶，你把火苗儿害惨了，今儿我就打断你的狗腿！"我挥舞着轸木，追着他打。金沐灶躲闪着，鼻皱眼挤，丑陋而恐怖。噗的一声，我的轸木落在金沐灶的屁股上。金沐灶哎哟了一声，手中的那本《道德经》掉在地上。我还要打，被杜伯儒拦住了。我立在那里，咻咻地喘气。

金沐灶捡起地上的书，疼得直揉屁股。

杜伯儒轻轻笑了，说："轸头，根子在他娘身上，你打他没道理呀。"我一听赶紧说："我这次来，就是请你出山的。你和金校长最铁，张慧敏一定听你的。"

金沐灶说："叔，我也是来找杜道长的。火苗儿咋样啊？"

我吓唬他："就剩一口气儿了，你不娶了她，我让你出门拄双拐！"

金沐灶拍着胸脯："我爱她，我娶她当老婆！"

我们三人去找张慧敏。杜伯儒进门就向张慧敏作揖："老嫂子，道喜道喜。"张慧敏说："我愁有千万，喜从何来呀？"杜伯儒说："你就别揣着明白说糊涂了吧。火苗儿是个好孩子，和金沐灶忒般配，真是天生一对儿呀。我告诉你吧，他们俩都属龙，都是火命。这可是万中无一的一世双龙双火命啊，打着灯笼都找不到。"张慧敏说："老杜，你不是行医的吗，咋改算命啦？"杜伯儒被噎了一下，说："我这人学富五车，学问大了。难道我说的你不信？"张慧敏说："你说他俩命相好，我信。可他是仇人家的孩子，我想不通。"杜伯儒说："老嫂子，你若是信我，那我就拿道家开导开导你。老子说，道生一，一生二，二生三，三生万物，博大精深啊。道教教人要乐人之吉、悯人之苦、救人之危、赈人之急、齐同慈爱。一句话，就是要本着道的宽容品格和上善之慈爱，慈心于物，悯及一切，即善待一切生命，使人心和平，社会和乐，自然和谐。待他人尚且如此，何况还是自己的儿女？"杜伯儒讲起道德经来，张慧敏听得入神，说："老杜，我全听你的。"杜伯儒笑了："这杯喜酒我是喝定了。"

我高兴得喊了一声亲家母，张慧敏脸红了。

杜伯儒提议，避免夜长梦多，干脆是订婚和结婚一起办。

我和金沐灶都同意。金沐灶跑到供销社买了只熏鸡，送给火苗儿，火苗儿埋头吃得痛快。

我发现张慧敏有点儿神神道道的，她又向我家提了个条件，让我儿子汪猴头到金校长坟上请罪。

我愣了愣，还是觉得这样做也应该，就应了。到家一说，猴头闷着嘴，蹲在地上长吁短叹，每天收工就是挑满一缸水。我对猴头说："你妹要嫁给金沐灶了，往后咱们两家就是实在亲戚，不能生分。你去给金校长磕三个响头，这恩怨也就化解啦。"猴头绷着脸，有些不乐意："爹，金校长的尸首都没了，我向钟请罪呀？"我说："你就把天启大钟当成金校长。人就是钟，钟就是人。反正人是你打死的，你不请罪谁请罪？"猴头说："无产阶级专政错啦？"我恶狠狠地说:"别胡咧咧,你别跟我说那些没用的,你不去请罪,我就一轮木打死你,再把你的尸首拖到金校长的坟前!"

猴头哆哆嗦嗦答应了。

那天上午,我请了金沐灶、张慧敏和火苗儿一同去。在金校长坟前,猴头跪下咚咚磕头,额头都磕出血来了。最终还是金沐灶把猴头搀了起来。张慧敏说:"中了,老金的魂应了,沐灶、火苗儿,你们操办婚事吧!"

我在心里偷偷笑了。

金沐灶找到金木匠,他说要做一张百鸟床。

2

过了一百天,一张百鸟床摆在了金沐灶的新房里。

金沐灶和金木匠精雕细刻,把百鸟床做好了。凤凰、夜莺、黄鹂、灰鹭、血燕、喜鹊、布谷、山雀、白鹤,许许多多的鸟姿态万千,床头的百鸟栩栩如生。人躺在床上就像来到一座陌生山林,所有的鸟同时鸣叫,一声连一声地歌唱。

传说中的百鸟床不单好看,还有神奇的祥瑞之气。瞎眼人到宝床上睡一睡,眼睛就明亮了;三病两痛的人坐一坐,身板立马就硬朗了;耐不住寒冷的人在床上躺一躺,身子就暖暖和和了;村里一个光棍躺了一下,回去就娶了媳妇。你说这神不神?

火苗儿带我欣欣地来看,高兴得直拍巴掌。她一个一个叫着鸟的名字,有红嘴乌鸦,还有血燕。金沐灶说:"要么,你躺一会儿吧。"火苗儿伸手摸了摸,说:"这么好的床,还是结婚那天咱俩一块儿躺吧。"金沐灶笑着说:"百鸟们都给我们祝福。"火苗儿说:"我要拿火绳把床缠上。"金沐灶一愣:"啊,我的姑奶奶,你要烧了百鸟床啊!"火苗儿嘻嘻笑了:"不,我照亮儿!"金沐灶愣了。

那一天,火苗儿很早就起来了。她和金沐灶到公社去办结婚证。天阴阴的,不时有黑云一股股地滚。我说:"天不好要不就改天吧?"火苗儿说:"这是提前定好的,不能变。"过一会儿金沐灶来了,失魂落魄一般:"火苗儿,要不改天吧？"火苗儿一怔，说："为啥？"金沐灶不说话了。火苗儿说："就今儿个好，是杜伯儒掐算好的。"我望着他俩说："那就早去早回。"

两人前后脚走了。没多一会儿，火苗儿一个人回来了，沉眉搭眼的。我吃惊地问："咋啦？这么快就办好了？"火苗儿身子软软的，无力地说："爹，金沐灶变卦了。"我头皮一麻，问："咋变卦了？"火苗儿眼睛里闪着烈火，捂着耳朵，大声嚷："我不知道，你去问他！"我惊呆了："金沐灶，竟敢欺负我闺女，我跟你没完！"火苗儿肩膀耸动，眼里流泪了。等我喘顺了气儿，她跟我说了原委。他们两人骑车走到半路，金沐灶忽然停住，说："火苗儿，咱俩拉倒吧。"火苗儿以为他开玩笑，惊讶地说："你瞎说啥呀？"金沐灶说："我说的是真的。"火苗儿愣了，像被掏空了五脏六腑。金沐灶说："火苗儿，你是个好姑娘，但我不能跟你结婚，你就恨我吧！"火苗儿喊："你倒是说个理由啊！"金沐灶冷硬地说："请你理解，我不想说，我不跟你结婚，也不跟别人结婚。"他冷冷的目光让人感到高深莫测。

金沐灶和火苗儿分手，村里炸开了窝。有人竟把不是怪在我家火苗儿身上。还有人造谣，说火苗儿在剧团给金沐灶戴了绿帽子，金沐灶嫌压得慌。我气坏了，拎着轳木去找金沐灶，想给他两棒子。然而却没有找到，这小子也不知跑哪儿去了。我去找张慧敏，她正在哭，她说没想到生个儿子这么没心肝，回家就打折他的腿！

我一肚子火没处发，还得劝慰张慧敏几句。

这时金沐灶躲在坟地里，在他父亲的坟边躺着。

风越加凉了，沁入骨髓。我走过去，朝他的屁股就是一棒子。金沐灶哆嗦了一下，瞅了我一眼，不喊，也不动。我再次举起轳木，双手颤抖，再也打不下去了，就问："金沐灶，你他娘耍的哪门子疯？我家火苗儿哪点儿对不住你？"金沐灶不说话。我哑了嗓子说："你是不是还想着火苗儿在县城唱戏的事？我告诉你，就是因为那个姓郑的追她，她才不跟着袁老师学戏了，非要回村当社员，就是为了你！你知道吗，那个姓郑的就是县委郑书记的儿子，火苗儿真是瞎了眼啊！"

说着，说着，我难受得流泪了。

金沐灶坐了起来，说："那个姓郑的不错，让火苗儿去找他吧！"

我愤愤地吼："金沐灶，你他娘说的是人话吗？我家火苗儿想找谁就找谁呀？"

金沐灶跪在我的面前，低声说："轸叔，过去，你家是我家仇人；这回，我家是你家仇人，咱们扯平了。"

我气得跳了起来，又给了金沐灶一棒子："敢情你说娶火苗儿，等她陷进去，你又把她抛弃掉，原来你是为了报仇啊？"

金沐灶流泪了，哽咽着说："轸叔，这你就冤枉我了，现在我心里头像刀子剜着，我疼啊！"

我说："谁疼谁挨。我问你最后一句，到底为啥？"

金沐灶说："你家猴头砸死了我爹，我梦见爹骂我，我过不了这个坎儿。"

我噎住了。我愣怔一阵，拎着沉重的轸木，晃晃地走了。

后来我听说，昨个夜里，金沐灶做了个梦，梦里天启大钟敲响了。金世鑫的脸浮现出来，说："沐灶，你要把焚毁的魁星阁建起来，重续日头村文脉啊。你还要求学深造，有了文化，火烧不毁，水冲不掉！"爹的声音像天启大钟一样鸣响，金沐灶吓醒了。他睁眼一看，头顶满是星光。金沐灶浑身冰凉，衣服被汗水打湿了，他不敢回家，把高粱叶子盖住全身，瑟瑟发抖："爹，我不能娶火苗儿，猴头是咱家仇人，我要给您报仇。"天亮的时候，金沐灶像是被抽去了魂儿。这个离奇的夜晚啊！

自此火苗儿像挨了一闷棍，整日发呆。

我和老婆连连劝她。我想了想，劝道："闺女，走吧，金沐灶这小子不值得你用心了，自从你哥一锤砸死他爹，你们的缘分就没了。"火苗儿默默地流泪。我继续说："我看出来，姓郑的那小伙子对你是真心的。"此时火苗儿心里想着啥，我不知道，可她想着想着就唱起评剧来。我吓坏了，赶紧问："闺女，你没事儿吧？"火苗儿淡淡一笑："爹、娘，我没事，我等着金沐灶。"我头皮一麻，大声问道："你说啥？你敢拿自个儿的青春开玩笑！"我老婆说："人家都不要你了，你等他干啥？你贱啊？"我说："你若不找姓郑的，我就给你再找个人家，好小伙子有的是。"火苗儿唱戏，发泄着心里头的苦。她的唱腔一股子黄连味儿。

怕打搅乡亲，她就跑到燕子河边，对着滚烫的河水唱起来。我怕她想不开寻短见，就悄悄尾随而去。我听到了火苗儿的歌声：

> 轻轻细雨阵阵风，
> 眼泪如细雨，叹息如轻风。
> 但愿轻风把细雨送，
> 这万种的愁绪送到汉阳城。
> 倘若是公子读书你莫惊动，
> 悄悄地等他入梦中。
> 郎君啊！
> 我知你心如明镜情意重，
> 你知我心如指环情连情。
> 我不忘芙蓉堂前百年佳期定，
> 我不忘长安钟楼万寿钟。
> 啊——

我听出来了，火苗儿唱的是《春香传》里的大悲调。这个夜晚，血燕飞舞，燕子河水都呜呜咽咽。

我拎着一根轸木，远远躲在河岸的柳树下，听着歌声，浑身哆嗦，一阵紧似一阵。

很晚很晚，我才把火苗儿拽回了家。

事情总是结了伴儿来，猴头想不开，跟我骂骂咧咧的："爹，我都向金校长请罪了，金沐灶咋就不要我妹了呢？我非砸碎他的狗头不可！"我黑着脸骂："你敢！"猴头吓退了。可是，猴头不是省油的灯，他半夜起来，点着了金沐灶家的柴火垛。火光闪闪，浓烟四起。

其实，每家的柴火垛都堆在自家门口，猴头以为点了金沐灶一家的就没事了，谁想那夜刮起了西风，火势从西头一直刮到东头，连烧了十几家的柴火垛，我家的柴垛也熊熊燃烧起来。

我们全家上阵救火，猴头救得最欢实。天亮时，火灭了。

权桑麻背着双手来了。他往街心一站，喊了一声："娘个 × 的，谁放的火呀？"人们都灰头土脸的，没人吱声，我发现猴头低着头，看着脚尖。知子莫若父，我心里头全明白了。我走过去说："支书，哪个故意放火呀？我看指不定是谁不小心，丢了烟头啥的。"权桑麻说："也是，阶级敌人我管得很严的，没人敢兴风作浪。"金沐灶说："我看是有人故意跟我过不去。支书,你查一查。"权桑麻说："沐灶，听你这意思，你跟谁家有仇？你把火苗儿甩了，难道是老轸头放的火？不对吧？他傻呀，连自家的柴火垛也点了。"

我撒谎说："沐灶，我们一家人可都睡得死死的，啥都不知道。"

金沐灶不说话，挖空心思地想。

权桑麻说："算了算了。咱老百姓开门七件事,柴米油盐酱醋茶。咱村里人，柴火一顿都不能断。眼看要入冬了，没柴火日子过不了，大队还有一大垛稻草呢，一家拉一车。"

说完，权桑麻头也不回地走了。

回到家，猴头偷偷笑。我上去就给了他一轸木。

猴头瞪眼："爹，你打我干啥？"

我说："打你算轻的，要不是我给你岔过去，你他娘的个放火犯早就被抓起来了。"

猴头没了底气："你咋知道我放的火？"

我瞪他一眼，说："你他娘一撅屁股，我就知道你拉啥屎。"

猴头说："我气不过，我是为妹妹报仇的。"

我横了他一眼："你蠢不蠢啊？还把自家的柴火垛也点了。"

我抬手又是一轸木："我打死你！"

猴头惨叫一声，捂着屁股跑了。

阴历十一月十六，金沐灶和火苗儿原定的婚期到了。

这一天，我发现火苗儿打扮成了新娘子，去了金沐灶家。我好生奇怪，偷偷跟着去了。我们一到金家，金沐灶和张慧敏顿时呆住了。

金沐灶问："火苗儿，你来干啥？"

火苗儿说："今儿是咱俩成亲的日子，你都忘了吗？"

金沐灶一愣，说："我们不是说好，不结婚了吗？"

火苗儿眼睛湿了："你不要我了，婚结不成了。中，我不黏着你！可那张百鸟床是你答应给我做的，我特喜欢，就送给我吧！"

没等金沐灶回答，火苗儿转身就走了。

第二天，金沐灶找了四个壮汉，把百鸟床送到了我家，安置在火苗儿的屋里。火苗儿抚摩着新床上的百鸟，含着泪说："多好的床啊！"

这个夜晚，人去了，屋里静静的，满世界像是都静了。我隔着窗子偷偷一看，火苗儿穿着一身大红衣服，坐在百鸟床上，怀里抱着一只公鸡。她和公鸡说着话，说着她和金沐灶的故事。她边说边笑。她说："公鸡，你就是金沐灶，和我入洞房了。"我鼻梁一酸，忍住泪水，再也听不下去了。

我这辈子，头回碰着这蹊跷事。我咋睡得下！我拎着轸木在街上打转转。路过金沐灶家，我呆住了。我看金沐灶光着身子，站在自家院子里，舀了一瓢瓢凉水从头顶往下倒。他的头发一根根竖直，结了冰碴子。

我的心碎了：这两个孩子，都是苦命人啊！

天亮时，火苗儿依然和公鸡说话，依然咯咯笑着。我想起金沐灶说过的话，躺在百鸟床上，新娘子就会开心地过日子。

第二天，金沐灶发疟疾，被人们送进了医院。他喃喃地说："火苗儿，我好冷啊……"

就在这个早晨，火苗儿不住地呕吐，她突然发现，自己怀孕了。

3

火苗儿害了口，咳嗽、呕吐。

我对火苗儿说："我赶车，送你找杜伯儒。"没想到，火苗儿痛快地答应了。去了药王庙，我陪着火苗儿进了屋。杜伯儒对火苗儿说："要不我再劝劝金沐灶，你俩成亲吧！"火苗儿说："别劝，他认准的事，八匹马都拉不回来。本来我想生下这个孩子，但又想，这会打扰沐灶的生活，他是个想做大事的人。"

杜伯儒给火苗儿抓了几服药，说："孩子，委屈你了。"

火苗儿含了泪，说："杜伯伯，别跟金沐灶说。"

火苗儿喝了打胎药，打下了孩子，然后在百鸟床上躺着，咯咯笑。我对老婆说："让她笑吧，笑比哭好。"

这一天，天蓝透了，风也歇了，日头暖暖地照着日头村，人们的脸上也透着喜气。我想，世道要变了。

腰里硬像捡了个大元宝，他手拿铁皮喇叭，沿着街筒子喊："打倒'四人帮'！"

黑五跟在他身后，不住地举拳头。这两个人对各种运动着魔，始终走在前头。权桑麻也没闲着，他捉了四只河螃蟹，三公一母，上面写上了字条：王洪文、张春桥、江青、姚文元。他把螃蟹挂在了老槐树上，人们都来看新鲜。权桑麻说："大快人心事，揪出'四人帮'！政治流氓文痞，狗头军师张，还有精生白骨，自比则天武后，铁帚扫而光。"人们鼓掌，说："权支书还会作诗？"权桑麻说："这是大诗人写的，好啊，我背了一宿。"

第二天，四只河螃蟹没了。

我说让毛嘎子吃了。人们都笑弯了腰，不信我的话。

我瞪眼辩解说："毛嘎子吃生东西，菩提树下还有他嚼过的碎屑。"权桑麻得知后，对我说："吃得好！对'四人帮'就得生吞活剥！"

天晴了，金沐灶心情畅快许多。

我悄悄发现，金沐灶开始看书了，一看书就想着续文脉的事，还想把大钟挖出来，挂到状元槐上，让钟声再次回荡在日头村。这一天，我来到金沐灶家。槐儿满地跑着，张慧敏哄着槐儿玩，金沐灶说到天启大钟的事，她耳朵背，老打岔。金沐灶就伏在她的耳边说，她听清了，摇着头。金沐灶望着我，恳求说："叔，我想跟我娘商量大钟的事，娘只是摇头，我想听听你的意见。"我叹息了一声，说："大钟还埋在坟里，看现今这形势，算是保住了。可你别忘了，你爹的尸体没了，大钟代表着你爹的魂儿啊。这事儿，必须得你娘同意。"金沐灶说："是啊，谁知我娘是咋想的？"我扭头问张慧敏。张慧敏怔怔地说："昨个儿我就梦见我家老金，老金说身边有口大钟，他睡得忒踏实。"我说："我一敲钟,老金睡得更踏实啊!"张慧敏一瞪我:"啥呀,天启大钟,谁也不能动!"

我吓了一跳,不敢再吭声。

没辙的时候,我和金沐灶去找杜伯儒。杜伯儒说:"天儿好了,我想把药王庙恢复起来。"

杜伯儒拿出他画的图纸,向金沐灶指点着。金沐灶说:"我也想先把大钟挖出来,挂在老槐树上,可我娘不同意。"杜伯儒叹口气:"唉!反正大钟保住了,挖出来是迟早的事儿,可能机缘未到吧。凡事都有个限度,超了限度,就可能出事。"金沐灶为难地说:"叔,你对粉碎'四人帮'咋看?"杜伯儒说:"人间事,有因必有果。'四人帮'倒台,那是必然的。有'文革'的极端压制,必然有打碎枷锁的大爆发。我看,会有好日子过的。"

金沐灶说:"我爹在梦里说过,我还要求学深造,这是咋回事儿啊?"

杜伯儒兴奋起来:"小道消息,要恢复高考了。你得加紧准备啊,你爹是想让你成为大学生啊!"

金沐灶说:"小道消息啊?"

杜伯儒说:"小道消息都是从正道来的,听我的没错!"

我听了高兴,但心中还是沉甸甸的。

马上实施大包干了。金沐灶除了种好地,看书,还搞起了副业,办了个养鸡场。他把山坡下的一块荒地围起来,让鸡撒欢,散养。鸡就吃草地里的虫子。天已擦黑,鸡群主动上窝,他再把它们关起来,黄鼠狼也没辙。白天,鸡在草地里啄食,他就坐在草地里看书、做笔记;后晌的时候,围着栅栏走一圈,捡两篮子鸡蛋。鸡场盖了一溜房子,晚上他就住在里面,挑灯鏖战。

一天早上,我打开大门,见门口放了一篮子鸡蛋,我知道这是金沐灶送来的。要高考了,金沐灶要复习,要种田,要养鸡,不容易。他或许心里头还想着火苗儿吧?可他万一考上大学,吃了皇粮,远走高飞了,我家火苗儿咋办?

不光是火苗儿,大妞又让我不省心了。

有人偷偷跟我说:"权国金被蛇精缠住了。"开始没在意,后来我听说权国金也要参加高考,大妞也想参加高考。她每晚打扮好,偷偷去了权家,就守着国金复习,一会儿倒水,一会儿捶背,很是温存。

我劈头盖脸骂了大妞一顿，她不敢去了。

金沐灶的养鸡场产的是柴鸡蛋，收成不错。

那天，我在责任田里浇地，看到权桑麻来了。权桑麻见了金沐灶拍拍他的肩膀说："年轻人哪，有志气，上面正选勤劳致富的典型呢，我把你报上去了。"金沐灶沉了脸，说："我就养点儿鸡，挣点儿小钱儿，建养鸡场还是东拼西凑的钱，离致富远着呢！别报我，我不当这个典型。"

我想，金沐灶知道他爹的死与腰里硬、权桑麻有关，权桑麻就是背后黑手，他没几天好日子过了。权桑麻尴尬地迈了两步，说："当了这么多年村干部，难免做错事，我想通了，都是'四人帮'害的！我们要深入揭批'四人帮'啊，忒他娘害人了！"金沐灶一笑，说："都成'四人帮'的受害者了！我看，有的人跟'四人帮'那一套，也差不离儿。"

一听这话，权桑麻气哼哼地走了。

金沐灶的鸡场挣了钱，请来了一台评戏。演了古装戏，那些"文革"禁戏都出台了。我看得津津有味。

血燕飞来了，在金沐灶家屋檐下筑巢。

我都觉得奇怪，因为血燕只在日头岩下的栗树上筑巢，一窝又一窝，家族繁盛。张慧敏就抬头望着血燕窝，喃喃地说："奇了怪了，奇了怪了。"我说："可能是好兆头。血燕从不低头别人屋檐下，就连状元槐、魁星阁都没有来过。谁家有血燕落户，就有喜事，老嫂子，你的福到啦！"张慧敏叹道："我是妮姑庵里守青灯，哪儿来的福！"我提醒说："沐灶不是要考大学了吗？"张慧敏笑了，她说："这么说，我儿子能考上大学？"我笑着说："我看差不离儿。"金沐灶诡秘地一笑："要是能见到红嘴乌鸦就好了。"我也赞同："对，红嘴乌鸦忒灵啊！"本来是说说笑话，可是，隔了几天，金沐灶告诉我说："軫叔，你猜我看见啥了？"我问："啥？"金沐灶说："我在状元槐下，瞅见红嘴乌鸦了。"我嘿嘿笑道："你小子好运气，成了！"光有红嘴乌鸦不行，金沐灶咬紧牙关，为了大学而战，人都累瘦了。他对我说："叔，我把养鸡场转给您吧。"我说："好是好，我可没钱啊。"金沐灶说："你就养呗，啥钱不钱的。你隔三岔五的，给我娘和槐儿挎一篮子鸡蛋就中，槐儿爱吃鸡蛋。"

我斜了他一眼，说："你小子是不是觉着愧对火苗儿啊？"

金沐灶默默地皱了眉头，不说话。

我接过了养鸡场，每天给张慧敏送一篮子鸡蛋，张慧敏吃不了，就送给左邻右舍。火苗儿知道我接了养鸡场，但她一回也没去过。金沐灶邀权国金一同复习，两人住在金沐灶的厢房里，解题很辛苦。金沐灶跟我说，每晚都能听到敲玻璃的声音，权国金就说，我出去一趟，一会儿就回。金沐灶说："考大学是自个儿的事儿，你看着办吧。"权国金嘻嘻笑着，出了门。我悄悄跟踪大妞，结果敲玻璃的正是她。在暗处，权国金激动地对大妞说："没看见我刻苦用功吗？"大妞说："我就是想你，管不住自己。"权国金说："中啊，那咱俩到燕子河绕绕？"证实了传言，我没再跟踪。大妞回家的时候，大半夜了。我不知道咋跟大妞说。

状元槐下东倒西歪，闲汉扎堆了。

有一天，听见村喇叭高喊："金沐灶考上了大学，全省第一名，他这是中了状元了！"

我和树下的闲汉们欢呼起来。

权国金落榜了，有点儿失落。我去看望权国金，碰上权桑麻劈头盖脸地骂人："国金呀，真他娘是一个废物！你看人家金沐灶，给祖上争多大脸啊！咱权家咋就争不过金家呢！"权国金说："沐灶底子比我好，我有啥办法？"权国金的理由很充足，他不敢说跟大妞约会的事。听说权国金没考上，大妞给我买了半斤猪头肉，拿出老白干给我倒上了。我喝着酒说："大闺女，今儿日头从西边出来了？"大妞说："让您跟我高兴高兴。"我一愣，说："权国金没考上，你还这么高兴？"大妞神秘地一眨眼，说："爹，这就对了。他考上了，还不把我甩喽？大学里女学生多着呢，谁不比我强啊！"我听出来了，她显然蓄谋已久。我边喝酒，边感叹："大妞啊大妞，蔫人出豹子，平时我咋看不出来啊？"大妞说："我勾引呗。"我差点儿把嘴里的酒喷出来："这话你都说得出来？"大妞给我倒满酒，说："我找不到比这合适的词儿了。"我猛喝了一杯酒："你呀，比火苗儿还邪乎啊！"

金沐灶临走的时候去给金校长上坟。那一天，我正在坟地陪着金校长说鬼话，金沐灶来上坟了。金沐灶说："爹，我要上大学了，您放心，我一定给咱金家争气，等我学回来，重建魁星阁。"我听着眼睛潮潮的。我们回到村里，时间是正午，听见老槐树的天启大钟里传来毛嘎子的声音："日头村金沐灶考入大学了！你是日头村的光荣，也是我毛嘎子的光荣！燃烧吧，青春！奋斗吧，金沐灶！"毛嘎子的声音哑哑的，不像是金校长，更像会说话的鸭子。

我听见了，金沐灶却一点儿听不见，难道是我有啥特异功能？我抬头望去，却瞅不见毛嘎子的身影。我循着声音找到了村北的小树林，林子里有一片光点儿一跳一跳的。老辈子人说，小孩子死后鬼魂灵活，那魂儿永远都是游来荡去的。

我和金沐灶望着天空，愣了半天。

当天晚上，村庄极静，隐隐有狗的叫声。我跟大妞说起毛嘎子说的话，大妞批评我："爹，你也太迷信了，毛嘎子会说话，等于有鬼魂啊！"我摇了摇头说："不是鬼魂，毛嘎子真的活着。"怪了，声音是从哪儿来的呢？大妞问："爹，真的有声音吗？"我说："爹能骗你吗？"大妞疑惑地叹息着，好像在算一笔糊涂账。

权国金过来了，他这是给金沐灶送行，两人喝酒，还请我家大妞作陪。

我咧了咧嘴说："光大妞陪，不用我陪吗？"

权国金支吾着："您，您也跟着喝酒吧。"

我噘着嘴巴说："瞧我这出息，喝酒还是争来的！"

大妞咯咯笑起来，像一团刺猬。

权国金买了些鸡腿、猪耳朵、花生米，豆角、小葱、豆瓣酱，还有半塑料桶散白酒。两人边喝边掏心窝子。权国金说："我知道了，为啥你要跟火苗儿分手，原来是为了考大学。"金沐灶瞅了我一眼，说："你扯啥淡啊。我对不住火苗儿，可我绝不是为了这个。是我爹让我趁着年轻，先干大事。"权国金说："咱俩都快成连襟了，你应该叫我一声大姐夫呢！你也知道，有大妞，我心静不下，我想，就这么着吧，考不上大学不也一辈子吗。有大妞这么个知冷知热的女人，我也知足了。"金沐灶说："你说得对，咱俩干了这一杯。"权国金喝了一杯。金沐灶问："国金，以后你有啥打算？"权国金想了想说："我恨当官的，但我还很想当官！"金沐灶又举了杯："那就祝你心想事成。"权国金说：

"我连干两杯,打心窝里为你高兴啊!明儿,我就不去街上送你了,我喝多了!"权国金真的喝多了,大妞扶着他,摇晃着往外走去。

这两人真的好上了?权国金要挖我心头肉了。

权桑麻主持仪式,欢送金沐灶。

权桑麻给金沐灶披上大红花,锣鼓喧天,鞭炮齐鸣,全村男女老少鼓掌。我也跟着鼓掌。

权桑麻的讲话激情奔放:"金沐灶是我们日头村的新状元,了不起,了不起啊!他是新中国成立后咱日头村第一个大学生,也是全省的高考状元,值得祝贺!这和村党支部多年的关怀培养是分不开的!希望金沐灶学业有成,为党和人民建功立业!"

金沐灶微微一笑,说:"我就一句话,我会好好的,学成回来!"

槐儿跑了出来,他抱着金沐灶的腿,哭着不叫舅舅走。金沐灶抱起槐儿,自己也流泪了。他亲了一下槐儿,说:"槐儿,在家好好听姥姥的话,舅舅很快就回来。"

金沐灶在搜寻着啥,目光趋于黯淡。我忽然发现,火苗儿没在现场。之后,村里的年轻人敲着锣鼓,送金沐灶走了十里地。

后来,我才发现火苗儿站在披霞山的日头岩上,远远看着金沐灶。

火苗儿看着金沐灶披着大红花,她笑了。她轻轻地说:"这小子,像个新郎官儿。"看到金沐灶远去了,她哭了。火苗儿一直站到天黑,我去接回了她,火苗儿默默地,不说一句话。

回家的路上,她磕磕绊绊的。

我和火苗儿回家,碰见猴头。猴头是个钻牛角尖的人。这些天他一直嘟囔:"金校长不是我故意杀的,却关了两个月;金沐灶要娶我妹火苗儿,逼着我给金校长请罪,他娘的,这小子却把我妹甩了,自己考了大学,进了大都市。天下到哪儿说理去!"我说:"你嘟囔个啥?没良心,人家沐灶没把养鸡场给咱啊!"猴头说:"快别提鸡了,我想不通!"

我骂道:"人活脸,树活皮。你要脸,就给我考个状元试试!"

猴头被我的话噎住了。后来,我发现猴头得了夜游症,夜里在日头村绕来绕去，像贼一样鬼鬼祟祟。

有一回，猴头夜游时让巡夜的腰里硬抓住了，腰里硬说："你个杀人犯，半夜跑出来干啥？打算偷谁家东西啊？"猴头两手乱抓，扯着嗓子高喊："我不是杀人犯，我不是杀人犯……"

听到喊声，我追了出去，看到猴头躺在街上睡着了，腰里硬却不见了踪影。我一脚踢醒了猴头，他揉着眼睛回家了。天亮之后，他大骂腰里硬，说昨夜梦见腰里硬了。

我说："你还梦见啥？"猴头说："我还梦见金校长了，他伸出双手要挖我的心，双手血淋淋的！"

我的心一咯噔，掉下去了。

猴头已经分不清梦境与现实了。

我一直观察娄宿查看猴头的梦。但没有找到，看来他不打算在这个时辰做梦了。

我在天上敲响应钟，云层里颤抖着应钟的节奏，仿佛有一颗巨大的太阳向我滚滚而来。月亮被众星环绕、簇拥，与太阳的光芒交融汇合而光芒四射。冬日的一场大风刻薄而歹毒，摇倒了树林的一片小树，差点儿把状元槐刮倒了。灰色的树枝在风中摇晃不止，树叶吹起又纷纷落下（满地落叶在黄昏的光线中显得格外神秘，因为它覆盖着这个世界需要的一个秘密）。村里因为冬天的到来显得沉闷凄凉，如果不是日头爷不停地照耀给村里增加温度，人们就不愿意出门走动。在这样恶劣的环境里，我很难进入猴头的梦境里去。

看不到猴头的梦，我一切尽知晓。因为知晓一切的神已经附在我的体上。

日头村孽债深重，猴头由茫然变为惊愕。如果猴头没死那只能受到惩罚。如果肉体没有受到惩罚，那么他的良心也会遭受折磨，如果没有良心了，那么他就幸福了（由此我为人性的弱点感到悲伤）。我对自己说："眼不见为净吧。"我飞走了。今天是怎么了，飞回云顶还像一只猴子似的到处乱窜。

我害怕自己从云顶的虚空里掉下去。

4

金沐灶的养鸡场给了我，我就搬进鸡场里住，守着那些草鸡，鸡屎臭得邪乎。一天夜里，猴头来了，还是夜游，他对着鸡笼咕呱一叫，鸡吓得乱飞乱跳，没个安生。第二天，鸡场闹了鸡瘟，死了一片。我打了猴头一轹木，骂他是个瘟神。猴头捂着肩膀，说："爹，你冤枉我了，我哪有那本事啊？"鸡死了，我都埋了。我硬着头皮找到张慧敏，说："等我攒够钱，一定赔你。"张慧敏说："我就想到了，那帮鸡就认我家沐灶，到你手上，自然都活不成。还有，你那杀人犯儿子没去吧？"我心一沉，说："我一定赔你。"张慧敏说："我儿子既然把鸡场给了你，就没让你赔。你去干点儿别的营生吧！"

看着别人都富了，急得我抓耳挠腮。干啥呢？

我说："猴头，光鼓捣那点儿地，挣个仨瓜俩枣的，不中啊。我还要给你盖新房娶媳妇呢！"

猴头说："爹，没钱，我娶啥媳妇啊？"

我说："你自个儿挣钱娶媳妇！"

猴头沉着脸走了。

猴头沿村收鸡蛋，再到集市去卖，是个赚钱营生。

我瞅猴头挺辛苦，就去帮他。风里，雨里，泥里，水里，每天都骑大水管自行车，走五十里坑坑洼洼的土路，一天能挣十几块钱。自打做了小买卖，我瞅猴头的眼神都变精了。这回我算知道，啥叫无商不奸。

有一次我们去一户收鸡蛋，户主是一个中年女人，带着个残疾孩子，孩子又哭又闹，吵天吵地的。我本想收她的鸡蛋，但还要装作不情愿的样子，说人家鸡蛋不好。女人为难，小孩哭声更大了。女人说，本来我是卖了鸡蛋，给孩子抓药的。我的同情心很快被新房子战胜了，狠杀了她的价。末了还说，你这是遇到我了，看孩子可怜，我就当做善事了。要是别人，谁要啊。实话跟你说吧，这鸡蛋没人吃，我回去喂猪。女人连说谢谢。出了人家院门，我的腿就打战了。欺负人家孤儿寡母，忒缺德了。猴头嘿嘿笑，说："我还以为你是圣人呢，我一做错事就打我，原来，有其父必有其子。"我踹了猴头一脚，说："还不是为了你！"我在儿子心中的形象，轰然倒塌了。我后悔，我做了小商人，无商不奸啊！我停不下来了。后来，多少回给人家缺斤少两，我在心里说，习惯了就好，习惯成自然。

每天数完钱，我就浑身痒痒，不得劲儿，恨不得抽自己一个嘴巴。我骂自己："老轸头，你是敲钟人，你的良心呢？"我感觉自己清清白白的心肠，被溅了泥点子，硌碜。我下定决心，守着种地，不收鸡蛋了。猴头跟我急了眼："爹，咋不去啦？"我耷眉沉脸，不吭声。猴头问："是不赚钱吗？"我说："是比种地挣钱，可我心里难受！"猴头说："改造不好的老农民，那我自己去卖鸡蛋！"

我在承包的地里种了大头菜。

猴头一边卖鸡蛋，一边驮大头菜进城里卖。那时没城管，可以在城里随便摆摊。城里人吃到农村的新鲜蔬菜，心里头喜滋滋的。我远远瞅见猴头伸着脖子高喊："日头村的大头菜，没有任何病虫害，唐山人民都夸好，五讲四美三热爱！"女孩们刚刚流行穿裙子，蹲下挑选菜头。猴头最兴奋，贼眼瞄着女孩的底裤，嘴里喊着："高高的，高高的。"总要多给二两。女孩走了，猴头说一句："在城里，真好啊！"我盯着他，他擦着鼻血，装作不经意地唱歌。我朝猴头的后脑勺就搋了一拳："流氓，瞅你那点儿出息！"猴头吓了一跳。后来，猴头自己去卖大头菜，不愿带我。他卖大头菜上了瘾，我家的卖没了，他就到别人的地里收。

后来，我家猴头领来一个媳妇。

这里的故事，真是蹊跷，但都是猴头跟我说的。那一天，猴头去城里卖菜的时候，碰到了一个人——孙大脑袋。孙大脑袋是个包工头，从东北农村出来的。孙大脑袋有钱了，想不出咋花，就乱搞女人。家花不如野花香，孙大脑袋醉卧花丛，也不怎么回家了。孙大脑袋的老婆叫菜花，在郊区开了个饭店，就叫菜花饭店。丈夫多日没回家，菜花惦记，就去找孙大脑袋，正好把孙大脑袋堵在了屋里，床上还有个年轻漂亮的女孩。菜花把办公室里的东西往两人身上扔，钢笔、墨水、订书器，逮啥扔啥。孙大脑袋灰头土脸，嚷嚷："离婚！没这么欺负人的！"菜花哭了，说："死去吧！我就是不离，死也不离！"孙大脑袋本想家里红旗不倒，外边彩旗飘飘。没想到事情走到了这一步。那个女孩也不依不饶，说："你不离婚，我就死给你看！"孙大脑袋思来想去，觉得还是小的好，青春忒他娘的美妙。可黄脸婆不离婚咋办？孙大脑袋想不出办法，女孩就说："好办，她查咱俩的奸，咱也查她的奸！"

孙大脑袋选中了我家猴头。

我了解猴头，他本来就好色，好拉拢。而且他是个卖菜的，常跟菜花联系。菜花个子矮，矮得精神；皮肤白，白得有味道。猴头盯着菜花，她是那么美，那么风骚。

渐渐地，猴头忘了孙大脑袋交给他的任务了，觉着自己就是为菜花而生的。

那天晚上，孙大脑袋踹开了饭店的门，他看见猴头和菜花光溜溜的，忙得翻江倒海。见了孙大脑袋，两人并没有停下来的意思，直到完了事，猴头才拉上被子，说一声："坐吧。"

孙大脑袋愣住了，半天才反应过来："你，你，你他娘搞我老婆？"

猴头说："我稀罕她！"

菜花说："我也稀罕他！"

孙大脑袋大骂："王八蛋！我让你勾引我媳妇上床，没让你真搞她呀！你他娘的还给我戴绿帽子，气死我了！我的女人，除了我能动，谁都不能动！"菜花这才知道，原来猴头是卧底。

菜花狠狠踹了猴头一脚，说："男人没一个好东西，滚！"猴头下床就走，他想跟菜花说点儿啥，张了张嘴，啥也没说出来。

孙大脑袋举起棒子，打在猴头的胳膊上，咔嚓一声，胳膊折了。

孙大脑袋憋涨了脸，说："我孙大脑袋只给别人戴绿帽子，没想到，自己也沾了绿。我打死你！"孙大脑袋又要舞棒子，猴头抱着脑袋跑了。

胳膊断了往袖子里塞。猴头胳膊打了石膏，不敢出门。

这趟生意赚大了。猴头伤愈之后，把那个叫菜花的女人娶回了家。那一天，菜花出现在了我家。我吸了一口气，这女人忒胖，腿粗、腰粗、胳膊也粗。她还拉来了一大车东西，电视、冰箱、洗衣机、大衣柜、床铺，还有锅碗瓢盆啥的，显得很气派。猴头看见菜花，险些把舌头吞进肚里。菜花望着猴头说："相好的，我跟孙大脑袋离婚了，你不会不要我吧？"猴头高兴地搓着双手，说："咋不要呢！要，要！"他嘿嘿地笑了。

我家一下乱了套。来不及盖新房，就把旧屋刷了层石灰，家具都是现成的。别人说，菜花带过来不少钱。我没问，猴头也没说。就这样，小两口稀里糊涂就入了洞房。让人感觉像做梦一样。

来年春天，菜花生下了一对双胞胎，都是男孩。许是老天爷惩罚我们汪家，两个孩子的腿都是残疾：一个左腿瘸，一个右腿瘸。

猴头给老大取名叫汪大跳，给老二取名叫汪二跳。两个孩子头发乌黑，眼睛贼亮。

我长叹一声，流泪了："报应啊！"

我的大妞成宿不回家，后来干脆和权国金住到了一块。我这几个孩子，没有省油的灯！这个大妞，还没出阁呢，就和权国金黏住了，这肚子起来咋办呢？

我去找权桑麻，商量给两个孩子办喜事。

权桑麻说："大妞这孩子懂事，比你家火苗儿好，我喜欢。"

我担忧地说："桑麻，能攀上您这高枝，我们汪家烧高香了。我担心这两个孩子，天天在一块儿，难免有个闪失，日子长了，就盖不住了。"

权桑麻哈哈一笑，说："亲家，说得对。孩子们都大了，给俩孩子办了吧。你看，家里有现成的大房子，我再给大妞买上三大件，车子、手表和缝纫机。你说呢？"

我哈腰一笑："好。"

大妞和权国金结婚那天，来了好多人，坐了几十桌。

没有一年，我就当姥爷了。大妞生了个大胖小子。孩子两只手特别大，攥成拳头成了大馒头。权桑麻给孙子起名，大名儿叫权头，小名儿叫拳头。

权桑麻抱着孙子，满脸笑纹。他呵呵笑着说："权头好，到哪儿都有权，到哪儿都当头儿。"

权头就举着拳头乱挥，打在权桑麻的鼻子上。

权桑麻哈哈大笑："打得好！再给爷爷来一拳！"

金沐灶上学走了，家里剩下了一老一小。张慧敏每天带着孩子，拾掇庄稼。我知道，张慧敏虽然觉得儿子考上了大学，扬眉吐气，但金沐灶离开家后，她老是觉着空落落的。有时孩子闹，她心烦，就打孩子屁股。她打完又后悔，一个劲儿抹眼泪。我说："慧敏啊，槐儿心脏不好，别老打他了。"

张慧敏含泪点头。

我瞅这祖孙俩忒可怜，就悄悄帮着她料理责任田。火苗儿对我说："爹，我想搬到金沐灶家去住。"我愣了一下，她认定的事，拦不下，她说去就去了。下完地，她就照顾张慧敏和槐儿。张慧敏说："火苗儿，你真是好闺女。可金沐灶不娶你，我也没办法呀！"火苗儿说："那我就认您做干娘！反正能和你们金家沾上边就中。"张慧敏眼里含着泪，说："你上辈子欠我们金家的？"火苗儿笑了："是啊，干娘，前世欠了孽债，这辈子来偿还啦！"火苗儿真心喜欢槐儿，还常给他买棒棒糖。

张慧敏告诉我，金沐灶在大学城里，见着吕富仁了。

我认识吕富仁，原来就在日头村北面的"五七干校"。干校里面有右派，还有劳动改造的教授。吕富仁高个头儿，水蛇腰，戴着近视眼镜，劳动卖力，但力气小，跟不上趟。那几年，"五七干校"里的人，每天像社员一样种稻子，插秧、施肥、撒药、收割、脱粒，什么活都干。

那一次我们下地经过，见这帮人在插秧。吕富仁弯腰插秧，插得慢，跟绣花一样，被人家拉下一大截，这让管教好一通训斥。吕富仁大汗淋漓，说："一定快，一定快。"但还是跟不上。金沐灶当下就挽了裤腿、脱了鞋，走进水田，对吕富仁说："我来吧。"金沐灶拿过秧苗，插得飞快，很快就超过了那些人。吕富仁感激不尽，说："小伙子，谢谢你。"打那以后，金沐灶和吕富仁就认识了。两人时常在一起唠嗑。还有几回，金沐灶把吕富仁的脏衣服拿回家洗了。

后来，吕富仁走了，回大学任教了。

考大学的时候，金沐灶曾对我说，他决定去找吕教授。于是，就报了省农大。很多人对他这个状元落户农大不理解。在学校，吕富仁教农业机械，但他喜欢用哲学探讨问题。吕教授说："研究哲学好啊，在一定程度上更能把握和对待人生的挫折和成功。如果改变不了环境，就改变自己的心态。即使在'五七干校'，我也活得挺乐观的。"金沐灶说到自己和火苗儿的事，说完就长吁短叹。

吕富仁说："有一种人生哲学，就叫浪漫主义。浪漫主义以情为中心，我认为，理性极限和能力，都需要情来补足。情是万物的尺度，喜怒哀乐，皆由心生。"吕富仁好像对浪漫主义人生哲学很有研究，但他自己却依然单身。他说："我越研究，起点就越高。"

金沐灶想着吕教授的话，又想着火苗儿，有点儿心疼。

5

放暑假时，金沐灶回了家。

到了晚上，我请金沐灶和姑爷权国金吃饭。两人一见面，权国金就把金沐灶抱了起来。金沐灶嘿嘿一笑，说："没想到，你小子还有把子力气。"我陪他俩喝酒，火苗儿和大姐边吃边饶有兴致地看着他俩。男人喝酒是挺有意思的，看着自己爱的男人喝酒，更有意思。

权国金说："金沐灶，你的事，我心里盛着呢。重建魁星阁对不对？可我跟我爹一说，他吹胡子瞪眼地说：'刚吃了几天饱饭啊，就搁不下你了，魁星阁能当饭吃？'"

金沐灶说："国金，不管成不成，我都谢谢你。这事以后再说吧。"

权国金说："这事，得讲究天时地利人和，眼下，天时有，地利呢？农民依旧是土里刨食，富不起来，集体经济没有积累，没有钱，魁星阁就建不成。"

金沐灶问："你认为，农民不富的原因在哪儿？"

权国金说："很简单，守着一亩三分地，富不了。要想富，必须经商办企业。"

金沐灶想了想说："贫困的原因就是农民素质低、没文化。"他说出了自己的想法：在村里建设一个农业技术培训班，聘请吕富仁教授前来讲课。

两人就这样，喝着说着。

后来，金沐灶还是想让权国金跟权桑麻说情。权国金说："要去你去吧，那个老顽固，他一直以为金克木，就是你金家克着我们权家，你说气人不！"

金沐灶没醉，却像醉汉一样摇摆。

　　假期结束，魁星阁还是没着落，金沐灶有些沮丧，头发凌乱，眼睛失去了光彩。

　　上面要查"文革"的"三种人"，金沐灶又回来了。

　　金沐灶给上边写了信，揭发权桑麻背后指使腰里硬、黑五、猴头将父亲打死。他发誓为父亲报仇雪恨的一天就要来到了。所以，他盯上了我家猴头，逼着猴头揭发检举权桑麻。

　　一听这事，我头皮一麻，浑身发抖，不知咋办好。猴头受了夹板气，收拾了权桑麻，难道权家是好惹的？将来报复起猴头会比整金沐灶还狠。如果不听金沐灶的，金沐灶也不会轻饶了猴头。

　　猴头吓得两腿打战，全身筛糠。

　　金沐灶说："猴头，你早揭发，早解脱。"

　　猴头汪了泪。他怕进去，不敢得罪权桑麻，整天躲着金沐灶。

　　县里调查组来了，找腰里硬和汪猴头。这时我可咋办呢？一头是未来的姑爷金沐灶，他父亲死得冤，他要为父亲报仇，不应该吗？另一头是我的亲家权桑麻，罪孽深重，可他毕竟是我大闺女的老公公，手心手背都是一家人啊。思来想去，生死存亡，我还是选择闭嘴为好。

　　后来夜夜梦见金校长，我心里又有些松动。因为，我和金校长是最交心的老哥们儿，我愿意让他的亡灵安息。

　　猴头半夜回家，我瞅着他说："躲过了初一，躲不过十五，你就向组织老实坦白交代吧。"

　　猴头端着水瓢，呛了一口水。

　　火苗儿来了，对猴头说："大哥，是白的黑不了，是黑的白不了。别撑着了，揭发权桑麻吧。"

　　猴头说："妹子，我知道你的心思。可是，你得为我想想，万一权桑麻扳不倒，报复我咋办？"

　　火苗儿把眉一皱，嘴一噘，说："'四人帮'都倒了，他能不倒？难道他比'四人帮'官还大？"

　　我脸冲着猴头，没好气地说："就算他不倒，你也落个安心。再说了，他还敢打击报复你，没王法啦？"

猴头想了想，说："中，人心是肉长的，将心比心，我都说了吧。要杀要剐随他娘的去吧！"

这时候，大妞手捂着腮哭，晃晃地进来了。

我抽了一口冷气。大妞一进屋就拉着猴头的手不放："大哥，我是权桑麻的儿媳妇，你揭发了我公公，让我在权家咋做人啊？大哥，我知道，你从小就疼我，从不让人欺负我……"火苗儿说："姐，你这样做就不对了。"大妞说："那你为啥向着金家呀？"火苗儿说："金家有冤情啊，你公公就是背后指使。"大妞嘴里喷着唾沫吼："不对，我公公啥都不知道，都是腰里硬干的！不信咱找腰里硬对质！"说着说着，姐妹俩吵了起来。我双手抓挠着胸口喊道："你们都给我住嘴！"

猴头乘机蔫蔫地溜了。

我怕两个闺女纠缠我，就去状元槐下抽烟。

日光透过树枝树叶，刺得我睁不开眼睛。这时候，有个村支委跟我说，腰里硬痛哭流涕，成了受害者。调查组找汪猴头，我家没人，我也不知道他去哪儿了。调查组不是吃素的，很快就将躲在芦苇荡里的猴头揪了出来。后来，猴头说："砸大钟，都是腰里硬和黑五指使的，我根本就没想把金校长砸死啊。"我知道，猴头确实说了实话，他那层次，还达不到权桑麻的直接指挥。但我糊涂的是，权桑麻曾私下递给他一把铁锤，而那把铁锤柄上写着腰里硬的名字。后来，猴头就不见了，据说是从小黑屋逃跑的。不知是有人救的，还是他自己逃脱的。

权桑麻请我喝酒，我喝了一口，没敢久留，怕摊上事。权桑麻被查，我儿子也跑了，我跟他喝酒，得背多大黑锅啊。我说："我是一介草民，有了事扛不住啊。"权桑麻潇洒地一笑，说："怕啥，天塌了，我顶着。"似乎一切都在他掌控之中。这时候的我，树叶落了都怕砸脑袋。我匆匆走了。临走的时候，权桑麻吼，嗓子都快吼裂了："怕啥，怕球啥？我权桑麻一心一意干革命，刀摞在脖子上，都不带眨眼的！"刚出门口，我就碰到了金沐灶。我愣住了。金沐灶说："我都听见了，你们真是亲向亲啊，我心里的苦水都快把我淹死了，你却和权桑麻喝酒。老轸头,我白白信任了你这么多年,我可是拿你当亲人啊！"金沐灶眼里闪着泪。我的心一沉,说:"金沐灶,你听我说,听我说……"金沐灶说:"轸叔,我算认清你了,你就是权桑麻的卧底啊！"说完,他就偪偪地走了。

我悔青了肠子。我去权桑麻家喝那口酒干啥？

那天傍晚,我又去找金校长,坐在他的坟头说心事。说着说着我就流泪了:"金校长啊,我不怕儿子猴头再进去,我也不怕权桑麻使坏,只要你能睡得踏实,我啥都不怕。"

坟地哑静。我说到三星偏西才回了家。

光明骤然泯灭时,我的眼前一片漆黑。

我在云顶敲响了姑洗钟都不能唤回光明。不是因为恐怖而是由于钟声的感召(天启大钟在坟墓里,显然不是老轸头在敲钟),我要尽快飞回日头村去。我悠然坐在菩提树上,这三月天格外晴朗明丽,风像女人的小手抚摩着我的脸面。我倾听下边隐隐约约传来的钟声。

钟声渐弱的时候,我听见从遥远的那边传来红嘴乌鸦的鸣叫声(红嘴乌鸦不经死亡而直接达到永生,上升为一个村庄的图腾),我追随红嘴乌鸦而去。

正说着话,毛嘎子呼啦啦飞了过来。

我以为他落在坟头,其实,他没落,除了林子里的菩提树,他是不能着地的。我吓得趴在地上,冒着冷汗。

空中传来毛嘎子的声音:"老轸头,我来看看你。"

我龇牙咧嘴地爬起来,仰着脸望,啥都望不见。我说:"毛嘎子,你哪儿都好,就是老吓唬人。"

毛嘎子说:"我吓着你了？"毛嘎子两只眼睛又成了探照灯,往四下照着,他的脖子能旋转三百六十度。这时,毛嘎子似乎发现了啥,飞了过去,一会儿又飞了回来。

我眼前出现幻觉,他手里抓着一只拱地的鼹鼠,鼹鼠嗞嗞直叫。毛嘎子说:

"求饶也不中。"

毛嘎子一口咬下去，鼹鼠不叫了。

毛嘎子吃得很香，嘴里冒着血。我瞅了一眼，就不敢再瞅了。

我骂道："你个牲口，没事，我先走了。"

毛嘎子说："我知道你儿子在哪里。"我问："在哪里？"毛嘎子说："还活着。没他啥事，大当家的能逃过一劫，二当家的得伏法。"我听了抓挠腰，骂："你小子都不食人间烟火了，懂个屁呀？"

忽然，毛嘎子嘴里冒出了金校长的声音："老轸头，这样的话，我也能睡个踏实觉了。但是别指望除恶务尽，挖个干干净净。修桥补路双瞎眼，横行霸道有马骑。到了啥年代，都这样，改不了。"

我困了，想先去打个盹儿。

毛嘎子呼啦啦飞走了，穿过云层，飞向云顶睡觉去了。

我愣在那里望着天。此时我说啥呢？说了也没有人信啊！

果然应了毛嘎子的预测，回到家里就听说，腰里硬虽坏，但不是对谁都坏，秦桧还有仨相好的呢。最终，他扛下了所有罪责：是他带着红卫兵砸钟，过失砸死金校长；是他带着红卫兵烧了魁星阁。腰里硬说："好汉做事好汉当！这些坏事都是我一个人干的。都怪我受'四人帮'的毒害忒深了！我对不起金校长，对不起权支书的栽培，对不起日头村，对不起中国人民，对不起世界人民……"

腰里硬还没说完，就被人推上绿卡车，带走了。

腰里硬被抓走的第二天，黑五也被抓走了。

这一事件，让权桑麻难受了几天。

那天午后，权桑麻让我陪同他去了腰里硬家。

一进腰里硬的家门，就听见蓝串儿正在哼着歌："我们的生活比呀比蜜甜……"儿子蝈蝈在一旁玩耍，一点儿没有悲伤的气氛。见我和权桑麻来了，蓝串儿愣住了。权桑麻说："蓝串儿，腰里硬走了，都怪我没把他教育好。你带着孩子不易，好好生活！"我也劝了两句："有啥事，找我老轸头。"权桑麻说："对，你找我的亲家，他可是能人。"我咧嘴说："别给我戴高帽儿，我能，能得过支书吗？"权桑麻哈哈笑着，掏出一沓钱，轻轻放在灶台上。

蓝串儿和蝈蝈送我们出来。

事情了结了，权桑麻毫发未伤，还是日头村支书，可我那傻儿子猴头呢？我烦他，还惦记他。父母难当啊！记得听毛嘎子说过，他知道我儿子在哪儿，就说明他还活着。我去找毛嘎子，菩提树上没有，金校长坟上也没有。我的眼睛像地狱里的烈火，火烧火燎，大声喊着："毛嘎子，你在哪儿？"声音在夜空里回荡，毛嘎子没有回应。

我去了权桑麻家，让他想办法找我儿子。一推开他家的门，我吓了一跳，见猴头正坐在桌边，狼吞虎咽吃着白米饭，桌上有酒有肉。权桑麻看着他吃，脸上笑眯眯的。猴头只顾吃饭，也不瞅我。我问权桑麻："亲家，这是咋回事？"权桑麻说："咋回事儿，我把你儿子藏起来了。"我一愣，问："藏起来了，藏哪儿啦？"权桑麻说："就在这屋里头。"我想起来了，权桑麻的房子是土改时分的，地主汪老五修了夹皮墙，下面还有隐着的储藏室，可以藏身。

权桑麻哈哈一笑，说："娘个 × 的，这房子新中国成立后一直没用上，没想到，开放了，用上了。"

我惊疑地问："上边还会不会抓他呀？"

权桑麻说："抓个屁！抓了腰里硬和黑五，一了百了。"我沉了脸问："这样做，不合适吧？"

权桑麻朝我瞪眼："难道把你儿子送进监狱就合适了？那你这就送去！"我被噎住了。权桑麻站起身，拿过柜子上的镜子，擦了又擦，这还是我多年前送他的，上面写着：人民的好支书。被他一擦，红光闪闪。权桑麻说："真金不怕火炼啊！无论是来烫的还是来冰的，我生冷不忌，经得起考验。实践证明，就应了你写的这六个字——人民的好支书！"猴头吃饱喝足，打起嗝来，像卡了一片鸡毛。权桑麻说："孩子，慢点儿吃，有的是。"我瞪了猴头一眼。

权桑麻重新复出，两个儿子要庆祝庆祝。权大树要请一台评剧，权国金没答应，说："低调儿低调儿，我看就放放鞭炮得了。"权大树说："那不中，就得唱评剧，热闹。"权大树过继给了金茂才，跟金家挺亲，也娶妻生子，成了金家的顶梁柱。可他毕竟是权桑麻的大儿子，隔三岔五的还得回家，有些事还拿主意。他拿出了当大哥的派头，让权国金去县城把戏班子请来。我听说，权国金假装去请戏班子，在县城绕了半天，看了一场印度电影《流浪者之歌》，偷偷回来了。他撒谎说："戏班子去省里汇报演出了，人家没空儿。"权大树想了想，说："这样吧，咱爹爱听评剧，就唱个堂会吧！把火苗儿请来，唱几段，就在咱家院子里，摆上十几桌，亲朋好友边喝边听。火苗儿是你小姨子，还得你去。"

权国金只能硬着头皮去找火苗儿。他不敢直接找火苗儿，就到家里找我商量。我把火苗儿叫了回来。火苗儿一听就火了，大吼着："姐夫，让我给你爹唱堂会？亏你想得出来，给我滚出去！"我瞪了火苗儿一眼："你嚷啥，他是你姐夫。"权国金灰头土脸，看着我。我说："国金，你知道，就因你爹把金校长害了，火苗儿才跟你过不去。金校长是金沐灶的爹，她能给你爹唱戏，还是堂会？就算她乐意去，沐灶能依吗？"权国金说："爹，是这个理。"我咳嗽一声说："沐灶已经怨我了，腰里硬和黑五进去了，你爹的乌纱帽保住了，明眼人都知道咋回事，就别敲锣打鼓了，小心被村里人戳脊梁骨啊！"权国金委屈地说："我也不想这么干，这不是被我大哥逼的吗？"

权国金一件事没办成，权桑麻一句话也没说。权大树骂了一通："连个小姨子都不听你的话，多没劲啊！你看我那小姨子，姐夫指哪儿打哪儿。你呀，窝囊，真窝囊！"

后来，我听说权大树亲自出马，请来了一台皮影戏。

权桑麻亲自定的剧目是《五峰会》。唱的是，北宋神宗皇帝赵顼在位期间，奸相沈恒威与甘香寺和尚勾结，利用北国珍珠娘谋害神宗。忠臣镇西侯曹国丈，巧设民间花会救驾，经过一场奸相谋害、忠臣护驾的事件，神宗万分感激各位忠臣将士，就地封暴彩文为兵马大元帅，其他将士个个加官晋爵。

权桑麻跟我说："亲家，这出戏忒好！你看我像不像神宗皇帝？有奸臣害我，更有忠臣保驾，我看你就是忠臣啊！"我笑了笑，没说啥。心想，权桑麻都把自己打扮成明君啦，还有人害他，还有人保他，这是唱的哪出大戏呀？腰里硬若是听到这话，会在监狱里撞墙的！

《五峰会》脚本长，一连唱了三个夜晚。权桑麻看得如痴如醉，时而开怀大笑，时而老泪纵横，他入戏挺深。

金沐灶失望地走了，他没能扳倒权桑麻。

临走前，我跟金沐灶说："想开点儿，别钻牛角尖儿。你爹说了，别指望除恶务尽，挖个干干净净。修桥补路双瞎眼，横行霸道有马骑。到了啥年代，都这样，改不了。"金沐灶一愣，问："轸叔，我爹啥时候说的？"我说："就前两天。毛嘎子在你爹的坟地上说的，是你爹的声音。"

日头村里穷，泥垛墙，茅草棚，东倒西歪；羊肠小路，七扭八歪。权桑麻带着村民种田，种新品，村民们也没富起来。权桑麻挺困惑，找到我说："娘个×的，费老劲了，可还是穷。"我叹息一声，说："穷也没法，这是咱日头村的命。"权桑麻骂："喷粪嚼蛆，纯属扯淡！亲家，啥年代了，还信命？"我说："不信命咋整？我家就是这么穷。大包干包了两年，吃饱了，还有余粮，开心啊！可如今不中了，粮食便宜，连耗子都不愿吃，还要交农业税，到了年根儿一结算，种地拉饥荒。做点儿小买卖吧，物价高，都涨过披霞山了，倒腾来倒腾去，也是瞎倒腾，不挣钱。我去贩鸡蛋，累了一天，一身臭汗，才赚了一块二，不值啊。"权桑麻精明地眨着眼睛说："人不能让尿憋死，总得想点儿办法。都改革开放了，谁发家，谁光荣，谁受穷，谁狗熊。我得想办法干场大的，让村里人，让乡里、县里看看，我权桑麻还是当年的小伙子，只是头上多了几根白发！"我想不出办法，想回家，权桑麻不让，他说："想吧，我管你酒喝！"这时，就听见窗外有人喊："老轸头，你家猴头和媳妇打起来了！"

我听了一激灵，慌张地往家跑。

到家一瞅，猴头跟菜花正打架呢。听了几句，我就明白了。这几年，过日子开销大，加上养两个儿子，箱底钱花得差不多了，菜花心里着急，就跟猴头吵。猴头没本事，进城卖西瓜，城里有了城管，把他的西瓜全扣了。猴头抄起西瓜刀，要跟人家拼命，被好心人拦住了。城管扣了他的农用三轮车，他流着泪，走着回到了家。我怕猴头出事，说啥也不让他进城了。集市上卖菜不赚钱，他就在家里待着。大的哭，小的叫，菜花不省心，看着大白天呼呼大睡的猴头大骂，猴头被骂醒了，针尖对麦芒，两人吵了起来。

菜花骂："你个熊蛋玩意儿，瞅瞅你这俩儿子，都张嘴儿等着吃呢。眼下连便宜奶粉都买不起了。"猴头骂："臭娘儿们，啥意思，你让我去偷去抢啊？"

菜花说："你说啥意思？男人养家天经地义。你跟个娘儿们似的整天守着家，不怕你老婆偷贼养汉啊？"说着，她哭诉起来："我倒八辈子霉了，跟了你这么个好吃懒做的熊玩意儿。早知今天，还不如跟孙大脑袋混呢！"猴头被激怒了："臭娘儿们，想孙大脑袋了？找他去，滚，给我滚！"我走进院子，正看见猴头用脚踢菜花。菜花险些栽倒。我冲上去，狠狠打了猴头两个耳光。菜花一看见我更来劲儿了，高喊起来："汪猴头，你有种！一铁锤砸死了金校长，今儿个，你砸死我们娘仨得了！"猴头急得猴跳，还要冲上去打菜花。

这时我老婆扑过去，我抄起轸木狠狠打了猴头一棍子："跟老婆打架，算啥本事！"猴头被打蔫了。屋子里两个孩子哭天抢地，菜花抱着两个孩子只是哭。别人家的媳妇还能回娘家，她不能，爹娘死得早，哥哥听说她改嫁给杀人犯，见她像见了瘟神，躲得老远。我老婆心肠好，同情菜花，拿出白面给儿媳妇包饺子，煮熟了送过去。她说："孩子，嫁汉嫁汉，穿衣吃饭。猴头也不是忒懒的人，他肯定会去赚钱的。"菜花吃着饺子，婆婆看着两个孩子。猴头蹲在地上，吭吭运气，哭了："这日子没法过了……"

村里金三万组织了个施工队，到城里揽活，一天能赚十几块钱，有十几个年轻人跟了去。猴头心上长了草，我怕他出去惹事，不让他去。我说："好好种地吧，钱的事，咱再想辙。"猴头不说话，哪知心里头却打定了主意。没两天，猴头跟村里的两个木匠金水和汪亮亮跑了。我想，走了也好，走了倒也清净。

好多年轻人走了，日头村少了朝气。

权桑麻脾气越来越暴躁了，他说："当了多年村支书，人们都围着我干，如今倒好，我没吸引力了，日头村也没吸引力了。"

我知道，与让乡亲们过上富裕日子比，权桑麻更稀罕全村人众星捧月般围着他转，他离不开这种感觉。

6

我有个表弟，在唐钢当工程师。我和权桑麻、权大树去了唐钢。

表弟很热情，他在钢厂当工程师，没啥事干，就想着开辟第二职业，帮着农村办乡镇企业。表弟口才了得，说起日头村更是头头是道。表弟叫张东，我俩是姨娘亲，他小时候在我家住过，我俩还登过披霞山。张东说："日头村条件好，离公路近，距唐钢也不远，区位优越呀！关键是有一位好领导——权支书！"

权桑麻龇了牙，把脸笑成了爆米花。张东偷着跟我说："儿子要上大学，要结婚，要买房，不折腾俩钱不行了，表兄，你可要多帮忙啊，事成之后，有你一份儿。"我高兴得屁颠屁颠的。参观了唐钢，在唐山住了一宿，第二天，张东就跟着我们回到了日头村。紧锣密鼓，厂址选在了村西燕子河边，离公路最近的地块，五六十亩荒滩。张东在荒滩上奔走，大声喊："不久的将来，这里将矗立起一座现代化的钢铁企业，日头村钢铁厂！"这时大风呼呼的，张东的喊声被风吹跑了，嗓子也喊哑了。

我问："你喊啥？"

他亮着嗓子喊："我高兴啊，又有钱赚了！"

张东设计好了图纸，从原料、技术到市场，他都熟络。这对日头村来说，真是遇到贵人了。地有了，人有了，可就是卡在了资金上。那一天，我听见权桑麻对权大树说："你心里头想的啥，我知道。你把钢厂的担子担起来，厂子建成了，你就是总经理。"权大树没笑，他有城府，不喜形于色，只是那张歪嘴微微抽动了两下。权大树的嘴是小时候落的毛病，他抽过羊角风。权桑麻让权国金协助大哥，权大树很庄重，过去紧紧握住了权国金的手，很有点儿外交范儿。权桑麻大声说："国金，打仗要靠亲兄弟，上阵还是父子兵啊！"

权桑麻开了班子成员会，他提议让我列席。他提出建村办钢厂，建议权大树当总经理，自己担任董事长。钢厂早就在筹备了，如今才开会，只不过是走个过场。权桑麻知道，没人不同意，也没人敢不同意。权桑麻说过，宁做鸡头，不做凤尾。当一把手就要叫得响、扛得硬，武大郎卖棉花，人软货囊不中。

万事俱备，就差资金了。到哪儿去弄钱呢？权桑麻发了愁，愁得满街转悠。

权桑麻想到了刘副县长，他让我跟他一块儿去找。刘副县长忙，正在开会，让秘书打开了办公室，让我俩等他。晌午的时候，刘副县长才回来，看到我俩就说："权支书、老轸头，失敬，失敬！我这副县长，基本就是开会的副县长，没意思。看到你们，我这心情才敞亮了，走，吃饭去。"

我们喝着酒，权桑麻说了办钢厂的事。

刘副县长说："无农不稳，无工不富，无商不活。你们村办企业，可是全县头一家啊，放了卫星了，我支持你们。"权桑麻一听这话，高兴得直拍大腿："娘个×的！"他没想到这个想法在全县是独一份儿。刘副县长说："不愧是劳模呀，啥事都冲在前头。"权桑麻激动得说不出话来，一个劲儿喝酒。我说："好是好啊，就是闺女装上了娘的鞋呀！"刘副县长一愣："啥意思？"权桑麻爹着胆子说："钱紧呗！"刘副县长哈哈笑了："我已猜到了。我跟行长打个招呼吧，你们从银行贷款。"此时权桑麻更说不出话了，冲着刘副县长直作揖。

到银行去贷款，行长只贷给八十万，多了没有。这比建厂预算差多了。权桑麻说："这已经不错了，先把设备买了，再建车间。"猴头想进厂子，我说："八字还没一撇呢，咋也得等投产那天再说呀！"权桑麻知道后，对我说："轸头，咱俩是亲戚，先紧着自己的人用。"于是，猴头也加入进来，跟着跑东跑西的。

车间建到半截，没钱了。权大树发愁，牙都肿了。猴头也跟着瞎着急，像拉磨的驴转来转去。后来他上来了歪点儿子，跟权大树一说，权大树一听眼睛就亮了。权大树带了队伍，携着锯子和斧头，去了披霞山。披霞山下，有一片森林，好几百亩，属于日头村的地界，成片的山杨树海了去了。山杨树齐刷刷白色的树干，叶子随着季节变换五彩颜色，仿佛一支支大自然的画笔，梳理着这片美丽的森林。这片森林，我每年都去一趟，躺在草地上看日头，心里美。猴头一大早就要走，听说去砍森林，而且是他的主意，我气得踹了他两脚，吼："你个败家子啊，老祖宗都没舍得砍，你们就敢！"猴头说："发展是硬道理，这都不懂？"猴头扛着锯子，头也不回地走了。

我一下就蒙了头，急忙去药王庙找杜伯儒。

药王庙离森林不远，杜伯儒每天都到这里打太极，吸收日月之精华。他打坐入静的时候，我跑来报告，他开始不信，后来就听到咔啦咔啦的锯子声。杜伯儒停了打坐，跟木偶似的。过了一会儿，他起身顺着锯声的方向撒腿跑去。到了近前，看见几十个人在伐木。

杜伯儒大喊一声："住手！"

锯声哗哗响着。杜伯儒跑过来夺锯子，说："让你们住手，就得住手！"权大树吸着烟，打了个喷嚏说："伯儒叔，你别闹了。"杜伯儒强硬地说："大树，是你带的头吧，快让他们停下来，停下来！"杜伯儒跟我说过，他不喜欢权大树，嫌权大树财迷。我如今还记着权大树的一件事。权大树小时候在披霞山沟里捡到一只羊，羊被车撞了，就剩下一口气。他不想救羊，扛着羊回家，想吃涮羊肉。走着走着，他觉得羊肚子在动，原来是那羊肚子里有一只小羊羔。权大树高兴得不行，赶忙停下来给羊包扎伤口。羊被救活了，他把羊拴在院子里，每天看羊的肚子。

有一天，杜伯儒来看权桑麻，见权桑麻病着，就用针灸，三天一趟，不出半个月，权桑麻的病好了。权桑麻说："我也没啥回报的，你就把羊牵走吧。"杜伯儒说："道家不反对婚姻，但是，我不吃肉不娶妻。"他在药王庙搭起锅灶，要杀羊犒劳信众。

大锅里的水咕嘟咕嘟开了，就等羊肉下锅了。这时只见一个小伙子骑着自行车飞进来，大喊："别吃我的羊啊——"羊被拴了四条腿，正待宰杀。权大树抱起羊，放进大筐，转过自行车，骑上跑了。半年后，母羊下了两只小羊。权桑麻对人吹牛说："人家英雄救美，我儿子英雄救羊。"我听了抓耳挠腮，心想有道理，权大树从小有心计，还有经济脑瓜哩！

……

面对杜伯儒的阻挡，权大树问："凭啥停下来呀？"

杜伯儒说："凭啥？这是上百年的林子，你说砍就砍啦？三年困难时期，十里八庄的人都来这里捋树叶、剥树皮，要不然饿死的人更多了。这片林子救过老百姓的命！"

权大树不屑地说："你这陈谷子烂芝麻的，有劲吗？林子是咱日头村的，我们想砍就砍！"

我在一旁插话说："大树，这就是你的不对啦，你知道这片林子咋来的吗？是你爹当年——"

"砍你娘个球！"权桑麻来了，火气十足，"都他娘给我收工！"

权桑麻喊道："大树，你这是水大要漫船啊。他娘的随我，就想一个人说了算！"

权大树结结巴巴地说："爹，建厂没钱了！"权桑麻说："没钱也不能卖树。理由千条万条，我只告诉你一条，知道你为啥叫大树吗？你娘怀你的时候，她还在大炼钢铁，后来跑进这森林里，生下了你！"

权大树愣在了原地，双手抖着。

权桑麻对杜伯儒说："老杜，继续打坐吧！"

杜伯儒对权桑麻施了礼，轻轻地走了。

7

我等待在黎明之前收集所有的梦想。

我看见那边多了一颗星星，丑陋无比，是不是这一颗星星让世界充满邪恶？这颗丑星会把妖魔鬼怪引到云顶来，让高强度的日光晒死他们。黎明之前刮着虚无的风。忽然，细雨落下来，我的翅膀淋湿，雨珠像串起的露水。

在雨中我看见杜伯儒所属的虚宿闪光了（从梦里看他还没表现出什么想象力。四周弥漫着混沌初开的气息，仿佛时光倒流回到历史）。

路在何方？这一声叹息发自杜伯儒压抑的胸腔深处。

杜伯儒坐在树林里的菩提树下茫然无措，那时他备受精神的折磨。这时候，天空飞来一位美丽的仙女，仙女宛若凝脂的手臂轻轻搭在他的肩头，顿时，一股奇异的香气扑面而来："夫君，要了我吧。"

杜伯儒没有心动，淡淡地说："你走吧，走得越远越好，永远不要让我再见到你。"仙女哭了，沉闷的哭声，哭声仿佛是被圈在天启大钟里难以扩散出去。仙女刚刚飞走，树林小路上又走来一位贵妇人，手里掂着一摞黄金说："孩子，我把黄金送给你吧，你从此就荣华富贵衣食无忧了。"杜伯儒被黄金的光芒刺疼了眼睛，摆了摆手说："拿走吧，我无福享受这些财富。"贵妇人敬畏地看了看他，还是无奈地走了。黄昏的时候，一位步履匆匆的老者赶来，走到杜伯儒跟前说："从你脸上看，气象不凡，跟我走吧，我可让你做官。"杜伯儒被老者这番话弄呆了，失魂落魄地在草地里呜呜哭起来。老者用怜悯和欣赏的目光注视着他，莫名其妙地走了。

天黑之后狼来了，狼的气息湿乎乎地扑在杜伯儒的脸上，他临危不惧，坦然面对。狼嗅了嗅他的脸，没有张嘴，夹着尾巴颠走了。

杜伯儒听见了天上的一个声音："小小年纪就看破荣华富贵，看破了生死，看破了人世，你还痛苦吗？"

杜伯儒睁开了眼睛，仿佛悟到什么。

那个声音还在说："人被事物所迷，往往认假不认真，学道不成，病在巴高望上。上善若水，水往低处流淌，做事学水，兜底补漏，不求人知，不言己功。"

杜伯儒说："我明白了。"于是，父亲杜康带着年轻健壮的杜伯儒去了四川成都的青羊观。

青羊观也叫青羊宫，是道教的圣地。杜康把儿子交给松池道长就回去了。

三年眨眼间过去，杜伯儒学业有成。

杜伯儒和弟子们一起离开青羊观外出求道。那天他和同伴大曾一起赶路，两人要一起传道。杜伯儒的初愿是回故乡披霞山药王庙。到了河南地界已是黄昏，半路上看见一个背柴妇人。妇人苍白的脸上闪烁着凄凉的光亮。她在精疲力竭之余惊奇地发现，两个壮小伙帮助她背起柴草送她回家。

天色已晚，只见远处有一团火光。妇人住在一处荒郊，草房衰败，贫寒交加，简陋的房舍内有五个玩耍的小孩，其中一男孩还是个残疾，屋内充满腥苦的难闻气味。当晚，妇人感激杜伯儒和大曾，就安排他们住在茅草房里。

次日天亮要离开时，杜伯儒忽然对大曾说："兄弟，我想留在这里，我不走了，你自己求道去吧！"

大曾恼火地说："伯儒，你太不够哥们儿了，我们哥儿俩是同乡，在青羊观就说好了，约好一起回家乡传道。走到这里，道都还没求得，你竟被一个寡妇勾走了魂儿。唉，我都替你脸红！"杜伯儒坚定地说："我们求道、传道，为的什么？慈悲为怀呀，我怎能忍心看着她们这样受苦受难！"大曾无语，很生气地离开了。从那天起，杜伯儒就留在这儿照顾寡妇和她的五个小孩。孩子们见到杜伯儒异常高兴，杜伯儒好像也很喜欢这个家。寡妇看到了生活的希望。

杜伯儒每天上山种粮、打柴，学会了打猎。为了治疗那个残疾孩子，他还登山采集中药。但他丝毫没有觉察到妇人对他撕心裂肺的爱意。

有一天，寡妇试探着说："伯儒，真感谢你，如果没有你，我真不知要如何来养育这些孩子，我希望你能住下来，和我结成夫妇。这样，你可以帮助我抚养孩子长大，我也可以报答你的恩惠。我们过男耕女织的田园生活，这样好吗？"

杜伯儒摇头说："这……我想，你丈夫过世不久，你还得为他守三年的贞节，不是吗？"

妇人思忖，觉得杜伯儒的话很有道理。

又匆匆过去几年。杜伯儒每天干活，打坐修炼，他和寡妇清清白白地生活着，他们一心抚养着五个小孩长大成人。这一天，寡妇又向杜伯儒旧事重提："三年了，我们结婚吧！"

杜伯儒说："时机未到啊！"

寡妇一愣："为啥？"

杜伯儒说："为了和你结婚，我也应该为你的先夫守上三年吧。"

又是三年匆匆而过，寡妇三度提出请求，杜伯儒回答："我希望我们两人再一起守三年吧！"

几年过去，孩子们长大了，杜伯儒想应该回去了。他没对寡妇提出半点儿要求，多年来也没有碰过寡妇一个指头。

杜伯儒平静地说："我要回到故乡日头村去修炼成仙，我这命就是一辈子孤苦伶仃地生活。忘记我吧！"

寡妇愣了愣，泪水顺着眼角不断涌流出来。

杜伯儒安慰她说："孩子们都大了，你享受生活吧。我也该走了，为我过去对你的承诺道歉！"

寡妇惊讶地愣住，眼泪扑簌簌地流下来。

那时正值汛期，燕子河水暴涨，半夜里，他在窝棚里几次被河水强烈的震荡声惊醒。他醒了以后没有再睡，就去打坐了。

虚宿黯淡了，我带着清凉的雨水飞走了。我瘦小的身影从来没有像今夜这么活跃，可以同时在几座星宿前出现，那些陌生人的梦真是千奇百怪。我获得了任何人一辈子也无法得到的信息。

隔了几天，杜伯儒的虚宿再次闪光了。我看到杜伯儒回到日头村见到师友大曾，大曾已经娶妻生子过上了庸俗的生活。大曾驼背了，满脸胡楂儿，眼神木讷。杜伯儒见状感到一阵寒意，但他没敢拿大曾开玩笑。

大曾自己的心虚了："伯儒，别取笑我，我回来同样把地里的庄稼料理得很好。"

杜伯儒说："你怎么不问我是否悟得天道？"

大曾苦笑着问："对呀，不知师兄如今是否悟得天道？"

杜伯儒谦逊地说："我还没有悟得天道。"

大曾笑道："这不就结了，实话告诉你，在我们民间，真正盛行的还是孔子的儒家之道。"

杜伯儒这次轻轻地笑了："你离经叛道了！"

大曾说："我回来一直钻研仁义礼智。还尝试着从阴阳二气变化之中求得天道。"

杜伯儒感慨地说："在河南的几年生活，虽苦虽累，但我知道了天道，它是肉眼看不见、耳朵听不着、语言无法表述的，只能靠心来感悟了。"

大曾有些讥讽地说："你悟到了吗？"

杜伯儒没有直接回答："大曾，我给你打个比方吧。鸟，飞翔；鱼，游水。对于鸟，我们可以用弓箭射它；对于鱼，我们能用网捕捉，可对于天上的龙呢？我们只能想象它的形状，却对它束手无策。我有幸见到了真龙顺风而行啊！"

大曾惊得鼻孔一张一张，身体随着每一下呼吸而变得越来越小。但是，大曾还是强打精神，说出自己的愿望是成为日头村的大儒，将来要当家族的族长。他自认为运气好。杜伯儒却不这样看，运气好的意思是得到自然和上天的照顾以及恩惠。

杜伯儒淡淡地说："好吧，人各有志。月满则亏，水满则溢。我感觉真正得道的人，简朴自足，清静无为。我一生不娶了，去药王庙行善修炼。"说完，就坦然地走了。

大曾愣在那里，脸孔蒙在雾里，就像五彩纸屑一般飘散。

第四律 中吕

1

腰里硬和黑五都被判了刑。

我和权桑麻去海边监狱看他们。黑五出工了，我们见到了腰里硬。腰里硬又黑又瘦，眼神儿都没了锐气。权桑麻说："家里的事都安顿好了，放心。你在这里好生改造，两年一晃就过去了。"腰里硬说："叔，这一晃可难受死了，过一天，我就在墙上画一道，两年七百多天，还不把墙画满了啊？"权桑麻感动地说："叔知道你的苦，亏不着你。"

腰里硬说："叔，没有您，我哪有那么俊的媳妇啊。我谢您还来不及呢！没事，咬咬牙就过去了。"

腰里硬又问起蝈蝈，权桑麻说："蝈蝈挺好，上初中啦！"腰里硬流泪了："忒想蝈蝈啊。"

权桑麻叮嘱说："你多照顾照顾黑五。"

腰里硬答应了。

我知道腰里硬对我家猴头没进监狱一直耿耿于怀。他认为权桑麻偏心眼，牺牲了他和黑五，而不敢动猴头。

可我家猴头确实不是省油的灯，这不，刚刚跟权大树闹掰了。

我听说猴头住在钢厂筹建处，还成了权大树手下的人。他要为权大树试衣服，包括裤衩、袜子，晚上还要给他端上热腾腾的洗脚水。这还不算，稍有怠慢，就挨权大树一顿臭骂。那天晚上，权大树嫌洗脚水热，让猴头兑凉水，然后又嫌水凉，再兑热水。猴头的脾气爆发了，端起脚盆扣在了权大树的头上，吼了一声："老子受够了！"

猴头炒了权大树的鱿鱼，回了家。

我也恨权大树，咋说也是亲戚，可他咋不认人呢？我说："累能受，苦能受，气不能受！猴头，你像个爷们儿！"夸是夸了，可接下来咋办啊？

猴头还得找营生，赚钱养家。去哪儿呢？我正发愁时，权桑麻来了。他对猴头说："猴头啊，我把大树骂了一顿。厂子还没建成呢，就他娘的想当官做老爷。大伙齐了心，事情才成功。你还是回去吧！"猴头摇摇头："我不去，受不了。"我望着权桑麻的脸说："亲家，你就别管了，让他想辙吧。亲戚远不了。"

猴头怪模怪样不吭声。权桑麻撂下几百块钱，耷眉沉脸地走了。

几天后，猴头出去打工了。他拎着一个蛇皮袋挤上了公交车，蛇皮袋里装着锯子、推刨、墨斗等木匠工具，他要进城做木工。临走前，我问他去哪儿，他说，干哪儿算哪儿吧，哪儿黑哪儿宿。我心疼地说："千万别跟人打架呀！出门在外，吃亏就是福！"猴头点了点头。跟猴头一同去的还有四干巴、铁蛋两个小伙子，都是村里房无一间、地无一垄的穷光蛋。

猴头在家的日子，老婆和我没话说。猴头一走，老婆每天都念叨："一个庄稼佬，进了城，两眼一抹黑，营生是那么好找的？老古语了，钱难挣，屎难吃。这孩子，不容易呀！"我瞪了老婆一眼说："一个大老爷们儿，就该行走天下。放心吧，没事儿。"

我嘴上虽这么说，心里头也在打鼓。

日子平淡，老婆养猪，我养牛。一个来月过去了，菜花收到了猴头的一封信，还有一张七百块钱的汇单。菜花看着信，眼泪啪啪砸着信纸。看完，泪更凶了，信纸都要湿透了。她把信交给我，我看得心酸。猴头信中说，他们去了天津卫，三个孩子两眼一抹黑，冷手抓热馒头，找不到营生。为了省钱，他们只能钻进水泥管子里睡觉。冷风飕飕地灌进来，三个人就依偎在一块儿取暖。睡不着，他们就唱歌。猴头掐着嗓子唱皮影,三个破锣嗓子,吼了半夜。后来,就招来了警察,说附近居民举报,有人唱歌扰民。三个人不敢说话了,眼睁睁到天亮。第二天,他们看出门道,在小区门口摆摊儿,戳了一块牌子:打家具。活儿来了,有人要打衣柜,三人高兴地上了门。猴头笨,就会拉锯,干粗活儿。四干巴、铁蛋则是金木匠的徒弟,锛、凿、斧、锯全懂。几天后,一对大衣柜做成了,款式新潮,油漆锃亮,雇主很满意,又把他们介绍给了自己的表弟,营生就接上了。猴头说,他们租了间小房子,有了安身之处。还说,歇着的时候,想家;干活的时候,想家;越累越想家。想你,我的老婆,想孩子,想爹娘。越想就越拼命赚钱,让你们过上好日子。

看了信,我一阵感慨,猴头懂事多了。菜花说:"爹,我写回信,你说点儿啥?"我想了想,说:"写上,猴头猴头,全国一流。"

我老婆和菜花一听都笑了。

我耳朵添毛病了,到了夜晚,耳畔总有钟声响起。这是咋回事呢?我问老伴儿,老伴儿也说有响动,像钟声,她说像是从地底下传来的。怪了,真怪了。是不是要地震啊?我愣着说:"不像吧?"老婆说:"我姥姥说,地震前就有土地爷在地底下敲钟,那是让人们快跑。"我说:"别瞎说了,睡觉吧!"可我却睡不着,钟声越来越响了。

我起身抄起轸木,出了家门。

暗夜里,月亮很圆,望得很远。西北风有点儿不像话,像在扔刀子,割得脖子生疼。我顺着声音走,来到了老槐树下,只见树梢上挂着几只黑乌鸦,听见响动,呼啦啦飞走了。后来我才明白,钟声来自金校长的坟墓,可它为啥响呢?是金校长在敲吗?我彂着胆子去了坟头,我听到了最后一响,坟头的土坷垃震得往下滚。后来,安静了。

我试探着说:"金校长,你啥事啊?吵得不让人睡觉。"

金校长当然不说话。

我又问:"你是专门请我来的吧?我知道,你就爱找我唠嗑,可你却总是不说话。金校长,你就搂着大钟好生睡吧,我走了!"

那一夜,日月同辉。第二天,我去了药王庙。

新的药王庙落成了，杜伯儒当了新住持。

杜伯儒正给患者配药，也不抬头看我。腾出空儿来，我把日月同辉的景象告诉了他。他想了想：“怪事儿，一定要出变故。”我问：“啥变故？”他说：“我也说不出啥变故，反正不会是好事。”我说：“能不能解呀？”杜伯儒掐指算了算：“解倒是能解。你家火苗儿和金沐灶先成亲吧！”我为难地说：“人家金沐灶还在上大学，咋成亲啊？再说了，我看他俩忽冷忽热的，能不能成一对儿还悬乎着呢。”杜伯儒说：“那就先定个亲，沾沾喜气。”回家我跟火苗儿商量定亲的事，火苗儿噘着嘴说：“上回揪‘三种人’，我哥跑了，金沐灶肯定恨我哥，一个月都没给我写信了。我去了信，也没回。谁知道他是咋想的呢！”

我心里沉甸甸的，这俩孩子，折腾来折腾去，怕是没有夫妻的命啊！

那天一早，我又去坟地看金校长，坟墓被掘了个黑窟窿，雨水顺着窟窿倒灌。细一瞅，天启大钟被盗了！我惊得瘫倒在地，满脸泪水。真让杜伯儒说准了，天启大钟，金家的文脉，日头村的文脉，是谁偷走了？

警察来了，围着坟地绕了三圈，也没说出个所以然。张慧敏也来了，望着坟墓发呆。我追着警察说：“你们可得破案啊，别让盗墓贼跑了，一定要把天启大钟追回来。”警察说：“大钟是文物，值老钱了。如今文物走私猖獗，说不定装了集装箱，运到海外去了。”我说：“天启大钟是咱中国的宝贝，可不能到了外国人手里呀！”

权桑麻来了，也围着坟绕了三圈，他痛惜地摇头：“可惜了，可惜了！这可是金家的宝贝呀！警察同志，请你们尽快破案，把天启大钟追回来。”警察点了点头。权桑麻说：“你们辛苦了，先到我家吃饭。”又对我说，“亲家，一块儿去吧。”我摇了摇头。看着他们走远，蹲下身，抓了一把坟土，叹口气，声泪俱下：“金校长，你这命真苦啊！”

权桑麻走了，张慧敏跪在坟头，缓缓地说：“老金，你就这命，改不了啦？死了，还让我们不得安生啊。你别闹腾了，让我们过几天踏实日子，中不？”张慧敏对我说：“老轸头，你回去吧，他不让你安生，你管他干啥！”我说：“老嫂子，叫金沐灶回来吧，咱把坟封了。”

我走了，走了老远，听到一个女人呜呜的哭声。

金沐灶回来了，得知天启大钟被盗，整个人都木了。火苗儿也跟着抹眼泪。我劝慰他："案子报上去了，成立了专案组，我看，大钟跑不了，你也别想忒多。"火苗儿说："大钟会回来的，你别急个好歹的。"金沐灶跪着，默默地跪着。封坟那天，张慧敏抱来了一个箱子，是金校长的几件衣服。金沐灶把箱子放入墓穴，说："爹，大钟被盗走了，我一定会把它找回来，您放心吧！"杜伯儒来了，也不说话，拿过铁锹就填土。我们一起给金校长造了一所新房子，把坟土拍得圆圆的，光光的，像用水泥抹上去的一样。

天启大钟被盗，是谁干的呢？

我脑袋轰地一响，怀疑是权大树。因为建钢厂缺少资金，砍树被杜伯儒截了，他就盯上了天启大钟。他一定是转手卖了，有了钱，他们又添置了新设备。可怀疑归怀疑，但到哪儿找证据呢？

我去厂区走了走，轧钢机是新拉来的。明光锃亮的轧钢机，透出一股子铁腥气味。

我心中嘀咕，权大树盗钟的事儿，权桑麻一定知道。

我问权国金："大钟是谁盗走的，你知道不？"

权国金摇头说："爹，你知道？"

我说："这两天，钢厂建设好像有钱了。"

权国金说："我爹和大哥贷的款。"

我愣了愣问："从哪个银行贷的？"

权国金轻轻摇头说："不清楚，他们啥事都瞒着我。您不会怀疑我爹和我哥偷走了大钟吧？不可能，绝对不可能！"

我说："若是你家盗走大钟，可不光是钱的事，是要断了全村的文脉呀！"

权国金一口咬定："这不可能！"

我迟疑了一下，说："我也是瞎猜，千万别跟你爹你哥说啊！"

过了两天，我又去了金校长的坟头，看见一群血燕围着坟头飞来飞去，叽叽喳喳叫着，像跟金校长说着啥。倏地，红光一闪，一只红嘴乌鸦翻飞而去。我远远瞅着，不敢惊扰。

我一口气跑到金沐灶家，望着张慧敏的脸，说："老嫂子，好事，血燕围着金校长的坟头绕，还招来了一只红嘴乌鸦。我看啊，你们金家要转运了！"

果然，金沐灶大学毕业后，被分配到冀南县的农林局，端起了铁饭碗，吃起了皇粮。金沐灶坐办公室，平常就是一杯茶，一包烟，一张报纸看半天，优哉游哉。金家出了国家干部，日头村轰动了。

张慧敏气色好了许多，逢人就笑，说起话来都透着甜味儿。

农村大包干后，日头村红火了几年，后来就像拉出的弓箭，越飞越没劲了。打了粮食，也卖不出好价钱，这让庄稼人心有不甘。

金沐灶在办公室坐不住了，他来到日头村搞民间调查，后来写了一篇"谷贱伤农"的文章发在报纸上，到处转载，反响很大。新上任的县委王书记找到他，跟他商议应对"谷贱伤农"的策略。金沐灶说："我看要组织农民搞合作社，这样的话，可以团购种子、化肥，降低成本，还可以统一销售，方便农民，创立自己的品牌。此外，大力发展多种经营，可以招商引资上项目。"他还对王书记说，"书记，我从农村来，还想回到农村去，到基层去给农民办事。"王书记欣慰地笑了。

金沐灶的雄心得到了王书记的支持。

金沐灶再回到日头村的时候，已经戴上了一顶官帽——披霞山乡副乡长。

天色已晚，我去了金家。

金沐灶在给张慧敏洗脚，火苗儿也过来了，左右忙乎。金沐灶的眼圈一红，摸了一下火苗儿的头发。张慧敏洗完脚，就去给金沐灶和火苗儿做饭。我心头一热，这要是组成一个家庭该多好啊！灶膛前，火苗儿的脸被柴火映红了，红得像鸡冠子。金沐灶说："真好看。"

火苗儿说："好看，还不娶回家？"

金沐灶脸一沉，又不吭声了。

我的头皮一阵麻胀。

火苗儿赶紧把话拽回来："沐灶，官升脾气长啊！"

金沐灶憨憨地一笑。

自打金沐灶上大学后，我家就难觅火苗儿的踪影了。她几乎天天泡在金家，照顾张慧敏和槐儿。农忙时，还要帮着金家播种收割。在她的心里，自己已经是金家的儿媳妇了，张慧敏和槐儿也把她当成了家人，他们亲亲热热，谁都不能把他们分开。

让我惊疑的是，金沐灶还不想结婚。这其中的理由倒是啥呢？

一块石头，放在怀里焐，几年下来也该焐热了。张慧敏似乎是想通了，说："沐灶啊，娘是想通了，你轸叔来了，火苗儿也在这儿，该商量商量你和火苗儿的婚姻大事了。"

我尴尬地一笑："慧敏，谢谢你啊。当然，孩子们的事，他们心中都有数，好事多磨呀！"

张慧敏捂嘴笑了。

金沐灶把话题岔开了："娘，快给轸叔倒水呀！"

张慧敏冷了脸："沐灶，你这孩子，国金和大妞都有孩子了，火苗儿等你这么多年，难得这份感情！"

火苗儿玩着火绳，火绳头一闪一闪，贼亮。

金沐灶站起身，缓缓地走出去了。

张慧敏哽咽着说："这孩子啊，被魁星阁害了。不建成魁星阁，他就是不想结婚，天下哪有这等道理？"

我劝说："慧敏，别急，给孩子时间吧。"

张慧敏瞅着火苗儿："孩子，沐灶心里有你。婶心里明白，他早晚是你的，他要是改了主意，他爹的坟跟前就会出现一座新坟，我让他躺在那里。"

火苗儿手中的火绳一抡，嗖地一响，说："我认准了他，他不娶我，也是我的命，我不怨谁。"

我深深地叹息了一声，默默地走了。

钢厂投产了。这一阵子，权大树勇猛善战，权桑麻器重权大树，让他当上了总经理。权大树配上了桑塔纳、专职司机，恨不得去厕所也坐四个轮子。权国金是副总经理，没车，平时就蹬自行车往返。有一天，我听大妞说，权国金觉得有必要开创一番自己的事业，不能让爹、哥哥小看自己。权国金打算建立带钢厂，厂子就建在轧钢厂旁边。民营企业进入了汽车制造业，需要大量带钢，市场很火。权国金把自己的想法跟父亲说了。权桑麻说："兄弟齐心,其利断金。哥儿俩闹啥生分啊?也好,你的带钢厂不能分出去,就是日头钢厂的一个分厂。你当带钢厂的总经理,我当轧钢厂、带钢厂两个厂的董事长。比试比试,看看你们哥儿俩谁干得好!"权国金不吭声了。

那天正午,日头热烘烘地烤人。状元槐像是被日光烧着了,啪啪爆皮,燃起了白色的热焰。我赶紧一盆一盆向树身上泼井水,以此给树降温。

我正泼着水,瞅见权国金开车过来了。他啥也不说,弯腰也帮我泼水,泼得满头冒汗。

我愣了愣,瞅这小子准是有事。

我说:"你甭泼了,别弄脏了你的皮鞋。有啥事啊?"

权国金说话了,他的工厂没有资金,权桑麻给他贷来一笔款,剩下的自己找辙。

我泼水时双手弄麻了,拍得两掌啪啪响:"钱嘛,你爹我有。可也就是仨瓜俩枣的。"

权国金换了笑脸,说:"爹,卡住了,没法子。你那点儿存款不中,咱家就没藏个金银珠宝字画啥的?"

我愣了愣说:"姑爷,汪家世世代代都是种田人,苦出身,哪有那东西?院子里砖石瓦块倒是有一堆,你用就全拉去。"

权国金苦笑一下,赖着不走。

我忽然一拍脑门,权国金说的字画,我们汪家没有,金沐灶手里有啊!记得知青袁三定从日头村走的时候,曾留下两幅字画,交金淑琴珍藏。金淑琴死了,字画一定在金沐灶手里。况且,袁家是上海名贵家族,手上的字画肯定不是赝品。

权国金一听,就要去找金沐灶,我也图热闹,想那字画一定不一般,想开开眼。

我和权国金一到,金沐灶愣着问:"画,啥画啊?"

我咳了一声,说:"就是袁三定留给你姐的。"

金沐灶眯起了眼睛:"那是袁三定让我姐珍藏的东西,我从来没动过,也不想动，怕想起我那死去的姐姐来，难受。"权国金说了办带钢厂的事，他龇牙一笑："金乡长啊，于公于私你都得支持我呀！"

权国金说："沐灶，我这带钢厂建成了，可以安排三四百人的就业岗位，还可以为村集体缴纳积累，用于修路、打井、发电。这得相当于种多少粮食啊？你不是说谷贱伤农吗？你不是说让农民增收吗？建成带钢厂，全都解决了。"架不住权国金的软磨硬泡，金沐灶打开箱子，拿出了那两幅名画。

我一下子开了眼。

画被装在圆筒的纸盒里，古色古香的。展开一幅，上面画着几只芦雁，天上飞着一只失群的孤雁，在寻找伙伴，天上、地下遥相呼应。金沐灶指着落款说："这是《芦雁图》。"又打开另一幅，是一群仙女提着篮子给老寿星献寿的。篮子里装满了寿桃和鲜花。我连连赞叹："好，好啊！"权国金端详着说："这张是《万寿提篮图》。"我一瞅画的颜色，就到了清朝了，这味儿重，有一股老佛爷的味道。

金沐灶说："这画还是袁三定的，人家早晚会来取。咱把画卖了，合适吗？我姐在阴间也不会答应啊！"

我们三人都沉默了。金沐灶说："你办厂，我再给你找点儿资金，恐怕还不够。咱得眼睛向外，招商引资啊。"

权国金说："我想去广交会，看能不能招到商。"

金沐灶说："那就带上一幅画，顺便鉴定鉴定，看是真是假。"

权国金觉得自己一个人去，带着画不放心，就约我和他一起去。我一高兴就失眠了。去广州，坐飞机啊，原本想这是下辈子的事呢，没想到还没死，就实现了。

2

到了广交会，人多、货多，都是新鲜玩意儿，我的两只眼睛不够使了，恨不能赛过马王爷，生出八只眼睛来。

权国金领着我去了拍卖厅。拍卖公司的经理，拿着放大镜，对着《芦雁图》

晃来晃去，一会儿，他眼睛贼亮，一只手捂着胸，像是怕心跳出来。经理打电话，又叫进来三个白头发老头，他们拿着放大镜看着画面，仔细得像在衣服里找虱子。老半天，三个人向经理点点头。经理说话都变调了："先生，底价三百万可以吗？"三百万？我和权国金顿时就傻了！

我屏住呼吸，语无伦次地说："这东西我们不卖，就是来打听打听行情的。"经理说："咨询可以，但我还是希望这张画进入拍卖，肯定引起轰动。说实话，我们拍卖行刚开张，能把这幅画拍出去，我们的生意就火了。这可是双赢啊！"权国金明显动心了，盯着我说："爹，我看还是——"我没有搭理权国金，瞅着经理说："那也不能卖，这是祖传的宝贝。"经理一眨眼说："你姓袁？"我愣了愣说："我姓袁干啥？我姓汪，三点水的汪。"经理说："那就不是祖上传的，这是八大山人真迹，后来落到了慈禧手里，慈禧送给了袁世凯，袁世凯又送给了上海大富商袁世豪。这怎么散落到民间的呢？"

我霎时想起袁三定："那就对了，咱打开窗子说亮话，这画出自袁世豪的后代袁三定。"

我和权国金相互瞅一眼，抹着嘴笑了。

我们抱着画走出来，像搂着宝贝。

权国金激动得涨红了脸："了不得，几百万啊。这可解决大问题了啊！"我叮嘱说："沉住气，再瞅瞅。"

权国金迟疑一下，说："爹，要不咱就卖了，底价都三百万了，卖着卖着，还得升。就算这笔钱是我借金沐灶的，我挣了钱就还他。"

我想了想说："你拿主意吧，到时候，我去跟金沐灶解释。也许，袁三定把画的事忘了呢。"

拍卖会发了消息：八大山人的《芦雁图》横空出世！

这一天，来了不少香港和国外的老板、大款，还有各路记者，长枪短炮架上了。拍卖会开始，大幕徐徐拉开，《芦雁图》露出了真容，只听人们惊叫声一片。就在这时，我突然发现了一个人，他站了起来，两眼惊异地看着《芦雁图》，这个人面熟，是谁？我揉揉眼睛，看清了，真是袁三定！过了老半天，袁三定坐下了，他整理了一下那根红色的领带。冤家路窄啊，谁想到，袁三定参加拍卖会了，而我和姑爷竟然在拍卖他的宝物！我不敢告诉权国金，我只好深深地埋着头，脑子里乱成了一锅粥。

牌起牌落，最终袁三定举牌八百万，夺下了《芦雁图》。权国金看到是袁三定，也傻了，一个劲儿冒汗。我捅捅他："快跑吧！"权国金说，"爹，还能跑到哪儿去，硬着头皮上吧！"我说："中，你上。"权国金说："我闹肚子。"这小子溜进了厕所。我也想溜，被经理抓住了胳膊，说："汪先生，袁总要见卖画人，他要给你支票。"我硬着头皮去了。

袁三定见了我愣住了。过了片刻，他惊喜地说："哎，您不是日头村的老轸头吗？"我想豁出去了，就磕巴着说："我，我是老轸头。三定，我们对不住你，把你的画卖给你了。你也不用给钱了，正好物归原主。"

经理糊涂了，怔怔地问："袁总，怎么回事？我一直就怀疑，一个农民怎么会有这么名贵的画呢？要不要报案？"

我说："袁三定，你把我也抓起来吧。"

袁三定笑了："老轸头，抓你干什么，我想你呀！"

袁三定说了一个"想"字，我眼睛潮湿了。我说："三定，我也想你，有好多话想跟你说呀！"

我和袁三定紧紧地抱在了一起。

袁三定激动地说："轸叔啊，我对日头村简直是魂牵梦绕，思念到了极点。我对熟悉的地方，总能发现有趣的东西。状元槐、天启大钟、血燕、药王庙、披霞山……啊，真是太美妙啦！"

袁三定请我们住了酒店，五星级的，跟宫殿似的。我在洋房子里走来走去，这么金贵的床和沙发我不敢坐，生怕弄脏了家什。吃饭的时候，袁三定给我和权国金倒了人头马。

袁三定吸着雪茄，派头十足。他缓缓地说："先说说我吧！回城以后，没户口，没工作，怕遭人白眼，只能整天在家里待着。九平方米的房子，住了六口人。父亲在公司扫完厕所，就到菜市场捡白菜帮子。'四人帮'倒了，政府把我家原来的大宅院还给了我们，我那残疾爷爷一高兴，喝多了，笑死了。低调的父亲告诉我，家里在美国还有遗产。一夜间，我们袁家发达了！我这次从美国回来参加广交会，在拍卖会上，我看那幅《芦雁图》，真的就是当年我留给金淑琴的画，我激动了，决定无论多少钱也要拍下来。我想，金淑琴的生活一定遇到了难处，我帮她是应该的。"

权国金说："三定是有良心的人。"

袁三定问："淑琴、沐灶，他们还好吧？"

权国金赶紧回答："沐灶哥，当了副乡长了。"

袁三定问："淑琴生活得好吗？"

我和权国金垂头不语了。

我的脑子乌云翻滚。我听金沐灶说过，当初回信，没告诉袁三定真相，他只说金淑琴嫁人了，请再也不要打扰她。没想到，袁三定至今还蒙在鼓里。我琢磨了一阵，说："三定，淑琴她死了，就在你离开的第二年死的。"袁三定一听脸色煞白，软成了面条，直往椅子下出溜儿。权国金赶忙扶住他。袁三定问："怎么死的？"我说："难产，大出血……"袁三定哆嗦起来："她怀孕了？她怎么没告诉我？"我说："她是为了你没牵没挂地回城啊。"袁三定猛地站起来："淑琴，淑琴啊！"我流泪了，哽咽着说："淑琴，多好的闺女啊，她知道你不会回来了，为了留个念想，说啥也要把孩子生下来。一个农村的大姑娘，这得顶着多少唾沫星子啊？可惜呀，人没了……"

袁三定颓然地坐在沙发上，先是流泪，后来就啜泣起来，连连忏悔说："淑琴，我对不起你呀！"他倒满一杯人头马，哗地洒在地上，"淑琴，我一定回去看你。"我说："淑琴没认错人，他给你生了个儿子啊。"

"儿子？"袁三定瞪着眼睛，呆住了。

我说："淑琴给你生了个儿子，叫槐儿。"

袁三定眼泪夺眶而出："我的槐儿——"

袁三定看子心切，和我们一同回到了日头村。也不知道张慧敏是咋知道的，她竟然威风凛凛地站在了村口的老槐树下。我有些担心地说："三定，你看见没有，这是金淑琴的娘。"袁三定眯着眼说："我认出来了。这老太太横眉立目的，有点儿来者不善。"

奔驰停在了村口。我先下车，对张慧敏说："老嫂子，你知道了吧，袁三定回来了。他就是槐儿他爹。"袁三定和权国金也下了车，袁三定走过来，歉疚地说："娘，您老好啊？"张慧敏把拐杖一抢，吼了一声："袁三定，我不是你娘，你给我滚回去！你把我闺女害死了，还想进我们村，滚出去！"

袁三定怔了怔："我是来赎罪的……"

明光锃亮的大奔驰就堵在那儿，没能开进村。

袁三定急得揪了揪领带。无奈，我只好带他去找金沐灶。

此时金沐灶正在油葫芦村蹲点，指导村民建立农民合作社，共同闯市场。

金沐灶上任这些天，没黑没白，东跑西颠，整天跟着庄稼人混。他还引导日头村村民种大棚菜，收成不错。

我们在金沐灶办公室等他，有人发现了奔驰，就把我们请进了待客室。乡书记来了，他说："刚才在电话里，金乡长和我简单地说了两句，来了一位大老板啊！我们披霞山乡历史悠久，民风淳朴，通信方便，交通发达，一片创业的沃土，热情欢迎您来投资发财啊！"说着，又向袁三定递上了招商画报。如今，招商热了，权桑麻四处打听谁家的亲戚是大款，他在大喇叭里说，谁能把投资拉来，提成百分之五。

袁三定只是客气地翻看画报。他的心思不在这上面。金沐灶回来了，一阵寒暄。我说了张慧敏拦截袁三定的事。金沐灶说："要放在过去，我也和我娘一样，说不定还要给袁三定两拳呢！如今啊，当了政府干部，和群众打交道，我就觉得心胸宽敞了，在一些私人恩怨上不那么纠结了，和百姓的疾苦比，这都算不了啥。袁先生，你已经知道了，我姐姐早已死了，她那么爱你，你也爱她，我就叫你一声姐夫吧！"

袁三定听了，两眼是泪。

天擦黑，月亮出来了。月亮很亮，惨白的亮。

金沐灶带着袁三定回了日头村。金沐灶开着他那辆帆布吉普，袁三定坐在一边，两个人说着什么。我和权国金则坐着奔驰回了村，风风光光的。我们一进金家，张慧敏阴沉着脸。我说："老嫂子，就算过路的，也得让进家门，给碗水喝。袁三定不是故意害咱姑娘，他也后悔，心中刀剜似的。"金沐灶说："娘，我姐若是活着，肯定不想看到您这样。她心里头就爱这么一个人，她肯定想过，有一天，袁三定会来看她。"张慧敏虽不说话，但是默许袁三定进家门了。袁三定要看儿子，槐儿已经睡了，脸蛋儿红红的，像个圆苹果。

袁三定看着儿子，脸色涨红，身体颤抖，眼神却是柔柔的。张慧敏说："槐儿睡得正香，别惊着他。"我想，张慧敏拦住袁三定不让进村，一方面是因为闺女之死，另一方面是怕袁三定把槐儿接走。十来年了，是她把槐儿一把屎一把尿拉扯大，舍不得呀！

袁三定晕在幸福里，觉不出苦来。他听说槐儿有心脏病，要把槐儿接走，去美国治病。

张慧敏不依，袁三定尴尬万分。

这个夜晚，我和袁三定住在了一条炕上。除了我俩，还有金沐灶。躺在热炕上，新浆过的蓝花布做成的被窝，散发着麦香。我问袁三定："你住惯了洋房，在这土炕上不习惯吧？"袁三定说："习惯，当年做知青，不就是睡土炕嘛。做梦都想睡土炕，特别舒服。"我看到有钱人就兴奋，就睡不着："三定，看来你很有钱啊，当知青那会儿，你买块肥皂，还跟我借的钱，记得不？"袁三定说："记得。我家的钱也不是现在赚的，跟我的家族有关。"提到钱，我来了精神，而金沐灶却呼呼睡了。

我和袁三定爬出被窝，找了一瓶白酒，就着花生仁，两人边喝边聊。

袁三定红了脸，说话声音渐高："轸叔，你知道，我是上海资本家袁世豪的后代。袁三定这名字是爷爷起的。爷爷一生漂泊，袁家商船从上海到美国，从上海去香港，也不知他有多少生意。爷爷的岁月，大多与船相伴。我出生那年，爷爷在普陀寺结识了一灯大师，两人相谈甚欢。爷爷让法师给两个孙子起名字，一灯大师给我哥取名袁治邦，给我取名袁三定。三定，就是指静心止念的三个阶段，即摄心住一，名为安定；灰心忘一，名为灭定；悟心真一，名为泰定。"

我好奇地听着，再看金沐灶，此时他也醒了，趴在被窝里，两只眼睛望着我们。

袁三定叹了口气，说："有钱了，住在五星级，但我还是怀念日头村生产队的房子，守着马圈，闻着马粪味儿，我睡得香啊！我有过几个女朋友，都年轻漂亮，但我最思念的还是淑琴！"

金沐灶伸了个懒腰，打个哈欠。

袁三定发现金沐灶醒了，就喊他一起喝酒。

金沐灶起炕后，要给我们做个下酒菜。他蹲在锅边，把火烧旺，大蒜、葱白、香菜、花椒、香油和酱油抛进锅里。嗞啦一响，又放肉片和白菜，满屋飘香。袁三定眼皮一眨也不眨："沐灶，帮我做做母亲的工作，我想把槐儿带走。"提到槐儿，金沐灶边喝酒，边流泪。我知道，金沐灶待槐儿比儿子还亲，他怎舍得？袁三定说："有什么条件，让她老人家尽管提。"金沐灶说："你知道，这世界有好多东西不是金钱能买来的。你有钱，有钱能买来真爱吗？你也想念我姐姐，但钱能换回她的命吗？"

袁三定沉沉地说："我知道，钱和情分比起来，钱是最便宜的。可眼下我还有什么？穷得只剩下钱了。"

一声鸡啼，远远地传过来。

天一亮，张慧敏就鼓捣锅碗做饭。

袁三定爬起来，跪在了张慧敏跟前，泪流满面："您是槐儿的姥姥，我是槐儿的爹。我和淑琴虽未结婚，但她在我的心里，始终是我的妻子。从今往后，您就是我的岳母，让我叫您一声娘！"

张慧敏愣了，揩了揩眼睛，说："起来吧，起来吧。"

袁三定慢慢站起来。

张慧敏说："槐儿，过来见你爹。"

槐儿的脑袋在窗口伸着，双手在窗棂扒着。他不情愿地走过来，不耐烦地说："姥姥，他是谁呀？"

张慧敏说："他就是你亲爹。我跟你说过，你爹在老远老远的地方，今儿个，他回来找你了。"

袁三定慈祥地看着槐儿，说："槐儿，我是你爹。"

槐儿扑进张慧敏怀里哭了："姥姥，你不要我啦？我打小就没看见过爹，他咋不管我呀，同学们都骂我是野孩子……"

金沐灶说："槐儿，听话。他就是你亲爹。"

槐儿说："舅舅，他不是我爹，你不能不要我呀！"

金沐灶说："槐儿，舅舅怎么会不要你呢，这儿永远是你的家。可你得认你爹。"

槐儿还是不认，抹干眼泪，饭都没吃，背起书包上学去了。

袁三定眼睛红着，呆呆地望着槐儿的背影。

我叹口气，说："三定，你冷不丁一来，孩子受不了，慢慢来吧。"

金沐灶冲我嘀咕着："嘿，这小子有骨气，真是流着我们金家的血。"

袁三定采了一抱野花放在金淑琴的坟头，哽咽着说："淑琴，这是你最喜欢的，你闻闻吧，真香啊。淑琴啊，我见到我们的儿子了，尽管他现在不认我。我看得出来，他的性格像你。我要带他去美国，接受最好的教育，让他将来成为商界栋梁，一定让你含笑九泉……"

我和金沐灶在一旁听着，眼窝都潮湿了。

我们带着袁三定给金淑琴上坟的时候，槐儿丢了。早上，槐儿背着书包离家，却没去学校。

张慧敏发疯了一般，将槐儿的走失归罪于袁三定。

袁三定更急了，一个劲儿地叫娘。

张慧敏瞪了袁三定一眼，说："我外孙若是有个三长两短，我饶不了你！"

袁三定尴尬地站在一旁，手足无措。

我劝说："慧敏，别急，我们大伙去找槐儿。"

我和金沐灶、火苗儿、袁三定去找槐儿。槐儿这孩子野，我猜是钻进披霞山深处去了，我就去了山里。我知道，找孩子，你越喊，他越不出来。我瞅见一只山鸡，抡木飞了过去，砸碎了山鸡的头。

我点了火堆，把山鸡在火上烤。香气四散，在山里弥漫着。我两手卷成喇叭，喊："好香的山鸡呀——好香的山鸡呀——"声音伴着阵阵香气，飘得满山遍野。

过了一会儿，我就感觉有个孩子朝我跟前走，脚步很轻。孩子凑到我跟前，我知道是槐儿，却偏不瞅他。我听见他的喉咙咕咕闷响，是咽着口水的声音。我知道，这小子一天没吃东西了。

槐儿说："姥爷，真的是山鸡呀？"

我一转脸，装作吃惊地看着他，说，"这不是槐儿吗？你咋跑到这儿来了？"

槐儿说："我躲那个让我叫爹的人，听说他要带我去美国。"

我说："他叫袁三定，是你亲爹。"

槐儿盯着烤熟的山鸡，说："我快饿死了。"看槐儿大口吃着山鸡，我说："槐儿，多好啊，天上掉下个有钱的爹，打着灯笼都难找啊！往后的日子，坐洋车、住洋楼，吃香的、喝辣的，有大把钱花，想去哪儿去哪儿，连衣裳都有老娘子给你穿。"

槐儿仰了脸问："我不稀罕！换作你，你认吗？"

我急切地说："我巴不得呢！这是啥时代，商品社会了，有钱的人是大爷呀！"

槐儿撇撇嘴："你就是老财迷。"

我嘿嘿笑了。

这时，金沐灶和火苗儿找了过来，看见槐儿，火苗儿伏在金沐灶的胸前，抽泣着。

袁三定没敢再见槐儿，他去了权国金的带钢厂，答应投资入股。

走在泥泞的街道上，袁三定说："老轸头，我给村里修条路，我把钱给你，你带人修，我放心。你愿不愿意？"我连忙说："愿意。我代表日头村乡亲谢谢你。"金沐灶带他去乡里考察项目，说："书记下命令了，你是喝燕子河水长大的，你不投资是跑不了的。"

袁三定瞅了瞅金沐灶，又转脸瞅瞅我，说："只要是披霞山和日头村的事，我责无旁贷！"

3

天阴着，血燕低飞。一阵雷声过后，就下雨了。那天我冒着雨，参加蔬菜农民合作社开张典礼。由金沐灶指导成立了几个农民合作社，日头村的蔬菜合作社首先开张。金沐灶跟北京的超市牵了红线，大棚里的蔬菜直接进入了城里人的菜篮子。

我喘口气的工夫，就找到金沐灶，让他下力找回天启大钟。

金沐灶要我和他一块儿去公安局。公安局的人好像很忙，机关里面你来我往的，这个在打电话，那个在大声吵吵，好像全世界的案子都跑到这儿来了。警察同志好像把大钟的事忘了，说："大钟？哪儿的大钟？"金沐灶说了半天他才明白。后来的答复是，正在查，正在查。金沐灶火了："这么多天了，还正在查？你们是干啥吃的？"

金沐灶气呼呼地往外走，说："完了完了，天启大钟找不回来了。走，找王书记去！"我们去了县委书记办公室，说起天启大钟被盗的事。王书记一听就火了，立马给公安局局长打电话，限他在一个月内侦破此案。听了书记的话，我的心里有底了。书记还问我是谁，我说："我是老轸头，敲钟人，现在种地，农闲的时候做点儿小买卖，混生活。"书记说："你就是权桑麻的亲家吧？老权跟我提到过你，说你是厚道人。"

半个月后，天启大钟在河南开封找到了。

两伙人在交易的时候全跑了，黑灯瞎火的，一个罪犯都没抓住，就一口孤零零的大钟在那儿戳着。大钟找到了，案子也就不了了之。可大钟到底是谁偷的？卖给了谁？这还是个谜。

当大钟被汽车拉回村时，我发现权桑麻愣了一下，继而口中狂呼："好！好！天启大钟找到了！"村里人沸腾了，围着大钟欢呼起来。

天启大钟上血迹还在，这是金校长从胸腔喷出的。有人想把血迹擦掉，却怎么也擦不掉，鲜血已经渗入了钟内。

金沐灶蹲在钟边，用手摸了一遍铜字《金刚经》。

天启大钟被重新挂在了老槐树上。这天，杜伯儒来了，他主持了挂钟仪式。仪式上摆了供桌，杜伯儒让张慧敏点燃三支高香，对着大钟拜了三拜。杜伯儒高声喊道："朗朗乾坤，骄阳辉照。我天启大钟重归，全村男女老少皆欢。今日重挂状元槐之上，愿钟声响彻，为万世开太平！挂钟开始！"四五个壮汉将钟抬起，用钢丝绳牢牢挂在状元槐的树杈上。

我挥动轸木，对着大钟敲了十响，代表十全十美。大钟的余音久久不退，绕着日头村跑，跑了一圈又一圈。

我一声长叹，闭上双眼，轸木很响地掉在地上，人无力地靠在树干上，我眼里缓缓涌出一滴老泪。

我在老槐树下盖了个小草屋，夜里也住在那儿，守着大钟。有时候，金沐灶也去，我俩睡不着，就隔着窗子，瞅着大钟。暗夜里，大钟散发着锃亮的光芒，像一件打磨过的宝剑，闪着锋芒。

有一天，权国金喝多了，在小草屋吐了一地。这是刚刚和权桑麻、权大树喝的酒。火苗儿不给他收拾，我弯腰打扫着脏物。他抓着我的胳膊说："爹，您猜对了。他们酒后吐真言，啥都说了，大钟就是权大树盗走的，他卖给了文物贩子，把钱用来建厂房了。这事我爹心里明镜似的，我想是他的主意。"尽管我有怀疑，但当权国金说出这话时，还是吓了一跳。我小声说："可别瞎说啊！"权国金说："绝对是真的。我咋摊上这样的哥哥和爹呀！"我好言相劝，说："国金，你个傻孩子，千万可不能说出去呀！更不能让金沐灶知道，会闹出人命的！"权国金说："我知道。"说着，他倒在我的床铺上睡着了。

我长长叹口气，心里说："这世道啊，这人心啊……"

状元槐北边，有一片坟地，里面睡着八位革命烈士。其中有一个是权桑麻的大伯。当时，县城只有三个鬼子，也不扫荡，让群众主动交粮，这事进行得还挺顺利。权桑麻的大伯想，三个鬼子管一个县，他娘的没天理呀！他就不交粮食。一个鬼子找到他家，用刺刀逼着，要他把粮食背到炮楼。半路，他大伯猛地把口袋砸到了鬼子头上，鬼子倒地，他夺过枪，朝着鬼子捅了几刺刀，鬼子死了。他就拎着枪去了炮楼，打算再除掉另外两个鬼子。但没成功，被探照灯照了，把他当成了靶子。这两个鬼子，衣食无忧，一直坚持到日本投降。这件事，没有写入县志。权桑麻说过："娘的，我那时候还穿开裆裤，我要是大人，甭说三个鬼子，就是三十个鬼子，我也把他杀得干干净净。"权桑麻的大伯是权家的光荣。

有一天，权桑麻来到了这里，身后跟着二十多人，都是党员。他们在烈士墓前站齐，权桑麻站在了前面，他举起了右拳，人们都跟着他举起了右拳。权桑麻高喊："苍天在上，大地作证。我日头村全体党员，面对先烈庄严宣誓，我们与日头村村民一道，搞经济，搞建设，把穷困的帽子彻底甩掉！让老百姓富起来！决战三年，实现亿元村目标！谁若三心二意，苍天不容，百姓不容！"

人们跟着高呼，那场面很震撼。

我好感动，看见权桑麻也流泪了。

权桑麻朝我喊："亲家，敲钟，八下！祝日头村父老乡亲，发发发！"

我抡圆了轸木，咣咣地敲起钟来。

权国金办带钢厂真苦啊，厂里铁水不足，要依靠外乡铁厂的铁水。通红的铁水，四十里路，咋才能运过来？权国金想法大胆，他要用卡车把热腾腾的铁水拉回来，说这样可以降低成本。人家司机可不答应，听说拉铁水，都跑了，谁跟命过不去啊！

我和权桑麻找到权国金。权桑麻说："国金，别蛮干，有多少铁水就炼多少钢，等有钱了，再上一个高炉。"权国金说："我是新党员，也跟你在烈士墓前宣誓了，让老百姓富起来，我老丈人那个钟声敲得响啊，八下，要乡亲们发发发！眼下我们跟国有钢厂竞争，靠的啥？靠的是低成本劳力，靠的是低成本运营。冒险，不冒险我们凭啥致富？"权桑麻说："嘿，你小子赶上你大哥了，还真有点儿经济脑瓜啊！"我还是担心，说："可得小心点儿啊，铁水那玩意儿，沾上死，挨上亡啊！"权国金拍着胸脯说："爹，你放心，种地我不如你，炼钢你不如我。人有多大胆，钢有多大产嘛！"权桑麻欣慰地说："原先我想，你大哥比你硬，没想到你小子也有股子犟劲儿，那就干吧！"权桑麻又拍拍我的肩膀，"我们老了，让年轻人闯去吧！"

我胸闷气短，还是不放心。我跟大妞说："闺女，你得管管国金，别要钱不要命，出事就是大事！"

大妞说："他想干一番事业，不想让权大树看扁了。"

我也想通了。做男人，是得有志气。没招上司机，国金就自己开着钢包车上了路。

一连好几趟，平安无事。

权国金对我吹嘘说："狗蹦子来例假，多大事啊？不就是拉点儿铁水嘛！"

我听了，心里一激灵，就说："国金，那不是水，也不是开水，那是铁水呀，一千多度，可得加小心！"

权国金愣起眼，马上嘿嘿笑了。

那一天，一个可怕的消息传来：腰里硬出狱，黑五死在监狱里了。

黑，重重地压来。哭声，从燕子河边传来。

黑五咋死的，还是个秘密。

我腿软，步子发飘。我跑过去一看，树根下，孤孤地蹲着一个人，有哽咽的声音。

那个黑影竟然是权桑麻。

我愣了愣，问：“桑麻，刚才你哭啦？”

权桑麻红着眼，骂：“谁哭了，滚你娘个 × ！”

我继续问：“咋？别骂街呀！天黑了，回家吧！”

权桑麻又骂：“滚你娘个 × ！”

我悄悄走了，听见哭声又响起来了。

黑越加重了。

权桑麻为啥哭，我一直糊涂。

隔了半年，我跟权桑麻喝酒，他说漏了嘴，说黑五是他的私生子。我吃了一惊，细一咂摸，黑五那长相，那狠劲儿，还真有点儿像权桑麻。

权桑麻告诉我，黑五他娘叫钟晓红，是县招待所服务员。当年毛主席来视察的时候，她给毛主席敬过酒。从此，权桑麻就对钟晓红穷追不舍。权桑麻会看女人的软肋，钟晓红的软肋是贪小便宜。权桑麻给她家盖了瓦房，两人就睡在一个被窝里了。钟晓红生下黑五，就被招待所开除回村，“文革”前抑郁而死。权桑麻默默自语：“娘个 × 的，招待所里漂亮的姑娘多着哩，李秋菊、盛瑞芳、孙梅，跟这些姑娘比，钟晓红并不漂亮，可我为啥偏偏看上相貌平平的钟晓红呢？”

4

有一天，我到腰里硬家里去看他。腰里硬正把蓝串儿往床上摁，蓝串儿说来了“大姨妈”，腰里硬恼了，挥拳给蓝串儿一顿。他还说蓝串儿打扮得花枝招展，肯定是去勾引男人。蓝串儿被打哭了，我断喝一声：“腰里硬，给我住手！"

腰里硬还要打，他的棒子被蝈蝈夺了，蝈蝈的目光像刀子："你再打娘，我就打死你！"

腰里硬吓了一跳，儿子蝈蝈长得比自己高半头，眼神挺凶。

蓝串儿见有我和蝈蝈，就来劲了："腰里硬，你个死鬼，自打你进去后，你知道我们娘俩过的啥日子吗？开始的时候，权桑麻给了一些钱，后来就不给了。我这衣服看着时兴，都是过去买的，头也是那时烫的。我打扮，是为了让人看得起，没有你，我照样过得好！"

腰里硬说："娘的，那我就不该出来啦？"

蓝串儿啜啜地哭了："你出来又咋样？还不是喝酒打我！"

我劝了劝蓝串儿，蓝串儿不哭了。腰里硬见我倒有些意外，高兴地喊："老轸头，没想到啊，第一个来看我的人是你。"我说："出来了，就别再害人了。"腰里硬将起裤腿，露出两处疮疤："看见没，都是牢头打的。到了牢里我才知道，我腰里硬的腰有多软啦。谁都比我狠。牢头听说我是造反派，让我跪着，不给饭吃。这还不算，还让人轮流打我。后来才知道，这小子是因为打死一个造反派进来的。"他感慨着，"当年多好的日子啊，没了。"我说："报应啊。赶紧重新做人吧！"

腰里硬梗着脖子，说："老轸头，你来看我，就是来教育我的？"我说："我是来找蝈蝈的，给他找着工作了。"

蝈蝈和蓝串儿感激地望着我。

我对蝈蝈和蓝串儿说："我跟权国金说好了，明天就让孩子上班吧。"

我知道，蝈蝈不想上学了，在学校打群架，开除两回了，他要找工作赚钱。蝈蝈平时不爱说话，愣头巴脑的，他却找到我说想去轧钢厂上班。我愣了愣，说："你咋想起找我呀？"蝈蝈说："你厚道，我信你。"这孩子说我厚道，我的心一热。其实我哪有那么厚道啊，做小买卖时没少糊弄人。我对蝈蝈说："就凭这'厚道'俩字，我帮你。"我找了权国金，权国金说："这孩子还小啊，咱不能用童工。再说了，腰里硬的儿子，打架成风，你用他做啥？"我吭哧着说："姑爷，这孩子夸我厚道。"权国金嘿嘿笑了，说："我也说您厚道，您能让我当董事长啊？"我瞪了他一眼，问："屁话，我答应了，你爹权桑麻同意吗？"

后来，权国金说服了老爹，同意蝈蝈到他那儿干。蝈蝈乐得蹦了好几天。

腰里硬傻眼了，张大了嘴说："蝈蝈，你咋能不上学呢，将来还不跟你爹我一个样啊？"

蝈蝈抬手指了指腰里硬，说："我不跟你一样，我能保证不进监狱。"

腰里硬大骂："小兔崽子，你爹凭啥进去，那是替人顶雷。你爹在监狱受了多少苦啊，你他娘的连点儿同情心都没有。"

蝈蝈还要反击，被我劝住了。我对腰里硬说："你要是不同意蝈蝈上班，就算了。"

腰里硬不说话了。

蝈蝈说："我要赚钱，我娘喜欢打扮，我就给娘买化妆品。"

蓝串儿拍着腿，鼻涕眼泪齐流："我这孩子有孝心啊！"

腰里硬说："我看你也不是念书的料儿，去就去吧。老轸头，告诉国金，给他派点儿轻闲活儿。"

那是一个雨天，闪电打进我的瓦屋，我心里空空的，一阵阵疼，像鞭子抽着。我感觉不对头，出来一问，听说权国金开着汽车去拉铁水了，还带上了大妞和蝈蝈。大妞是厂里的会计，要跟着去对方厂结账；蝈蝈不愿在办公室打杂，想学开车。权国金打算将来让他开钢包车，让他先熟悉熟悉。回来的时候，就赶上了箭杆雨。全县到处都办钢厂，路被拉铁的车压塌了，很难走。对面一辆拉铁精粉的车开得特急，权国金怕撞上，就右打方向盘，这下坏了，出大事了！天都塌了！钢包车侧翻，滚了几滚，成罐的铁水倾洒出来，汽车当即燃烧，化成一股烟尘。

我的闺女大妞死了！

大妞熔化在了铁水里，化为一股蒸气。权国金救她的时候，只攥住了她的一只脚。权国金死死地抱着那只脚，嗵的一声跪地，嘶哑着嗓子大吼："大妞——大妞——"

权国金号啕大哭。

蝈蝈被烫伤了，躺在路边，黑炭棒似的。

雨下得更大了。我听到噩耗，急匆匆赶了过去。

我抱着大妞那只脚，跪地哭喊："老天爷呀，你咋不睁眼啊！你把我闺女抢走了！你这个瞎了眼的老天爷呀！"

大妞死了，权家给她买了副红木棺材，里面装了她的衣服和她平时喜欢的吃食。大妞丢下的那只脚却被权国金死死抱着不松手。权桑麻说："脚就留下吧，也是个念想。"我也没说啥。我好好的大闺女，就剩一只脚了。在追悼会上，权桑麻致了悼词，声音凄凉："我儿媳汪大妞是为发展经济、振兴日头村而死的，死的光荣！她身体随铁水而去，这是一种啥精神？这就是日头村不怕难、不怕死的创业精神！在关键时刻，汪大妞敢于赴汤蹈火，她的身体化成了铁水，轧成了一卷卷带钢，为支援祖国建设做出了贡献，也为我们日头村创造了财富！很快，我们的学校建起来了，自来水通到了家家户户，街道铺成了水泥路……"

权桑麻流着泪读完了悼词，全场哭声一片。

金沐灶来了。他代表乡政府送了花圈，自己还上了礼金。火苗儿看到金沐灶，像迷路后见到亲人的孩子，哭声更烈。

大妞下了葬，猴头要出去打工，他回城前办了一件事：把权国金叫到家里来，不知说了两句啥，冲着他就是一顿拳打脚踢。权国金也不说话，只是紧紧抱着大妞的那只脚。我把猴头骂了一通："你浑不浑啊？你妹死了，他还是你妹夫！"大妞死的时候，猴头没哭，这时他哭得呼天抢地，他边哭边说："没有他，我妹妹死不了……"我对猴头说："别说了，国金也是九死一生，他也不愿意这样，谁都不愿意摊上这事。"我拉起权国金，说："国金，别怨你大哥。"权国金流泪了，轻轻摇头说："爹，不怨不怨，要怨就怨我，我挨顿打心里好受些。"

权国金抱着大妞的那只脚，转身走了，边走边抚摩着脚，嘴里还念叨着啥，我听不清。

树梢上挂着露水，露水滚着人影。

天气明显转暖，状元槐上的嫩芽探头探脑地钻出来，春天的气息噎得我不停地打嗝。树林里的每一棵树都瘦得可怜，根本挡不住我的视线。我看见老轸头身边空无一人。这时候村口传来熟悉的钟声，钟声断断续续，比先前苍老许多。当人们在披霞山丛林中转悠得快要崩溃时，钟声引导他们穿过一条荆棘丛生的险路，看见一条并不十分宽广的大道，他们激动得哭了（青暗的光线里人们的想法变得更老更陈旧了）。生活中早已悄然破碎的片断，变成了另一种语言。有一种神秘令人无法驾驭，这神秘的气息使日头村的其他部分成为死气沉沉的坟茔。

老轸头疲惫的脚步一直响在我的睡梦深处。他说话的声音带着清晨的回音传过来："你们回来吧。"他的梦话流露出性格中更深奥、更狡猾、更荒唐的成分。

树林十分平静，日光落在草地上照得青草发出细碎的声响。我感觉到周围的光线渐渐黯淡下去，越来越缥缈。我本来有很多的话，可这会儿一句也不想说了。我可以尽量精心地进行策划，但欲望一下子就会将计划打得粉碎。起初，我不说话的时候老轸头压根儿就不知道偷偷飞回来盘踞树顶的人是谁。在村里的时候，他一向不习惯对别人的事刨根问底，除非你偷了他家的粮食或是剥夺他敲钟的权利。

老轸头从来都是沉着幽默的，可能他一辈子都会如此。敲钟的日子久了，他沉默寡言被大家视为怪人。可是，老轸头有着惊人的记忆力，由于他跟权桑麻的特殊关系（权桑麻拥有救世主般的感召力，引得民众狂热地追随，老轸头都感受到了权力带来的陶醉和冷酷），村里发生的所有事件他都清楚，所以将秘密告诉金沐灶的不是火苗儿而是老轸头。

这几天我盯上了老轸头的心宿。

心宿闪了一下，马上灭了。看来他没打算在这个时辰做梦，在他看来，那是一个不宜做梦的地方（无论是好梦还是噩梦）。大妞的死，给老轸头带来了沉重的打击。老轸头坐在状元槐下，双目微闭，背对的日光晒暖了他体内的冷血，梦中的钟声总是随意出现。老轸头风吹日晒，霜打雨淋，肉体对痛苦的感觉渐渐麻木了，可是，精神上还是备受折磨。这种压抑和忍耐越是没有声音就越是令人揪心。

忽然，心宿闪光了，闪着灰色的光芒。说明老轸头的梦开始了。

梦中最先出现的是杜伯儒。我听见杜伯儒对老轸头说："轸头啊，放下吧，都放下吧！人死如灯灭，你改变不了现状呀！"道士的话多少起到了点睛作用。（人就是有转世的本领也难免逃过苦难的陷阱）在他痛不欲生的时刻停顿了思念。

老轸头停止思念就等于停止了痛苦。可是，这个时候奇迹出现了。槐树上喜鹊叫，椿树上黄鹂叫。

月夜里老轸头突然看到一个熟悉的人影，心头就热了。

那是大妞，她的眼神恍恍惚惚有些湿润。月光下她的眼睛因生动而变得有些陌生。大妞看到了父亲不堪入目的形象时心中涌上一股温情："爹，你想我了吧？"

老轸头说："闺女回来啊，我们想你。"

大妞说："爹，我回不去了。"

老轸头哽咽着说："你实在不回来，也得把那只脚带走啊！"

大妞哭泣着说："爹，快把那只脚给我啊！"老轸头提着闺女的脚递给她，大妞伸手去抓自己的一只脚（我得加上一句，我希望她把脚收走，愿她的亡灵不受干扰）。

老轸头说："闺女，这只脚如今已是汪家、权家光荣的象征，你拿走了，国金咋办？他会地位不稳啊！"（难以形容的自卑感让他的脸烧了起来，他在犹豫和激动并存的矛盾心态中完成了规定动作）

大妞接过自己的那只脚，仔细端详了一阵。

老轸头在这件事情上确实做得光明磊落："闺女，别瞅了，你想要就拿走吧，免得爹瞅着难受。"大妞不懂这是什么意思，这时权国金出现了，他把一只脚的寓意做了淋漓尽致的解释。

"对于大妞来说，一只脚迈向哪里是一道无解的题，要穷尽一生一世解下去。"

权国金没有过多语言，说完就走了。

老轸头喊破了嗓子，说："闺女，你是善良人，善良人死后还会重新降临人世对罪人进行审判的。"

大妞说："爹，我死了，没有罪人，你多替我照顾国金和拳头。"说完，她失望地摇头，说这只脚不是她的脚。她继续哭喊："爹，我的那只脚呢？"大妞喊着就将那只脚扔回来，脚在老轸头眼前弹跳起来。

老轸头流泪了："闺女，别急，爹再给你找那只脚啊！"

大妞又嘶喊一声："我要自己的脚！"

她的喊声惊扰了村人。许多人纷纷走出家门，像一群原地打转而无所事事的蚂蚁。

大妞像云彩一样飘走了。

老轸头失声喊道："闺女，你托个梦给我——"此时他满脸泪水热汗淋漓而骨子里却依然寒冷哆嗦。大妞笑了："爹，我这不正托梦给你嘛！"她说话时惊疑的神色爬上眉梢，眼角却已显现释然的笑纹。

大妞笑了起来，她的笑声在悲伤的时刻显得异常突兀。

月光照过来，她的眼神像陶器一样寒冷。她在月光的抚摩中宁静地坠落着、坠落着，一直坠落到无底的深渊。

许多时光过去了，老轸头依然不肯衰老（他意识到前进一步的风险极有可能引来祸端）。老轸头觉得晒得慌，发现不知不觉间槐树的影子东移了，他站了起来，傻乎乎地一步步走向陷阱。

日头村有个纪念馆，里面陈列着日头村烈士的画像和遗物。权桑麻的大伯权大勇首当其冲，占了大半面墙。纪念馆平时没人去，只有清明的时候，小学生们参观一番，讲解员就是权桑麻。每当这个时候，他的身上就像装上了弹簧，一跳一跳的，声音也冲到了云霄，再打个雷回来。

权桑麻讲到大伯打鬼子，完全进入了角色，一会儿打机关枪，一会儿扔手榴弹。小学生们听得瞪大了眼睛。我老轸头讨人嫌，等学生们走后问权桑麻："你大伯不就抢了小鬼子一条枪吗？"

权桑麻朝我瞪眼，说："你可不能糊弄小孩子啊！"

我愣在那里。咋成了我糊弄小孩子了？

这一天，权桑麻找到我，让我打扫纪念馆，还把钥匙给了我。我到那儿时看见腰里硬也在。我没理他，打开门，见桌上都是尘土，墙角罩了蜘蛛网。

腰里硬干活麻利，一会儿扫房子，一会儿擦桌子。我总得干点儿啥吧。想扫地，却被腰里硬夺下了笤帚。

腰里硬说："老轸头，你就歇着，看我哪儿弄得不干净就骂我！"

不到半个钟头，纪念馆被腰里硬收拾得干干净净。我想，这是个啥人呢，主子能当，奴才也能做。

腰里硬坐到我一旁说："半天工，村里给二十块，也不赖。"看他满头的汗，一身尘土，我还有点儿疼顾他。腰里硬说："我出狱后，权桑麻没有看过我。我找了权桑麻，想干事，养家糊口。权桑麻说村上有活儿就叫你去，一天四十。唉，我没用了，人家卸磨杀驴啦！"

我瞪了他一眼，说："我瞅你还不如一头驴呢！脚上的泡是自己走的。"我扔给他一根烟，他没火，我给他点燃。腰里硬使劲儿吧嗒烟："老轸头，你是个聪明人。你说聪明和好心肠哪个重要？"我没想到腰里硬会问这个问题，看似简单，却很深奥。经过好多事，腰里硬也会琢磨点事了。腰里硬又说："聪明是天生的，爹娘给的，变不了；好心肠呢，就是善良，它是可以选择的。到啥山上唱啥歌，无论是大风大浪，还是一马平川，你可以选择善良，也可以选择邪恶。你看我，从来就他娘的没选择过善良。我护住了权桑麻，我以为是善良仗义，可人人背地戳我脊梁骨。出来后，权桑麻连正眼都不瞧我了。"听了腰里硬的话，我的心里地动山摇。过去，就知道腰里硬天生的坏，没想到他的心里也有一块棉花地。

腰里硬叹口气，眼睛湿了吧唧的。他又跟我说起蝈蝈的事，说起那天出事的铁水车，听得我心惊肉跳，一阵阵恶心。

蝈蝈腿上烫了几块疤。权国金给了几千块钱的赔偿。腰里硬说："我劝蝈蝈别去了，他非去。还说要当司机，开铁水车。你说这个倒霉催的孩子。我也管不了，随他去。"整个半天，我也没咋说话，就听腰里硬说来说去的。末了，腰里硬问："老轸头，不年不节的，收拾纪念馆做啥？"我摇摇头。腰里硬说："肯定有事。"

真的出了邪事。

权桑麻在纪念馆又开辟了一块阵地，墙上挂上了我闺女大姐的画像，下面写着她的生平事迹。桌子上，有一个亮晶晶的玻璃柜，里面装着她的那只脚。

大姐的脚展持续了十几天，从党员到村民代表，再到老百姓，都是权桑麻在讲解。

我难受啊，天天夜里做噩梦。

我们日头村的人又被激活了，你争我抢地报名，要进钢厂当工人，要当钢包车司机。我不得不服权桑麻，无论啥时候，他都能抓住民心，把民心紧紧攥在手心里。我家门匾被村委会贴上了红纸，上写：英雄之家。人家见面就说："老轸头，光荣啊！"

我打碎了牙往肚里咽，说："光荣，光荣。"

我说话时，觉着寒冷，又觉得温暖，刹那间，眼泪又下来了。

5

大姐死后，火苗儿就每天唱评剧，痴痴呆呆的。

金沐灶来看她，她也爱理不理的。火苗儿走路一蹦一蹦的，给人一种受刺激的感觉。金沐灶请了两天假，带火苗儿去了一趟北京。没想到她在广场唱起了《杨三姐告状》片段，警察以为是上访的，要把她带走。金沐灶好说歹说，才帮火苗儿解脱。

回来的时候，火苗儿和金沐灶来看我，火苗儿走路没声响，我被她突然出现的影子吓了一跳。

火苗儿情绪低落，脸上的蝴蝶斑更明显了。

我愣着骂："死丫头，进屋说一声啊！"

火苗儿噘着嘴巴说："爹，我就是想我姐姐，待在家里，满脑子都是她的影子。我想回剧团唱戏，姐姐就喜欢我登台唱戏。"

金沐灶望着她的脸说："这么多年了，剧团还要你吗？"

火苗儿说："不让唱，我就拉大幕呗。"

我依旧反对说："别去了，在家好好待着，过些日子就好了。"

火苗儿忽闪着眼睛，不说话。

后来，火苗儿还是走了。金沐灶把她送到了县城。我想，这丫头，当年离开剧团，就是为了能和金沐灶在一起，哪想到，她碰上金沐灶这么个怪人，感情上磕磕绊绊。难道是她和金沐灶的缘分还没到吗？

日头村的大米有名，水稻好，我家也种了两亩。因为没牌子，跟其他大米一样，卖不上好价钱。

金沐灶说："要打品牌，让日头村大米扬名四方。"我说："不容易呀，现在外村都说自己的是日头村大米，谁能分得清啊？"

金沐灶不信邪，新米下来的时候，开车拉着几麻袋大米去了城里。同去的有我和几个乡亲，都是大米的主人。进了城，金沐灶就在大街上摆摊，麻袋上摆了块牌子：日头村大米。金沐灶吆喝着："都来买呀，日头村的大米！做成米饭香喷喷的，吃了这碗想那碗！"有市民围了过来，说，"真的是日头村的大米？"金沐灶说："我就是日头村的人，他是日头村有名的老轸头，这几个老乡都是日头村的，我是披霞山乡的副乡长，专程进城推销的。"大约是有了副乡长这名头，人们信了，都抢着买。我对金沐灶服了，这小伙子不懒，真为咱老百姓办事啊。后来，顾客拎着袋子就跑了，有的还没给钱。我傻了，咋回事？一位老大姐说："你们还不跑，城管来了！"

高楼多了，穿制服的也多了，城里有了城管。过去，我和猴头进城卖瓜，随便一摆，没人管，可那是老皇历了，如今不中了。城管下了车，就朝我们扑过来。一个像领头的说："谁让你们摆摊的，统统没收。"上来三四个人搬起麻袋要往自己车上装。金沐灶说："同志，别搬走啊，我们不卖了还不行吗？"领头的不理金沐灶，一声令下："搬！"我赶忙说："兄弟，这是我们乡长，是特地推销农产品的。"领头的说："县长也不行。乡长管你们行，可今天我们就得管乡长。我们上管天，下管地，中间管空气。"金沐灶大喊一声："不能搬！"领头的说："咋不能搬啊？那就连你一块儿搬！"一时间，有人搬大米，有人拽住金沐灶，要往车上押。我大骂起来："你们是土匪呀！"金沐灶挣脱开城管，城管上去就是一拳，金沐灶拢不住火气，挥手还击，但很快就被围上来的城管打趴下了。

我流着鼻涕哭了："这城市，他娘的忒黑呀！"

最终，几百斤的大米被没收了，金沐灶还受了伤。好心的市民报了警，警察来了，看金沐灶没伤筋动骨，走了。临走时，撂下一句话："这里禁止摆摊，以后注意。"没天理啊，他们打了人，还要我们以后注意。回去的路上，金沐灶说："我要不是副乡长，就跟他们拼了！最近事事不顺，喝口凉水都塞牙。大米的事儿，我赔给你们。"

金沐灶脸上挂了彩，几天没去上班。这两天就跟我耗着，下象棋。

这时候，全国是个大工地，到处都需要钢铁。

钢厂最牛，不讲价，不赊账，收上来的都是现钱。权国金抱着整麻袋的钱，数来数去，边数边笑，边数边哭。我看他这样，心酸酸的。我劝他说："国金，出去转转吧，散散心。"权国金捧了一捧钞票，放在我跟前："爹，这是分给大妞的钱，您拿去，拿去。钱就是王八蛋，没有咱再赚！"

权国金笑了，笑得瘆人。我浑身哆嗦了一下，感觉有一股冷气上身。

那个清明节，野地上开着小花。我和老婆去给大妞的坟添土。远远地，发现权国金正在大妞坟头烧纸，权国金流着眼泪说："大妞，这些都是阎王当行长的冥币，一亿一张的。本来想给你几沓人民币，人家说，你收不到。两个路子，人间花人民币，阴间花冥币，这俩地方还不流通。大妞，我欠你的，来世你睁开眼睛，看到的第一个牲口，不管是牛啊、马啊、猪啊、羊啊，那肯定是我。我就是来给你当牛做马的。大妞啊，一眨眼的工夫，你就没了，你走了一了百了，可丢下我是受罪啊。你躺在这儿，我权国金的半条命也埋在这儿了。你永远是我的女人，我这辈子咋能忘了你呢！"权国金哭出声来，眼泪噗噗，击打着新鲜的坟土。

我心里一热，走过去扶起权国金。权国金伏在我的肩头，止不住地哭。

我拍了拍权国金的肩膀，安慰说："国金，难得你对大妞这份感情，大妞没白跟你夫妻一场。可是孩子，谁也替不了谁，你的日子还得往前奔，你要振作起来啊！"

我老婆说："是啊，大妞在阴间也盼着你和拳头好啊！"说着，就啜泣起来。

一股风卷来，哭泣就随了风声，渐渐远去。

我琢磨着再给权国金找个女人，有女人知冷知热，我那外孙拳头也有人照顾了。我把这想法告诉了老婆。老婆通情达理，很快就托人说了张六庄的小梅。但我跟他一提这事，权国金就跟我急了眼，他说自己那物件不中用了。我心头一直打鼓说："年纪轻轻的，咋就不中了？"

权国金悲戚地说："爹，也不怕您笑话，我的下面冰凉冰凉的，像根冰棍儿，正在融化的冰棍儿。看过医生，医生说，我的阴茎海绵体已经纤维化了，是永久性的阳痿。就在大姐融化的那一刻，我就随她去了。大姐啊，你可够狠心的，你再疼我，也不该这么个疼法啊！你还让我咋做男人啊？"说着，他揩了几滴眼泪。

我的脸唰地白了，一阵呆愣。

权国金揪了一下头发，头上呈现一块斑秃。他像斗败的公鸡似的，满脸是羞辱的血红。

我悲从中来，万箭穿心一般。

后来我听说，有一阵子，权国金陷在了歌舞厅里，整天整夜不回家。有人说，他迷恋唱歌，爱唱费翔的《冬天里的一把火》，要七八个小姐陪着。唱歌前，他先喊一声："权国金独唱音乐会，现在开始！"接着他就开始唱，一直唱到喉咙嘶哑，他再喊一声："权国金独唱音乐会，到此结束！"然后，他把大把的钞票塞进小姐的乳沟里。

小姐笑着又去坐台，他却睡着了。

后来权国金的嗓子哑了，唱不动了。

第
五
律

应
钟

1

权桑麻在日头村建立起了一个钢铁王国。

这一年大旱，庄稼歉收。这个钢铁王国却红红火火。那是一个庞大的赚钱机器，村民当了工人，有了工资收入，都不愿种地了。本是村办集体企业，后来上边有了政策，搞了股份制，稀里糊涂就转成了权家的企业了。权桑麻对我说："娘个 × 的，这都成了自家的厂子，我敢花钱了。原来是集体的，一分钱得掰开两半花！去趟北京，有尿得憋着，去趟茅房还要花两毛钱。这回我去香港，那叫洗手间，茅坑不叫茅坑，叫坐便器，全都是镀金的。拉个屎还有人旁边站着，递手纸，递毛巾，搞得我只拉了个半截儿。"

权桑麻好面子，白发焗油，黑亮黑亮的，像打了皮鞋油。一时间，他是报纸上有字，电视里有影，收音机里有声。谁体面谁光彩，谁下贱谁羞耻。一到晚上，县电视台天天放广告：日头村钢铁总公司董事长权桑麻先生向全县人民致意！权桑麻在电视前跷起大拇指说："我是权桑麻，钢铁我最佳！"

我知道，权桑麻的天地宽了，在北京、省城都建起了营销网络，人脉挺旺，他不仅认识老板，也认识官员。经常来的就有刘县长。权桑麻和刘县长私交厚。有一回，权桑麻在县城请客，我也去了。权桑麻喝高了，大话满天飞："不超十分钟，我能让刘县长立马出现！"我想，人家刘县长多忙啊，能听你的？没想到一个电话，不到十分钟，刘县长就出现在了包间里。只见他气喘吁吁，满头是汗，问权桑麻："大哥，有事？"我一愣，这是咋回事呢？县长叫权桑麻大哥，权桑麻叫县长兄弟，官民关系忒好啊！

过了几天，权桑麻就送我两头鹿，让我给养着。权桑麻说："亲家，你养牲口精心，把鹿养好。"他转身给了我一笔钱，说，"这是鹿的生活费。"后来，就有人来锯鹿茸，权桑麻跟着。见我挺诧异，权桑麻说："刘县长有点儿力不从心了，稀罕这个。"权桑麻又给了一笔生活费，当然不是我的，是给鹿的。有一些日子，没人来采鹿茸。后来听权桑麻说，鹿茸惹事了。刘县长喝了好多鹿茸酒，硬得就跟钢筋似的，消不下去，整整躺了一天，后来就一个劲儿用凉水洗，洗过了劲儿，又不中用了。那天傍晚，我守着两头鹿，抚摩着鹿茸，说："你这东西，长在头上，却管下面的事。"

权桑麻去了一趟内蒙古，帮助那里建钢厂，回来的时候，带回来一条小狗。小狗很漂亮，棕黄色的体毛，肚子的毛有点儿白，鼻子突出，耳朵直立，尖尖的。这狗的样子有点儿怪，但性子倒也乖，权国金经常牵着它遛弯儿。权国金告诉我，这狗是他爹送的。我说："你当着厂长，还有工夫养狗？"权国金说："我爹给我的任务，必须把它养到大。"搞得还挺严肃，像有重大使命似的。我看着这条狗，狗就乖巧地蹭我的腿，叫声像小孩哭。

渐渐大了，那条狗就不对头了。它不是狗的汪汪叫，而是嗥叫，像狼。我说："国金，这恐怕是只狼吧？"权国金吓了一跳，后来就摇头说："不可能！要是狼，它还不咬我？你看它对我多亲近啊。"我说："总有一天，它不咬你，但会咬别人。"话音刚落，那条狗两眼就冒出寒光，我心里一哆嗦，难道它听懂了我的话？我再也不敢吱声了。

后来听说，权国金开车拉着狗去了歌舞厅，他把狗放在女孩中间，自己唱得昏天黑地，女孩们就抚弄那条狗，后来那条狗不干了，连咬了两个女孩。女孩雪白的大腿被撕裂了，血哗哗地流，整个舞厅哭声一片，乱作一团，人都跑光了。喝醉了的权国金旁若无人地唱，那条狗卧在沙发上，像啥事都没发生一样，神情悠闲。

权国金破财了。女孩全凭葱白的大腿赚钱呢，被狗咬后留了疤痕，不中看，生意毁了。还有，若是疯狗，还得把命搭上。权国金拿出了一笔不小的赔偿，自此他也成了不受欢迎的人。权国金觉得小事一桩，你这儿不让唱，我再换一家，架不住有钱。

狗咬了小姐，权国金不理它了。那狗会装可怜，像失了宠的孩子，赌气，不吃不喝。没办法，权国金只得又牵着它在街上走。这一走，狗就威风了，它表情傲慢，像别人都欠它钱似的。后来我想，这条狗为啥是权桑麻带回来的呢？

那表情，真有几分像他。权国金问我："它真的是狼啊？"我说："没错，是草原狼。我去过草原，到那儿为生产队买过牲口，那时候就见过。你看它，耳朵尖尖的，还直立；它鼻子灵着呢，耳朵也好使，你看它身上的毛，又粗又长，跑得又快！"我发现那条狗，不，那狼不太友好地看着我，我停住话，不敢往下说了。

权国金说："我爹为啥让我养一只草原狼啊？难道他不知道？"权国金要我和他一块儿去找权桑麻，问个究竟。

权桑麻正在家抠脚泥，时不时地闻着。他坐在沙发里，两只脚放在茶几上，抠得卖力，闻得陶醉，眼睛一会儿精神，一会儿蒙眬。他见我来了，也没收敛："亲家，不怕你笑话，我先弄着。怪了，一抠脚泥我就来精神，啥烦恼都没了。"权国金说："赶明儿我给您买瓶脚气水，保证药到病除。"权桑麻说："别价。你爹我就这点儿嗜好，还给我戒喽？"权桑麻看到了草原狼，说："不错，越来越像了，有股子八面威风的劲儿。"他一说，草原狼就兴奋起来，嗷嗷一叫，挺会撒娇。

权国金说："爹，您知道这是草原狼啊，为啥不早告诉我呀？"

权桑麻说："告诉你，你还敢养吗？就你那耗子胆儿。"

我说："我早就看出来了。你让国金养草原狼，忒危险呀！"

权桑麻说："干啥没危险？我在这里抠着脚气，没准儿房子塌了，把我砸死了。怕死不革命，富贵险中求嘛！"

权国金诺诺地说："它还咬了两个人。"

权桑麻把送到鼻尖儿的脚泥深深吸了一口，一拍茶几："这味儿，地道！

草原狼就是要咬人的，不仅咬人，还要吃人！国金，我让你养草原狼，就是让你学习草原狼的精神！懂了吗？"

权国金愣着，眼神傻着。

权桑麻咳嗽一声，又说："儿子，我问你一个问题，人是先做事，还是先做人？"

权国金毫不思索地说："当然是先做人，后做事啦。"

权桑麻恼了脸说："错！应该先做事，后做人！"

我一愣，插嘴说："亲家，这话对吗？"

权桑麻说："在中国做事，就得冒险，反常规出牌。你规规矩矩做事，屁事都干不成！人穷志短，马瘦毛长，好人和坏人咋区分？只有你成事了，境界自然高了，你的人自然就做好了！"

我琢磨着他的话，有些道理。我顺着他说："我懂了。哎，狼还有精神，不就是爱吃个羊吗？"

权桑麻呼出一口长气，说："老轸头，我跟你说，你的眼光，只能看到村头燕子河那么远。我呢，一看就能看到一万八千里以外，起码到海南岛了！"我嘻嘻一笑，说："那是，要不你当村支书、当董事长，我还得耪地。"权桑麻说："这回我去内蒙古，真长见识了。人家说，草原狼可不简单啊！它们要捕猎，每一回踩点、埋伏、攻击、打围、堵截都组织严密，就连撤退也不是四散而逃。它们说猛狼冲锋，狼王靠前，巨狼断后，完全就是一支训练有素的军队。狮、虎、豹、熊等猛兽，向来被人们夸赞，但在生存条件很差的草原上，一个也见不到，只有狼。不管多苦多难，它们都能挺过来。"

禁不住夸，草原狼乐得撒欢儿。

权桑麻瞅着权国金说："国金，你要懂得我做爹的一片苦心啊。你现在就是一只软弱的羊，我希望你变成一只草原狼，既凶猛又能盘算，这样的话，你才能打出属于自己的江山。"

我不得不服权桑麻，他从草原狼入手，教育儿子。

可是，我的儿子猴头，把金校长杀了，至今还是个不争气的主儿；大闺女大妞被铁水烫死了，老闺女火苗儿都是大姑娘了，她和金沐灶分分合合的，绯闻不断。这些孩子，都不叫我省心啊！多少年了，还是穷日子。种地、敲钟、砍柴，整天和泥土打交道。日头升，日头落，每一天照常过。

金沐灶给我送来半口袋稻种，是胭脂稻。日头村水稻有名，大米喷香。出产的胭脂稻更金贵，全中国都有名。

那还是乾隆年间的事。日头村村南有块地，叫菱角泊。菱角泊土质奇特，黝黑黝黑，抓起一把，能攥出油。这里种出的水稻，和别处的也不一样，米粒呈椭圆形，颜色是胭脂红。用这种米做成的饭，有种特殊的清香味。不仅如此，此米回锅三回，米质不散，色味更佳。而且每回锅一次，米粒便伸长一段，因此，日头村人又叫它"三伸腰"。稻米进了宫，赞不绝口，皇帝御笔亲封"胭脂稻"。

胭脂稻成了宝贝疙瘩，日头村也跟着扬眉吐气。

1954年，毛主席在翻阅古书时，得知日头村产胭脂稻，就给省委写信，要求粮食部门收购，以供中央招待国际友人。于是，省委通知市委，市委通知县委，县委找到了权桑麻。

权桑麻笑了，他最崇敬的就是毛主席啊！遵照毛主席的指示，权桑麻每年收购胭脂米十万斤送京。我也曾充当过一回车把式。几十辆的大马车，神龙见首不见尾，赶起来，虎虎生风，马车一直赶进了北京城。听说西哈努克亲王特别爱吃。赶上学大寨，权桑麻还是听了毛主席的话，带领社员夺高产，把菱角泊水田改成台田。燕子河水还是燕子河水，但是土质变了，从此，胭脂稻就剩一个传说了。

再次见到胭脂稻，我又惊又喜，问："沐灶，这是哪儿来的？"金沐灶说："我爹活着的时候，偷偷留的稻种。当年，他发现胭脂稻田被毁很心疼，就偷偷留下了十几个稻穗，插在自家墙的土坯里。"多少年过去了，稻穗就那么静静地挂着，金校长也去了。忽然有一天，金沐灶发现了这十几根稻穗，搂了稻壳，就把种子撒在自家的院子里。

这事让我乐得半宿没睡。我的承包地，正好落在了过去的菱角泊里。经过多少年的变化，那块地又变得黑黝黝的。我就在那块地里做畦，养起了稻芽子。当葱绿葱绿的稻苗长出来时，我给这些稻苗作揖，我说："金校长，你是个有心人啊，你留下的胭脂稻穗，如今已长成一大片了！"

我高兴的时候，总有忧愁事掉在我面前，像石头一样，咣当一声，把我的心震得唰地悬了起来。

到了冬天，天气脆冷。我听到一个可怕的消息，权国金在暗暗地追火苗儿！这让我的心比天气还冷。

火苗儿还蒙在鼓里，我却六神无主。这事得从头好生谋划了。火苗儿去了县评剧团，郑卫东不在，他已经是县文化局的副局长了。听说火苗儿又回来唱戏，他很高兴。他去看了火苗儿。局长没有提及一点儿私人生活，只是说振兴评剧事业，促进文化繁荣之类的满嘴官话。火苗儿觉得挺好，这样就可以安心唱戏了。市场经济了，唱戏是个苦活，为了赚钱，他们要经常下乡演出。有一回，在油葫芦泊唱《花为媒》，火苗儿演张五可，和阮娘唱《报花名》，她唱得脆生生甜，赢得满场彩。后来下雨了，人们才渐渐散去，依依不舍的。再后来，观众席就剩下了一个人，工作人员忙着收工，可那个人还坐着，孤零零的，像块石头，任暴雨冲刷着。

火苗儿瞅了老半天，竟是权国金。

火苗儿对权国金说："姐夫，下雨了，快回去吧！"权国金问："明天去哪儿唱？"火苗儿说："明天去芝麻坨。"全身湿透的权国金站了起来，头也不回地走向了汽车。车灯亮了，转了个弯儿，呼地开走了。

火苗儿嘀咕了一句："神经病！"

第二天，权国金就去了芝麻坨村。日头还有半竿子高，他就把折叠椅放在了台下，占了位子。那天权国金还是最后一个离开。他又问火苗儿："明天去哪里唱？"

火苗儿说："国金，你有病啊？"

权国金也不说话，开着车走了。

我明显发现，权国金迷上了我家火苗儿的戏，火苗儿演到哪儿，他就跟到哪儿，看得有滋有味。后来，火苗儿告诉我，权国金说他迷上了她的戏，更迷上了她这个人。

年好过，节好过，日子难过。刚过了春节，火苗儿就回到日头村唱戏，权国金赞助的。那是冬天，大雪一层叠着一层。火苗儿回到了家，我帮她掸身上的雪。几个月不见，老闺女黑了，瘦了。她娘心疼，娘儿俩抱着流泪。火苗儿说："黑了健康，瘦了精神。"我说："过去还好，就在县城唱，还挣工资，现在包干了，赚钱不易呀！"火苗儿大咧咧地说："你闺女就这命了。"

火苗儿从娘的怀里跳起来，又在娘的额头亲了一口，用毛巾擦去娘脸上的泪水。火苗儿跳到屋子中间一站："我给你们唱评剧。"火苗儿唱了一段，我就说火苗儿："唱这个有啥出息，你还想当赵丽蓉啊？"火苗儿眼睛亮了，说："等我唱红了，就是赵丽蓉了。"

这时小拳头跑过来了。

火苗儿抱起这个孩子。男孩随娘，这孩子眉眼越长越像大妞。这让我们想起了死去的大妞。老婆流泪了，我磕了磕烟灰，躲在墙根吸烟，听着老婆跟火苗儿对话。说一些稀泥抹光墙、模棱两可的话。

老婆说："你爹又不高兴了。"

火苗儿问："他是不是想起我姐了？"

老婆说："他给你使脸色，是生你的气。"

火苗儿愣了："生我的气？"

老婆说："他整天念叨，整天疯疯癫癫瞎唱，没前途，他想让你回村来。"

火苗儿糊涂了："回村干啥？跟他种胭脂稻？"

老婆解释说："眼下兴多种经营了，营生多，可就怕累着你哟！"

火苗儿说："我也帮不上啊，我要唱戏，唱戏多好，我再不唱，评戏就该失传了。"

落雪很轻却能唤醒她沉重的梦。（铺满白雪的河岸上，总会有人重复着前人的足迹）火苗儿眉头一皱代表她对浪漫生活的悔恨。她缠绵梦境里有了第一道裂痕。

后来不久，火苗儿就提起了权国金，说要和他处对象。她说话的时候，嘻嘻笑着，眼睛水汪汪的，一副风流相。

我倒吸一口凉气，冲着火苗儿吼："你好糊涂啊，我不答应！权国金害死了你姐，还要害你啊？我们老汪家，哪辈子欠他们权家的？”

老婆哆嗦着说："闺女，跟娘说，你这是跟沐灶赌气，不是真心话！"

火苗儿说："真的，我是真心的。"

我气得浑身乱颤："你想气死我呀？"

火苗儿仰脸笑了："看把你们吓的，姑奶奶是随便嫁人的人吗？"

我瞪了眼："谁的姑奶奶？"

火苗儿赶忙解释："我没说你们二老，我是权国金的姑奶奶。"

我瞪着眼说："别跟我嬉皮笑脸的。告诉你，不能跟国金好！"

火苗儿勉强答应，我还是不放心，感觉时光有病，日子错乱，几乎没奔头了，我去找了权国金。

那天，天空飘雪，我进了权国金的办公室。我抖掉肩头的雪，跺跺发麻的脚。权国金给我沏了热茶，我怪怪地瞅着他说："国金啊，大妞死了，你不是成心的，我也不恨你，你想再娶，我也不拦着，可你万万不能打火苗儿的主意，不然，我不放过你小子！"

权国金不免紧张起来："爹，火苗儿被金沐灶坑得还不惨吗？她是个好女人，她身上有别的女人没有的东西，她外表烈性，心中是苦的。我这个当姐夫的，如果当了她的丈夫，会真心疼她、爱她，会待她一百个好。我们还是一家人，我还叫你爹，不好吗？"

我断喝一声："不好！"

权国金一愣："为啥？"

我大声说："没有为啥，就是一百个不中，一万个不中！"

权国金说："爹，改革开放了，你还想包办婚姻啊？"

我生气了，抓起办公桌上的文件就朝他扔了过去，没想到草原狼出现了，嗖地一闪，就要朝我扑过来。

权国金大吼一声："滚出去！"

草原狼灰溜溜地走了。我近乎哀求地说："咱得掰扯掰扯，我就这一个闺女了，金沐灶害了她，你放了她吧。"

我流泪了，揩着眼泪走了。

我反胃，吐几口酸水。好事，你盼着，且来不了呢；闹心的事，你想都来不及想，出溜儿一下子就来了。权国金盯上了火苗儿，耍泥腿，请来了权桑麻。看来是权家人盘算好的。

权桑麻仰脸嘎嘎一笑，开门见山地说："亲家，咱们做亲家没做够，还得接着做亲戚呀。我家国金看上了火苗儿，非她不娶。按说呢，姐姐死了，姐夫娶了小姨子，也不是丢脸的事，很正常。听说你不答应，我就是为我儿子来求亲的。"

我身体猛地收紧，喉咙滚烫："桑麻，不是我不答应，宁拆十座庙，不拆一桩婚。火苗儿打小就和金沐灶要好，咱不能拆散他们呀！"

权桑麻怔了怔，说："你咋还糊涂呢，金沐灶这个家伙靠不住，人家是状元，如今当乡长了，可能想法多一点儿。我家国金也不赖，农民企业家呀！到时候，从城里给火苗儿买套房子，把婚事办得风风光光的。"

我想了想，苦着脸，不吭声了。

权桑麻吼道："娘个×的，说话呀！"

我手足无措，脑袋嗡嗡响着。

权桑麻懊恼地嘿了一声："你这当爹的一脚踹不出个屁来！走吧，走吧！"

我估计权桑麻肯定要找火苗儿了。我有些慌了。我发愁，这可咋办啊？火苗儿过得去这一关吗？眼下要紧处，是让金沐灶应下和火苗儿的事。我老轸头的心，一个劲儿闹腾。我必须找到金沐灶。

金沐灶在披霞山下的田野里，正指导农民建大棚的事。他带我来到一间简易房子。金沐灶问："轸叔，有事？"我故意不理睬他，扭头就往外走。金沐灶拽住我："啥事？快说。"我惊恐地屏住气，结巴着说："啊，没，没事。"金沐灶急眼了："快说吧，瞅您的样子，肯定有事。"我激愤地叫了起来："沐灶啊，都火烧眉毛了，你快跟我回家吧！"金沐灶一愣，说："轸叔，啥事啊？"我没好气地说："沐灶，叔只问你一句话。"金沐灶一愣。我说："你还喜欢我家火苗儿不？"金沐灶说："喜欢啊，出啥事啦？"我声音沙哑了："你个傻蛋，赶紧跟火苗儿结婚吧，要不就让别人抢跑了！"金沐灶笑了："工作太忙了，过几天我就去看她。"我说："真的有人抢啊！权国金瞄上火苗儿啦！"金沐灶讪讪一笑：“开玩笑，不可能。”我说：“你个书呆子，我能跟你胡咧咧呀。”

我真想抽他一嘴巴。金沐灶眼睛红了，扭头瞅着窗外，说：“天要下雨，娘要嫁人。如果火苗儿愿意，我拦得住吗？”我骂了金沐灶一句：“你就是个混蛋！有你小子后悔的那一天！”金沐灶惊呆了，脸白如纸。

骂完，我悻悻地走了。

2

县评剧团风雨飘摇，眼瞅着就黄了。好多人都走了，有人去演歌舞，有人下了海。那一天，到镇上唱最后一场，我也去了，我闺女火苗儿是流着泪唱的，看戏的心酸，也陪着流泪。谢幕时，袁团长和演员们都哭了。

树倒猢狲散。我想剧团散了，火苗儿就可以回家了，种胭脂稻、种菜，还能帮我打个下手。没想到剧团有了解药，起死回生了。可权国金为啥要帮评剧团呢？因为有火苗儿。权国金是跟火苗儿摽上了。

后来听说，挽救评剧团，是权桑麻的主意。

权桑麻看权国金跟着草原狼学了点儿东西，有点儿狼劲儿了，而且敢于追求火苗儿，就答应救评剧团，给火苗儿一个惊喜。权桑麻跟袁芳团长谈定，把县剧团改名为“日钢评剧团”，由日头村钢铁总公司赞助，每年给剧团五十万。公司搞厂庆或是来了外商，剧团就在礼堂演出，平时还可以到外地进行商演。自打成立了日钢评剧团，条件好了，火苗儿再不用下乡演出了。火苗儿说：“团长说了，走精品路线。”啥是精品路线？我也不懂。我就提醒她，别被权国金的迷魂汤灌迷糊喽！

火苗儿说她去看金沐灶。我的心一咯噔，知道她还是丢不下金沐灶。

男女这事，有了第一回，就有第二回，没有第一回，也不会有第二回。我黑了脸望她，说：“别遮遮掩掩的，干脆挑明了吧。你去，我也去。”

火苗儿挺了挺身子，说：“去就去！”我就跟她一块儿去了。

晚上无风，房檐下的血燕呢喃着。金沐灶难得在家，隔着窗子，我看见金沐灶露着一口白牙，望着一个地方出神。那儿是他搭的建筑模型——魁星阁。

这小子有心，还想着重建魁星阁的事呢！

可我觉得有点儿悬，上回就是因为这个原因，他推掉了和火苗儿的婚事。火苗儿要自己进去谈，我就蹲在地上抽烟，听他们说些啥。火苗儿说："金沐灶，咱俩好了这么多年了，我不能等了，过了青春没年少，我再不结婚就老了，你啥时娶我呀？"

金沐灶说："火苗儿，还是那句话，再等等，我想先把魁星阁建起来。"火苗儿说："这是必然的因果关系吗？你把我娶过门，就建不成魁星阁了？"

金沐灶沉默了。我听到火苗儿啜啜抽泣着。

过了一会儿，金沐灶说："火苗儿，我是觉得，建魁星阁这件事比婚姻事还大。为了魁星阁，为了天启大钟，为了日头村的文脉，我爹冤死了。他的遗愿就是天启大钟重新敲响，让魁星阁再次矗立起来。如今，大钟已经挂回了状元槐，就差魁星阁了。你看，这就是我制作的魁星阁模型。"

火苗儿噘了嘴巴："说来说去，你嘴上还是挂着魁星阁。其实，这都是借口，你心里没有我，咱们分手吧！"

火苗儿就从屋里跑了出来，一直消失在黑夜里。我站起来，看见金沐灶站在门口，我用轸木指指他，说了一句："臭小子，你等着！"

我提着轸木，惴惴不安地走了。

从此之后，火苗儿就赌气要嫁给姐夫权国金。

火苗儿把这想法一说，我和老婆差点儿背过气去。

老婆急忙阻拦说："孩子，你不能走这步啊！"

我浑身颤抖，带着哭腔说："闺女，婚姻是终身大事，你可想好了啊！"火苗儿冷冷地一笑，说："我知道，权国金除了有钱，哪儿都不如金沐灶。可就凭他愿意娶我，就胜过金沐灶一百倍。如今，嫁大款是时尚，我就要嫁个有钱人，有钱大把花，开开心心地过日子。"

我咳了一声，说："闺女，嫁不得呀，他可是你姐夫啊！"

火苗儿说："姐夫咋了？不是都说小姨子是姐夫的半个屁股嘛。"

老婆朝我递眼色。我咧着嘴巴："国金，他不能生儿育女呀！"

火苗儿吃惊地问："爹，咋回事儿？"

　　我只好说："我听人说，国金在你姐死后，受了刺激，那方面废了，我不能让我闺女守活寡呀！"

　　火苗儿说："若是真的那样，也怨不得别人，这就是我的命！"

　　说完这句话，火苗儿疯疯地颠了。

　　我和老婆抱头痛哭，这个死丫头啊，还让不让人活了哎！

　　权国金的奔驰在门口等火苗儿，火苗儿上了车，车去了县城。那里有片别墅区，里面有栋洋房，是权国金的。权国金这是要和火苗儿生米做成熟饭吗？可他的锅灶中吗？他是个不中用的人啊。

　　我成宿成宿地睡不着觉。为了儿女，我的心像蒜被分成了几瓣儿，又被捣成蒜泥。那一天，我实在忍不住了，去了县城别墅。权国金到大门口领我进来，进了别墅洋房，我见到了火苗儿。火苗儿一身珠光宝气，正在桌旁吃水果，水果很多，简直像个水果店。火苗儿一笑："爹，想死我了，快坐，我给您沏茶。"权国金说："沏啥茶呀，让爹吃水果，这都是从泰国空运过来的。"

　　刚开始没觉得，我以为就一间屋子，后来才知道，房间套房间，像个大宫殿。推开一间门，就是一间大屋，不像话，一个屋子竟然全是鞋子，足有一百双，都是火苗儿的。

　　权国金请我吃饭，我俩喝酒。

　　权国金不如金沐灶酒量大，总是藏奸耍滑，被我一语道破："国金啊，酒品即人品，你得敞开了喝，不然咋像个男人？"权国金被我说得上火，抬手灌了一碗酒。我没吭，只能在肚皮里笑笑。我感到很伤感，这个男人，难道就是火苗儿想要的吗？权国金打着酒嗝，眼神迷离："爹，任何一个女孩想要的，没有例外。你知道女孩子喜欢啥吗？衣服、珠宝、男人。"我闻着权国金一身的铜臭味，就说："权国金，你不就是有俩臭钱吗？"权国金说："是有俩臭钱。我就爱听人家骂我，有钱了不起呀！"我说："男女搞对象，还得心贴心，挨得越近越好；你们这心跟心之间，塞的都是钞票，能有好啊？再说了，你跟我说，自打大妞走了，你那家伙什就不中了，你想害得我老闺女守活寡呀！"

　　我的话，顺着酒气撒欢儿。

　　权国金一脸不高兴，后来被我说哭了："爹，你说得对，我是阳痿了。"

权国金说："爹，阳痿的男人就没有权利追求女人吗？我爱火苗儿，胜过金沐灶，胜过天下所有的男人。我要一辈子对她好。昨个夜里，我喝了不少酒，我和火苗儿躺在床上，火苗儿知道了我的毛病，她哭了……我不是故意欺骗，这善意的欺骗是爱她！"他声音很轻，却句句眼泪。我在心里暗暗骂道："妈了个×的，我不听你胡咧咧！"

回到家，天黑了。我还是喝闷酒，喝得我身上起了红疙瘩。老婆问我啥，我也不说。问急了，我就说："你闺女当上皇后了，但皇上不是皇上，是太监。"老婆身子一软，瘫在地上。我喝多了，没管老婆，就去找金沐灶。

那是晚上，金沐灶还在家里一个人琢磨魁星阁的模型，见到他我破口大骂："你他娘的女人跟人跑了，你还研究这个？"我夺过模型要往地下摔，被金沐灶夺了下来，他说："叔，这可是我半年的心血啊！"我说："你小子就琢磨这事吧，火苗儿跟权国金跑了。"

金沐灶愣住了，半天没吭声。

我醉眼蒙眬地晃荡。金沐灶喃喃地说："咋会这样呢？咋会这样呢！"我说："你他娘不要她，她还能咋样？我告诉你，火苗儿是存心气你呢！权国金他不中用，能给火苗儿幸福吗？"

金沐灶说："看来女人得有男人陪呀。我整天忙得四脚朝天，只有晚上才有空想魁星阁的事儿，没想到……"

我说："你别扯犊子了，火苗儿是被你气跑的。人家权国金投其所好，花钱救活了评剧团，火苗儿能不感激嘛！你说你爱火苗儿，可你为她做了些啥？除了魁星阁，就是当你的芝麻绿豆官儿！"

金沐灶嫌我碍事，自己开着吉普车走了。我睡不着，就坐在状元槐下抽烟。这时，仿佛有人蹲在我旁边，说："老轸头，来一根。"我吓了一跳，瞪眼张望，没有人影。听声音原来是毛嘎子。我气恼地说："毛嘎子，你他娘的在哪儿啊？出来让我摸摸，省得村里人骂我迷信。"毛嘎子说："我就在林子里的菩提树上歇着，闻到烟味，犯瘾了。"我嘿嘿一笑："我见不着你人影，咋给你烟啊？"毛嘎子说："怪了，我都瞅见你了，你咋就看不见我呢？你朝天上扔吧！"我想了想，抬手朝夜空扔了一根烟："我扔了，接好喽！"

头顶一阵响，毛嘎子说接着了。

我仰脸瞅了瞅，啥都瞅不见："多少年没见了，你跑哪儿疯去啦？"毛嘎子说："我在云顶享福呢。"我大声说："你见着金校长了吗？他可好？"毛嘎子吧嗒着烟，说："我见不着他了，属于他的星宿也不闪了。我估计他的魂还在村里，他就是惦记重建魁星阁。他这一惦记，当儿子的金沐灶就得去办，父子连心啊。"我说："你小子还知道父子连心，你咋不回来孝敬你爹你娘？"毛嘎子无话了。我愁眉苦脸地叹气。有好几次了，只要我提到毛嘎子的家人，他就没有一点儿动静。我只好转了话题："嘎子，你说这金校长啊，哪儿都好，就是非得重建魁星阁，害得金沐灶都不想结婚，把我家火苗儿也耽误了。"毛嘎子说："火苗儿不是跟了权国金吗？"我一愣："你小兔崽子咋啥都知道？"毛嘎子说："我从她的星宿看见她的梦了，梦里啥都有哇！"

这时候，我才知道毛嘎子会按人的星宿解梦。

这天夜里，我没见到金沐灶，回家就给火苗儿打电话，火苗儿说没见到金沐灶。后来我才知道，金沐灶去了柳树村的养鸡场，路上有人给他打手机，说养鸡场闹鸡瘟了。金沐灶急忙开车赶了去，又是打药，又是深埋死鸡，一直忙到天亮。但很快就有人把这事捅给了上级。金沐灶属于隐瞒疫情，被通报批评。唉，金沐灶的仕途不顺当。

金沐灶的心里阴了天，就找我下棋。

我正在拱卒，雨砸下来，起了一片烟尘。火苗儿来了。火苗儿一进屋，就照得满屋亮堂堂的。她穿金戴银了，金光闪闪，像个贵妇人。金沐灶拿棋子的手停住了，傻傻地瞅着火苗儿。我说："你穿戴这么多干啥？跟集市上卖首饰的似的。"火苗儿故意耸耸肩膀："怎么，不好看吗？"金沐灶说："火苗儿，你咋成这样啦？"火苗儿又是一笑，转身朝金沐灶靠近："我已经决定了，嫁给权国金。金沐灶，祝福我吧！"

金沐灶惊了神，跳了起来，发疯似的朝大门外跑去。

我心里咯噔一下，不知要发生啥事，跟着他往外跑。金沐灶直奔门口的那辆轿车，打开车门，从里面揪出权国金，照着他的鼻子举起了拳头，怒吼："权国金，你听着，你可以夺走火苗儿，可不能毁了她！你看看她现在的样子，珠光宝气，俗不可耐！还是过去的那个淳朴的火苗儿吗？别以为你有几个臭钱，就可以为所欲为！"金沐灶的铁拳头就要打下去。

我惊呼道："不能打呀！沐灶，你还背着处分呢！"

金沐灶顿了顿，终于放下了愤怒的拳头。

这时，围了不少看热闹的乡亲，人们见了火苗儿，都指指点点。火苗儿别过身去，耸着肩膀抹眼睛。我知道，我老闺女根本就不是一个嫌贫爱富的人。她这番显摆是专门气金沐灶的。

我对大伙说："都散了吧，散了吧。"

权国金对金沐灶说："金沐灶，瞅瞅你还是个男人吗？你把火苗儿扔得好苦啊，啥都别怨。"

金沐灶愣了愣。权国金上了车，车开走了。

火苗儿待在家里，把首饰啥的都摘了，换了件平常衣服。她自己埋头想着啥，想一会儿，就划一根火柴，一会儿的工夫，两盒火柴都划光了。我递给她一个打火机，她不用，嫌没有硫黄味。我只得去小卖部给她买。小卖部前，围了一群人，都在说我家火苗儿，说她跟金沐灶和权国金的风流韵事。见到我来，都怯怯地闭了嘴。我也装作没听见，径直往屋里走。腰里硬也在那儿，靠墙站着。腰里硬说："老轸头，再找一个，就搓成一桌麻将了。"大伙都掩住嘴轻声地笑。我一下子炸了，上去就踹了腰里硬一脚。腰里硬疼得咧嘴。人们惊讶地看着我，大气都不敢出。

腰里硬骂："老轸头，你个王八蛋咋打人啊？你家火苗儿不就是乱搞吗？"还有人在一旁讥讽："戏子都这样！"

腰里硬爬不起来，在地上乱拱。我还想过去揍他。

这时权桑麻出现了，他正好看到了刚才那一幕。他对腰里硬说："腰里硬，你刚才说啥？"腰里硬吓住了，说："叔，我没说啥，没说啥。"权桑麻喝了一声："起来！"腰里硬挣扎着爬起来。权桑麻喝道："站好！"腰里硬立正，双手并拢。我惊住了！权桑麻一拳打过去，正打在腰里硬的胸口，腰里硬踉踉跄跄往后退，靠在一棵槐树旁，他捂着胸口，疼得龇牙咧嘴。权桑麻哈哈大笑，说："你没说啥，往后躲啥？"他又发狠地接着说，"腰里硬，你以为我没长耳朵？

告诉你，火苗儿就是我未来的儿媳妇，谁再往她身上泼脏水，我饶不了他！"

周围的空气凝固了。大伙走也不是，站也不是。权桑麻转脸又哈哈一笑："我们爷儿俩开个玩笑，大家伙儿该唠嗑唠嗑。"说完，他背着手走了。

我瞅见他上了一辆加长的高级轿车。

我买了火柴，赶紧回家。听到背后有人号啕大哭，准是腰里硬。我扬眉吐气，多亏了权桑麻这样的好亲戚。

清早，我从小屋里钻出来，伸个懒腰，冲着日头深呼吸。这时，我听到一阵呼呼的喘息声，声音是从状元槐那里发出的。

我好奇地走过去，发现金沐灶和权国金两个人坐在地上，靠着大树，呼哧乱喘。两个人脸上都挂了花。我问："你俩干啥呢？"金沐灶不说话，权国金嘟囔着："我俩打了一架。"我叹息一声，坐到他们身边，说："是因为火苗儿吧？孩大不由爹，我也管不了。但我也不能看着你们这样相互糟蹋。给火苗儿点儿时间，让她沉下心来想想，再拿主意，可好？"金沐灶说："好。"权国金说："火苗儿早就答应我了，不用想了。沐灶，你救过我的命，你的恩德我铭刻在心，啥都可以给你，车子房子票子，但你要火苗儿，不中！"金沐灶气得说不出话，干瞪眼。权国金站起身，走了。

我点了一根烟，闷闷地抽着。我得说点儿掏心窝子的话了。我说："沐灶啊，火苗儿转向了权国金，怨不得别人，全怨你自己。我早就知道，火苗儿把身子给你了，听杜伯儒说，她还为你堕过两回胎！"金沐灶惊愕地看着我："她咋没告诉我？"我说："她不说是怕影响你的学业，影响你的前途。火苗儿仗义啊！你上学，她伺候你娘，照顾槐儿，你没娶她；毕业后你当了副乡长，她还伺候你娘，你还是没娶她。她早就把自己当成金家人了，可你呢，就顾着魁星阁的事，三番五次往外推她。哪个女孩子不喜欢穿金戴银啊，如果一个女人的心没处放了，她嫁给金银财宝咋啦？开始时，我也是一百个不乐意，就想让你当我姑爷。可我一个只会敲钟、种地的农民，连搬个土坷垃都猫不下腰了，没用了。潮水来了，挡不住了。沐灶，放手吧，俗话说赌博出盗贼，奸情出人命。你别再找火苗儿了，也给自己留点儿面子！"

金沐灶痛苦地扭着脸，轻声叹息。听完我的话，他紧紧拉着我的手，说：

"叔，我记住了。"

我得去劝慰权国金，别让他记恨着金沐灶。到了公司办公室门口，就听见权大树在教训权国金。权大树比权国金大两岁，很有哥哥的威严，他对弟弟吹胡子瞪眼，说："国金，你忒窝囊，让金沐灶欺负成这样。我当大哥的，跟着你丢人啊！这口气你也咽得下？他这不是没把咱爹放在眼里嘛！这不是没把咱权家人放在眼里嘛！"

权国金说："我俩互掐的，谁的手都不黑，就是皮外伤。哥，你就别再火上浇油了。"

权大树声音更加严厉："我最瞧不起你们这号男人，为了女人搞得你死我活，有本事放在干事业上啊。何况，你小姨子汪火苗儿有啥好？那是个戏子，疯疯癫癫的，有啥资格进我们权家！"

权国金说："哥，我的事你就别管了。"

权大树说："金沐灶不配当乡长，纯属一个无赖，不得好死！"

权大树开门出来，我躲闪不及，僵在了门口。

权大树说："老轸头，当上保安了？"

我说："大树，不好意思，刚才的话我都听见了。我求你个事，你兄弟和金沐灶打架的事，千万别告诉你爹，多一事不如少一事啊。"

权大树愣了愣说："你咋那么护着金沐灶呢？"

我说："大树啊，乡里乡亲，别弄太僵。"

权大树趴在我耳根说："其实我爹早知道了。我爹说，金沐灶就是个失败者，根本不用收拾。"

我噎在那里，呆愣了半天。

3

火苗儿回到了城里别墅。没事的时候，她就站在窗前，看着外面的风景，一站就是老半天。

她看风景的时候，要穿上最新潮的衣服，戴满各种首饰。望着窗外，她默默地说："这才是我，美丽的躯壳，枯败的灵魂。"

有一天，权国金对我说："爹，我从书上查来一句话——啥最疗情伤，就是美丽的衣服、首饰、高跟鞋、化妆品……这些，对女人最管用。"

权国金还在房子里挂了倒计时钟，期待火苗儿用一个月的时间忘掉金沐灶。权国金对我说："这样的话，火苗儿每天都能忘记金沐灶一点点儿，过了一个月，全忘了，心里头就只有我。"我说："国金，你这脑子咋就赚了这么多钱啊？一个人是凭倒计时钟就从另一个人的脑子里抹掉的吗？我就是再没文化，也知道这是笑话啊！"

我带老婆去了县城，去看火苗儿。

我们一进别墅大厅，就是一座落地电子钟，上面写着：距忘掉金沐灶还有二十二天。我问火苗儿："告诉爹，这玩意儿管用？"火苗儿揶揄地一笑："没有它，倒好；看见它，越来越忘不掉了。国金想一出，是一出，作呗！"我老婆看了房子里的陈设，一个劲儿地说："忒好！忒好！"忽地，又流泪了，"多好的日子啊，大妞无福消受。当年啊，你姐舍不得吃，舍不得花的。这么大的家业，就该有咱闺女一半，火苗儿跟着权国金就对了。闺女，可别学你姐，啥都舍不得，该吃吃，该花花，不能便宜了别人！"我老婆说到最后，咬牙切齿了。

火苗儿说："娘，盘算是该这么盘算，屈不着我。权国金对我不错，外甥拳头跟我挺亲的。现在跟着爷爷，等过了门儿，我就带着。他毕竟是我姐的骨肉，我带着他，你和爹放心，我姐也放心。"

火苗儿越说越兴奋："权国金对我说了，他今生最大的心愿，就是和我结为夫妻。就凭这一点，他就比金沐灶强。金沐灶从没说过和我结婚是他最大的心愿。国金还说，他要举办日头村史上最大的婚礼，让我风风光光的，做一个最幸福的新娘子。"

我感慨了一声："我闺女的福到了。结婚日子定好了？"火苗儿指指倒计时的座钟。

一晃儿，我老闺女火苗儿的喜期到了。

一大早儿，吃了稀粥窝头，我和老婆给火苗儿备了新锅。女儿出嫁，婚礼上有个重要仪式就是放锅。新娘到了婆家，要亲手把锅放进灶台，注水、淘米、煮第一锅饭，说明女人就是婆家人了。鞭炮一响，我就知道迎亲队伍来了，一顺儿的小轿车，从我家门口一直排到了村口的老槐树下。鞭炮放得我耳鸣了。笑声、鞭炮声聚在一起，真热闹。我眼瞅着火苗儿穿着婚纱，抱着新锅走进汽车。

　　婚车绕着日头村走，绕遍了每条街，每户都发喜糖。后来，在权桑麻家的院子里，举办了盛大婚礼。

　　我心里惦记着天启大钟，当晚又去了老槐树旁的小房子。走到跟前，看见金沐灶半躺在槐树杈上，望着月亮喝酒。远处，飘来《花为媒》的对唱声，是火苗儿和权国金对唱呢。我望着他说："沐灶，没个规矩，你跑这儿挺尸来了？下来下来。"金沐灶听了苦笑，说："叔，上边好，离月亮近，脑子清楚。您也上来吧。"

　　我吭哧着爬了上去。我和金沐灶坐在老槐树上，金沐灶塞到我手里一个酒瓶子，对着月亮，一人一口酒。

　　评剧的声音越来越清晰了。金沐灶心中起了火，脑门一片红疙瘩，他自言自语地说："火苗儿唱得真好听，权国金不中，驴叫似的。"

　　我说："唱吧，谁能唱到最后都不容易啊。"

　　金沐灶忽然受到触动，脸上流着眼泪，说："叔，当年我和火苗儿就像现在一样，坐在这儿看着月亮。我俩对着月亮海誓山盟啊。现如今，啥都没了。我一直以为火苗儿是我的，谁都夺不走，想有多久就多久。我错了，我真的错了，失去了才知道啥是最好的。"

　　我劝说："沐灶，你别恨火苗儿，你就把她忘了吧。"

　　金沐灶说："我不恨她，她应该有自己的幸福，都是我的错。"

　　我瞪了他一眼说："别那么半死不活的，挺起精神来。你是吃皇粮的，端的是铁饭碗，还怕找不到媳妇！"

　　金沐灶沮丧地说："一个副乡长，就是跑腿的，丫鬟带钥匙当不了家，主不了事，干多了不中，功高盖主；干少了，也不中，空谈。我这人疾恶如仇，最不适宜在官场混了。我整天泥里水里地干，哪件事干成了？连魁星阁都建不成。事业没成，女朋友也混丢了，惨不惨啊？"

　　我知道金沐灶不易。我喝着他递过来的酒，没吭声。

金沐灶望着天空，说："火苗儿，你该等等我呀。"

我说："女人等等就老了。让她等到啥时候？非得建成魁星阁？"

金沐灶伤感地说："魁星阁是我的信仰，火苗儿就是我的命。我是想等魁星阁建成娶了火苗儿。其实，我知道，让她等我，对她不公平，那就祝她幸福吧……"

月光下，我瞅见他满脸是泪。这个夜晚，将是他永远的回忆。

刘县长退休了，买了大汽车，鸟枪换炮，威风得很。权桑麻常说着一句话：割草不喂瞎驴。新来的李县长喜好啥呢？权桑麻不知道。后来他听说，李县长喜欢上项目。他问我："亲家，招商引资有奖励呀，你有没有当官的、当大老板的亲戚呀？"我说："我的亲戚，当官的属你最大，当老板的也属你最大。"权桑麻听了很惬意，哈哈一笑说："有能开发的资源也中啊。咱日头村就没啥资源？"我说："穷山恶水，祖祖辈辈种庄稼，有啥资源啊？"权桑麻叹了一口气。我忽然想起什么，说："记得当年在咱村劳动改造的右派吕富仁吧？"权桑麻说："记得，记得。"我想起吕富仁说的一句话，说我们村有板栗，板栗含铁，板栗树的下头有铁矿。

权桑麻眼睛贼亮："是吗？真这么说的？"

我眨着眼睛，说："你发现了吗，树下的土是红色的，跟啥最像？铁锈！我早就琢磨，披霞山有铁矿！"

权桑麻吃惊地搓搓脑袋，笑了："我咋没想到呢？轸头，我选你做亲家算是选对了，真给劲儿啊。这样吧，明天咱就找勘探队，你跟着！"

那天上午，我跟着勘探队上了披霞山。他让我跟着勘探，我不懂，就是给人家做饭，权桑麻给我发点儿工钱。权桑麻请来了勘探队在山上打井。在这里，我认识了工程师老汪，因为都姓汪，我俩很快就熟识了。老汪叫汪洋，名字好记，他爱吃我蒸的韭菜鸡蛋馅包子。他说，他从十年前就开始跟踪披霞山了，那时候，还没建队，他是自掏腰包，进行独立验证。我问："结果咋样？"老汪高兴地说："绝对有铁矿！现在勘探，就是看储量，看含量，看值不值得开采。"

权桑麻把这个情况立马报告了李县长。

李县长笑了，笑得像个夜猫子。李县长叫李东兴，当过国有企业厂长，对项目很热衷。我们这个县建了好多钢铁厂，却没资源，全靠消化进口铁矿石，成本高啊。李县长听说发现了铁矿，开了一半的会就散了，一溜烟儿地跑到了披霞山。李县长听了汪洋的介绍，比权桑麻还兴奋。他掰着指头算账："我们的进口铁矿石一吨要一千七八，其中的运费就要占一半。家里有铁，心里不慌。有了我们自己的铁矿，成本就低了，也就五六百一吨，这得省多少钱啊！"李县长懂行，账码算得精。权桑麻张着大嘴笑，说："县长，您真是行家呀！有了您的英明领导，说啥我权桑麻也要把这矿开出来。"李县长说："不是我英明，是科学英明。能不能开矿，还得相信科学。"汪洋说："我估算应该有上千万吨。探明储量后，还要设计论证，确定从哪个位置挖，怎么挖才能最有效率地覆盖整个铁矿。对地下水文情况也要全面了解，否则坑道进水就会酿成事故。还要搞基础设施，起码要修铁路，直接通往钢厂。"权桑麻按捺不住激动地说："修！花多少钱也干！"李县长说："投资忒大呀，还得想办法引进外资，合伙开发。"

我听得入神，也高兴，我的菜包子没白蒸。

权桑麻拍着我的肩膀，说："亲家，今儿李县长就在工地吃饭，你弄些新鲜的，最好是野味儿。"

我从鱼塘捞了几条鱼，摘了一篮子黄瓜西红柿，又弄了半袋子胭脂米，冰箱里还有块鹿肉，这就是食材了。自从刘县长退休后，权桑麻就把鹿杀了，招待勘探队时，我留了一块，本想自己下酒，现在就让李县长尝尝吧。李县长不胜酒力，喝高了。吃米饭的时候，他醒过神儿来说："米饭怎么这么好吃啊？"权桑麻说："这是我们日头村的胭脂稻米。"李县长一愣说："胭脂稻不是灭绝了吗？"我说："李县长啊，这是金校长留下的稻穗，金沐灶用它做种子，一年一年积攒下来，后来他把稻种交给了我，我就种了，今年已经种到五亩了。"李县长吃了两碗，一个米粒没剩。他回忆说："这可是宝贝呀！当年啊，毛主席就用它招待国际友人，西哈努克亲王最爱吃我们的胭脂米了。老轸头，你的米县政府全包了，就用它招待来我县投资的外商。"我嘻嘻一笑，说："不能都给你，我还要让乡亲们尝尝。"

权桑麻沉了脸，说："老轸头，你咋跟县长说话呢？"

李县长说："好好好，你剩下的，政府全收了！"当着别人的面，权桑麻从来就是叫我老轸头，只有我俩的时候，他才叫亲家。我知道，我这亲戚，可是个人精。

后来，李县长问："老哥，你说的那个金沐灶，是不是披霞山的副乡长啊？"

我说："是啊，挺上进的小伙子。"

权桑麻打断我的话："上进？哼！县长，好吃就再来一碗。"

听说开发矿山得几亿的资金，权桑麻拿不出来，只有招商引资。这一天，他找到我，提到了当年的知青袁三定。权桑麻慢悠悠地说："袁三定是大老板，把他的资金引过来，这矿就开成了。要说服袁三定，必先说服槐儿；要说服槐儿，必先说服金沐灶。若是槐儿不认袁三定这个亲爹，袁三定咋会到日头村投资呢！亲家，你知道，我们权家和金家关系不咋样，金沐灶跟我更是尿不到一个壶里。你帮我说和说和？"

我皱着眉说："这事不好办啊。猴头砸死金校长，刚刚化解，本来火苗儿跟金沐灶是一对儿，如今跟了国金，金沐灶的心里有过不去的坎儿啊。"

权桑麻满脸可怜地说："亲家，咱可是实在的亲戚呀！国金是我儿子，也是你儿子，咱俩不就是亲哥儿俩嘛！你不帮我谁帮我呀？"

我最受不了别人求，答应着："让我试试看，有枣没枣打两竿子。"

我跟金沐灶一说，金沐灶点头应了，还答应做槐儿的工作，这令我没想到。金沐灶说："要在过去，我是绝不会为权家做事的，现在我敞亮多了，自己是个副乡长，还能拖后腿嘛！开了矿还能更多地安排就业，也是好事。就看槐儿这一关了。"没想到，我和金沐灶说的话被槐儿听到了，这小子冲进屋来，脸蛋憋得通红，大声说："我不见姓袁的，我姓金，就不见他！"

金沐灶瞪了眼："这孩子，你听舅舅说！"

槐儿气愤地捂着耳朵，跺着脚喊："我不听！我不听！"

我只得把这一情况如实告诉权桑麻。

权桑麻叹息说："这臭小子，像金家人，是个拧种。愁死我了，这可咋办啊？"正说着，权桑麻的手机响了。权桑麻接电话。电话那头是李县长，问权桑麻招商引资的事。权桑麻说："争取袁三定，金沐灶乡长可能有点儿抵触情绪，李县长要亲自过问才成啊。"通完话，权桑麻要走。我说："亲家，你先别走。"

权桑麻一愣，说："有事？"我大声地说："你咋跟李县长说金沐灶有抵触情绪呢？人家可是痛快地答应我了啊！"权桑麻一瞪眼："娘个×的，他答应个屁呀！他答应有用吗？最终还得槐儿答应。话又说回来，他这做舅舅的，是孩子的监护人啊。槐儿不答应，就是他不答应！"

权桑麻讲了一套歪理，背着手走了。

金沐灶不懂世事，忒嫩，也忒倔。我后来听说，县长找他的时候，他向县长递了一份重建魁星阁的报告。

李县长的脸霎时阴沉下来，说："金乡长，你这是跟我讲条件吗？"

金沐灶一愣："条件？啥条件啊？"

李县长说："争取美国老板袁三定来我县投资，是件大事啊，你可不能拖后腿。"

金沐灶说："这事，我没拖后腿啊。是我外甥的工作不好做，他死活不认袁三定这个爹，我也挺挠头。这和重建魁星阁不搭边，我真没讲条件。"

李县长笑了："你不讲条件，我可讲条件了。这样吧，你把袁三定请过来投资，政府给你重建魁星阁！"

金沐灶像孩子一样地蹦起来："君子一言，驷马难追啊！"

李县长说："上项目是硬道理，我说话算话！"

这一天，我跟金沐灶共同说服槐儿。可是，槐儿铁了心，死活不认袁三定。

槐儿说："姥姥说过，他抛弃了我娘，他不是我爹！"

金沐灶解释说："你知道个啥？你娘生你的时候，你轸头姥爷在场，你娘是为了保你死的，她不恨你爹，你为啥恨呢？"

槐儿梗着脖子："他为啥丢下我娘回城？有钱咋了？他有多少钱我都不认他！"

金沐灶狠狠扇了槐儿一巴掌。槐儿张了张嘴巴，说不出话，哭着跑进小树林。

槐儿有心脏病，我和金沐灶担心，就到树林里去找他。找到天亮，我们才在树林里的一棵菩提树下找到了他。

隔了几天，我想了个绝招。我对金沐灶说了这个办法。我带着槐儿去了金校长的坟头。

坟头被荒草、树叶、玉米叶覆盖，不好辨认了。我伸手扒拉着树叶和玉米叶，指着坟头对槐儿说："槐儿，知道这里住着谁吗？"槐儿说："我姥爷，还有我娘。"我沉重地说："孩子，你姥爷是被人打死的，他用自己的性命护住了天启大钟。他为啥要这么做呢？因为大钟是金家的文脉。你姥姥一准跟你说过，金家的文脉是大钟、状元槐和魁星阁。如今，大钟和状元槐合一了，被烧的魁星阁却还是一片碎砖烂瓦。你姥姥、你舅舅做梦都想着重建魁星阁。如今政府答应重建，你舅舅、你姥姥，还有我，做梦都笑醒了，你姥爷在这儿也睡踏实了。可政府也开出了条件，就是请你爹来咱这儿投资建项目。咱这儿发现了铁矿，缺钱开采啊。"

槐儿说："你们找他呀，关我啥事？"

我睁大了眼睛，说："因为你不认他，他都没脸回日头村了。你是他的亲生儿子，他对不起你娘是有错，但他也忒后悔。你身上流着他的血呀！人不管长多大，总要寻根的。孩子，你就认了他吧，为了你睡在坟里的姥爷，你也要认他！"

槐儿哇的一声哭了。

我的心颤了几颤。

槐儿跪在金校长坟前："姥爷，我认，我认……"

我的鼻子一酸，眼泪也下来了。我回过头去，发现金沐灶站在身后，也在流泪。

4

金沐灶带着槐儿去了香港，见到了袁三定。袁三定怕槐儿犯心脏病，就从纽约飞到香港。父子一见面，槐儿又变卦了，返身就跑。金沐灶死死拽住他。袁三定慌了神，说走了嘴："爹，往后我就是你的儿子了。"金沐灶一瞪眼："啥？反啦！"袁三定弄个红脸，哽咽道："错了，儿子，爹想你啊！"槐儿忽然扑哧笑了。金沐灶说："槐儿，快叫爹！"槐儿往前挪了几步,终于喊了声："爹！"

袁三定又惊又喜，一把抱住儿子哭了："儿子，爹想你，爹听你的……"

开发披霞山铁矿的事就拍板定下了。

几天以后，袁三定跟着金沐灶和槐儿就回了日头村。下了一阵雨，雨水砸下来起一片烟尘。我冒雨敲钟迎接他的到来。袁三定撑着雨伞，咧嘴笑了笑。我站在大钟下与金沐灶相互看一眼，抿着嘴笑了。披霞山铁矿储量大，好像是一座铁山。据汪工程师说，可以开采二十五年。袁三定大显身手，从美国进口了开采设备，机器隆隆叫，吵得全村人都睡不好。袁三定明事理，逢年过节都要挨家挨户送东西，鸡鸭鱼肉的海了。这样，就堵住了乡亲们的嘴，人们也不好说啥了。袁三定的投资大，权桑麻的公司只占了小的股份，瞅着袁三定赚大钱，权大树后悔，向权桑麻诉委屈。权桑麻说："别娘儿们唧唧的，就眼巴前那点儿见识。"披霞山铁矿，成了全县首屈一指的利税大户。我知道，真正让权桑麻窝心的是，金沐灶露脸了，成气候了，当上了全县劳模，又被提拔为披霞山乡乡长。他风光了，破吉普换成了桑塔纳轿车。

听说有人给金沐灶介绍对象，挺好的黄花闺女，金沐灶眉头紧皱，一律不见。看来他真是铁了心了。

我和老婆唠不到一块儿，就整天自言自语："金沐灶啊，你他娘的升官了，不要火苗儿了，也不看我了，你个喂不亲的狼啊！"有时候，我坐在金校长坟前，边抽烟，边说话。日头村变得眼花缭乱了，可我，还是我。守着那口大钟，种地，收秋，再播种，再收秋。

袁三定带槐儿在香港读书。他的美国公司在香港开了办事处。不多日子，槐儿回来了。他说听不懂香港的鸟语。槐儿带来了不少新鲜玩意儿。给姥姥买了金项链和金手镯，给金沐灶买了砖头手机，还赠给我一块电子表。

时光飞快，我想火苗儿了，就去县城看她。

日头一落，夜晚来临。一群血燕纷纷往村里聚着。月亮悬在屋顶，四下里，格外显得冷寂。我借着月光看火苗儿，她脸色苍白，没啥活力了，整天蔫蔫的，像是一块阴天的云朵。多日不见，火苗儿身体也微微发胖，叼着烟，喷云吐雾。她见了我一笑，牙齿黄黄的。她正和几个女人打麻将，搓得麻将哗啦哗啦响。拳头淘气，把家什撒得到处都是。火苗儿停下麻将，上去把拳头拎起来，朝着他的屁股就是两巴掌，拳头哇哇大哭，火苗儿不管，又叼着香烟搓麻将去了。

我抱起拳头往外走，给孩子擦着眼泪。我说："拳头，别哭别哭。姥爷给你买了好吃的。"我从口袋里掏出一个棒棒糖，递给拳头。拳头不哭了，还是委屈，一个劲儿抽泣。我说："你娘心烦，就别惹她了。"拳头不服气地说："她打我。"我说："她是你亲姨，不是真打。打是稀罕，骂是爱，实在稀罕下脚踹。"拳头抹着眼睛不吭声了。我问："你娘是不是天天这样啊？"拳头说："一天唱戏，一天打麻将。唱戏的时候不打我，打麻将的时候，又打麻将又打我。"我说："唱戏的时候，心静，没脾气；打麻将的时候，心乱，有脾气。"拳头说："她有脾气，打我干啥？"我说："谁让你淘气呢！"

麻将桌的人散了。

我抱着拳头进屋，火苗儿接过拳头，紧紧抱在怀里。火苗儿说："爹，也不知咋的，我脾气越来越坏了。"我说："火苗儿，你都是当娘的人了，得有个当娘的样子，招一帮人打麻将，能照看孩子吗？他一淘气，你心里就乱，心里一乱，你就打他，哭天抢地的，这哪像过日子人家啊？"火苗儿说："唱戏的时候，感觉忒静，静得可怕，打麻将又忒烦人。哎，真不知过啥日子。"我问起她和权国金感情咋样。她说："他不想让我唱戏，让我专心在家带孩子，评剧团还由他资助。可我就是不甘心，我从小喜欢评剧，不能就这样扔了。他见拗不过我，就由着我去了。"我说："唱戏好，心放得稳妥。好好待拳头，他是你姐的儿子，跟你亲生的一样。"火苗儿说："我知道，就是脾气上来，管不住。"她笑了，她笑起来，仍有几分的媚。

过了一会儿，权国金回家了，叫了一声爹。

权国金先是抱过拳头，问："今天娘打你没？"拳头咧嘴，指了指屁股。权国金说："打屁股了。好，爹给你报仇。"权国金就朝火苗儿的屁股打了一下，还要打第二下，火苗儿就躲，权国金又打，火苗儿就跑，拳头咯咯笑了。权国金说："我还是依她，唱戏吧，一唱戏，她心情就好，心情好了，就不打孩子。原本我是怕她寂寞，给她招了一帮牌友。爹您放心，我啥都依着她。"听了权国金的话，我心里挺受用。

火苗儿去做饭了，她的电脑开着，上面有几行字，挺显眼。权国金一字一顿地念："她来过，演过，爱过，苦过，留下的是美丽和忧愁。"

这乱七八糟的，我听不懂。

日头村广场是权桑麻出资建的，袁三定也拿了赞助费。这个广场，几乎每天都有权桑麻的身影。早上，他在这里跑步。跑步的时候，他要听新闻，手里总拿着一个小收音机。这个收音机是省长给的。有一年，权桑麻去省里开劳模会，跟省长很是谈得来，省长让他关心国家大事，就把自己的收音机给了他。据说，有个按钮能收外国台，就是敌台。那年头收听敌台是违法的事儿，权桑麻生怕无意中碰了生事，就把按钮掰断了，一了百了。自打当了支书兼董事长，主要事情交给两个儿子打理，他也有了闲工夫，每天早上起床，第一件事就是到广场跑步。农村人没有早晨跑步的习惯，看着权桑麻跑步，人们起初不以为然，后来有人就看出了玄机，这正是接近领导、讨好领导的好机会。于是，就有人跟在了权桑麻的身后。

第一个就是腰里硬。腰里硬一天不当奴才，死的心都有。腰里硬边跑边说："叔，我来陪你。"权桑麻很高兴。后来，很多人都不肯放过这个机会，赶着跑。不管是年老的，年轻的，能跑的，不能跑的，都不能跑到权桑麻前面去，只能在权桑麻后面乖乖跟着。权桑麻提了速，就得跟着快；权桑麻慢了，就跟着慢。这一切，没人告诉，这是不能说的规矩。渐渐地，这些跟着权桑麻跑步的人，都成了权桑麻手里的人，他们的孩子都安排到钢厂上班，个个混得不错。

我知道，权桑麻跑步有个习惯，不到点儿不停。停了，直接坐车上班。所以说，日头村人找他办事，都是在跑步中进行。

我的远方叔叔汪茂屯想给儿子找工作，也来广场跑步。

汪茂屯是个病秧子，一跑就喘，喘着喘着，额头冒了冷汗。起初他鞋跑丢了，干脆提着两只鞋光着脚跑。实在挺不住，他就歇一会儿，又跟着跑。头昏眼花实在跟不上了，咋也踩不着权桑麻的影子。

汪茂屯哑哑地喊了声："老支书！"就头一晕，栽倒在地，抽搐了几下。他突发心脏病。

权桑麻举着收音机，早已跑远了。汪茂屯一头栽地，权桑麻都不知道，人死了，才惊动了他。

大伙都知道汪茂屯是追权桑麻累死的，权桑麻也知道汪茂屯是追自己死的。但权桑麻却在广播喇叭说："汪茂屯身患心脏病，还坚持锻炼，精神可嘉，方法不可取。"他给汪茂屯家送去五万的安葬费，亲自主持了葬礼。没几天，汪茂屯的儿子进了钢厂。

权桑麻是属牛的，厂门口就写了四个大字：牛气冲天。这是权桑麻的手笔。为了这四个字，他还专门请教了书法家，是书法家手把手教的。这四个字挂在厂门口，像一堆烧火棍。

权桑麻在厂门口塑了一头铜牛，那头牛怒目圆睁，长长的、弯弯的犄角向前竖着，好像随时就要顶人。权桑麻稀罕这头牛，说这牛像他，敢于拼搏。他最稀罕这头牛的犄角，他说，看见这两只犄角，就像看到自己手里握的剑一样，面对敌人，杀出一条血路。隔几天他就要给牛擦身，别人要来，他还不干。

可是，这天出大事儿了。牛犄角被砸掉了一只。

谁干的？村民杜大贵。

杜大贵平生两大爱好，喝酒打老婆，说话一副破锣嗓。那一天，他喝完酒，打完老婆，伸了个懒腰，就下地干活。杜大贵扛着锄头去承包地，路过钢厂大门，酒还没醒，脚下一阵拌蒜。保安小刚就逗他："杜大贵，打完老婆没？"杜大贵的破锣嗓子又响了："回家问你老婆去！"小刚一说他打老婆，杜大贵就要占便宜。小刚不干，就骂了一句。杜大贵火了，追着小刚要打，小刚围着那头牛转来转去，杜大贵打不着。这一转，把醉酒的杜大贵转晕了，他抡起锄头，向小刚打去，没想到一下砸在牛犄角上，把一只犄角砸了下来，顿时两个人都愣了！小刚反应快，大喊："杜大贵把牛砸坏了！"

杜大贵傻眼了，扛起锄头往家跑。

我看见了逃窜的杜大贵，截住他问："出啥事儿啦？"

杜大贵脸都白了："完了，我把牛犄角砸断了，权桑麻饶不了我呀！"

我吓了一跳，这事确实非同小可。杜大贵是一个窝囊人，喝酒打老婆的男人，有几个不是窝囊的？帮帮他吧！都是生活在日头村最底层的庄稼人。

鸡叫的时候，落了一场大雨。雨一停，我去了杜大贵家。刚进门，杜大贵以为是权桑麻，两腿一软，跪下了。我踢了杜大贵一脚，喊："起来起来，我是老轸头，不是权桑麻。"杜大贵咧着嘴巴，眨眨牛眼说："老轸头，快帮帮我吧，那牛是权支书的心爱之物，牛犄角断了，我就是砸锅卖铁也赔不起呀！"我说："起来起来，天塌不了！"杜大贵媳妇也哭着求我："轸叔，你跟权支书是亲家，救救我们啊！"

我直截了当地说："你弄复杂了，咱去找权桑麻，向他道个歉，看他咋说，我估计他也不至于忒为难你。"

我和大贵两口子去了钢厂，在董事长办公室，杜大贵两口子齐刷刷跪了。权桑麻问："咋回事？"我说："杜大贵喝高了，一不小心把厂门口那头牛砸了，砸掉了一只牛犄角。两口子特地道歉来了。"权桑麻淡淡地说："这事啊？我看见了早忘记了，你们快起来，回去吧！"

我仰脸问："回去？"

权桑麻说："还等我管饭啊？走吧。"

杜大贵捂着自己胸口，问："权支书，这就完了？"

权桑麻又回了一句："还等我请你喝酒啊？走吧。"

我捅了捅杜大贵，他像一根木桩一样戳着。我生把他拽了出来。杜大贵愣愣的，像丢了魂儿似的。我也觉得哪不对劲儿，这就完了？怎么就完了呢？

到了大门口，看到那头砸断了一只犄角的牛，杜大贵扑通跪倒，哭着说："权支书，我对不起您呀！"

下雨了，落雾了。杜大贵就站在雨雾里。他的老婆也跪下，让雨水冲刷着泪水。

我怎么拉杜大贵，他都不起来。他裤裆是湿的，有一股臊味儿。我甩手走了。

后来没几天，杜大贵的老婆病了。这可怜的女人本来就有哮喘，被雨一淋，病复发了，非常严重。杜大贵找谁谁都躲得远远的，此时谁见了这号人，都像见了瘟神。他哭着来找我，我跑了去。见他老婆脸色煞白，汗水淋淋，上气不接下气，眼瞅着要没命了。我说快送医院吧！杜大贵把平时老婆拾荒的钱拿了出来，都是零钱，他说："这不够啊！"我说："先送医院再说！"

杜大贵老婆到医院一检查，五脏六腑都有病，喘喘的，就剩一口气了。治疗费要五万块！杜大贵急得直跺脚，两个哥哥也来了，但都是穷庄稼人，也帮不上他。他找了我,让我找姑爷权国金。还没等我找权国金,权桑麻背着手来了。杜大贵一见,又跪了:"老支书,对不起,真对不起啊!"他心里想的还是砸牛犄角的事。权桑麻觉着好笑,说:"娘个×的,这块狗皮膏药,还贴上了,快起来。听说你老婆病了,钱我出,一定要治好了啊!"权桑麻留下五万块钱,慢悠悠地走了。

杜大贵没站起来,就那么直愣愣地跪着。

我诧异了,这是咋回事呢?

杜大贵还跪着,眼圈湿润,眼珠黄黄的。

后来我听说,有了权桑麻给的救命钱,杜大贵的老婆病好了。回到家,却发现杜大贵悬在了房梁上。

杜大贵死了,窝窝囊囊地死了。

杜大贵因为啥死呢?只有我知道,别人说不清。

5

钢铁厂和铁矿把日头村包围了,到处飘着黑烟、粉尘和树叶。我种的菜上面有一层黑黑的尘土,到了集市没人要,只好仨瓜俩枣地便宜处理了。

年轻人都进了企业,或是去外地打工,不管土地的事。只有年老的在地里干着,庄稼长成拉拉秧,只能混口饭吃。工业把土地弄脏了,河水泡浑了,长出的东西,都是脏的。我坐在地头,一坐就是老半天,看着那些青草长出来,越长越高,埋了庄稼,埋了一块又一块地的庄稼,后来,庄稼地成了草地。他们不要庄稼了,不要粮食了。一想这些,我就咣咣地敲钟。

金沐灶也常常发呆。那天他和我并排坐在地头。一排小柳树遮了他的脸。这些柳树长得歪歪扭扭。我掐了老烟叶,嘴唇舔了纸,给他包了一个喇叭筒烟卷。金沐灶默默吸了两口,说:"资本的威力太大了,我这个小乡长没招儿啊,没人听我的。"我吸着喇叭烟说:"你是乡长都没人听,那更没人听我这个敲钟的!"金沐灶说:"轸叔,我当这个乡长,这就是我想要的结果吗?我想在工业化和现代农业发展上找到平衡点,但找不到。工业化太强大了,挡不住呀!"

我也想不明白，土地和庄稼，成了人们鄙视的东西。有人问我："老轸头，还种地呢？"那语气里有损我的意思，好像我整日不务正业，是个偷鸡摸狗的贼。金沐灶陷入苦恼中。那一天，他让我找槐花粉，我问："干啥用啊？"他终于跟我透了底。他有个怪毛病，说假话就过敏，脸上起一层红疙瘩，只有状元槐的槐花粉能医治。他最近经常说假话，脸上的小疙瘩摞成了大疙瘩了，跟玉米粒似的。

我点头说："槐花粉，包我身上，可你也想想办法啊！"

金沐灶说："啥办法，这个时候，真话最有力量！"

我感觉，金沐灶要说真话了。金沐灶不知从哪儿弄了套矿工服，脏兮兮的，偷偷去了铁矿，做了深入调查。他不吱声，也没人陪着，跟着工人下了矿。仅仅半个多钟头，他晕倒了，被矿工抬上来，好一阵才清醒过来。原来井下全是粉尘，矿工们根本没有劳动保护，全是人肉吸尘器。

金沐灶爬起来，他的脚下在震动，耳边在轰鸣。

一列装着铁矿石的小火车呼呼开走了，直达日头村钢铁厂。还有其他地区的钢厂也来拉铁矿粉，翻斗车呼啸而过，荡着厚厚的烟尘。载满铁矿石的卡车，一辆一辆排队，长龙似的。

金沐灶让我陪他去看杜宝根。杜宝根是杜伯儒的远房侄子，他得了硅肺病，不住咳嗽，胸内传出咣咣的声音，像在打夯，吐出的痰带着血丝。杜宝根说："得了病，矿上给了三万，后续治疗根本不够。这样下去，只能再活三年了。"我心疼地说："快让你伯儒大伯开一剂猛药啊！啥有命重要啊？"杜宝根哭了："大伯看了，说没招儿治。我才三十八岁呀，眼看活到头了。我爹都八十八了，还下地呢！都说，日头村富了，富了谁？富了袁三定！富了权家人，我他娘都快死的人怕啥？我就骂他，死也死到他家门口去！给他们添点儿堵！"

金沐灶听着，腮上的肌肉跳着。他掏出几百块钱给了杜宝根。

我们默默地离开了。金沐灶边走边骂："这些个黑了心的，绝不能放过他们！"

这昏天黑地的，毛嘎子也呛得失去了灵性。他很少飞到菩提树上来了，也许是整日飘在云顶睡懒觉吧。他父亲杜老七断了一只胳膊，他一点儿反应都没有。杜老七的胳膊是在矿山爆破时炸掉的，他本人也因此升了"官"，大伙叫他"一把手"。杜老七得了点儿补偿，就再没下文了。杜老七窝囊，整日在矿区办公楼下跪着，把一只空荡荡的袖子晃来晃去。保安见了，就拽着他的一只胳膊往外走，大声说："一把手，你照顾照顾我，让领导看见我的饭碗就丢了。"杜老七也不急，说："再让我跪一会儿吧，一会儿领导就来了。"

我和金沐灶去见杜老七。

杜老七要给我们沏茶，一只胳膊翻箱倒柜也没把茶叶找出来，说："大嘎到外地打工了，我一只胳膊，啥都做不了，家里外头的，就是嘎子他娘一个人。"

金沐灶说："叔，我都记下了，一定帮你。"

袁三定谈笑风生，说的是洋话。他的确是个人物。原来铁矿有权桑麻的一些股份，他了解权桑麻，不想和他打交道，通过官方做工作，把权桑麻的股份高价买了过来，这样，整个披霞山铁矿就姓袁了。铁矿效益不好时，卖了股份，市场瞬息万变，半年工夫铁粉就火爆了，权桑麻就后悔了，眼看着铁矿把钱赚疯了。虽然自己的铁厂用的铁粉便宜，但钱毕竟不咬手啊！

权桑麻对我说："亲家，要么你就当大官，要么你就当大老板。我这样的，一个村支书，一个暴发户，咋都比不上袁三定，他忒有钱啦，跟上层还保持着密切关系，搬不动啊。不过，有一句话，强龙难压地头蛇，我还是有撒手锏的。"

我问："你有啥法？"

权桑麻说："他的矿毕竟在我一亩三分地上。"

我疑惑地瞅他的脸。

权桑麻坐在我家炕头上，搓着脚气，喝着茶水，说："你不懂政治，得利用民意，这就成了。"

我老轸头愚钝，不知啥是民意。

听说，金沐灶找了袁三定，当时，袁三定正跟几个女人喝花酒，有钱人是离不开女人的。金沐灶火了，上去就掀翻了桌子。他指着袁三定的鼻子说："你还顾得上喝花酒，你都干了些啥事？"金沐灶说了自己在矿上的遭遇，还有杜宝根、杜老七都落下的终身残疾。金沐灶吼道："你为啥不健全劳动保护？为啥不全额赔偿？你还在这里喝花酒，早知这样，我就不该让槐儿认你这个爹，就不该把你引过来开发矿山！"袁三定没想到金沐灶会这样，但他还是在金沐灶面前有所顾忌，毕竟是姐夫，而且金淑琴又是为了自己而死的。袁三定猝不及防，呆愣了一会儿。他捂紧面孔，无地自容。他还是有点儿怵这个小舅子。他当下答应按金沐灶的要求去做，把工人的权益保护好，他还说，自己心里始终装着金淑琴，这辈子不会对别的女人再真爱了。金沐灶说："你可以爱别人，只希望你别滥情，因为你是槐儿的爹，懂吗？"袁三定若有所思。

金沐灶一发飙，果真管用，袁三定答应尽快在矿上安装除尘设备，给工伤人员补偿金，还说要提高矿工待遇。

就在这时，出岔子了。权桑麻要对披霞山铁矿下毒手了！

他利用"民意"，要赶走袁三定。他召开村民代表会，我也是代表，也跟着去了。权桑麻深深呼吸，调整自己的情绪，说："听说村里头流传一句顺口溜儿吗？'自打来了袁三定，村里从此不安静，矿工苦来污染重，他发横财苦百姓。'大家都知道，袁三定是袁世豪的后代，他家就是上海的资本家，旧社会剥削工人，那可是出了名的。现在他继承了万恶资本家的衣钵，压迫我们日头村的穷苦百姓来了。他在日头村开了矿，巧取豪夺，每天一页血泪史，到现在都记有几本了。有人得了硅肺病，有人断了胳膊，还不给人家补偿，他的心肠比资本家还黑。他在美国三房四妾，却骑在我们全村人的头上拉屎，我能答应吗？"

我听了，浑身不禁一冷。

权桑麻不愧是"民意"高手，顿时会场就开了锅，人群里的人，迭了声喊叫。人们纷纷指责袁三定，嚷嚷着把袁三定赶走。还有人提出提高承包金，让村里受益。权桑麻打个喷嚏，震得玻璃嗡嗡响。

权桑麻重新把脚放进鞋子里说："轸头，你先说吧。"我没想到权桑麻让我先打第一炮，他知道，我一定会按照他的思路说。我不走偏，下面的代表就顺了。

然而我却给他打了横炮："有时候啊，我们就过过嘴瘾吧。嘴瘾，有时候能过，有时候不能过。就说袁三定开的披霞山铁矿，他把事情办得确实不咋地，老百姓没少骂街。可赶走他也不容易，咱村委会跟人家是签了承包协议的，单方面撕毁，不合法吧？"

我这一说，大伙又都叽叽喳喳起来。

权桑麻沉了脸，说："老轸头提的这个问题我早想到了。过去我不懂铁矿的事，吃了大亏。我们就给袁三定两条路，一个是走人，二个是重新签协议。我估计，这家伙守着聚宝盆不肯走，咱就要求重新签协议，我们占大头。当然了，最好是挤走，我们自己干，大伙一块儿吃香的喝辣的！"

代表们都说："这主意好，我们自己干！"

权大树说："民意不可违呀！"

干柴遇烈火，人的情绪轰的一声燃烧起来。

权桑麻把这任务交到我的头上，让我带人去跟袁三定谈，这不是让我老轸头走窟窿桥嘛！我就知道，好事轮不到我的身上。权桑麻说："你是老实人，袁三定见到你，他会想，逼得连老轸头都出面了，不退不合适了。"我自嘲地说："人家是大老板，我是平头百姓，我哪有那么大面子？"

我带着几名村民代表，去见袁三定。

我把村民代表会的决定一说，袁三定扑哧笑了，说："你们不知道合同法呀？赶我走，是违法的！"我说："我们农民不懂法，就认死理儿，三定，你有的是钱，在哪儿发财不中，为啥偏偏要在日头村？你还是走吧，别一条道儿跑到黑。"袁三定说："我又没干违法的事，都是正道来的钱，凭啥让我走？"我动用了权桑麻的最后撒手锏："你若是不走，就得提高承包金？"袁三定问："多少？"我伸出一个巴掌。袁三定说："五千万？"我恼了："不中，打发要饭花子哪！"袁三定说："那是多少？"我声音提高了八度："五个亿！"

袁三定恼了，以为我们疯了，把我们轰了出来。

这些都没出乎我的预料。我想，这也一定在权桑麻的预料之中。他知道，让我这个拙嘴笨舌的老头去谈判，不可能奏效，但他就是要这样搞，让袁三定知道，敢跟村民对话，你袁三定已经输了。

我找到了金沐灶，说了这件事，金沐灶感到很意外，愣了一会儿，眼睛里冒出火来。

我说："权桑麻想办的事，谁都拦不住。他干事从来都是利用民意，这回也说了，民意不可违，他是为老百姓过上好日子才出头。"

听说，金沐灶去找了权桑麻，问起披霞山铁矿的事。权桑麻并不避讳，他说："没啥好说的，花钱保平安！袁三定不走，就得提高承包金，这是民意，民意不可违，民心不可侮。金乡长，你也是日头村人，得为乡亲们说话呀，可不能因为袁三定是你姐夫就徇私情。"金沐灶问："为啥要提高承包金？"权桑麻说："我们跟袁三定签的协议是八千万。可现在呢，钢铁生意红火得要命，他每年有七八个亿的利润，明显不公平嘛。我们要求增加承包金也是合情合理的。增加了承包金，我们要盖学校、建养老院，都用在民生上，一分钱也进不了我权桑麻的腰包。还希望金乡长做做你姐夫的工作。"

袁三定很固执，执意要按合同办事。当金沐灶再次提到增加承包金时，他很惊讶地说："你是政府官员，更应该遵守法律。如果我增加承包金，就是对法律的亵渎。我可以为日头村建学校、建养老院，但不能违反合同法。"

这回真的出大事了。

天刚擦黑，天气阴沉。家家灶屋和烟筒都冒出了白烟。权国金到我家，来找猴头。他不喜欢猴头，嫌他没本事，不愿在厂里安排他。猴头只能在城里做木匠活，现在城里人不自家打家具了，都是进家具城买，猴头的活少了，只能跟着在建筑工地干，钱不多，还累。这天，菜花犯了羊角风，我打电话给猴头，猴头就回来照顾媳妇。权国金来找猴头，我觉着没啥好事，就平静地说："你是姑爷，我也不瞒你，他回来是给菜花治病的，你找他啥事儿啊？"权国金说："没啥事儿，是我爹叫他，您不让，那我走了。"

权国金一走，我越想越不对，就追了出去。在状元槐下，我发现权国金没走，在汽车跟前绕来绕去。我悄悄追过去，问："国金，到底啥事儿啊？"权国金说："我大哥去了，就知道了。我大哥不去，我在我爹那儿不好交差。"我琢磨琢磨，说："这样吧，都是亲戚，你先走，我一会儿就带他过去。"

回到家，我跟猴头说了权桑麻找他的事。经过了这么多事，猴头心眼儿多了，不那么好哄了。猴头眨巴着小眼睛，说："他找我做啥，能有啥好事儿？没有权家人背后鼓捣，我能背个杀人犯的名声吗？"我说："我觉着肯定跟矿山的事有关。你这笨蛋出不了啥主意，一准儿是抄家伙的。"猴头气愤了，说："打人？我更不去了，我已经打死一个了！"我想了一会儿，说："咱家和权桑麻是亲戚，咋着也得去瞅瞅，到时候，你心里有主意就中。"猴头抱着双肩，紧闭眼睛，脸都憋紫了。

我们爷儿俩去了权桑麻家。权桑麻和两个儿子都在，一张张脸像刚刚淬过火的铁。人们如走马灯似的来来往往，像个作战指挥部。权桑麻见到猴头微微一笑，说："猴头，日头村党和人民考验你的时候到了！需要你为全村百姓冲锋陷阵了！"猴头一愣，说："听你这话，好像鬼子进村了似的。啥事那么邪乎啊？"权桑麻说："邪乎，比鬼子进村还邪乎！这回是美国鬼子，袁三定已经入了美国国籍，就是美国佬。我们要团结起来，把他赶出去！听说当年抗日的时候有过敢死队吧，今儿要想赶走袁三定，我们也要成立敢死队，你就是那敢死队里打头阵的！"

我的心咣当咣当地跳，都要蹦出来了。权桑麻为了夺回矿山，要和袁三定血拼了！我儿子这命啊，当年为了揪斗走资派，权桑麻让猴头打头阵，交给他一把大锤，用大锤砸死了金校长；而今，为了赶走袁三定，权桑麻又要猴头冲在前了。权桑麻交给猴头一根一米多长的钢管，说："这就是你的武器，打死打伤，我兜着！"

猴头没有接，他决绝地说："我不去！还没请假呢，明天我就要回塘沽木器厂打工呢。"

权桑麻脸黑了，厉声喝道："猴头，反了你！"

气氛即刻紧张起来。猴头一下子给吓蒙了。我赶紧哈腰说："亲家，金校长死后，猴头没那种了，不敢打人。看在亲戚的分儿上，我去中吧？"

我要拿那根钢管，权桑麻紧紧攥着，没松手。

权桑麻凶了脸说："滚，没你的事！"

我的脸一阵烧烫，愣在那儿。

权国金皱着眉，咕嘟着嘴，目光犹疑。

权桑麻吼得我一惊，我就乖乖往外走。我赶紧给金沐灶打电话，千万别出大乱子啊！权桑麻看出了我的心思，说："亲家，别走，哪儿也别去，就在这儿住，这儿宽绰。"

6

猴头想回家，被俩保安拦住了。

猴头说："你俩想干啥呀？躲开！"

俩保安不躲，也不说话。

我生气了，大声喊："让开啊！"

保安说："权支书不让走！"

猴头说话没把门的："刚刚权支书骂我了，我不怕！"

权桑麻幽灵一样出现了，嚷嚷道："猴头，你娘个×的！我是你的长辈，我就该骂你！你去城里打工，日头村的事就跟你没关系啦？你爹娘还在，你老婆孩子还在，无论走多远，你还是要回到日头村，因为这儿是生你养你的地方！现在日头村遭人欺负了，你是我权桑麻的亲戚，你不上，谁上？党和人民需要你呀！拿出'文革'那时候的气概来，威风点儿！"

猴头说："你能代表党？"

权桑麻拍了拍猴头的肩膀，说："我是日头村的党支部书记，在日头村，我能代表党，我说话，就是党说话，你听我的，就是听党的。你听我的，就是改邪归正，大有前途！"

猴头倔倔地说："我不是党员，你管不了我！"

我急忙替猴头开脱："亲家，你就看在咱两家是亲戚的分儿上，别指望他了。"

权桑麻辩解说："正因为是亲戚，有好事才想着他呢。"

我解释说："打架斗殴的事，他干不了，他已经从善了。"

权桑麻眼珠一瞪，咬牙切齿地说："我看你们爷儿俩，是昏了头了，善恶不分。要知道，女人从善裤带松，男人从善总受穷。你们就想这么穷下去呀？"

我叹道："咱农民就是穷命脑袋哩。"

权桑麻咧了咧嘴巴，急了："娘个×的，你们咋就榆木脑袋不开窍呢？这次整治了袁三定，挤跑了这个臭资本家，披霞山矿就是我们日头村的了。那可是一座金山啊，你我都有份儿！"

猴头说："有我啥事儿啊？我就是个在城里打工的。我汗珠子摔八瓣，挣的每分钱都踏实。"

权桑麻眨了眨眼睛，瓮声瓮气地说："富贵险中求。你搬泥板砖能挣几个钱？你做百鸟床能挣几个钱？眼下村里正缺人手，正缺你这样能打能拼的人手。我先给你三万进兜，事成之后再给五万，谁让咱两家是亲戚呢！"

猴头扛不住了，脸上的肌肉在哆嗦："八万？"

权桑麻一声冷笑，点点头。

猴头犹豫了一下，咬牙说："娘的，我干了！"

我黑了脸说："猴头，你可得想好了，别后悔，你手里已经有人命了，别再出人命啊！"

猴头说："爹，我干了。我老婆抽羊角风，正等着用钱呢！"

权桑麻一拉抽屉，拿出三沓钞票，往桌子上一放，说："记住，男人的实力，就是你兜里的人民币。"他又托起钢管，递给猴头。猴头接过钢管，又拿起钞票，想往口袋里装。没想到，这事三锤两棒就定了。我喊不出来，像被鬼掐了喉咙。权桑麻诡秘地说："为防止走漏风声，咱们提前行动，你先把钱交给你爹吧！"猴头把钱交给我，我的手一软，钱掉在了地上。猴头又把钱捡起来，说："爹，没事，真有事，权支书给兜着呢，这钱赚得容易。"我说不出话来，拿着钱在那儿站着。权桑麻说："国金，送你老丈人到宾馆休息。亲家，踏踏实实睡觉，啥事都没有。"这座办公楼，有一层是宾馆。权国金送我上去，我担忧地说："姑爷，可千万别出啥事啊！"

权大树说："您放心吧，有我爹做总指挥，出不了事。"

权国金依旧没有说话。此刻他心里想啥呢？

在宾馆里，我心中惴惴不安，眼皮突突地跳，担心猴头出啥大事。猴头真是个见钱眼开的玩意儿，我在心里骂着这个蒸不熟煮不烂的东西呀。我想回家，刚打开门，就见走廊尽头站着两个保安，连我也被软禁了。我想给金沐灶打个电话，告诉他这里的情况，可是我没拿着手机，咋打呀？

我急得抓耳挠腮，打开窗子，想往下跳，这里是三楼，下去非死即残。可我不能眼睁睁看着出事啊！看到外墙有根雨水管，我想顺着管子爬下去。我把三万块钱揣好，就攀上了雨水管。我两手死死抓住雨水管，一点儿一点儿往下出溜，一会儿就溜到了一楼。就在我要往下跳时，我听到了掌声。

我回头一看，糟了，那两保安在地上等着我呢！我悄声说："兄弟，行行好，让我回家吧！"

俩保安阴着脸没吭声，又把我拽回宾馆，把我塞进了被窝。

我只能歪着身子躺着，屈着腿眯着眼，装睡。睡不着啊，往外一瞅，日月同辉了。据我的经验，日月同辉，村里准出大事。外面乱哄哄的，像是旧社会闹土匪。我瞪眼到天亮，俩保安早走了。我听见大喇叭里的吵闹声。我脑子嗡嗡响，到底说的啥，我一句没听清。我一骨碌爬起来，就往矿上跑。这一夜，到底发生了啥呀？

我跑着，还有人在跑。人家说，你家猴头挨打了，头破血流，被人送回家了，快回去看看吧！

我的头嗡的一下，急忙掉头往家跑。到了家里，就看见猴头在炕上躺着，头上缠着纱布，纱布上渗出了血。腿上还有多处伤，青一块、紫一块的。菜花一吓，抽了羊角风。我和老婆掐菜花人中，她恢复了，抹着嘴角的白沫说："爹，猴头带着几个壮工，推着杜老七和几个伤工去讨要医疗费，结果和铁矿的保卫处长大国等保安打了起来，被人家扣了，遭了毒打，最终还是被乡亲们抢回来的！"

猴头的脑袋被打破了，成了一个血葫芦。

猴头断断续续地说，他是开路先锋，就是带着几个人和闹工伤的，去矿上要钱。权桑麻明明知道夜里要不来钱，但这不打紧，关键是闹事，瓦解矿区保安的战斗力，逼袁三定妥协。他们去了，猴头招呼了一声，就被保安拦了，不让进。他们就闹，保安越聚越多。保安队长大国来了，劝猴头他们七八个人回去。猴头大喊一声："不给钱，就打！"眨眼工夫，噼里啪啦一阵响，几个人从车上拿着钢管，朝着保安猛抡，一口气就把五六个保安打倒了。后来，大国叫来了矿工，呼啦啦围了过来。猴头他们跑不了了，只能认杀认剐。

我跺脚大骂:"权桑麻,你不是个好东西!还让不让人活了!"

猴头和几个人被关了,就在燕子河边的旧厂房。大国手黑,叫几个保安轮番打,问是谁指使的。没人说,继续打。大国本来就是打架出身,犯故意伤害罪蹲过监狱,还当过牢头,出来不久,就被人找来当了保卫处处长。猴头等人被折磨得声声惨叫,都没说出背后指使,因为他们是领了钱的,不能卖主子。后来,哭喊声被人听见,报告了权桑麻。听说,权桑麻也不急,等十个脚指头的脚气全抠透了,才缓缓穿上鞋子。他去村部,打开喇叭,对着全村说道:"乡亲们,咱们村杜老七等几个人去矿上要工伤费,被矿上扣了,矿上往死里折磨他们,没这么欺负人的!咱们家家出人,到矿上去讨个说法!"

开始三三两两,后来,人们就潮水般往矿上涌。

村里的大部队一到,权桑麻亲自出马将猴头他们救了出来。

猴头侥幸地说:"爹,权桑麻不是善茬儿,他明知道我们去准吃亏,偏偏让我们做敢死队,有了我们遭殃,他就能鼓动大批群众,到矿上闹事,闹更大的事。"

我骂完了矿上,又骂权桑麻。我只能在家里骂。

老婆扇了我一嘴巴:"就家里的本事,找权桑麻当面骂去!"

我惊呆了。我老婆头一回扇我,腮上火辣辣的。我蒙了半天,急忙把三万块钱掏出来,放在猴头身边,说:"留着治伤吧。"猴头断断续续地说:"爹,权桑麻还欠咱们五万呢,你得给我要回来呀!"我可怜地说:"幸亏没给你二十万,要是那么多,就有埋葬费了。"猴头忽地想起啥,挣扎着爬了起来。他想了想说:"不中,我还没接到权桑麻撤兵的命令呢,我还得回去,要不他不给我钱。"我骂:"你他娘不要命了!"他挣扎着站起来说:"爹,我吃了止痛药,我这浑身是伤,站在队伍里能激起民愤,要不然,权桑麻就不给我那五万块钱了。"

猴头晃晃地,执意要走。我、老婆和菜花劝不住,我只能把他扶上农用三轮车。

十月十九,披霞山是个被鲜血染红的日子。日头村的百姓疯了,他们在权桑麻的召唤下,呼啦啦向铁矿扑去。他们有的拿着棍棒,有的拿着砍刀、斧头,他们被发动起来了，就像一堆干柴，等待着烈火的燃烧。权桑麻点燃一根火柴，扔在了干柴上。

人们将矿山包围了，领头的是腰里硬的儿子蝈蝈。我一看这就是权桑麻布的阵：猴头是先锋，蝈蝈负责决战。可他为啥不让自己的两个儿子上啊？

蝈蝈站在一辆车上，拿着喇叭高喊："乡亲们，矿上太欺负人了，他们抓了我们的村民，不仅实施非法拘禁，还进行了严刑拷打。大伙看看，汪猴头、杜老七，他们都受了重伤啊！现在他们的身上还在淌血。他们是和我们喝一口井水长大的乡亲，伤在他们的身，疼在我们的心！为了夺回我们的家园，为了夺回我们的披霞山铁矿，乡亲们，冲啊——"

猴头、杜老七和几个受伤的乡亲，躺在木板上，被乡亲们抬着冲进铁矿。他们的后面是乌泱乌泱的人，像汛期决堤的燕子河。人们把汽车推翻了，点了，火焰飞舞，噼里啪啦地爆响。村里人见了穿制服的保安就打，保安不禁打，屁滚尿流。只有保卫处处长大国不信邪，还挥舞着警棍，显得有些滑稽。顷刻间，大国就躺倒在人们的棍棒中。

我的裤裆热乎乎的，吓得尿了裤子。

汽车被推翻，轰的一声着了火，浓烟滚滚。有人抱着血糊糊的脑袋，从我身边跑过去了。这天底下最可怕的是啥呀？民意！权桑麻就是这样利用民意的。我的两腿站不住，抖个不停。我强撑着往边上溜，若是我倒下，就会被几百只脚踩死。到处都是喊打声，到处都是械斗的吭吭声响，到处都是烟尘，到处都是火光，烟气腾腾，呛得我连连咳嗽。

后来，我听见嘭嘭的枪声。械斗止住了。

我跑过去一看，警察来了，朝天放枪，人都怕枪子，纷纷扔了家什撒腿猛跑。清扫战场，不得了，闹出人命了，死了两个：一个是日头村村民六子，一个是铁矿的保卫处处长大国。

警察来了就抓人，村里人跑的跑，散的散。只有蝈蝈留下了，蝈蝈脸上都是血道子，他是红脖汉，勇敢地说："抓我吧，我是挑头的。"后来，警察又抓了四个，不知为啥，没有抓我家猴头，这让我心里蹊跷。

金沐灶和警察是脚前脚后到的。金沐灶见我像狗一样蜷缩在角落里，身子还在筛糠，就把我拽了起来，他问："你跑来干啥呀？"我说："我是看着猴头来的。"

金沐灶叹息说："我就知道，猴头又当炮灰啦！权桑麻是幕后推手。这个老狐狸，尾巴尖儿都白了。走，跟我找他去！"

我的身体又抖成一团，不敢去。金沐灶不说话，自己去了。

后来，听金沐灶说，他和权桑麻拍了桌子。权桑麻说："这是民意，民意不可违呀！你姐夫八千万买的矿，半年之后就变成二十个亿，凭啥？不是我眼红，是乡亲们看不过眼。民意来了，就像滔滔洪水，谁也挡不住。"金沐灶说："你这是强奸民意，践踏法律！你鼓动村民闹事，闹出了人命，你要对这场事件负全责！想当初，发现披霞山有铁矿，没钱投资，是你和李县长求我把袁三定找来的，白纸黑字的合同就是法律，谁都不能单方面撕毁。若是嫌承包金少，可以让袁三定追加。可你作为村支书是咋做的？想一夜之间赶走投资商，将铁矿占为己有。你黑了心肝，简直无法无天！"

权桑麻不示弱，他根本就不把金沐灶这个小乡长放在眼里。他说："我就是占了这个矿，也是带领村民共同致富，创建全县唯一的亿元村，让老百姓过上好日子，何罪之有？"金沐灶说："出了两条人命，你敢说跟你没关系？谁也没有权利剥夺人的生命！"权桑麻吼："娘个 × 的，日头村和披霞山是老子的地盘，就得我说了算。鸡下头蛋还带血呢，我们农民，两手空空，白手起家，原始积累能不血腥吗？我承认，这是钻空子，可钻空子也大有学问，就看你会钻不会钻了。"权桑麻笑了，笑得好没廉耻。金沐灶看不下去了，抄起桌上的烟灰缸砸了过去。权桑麻一闪，烟灰缸砸到了墙上，墙上挂着权桑麻的书法：厚德载物。烟灰缸就落在了"德"字上。镜框的玻璃碎了，响声好大。两个保安冲了进来。权桑麻挥挥手，保安退了出去。好一阵，两个人不说话。

金沐灶转身走了。

两边械斗的时候，袁三定不在场，他在美国。

权桑麻可能知道他在美国，正好乘虚而入。矿上主事的是狗子，常务副总。狗子也是日头村人，原来是倒腾铁粉的，由于跟袁三定很谈得来，袁三定就叫他当常务副总。狗子厚道，对袁三定很忠心，袁三定就把矿山交给了他打理，自己不常来。见有人要侵占矿山，狗子急眼了，先是组织保安抵抗，后来又喊来了一批矿工。出了事，狗子才给袁三定打电话。袁三定好像有预感，他很淡定，对狗子说："让他们打砸抢去，有法律在呢。"

我知道，农民最好鼓动，也最不好鼓动。好鼓动就是让他们看见利益；不好鼓动，就是他们看不见利益。权桑麻最会玩儿这个把戏。

袁三定补偿了大国八十万。六子是权桑麻补偿的，给了三十万。六子老婆说："早知这样，还不如帮着矿上打架呢！"

狗子跟我沾亲带故，气愤地说："表舅，我就不明白了，人心咋就黑成这样啦？"

我叹了口气，说："我也看不懂，你好自为之吧。"

狗子说："袁三定没处理我，我心里更难受，我不想干了。"

我愣了愣，问："外甥，三定咋想的？"

狗子摇头说："不知道，听说他在非洲的金矿也出事了，死了好多人，破财呀，乱套啦！"

第六律 大吕

1

菩提树上竟然还有历险。

大雁在我身边吧，老轸头走后，来了个年轻猎人冲着我们端起了双筒猎枪，那一瞬间我惊呆了，血凝住了，还没有来得及起飞，他的扳机就扣响了。我闭上眼睛，耳边嘭的一响，睁开眼睛时大雁中枪落地了（我不害怕，他打不死我）。但这不是好兆头，接着，在菩提树上我就看到村里在办葬礼。由于灵魂升天太多了，这些灵魂许久才能找到归宿。

从村里回来的当天夜里，我最先碰见了腰里硬的所属星宿：亢宿。亢宿在暗夜里闪着蓝光，说明这老家伙没做好梦。我小时候就领教了他的恶毒，他曾扬言要割掉我的小鸡鸡，我不喜欢看他的梦。转了一圈，我忽然看见斗宿星宿闪着橘黄色的光芒。这是袁三定所属的星宿：斗宿。凡是属于斗宿的人遇强则强，遇弱则弱，情绪变化较大，具有突破逆境的力量。斗宿扑面而来，它的光在梦中吹拂、飘散，没有边缘。

事情发生在美国。

袁三定病在美国纽约寓所中，尽管有美夫人碧青相伴但还是经常烦躁，他的脸上带着某种空洞梦幻般的表情。他睡梦中有咂嘴的毛病，咂出孩子吃奶的声音。看他痛苦的样子就知道，他心中肯定有事。袁三定自金淑琴以后又经历了两次婚姻，除了槐儿，还有两个儿子和两个女儿。

一夜又一夜，他被梦境纠缠不休。这个梦境发生在黎明，这通常是真实的梦境降临人间的时刻。先是出现了状元槐和天启大钟，慢慢演变成了魁星阁，魁星阁上空飞舞着一只红嘴乌鸦。红嘴乌鸦飞走的一刹那，一片云彩盖住了魁星阁，魁星阁瞬间变成了纽约那尊著名的自由女神像（前不久我的幻觉就出现过自由女神像，或许由于陌生而不曾留意）。这太不靠谱了，这种毫无依据的转换，让我很长时间都对这个世界迷惑不解。

袁三定的病还没有痊愈，就约见了一个叫弗雷德里克·奥古斯特·巴托尔迪的客商。

那天中午，袁三定与巴托尔迪见面的地方是曼哈顿中心的一家弥漫着玫瑰芳香的咖啡厅。袁三定本来想在他的世贸大厦办公室见面，为了不让他手下的员工看见他病态的样子，他选择在了曼哈顿的卢碧咖啡屋。他非常注重仪表，酷暑天气仍然西装革履风度翩翩。舒缓的音乐氛围里，他们的谈话内容却非常残酷。袁三定与巴托尔迪在非洲的合资企业卡利登金矿出现暴乱。一个叫劳拉的黑人成为劳工领袖，他带领三千多工人罢工。袁三定和巴托尔迪商议谈判对策，几次谈判无果。一天黑夜，劳拉带着工人砸厂房设备、火烧汽车，遭到军警的镇压，三百多黑人工人死亡。政府封锁消息，用火车把工人们的尸体运往树林里，挖了三个大坑掩埋了。一个叫劳丽达的黑人女孩是劳拉的妹妹，她手举着火把向警察的枪口冲过来。子弹从劳丽达的前胸打进去，从后背穿出来，血，到处都是血。一切都混乱不堪。枪声零零落落消失在很远的地方。自从第一声枪响之后，袁三定就知道大事不妙。紧接着，那些责难比龙卷风更加猛烈地向袁三定所属公司涌来，弄得他狼狈不堪，几乎天天都在逃避媒体的追踪。

巴托尔迪情绪非常低落，微笑也很勉强："袁先生，悲剧还是发生了，工厂停产了！"袁三定目光忧伤而沉重，声音沙哑地说："听说这些以后，我就病了，病得很重。为什么会这样？"

巴托尔迪沉思着说："这是种族仇恨的根源，但更多是利益争夺。"

袁三定感叹地说："这个可怕的事件其实在五月前就出现端倪。我们的弱点是存有侥幸心理。这是人的劣根啊！"

巴托尔迪埋怨说："年初，董事会上我就提出 B 计划，你就是不听我的，现在说什么都晚了！"

袁三定皱着眉说："我有错，但是还要看到，由于他们的狭隘，他们死得毫无价值！"

巴托尔迪说："没价值？那是你的看法。当地人把劳拉兄妹当成英雄。"袁三定沮丧地叹息着，没有搭话。

过了一会儿，巴托尔迪嘴里嘟囔说："这下你死心了？"

袁三定愤怒地吼："他妈的，我死什么心啊？"紧接着又急忙改口，"对不起，巴托尔迪先生，我不该说粗话。请你原谅，我的压力太大了，因为我在中国日头村的披霞山铁矿也暴乱了，同样也有死亡！"

巴托尔迪睁大了眼睛："怎么会是这样？这是巧合吗？"袁三定说："不是巧合，是必然！资本竞争就是血淋淋的呀！"巴托尔迪摊开双手说："袁先生，我们都是生意人，都懂资本的游戏规则，资本分善意资本和恶意资本，其中恶意资本就含有被掩盖的暴力，戴着伪善面具的恶魔吃人更凶。我们不能要恶意资本，不能当这样的恶魔。"

袁三定被他说愣了，久久才说："你的意思是？"巴托尔迪说："请你不要再给卡利登当地政府施压了，那样会更无法收拾。只有放下非常手段，才能打破资本的恶性循环，我们要善意资本！"

"谁他妈不想要善意资本？谁他妈不想干干净净地挣钱？"袁三定终于怒吼了。巴托尔迪无奈地摊开双手。袁三定喘着气稳定了情绪，过了一会儿，他摆了摆手（尽管他一再拒绝，但他其实是着了迷），巴托尔迪悄悄离开了。

袁三定长久地闭着眼睛，他嘴里喃喃地说着香港、南非卡利登、德国鲁尔、哈萨克斯坦、中国日头村、秘鲁铜矿，他念出的每一个地名都有他的产业。他脸上表现出不念旧情的迹象，现在看来他什么事都干得出来。

隔了几天，亢宿开始闪光了。

雷雨天气，突然响起一个炸雷把夜的平静弄得七零八落。袁三定想起自己刚刚回日头村开矿的情景，村人唱评剧欢迎他的到来，他是那般荣耀。金沐灶还在乡政府当官，他走到哪儿金沐灶就陪到哪儿。权桑麻对他更是笑脸相迎，他对儿子权大树说："带他找个娘儿们爽一爽！"可是在很短的时间内就暴露了他并非是报恩的救星而是掠取财富的商人。山林破坏了，石粉飞扬。村人将他视为贪欲与堕落的传播者。杜伯儒发表神秘预见："有疯狂的老板就有疯狂的工人，有疯狂的工人就有疯狂的隐患。看吧，没多久就该出大事了！"今天果然应验了。

袁三定驱车去了自由女神像前。

天空浮了乌云，偌大的天空一点儿光亮都没有，灯光闪烁，自由女神像好比潜伏在黑暗中的花朵孤寂而美丽。滚动的雷声过后，暴风雨即将来临。袁三定一直站在自由女神像前，等待着突然袭来的暴雨……

自由女神像高大、丰满、充满力量和智慧（这个场面，让我过目难忘甚至震惊不已）。袁三定犹豫了一下，还是开口说："神，我碰见难题了，可以说是四面楚歌。南非卡利登和中国日头村的企业同时出事了！您能帮助我化解灾难吗？"

自由女神说："请继续说下去吧。"

袁三定神色冷静，甚至还有不可侵犯的傲然："这是战争吗？不，我是开发资源。开发等于掠夺吗？掠夺必然发生战争吗？我不这样理解。先不说南非卡利登，我对日头村是有感情的，当初投资，我是被当地政府和百姓敲锣打鼓迎进去的。我也不想与他们冲突，因为那儿有我哥哥的坟墓，有我的初恋，有我的儿子，有我的小舅子，我跟他们相处很好，我要让那里的百姓富裕起来。难道我的想法不对吗？"

自由女神说："作恶者怕地狱当真，行善者怕天堂有诈。你是投资，你是创业，但在当地人眼里，你不是创业，你是掠夺他们的资源。其实，这是一个圈套，你自己投进了罗网。既然进去了，就不要抱怨，不要害怕。"

袁三定问："您说我是好人，还是坏人？"

自由女神说："你是一个商人，无所谓好人坏人。还可以说，你是一个富人！"

　　袁三定焦虑地说："要我说，一个国家只有保护富人，穷人才能变富。美国人懂这个道理。我的披霞山铁矿在中国日头村，那里有个强人叫权桑麻，他不懂这个道理，他还是老思维，他认为只有打倒富人，穷人才能变富。这不是仇富是什么？可是，谁愿意自己的孩子心中充满仇恨？但权桑麻却在教唆仇恨。"

　　自由女神说："只要有爱，仇恨最终会化解的。有死亡吗？"

　　袁三定向自由女神倾诉衷肠："南非那边伤亡惨重，日头村死了人，农民对我的仇恨让我看到了他们的狭隘。我恶毒的同时又带着怜悯的心情对待罢工的农民工。我每天忙忙碌碌，却不能遗忘。我抵抗的同时还默默地对自己说，日头村是我的第二故乡，那儿是我下乡插队的地方，还有我的亲人，忍了吧，从了吧。我忍啊退啊，被逼到悬崖，但还是招来了血与火的灾难。"

　　自由女神手臂伸向黑暗的天空，面色严峻："那是毫无意义的杀戮，谁都没有权利结束他人的生命。人人都有追求自由的权利，不管什么情况，都不能杀人，只有上帝才能惩罚人，杀人的人会遭到报应。"

　　袁三定声如洪钟地说道："神，我想到了老轸头亲口说的附在我身上的十二个魔鬼要敲十二律的钟声驱除。赶紧回日头村清除吧！请女神原谅，我以后绝不这样了！我真是财迷心窍了。我们这个大家族都有这样的问题。"（他们这个家族喜欢独裁而善于遗忘）

　　自由女神说："你走吧，走吧！你必须回去，要先到教堂那里忏悔。"

　　袁三定沉吟片刻，声音变得低沉而沙哑："美国人尊重财富，同时也意识到财富带来的责任。所以，美国的慈善比中国要好，比非洲更好，我要到中国到非洲去搞好慈善的事。"

　　自由女神说："前进吧，你终会得救！"

　　袁三定思索着，突然，自由女神高举火炬迈着巨人般的步子奔跑起来，白色探照灯照亮了她的脸。她奔跑的脚步竟然发出天启大钟的声音。

　　钟声响了，声音沉远：咚！咚！咚！

2

没几天，我听说狗子也被警察抓了。

狗子进了公安局，袁三定从美国飞了回来，直奔披霞山。袁三定见了金沐灶。铁矿就在日头村，他不想与老百姓弄僵，更不想得罪权桑麻。据说两人见面后，就吵了起来。金沐灶要他起诉权桑麻，把受蒙蔽的乡亲与权桑麻区分开来。袁三定猪油蒙心，他就是为了赚钱而来的，睁一眼，闭一眼，但凡能过得去，何必较真儿呢！两个人拢不到一块儿，一拍两散。

金沐灶找我喝酒，我俩脱了鞋坐到炕上。他心里有一块很大的石头，他想把它泡软、浸开。他说，披霞山出了这么大的事，作为乡长，他脱不得干系，已经给上级写信，请求处分。他回忆自己这些年的经历，就是和火苗儿在一起的时候最美好、最开心。最不遂心的就属官场了，自己想干的事，都没干好，事事碰钉子，处处有陷阱。他说，最讨厌袁三定了，为了赚钱，不择手段。连大国这样有前科的人都敢用，而且还给他安排了保卫处处长。狗子也不是省油的灯，天生的奴才。我说，我看人家最会用人，一个敢拼命，一个守财奴，身边有着哼哈二将。我听着烦，闷闷地喝酒。

金沐灶说："轸叔，您说袁三定和权桑麻是啥关系呢？"

我望着金沐灶，瓮着声骂了句："啥关系？狗扯羊皮，谁也离不开谁。袁三定在日头村的一亩三分地上开矿，不敢得罪权桑麻，打碎的牙往肚里咽，不过，他还咽得起。权桑麻明知赶不走袁三定，但也要给他点儿颜色瞧瞧，从中捞回利益。袁三定从此就知道在人屋檐下，肯定得低头，拿钱把事儿摆平。"

金沐灶说："我觉着，这一回，权桑麻是赢家。"

我的脸色白一阵黑一阵，鼻孔里冲了横气，说："咱俩想到一块儿去了。"

披霞山事件，果然朝着我预想的方向走了。

权桑麻和袁三定喜洋洋地出现了，他们扭起了秧歌，两人都穿着大红的唐装，手里舞着大红的扇子，像飞舞的硕大蝴蝶。那是在械斗后的第七天，两个人出现在了日头村文化活动中心的开工仪式上。

权桑麻和袁三定互相夸奖，唱起了双簧。这项工程是由袁三定捐款。好多村民都参加了，权桑麻和袁三定都讲了话。权桑麻说："袁三定先生是一位著名爱国企业家，他对日头村这片土地有着深厚的感情，他深深爱着这里的人民……"

后边的，我没记住，反正都是好话，但却像悼词。

袁三定咳嗽一声，说："我是日头村的知青，也是日头村的姑爷，我热爱日头村，非常尊敬全国劳动模范、日头村党支部书记权桑麻……"

真肉麻呀，我听不下去了。这俩人唱的是哪一出呢？那么多百姓，流了那么多的血，换来的竟然是这？就在他俩演戏的时候，传来了阵阵哭声。哭声是从大国家和六子家飘过来的。

也许有人已经把他俩忘记了，我却忘不掉这两个人的脸。

我想，建村文化活动中心，当然不是权桑麻的真正目的。这不过是挡一挡村民的嘴，真正目的是啥？我也闹不清楚。但可以认定的是，乡亲们盼望提高铁矿承包金的事没影儿了。

夜色迷蒙，我睡不着觉，就坐在状元槐下，一根接一根地抽烟。我看看漆黑的天，看看漆黑的老槐树，看看漆黑的大钟，我的心里也是黑的。天地之间，只有我的烟头在亮着。我想，这么多年，日头村出了多少邪事啊！我们农民，咋往前奔啊？往哪儿奔啊？

我搜遍肚里的拐拐角角，得出的理由却不充分。

前面过来一辆车，射出的光柱贼亮贼亮。

车到老槐树下停了，看出是权国金的车。权国金从车上下来，拎了个手提袋，奔我的小屋去了。我喊了一声："国金，我在这儿呢！"权国金就过来了。权国金说："爹，我给您买了件皮坎肩，您穿上吧。"权国金把手提袋递给我，我接了，感觉软软的，一定是好皮子。权国金转身要走，我问了声："那事，就这么完了？"权国金一愣说："啥事啊？"我直截了当地说："就是你们和袁三定矿上的事。"权国金说："就算握手言和了吧。袁三定答应我多入股了。过去我们只有百分之二十，这一闹，到了百分之四十。"我问："那得入多少钱啊？"权国金说："我们有钱，也不多要，百分之三十的钱，还有百分之十是干股。"这我可不懂，就问："啥是干股啊？"权国金说："就是不投资，干拿钱。"权国金似乎察觉到什么，赶紧说："您就别打听了，千万别跟外人说啊！"我晃了晃头，擦了擦眼睛。

权国金开着车走了，天地又陷入黑暗。烟头是亮的，一闪一闪。我愤愤地说："黑呀，真他娘的黑呀！"

天亮的时候，出现了一桩怪事，天启大钟自鸣了！

那钟声，比我用轸木敲得响，忒响了，我的耳朵都要震聋了。我看着那口大钟，纹丝不动地挂在那里，却响声震天。

听到钟声，最先赶过来的是金沐灶。金沐灶看着大钟自鸣，惊得张大了嘴巴，愣在了那里。等又一拨人赶来时，钟声停止了。

人们问我："老轸头，你吃了啥好东西贼劲儿真大，把钟敲得这么响？"

我就咯咯地笑，不想告诉他们大钟自鸣的事。再说了，你就是告诉人家，人家信吗？

人们都走了，就剩下了我和金沐灶。

金沐灶问："轸叔，到底咋回事啊？"

我摇摇头，说："谁知道呢！这大钟，在你爹坟里自鸣过一回，这是第二回了。"

金沐灶说："是啊，大钟是有灵性的。这是敲给我听的。"

我从金沐灶嘴里得知，袁三定是个纯粹的商人，盘算得比谁都精。他最熟悉权桑麻了，不想跟他打交道，就买下了他的股权。但权桑麻看到袁三定大把大把赚钞票时，又后悔了。他导演了一场流血的械斗，最终反败为胜，成为赢家。为了钱，袁三定宁可与魔鬼打交道，也绝不退出。能忍下这口气的人不是凡人。

这一天上午，火苗儿告诉我，袁三定和权桑麻正在举办一个合同签字仪式，地点就是一家酒店的小客厅。袁三定带着两个秘书，权桑麻带着两个儿子。先签字，后喝酒，菜很丰盛，后来听说是三万元一桌。这时，金沐灶突然出现了！我也不知道他哪儿来的消息，反正他就站在了袁三定和权桑麻的面前。袁三定和权桑麻都愣了。袁三定尴尬地一笑，站起来说："沐灶来了，坐下一块儿喝点儿。"金沐灶看都没看袁三定。权桑麻黑了脸，问："娘个 × 的，你来做啥？"金沐灶愤怒地吼道："我看着你们搞啥见不得人的勾当！自打械斗之后，原来是仇敌，突然变成了朋友，这正常吗？你们在这儿肥吃海喝，有没有想过，几天前因械斗死去的人？有没有想过，那些受伤的群众？有没有想过，那些被关起来的弟兄？你们太无耻了！"

哗啦一声，金沐灶掀翻了桌子。五颜六色的菜汤洒在袁三定和权桑麻的大腿上。袁三定愤愤地骂："金沐灶，你疯啦？"

权桑麻吼道："娘个 × 的，别看你是槐儿的舅舅，我翻了脸，照样有办法收拾你！"

事后我问金沐灶："你咋知道他们在那里签协议呢？"

金沐灶愤愤地说："那天晚上，权国金给您送皮坎肩的时候，我正巧就在附近。我听到了权国金跟您说话。我一听，就明白了，权力跟资本合谋，坑害的是老百姓。我瞄着他们的动向，跟进了大酒店。"

我说："唉，这一下把你姐夫和权桑麻全得罪了。你六亲不认，往后咋办？"

金沐灶说："眼下，我的人生面临着一道弯，我不想转过去，那就直行吧。"

我听着糊涂，问："啥拐弯直行的？"

金沐灶说："拐弯就平安了。直行可能是沟沟坎坎，也可能是万丈深渊。"

我不解地说："拐个弯有啥难，又何必呢？"

金沐灶一脸的沉思状，轻轻地说："拐个弯，我就和这帮人渣走在一块儿了。我鄙视他们，打心眼儿里鄙视他们！一股清流，咋肯跟污浊流到一块儿？"

金沐灶说这番话的时候，慷慨激昂。

此后，金沐灶一连在家里闷了三天。

但最后他还是站了出来，揭露了披霞山铁矿事件的真相。

披霞山的事被兜了底儿，世人震惊，其强度比械斗还地动山摇。日头村晃了三晃，人们目瞪口呆。我听了两条腿哗哗直抖。人们大骂袁三定没良心，还骂权桑麻不是东西，两头狗扯羊皮。人们背地里骂得唾沫星子乱飞，却没人敢找权桑麻算账，也不敢找袁三定，人家是外商啊！人们都夸金沐灶是好人，敢于支持正义，敢于为民说话，是难得的好官！

没两天，披霞山铁矿被封了。

大批的矿工回到了日头村，生活来源断了。其中，就有毛嘎子的老爹杜老七。是谁让他们没了收入？当然是金沐灶。没有他的揭露真相，披霞山铁矿能停产吗？他们能失业吗？能没钱赚吗？想到披霞山事件被揭露前，多好的日子啊，有班上，有钱赚，这样的日子，说没就没了。金沐灶断了乡亲的财路，大伙找你算账，天经地义！

这天早上，人们呼啦啦冲进金沐灶家的院子。一声声高喊："金沐灶出来！金沐灶，你还我工作！"

这是金沐灶的非常时期，他不在家，住在乡政府里。我远远地瞅见张慧敏走出来，不知如何是好。有人问："你儿子呢？"张慧敏说："没在家呀。"有人就喊："把你儿子交出来！"听到嚷嚷声，我撒腿就跑来了。我挤到队伍前面，说："大伙静一静，听我说，不要难为老太婆。金沐灶把披霞山的事揭了盖子，你们不是挺拥护的吗？他是为了乡亲们的利益啊！"有人急了，大声说："我们要求上班，没钱活不了！"

人们还要往前闯，我抡起轳木喊道："我看谁再向前一步？金沐灶是公家的人，他没在家，大伙散了吧！"

呼啦啦，人散了。不一会儿，又聚了。有人挑头，他们呼呼地去了乡政府。

我替金沐灶捏了一把汗，这小子忒嫩哩，他没想到，乡亲们的唾沫星子飞向了他。他的初衷，不是为了乡亲们的利益吗？金沐灶糊涂了。对着乡亲，他嗓子喊哑了，解释来解释去，乡亲们都听不进去，人们只认钱。

金沐灶急火攻心，吐一口血，晕倒在地。乡亲们吓住了，纷纷散去，还有些人幸灾乐祸。

我红着眼睛，头疼得跟劈开似的，叹道："金沐灶，你个傻蛋啊！"我骂着，还是招呼人，将他送到乡医院。

上面下了令，免了权桑麻的日头村支部书记，但还是村里钢厂的董事长，这个免不掉。有人放出风来，谁当书记也得听权桑麻的。免了职，权桑麻就在家里待着，听皮影，听评剧，抠脚泥。

村里人为权桑麻抱不平，家家户户都去看他，有人拎了一篮子鸡蛋，有人拎着两包点心，有人带了两瓶酒。还有的，掏干的，五百、一千的都有。人们都在安慰权桑麻。有的说："放心，我们还听你的。"有的说："权支书，你忒累，为乡亲们操碎了心啊！上级让你养两天，这风头过了，还得为你官复原职。"更有人说："权支书是全国劳模、人大代表，您是人民功臣，日头村的江山是您打下来的。如今还整冤假错案，我们到县城、省城、北京给您喊冤去！"

权桑麻眼睛红了，连连给乡亲们作揖："这情，桑麻领了！"

一连几天，权桑麻家走马灯似的，进进出出，热闹非凡。权桑麻挺享受，他家里摆满了东西，一堆一堆的。比小卖部的货还多。他眼睛一亮说："轸头，看见没，这是啥？"我说："吃的，用的。"权桑麻咧咧嘴，说："不对！这是民意，这是民心所向啊。"权桑麻说话的时候，脸上的肌肉在跳。这些年，权桑麻做的那些个事，好事、坏事，他紧紧攥住的就是四个字：民意、民心。有了这，他既能做好事，又能做坏事，啥都能做成。我心中好糊涂，民意、民心，你是啥东西啊！

腰里硬来了，弄了几捆子挂面。

腰里硬一进屋，就给权桑麻跪了。这号人，我没拿正眼瞧他。腰里硬见了权桑麻就腿软，这些年也不知给他跪了多少回，可他见了百姓，三句两句，就抡皮带。权桑麻坐在热炕头，不下炕，就像不能离开龙椅。他微抬眼皮，咳嗽一声："起来吧！"腰里硬说："叔，家里没啥东西，就只有几捆挂面，别嫌寒酸啊。"权桑麻说："一根挂面也中，就是一份心意。"我有点儿不怀好意，讥讽地说："是一份民意。"权桑麻哈哈一笑，得意地说："对，轸头说得对，一份民意啊！"腰里硬哭了："叔，养儿为防老，我就蝈蝈这么一个孩子，你可得把蝈蝈捞出来呀！我和蓝串儿还得靠他啊！"

权桑麻大声说："娘个 × 的，省几滴猫尿，这事我比你还急。蝈蝈这孩子像我们权家人，能挑大梁，敢打敢拼，英勇啊！你放心，我一定先把蝈蝈捞出来，就算我进去，他也要出来！还要给他一个一辈子不愁吃不愁喝的差使。腰里硬，你到公司财务再领五万块钱，先花着。我不能让英雄的家属，流血又流泪呀！"

腰里硬千恩万谢，走了。

权桑麻人在家里，手没闲着，一只手抠脚泥，一只手打手机。我后来知道，他始终盯着矿山复产的事。村里人探望他，来得差不多了，他走出家门，坐上奔驰车，走了。权国金偷偷对我说："我爹和袁三定去北京了。"别看权桑麻老了，可还通着天呢！

几天后，披霞山铁矿复产。跟过去一样，还是一样的承包金，还是一样的投资比例。而且，蝈蝈等几个闹事的，都释放回家。金沐灶，你豁出去揭露真相，等来的就是这个结局呀！

铁矿复产这天，金沐灶受到了处分，行政记大过。这一天，金沐灶递了辞呈，他拎着行李箱，头也不回地走了。

我知道金沐灶在跟自己较劲儿。他在官场是个耿直人，上面瞧不上，下面不待见，他的正义之举，换来的是乡亲们的谩骂。金沐灶把披霞山的事捅出去，搞得上级很被动，领导震怒。我听说县委书记、组织部长都找他谈过话，当他是人才，使劲儿挽留。金沐灶的回话毫无余地："我这人不适合当官，还是回村当百姓吧！"

披霞山铁矿复产了。

日头村放鞭炮，扭秧歌，全村人都去看热闹。矿上摆了流水席，谁来都可以吃，白酒啤酒红酒随便喝，比投产的时候还热闹。我没去，那酒我咽不下去。我替金沐灶难过，眼泪顺着鼻子流下来。

那一天，吕富仁教授从北京来看金沐灶。我知道，金沐灶在位的时候，吕富仁没理他。吕富仁不愧是哲学家，他笑着说："人一旦当了官，跟哲学就没啥联系了。官场思维，说简单就简单，聪明的，隔着一层纸，一捅就透；说复杂，也复杂，耿直的，隔着一座山，爬不过去，指不定哪天就翻船。"

我和金沐灶都静静地听着。

吕富仁继续说："有的人进了官场，就变成了聪明人，但这种聪明人是少人味儿的。我没想到，你金沐灶是个例外。更没想到你离开了官场，所以我主动来看你。"金沐灶笑了，他没想到，吕富仁竟然赞成他的选择。

当初，县长答应金沐灶，只要把袁三定请来投资，县里就建魁星阁，那可是拍了胸脯的，结果没个眉目。金沐灶辞了职，人家也与袁三定搭上了桥，金沐灶还有价值吗？

金沐灶去找县长，县长说，财政吃紧，等等，再等一等。金沐灶知道这事彻底黄了。他也知道，跟领导没道理可讲。本来，金沐灶还想另辟蹊径，让袁三定投资，可经过披霞山风波，两个人异常生分了。

铁矿重新开张。隆隆的机器声重新响起，石粉的白烟呛了过来。

袁三定的心放下了，我的心却提了起来。

3

袁三定的亢宿又在闪光了。

我又有机会走近这个富豪的生活。这个时期，袁三定好像得了自闭症，他要去基督教堂。教堂在海边，涛声舒缓而清新，袁三定理了理被海风吹散的头发，看着灌木中盛开着鲜艳的花朵。那一树的繁花像云雾一样，清香的气息笼罩大地。他走进了金色圆顶教堂。

一个神父庄严地问："你信基督教吗？"

袁三定摇摇头说："我不是基督教徒。"神父用询问的目光望着他。

袁三定说了自己的苦衷，然后问："我不明白神灵既然让人生下来，为什么又要折磨他，把他剥夺得一干二净呢？"神父让他回去读一读《圣经》，要学会宽容和忍耐。

袁三定有些犹豫和茫然，心想，灾难的发生难道是我忍耐不够，还是人的贪婪所致？

神父盯着袁三定的眼睛说："在你的后代中将会出现一位传教士。"

袁三定愣了，轻轻摇头："不可能，不可能。"

神父严肃地说："你心中怎么想的就怎么做，勇敢地做，不留遗憾。因为生命短暂，我们要死很久。"

这句话说到袁三定心里去了，他抬起头，心情愉快起来（有时候谎言会给人带来快感)。神父最后还告诉他,拯救你心灵的最好办法就是去敲神钟。

寻找神钟的时候袁三定才知道,世上本没有神钟,他听到了一段激动人心的关于神钟的神话。袁三定突然发现了造钟师手中的一口神钟,这让他惊喜无比。

神钟起死回生的故事让我神往。

我想神钟一定是上帝派来的。从前,纽约郊外一个造钟师为了纪念自己在南北战争中遇难的儿子,耗尽家财造了一口铜钟。造钟师的痛苦和思念都在这口钟里,大钟的神奇力量改变和控制了他的一生。钟不是很大,却是倒挂的,喇叭口朝上,敲钟人越用力声音越小,声音迷幻仿佛让人回到从前的岁月。你若冲着钟祈祷,神钟就会帮助你实现愿望。造钟师希望时光在钟声中倒流,以此唤回自己儿子的生命。

钟铸成了,钟声响了,他的儿子加西亚真的回家了。

造钟师说:"加西亚回来了,我也该走了!"他说话语气平缓,脸上洋溢着发自肺腑的喜悦。加西亚死而复生后变成了另外一个人,粗心而懒散,好高骛远,整天在街上疯玩。父亲为此悲伤而死,他死前偷偷把那座神钟埋葬了。然而,母亲的眼泪和祈祷并没有让加西亚改过自新。一天,他像往常一样在街上玩耍,一个自称是造钟师的人找到他,说是他的叔叔,两人商量去找他父亲的那座神钟。

第二天,造钟师领着加西亚出了城门,走了很远,最后,他们来到一座大山前,只见有一道峡谷将这座大山分开了。

太阳落下去,山脉镶了一道金边。天黑以后点上篝火,山坡上的石屋赫然醒目。造钟师在火上撒了铜粉,同时嘴里念叨着一些魔法咒语,他们面前的地面忽然轻微地震动了一下,最后大山居然裂开了,露出一块方形的平板巨石,石头的正中央有一个黄铜环,拉着这个环就可以将巨石拉上来。加西亚试图逃跑,造钟师一把抓住他,把他一下推倒在地上。加西亚胆怯了。造钟师却和蔼地说:"你不要害怕,只要按我说的去做就能找到你父亲做的神钟。有了神钟我们就能拥有石头下面的一个宝藏。"

一听到有宝藏,加西亚忘记了害怕。他不在乎父亲为唤回他生命铸造的神钟，却希望得到宝藏。他跳进了石洞。找到了那口神钟，钟不是很大，闪闪发光，极为精致。他把神钟提走，然后返回到洞口。

造钟师喊道："快点儿，把钟给我！"加西亚拒绝了他。造钟师大怒起来，往石缝上撒了更多铜粉，嘴里念念有词，于是石头又滚回原来的地方将出口堵死了。

原来，造钟师得知有这么一口神奇的钟，这钟能使他成为世界上最富有的人。当然只有他一个人知道这神钟所在的地方，但必须通过加西亚才能得到。为了这个目的，造钟师冒充他叔叔去找加西亚，打算拿到神钟后把他杀掉。

加西亚被关在山洞里一直待在黑暗中。他在地洞里异常恐惧和绝望，这真是父亲造的神钟吗？怎么跟鬼魂搅在了一起？到处都是奇怪的杂响，难道是传说中的魔窟？后来，他将双手紧紧抱住神钟默默喊着父亲的名字。那是父子有生以来第一次充满人情味的交流。父亲的声音："你可以出去，但是，你不要让我和你母亲失望！"他忏悔地流泪了，发誓出去后一定自强自立。很快，咚的一声，神钟奇迹般地自鸣了。突然，一个身材巨大、面目狰狞的巨神从地上冒了出来，说道："我来听候您的吩咐。"

加西亚哀求地说："我要你把我和神钟带到外面去。"巨神长吼了一声，山石就裂开了，接着他发现自己已经出来了。他背着神钟跑回了家，把发生的传奇历险告诉母亲。母亲抚摩着神钟想起死去的丈夫而悲伤地啜泣了。过了一会儿，加西亚说想吃东西。母亲悲苦地说："我的孩子，家里没有什么可吃的东西了。不过我纺了一点儿棉花，我这就去把它卖了换点儿吃的。"

这时加西亚连忙让母亲把棉花留着御寒，因为他想把那口神钟卖了，忽然他想起那个造钟师的话，神钟能变来珠宝财富。敲了敲钟，说道："给我弄一些吃的东西来！"话一落音，他的面前就出现了十个银盘子，里面盛满丰盛的食物，还有两个银酒杯和两瓶酒。母亲看到眼前豪华的盛宴惊呆了："神钟啊！看来是你父亲保佑咱们母子呢！以后就拿神钟唤吃的。"加西亚想了想说："我要用工作去挣钱抚养母亲，还要让神钟多多唤回人的生命！"母亲欣慰地说："那就让神钟留在我们身边，帮助那些冤死的人回家吧！"后来，加西亚发奋努力，出色地完成了从草根到富豪的转换历程。

加西亚死后，这口神钟就被纽约华尔街一个收藏家珍藏了。

这一个夜晚，星星闪亮。袁三定怎么找到神钟的我说不清，梦中更没有表露过多细节。总之，神钟出现在袁三定面前了。神钟隐藏着明察秋毫的光亮，上面罩着巨大的晕圈，晕圈圆溜溜地转个不停，散发出诡秘的气韵。

袁三定虔诚地跪下了，他双手合十，无比恭敬。他说明了自己的来意。神钟竟然说话了："袁三定，你知罪吗？"

袁三定说："死了那么多人，我知罪。"

神钟不再斥责和埋怨了，只说了一声："去吧，你弃家求神的时候到了，是谁把你囚禁在贪婪里这么久呢？"袁三定忏悔道："我也不明白，是什么把我欺骗这么久啊？我要用行善赎罪。我请求神钟将非洲卡利登和中国日头村的死难者唤回来，我不想让他们死去！"

忽然钟响了。一个个黑色的、黄色的面容从他眼前渐渐鲜活起来。那片开阔田野里有一群灵魂在奔跑。其中，劳丽达手举火把向他奔跑而来——

袁三定应纽约商学院的邀请来讲他的成功史。此前很少有华人登上这个讲台。那天的会场座无虚席，人们在热切、焦急地等待着袁三定做精彩的演讲。当大幕徐徐拉开，讲台的正中央吊着一个金光闪闪的神钟，模样很像美国自由钟的复制品。其实，这就是加西亚父亲铸造的那口神钟。在人们热烈的掌声中，袁三定闪亮出场了。

两位工作人员，抬着一个大铁锤，放在袁三定的面前。

黑人主持对观众讲："请两位身体强壮的人到台上来。"很多年轻人站起来，转眼间已有两名动作快的跑到了台上。

袁三定请他们用这个大铁锤去敲那个吊着的神钟，直到让大钟悠荡起来。一个年轻人抢着拿起铁锤，拉开架势，抡起大锤，全力向那吊着的神钟砸去，咚一声，神钟动也没动。他用大铁锤一下一下砸向神钟，很快就气喘吁吁满头汗水了。另一个人也不示弱，接过大铁锤把神钟敲得叮当响，可是神钟仍旧一动不动。

台下的呐喊声渐渐平息，等着袁三定做出什么解释。

袁三定从上衣口袋里掏出一个小锤，然后认真地对着那口神钟"咚"地敲了一下，然后停顿一下，再一次用小锤"咚"地敲了一下。人们奇怪地看着，袁三定"咚"地敲一下，停顿一下，就这样持续着。十五分钟过去了，二十五分钟过去了，会场已开始骚动，有的人干脆嚷叫起来："这是什么意思？"人们用各种声音和动作发泄着他们的不满。

袁三定仍然一锤一停地敲着，他好像根本没有听见人们在喊叫什么。有一些人开始愤然离去，会场上出现了大块大块的空缺。留下来的人们好像也喊累了，会场渐渐地安静下来。

与这寂静的气氛相反，我心里却是热闹而紧张的。

过了半个小时，坐在前面的一个姑娘突然尖叫一声："哇，钟动了！"刹那间会场立即鸦雀无声，人们目不转睛地看着那座悠动的神钟。

袁三定仍旧一小锤一小锤地敲着，人们都听到了那小锤敲打吊钟悦耳的声响。吊钟在他一锤一锤的敲打中越荡越高，在透明的空气中嗡嗡作响，尾音化为丝丝暖意弥散开来。

我暗暗惊叹着，老轸头虽是敲钟人，但他远远比不上袁三定的耐心和技术。看来敲钟也需要技术，我听见场上爆发出一阵阵热烈的掌声。

袁三定沙哑着嗓音说："一个人要想成功，简单的事情重复做，就会产生累积效应。当一小锤、一小锤的力量积累到一定程度时就会产生巨大的力量让神钟动起来，这就是专注的力量。"

台下一片掌声。

袁三定突然一拉吊钟的钢丝，沉重的神钟啪地坠落下来。嘭的一声巨响，神钟险些砸了他的右脚，他的脚一躲闪，神钟砸在一块石头上。人们惊呆了。石块崩裂高高地溅起来。

袁三定弯腰捡起地上的一块石头，得意地托举着。

台下人一阵惊呼。袁三定大声嚷叫着，重复一句哲人的话："Hewing out of the mountain of despair a stone of hope！（从绝望的大山上砍下一块希望的石头）"

台下掌声雷动。那一瞬间神钟在阳光中渐渐隐没了。

人生如梦般缥缈，人生如戏各自演。袁三定醒来之后，什么都是模糊的，只记着教堂神父对他说的一句话："袁家后代会出一个传教士。"

4

我去看张慧敏，她老了，头发白了，背佝偻了。我给她送去了新擗的玉米棒子和新鲜蔬菜。张慧敏高兴地说："还是老轸头惦记着我。"我其实也没啥事，就是想跟她唠唠。

说到袁三定，张慧敏说："过去，我冤枉了三定这孩子，他还算有良心，常常来看我，对槐儿也很好。"我赞叹了一声："你闺女眼珠没长错，看准人了。"提到金淑琴，老太太一阵长吁短叹："袁家多大的家业啊，她没福消受。这阵子，我常梦见她，在那边过得也不开心。我寻思着，给她烧点儿纸去。"我说："你腿脚不好，就让金沐灶去吧。"张慧敏说："金沐灶歇假呢，他说过几天再上班，他也难得歇着。还是我去好，有些话，我跟闺女当面念叨。"我脱口而出："金沐灶辞职了，你不知道？"

张慧敏耳背，说了句别的。

原来张慧敏还不知道儿子辞职的事，我也不能捅破。我走了，到了院子里，碰上金沐灶回家，他扛着鱼竿，拎着鱼篓，跟杜伯儒去水库钓鱼了。我说："你还真有闲心，咋不把你辞职的事告诉你娘？"金沐灶说："我还不知道咋说。"我想了想说："不管咋说，你得让她知道啊！她是你娘。"

金沐灶钓了半篓子鱼，他留我吃鱼，我知道，他是让我跟他娘挑明。吃饭的时候，我跟张慧敏说："老嫂子，咱们老啦，年轻人有年轻人的活法，咱就由他们去吧！啥都别管，就一条，孝顺老人就中。"金沐灶冲我使眼色。我又说："沐灶懂事，没跟你商量，辞官不做了。回家就一门心思地守着你，孝顺你。"

张慧敏愣住了，呆呆地看着金沐灶。

金沐灶抱歉地说："娘，在官场我混不下去了，您不会不要我吧？"

张慧敏忽地流泪了："都是你那死鬼爹害的你，整天的魁星阁呀，天启大钟啊，金家文脉呀……"

金沐灶说："娘，不能怨我爹，要怨就怨权桑麻。我们金家的悲剧，都是他一手造成的，他是我家仇人！"

张慧敏却轻轻地一笑，说："佛教把仇敌看成是磨炼自己的菩萨。权桑麻就是你的菩萨，好好敬他吧！"说这话时，她眼角挂着泪滴，欲落未落。

我和金沐灶一愣。

张慧敏说："你有你的活法，娘老了，管不动了，也不想管了。"

金沐灶说："娘，我一定会让您幸福的。"

张慧敏抬着脑袋，说："那就赶紧把儿媳妇娶回家！"

金沐灶闷闷的，不说话。

张慧敏瞪了眼睛，说："孩子，当着你轸叔，说句真心话，你是不是还惦记着火苗儿呢？人家闺女是出了阁的人了。天底下，好女人多得是，别在一棵树上吊死，让娘早点儿抱上孙子啊。"

说到火苗儿，我心里别扭，流露出一丝的无奈。我给张慧敏夹了块鱼肉，说："老嫂子，吃鱼，吃鱼。"

张慧敏说："轸头，你看好你的闺女，我看着我的儿子，咱们相安无事。"

我不知咋回答，脸上一阵烧烫。

桌子下，站满了猫，喵喵叫，要鱼吃。我就把鱼头甩给了它们。

听说金沐灶辞了公职，火苗儿很意外，那天，她回家问我："爹，沐灶到底是咋想的？"我说："甭管人家，过好你的日子，少搭理他。"火苗儿响亮地说："他若是当他的官，我就不管他，把他忘了也中。可他官不做了，铁饭碗不要了，心里头有苦衷啊，我能不管吗？"我说："你管不了。"火苗儿说："管不了，我也得问问他。我俩毕竟是从小在一起长大的。"

我找了本评剧剧本《王少安赶船》，手抄的，蝇头小楷，交给火苗儿，让她抄下来。我就是想让她闷在家里，别去找金沐灶。火苗儿稀罕，边抄边哼唱里面的唱词。几天后，她就坐不住了，去了燕子河散心。是散心呢，还是找金沐灶？金沐灶天天在这里钓鱼呢！

后来，有人告诉我，金沐灶在燕子河钓鱼呢。过去是一个人，如今是两人了。我知道，多的那个人肯定是火苗儿。

晚上火苗儿回家，我问火苗儿："听说你钓鱼去啦？就这么个男人，三番五次地甩了你，你还往他跟前凑？"火苗儿说："以前，我只顾着唱戏，啥都不知道，连矿上械斗的事儿都不清楚。权国金一家瞒了我多少事啊！为了钱，他们啥事都敢做，坑人啊！金沐灶揭露真相，得罪了乡亲，得罪了官场，他一横心，回家了。我觉得他做得对，有良心！"

我咳嗽一声说："这就是说真话的结果。一个堂堂乡长，现在只能钓鱼。离他远点儿吧。闺女，你再和金沐灶在一起，让权家人看见得炸窝呀！你就让爹省点儿心吧！"

火苗儿噘起了嘴巴，不说话。

我知道火苗儿的心上又长了草。这孩子从来就没忘了金沐灶，尽管金沐灶三番五次地伤害她。

权国金来了，接火苗儿回家，顺便给我带了一包中华香烟。火苗儿很决绝，不回去。权国金说："你咋不回去呢？拳头需要你呀！"火苗儿说："你有钱，他不是有保姆吗？"权国金说："孩子想娘了。"火苗儿说："我再住两天，我自己回去。"我摆了摆手说："火苗儿，回去吧。"我老婆也说："闺女，快跟国金回去吧！"火苗儿赖劲又上来了："我住两天就不中啦？你们还要轰我？"这孩子，把矛头指向我们了。权国金依旧劝她，劝不动，他只得孤零零回去了。

火苗儿住在娘家，和金沐灶黏在一块儿可咋办啊？我去找金沐灶，劝他离火苗儿远一点儿。金沐灶皱着眉头说："火苗儿婚后并不幸福，这种不幸的日子，难道要永远过下去吗？"我大声反驳说："沐灶，咋知道她不幸福？你要离开火苗儿，让她踏踏实实过日子！"金沐灶说："没有信仰，没有爱情，依附金钱的日子值得过吗？"

我还是想跟张慧敏唠唠，于是就来到了金家。我让张慧敏跟金沐灶提个醒儿，让他赶紧跟火苗儿一刀两断。张慧敏却笑了笑，笑得很慈祥："一切随缘吧。"然后她就猫腰喂猫了。几天不见，她屋子里的猫越来越多了，孩子们喊她小猫奶奶。她老了，耳朵聋，老打岔，只听见猫的叫声。

我想到了杜伯儒，去了药王庙。

药王庙建得比原来还大，善男信女挺多，走马灯似的。杜伯儒是道长，抽签算命，开药治病。道长累病了，在屋子里歇着，一身道袍，下巴飘着白胡须，不似凡人。

我问他啥时候成仙？杜伯儒脸色苍白："老轸头，我整天给别人算命治病，却不知自己的命运如何。自己有病了，还得自己治。"

我心疼地说："老杜，你悬壶济世，定有福报啊。"

杜伯儒频频摇头，说："啥福报啊，人活着，就是受苦来的。你一辈子好事做多了，有福报吗？到如今还是穷日子，还是操儿女的心。"

杜伯儒真的不是凡人，长着火眼金睛。

我呵呵一笑，说："这么说，你知道我为啥来找你了？"

杜伯儒说："还能有啥事，火苗儿和金沐灶的事呗。"

我磕巴着说："道长……你得帮帮我呀。"

杜伯儒说："我跟你说，水来了，挡得住；火来了，挡得住；男女之情来了，挡不住了，更何况是旧情复燃啊！"

我愣了愣，惊讶地说："你那意思，老房子失火，没救啦？"

杜伯儒叹息了一声，说："沐灶辞职后来找过我。我理解他，佩服他。这得多大勇气啊！往后的出路在哪儿啊？他自己不知道。他没有后路可退，只能自己救自己。这样的铮铮男儿，是能迷女人的，你家火苗儿不爱他，别的女人也会爱他。"

一听他这话，我的心悬在半山腰了。

杜伯儒又问我："轸头，你去找张慧敏没有？"

我说："找了。她没说别的，只是说一切随缘吧！"

杜伯儒叹一声："她真这样说的？"

我说："真的。"

杜伯儒仰天一叹："老太太要走了。"

我说："老太太精神着呢，养了好多猫。"

杜伯儒摆了摆手说："不，她要走了。"

三天后，张慧敏真的走了，她走得很安详。她是在睡梦中走的，无疾而终。我赶紧过去操办。金沐灶穿了白孝衫，跪在张慧敏的灵柩前，号啕大哭。杜伯儒请来佛家高僧给张慧敏做法事，他主持诵《度人经》。

做法事的时候，我瞅见一群猫在张慧敏的尸首旁围成一圈，安安静静地守着，像是等张慧敏醒来，喂它们吃的，跟它们玩耍。那情景，让我鼻梁一酸，泪淌了下来。

权国金陪同权桑麻来了。

按乡下礼，权桑麻哭喊了几声："老嫂子啊！"就掉了几滴泪。这叫吊纸。吊纸一般是没有眼泪的，就是干号。这跟虚情假意无关，像是约定俗成的。权国金跪地磕头，权桑麻却哭成泪人，又在张慧敏的灵柩前磕头，两个头磕得咚咚响，帮忙的、看热闹的，都服了。金沐灶那么跟他对抗，人家以德报怨。权桑麻上了礼金，一万块！临走的时候，权桑麻握了金沐灶的手，让他节哀顺变，然后横着膀子走了。

发丧的时候，路过燕子河，放了水灯，灯是莲花形的。传说人死之后要经过黑河，为避免失足落水，要在水面燃灯。杜伯儒念咒施法，把一只只纸灯放入水中。

水灯在水面漂浮着，渐渐远去。

槐儿和袁三定在美国，金沐灶不让给他们信儿。

就这样，张慧敏和金校长埋在了一块儿，一座大大的坟头，在离老槐树和大钟不远的地方，耸立起来。

5

张慧敏走了，那群猫被金沐灶撒向旷野。我去他家里看见就剩下了金沐灶。他整天望着张慧敏的遗像发呆。

我去看他，心疼地说："别在家闷着了，出去走走。"

金沐灶忏悔地喃喃说："我娘是我气死的，我不孝啊……"

我说："别胡说，老太太是无疾而终，走得安详。想那么多干啥，你的路还长着呢，别这么在家里头耗着了。"

金沐灶说："那我给您打工吧。要不要我？"

我没想到他会说这样的话。我一辈子就听别人使唤，还从没使唤过人，而且还是金沐灶这样的状元。

我开着农用三轮车，突突冒着黑烟，金沐灶坐在车斗里，颠颠簸簸的。我们串村收破烂。我在村头的承包地上割出块地方，成了废品站。我在村委会大喇叭上广播了，收废品。我老轸头就是没出息，收个破烂儿还要告知全村。没办法，我要讨生活，我要让金沐灶这个状元也尝尝讨生活的滋味。

腰里硬和他儿子蝈蝈，推着排子车过来了。

腰里硬拉来了满满一车东西，破铁锅、马勺子、旧车圈、酒瓶子。蝈蝈嚷着说："轸头叔，过过秤，你可得给我多实惠点儿啊，要不然，我把你这废品站给点了。"我瞪了瞪蝈蝈："你人不大，胆子不小啊！"腰里硬发现了金沐灶，愣了愣，说："你也收破烂儿？"金沐灶讥讽地说："只要不比你烂，我都收。"腰里硬赖着脸笑了："哎呀，堂堂大乡长收破烂，真出息呀！"我最不待见腰里硬，让金沐灶那边去码放废品，别搭理他。

我走过去，卸车。我不跟他一般见识，谁穿着新鞋去踩狗屎啊。我一样一样地过秤，告诉腰里硬多少斤。腰里硬坐在一个破凳子上，哼哼唧唧，我合账，总共七十六块八。我拿出钱，递给腰里硬。腰里硬站了起来说："七十六块八，不可能啊，我在家里都过秤了，算账了，一共一百二十五块三。你咋哄弄人啊？"我知道他要跟我要赖，他这人一天不整人，心里就痒痒。我瞪了他一眼，说："你他娘别要赖，拿钱走人。"

这时候，卖废品的人陆陆续续来了。我就怕这个王八蛋挑事儿，赶紧催他走。腰里硬看到有人，更来劲儿了，他跳了起来，朝人们嚷嚷："大伙都来看啊，老轸头和金沐灶开的这个废品站，是个黑站，缺斤短两，昧良心了！我一百二十五块三的废品，他愣是给七十六块八。坑人啊！"

我恼怒地吼："腰里硬，你他娘血口喷人！"金沐灶过来，把过了秤的破烂往车上装，一点儿都没剩，然后他挥了挥拳头，说："腰里硬，拉着你这一百二十五块三，滚吧！滚！"腰里硬泄了气，说："八成是我记错了，是七十六块八，老轸头，就别让我拉回去了。"金沐灶说："不中，必须拉回去！你的东西，我们不收！"我觉着，得饶人处且饶人，就把那七十六块八给了他。腰里硬卸了车，蝈蝈跳到车上，拉着排子车走了。

金沐灶恼了，倔倔地走了，不跟我干了。

晚上，下雪了，冷风阵阵。我冒雪去找金沐灶。我说："我老轸头就是个老好人，我看腰里硬认输了，也就算了，咱不跟他一般见识。"金沐灶说："他明明是在讹你，你就算啦？你做人有原则没？"他说话像放枪。我连中了金沐灶几枪，答不上来，吭哧了一阵，我终于说："我这人，就稀里糊涂。能放人一马，就放一马。你跟他再闹，有个结果吗？耽误咱们的买卖呀！"

金沐灶说："反正，我对您今儿的做法不满意。"

我噘了嘴说："再敢欺负我，我抡起轸木，打他狗 × 的！"

金沐灶笑了，说："真拿您没办法。"

我硬着头皮，说："这就是做人。做人难，难做人。你官场那套，还扛着，中啊？"

金沐灶过了半天才说："我跟你回去。"

废品站离状元槐挺近，一到晚上，我住在小屋子里，可以护着天启大钟，又可以看着废品。雪已化尽，风吹枯树，唰唰地响。金沐灶就搬到小屋，他和我睡一条炕。炉子里烧着劈柴，小屋很暖和。金沐灶有时看书，有时和我说话，我们相处得就像亲爷儿俩。

那天晚上，我被权桑麻找去了。权桑麻找我是让我当园丁的事。权桑麻说："我要把钢厂建成花园工厂，不要小打小闹了，要上档次。厂区都要绿化美化，你就过来，帮着浇浇花，剪剪枝。还有几个妇女归你领导，你吩咐她们就成。这不比你整天敲那个破钟强啊。屋子都给你准备好了，空调，冬暖夏凉。咱是亲戚，把这活儿交给你，我放心。"

我点了点头，这确实是个好活。赚得不少，比收破烂儿体面。还管着几个娘儿们，这是我爱干的。可是，我想到了状元槐上的那口天启大钟，我不能离开它。我再不守着，还得被人偷走啊！铁链子固着，钢丝绳拴着，都挡不住贼的心啊！再说了，我要当了权桑麻的园丁，金沐灶咋看我呀？想到这儿，我微笑着说："谢谢亲家惦着。我老了，不中用了，那些花花草草的，娇贵呀，我这双手跟钢锉似的，摆弄不好。"权桑麻沉了脸："你咋着啦？我没权了，说话不顶事了呗？"我伸出布满老茧的双手让权桑麻看："亲家，不是那意思，你看看这双手，天生就是种地和敲钟的。我就是烂泥扶不上墙，饶了我吧。"

权桑麻笑了，说："亲家呀，你就是劳碌命。不过，你要记住，赶紧离开金沐灶，古语说得好，'宁给好汉牵马坠镫，不给蠢货主谋定计'。"

我心中不服，但没张嘴，跟他说啥都白搭。

权桑麻甩给我一个铁盒中华烟。我把烟揣进怀里，怏怏地走出来。

我没把权桑麻找我的事告诉金沐灶，免得他起疑心。我这角色越来越尴尬了。

半夜里，我听见金沐灶说梦话："火苗儿，咱俩走吧，到南方去，那里没人知道咱……"我知道，他在梦里和火苗儿私奔了。既然是梦，我就没打搅他，让他做得甜美点儿。过了一会儿，我又问："你俩走到哪儿啦？"金沐灶一愣："啥走到哪儿了？"我扑哧一声笑了。

我不再问，披着衣服，走出屋去。整整走了一夜，天大亮，我回头再望村庄，毫无踪影。

6

没想到，权桑麻意外翻船，他被撤了职。

日头村没了书记，暂时由村委会主任汪笨湖主事。汪笨湖长得黑，黑而不焦，油光光放亮。他是我本家侄子，名字如人，确实有点儿笨。上学时，因完不成作业，没少挨老师罚站。最简单的数学题不会做，老师骂他。他最大的特点——不生气。老师骂就骂，同学踹就踹，不生气。长大了，变聪明了，做生意，赚了些钱。但凡人一做生意，就变得聪明。就像我，过去土里刨食，脑子愚钝，后来做点儿小买卖，就知道了缺斤少两。汪笨湖并不笨，很懂为人处世，见人说话，先露笑脸。

我知道汪笨湖听权桑麻的。权桑麻当书记，他听；权桑麻不当书记，他照样听。为啥？我弄不明白。听说，他也动过当支书的念头，可是，金茂才会计跟他一阵密谈，他就蔫成黄瓜条了。这其中有啥秘密？当时我真不知道。如今，权桑麻虽然被金沐灶告下去了，但根基深，又是全国劳模，这么多年，日头村是人家打拼出来的。如今他又是日头村的首富，拔根汗毛比你的腰都粗，一跺脚，日头村的四个角颤三颤。

日头村谁当村书记还是个悬念，状元槐下热闹起来。有人说，一定是汪笨湖接班。还有人说，金沐灶有可能接任。各种说法纷纷扬扬，人们都暗暗看着。我问金沐灶："你愿意当村书记？"金沐灶摇头说："我不当！乡长我都不干了，还当村支书？"

有一天夜里，我去找汪笨湖。天上满是星星，一颗颗都挤眉弄眼。我望着星星问汪笨湖："你当支书的事，有信儿没？"

汪笨湖一愣，问："谁说的？"

我说村里人都在这么传。

汪笨湖看了看四周，低声说："叔，可别乱说呀。这事我想都不想。"我是探他的底，知道他会这么说。我一笑，问："你觉得金沐灶咋样？"汪笨湖说："好啊，那是状元啊。"我试探着说："他这条件能不能当支书？"汪笨湖说："能当。人家是当过乡长的，当村支书屈尊了。"我看着他的脸，没有嘲弄的意思。他又问："这是金沐灶的意思？"我连连摆手说："不是不是……我是听别人议论。"我把这事推给了别人，万一让权桑麻知道就坏了。汪笨湖说："你不说实话，就说明你有野心，不像个敲钟人！"

第二天晚上，天已经模糊。风吹来，带起一片烟尘，吹打着那些槐树叶。权桑麻过来找我，他招手让我过去，像阎王招呼小鬼。我跟着去了，心里头打鼓。权桑麻坐在办公室里，双腿搭在椅子上，缓缓抠着脚趾缝。他慢慢抬起头，冷下脸，阴阴的目光看我，懒洋洋地说："亲家，听说你在帮金沐灶当村支书，有这事吗？"我吓得腿肚子突突跳，强撑着，才没瘫倒。我哆嗦着说："没没，没影儿的事……"权桑麻笑了笑，说："亲家，我待你不薄呀！"我的脸一阵烧烫，说："我都是听别人说的……"权桑麻的两只脚，从写字台上放下了，径直走到我的面前。他一拍我的肩膀，我的腿抖得更厉害了。权桑麻搂着我坐到了沙发上。他接着说："亲家，你这人啥都好，就是不敢好汉做事好汉当。你还说听别人说的，听谁说的？我都让人调查了，没有人说过这样的话，就是你自己说的。你想帮金沐灶，这是真的。两家关系，子一辈，父一辈的，我理解。但你这事办的，谁都不领情。我知道，这肯定不是金沐灶的本意。这小子的心思在魁星阁上，是你一厢情愿，对不对？"

我吓得眼睛翻白，哆嗦着说："是我自己瞎想的，我看他没事做，挺可怜的。"

权桑麻硬硬地说："娘个 × 的，可怜之人必有可恨之处！这就是他跟我作对的下场。听说，他跟你收破烂儿，亲家，你真幽默呀！你让一个下了台的乡长给你打工，收破烂儿。我敬佩你呀，亲家！这样一来，就把金沐灶的脸丢尽了！就凭这，咱两家就是实在的亲戚。本来，你想推金沐灶当支书，我挺生气的。但想到你收留他收破烂儿，我这气，消了。"

我像落水狗一样，撇着八字脚走了出来。我该咋想呢？我在权桑麻眼里，就是一条落水狗。我老了，越来越没骨气了，光惹事，不添好彩儿。权桑麻是一箭双雕，他既羞辱了金沐灶，又砢碜了我。我就不明白了，我和金沐灶咋啦？我们收破烂儿，赚的可是干净钱啊！你权桑麻高贵，毁了资源，污染了环境，你赚的哪分钱是干净的？我心里叨咕个没完，就是没勇气当着权桑麻的面说。

这几天，金沐灶也不来小屋了。我的肩周炎犯了，敲不了钟了。

这天夜里，我刚睡着，权国金给我打电话，让我进城一趟。我的心一下子提到了嗓子眼儿。这深更半夜的，到底出啥事了？

权国金在电话里哽咽了："爹，你快来吧！"

我心中一咯噔："火苗儿病了？"

二跳开着收破烂儿的三马子上路，车像失惊的驴，猛蹿。机器声隆隆响，像是把黑夜炸开了。

到了县城，天大亮了。日头跳出来，城里的日头不像个日头，仿佛是灰尘和噪音的喷射口。二跳在外等候，我进了权国金的家，天亮了，屋里却很暗。灯还亮着，灯的瓦数不高，昏昏黄黄的。我看见权国金、火苗儿和金沐灶，他们三个人呆呆地坐着，挺安静。

我一瞅，头皮就炸了，知道出大事了。

权国金拉住我的手，哭着说："爹，我去广州出差了，昨晚提前偷偷回来，让我堵个正着。他俩正在床上呢，光溜溜的，我都说不出口哇！您说，我爹要是知道了，会是啥局面啊？"

我气得在屋子里转圈儿，跟要打滚的驴似的。我冲金沐灶吼："你个王八蛋，到底咋回事？"

金沐灶皱着眉头，不说话。

火苗儿是人来疯，越有人越逞能。她说了一句，让我羞得捂住了脸。她毫不隐讳地说："爹，我们做爱了。"

金沐灶还是不说话。

权国金望着金沐灶，讥讽地说："你咋不说话？是哑巴了，还是让鸡毛堵了嘴？噢，我明白了，昨晚让火苗儿累着了吧？"

我望望金沐灶，又看看权国金，就是不敢看火苗儿的脸。

权国金连珠炮似的开火，火力很猛："爹，他俩不是头一回了。欺人太甚了！上回我就发现屋子里有动静，就是做那事的动静。当时，您知道我咋想吗？我抄起了菜刀，想一刀劈了他俩！可我，想来想去，还是克制住了自己。我没去打扰他们，也没去捉奸。我在墙上的挂历上做了个记号，在那天的下面画了一个日头。我就是想让火苗儿知道，这一天，她对不起我。后来，记号被火苗儿发现了，她跟我坦白了和金沐灶的事，她逼我发火。可我就是发不起来。我说，你改了就好，改了就好。她也答应了。没想到，昨晚上，又让我堵住了。我没办法呀，我只能向您老人家求救，求您拿个主意。我要是找我爹求救，就出大事啦！"

我气得嘴唇哆嗦，眼睛冒火："国金，你做得对，爹给你做主！"

权国金的眼睛慢慢红着。

我骂了两句，还是深深一叹，男女之事，就像老房子失火，没救。我愤怒地吼道："火苗儿啊，撒泡尿照照你自己到底是个啥？多好的日子啊，要钱有钱，要地位有地位，愣穿着新鞋往狗屎上踩，有你哭鼻子那一天！俗话说，野花上床，家破人亡。听爹的话，跟国金道个歉，好好跟他过吧。你要知道会有今天，当初就别答应这桩婚事，答应了，就要一心一意走到头。回头吧，闺女！"

火苗儿脸色苍白，不说话。金沐灶也不说话。

我扭脸大骂金沐灶："我拉帮你，你他娘的背地里勾搭我闺女，你他娘的给我滚！我再也不想看到你！"

金沐灶黑着脸走了。

权国金说："爹，就让他这样走了？"

我咧着嘴巴说："还能咋样？国金，绿帽子能戴也能摘，忍了吧。"

权国金突然跪倒在火苗儿面前，哭诉着说："当着爹的面，你跟他断了吧，我求你了……"

火苗儿默默地站着，肩膀耸动。

我急忙把权国金扶了起来："火苗儿知错了，你起来！"权国金低头站起来。

过了几天，火苗儿回家来了。屋顶有风，春天的风邪乎。火苗儿带着风走进来时，人已瘦了一圈。我知道，她内心受到的折磨。面对一个她爱的男人，一个爱她的男人，一个女人该咋办？火苗儿说："爹，我不想守活寡，我管不住自己，想死。"我脑袋一下子大了，鼻子酸酸地说："孩子，可别想那条道儿啊。"火苗儿白着脸说："爹，我想皈依道教，不知杜道长答应不？"我一惊："你要出家？"火苗儿说："这样不都解脱了吗？这比死强呀。"我还是不依："唉，孩子，忍一忍，哪个女人不是忍过来的？再说了，还有你姐姐留下的拳头哪！"火苗儿哭得满脸鼻涕眼泪，身子抽搐着。

那天上午，我带着火苗儿去药王庙。起风了，田野里的玉米秆一摇一摆，风在穗头上尽情打滚儿。我的心跟着打滚儿。

到了药王庙，听见大殿里播放着道家音乐，浑厚洪亮，平缓悠长。杜伯儒听明来意，苦苦地笑了。

我不知这老东西笑个啥，难道是笑我家风败落？

火苗儿扑通一声，给杜伯儒跪下了，声泪俱下："杜伯伯，我要出家，收下我吧。"杜伯儒扶起火苗儿，轻轻摇头，说："我们正一派道士无须出家，若是要加入道教，成为道教的居士，则要办理相关的手续，也就是取得皈依证。居士要遵守三皈十戒：不杀害、不奸盗、不邪淫、不妄言、不两舌、不恶口、不赌博、不忘恩、不叛逆……"

火苗儿愣了，失魂落魄地说："只要收留我，我啥都能做到！"

杜伯儒说："孩子，你尘缘没断，回去吧！"

火苗儿眼泪扑簌簌地流下来："我不走！我不走！"

火苗儿喊着，声音沙哑，传得远远的。

杜伯儒叹了一口气，去给香客诊脉了。

这一短暂的瞬间，我却心静如水了。

过了几天，杜伯儒对我说："凡事都有个限度，超了限度就走向反面。女人的柔情，最为动人。我跟你明说了吧，火苗儿天生火命，跟我一样，成不了大事的。她正在磨难之中，心性不在我这儿，强求不得。"

我急切地说："老杜，咋救她啊？"

杜伯儒犹豫地说："宁拆十座庙，不拆一桩婚。可是我怕——"

我急了："实说吧，咱俩不是外人。"

杜伯儒说："事情已露凶相，早离婚，早解脱。"

我愤怒地喊："你个老东西，说得轻巧。离婚，哪那么容易啊？"

杜伯儒轻轻一摆手，无奈地走了。

天冷了，天气寒冷，我的鼻涕都冻住了。入冬以来，火苗儿被感情折磨得不成样子，人瘦了一圈儿，但是她的姿色不减，颀长、饱满、瓷实。她没有心情到剧团唱戏，每天做头发，逛商场，买的东西一大堆，能开商场了。我知道，权国金做不成男人，火苗儿等于守活寡。他们没有夫妻之事，男女之欢。夫妻咋能没有那事儿呢！我老轸头老眼昏花，牙都快掉光了，还时常想着和老婆烧一火呢！当初，火苗儿跟她娘说，权国金在我大闺女大妞死后，就办不成事，难受得他扯着嗓子大喊："我要吃了你！"听说权国金还咬火苗儿，火苗儿身上青一块、紫一块的。事后，权国金就舔火苗儿的伤口，流着泪道歉。火苗儿说，这日子过得，比死还难受。我和老婆听了，心中流血啊！夫妻的日子啊，一旦女人熬不住，万难强留了。

那个夜晚，火苗儿还是跟权国金摊牌了：离婚！

权国金给我打电话，还要搬我这个救兵。我能管啥呀？我劝说道："国金啊，强扭的瓜不甜，离了也好。"权国金急了眼说："爹，我不能离呀！当初结婚的时候，我跪在大妞的遗像前发誓，对火苗儿不离不弃的，我不能食言啊！

再说了，拳头也离不开他老姨呀。"我叹息了一声，说："你办不了男人的事，是火苗儿要离你，你就放手吧！"权国金说："爹，不中，绝对不中！"我结巴着说："你俩的事，我管不了……"

挂了电话，我睡不着，翻着身子烙饼。

7

天亮的时候，我给火苗儿打了个电话，火苗儿告诉我，她向权国金提出离婚的时候，权国金木然，不说话。好一会儿，他走到大妞的遗像前，扑通跪倒，带着哭声说道："大妞啊，你睁睁眼吧，火苗儿要丢下我和拳头找金沐灶去了！他和金沐灶是一对奸夫淫妇，他俩就在我们的婚床上干那事啊！大妞，我爱火苗儿，为了留住她，多大委屈我都忍了！可她非要离我而去。你下来，帮我劝劝她，这个家离不开她呀！"火苗儿看见姐姐大妞用双眼直视着她，一个劲儿地发抖。权国金大呼小叫："大妞，你出来吧，帮我劝劝火苗儿，让她别离开我！"火苗儿没脾气了，脸色青黄，双肩抖得厉害，她似乎只剩下了最后一丝力气："别说了……我不离了。"

我身体里的血往上涌，虚火上升，肿了半边脸。

之后不久，权国金带着火苗儿去了一趟法国。

权国金和火苗儿尽情地玩，扫货。回来的时候，一大堆的名牌包、名牌衣服和金银首饰。管啥呀？迷了火苗儿的眼，蒙不了她的心啊。我算看出来了，火苗儿离婚的决心，挡不住。火苗儿和金沐灶的私情，打不散，掐不断。

没有不透风的墙。

事情在村里渐渐传出去了，传得有些离谱。我和火苗儿走在街上，任人指指点点，窃窃私语。火苗儿却跟没事人一样，我这脸却挂不住了，不敢去状元槐下敲钟了。

火苗儿反过来劝我："爹，我们汪家人没事不找事，有事别怕事。好汉做事好汉当，我做的事我兜着！"

我狠狠地瞪了他一眼："屁话，人活脸，树活皮。你不要脸，我还要脸呢！

给我滚！"

火苗儿不服气，出走了。我抬头望天，雾蒙蒙的不见日头。后来，金沐灶跟我说了一件事，差点儿要了我的命。

那一天，金沐灶说他和火苗儿在城里的别墅偷情，正做得热火朝天，权国金走了进来。两人停住了。权国金一笑，说："你俩忙吧，我困了。"权国金就脱了衣服，躺在了大床的一侧。睡前，权国金抬头补充了一句："你俩忙吧，别砸了我就中。"他眼睛一闭，呼呼睡了，睡得很沉。金沐灶被权国金的平静吓软了，想缴枪。火苗儿恶狠狠地说："继续！"这一阵儿，火苗儿身体里的恶像一股邪气，呼地蹿了出来。她瞬间变成泼妇，变成了潘金莲。她就是要给权国金好看，你不是不离婚吗，我就做给你看！可是，那一刻，金沐灶眼神僵了，疲于应对，了无情趣。他眼前一黑，从火苗儿身上掉了下来，正好砸在了权国金的身上。权国金醒了，瞪了他们一眼。权国金的这个眼神，让火苗儿崩溃了，他的眼睛像死人的眼睛，灰白灰白，眼角结着脏脏的东西。

金沐灶说着说着，气氛就僵硬起来。这是天下奇事，竟让我碰着了，我的心抽紧了，身体颤抖不止。

我扇了金沐灶一嘴巴："丢人啊！"

金沐灶嘴角流血了，他揩着血，哑口无言。

我又扇了他一嘴巴："丢人啊！"

金沐灶瞪着眼睛，眼睛红红的，似乎不认得我了："叔，再打！"

我抬起胳膊，下不去手了，一撇嘴，愤愤地骂："你他娘的是猪啊？我他娘的剁了你！"

金沐灶觉得无地自容，苦笑一声，说："快剁了我！我就是猪，我猪狗不如！"

我听出他话语里全是心酸，暴咳不止，天旋地转。

金沐灶脸一扭，咆哮着喊："天哪，我受够啦！这是人的日子吗？人能办这事吗？我是人吗？火苗儿是人吗？权国金是人吗？这哪是他娘人过的日子啊！"

金沐灶的话，把我的嘴巴堵上了。我喉头一热，一口血喷涌出来。

金沐灶的眼神散了，他哭了，嗵的一声跪在地上，抬手啪啪地抽着自己的嘴巴。

我又是恼怒，又是心疼。

金沐灶大喊："火苗儿，我们分手吧！"

我流着眼泪说："这一场下来，我感觉你像个人了。"

金沐灶凄怆地跪着，跪着——从那以后，金沐灶真的不见火苗儿了。

那一阵子，金沐灶故意躲避我。其实，我懂得，男女之情，得也磨人，失也磨人。活活一笔糊涂账。

我在心里一直袒护着火苗儿。火苗儿的心中还是丢不下金沐灶。这孽种的性情随了谁呢？换位想一想，一个敢于偷情的女人，其天性中必有残忍的一面。

有一天，我听说火苗儿怀孕了。我受了惊似的，脸色紫涨。她刚刚和金沐灶分手就怀孕了？是金沐灶的，还是权国金的？我不停地追问，她也不吭声。她的肚子越来越大，遮不住了。她对权国金说："我有了金沐灶的孩子，做了吧。"本以为权国金会发狂，不想他却平静得出奇，他说："好好养胎吧，生下来，不管是谁的，都管我叫爹。"火苗儿回家了，她的心被黄连泡苦了。她哭着说："爹，我该咋办啊？"我恼着脸说："就该让金沐灶负责。我去找那小子！"火苗儿拦住了我，不让去。她白着脸说："爹，我再也不理他了。"

火苗儿在家养了几天。我老婆心里不装事，她还以为是权国金的，一个劲儿问权国金好了吗？吃的啥药？是不是虎鞭啊？我嫌她嘴碎，就把话儿岔开了。我喝着胭脂御散白酒，不知不觉就醉了。我喊了一声："火苗儿，我苦命的闺女啊！"就哇地哭出声来。

第二天，我刚刚醒酒，权国金就把火苗儿接走了，去做检查。我和老婆也跟着去了。大夫说，胎位不太稳，开了好多药。火苗儿喝不惯，一个劲儿吐。我急忙问权国金："国金，咋办啊？"权国金说："爹，我打听到温泉可以养胎，打算带火苗儿去天津宝坻，那里有座温泉城。"我迟疑了一下："好吧，那就去！"权国金陪同火苗儿去了天津宝坻温泉城。

可是，就在这儿，火苗儿出事了。

火苗儿在温泉池旁滑了一跤，流产了，大出血。

我和老婆都赶过去了。

病床上，火苗儿和阎王爷就隔着一层纸。火苗儿需要输血，谁的血型都不对，冤家路窄，金沐灶过来给火苗儿献血，偏偏他的血型对路。金沐灶给火苗儿输血，火苗儿的脸渐渐有了血色，火苗儿活了下来，权国金握着金沐灶的手说："谢谢，谢谢你了。"

金沐灶望了火苗儿一眼，双瞳有光。火苗儿把头拧向了一边。金沐灶没说话，默默地走了。

权国金紧紧握着火苗儿的手，眼泪哗哗往下掉。火苗儿一脸煞白，她对权国金说："国金，我对不起你……"权国金说："啥都别说了，谁让你是大妞的亲妹妹呢！"权国金亲着火苗儿的额头，一下又一下，弄得我和老婆都不敢睁眼睛。后来，权国金抱着火苗儿的头，哭着说："你不能走啊，咱俩还没过够呢！你想吃啥？你想要啥？我有钱，啥都能给你！我就是不让你走，我还要和你白头到老呢……"权国金说不下去了。

火苗儿的眼泪控制不住了。

我和老婆都哭出了声。

袁三定虽然和权桑麻合作，但骨子里是瞧不起他的。袁三定想见金沐灶，说说自己心里的苦楚。金沐灶恨他和权桑麻同流合污，不见他。袁三定就找到我，让我给他说情。我感到很不安，紧张得直搓手。人家是大老板，咋能来看我呢？我就是这样的贱骨头，人家来看我，受不了，人家不搭理我，我也受不了。不管咋说，袁三定有情分，送我一个洗脚盆，电动按摩的，洗起来很舒服。袁三定说："我和权桑麻合伙做生意，也是迫不得已。强龙难压地头蛇呀。铁矿出了事，金沐灶心里恨我，不理我，我也觉得自己不仗义。可我是个商人，在商言商。我没那么高尚的品德。轸叔，我说这些，你理解吗？"我点了点头。袁三定又说："我虽说是个生意人，但愿意与厚道人打交道，最瞧不起权桑麻这样的人，顺我者昌，逆我者亡。在他的眼里，没有法制，没有道德，凭自己的意志独断独行，操纵一切。他是什么？专制的化身啊！搞专制的人能有好下场吗？这次，他下台了，我高兴。我想推汪笨湖当支书。笨湖人实诚、仁义，我愿意和这样的人打交道。我想和金沐灶一道，联手把汪笨湖推上去。"

我明白了袁三定的来意，我连连叹气："唉，沐灶不会总跟你作对的，你毕竟是槐儿的爹啊！"

中午，袁三定请我到村口小酒店喝酒。茅台酒，照样上头。我红着脸说："袁老板啊，你整天数钞票，被钱迷了眼了。你忒不懂政治了，忒不懂日头村的政治了。汪笨湖诚实、仁义就能当支书？你让他当，他敢当吗？日头村这水深着呢！"袁三定愣了愣说："轸叔，你俩是亲家，你不会是向着权桑麻吧？"我苦笑一声说："我跟你一样，烦他，不信你就问沐灶。我老轸头除了种地，就是敲钟，窝囊一辈子，可是个说公道话的人。没听权家放出话了吗，这个支书，谁当，都得听权桑麻的！"

袁三定喃喃地说："怎么会这样呢？"

我把最后一碗酒喝光了，说："要不，你听听沐灶的意见也好。"

袁三定红了眼睛，说："沐灶不理我怎么办啊？"

我叹息着说："我去找他说，你俩就算打破头，也是姐夫与小舅子。是亲戚，打断骨头连着筋，断不了。"

我顶着酒劲儿去找金沐灶。

金沐灶不在家，大门上着锁。有人说看见他去了披霞山，我就找他去了。我望着这沟沟壑壑，似乎看到一根似断似连的根脉。他坐在山脚下，这里有两棵树，一棵大树，一棵小树。他就靠着大树，看着那棵小树，发呆，眼里却涌着泪水。我走过去，坐在他的身边。

我使劲数叨着他："你个臭小子，现在想起孩子来了，当初火苗儿怀了你的孩子，是吃了杜道长的药打掉的。你说重建了魁星阁，就娶火苗儿，可谁等得起呀！你让火苗儿等成老太婆呀！几年过去了，你的魁星阁呢？连自己心爱的女人都推给别人，现在孩子又没了，魁星阁呢，连个影儿都没有！"

金沐灶不吭声，他在反省自己吗？也许代价惨重的人反省最深。

我想把这些信息告诉金沐灶，可惜他听不到我说话（金沐灶困惑地望着天空中变幻的白云）。

老轸头迷迷糊糊地经常传递一些错误信息，我又一次忘记了回乡的路。

我的眼睛在这种时刻睁开，有幸看到人间奇迹。那些有眼无珠的家伙口头表示忠诚而背后散布谣言污蔑魁星阁。

那一天，我在状元槐下见到金沐灶，骂了他一通，就气哼哼地走了。

金沐灶怔怔地呆在树下。

走到半路，想到袁三定送我的洗脚盆，咋也得还人情啊。我又返了回去，金沐灶正望着铁矿的尾矿大坝出神，我靠近了，他也没感觉。

我一把拉起金沐灶，说："男子汉大丈夫，别陷在女人的事里拔不出来，没出息。跟我走啊，三定等着跟你商量事呢！"

金沐灶还是不想见袁三定，我好说歹说，他们见面了。

袁三定跟他探讨帮扶汪笨湖当支书的事，金沐灶一个劲儿地摇头："得了，做你的买卖吧，日头村这本大书，你读不懂。权桑麻既抓经济，也不会放弃政治。他下台了，肯定会安排自己的儿子当支书，我想应该是权大树吧，他是党员。"

袁三定失望地摊开双手："这样啊？我与大树接触很多，这人邪性，不好打交道。"

我刚刚听说，为了权大树能接支书，权桑麻找了乡里。乡领导考虑权桑麻是老模范，权家又是全乡首富，是枚很重的棋子。乡里尊重权桑麻，权大树接班可以考虑，但不同意眼下接班，暂时让权桑麻继续干，对他儿子权大树实施传帮带。权桑麻摇头，也不管用，只好叹道："那老朽只能站最后一班岗啦！"

权桑麻恢复了村支书职务。他主持召开了一个村委会，我没有参加，听说人们把他一通夸奖。

天气越来越热，药王庙的后山上，长着密密麻麻的酸梨树，结满了酸梨。那一天我去找杜伯儒，钻进药王庙后山的梨树林。日头白生生地照着，将我兜里的酸梨晒热了。在我下山的路上，摔了一跤，弄得满身是泥。

我带着泥走进了杜伯儒的房间。房里有宽大的书案，书案上摆着文房四宝，墙上悬挂着杜伯儒的书法：道法自然。屋里黑暗，阴气森森，杜伯儒正在打坐修炼。我将酸梨掏出来，放在桌子上。杜伯儒笑了，说："老小孩，偷果子吃。"我撇了嘴，说："漫山遍野都是，还算偷？"杜伯儒说："那是药王庙的，这些酸梨，我们不卖，都送给信众。好东西呀，它含有钙、磷、铁等许多矿物质，含有多种维生素，还降低血压，常吃些梨大有益处啊。对一些病人，我就送些酸梨，也算一项慈善。"

日头默默地照着，啥也不说。我望着日头，默默地说："日头啊，你说句话多好？"我望着望着，金沐灶悄悄进来了。

我递给金沐灶一个酸梨，金沐灶咬了一口，酸得脸都扭歪了。杜伯儒笑了，说："这就是爱情的味道之一，酸！"

金沐灶说他头疼，是找杜伯儒看病的。杜伯儒摸了摸他的脉，说需要扎针灸。杜伯儒左手摁着他的头，右手捻动三棱针尖，朝他的太阳穴一点，一股紫血珠就冒出来。杜伯儒给他擦了血珠，说："还疼不疼了？"金沐灶一笑说："不疼啦。""那我就对你说两句。我还以为你能在官场混得风生水起，当了乡长，当县长，就是当市长也未可知。可你的脾气咋就改不了呢？性格决定命运，这话说对了。但有的人，进了官场，脾气很快就改了，见人说人话，见鬼说鬼话，春风得意啊。沐灶啊，你就是个花岗岩的脑袋不开窍啊！"杜伯儒的话让金沐灶一脸的茫然。

杜伯儒说："该放下的，就放下，别纠结。对生命本身，最终都绕不开情，绕不开生和死。道教坚持性命双修、形神兼具。只有身心两者同时达到超常才有可能超越生命。我们拥有一个身体，更拥有一个灵魂……"

杜伯儒讲的都是大道理，我听不太懂，但我知道，人得向善。

金沐灶不住地咳嗽，脸和脖子都涨红了。

杜伯儒望着金沐灶说："沐灶，就你来说，首先要除心机，破情结，斩利结，消欲壑，去除世俗的迷障，方能还以自然之真！"

杜伯儒又教金沐灶怎样除"心机"。

金沐灶说："那就让我这颗心保持天真无邪的清明状态吧！"他拿了几本道教书，晃晃悠悠地走了。

人不能总在家闷着，这样会得病的。我劝金沐灶干点儿营生。金沐灶说他有想法，现在还不成熟，在这之前，先种地吧。

金沐灶病了好几天，然后到田里干活了。我看见他的脸被日头晒黑了，起了一层皮，但是情绪饱满。他好像又回到了上大学之前的生活，每天扛着锄镐下地，拾掇他母亲留下的责任田。他把地收拾得清清爽爽，跟绣花似的，好像是某种享受。空闲的时候，就看着隔壁大片的荒地，想着什么。看似无欲无求，日子过得清净。

有一天，火苗儿回到家，让我带她去看望金沐灶。

我瞪了火苗儿一眼："沐灶的心刚刚静下来，你又来勾搭他！"

火苗儿生气地说："爹，你说话那么难听，天下有你这样当爹的吗？爹，我想他了。"

我没办法，只好带火苗儿去地里看望金沐灶。金沐灶正在埋头锄地，等直起腰来的时候，发现了我和火苗儿。

金沐灶朝火苗儿一笑，火苗儿也对金沐灶一笑，很灿烂。我蹲在地头抽烟。眼看着火苗儿向他走去，腰风吹杨柳般扭着。我就知道，这俩人，剪不断，理还乱，没救了。

没多久，火苗儿回来了。我问："他说了些啥？"火苗儿嘴巴噘着："还能说啥，他还是说文脉的事，得续上。年轻人都走了，他担心地都荒了，这农村咋办？唠的都是正经嗑儿。"我生气了，说："你们还想唠不正经的？"火苗儿说："他还问我流产的事，我一口咬定，孩子是权国金的。"

我点点头说："好，就这么说。闺女，你可得给我留住脸啊！好在你的事，权桑麻不知道，要是那老东西急了眼，我们都不好办了！"

8

权桑麻刚刚恢复职务，就病了好些天，咳嗽，肺不好。

我知道他存了一口气，肚子胀，脑门儿红。村里人都去看了，我装糊涂等着。

这天我硬着头皮去了权家。院里跑着鸡、鸭和大狗，很厚的尘土飞起来，呛得我直打喷嚏。我把喷出来的鼻涕擦了擦，才轻轻走进屋。

权桑麻端坐在炕上边抠脚泥边看电视。一看权桑麻那架势，我就明白，他的病好了。电视里放的是评剧《杨三姐告状》，火苗儿演的杨三姐。我把一兜子香蕉放在桌上。权桑麻脸上浮出一丝笑意："轸头来了？村里人来了一拨又一拨，就是不见亲家呀。"我的脸有些烧红，说："前些天，地里的活忙啊。今儿我抽空来了。见你好了，我心里头就踏实了。"

权桑麻说："亲家，多忙，你也不忘敲钟，说一千道一万，你还是跟我隔着心。看我老了，退位了，没啥用啦。"我连忙解释："老支书，我真不是那么想的。咱是一家人不说两家话。"权桑麻哈哈大笑，他一笑，就没好事，我得提防着点儿。权桑麻指着电视说："我儿媳唱的杨三姐，要扮相有扮相，要嗓子有嗓子，不输谷文月。哎呀，你这么好的闺女，我这么好的儿媳，咋就不让人省心呢？"

我的心咣当一声，掉了下去。完了，火苗儿和金沐灶的事准是传到他的耳朵里了。我装糊涂，说："亲家，火苗儿是不是对你不孝顺啊，她不懂事，我来教训她。"权桑麻脸色一沉，说："老轸头，你就别揣着明白装糊涂的了！火苗儿跟金沐灶有私情，这事，你不知道？"

我的心快蹦到嗓子眼儿了，知道蒙混不过去，但也不能承认，就嘴硬地说："亲家，你知道，火苗儿过去跟金沐灶好过，就差一张结婚书了。两人少不了有个闪失。"权桑麻双眼放出冷光，说："我说的是她和国金结婚之后！"

我鼻子呛呛的，打了个喷嚏："没有，绝对没有。你别听别人瞎说。"

权桑麻语气提高了："你不知道？那我就叫火苗儿来说！"

隔了好几天，我和火苗儿来看权桑麻。电视里还在演杨三姐。权桑麻板着脸，像风干的牛皮，皱皱巴巴。权桑麻说："火苗儿，你唱的杨三姐告状好啊，解气！你爹我也有冤屈啊，打算在你这儿告一状！"

我听了一愣，看权桑麻脸上带着一种天生的诡诈。

火苗儿聪明，很快明白了。她平静地说："爹，告谁呀？"

一过立秋，苍蝇和蚊子一股脑儿往屋里钻。火苗儿一边搭话，一边举着苍蝇拍打蝇子。

权桑麻梗起老树皮一样的脖子，额头青筋鼓了起来，说："告那些说三道四的人。有人说，你虽然是权国金的媳妇，但却和金沐灶不清不楚，有这事没有？"

火苗儿故作平静，说："有人，是谁？是国金吗？"

权桑麻说："不是国金。他若是戴了绿帽子，还好意思跟我这当爹的说吗？"

火苗儿说："国金说的我就认，别人说什么都不算数。"

权桑麻的火气撞上了头，大声说："那别人都是捕风捉影？我知道，国金那方面不中，可你小产了一个孩子，谁的？"火苗儿眼睛灵活地转了转，说："谁说他不中啊？两口子在一个床上睡，指不定哪会儿就中了。孩子若不是国金的，他还能带着我去泡温泉吗？"

权桑麻沉默了。我尴尬地望着他。

权桑麻咳了一声说："火苗儿，你爹也在，我和你爹是看着你长大的，咱日头村，权家和汪家有缘分。你姐走后，国金娶了你。你知道，我们这样的大户，多少女人想着挤进来呀。不说了，爹也知道你不易。我希望你和老二能恩恩爱爱过下去。我一辈子干革命，就是不愿意掺和儿女私情，从没在作风问题上栽过跟头。当年，老二对你姐是没的说呀，好！可天有不测风云，你姐随着铁水，说没就没了，留下一只脚，还有一段英雄故事。我心疼，你爹心疼，你心疼，国金更心疼。国金娶了你，从小处说是喜欢你，从大处说为了权家和汪家。爹瞅出来了，国金为了你可以不要命。可我是他爹，我不能看着他不要命啊！"

火苗儿扑哧笑了一声，有点儿轻蔑的味道。

我瞪她一眼："笑啥？"

权桑麻说："孩子，你老爹掌控日头村几十年，做事都是大手笔，还没有我不能做的事。"

火苗儿声音硬了一些："爹，我不怀疑您的能量，我劝您还是别干让我不尊重的事。感情的事，谁也说不清。一个女人决定跟不跟谁在一起，肯定有她的理由，我说得对吗？"

权桑麻摇头说："不对，所有的理由都不是理由。"

火苗儿说："那是您的看法。"

权桑麻说："我的看法，就是天理。老轸头，我给你个活。"

我一愣，赶紧问："啥活？"

权桑麻嘿嘿一笑说："亲家，你能干啥活，敲钟，敲响警钟。"说着，他喝了口清茶，恶狠狠地说，"警钟敲了，谁再胡闹，就剁了谁的手！"

这件事剥肉剔骨，被权桑麻说得明明白白。我看了权桑麻一眼，那眼神是狠毒的。我额头冒汗了。

我敲响了天启大钟，钟声传得远远的。

没几天，魔鬼终于发作，金沐灶被人偷袭了。那是傍晚，金沐灶从田里收工回家，只见从庄稼地里蹿出几条黑影，一条麻袋套在了他的头上，接着就是一阵拳打脚踢。金沐灶被打倒在地，晕了过去。金沐灶醒来的时候，已经躺在自家的炕上。他是我背回来的。这天，我敲钟回来，就看见路边躺着一个黑乎乎的家伙，吓了一跳，走到近前才发现是条麻袋，麻袋的下半截弯曲着两条腿，是个人。我揭去麻袋，大吃一惊，是金沐灶。他的脸上都是血，黏糊糊的，弄了我一手。

我想这事明摆着，权家人在报复金沐灶。我反对金沐灶和火苗儿来往，可你权家也不能下这样的狠手啊！忒过分啊！村医检查了一下，还好，没有伤筋动骨，都是些皮外伤。开了些消炎药，让金沐灶卧床休息。我去找权国金，劝他放过金沐灶，闹出人命可不是玩儿的。权国金愣住了，满口否认。我明白了，一定是权桑麻干的，他是要给金沐灶点儿颜色瞧瞧。后来，蝈蝈和几个年轻人在村里小饭店喝酒，吐露出来了。我当时正在饭店，就听蝈蝈说金沐灶挨打的事，是权董事长的指示。我走过去，对蝈蝈说："偷袭金沐灶，你参加了？"蝈蝈一愣说："都是一个村的，我能干那事？那几个人，是外地的矿工。大伯，你可别往外说啊。"

走出饭店，我倒吸了一口凉气，差点儿摔倒。

金沐灶好像也知道是谁打了自己，但只能打碎牙往肚子里咽。因为偷情，难以启齿。我劝他赶紧离开火苗儿，金沐灶不说话，眼睛转了转。我感觉，金沐灶内心的愧疚淡了，他平静地说："轸叔，开始我一想起那荒唐事，浑身就起鸡皮疙瘩。表面上我欺负了权国金，后来我一想，那算啥欺负，我从火苗儿身上知道，女人多么渴望男人啊！"我哑了口，忽然听见他掐着喉咙唱皮影，那不是唱，而是在吼。

火苗儿不知啥时候来了，她听着金沐灶唱皮影，泪水涟涟。

后来，我听火苗儿说，权国金依然收集女人的脚，都是照片。他对照片摸来摸去，舔着焦干的嘴唇。他收集的照片越来越多了，装满了几本大相册。

我发现权国金走在大街上，他总是低着头，看女人的脚。

听说，有一天，权国金看到一个女人的脚，眼前一亮，就过去搭讪："美女，你的脚很漂亮，能不能拍张照片？"人家瞪眼，骂一句"神经病"，走了。他连忙叫住："五百块钱！"女人停了脚步，回头："真的？"

权国金掏出一沓钞票，递给那女人。

女人坐在甬路旁，脱下鞋子、袜子，让权国金拍个够。有一次权国金喝多了，他对火苗儿说："好脚在民间啊！舞厅的、足疗店的小姐脚都不中，要找好脚、美脚，就得在街头巷尾搜罗。"

火苗儿骂权国金变态。

权国金硬着脸，说："说我变态就对了。一个丧失了性功能的年轻男人，娶了一个漂亮的老婆，能不变态吗？变态是正常，不变态是不正常。这些照片上的脚都好看，就是比不上你姐的脚，你姐的脚真叫一个美！"

权国金说着，打开柜子，从里面端出一个水晶的鱼缸，那里面用福尔马林泡着一只脚，雪白雪白的，是大妞的脚。

火苗儿惊呆了！

这只脚原本是放在革命烈士纪念馆的，权国金却偷了出来。权国金伸出手，把大妞的脚捞了出来，福尔马林滴答作响。

火苗儿哇地吐了出来，疯疯地，跑了。她回了剧团，唱戏，唱得疯疯魔魔的。

仰脸婆娘低头汉，权国金走路总是低着头。

那一天，我家炕洞漏了，我和泥补炕。我和泥的时候，身边围着一群鸡。鸡一跳，权国金低头走进来了。他走到我跟前说："爹，我还是想和火苗儿要个孩子。"

我被说蒙了，别人不是难事，这对他来说，忒困难。他说可以采用新技术，他俩做试管婴儿，找个代孕女人怀胎。试管婴儿才能保证这孩子是权家的血脉。我抬头问："火苗儿是啥意思？"

　　权国金说："她有点儿顾虑，请爹劝劝她。我们这么大家业，应该有多个孩子继承啊！再说，只有我们有了孩子，火苗儿的心才会拴住了。"

　　我听着也有道理，答应劝劝火苗儿。

　　我找到火苗儿一说，火苗儿竟然答应做试管婴儿，只是她不愿意别人代孕。

　　过了几天，权国金带着火苗儿去了香港，一切妥当。

　　我瞅着火苗儿的肚子一天天大起来，权国金乐得嘴巴咧成了瓢。火苗儿腰酸了，权国金知冷知暖，一天到晚为她揉腰捏腿，营养品都送到她的嘴边上。

　　权桑麻更是欢喜，他送来好多营养品，让火苗儿安心养胎。

　　那些日子，火苗儿饭来张口，懒得张；衣来伸手，懒得伸。她整日吐酸水，围着大被不起床。吐完酸水就唱："巧儿我自幼许配赵家，我和柱儿不认识我怎能嫁他呀，我的爹爹在区上已经把亲退呀，这一回我可要自己找婆家呀……"

　　火苗儿不是十月怀胎，而是十二个月，整整一年。

　　我和老婆为她提心吊胆，为啥这么长时间？是不是胎儿有啥毛病啊？查了多少回，正常。权桑麻挺高兴的。他说秦始皇就是怀胎十二月生的，是好兆头啊。快到十二个月的时候，我去药王庙找杜伯儒，杜伯儒不在，徒弟说他到水库钓鱼去了。我去水库找的他，杜伯儒专注地端坐，脚前放着鱼饵盆，下钩不大一会儿，他就金一条银一块地提溜鱼。我问他火苗儿肚子里的孩子是咋回事，杜伯儒放下鱼竿，掐着指头，嘴唇嚅动着，老半天，长长叹口气："有异象，有异象啊！"我惊讶地问："啥异象？"杜伯儒诡秘地说："这孩子，与众不同。"我问："好，还是不好？"杜伯儒含糊地说："看吧。该来的，总要来，挡不住。"我着急了，说："你倒是给个准话啊？"杜伯儒感叹说："人世间，好多事，没人拿得准。都拿准了，人活着就没意思了。人活的就是个喜怒哀乐呀，一样都缺不了。"

　　终于到了那天，火苗儿生孩子了。

　　竟然是个毛孩！这孩子浑身长毛，跟飞上天的毛嘎子一模一样。全村震惊，我被惊着了，马上想到杜伯儒的预测，我和老婆都不敢去看。权桑麻病倒了，流着眼泪连说："报应，报应啊。"他是说，他和权家人作恶忒多了吗？火苗儿生下了毛孩儿，让村里人想到了在老槐树上做窝的毛嘎子。小小的日头村，竟出了两个毛孩儿!

想到毛嘎子,我有好长时间没听见他的声音了。他说他在云顶,我有些疑惑,这不扯淡嘛!天上哪有云顶啊!反正,毛嘎子飞到天上去了,跟嫦娥搭伴过起了日子。谁不信,等月圆的时候,拿高倍望远镜看看,一准能看到毛嘎子。我见不到毛嘎子这个人,却能听见他的声音。还有人说他去了大都市,在夜总会演出,能蹦能跳,还会唱流行歌曲,人们都来看稀奇。毛嘎子赚了好些钱,还交了女朋友。也有人说,毛嘎子咋能进城呢?进了城还不被关进动物园啊!

我又多了个外孙子。我给他起名叫毛毛。

毛毛过满月的时候,我去了,见到了他。他浑身长满毛,冲我很不友好地瞪眼。我看权国金和火苗儿倒也稀罕。火苗儿问我,毛毛长大了,不会也飞上云顶吧?她这一问,我挺害怕的,又想到了毛嘎子。我看看毛毛的腋窝,没有翅膀的痕迹。我说:"不会。"火苗儿说:"毛嘎子就是长大了才生出翅膀的。"权桑麻没来,他不想见这个孙子,永远都不想见。权国金跟爹吵了一架。权大树对此幸灾乐祸。火苗儿生了个毛孩,金沐灶心情低落。他觉得火苗儿挺可怜的,他要是当年娶了她,就能生个健康的孩子了。这样想着,金沐灶心里就愧得慌。他对我说:"老天爷咋能这样惩罚火苗儿呢?没天理呀!"

袁三定来了,带来了槐儿。

爷儿俩从美国归来,来看金沐灶。我看见槐儿长大了,可嘴唇还有点儿紫,先天性心脏病还在折磨他。我问槐儿身板咋样?槐儿笑笑:"挺好。"我听见他嗓子里发出拉胡琴的声音。我说:"孩子,如今医学发达了,啥病都看得好。"槐儿噙着眼泪说:"姥爷,我知道。"

槐儿在金沐灶怀里哭了,他说做梦都想舅舅。金沐灶说:"舅舅也想你。"袁三定要金沐灶离开日头村,去美国留学。袁三定说:"你是全乡的高考状元,如今却在种庄稼,不能就这样毁了。"金沐灶还惦记着魁星阁的事,他想把它建起来。袁三定说:"这好办,我可以投资。"金沐灶摇头,他想亲手做这件事。这是金家的文脉,还是由金家亲力亲为。金沐灶主意已定,不建成魁星阁,哪儿也不去。袁三定说不动他,带着槐儿又回美国了。

第七律 南吕

1

金沐灶蹲在学校院子里，埋着头。他办了个农民学校，开张没几天就黄了，没人听课。一条黑狗围着他，尾巴翘圆了，左右摇晃。金沐灶抬手扒拉一下狗，半天才说："没想到，我干啥啥不成。我就是个失败者。"

我说："这年头，有钱，就是成功者。没钱，谁都看不起。好好赚钱吧！"

金沐灶倔倔地说："我就不想当个有钱人。"

我说："有钱人多好，难道你想跟我一样，牙快掉光了，还是个穷光蛋。我就跟你说吧，有钱买不来真情，没钱，更买不来真情。你看见哪个女人跟要饭的爱得死去活来的。你没钱，总有一天，连火苗儿都瞧不起你。"

我的话震撼了金沐灶，他半天不说话。

吕富仁在日头村当知青的时候，就是金沐灶的忘年交。如今在大学当教授了，满肚子都是深奥的哲学问题。这天，他从省城来看金沐灶。吕富仁说："沐灶，你当乡长我没理你，因为人走仕途，不需要老师。人一当官，就是靠魄力了，老师就没用了。听说你辞了官，种庄稼了，我心中遗憾，但还很佩服。种庄稼，寂寞呀。尤其是年轻人，种庄稼，更寂寞。寂寞人，最需要跟人说说话，也最想念老师，对不对？"

金沐灶突然哑住，眼泪淌下来。

我观察着吕富仁，此时他的眼仁里聚着红色。

吕教授是个哲学家，说话一会儿高深，一会儿通俗，特点是风趣。记得还有这档事，金校长给吕富仁和我家的大妞提亲，谁知道，大妞偷偷跟权国金好上了。金校长提了几次，都被大妞婉言谢绝。提亲不成，吕富仁对我照样亲热，这叫文化素质。还有一年，我去大学找金沐灶一块儿去买玉米新品种，见过吕教授一面。这么多年了，他还记得我。我把他和金沐灶请到家里，让老婆给他做最爱吃的韭菜菜盒子，我们喝了好多酒。得知金沐灶和火苗儿并没有走到一起，吕教授不住慨叹。我让吕教授开导开导金沐灶，让他务些个赚钱的营生，别跟钱有仇。金沐灶说："我不想成为有钱人，我以为有了钱，就添了不少臭毛病，就像权桑麻那样。可我还想用钱，没有资金，怎能重建魁星阁呢，光种地不中啊。"

吕教授坚定地说："沐灶，这事没什么可纠结的，这个时代，清守尊严没什么意思。从大众哲学角度说，时代主题是两个字：赚钱！三个字：赚大钱！四个字：大胆赚钱！"

金沐灶说："经商，不可避免的是要做违背良心的事。"

吕教授说："先不提良心，我是搞哲学研究的。哲学是介乎于神学和科学之间的，它思考的基本问题包括：世界是否分为心和物，如果这样划分，那么心是什么，物是什么？两者之间从属关系如何？我可以告诉你，心是灵魂，物是心灵以外所有形式的体现。心与物，两者相互牵扯。心由物动，物由心生。我对你能义无反顾地离开官场，很钦佩。但此时的你，应该抓住机遇，赚钱！记住我的话，中国有骨气的文化人只有参与了经济生活，方能干预社会生活。你应该相信自己是强有力的。你可以把市场骑在胯下，在上面展开优美的'托马斯全旋'！"

吕教授的话击中了金沐灶的命门。金沐灶瞪眼听着，着了迷。

吕教授的心里话有多少？比披霞山的矿藏还多。他就这样坐在炕上，从中午说到晚上，又说到大半夜。就像春天开了封的燕子河，脆生生、嘎嘣嘣地流淌着。吕教授一打开话匣子，就收不住，而且越说嗓门越亮堂。

几天后，金沐灶听了吕教授的话，研究起了那本《铸铜经》。那是他当年从烧毁的魁星阁破门夹层中找到的。

那天早晨，日头还没出，一街的瓦屋，全都阴着影。我跟着金沐灶去找杜伯儒。金沐灶对杜伯儒说出了自己的想法。杜伯儒沉吟片刻，说："盛世铸钟，国泰立碑。好好好！"

杜伯儒从抽屉里拿出一张发黄的纸，打开，是一张大钟的图纸。他说："这是过去药王庙的康寿钟，'文革'中让红卫兵砸了，连块钟片都没留下。我把他交给你，这就是你铸铜厂的第一份订单，相信你能做好。"

金沐灶轻轻地笑了。

金沐灶从袁三定那里借了一笔钱，又贷了款，建起了铸铜厂。有一天，我把厚厚的牛皮纸信封交给权国金说："这是金沐灶让我给你的。"说完这话，外边的天空咔嚓一声，响了一个惊雷。我转头望去，天阴得像黑锅底。我一激灵，权国金一哆嗦。他问："啥东西？是不是想害我呀？"我头皮发麻，说："我也不知道啥东西，但他不会害你。"这时，窗外下起雨来，噼噼啪啪地敲打着玻璃。权国金看我一眼，打开信封，哗啦抖出一堆相片来。权国金眼前一亮，像黑屋子突然打开了电灯，他喃喃道："好货呀，真他娘的地道！"权国金摸了一下嘴角，问："金沐灶，他求我办啥事来着？"我大声说："铜厂的事呗。"权国金点了点头。于是，金沐灶的铸铜厂办了起来。他把废弃的小学校收拾得干干净净，建起了铸炉，请来了铸铜师傅，开始铸康寿大钟。这是杜伯儒下的第一份订单，马虎不得，他要的就是开门红。

不久，康寿大钟铸成了，紫红紫红的，用手指弹一下，清脆，余音袅袅，飘得远远的。

杜伯儒来了，见了大钟，双手抖抖地抚摩着铸面上面的《金刚经》，一个劲儿说好。他说："四月二十八，药王庙会，挂钟祈福。"

杜伯儒把第一次敲钟的任务交给我。我的心跳得欢实，这是新出炉的大钟啊！那天，赶庙会的人，海了，都静静等待着钟声响起。我穿了一身新衣裳，跟孩子们过年似的，握着枨木的手都出汗了。只听杜伯儒大喊："今天是农历四月二十八，药王孙思邈先生的诞辰。由日头村金氏铸铜厂厂长金沐灶先生为我们铸造的康寿大钟，落成了！让钟声响彻，为天下百姓消灾延寿，修善积福。祈愿国泰民安，世界和平。下面，就请日头村敲天启大钟的敲钟人老轸头，为我们敲钟祈福！"

我抡圆了膀子，嗖嗖挥动轸木。钟声弥漫开来，天地都在震颤。我一口气敲了一百零八下。我是越敲越精神，越敲越来劲。钟声里，人们双手合十，抛洒着吉祥的心愿。

当时不觉得，敲完钟，才发现，膀子抬不起来了。

金沐灶说："轸叔，今儿你算露大脸了，上万人看着你呢！"

我鼻子一酸，忍住了泪，说："你也不赖，这口钟铸得好啊！"

我的膀子抡肿了，见风就疼，疼得我龇牙咧嘴。我去了药王庙，金沐灶也跟来了。金沐灶感谢杜伯儒："叔，这下你算给我做了活广告了。"杜伯儒说："人靠人帮，人得帮人。一个人单打独斗，办不成大事。这钟声一敲，给你的生意报了福音了。往后的日子，发财吧。"

那一天，权桑麻也去逛庙会，看到了我敲钟。权桑麻来找我，说："亲家，你好大一张脸啊！"我说我本来就是个敲钟的，苦命人。权桑麻说："新铸的钟，让你敲了头一水。"我听得出来，他砢碜我呢。权桑麻叹了口气，说："我不如你呀！我出资两万，买敲钟权，杜伯儒没答应。看来他是和金沐灶串通好了，是铁了心要跟我对着干了。"我苦笑说："可不能这么说，我去敲钟，这是下贱活，您是当家人，咋能敲钟啊？"权桑麻被我闷住了，过了一会儿，又问我对金沐灶铸铜咋看？我说："没啥看法，他总得混口饭吃吧。"权桑麻提高了嗓门，说："不对！你总是袒护他，他是想压着我，让我翻不了身！"

我听了心里咯噔一下。

权桑麻就是这样的人，没有敌人，他一天都活不下去。他的想法忒他娘的奇怪。权桑麻拧着眉头说："金银铜铁锡，这不明摆着吗，我开的是铁厂，他就开铜厂，铜在上，铁在下呀，这不是压着我吗？"

我笑出了声，说："亲家，你真能胡扯啊，他要是开金店，那不压你好几层啦？别疑神疑鬼了，这年头，一只手遮天不容易啦。"

权桑麻急了，吼起来："老轸头，你说清楚，我啥时候一只手遮天了？人们不都说我胸怀四海嘛！"

我冲他作揖："我说错了，错了。"

金沐灶的铸铜厂真的红火起来了。除了铸钟，还铸造各种塑像、浮雕、铜鼎等等。

这一年，香港回归，金沐灶决定亲手铸一个宝鼎送往香港。这个决定，让我激动了好几天，权家人再有钱，也弄不出这露脸的举动。金沐灶的铜厂铸鼎那天，厂区张灯结彩，鞭炮齐鸣。

铜鼎铸成了。大鼎金光闪闪地矗立着，引来一堆人观看。

金沐灶问："轸叔，你瞅这铜鼎中吗？"

我沿着铜鼎溜了一圈，连连夸奖："好啊！好啊！"

金沐灶说："您再细瞅瞅。"

我把脸凑近铜鼎，瞅了半天，没瞅出啥来。

金沐灶说："把脸凑近了瞅。"

当我把脸凑近铜鼎时，铜鼎热热地烤人。我闻到了一股刺鼻的铜味，除了气味，还能瞅见铜面上斑驳的花纹。

金沐灶轻轻摇头说："轸叔，我不满意啊。"

我一愣："因啥不满意？就因这花纹？"

金沐灶摇头说："不，我总感觉缺点儿啥，缺点儿气韵，想毁了重筑。"

我眨了眨眼，惊愕不解地盯了他一阵："你，你说啥？"

金沐灶想了想，说："我有个想法，必须得到您的帮助。"

我大咧咧地说："我能帮上啥？"

金沐灶说："您能，我想把大妞的那只脚铸到鼎里边。"

我急了眼，说话结巴了："你说啥？说啥？你真敢想啊你！"

金沐灶说："您想想，大妞的脚从展馆拿回到权家，是最好的去处吗？"

我皱眉想着，想着。

我去找了杜伯儒。杜伯儒一拍脑门："好主意啊！"

我跟杜伯儒聊了一整天，终于想通了。

铸鼎开炉那天，我捧着大妞的脚，喃喃地说："孩子，你的身体化了，留下这只脚，你在梦里总是找我要。我跟权国金要，他当不了家，你公公总是拖着不给。这次香港回归了，是咱国家的大喜事。沐灶要把你的脚筑到铜鼎里，爹开始想不通，后来杜伯儒劝爹，爹就想通了。你的身子是铁水化了的，留下这只脚，放在权家，让你无法完整。今天爹做主了，给你的脚找个好去处。那是大香港啊，听说繁华得很哩。你到了那儿，就再也不孤单了，你方便的时候，再托梦给爹。"我说不下去了，我揩了揩湿润的眼睛，身体一软，化为一堆泥。

金沐灶上前搀起了我趔趄的身体。

我强忍着悲痛，手扶铜鼎继续说："大妞啊，你是孝顺孩子，你也不会反对的。你的脚放进铜水里，化为气体，你的魂就完整了。走吧，走吧！"

说着，我捧着大妞的脚，放进红红的铜水炉里，瞬间化成一股白烟。

我哇的一声，哭得跌倒在地："妞啊——"

铜鼎铸成了，还是那般大小，没了怪味，没了花纹，却有了气韵。铜鼎上写着：庆祝香港回归，为万世开太平。我看得出来，金沐灶对这次铸鼎非常满意。

杜伯儒抚须，啧啧赞叹："真是神啦！"

我却不忍心再瞅了，好像大妞就站在那儿朝我微笑。

金沐灶找了辆卡车，给铜鼎披红戴花，直接送到火车站，然后送往香港。

出发仪式上，权桑麻也在人群里。他对我说："风水轮流转，这回让金沐灶捞着了，活该他露脸啊。"

我说："好汉不提当年勇，你也给香港表示表示啊？"

权桑麻嘿嘿一笑，说："我那都是傻大黑粗的生铁蛋子，表示啥？人家还不给我扔出来。"他背着手，阴着脸走了。

金沐灶走红运了，旧学校的老场地搁不下小铜厂了。因为送香港铜鼎的事，让县里领导赚足了面子，领导亲自批地，建大型铸铜有限公司。各银行一路绿灯，求着金沐灶贷款。因为这事，金沐灶名声大震，全国各地的订单都来了，日头村铸铜公司正式挂牌。

第二年的秋天，金沐灶带我去了一趟香港。我抚摩着铜鼎，哽咽了："大妞啊，爹看你来了。"铜鼎静静地矗立着。我抱着铜鼎，流下浑黄的眼泪。

那些陪同的港人都愣了。

　　过了两年，权桑麻的轧钢厂陷入了泥沼，转不动了。钢铁产能过剩，国家宏观调控，大批建设项目下马，用不到那么多的钢材了。钢厂的生意清冷了，好多工人放假，回家种地，重新拿起了锄头。

　　天凉了，我去看望权桑麻。一进屋，看见权桑麻拥着被子，坐在床头，抽闷烟。权桑麻已近七十岁了，头发白了，黑牙暴露，嘴角的皱纹更深了。抽了一阵，他老婆一枝花接过烟袋，权桑麻老毛病犯了，一下接一下地抠脚泥，搓到劲头上，紧闭双眼。

　　权大树进来了，他劝权桑麻安心养老，出国转转。

　　权桑麻说："年轻时候，你爹去过莫斯科，见过斯大林啊！"

　　权大树说："爹，我知道。您应该到美国看一看。"

　　权桑麻找到下嘴时机了，破口大骂："大老美，有啥看的！他们老攻击我们人权，我看啊，他们才不讲人权呢！还是毛主席说得对，帝国主义和一切反动派都是他娘的纸老虎！"

　　权大树笑了笑，说："爹，都改革开放这么多年了，您咋还拿老眼光看人。我去过美国，人家就是牛！再说了，袁三定不就是美国老板吗，您咋还跟他合作呢？"

　　权桑麻冷冷地望了权大树一眼，说："袁三定是中国人啊。不过，等我们实力强大了，还得把老袁也彻底赶走，这个假洋鬼子也不是啥好鸟！"

　　权大树插嘴说："人家是大老板，你说赶就能赶走？"

　　权桑麻说："眼下我没办法，等啊，你等啥时候来一场运动，看我咋收拾他！"

　　我听了头皮发麻，这家伙还盼着来运动呢。

　　权大树每天为权桑麻按肩膀，权桑麻忒受用，在有人按摩的同时，自己还能抠脚泥,闻着脚趾间的"芬芳",那就更受用了。权桑麻的这个嗜好是不能劝的，谁劝他就跟谁急。

　　权大树站在身后，也跟着沾光，不住拧鼻子。

　　我知道，权大树给老爹拍马屁，是瞄着村支书兼董事长的位子呢！可是，权国金也想接班啊。我发现，权国金用的是另一功。他跟火苗儿商量，歌颂权桑麻的大恩大德、丰功伟绩。于是,权国金在村里成立了艺术团,聘请火苗儿当顾问,除了评剧,还有乐亭大鼓、皮影、快板书、三句半,整个一盘大杂烩,感觉有点儿乱。那一次,村里来了个参观团。我陪着权桑麻在村里饭店喝酒,权国金带着一帮人背着家伙什来了,现场演出三句半,锣鼓大镲敲打起来,好不热闹。甲乙丙丁说开了:

> 敲锣打鼓走上台,我们各个乐开怀,歌颂英明权支书,敬礼!
> 各位顾客大家好,我把支书表一表,支书恩情似海深,忒好!
> 支书当年红孩子,参加土改分田地,斗倒地主把身翻,仗义!
> 土改之后"大跃进",全国劳模举大印,鼓足干劲往前冲,光荣!
> "文化革命"挨批判,真金不怕烈火炼,深入揭批"四人帮",英雄!
> 改革开放走在前,经济发展勇争先,率先建成亿元村,功臣!
> ……

权桑麻哈哈笑着,乐晕了。

我没想到权国金会来这么一手,站起来鼓掌。饭店里的人也拍巴掌,听说饭店里演节目,村里人也来看热闹。

2

我像猴子一样攀着菩提树干,手举着牵牛花瓣搜寻蝴蝶、蜻蜓。我爬到树顶就像个胎儿一样蜷成一团,听见一片知了的叫声。还听见哗哗流淌的燕子河水声。

忽然,林子外边响起了村民乱七八糟的声音。

整个下午我都在树上蹦来蹦去,这儿有我多少童年的记忆啊!我心疼的只有那片树林。过去的树林里有一种我十分喜爱的开花的树,名字我都忘记了,枝杈像小蜡烛一样燃放着犹如细碎的花瓣。

咚咚咚一阵脚步声,不知是谁家的姑娘跑过去了,样子有些像火苗儿,但又不是火苗儿。

我开始有了对女人朦胧的渴望。过了很久，没有一个女人的踪影，我慢慢在树上打盹了（村里所有的树种中，只有状元槐能站着做梦，它梦着自己返老还童了。状元槐没有对应的星宿，我依然能够搜寻到它的梦。它也常常跟踪村人的梦，现实生活在它眼里变虚了，尽管人们真诚地对待它，可是，树眼中的一切恍如一场梦）。

天黑以后，我就向我的家园云顶飞去。谁也发现不了我，我可以日行千里。

刚到云顶就看见室宿一闪一闪。

我算了一下，这是权桑麻所属的室宿。一般室宿的人威武刚烈，具有斗志和竞争心，积极乐观，欲望强烈。缺点是独断专行，轻率急躁，不懂温柔，过分的豪放会带来命运的大起大落。

我对权桑麻的梦很感兴趣（这一时期我好像更看重梦里的东西，肉眼看到的东西变得不那么重要了）。这个以霸道著称的民间枭雄身体极好，他极少做梦，逮着他的一个梦真不容易。我看见权桑麻于梦中在选择庙宇，他以其犀利的目光看准了景忠山。

从日头村翻过披霞山就是景忠山。景忠山上的贵妃池是冀东著名的风景区。传说乾隆皇帝在这里修筑汤池，至今留下贵妃池名胜古迹。景忠山贵妃池的温泉是怎么来的呢？

相传在很多很多年以前，女娲补天在景忠山留下了一块葫芦状的巨石，于是人们便在那里修了一座娘娘庙。多少年来，娘娘庙的香火一直很灵，吸引着远远近近的信徒来这里拜佛烧香。

我怎么也没想到，权桑麻在梦中竟变成了乾隆皇帝。一个晴朗的天，权桑麻一身帝王黄袍，频频出入紫禁城和颐和园。有一天他率队来到冀东景忠山游玩时登上了娘娘庙。

陪伴他的皇子是权国金，没有见到权大树的影子。

权桑麻见娘娘庙香火很旺，也要去朝拜。卫士们赶走了众信徒，权桑麻进了娘娘庙。娘娘庙并不大，权桑麻转了转便停在女娲娘娘的神像前不动了。权桑麻站在女娲娘娘的神像前露出欣赏的目光，神像塑得很美，他心想自己如能找到一个像女娲娘娘这样美的姑娘做妃子，该有多好哇！想着想着，不觉向前又走了几步，离神像越来越近，猛听"呸"的一声，女娲娘娘吐了权桑麻一脸唾沫。

权桑麻摸着自己的脸，吓了一大跳。

女娲娘娘是泥塑的，怎么还能吐唾沫，莫非她当真活了？

权桑麻越想越害怕，急忙带着皇子、嫔妃和卫士们匆匆离开了娘娘庙。老轸头的脸隐藏在黑暗中，呈现的只是模糊的影子。

天色徐徐地暗了，隐约可见天边出现了几颗星星。

权桑麻回到皇宫，仰望星空，月光映照着权桑麻的脸而看不出一点儿表情，其实，他内心想着怎样报复女娲娘娘。这梦也奇怪，权桑麻睡了一夜之后，早晨起床惊呆了，被唾的地方竟然生起疙疙瘩瘩的疮来。他又痒又痛，而且越烂越厉害。权桑麻皱了皱眉头叹息道："这可叫朕怎么上朝哇？"他仰起脸对着天空露出了不堪忍受的痛苦神情。

权桑麻急忙让大太监老轸头招来太医，太医竟然是杜伯儒（梦里的事情真有意思）。

老轸头穿着太监的服饰在一旁伺候。杜伯儒看了权桑麻脸上的疮，沉默了一阵不知怎么开口。老轸头催促道："杜太医，赶紧说话呀！"杜伯儒急忙说："这种烂疮很特别,中药无法医治。"老轸头的声音竟然有太监那般尖细："大胆，欺君之罪，你不怕杀头吗？"杜伯儒哆嗦着说："表面看是疮，其实，皇上是被鬼魂缠上了。鬼魂要是缠上你老轸头，你也跑不掉。"一听这话，老轸头吓得直吐舌头（这不能都怪他们，几千年来积下的鬼魂太多了，他们无法忍耐寂寞的时候就出来兴风作浪）。

权桑麻却对杜伯儒恼怒了："娘个 × 的，鬼魂？朕从来不信这一套！你能治就治，不能治就给我拉出去斩喽！"

杜伯儒赶紧行礼下跪："喳！圣上息怒，一定治好皇上的病。"

杜伯儒给权桑麻脸上涂了药，还开了内服药，几天过去不疼了，权桑麻恢复了与后宫嫔妃们的嬉戏生活。

有一个贵妃夸奖权桑麻脸好了，权桑麻微微笑了，就真以为好了（真相的能量足以击碎谎言，可是权贵们愿意活在谎言里）。其实，他的脸不仅没有治好反而越烂越厉害，他一天天变得愈加冷酷，他宣称将毫不留情地严惩太医杜伯儒。太监老伶头迟疑了片刻，他推测会株连自己，内心恐惧又纠结。

那天陪他去娘娘庙的皇子是权国金。权国金劝阻父亲饶杜伯儒一命，发配他到披霞山药王庙。他还出主意说："父皇是人间皇帝，富有四海，就是偶尔不恭，神女也该原谅。"

听了权国金的话，权桑麻脸上的愁云并没有消散，他皱着眉头，没精打采地说："孩子，可神女并没有原谅朕啊！"

权国金抬起头说："父皇可虔诚地去庙里焚香，女娲娘娘见您确有诚心，就会宽恕的……"

权桑麻没有办法，他这个从不低头的人，只好硬着头皮去娘娘庙焚香。焚香一连坚持了七七四十九天，女娲娘娘终于被权桑麻感动了。

这天上午，权桑麻刚刚拜完，桌上签筒里就跳出一支竹签，权桑麻接过一看，上面写着"汤泉洗痂"四个字。他正皱着眉头思索，一卫士进来禀报说，景忠山下出现了一个热气腾腾的汤泉池。权桑麻听了心中大喜："娘个×的，随朕看一看吧！"

权桑麻踏着满地狼藉，一路奔向汤池。他看见热气腾腾的温泉水上，飘着一些野花花瓣。他弯腰捧起温泉水和花瓣，凑在鼻子底下，把水和花的芬芳深深吸进肺腑。原来，女娲娘娘恼怒权桑麻轻薄无礼，所以用生疮惩罚了他。但见权桑麻能改正错误，于是就显神通帮他治疗。

女娲娘娘从怀里取出一个瓶子，用树枝蘸了些瓶里的水向景忠山洒去，景忠山下便出现了热气腾腾的温泉。

权桑麻用慈父般的口吻对身旁的儿子说道："国金，朕脸上的病要是好了，应该奖赏你呀！"

权国金急忙跪下说："孩儿孝敬父皇是应该的，孩儿还要给父皇建贵妃汤池呢！"

权桑麻高兴地笑了。

权桑麻坚持每天用温泉圣水冲洗脸上疮痂，圣水就是药，能给脸上治疮也能给人心疗伤。时间不长,脸便渐渐好了。

梦醒的时候,权桑麻摸了摸自己的脸傻傻地嘲笑自己做了个荒唐的梦。

本来该结束了,谁知又节外生枝了。权桑麻醒来还记得皇帝梦和贵妃汤池,回味着什么,就委派权大树去建贵妃汤池(在这个世界上,有些事情尽管看着很神圣深究起来却毫无意义)。

权大树反驳说:"我的亲爹呀,咱披霞山有铁矿,哪有温泉啊!"他甩手悻悻地走了。

权国金说:"爹,我派人寻找,景忠山有温泉,我们披霞山也一定会有!"

权桑麻哈哈笑了:"娘个 × 的,还是国金懂朕的心。"

权国金急忙操办建设披霞山贵妃汤池去了。

权桑麻的脸仰在半空,迷傻地盯着天空的一朵白云,忽然冒出一个大胆的想法:他要动用资金,把北京天安门照原样搬进日头村。

全村皆惊。权大树等人出面反对,唯有权国金投了赞成票(抛开贵妃汤池和建设天安门的事,我对权国金的评价远远高于对有勇无谋的权大树的评价)。权桑麻站在状元槐下,一个不落地清点着天空的云彩,眼前出现了天安门雄伟的屋景。

3

钢厂评剧团成了歌颂权桑麻的艺术团。每逢客商来访、领导视察,都要进行专场演出。火苗儿除了唱评剧,还唱乐亭大鼓,冀东皮影戏,一板一眼,挺像那么回事。

村里越来越热闹了。权桑麻笑着对我说:"轸头,娘个 × 的,你这姑爷真行,太有才了,深得我心,深得我心啊!"

我听这话心里受用,权国金毕竟是我姑爷。权大树坐不住了,照这样演下去,哪有他的好果子吃!于是,他断了权国金的后路,掐断了艺术团的经费。

艺术团很快就支撑不下去了。权国金找权大树,说:"你这样做事,忒不厚道。"权大树说:"我看你就是个败家子儿,我这儿辛辛苦苦赚钱,你在那里唱唱跳跳。这钱是大风刮来的？是我们日钢工人汗珠子摔八瓣换来的，容易吗？"权大树只从经济方面说，不说权国金为父亲歌功颂德的事，因为这样驳不倒他。但权国金却专挖根子，说："你这样做，就是反对爹，就是想阴谋篡权。"权大树的脸，一会儿红，一会儿白，他急了："你他娘满嘴喷粪！"权国金也急了："好啊，你他娘的骂咱娘！"说着，就冲了上去，一把抱住权大树，两个人在地上骨碌碌滚了起来。两个人衣着沾了土，地上一片狼藉。

在一旁的两个保安都吓傻了。当时，我下地回家，就站在钢厂大门口看热闹。两个人滚着，围着那头牛的雕塑转来转去。

我知道权大树好勇斗狠，出手黑，怕权国金吃亏，忙上去拉架。可是，我压根儿就拉不动。我瞅见权国金的脸上被抓成花瓜了，血一道一道的。

我急中生智，大喊一声："你爹来了！"

两个人齐刷刷地站了起来，拍打着身上的土。两个保安和几个看热闹的人，偷偷笑了。

这事儿，还是让权桑麻知道了。权桑麻把两个儿子叫去，开始，两个人不承认打架，说是切磋武艺。权桑麻脸黑得像锅底，扭头问我他俩打架的经过，我知道瞒不住，就一五一十说了。

权桑麻指着两个儿子的鼻子，喷着唾沫，大骂道："娘个×的！你俩出息了，翅膀硬了，学会窝里斗了！我还没死呢，你俩就动手了，我要死了，还不得动刀子啊？"

权国金怯怯地说："爹，我们艺术团歌颂您的丰功伟绩，他把经费给卡了。这不是明显跟您作对吗？"

权大树辩解说："爹，眼下咱们企业的生产线停了三分之一，本月前二十天的账目亏损了一百多万。不当家不知柴米贵呀。我不是对您有意见，是觉得，应该节省开支，有必要养一个艺术团吗？"

权国金恼了，说："艺术团成立，是爹批准的，就是解散，也轮不到你做决定。就是解散艺术团，也不该这个时候。下个月就是咱爹的七十大寿了，你把艺术团解散了，连个响动都没有，咋给咱爹贺寿啊？"

权大树说："我们请火苗儿的评剧团贺寿啊！你媳妇带人给爹贺寿，不是天经地义吗？"

我插嘴说："大树，你别站着说话不腰疼。火苗儿剧团那一堆人呢，拉出来不得花钱啊？"

权桑麻沉默了，似乎拿不定主意。

权桑麻是真心地喜欢艺术团，喜欢艺术团，就喜欢权国金，喜欢权国金，权国金就有希望接他的班，那我脸上也能放光啊。我趁机煽风点火："亲家，艺术团不能散啊，你的丰功伟绩都是他们唱出去的，那可是唱出了咱老百姓的心声啊！演出停了，就算你愿意，全村人也不答应啊！"

权桑麻顺坡下驴地说："亲家说得对！只要老百姓喜欢的事，我们就得干。养一帮演员，用不了几个钱，咱权家瘦死的骆驼比马大，垮不了。依我看，艺术团继续办下去。"

权大树处了下风，气哼哼地要走。

权桑麻说："大树，你牵挂企业发展是好事，我知道你是个有心人，别跟你兄弟一般见识。"权大树说："爹，我知道。"他瞪了权国金一眼，走了。权桑麻转而又对权国金说："你也不是个省油的灯，惹你哥干啥？往后你就把剧团的事交给火苗儿，把村里的宣传工作做好，别让乡亲们说你不务正业。记着，上面下来啥文件，给我看看；布置的啥任务，说给我听听。"权国金说："忘记跟您说了，县上下来个文件，是支持三农的优惠政策。"

权桑麻立即说："还不给我拿去！"

权国金答应着，走了。

办公室剩下我和权桑麻。我也转身要走。

权桑麻说："轸头，再陪我坐一会儿。连你也嫌弃我了？"

我迟疑地说："我这人没啥用，也帮不上你的忙，别耽误你的正事。"

权桑麻说："钢厂困住了，没啥好办法。你说，干啥呢？"

我一愣："干啥？还是炼钢炼铁呗，还能养猪啊？"

权桑麻眼前一亮挺直腰身："养猪？咋就不能养猪呢？"

我哈哈大笑："七十大寿还没过呢，你就糊涂了？我们从养猪过来，哪有鼻涕倒流的？有钢厂养猪的吗？没听说过。"

权桑麻在办公室来回踱步，说："如今啥行业赚钱？就是养猪。眼下是，两公斤钢材，抵不上四两猪肉。猪咱都养过，利润周期很明显，基本上会出现一年盈、两年平、三年亏的周期。钢厂还有块空地呢，建几排猪舍，养几百头猪，没问题。"钢厂养猪？这不是风马牛不相及的事嘛！我觉得，权桑麻发神经了，最好离他远点儿。这时权国金回来了，权桑麻一把夺过文件，看着，眼珠子滴溜溜转。权国金愣愣地看着，不知他葫芦里卖的啥药，转脸问我："我爹咋啦？"

我随口说："他要养猪。"

权国金傻了："养猪？"

权桑麻把大手往桌子上一拍："养猪，忒好了！县上有优惠政策，养猪大户有补贴，新品种也有补贴，一大笔可观的资金啊。堤内损失堤外补，走别人的路，让别人无路可走。咱就养猪。我告诉你们，钢铁的严寒来了，一时半会儿过不去。养猪比炼钢有更多的利润空间，通过多元化经营，摆脱企业困境，也是一种战术选择。生存，才是第一要务。为了生存，别说养猪，养鸡、养牛都可以，没的说！"

这权桑麻真不是一般人，他的思维像只麦收时节的蚂蚱，一蹦老远，翅膀闪着光，嘎吱嘎吱叫。

没几天，我听说权桑麻去了乡里和县里，找领导，提出建全乡最大的养猪场。领导听了都高兴。县、乡领导大力支持，为养猪场免费三通——通路、通电、通水。接着，又联系银行，为权桑麻放贷。权桑麻是块金字招牌，全国劳模、人大代表、著名企业家，银行的大门永远朝他开着。跟做梦一样，权桑麻用了一个月时间，建起了千头猪场。猪场一建起来，就挤对了散养的养猪户。他们没有能力与权桑麻竞争，有的赶着猪群归顺了权桑麻；有的把猪卖了，改干别的。

那一天，我和权桑麻喝酒，权大树也在，权大树反对建猪场，责怪老爷子想起一出是一出。

权桑麻开导权大树："这是一笔好买卖啊，土地是现成的，资金是银行贷款，销路是政府主导，政府食堂、当官的入住的宾馆酒店，都吃咱养的猪肉，躺着就能把钱赚了。"权大树说："那银行贷款不用还啊？"权桑麻说：

"咱这养猪场，设施贷款五千万，用三千万就建成了。我已经找公司评估了，五千万。咱啥都没干，先赚两千万。中吧？退一步说，贷款还不上，咱就把猪卖了，把空荡荡的猪舍还给银行。再者说了，各级领导树咱是一杆大旗，能让它倒下？他们可不光吃咱养的猪肉啊。"听了权桑麻的话，我心惊肉跳的，不敢看他那张贪婪的脸，只顾埋头喝酒。权桑麻哈哈笑着，拍拍我的肩膀："亲家，我喝多了，瞎说呢！"我去茅房尿尿，一个劲儿地打激灵。黑呀，真他娘的黑呀！贷款五千万，先把两千万装进腰包，只干三千万的活儿。

金沐灶的铸铜厂网罗了各类人才，设计师、工艺美术师、铸造师，他们就住在公司建造的宾馆里。那一天，他让人开车把我接了过去。他正给这些人开会，我心里头七上八下，走了进去，就听见哗的一片掌声。

掌声中，我的腿不住哆嗦。

金沐灶一干上这一行，人都变了，他笑吟吟地走过来，一脸圣光。他坐在我的身边，微笑着对大家说："这就是我说的老轸头，他是我的亲人，是日头村最有故事的人。我们公司要挖掘民俗风情、民间文化，就得向老轸头多多请教。"

又是一片掌声。

我架不住了，双手无处安放。

金沐灶说："轸叔，县政府要开发燕子河，在挨县城的河边建一条唐人街，展示民俗风情。我接到了几组雕塑订单，就是展示民间艺人的场景，捏泥人的、剪纸的、唱皮影的、看西洋镜的等等，这都得您出谋划策啊！"

当场，金沐灶就给我发了一个大红证书——燕子河民俗风情雕塑顾问。一个姓杨的设计师，把一摞画稿交我审阅。

权桑麻的老婆一枝花，属猪，权桑麻忽然提出，要在村口放一头大肥猪，铜铸的。为这事，权桑麻让我找金沐灶。我犯难了，金沐灶心中还恨着权家，我咋向他开口呢？

那天晚上，权桑麻请我到他家喝酒，那是好酒，多年的茅台，很香，很醇，喝完了还回味无穷。

权桑麻试探着说："轸头，听说你给金沐灶当顾问了？是不是把我给忘了呀？"

我谦恭地说："哪里话，我们是儿女亲家，忘了谁也忘不了你啊！再说，我这叫啥顾问，顾问顾问，顾上就问，顾不上就不问。沐灶愿意拽着我，闹着玩儿的。"

权桑麻哈哈笑着。

我故意说得轻描淡写，免得他对我起疑心。我知道，权桑麻不愿意直接和金沐灶打交道。我也怕金沐灶不答应，就谎称这猪的雕塑是为一个亲戚做的。

金沐灶一听就说："当然是亲戚，是你的亲家权桑麻吧？轸叔，您别跟我绕啥弯子了。"

我愣了愣："你愿意？"

金沐灶说："咋不愿意，有生意做是好事啊！"我把权桑麻交给我的图样给了金沐灶。

金沐灶歪着脑袋，说："这头猪，挺喜兴的。放心吧，准时交活。"

我欣慰地笑着，觉得金沐灶读了带血的《金刚经》，烈性脾气绵多了，和水一样，啥都容得下，不再与谁争高低。

我和金沐灶说话的时候，火苗儿来了。

火苗儿身上带着一股香水味，见到我，愣了一下。我有点儿不高兴，以为她和金沐灶又在狗扯羊皮，就瞪了她一眼："你来干啥？"火苗儿说："金沐灶开的铸铜厂是生意，我是来订货的。"我叹了一声，女人要是想着谁，拿刀子都刮不去。金沐灶平静地说："火苗儿，你想铸啥呀？铸口大钟吗？"火苗儿摇头说："我想铸个成兆才的塑像，他是评剧创始人。我打心眼儿里尊敬他，就把他放在家里供着。"

火苗儿拿出成兆才的画像，交给金沐灶。

我老轸头知道成兆才，当年还跟着日头村赵家班学唱落子。赵家班的人大字不识几个，就会唱，天生的好嗓子。《马寡妇开店》《杨三姐告状》，口口相传的。成兆才成了评剧创始人。

金沐灶看了画像，又问了铜像尺寸，应承下来。

我本来该走了，没走，我怕他俩黏糊一块儿。过了一会儿，火苗儿对我说：

"拳头和毛毛都在车上，您带他俩去看看状元槐和大钟。"

我探头往车里一看，拳头和毛毛在车里闹腾呢，跟耍猴似的。拳头上了初中，黑脸蛋，大妞长得白净，权国金长得也不黑，不知他长得像谁。毛毛刚刚学会走路，胳膊和脸挺瘦，肚子却大得像气蛤蟆。我带着火苗儿、两个孩子来到状元槐跟前，看那口天启大钟。我说着状元槐和天启大钟的来历，还抡起轸木敲了几下，让孩子们听听钟声。钟声一响，毛毛身上的毛就奓开来。这孩子的毛又黑又长，刮都刮不净。他一双黑亮黑亮的眼睛忽闪着，似乎能听懂我的话。他仰起脸看看树冠，挣脱着要从火苗儿的怀里下来，火苗儿放下他。我就成了一个木头人，惊恐表情的木头人。只见他像一只毛猴，一眨眼的工夫，就爬到了疙疙瘩瘩的树杈上。他坐在那里，朝着我们咯咯笑。

火苗儿和拳头也惊呆了。这咋可能呢？他是个刚会走路的孩子啊！想到飞到天上的毛嘎子，我的心一寒，结成了冰。

火苗儿哇地哭了。她冲着毛毛哭喊："毛毛，你下来，下来……"

毛毛像猴子一样爬下来了，很轻松。他扑到火苗儿的怀里，懂事地为娘擦眼泪。火苗儿抱着毛毛，牵起拳头，钻进汽车走了。

我站在老槐树下，流泪了。

状元槐的每个枝杈，弯来拐去，或粗或细，都带着感情，富有人情味。我抚摩着斑驳的树干，说："状元槐啊，我老轸头守了你几十年了，风风雨雨的，没功劳，也有苦劳啊。今儿个，我求你了，别让我外孙跟毛嘎子一样，飞来飞去的，说不定哪天就飞丢了呀……"

晴天霹雳，权桑麻在七十岁生日前两天失踪了。

全村炸开了窝。青壮劳力都出去找，有的去了镇里，有的去了外村，有的去了披霞山……老年人走不动，就在家里烧香，许愿："权支书不能丢啊，他是我们的主心骨啊！"

我心中嘀咕着："权桑麻去了哪儿？"

我跟着找了两天，没找到，心中涌起一股逼人的寒气。权大树和权国金哭了，他们觉得，没了父亲，天塌了，这个世界玩儿不转了。我听见权大树说："爹呀，您还没安排好后事，咋说走就走呢？"我听出来，这小子想接班呢。

公安局下来十几个警察，查案子。他们断定权桑麻是被人绑架了，查找犯罪嫌疑人。几天下来，既没找到勒索纸条，也没接到勒索电话。这到底是咋回事儿呢？

权国金、权大树、权桑麻的老婆一枝花都来找我，好像是我把权桑麻藏起来似的。权国金哭着说："人说没就没了。眼看就过七十大寿了，咋也得过完生日再走啊。"

我忽然想起点儿啥，对一枝花说："亲家母，你先回去等消息，我一定把权桑麻给你找回来。"

一枝花答应着，颤巍巍地走了。

权大树看着我说："叔，你让他们把我爹放了吧，要多少钱我出。"

我一听，大怒："你怀疑是我？"

权大树见我急了，赶紧打圆场。

天黑了，远处传来狗的撕咬声和惨叫声。到底能不能找到权桑麻，我心里头也没底。我隐约觉得，他既不在镇上，也不在外村，更不在披霞山，但是他在哪儿呢？应该在那一片田野里。那片田野，是他当年起家时开垦的良田。我们去了村南村东的田野，没有；去了刀把地，没有；后来，去了燕子河畔，还没有。就在那片田野的庄稼地里，我们找到了权桑麻。他倚靠着玉米秆，正在啃一个黑乎乎的渣子窝窝。渣子窝窝是日头村的特色食品，高粱做粉条，去了淀粉，剩下的渣子做成窝窝头，口涩、坚硬、麻嘴。如今谁还吃这个？他这是在寻找当年的感觉吧？

风贴着地溜过来，灌满了他的裤腿、衣领，将他的花白头发吹得乱七八糟，模样狼狈，人却很精神。我的心一阵急跳，眼窝热热的："桑麻啊！"

权大树、权国金扑了过去，大喊："爹！爹！"

权桑麻眯缝着眼，看着我们，嘴唇苍白，哆嗦颤动，嘴里仿佛念着咒语："孩子，轸头，我挺好。"

权大树问："爹，绑匪把您放了？"

权桑麻仰天大笑："绑匪？哪有绑匪呀！想对我下手的绑匪，他娘的还没生出来呢！哈哈哈——"

权大树、权国金两人扶起权桑麻。权桑麻看看我，沙哑着嗓子说："我就知道，亲家会来找我，他准知道，我会在哪儿。知我者，老轸头也。"

我点点头说："你呀，就是离不开日头村，舍不得这块土地啊！"

忽地，权桑麻老泪纵横，他揩着老眼说："眼看着就到七十岁生日了，睡不着啊。老子不信邪，却干了邪事。天快亮的时候，我就找了几个窝窝头，灌了一瓶水，装进背包，出了门。老轸头，我的亲家，算你说对了，我离不开这片土地呀。见到这些庄稼，这些个小草，这些个露水，这些个土坷垃，格外亲啊。我从东到西，从北到南，一路走，一路看，走不够，看不够啊。就想趴在地上，使劲儿亲它们。走着走着，天黑了，不想回家，就在林子里睡了一宿，枕着树叶、野草，香啊！睡得那叫踏实，玉皇大帝都叫不醒。天亮时，还是一帮血燕叫醒的。我还以为来了红嘴乌鸦呢！"

我一愣："咋，你见着红嘴乌鸦了？"

权桑麻冷冷地望了我一眼，说："没有，我哪有那福气。我产生错觉了。我啃几口窝窝头，接着赶路，就来到了燕子河，沿着燕子河走了一天，就睡在了过去挖河的破工棚里。这一晚比睡在席梦思上还舒服。这不，正在用膳的时候，你们来了。"我说："你这是动了哪根儿筋了，遭这份罪。"权桑麻大咧咧地说："娘个 × 的，这是享受。通过这一走，一看，一想，我感觉浑身有使不完的劲儿。咱日头村，建设现代钢城宏伟蓝图已经在我的心里画好了，还要大发展哩。我原以为，过了七十大寿，我就退休了，不当支书了，再卸任董事长，把担子交给儿子们挑起来。可是，乡亲们不干，上级领导也不依。今天我想明白了，就像歌里唱的，我真的还想再活五百年哪！"

我吓了一跳，天哪，权桑麻该成老妖精了啊！我发现，权国金和权大树相互看了一眼，脸上的表情僵住了。

我们走到村口状元槐下，见到一群黑压压的人。火堆上架着一口大锅，锅里煮着羊肉，飘满一街的肉香。人群中，冒出一幅红闪闪的绸布，上面写着：欢迎老支书回家！

权桑麻的眼泪唰地流了下来。只听他大声说："娘个 × 的，让我想起吃大锅饭的时候啊，你们看见没，这是民心啊！"

我脚下有东西一绊，险些栽倒了。

权桑麻又对权国金和权大树说："民心啊！"

两个儿子齐声回答："民心，民心！"

权桑麻的七十大寿，全村人都来了。大排场，流水席。权桑麻要求，一律不收礼金，全村人白吃白喝，还看演出，评剧、京剧、皮影、乐亭大鼓轮番看，比过年还热闹。后来，权桑麻有点儿招架不住了，他跟我说，想清静清静。我俩就躲进一间小屋里，说悄悄话。

权桑麻对我说："你看我像不像个孩子，全村百姓这么宠着我。"

我尴尬地一笑，说："你不是说了嘛，民心。"

权桑麻充满忧虑地说："轸头，你说，我要是真的走了，日头村咋办啊？乡亲们咋活呢？"

我说："你还是别走，我走了你也别走。"

权桑麻与我相互瞅一眼，抿嘴笑了，笑岔了气儿："唉，其实吧，这叫庸人自扰，没了谁，地球照样转。别看我活着这样，我死了，会有人放鞭炮。我是彻底的革命者，《国际歌》唱得好，英特纳雄耐尔就一定要实现！七十了，这几天，我的脑子里没少过电影，人这一辈子，只有一个七十岁呀！人活七十古来稀，往后，我还能为乡亲们再干点儿啥呀？"

我悄悄问："亲家，你夜里失踪到底干啥去了？"

权桑麻说："我在找魂儿，不知不觉，魂儿丢了。"

我心中感慨，心底有股凉气。权桑麻嘴上说民心，心里更懂得世道人心。他隐隐有些惧怕，但惧怕啥，又说不上来。

权桑麻想起了啥，从贴身的口袋里掏出一支钢笔，黑亮黑亮的笔杆儿，一看，就知道有些年头了。权桑麻问："你知道这是啥？"还没等我回答，他就得意地说，"这支笔呀，就是当年毛主席送我的。"

我连连点头，这段话耳朵都听出茧子了。权桑麻慢悠悠地说："有些事，就是烂在肚里也不能说，可这支笔，我走哪儿说哪儿。那叫金贵呀，荣耀啊，那年我参加全国劳模大会，主席和我握手，问我读过书没有，我就说，报告主席，我是贫苦出身，没有上过学。主席说，农民一定要有文化，才能真正翻身做主人。说着，就掏出插在自己口袋的钢笔，送给了我。这是多大的荣耀啊！全场的劳模们，巴掌都拍红了。这些年，这支钢笔，一直陪伴在我身边，拿出来就是热乎乎的，贴着心口呢！'文革'的时候，造反派斗我，我没敢拿出来，怕他们不识货，给我踩了。'文革'结束以后，查'三种人'的时候，我把这支钢笔交给了审查组，审查组查阅了当年的报纸，确定是主席送的，就不查了。披霞山流血事件，袁三定跟我较量，还是这支笔给画了句号。啊，就是这支笔，帮我躲过了一劫又一劫呀！这些年，每当遇到沟沟坎坎，我都摸摸胸口，是主席送我的钢笔给了我力量，给了我信心，与天斗，其乐无穷；与地斗，其乐无穷；与人斗，其乐无穷啊！"

权桑麻紧紧握着手中的笔，生怕有人夺走似的。

过了一会儿，他握着钢笔，睡着了，鼾声如雷。

我悄悄退了出来。

可是，没几天，权桑麻腿坏了，打摆子，站不起来，还坐上了轮椅。

我找来杜伯儒给他看病，杜伯儒说："老支书患了风寒。"

4

我们汪家祖坟冒青烟了。

日头村出了一个全省文科状元，叫汪树。汪树是汪老七的儿子，汪老七是个老实巴交的庄稼汉，老婆是得痨病死的。他很少说话，从未张狂过，从地头到家里，默默地来，默默地去。谁知，汪老七又得了腿病，站不起来了。汪树长得瘦小枯干，像还没长开就赶上秋霜的茄子苞。脸色黑了吧唧，一看就知道是一个长期营养不良的孩子。哪承想，这样子的孩子成了状元。

汪树接到录取通知书那天，爷儿俩高兴得拥在一起，抽抽噎噎。

那一天上午，日头高过槐树顶，投在我脸上、后背，热烘烘的。我顶着日头去汪树家祝贺，刚推门，看见汪树爷儿俩伤心地抱着头痛哭，哭得邪乎。我愣了愣问："汪老七，出啥事啦？"汪老七哆哆嗦嗦地说："我……儿子要上学走了，我高兴啊！"我拍着他的肩膀三说两劝，汪老七就破涕为笑了。我捐了五百块钱，塞进了汪老七手心里。他不要，我急了，热热地喊："我是你叔辈儿，跟你还是一个祖宗哪。"他就收下了，汪老七流着眼泪给我直作揖。

傍天黑，起凉风了。院里的灯亮了，围着一群乱撞的蚊子。

我从汪树家回来，坐在院子里的葡萄架下喝茶水。

门口汽车响，火苗儿来了，喊："爹。"我撒开了目光："国金呢？咋老见不着他？"院门口跟着应了一声："我来了，爹。"权国金闪身进院，径直走到我跟前，他一身酒气，醉醺醺的，微笑着说："天凉了，您老年岁也大了，坐院子里当心着凉啊。您老身体哪不舒坦了，可是我们做晚辈的罪过啊。"听听，这小子嘴巴多甜。我指指身边的小板凳："坐吧。"

我瞅了一眼火苗儿，她眼圈发黑，眼睛布满血丝。

火苗儿白了我一眼，说："爹，瞅着我干啥呀？这两天老是失眠，吃点儿药就好了。"她举举手里的茶叶包，说："爹，这是龙井，您最爱喝这个了。"我咧着嘴说："你呀，别总惦着我，多照顾好国金。"火苗儿微微笑，沏茶去了。我的眼角余光发觉，权国金正微微眯着眼看着我。这是个有心计的人，一定在揣摩我心里想啥。

火苗儿哼着评戏《花为媒》里张五可的唱段，手捧着茶壶出来了。我咳嗽了一声问火苗儿："你们评剧团又排啥新戏啦？"火苗儿一边斟茶水一边告诉我说："没排啥新戏，吃老本。"权国金插话说："对了，老婆，汪树背着汪老七读书的事，我看能排个现代戏，多感人啊！"火苗儿说："回头我跟团长说一说。"我瞅着火苗儿的脸，说："汪树这孩子有志气，准备一边打工一边读书，靠打工来养活他们爷儿俩。"

权国金灵机一动："我想把这件事宣传出去，题目嘛，嗯……就叫《背起父亲去上学》，爹，老婆，你们觉得咋样？"

我点着头："嗯，不错。"

火苗儿笑着说："国金这个想法挺好的。"

权国金说："老婆，排一出戏吧，需要资金，我去找爹要。"

火苗儿说："我回团里说说。"

半个月后，县评剧团把这事编成了评剧剧本《背起父亲去上学》。

经过两个月的彩排，在县剧院公演，我陪着权桑麻也去看了。人们敬佩之余，一阵唏嘘。

权桑麻感动地说："汪树这孩子，给我们日头村争光了！争光了！"

我附和着说："是啊，我们老汪家有人才啊！"

权桑麻哈哈笑了。

我对权桑麻说："亲家，你是日头村当家人，这爷儿俩要去城市读书，生活上挺难的，你不恩典恩典？"

权桑麻说："好，村里企业有钱，资助他读书，读完了，村里再聘回来。"

我赞同说："亲家，还是你有远见，肥水不流外人田，汪树这样的人才不能走。"

于是，权桑麻提议，企业资助村里七个贫困孩子读书。其中，汪树资助最多，但要签署协议，学成回村掌管企业。我跟汪树一说，汪树和汪老七都很高兴，感激权桑麻老支书。

谁也没有想到，这场捐资助教的事会引来一场可怕的灾难。

捐款在村委会大院举行，日头明晃晃地照着，将人的脸都照白了。汪树和汪老七都来了，汪树穿着旧西装，稳重，不显自卑。

权桑麻腿病犯了，坐着轮椅。权大树推着他过来。有个孩子家长提出，请权桑麻摸一摸孩子的脑袋。权大树为难地说："我爹腿不好，要摸就得请孩子们跪地。"家长说："跪地，中，跪地接受红包。"受捐的六个孩子都跪了，跪地接款，权桑麻摸一摸孩子的脑顶。可是，到了汪树这出了岔头。我怎么也没想到汪树不跪。他的脸红了，一阵烧烫。汪树的话像蚊子叫，轻得不能再轻："跪天跪地跪爹娘，现在我凭啥要跪？"我吸了一口凉气，暗暗吃了一惊，轻声说："汪树，念你的名呢，快跪呀！"汪树不动，拳头握紧，嘴唇绷着。

汪老七说："孩子，快给老支书跪下。"

汪树眼里汪了泪，泪水沿着他的面庞往下淌，他腾出一只手揩泪。

我不知道这孩子的复杂心态，骂街了："小狗 × 的，你快点儿去啊！"

汪树晃悠一下，撒腿跑了。

人们都傻眼了。

汪老七喊：“汪树，汪树！”他喊得青筋暴露，声音都是直的。

我也气坏了，心里骂：“这孩子咋不知道感恩呢！”

权桑麻没有说话，他的目光像刀子一样扫过来，凛冽，肃杀：“娘个 × 的，不识抬举！”

汪老七跪地，磕头认罪，痛哭流涕：“老支书，子不孝父之过，孩子不懂事，我替他赎罪！”

站在一旁的权大树见状大骂：“这小子，我看他是第二个金沐灶，日头村竟然有人跟我爹较劲儿，那他离死不远了！”

汪老七吓得目瞪口呆：“大树，放过我家孩子吧！”

权桑麻脸上的表情急速变化，瞪了瞪权大树：“大树，说啥呢？你爹我就会治人，把人治得服服帖帖。但是，我咋能跟一个孩子置气呀！算了，算了。”

我频频点头，赶紧说：“汪树心理有问题，不是冲你。”

权桑麻转脸看了看我：“汪树毕竟是汪家人，我不冲别人，还得冲亲家呀！”

我急忙说：“你能原谅孩子，我们汪家人谢谢你。”

权大树依旧沉着脸，说：“原谅可以，必须取消他的受助资格。”权桑麻扭头说：“大树，说啥呢？不中，汪树是状元，没听电影里说吗，21 世纪啥最重要？人才啊！我们日头村，啥都不缺，缺的就是人才！”他说着，示意把捐款给汪老七。

汪老七跪地接钱，双手抖着，抱着钱哇地哭了。

权桑麻大声笑了，好像啥都笑忘了。

这事传到金沐灶那里，金沐灶对我说：“穷人应该保持尊严，有了尊严，才能超越世俗的污浊。汪树有骨气！”

我咧着嘴说：“啥骨气？人穷志短，马瘦毛长啊！他没有权桑麻资助，靠打工能活？能学下来吗？”

金沐灶说：“这小子有个性，我喜欢。他如果跟权桑麻掰了，我来资助他读大学！”

我竖起大拇指：“沐灶，你是好样的！”可是，当我把金沐灶的意思转到权桑麻那里，汪树却成了香饽饽。

有一天，我去了权桑麻家。权桑麻哈哈一笑："轸头，汪树是人才，将来我们得用啊！"

我说："你赶紧的，不然金沐灶就签约了。"

权桑麻一怔："真的假的？他出手这么快？"

我嘿嘿一笑说："这叫状元惜状元呗。"

权桑麻皱着眉头，想了想说："轸头，你说我与金沐灶同时找他，他会倒向哪一边？"

我说："现在是商品社会，谁有实力跟谁呗！在日头村，谁的实力敢跟你比呀！"

权桑麻摇了摇头："不见得，从捐款事件上看，汪树这小子不简单。"

尽管我没搭腔，后来事情的发展，还是被我估计到了。

尽管金沐灶也找了汪树，权桑麻的条件比金沐灶高一筹——权桑麻出了钱，给汪老七的腿动了大手术。汪树没话可说了，只好与权国金签了约。半年过去，汪老七的腿好了，竟奇迹般站立起来，还能扛着锄头种庄稼了。

读书的几年，一晃过去了。汪树大学毕业，回到日头村的企业。

汪树身材不高，却有一股子英气，透着干练、果敢和精明。权桑麻当人才引进了他，任钢管厂副厂长，赠一套别墅、一辆汽车。面对这样的优厚待遇，汪老七拉着汪树的手说："孩子，权家待你不薄，你要好好干啊！"

汪树含泪点点头。

我把金沐灶和汪树都叫到我家，请金沐灶给汪树指点迷津。

金沐灶想了半天，憋在肚里的话说出来不好听。他说："汪树，天下没有免费的午餐，你不要回来。"汪树一愣说："为啥？"金沐灶说："依我对权桑麻的了解，他不会放过你。"汪树软中带硬："我不怕，就要看看权家的水到底有多深。"金沐灶担忧地说："权桑麻是用权力和物质给你诱惑，你别以为这是天上掉馅饼，其实是考验你的承受力，我怕你承受不住。"

汪树说："我有免疫力，我是穷人我怕谁！"

我赶紧补充说："有我呢，权家人不敢为难你。"

金沐灶叹了口气："既然这样，我不多说什么了，你好自为之吧，有什么困难就找我。"

汪树握着金沐灶的手说："谢谢沐灶大哥，我是为了日头村回来的，不会屈服权桑麻的。"

金沐灶满脸敬佩："汪树，有志气！"

可是，在后来的日子里，汪树的行为却让金沐灶渐渐失望。

汪树命运的变化，跟一条杂毛狗有关。汪树在钢管厂的待遇不错，名义上是钢管厂副厂长兼权桑麻的助理。可是，等到具体分工，权桑麻却给了他一个很难受的工作——看狗！

我听了很吃惊，心中隐隐一痛。权桑麻真是个怪人，为啥要状元看狗？是不是打压汪树的气焰报那次的仇啊？

汪老七一听就火了："不干，不干，这不是砢碜人吗？"

汪树也上火了，嗓子疼，在家躺了两天，不吃不喝。

汪老七发愁了，找到我，让我跟权桑麻说说情。汪老七说："天下哪有副厂长看狗的？传出去不成笑话了嘛！你们是亲家，先替我摸摸底，然后我再去看老支书。"

我独自去了权桑麻家。

权桑麻昨夜犯了牙病，疼得撞墙，天亮就去卫生所把牙拔了。我见到权桑麻，他没有抠脚泥，正捂着腮帮哼哼。我说："汪树是状元，又当人才招来的，你得重用人家啊！"权桑麻问："咋不重用啦？"

我吭哧着说："看狗，也叫重用，那谁还读书当状元啊？"

权桑麻少了一颗门牙，说话漏风漏气："娘个×的，说这话的人只看其一，不知其二。这狗啊，说起来，不是啥名贵狗，就是一条杂毛狗，但是它有一种特殊本事。我跟你说个秘密，别往外讲啊！"

我愣了愣："快说，这狗有啥秘密？"

权桑麻说："这狗会哭，哭起来跟娘儿们似的。"

我更是惊奇了："会哭的狗有啥用？"

权桑麻神秘地说："除了大树，村里谁都不知道底细。告诉你轸头，咱们钢管厂凭啥挣钱？就凭这条杂毛狗啊！汪树把狗看好了，派上用场了，他这个副厂长就算当好啦！"

我更糊涂了："咋回事啊？这不是大材小用吗？"

权桑麻说："你误会了，这叫大材大用。东北沈阳东风钢铁贸易总公司的徐总经理是咱们的大客户，徐总经理老婆养的一条会哭的杂毛狗丢了。咱不养狗体会不到，他老婆哭得呀，死的心都有了。我听到这个消息，赶紧派人满中国找狗。杂毛狗好找，一抓一大把，可是，会哭的杂毛狗不好找哇。汪树抱着的这条，是我从哈尔滨买来的。再过两个月，就跟徐总经理丢的那条差不多了。那时我就派汪树给送过去，他还要陪着狗在沈阳待上两个月，配合徐总经理的老婆与狗培养感情。人家徐总经理的老婆是大学教授，去个没文化的咋交流啊？"

我恍然大悟："妈呀，我明白了，你这是拿狗公关哪！"

权桑麻一愣："汪树本人说啥了？"

我连连摇头说："人家孩子没说啥，汪老七觉着面子上过不去。"

权桑麻说："哦，我还以为他要撂挑子呢！"

我赶紧说："汪老七一个劲儿叮嘱儿子要对你感恩。"

权桑麻嘿嘿笑了："当今社会，商场如战场，买卖就是寸金寸两的等价交换，欲变世界，先变自身。汪树开始有点儿想法可以理解，他会经受住考验的！"

我听见屋外狗叫了两声。

权桑麻说："狗回来了，你赶紧走吧！它哭起来，你受不了。"

汪树抱着狗轻轻走了进来。

我踩着水泥地噔噔地走了，得去找汪老七汇报情况。

后来，我故意留心，隐隐地，夜里又渗出狗的哭声了。

权桑麻家的狗真的会哭，哭的声音像女人哭声。一只哭，百只应，应的哭声是回声，别人家的狗不会哭。天亮了，汪树抱着狗一趟一趟在村街上走。游过来，荡过去，像一个幽灵在游走。

我敲钟回来，正巧碰上汪树遛狗。

我问："汪树，这狗为啥哭啊？"

汪树说："我又不是狗，咋知道它为啥哭？"

我犯嘀咕了："这狗东西，哭个啥呢？"

马上就有人呼啦啦围过来。

有人夸奖说："这狗多好哇！"

邻居大美子看得痴了，喃喃地说："好狗，让我抱抱。"

狗不满地打了个喷嚏，汪树把狗抱得紧紧的。狗还是哭了，这畜生的情绪首先反映到杂毛上，杂毛立时就弹开了，所谓弹开，就是蓬松了。

狗哭得我心中一紧。没人敢笑，甚至对狗有几分惧怕。当然，他们怕的并不真的是狗，他们怕的，是狗后头的人。

人们喊顺了嘴，把汪树喊成汪汪。

汪树不恼，抱着狗一扭一扭地走了。

我回到家琢磨一个问题，汪树在权家到底是一个啥角色？如果他心甘情愿，那他就是一个窝囊废，状元也是瞎猫碰死耗子撞上的。如果他是伪装的，他真是太会装，野心贼大，绝不是等闲之辈。

那一天，金沐灶来了。金沐灶常年熬夜，加上一个人过日子，显得邋遢、懒散和颓败。我俩抽着烟，扯一些闲话，然后说到汪树给权桑麻看狗的事。

金沐灶气愤地说："太损了，太不像话了！"

我试探着问："要是你呢？"

金沐灶说："我立马就辞职，走前我还要臭骂权桑麻一顿！"

我叹道："状元跟状元不一样，汪树没你有骨气呀！不过，汪树顺了权桑麻的心，赖皮赖脸地活着，得一些实惠，治好了老七的腿病，还住上了大别墅。"

金沐灶问："汪老七也住别墅里了？"

我摇头说："老七不去！"

金沐灶说："这就对了，老七心里没底呀！凭我对权桑麻的了解，权桑麻心中恨上谁，就像心中插了一把刀，早晚要出事的。"

我半信半疑地说："那事早过去了，汪树还是个孩子，桑麻不会吧？"

金沐灶说："那就骑驴看唱本，走着瞧吧！"

两个月后，汪树陪同杂毛狗到了沈阳，陪了小半年，等小狗跟徐总经理老婆混熟了，他才回了日头村。这狗哭得好听，赢得了那个妇人的欢心，为权家赢得了利益。

我听汪老七说，杂毛狗被送走之后，汪树正式介入钢管厂的管理和经营，权大树直接负责钢管厂。汪树与权家的矛盾，是从权大树开始的，他看不惯权大树的霸道和蛮横。由于权大树的草率，造成一笔业务的损失。企业销售下滑，汪树向权桑麻直言告状，权桑麻把权大树骂了一顿。

自此权大树恨上了汪树。他恼羞成怒，死咬着汪树不松口。汪树无法施展了，向权桑麻提出了一个打破家族式管理的方案。递交方案那天，我正在权桑麻那里。权桑麻瞅了瞅，笑道："汪树啊，你的设想是对的，但是，不实用啊，乡镇企业经营就得钻空子，看你会钻不会钻啦！"

汪树说："这样是走钢丝，打擦边球，不会长久的。难道您不想把企业做长久吗？"权桑麻说："汪树，你还嫩啊，你要把知识跟中国经验相结合。在搞关系上，大树有一套。"汪树愣了："您的意思是？"权桑麻说："我的意思你懂，就是你与大树取长补短。你们识文断字的人，有一个通病，就是酸腐气。"汪树愣住了："您说我有酸腐气？"权桑麻嘲弄地笑了："有则改之，无则加勉，你要好好摔打呀！"

汪树有些委屈，失望地走了。

我听汪老七说，汪树年轻气盛，一番好意，权桑麻不但不领情，反而奚落他，他有点儿架不住了。一连两天，汪树把自己关在屋里，苦苦忍受，像是掉进了地狱。

我和金沐灶来了，汪树依旧不见。我估计他的心里在流泪，流血，但一声不吭。临走前，金沐灶递给了汪老七一张纸条，让他转给汪树。

我问写了啥？

金沐灶说："一个字——混！"

我愣了："混？这叫啥话？傻主意！"

金沐灶说："在那个环境里，汪树只有混，才能解脱。如果不想混，就只有辞职了。"

我噎住了，不知下一句该咋说了。

我仰了脸瞅，大团的黑云把日头埋了。我跟金沐灶刚刚分手，雨就落下来，雨下得唰唰响。

我在家躲雨，让老婆做了饭，装好热热的饭菜，又穿着塑料雨衣带着饭去看汪树了。

后来，汪树似乎听了金沐灶的话，开始混日子。姜是老的辣呀，金沐灶这招儿挺灵，他这一混，顿觉轻松多了，不久就谈上了恋爱，女孩叫孙艳，是工厂里的女工。孙艳长得不是很漂亮，单眼皮，瘦高个，一头乌黑的长发，极有一股女人的味道。两个人一见钟情，恋了半年就谈婚论嫁了。

日子过得相当殷实。别墅住着，小汽车开着，奖金也不少。

那一年年底，汪树被评为劳模，戴了大红花。这一切，都是权桑麻给的，难道权桑麻真的不记恨他了？汪树被权桑麻捧得越高，我和金沐灶越是害怕，担心这老家伙要朝汪树下毒手呀！

汪树和孙艳布置新房就要结婚了。

接下来的日子，我又碰着一次日月同辉，对汪树的事更显得忧心忡忡了。

怕啥来啥，这一天还是来了。那是一个残酷的时刻，让我永远都不安生的时刻。

汪树结婚前夕，他在沈阳嫖娼被抓了。

后来据汪树回忆说，那条杂毛狗下了狗崽，听说小杂毛狗也会哭，沈阳钢管厂徐总经理夫妇要给小杂毛狗举办庆典。权桑麻派权大树和汪树前往沈阳道喜，还带去技改之后的一批新钢管。汪树和权大树来到沈阳，受到徐总经理的热情款待。汪树看到了杂毛狗，杂毛狗竟然还记得他，见到他，一头扑进他怀里，呜呜地哭个不停。汪树正是恋爱阶段，很多情，他搂着杂毛狗掉了两滴眼泪。把钢管提交手续办好，剩下的时间，就剩喝酒了。东北人能喝酒，汪树跟着傻喝，不吃菜，吆五喝六地划着拳。喝到半夜，汪树喝高了，身上起了一层红红的鸡皮疙瘩。徐总经理又要带着他们到天鹅湖洗浴去。汪树虽说喝高了，意识还是有的，他担心有特殊服务，就说不去了。权大树瞪着眼睛说："汪副厂长，人家徐总一番盛情，你不领情吗？"汪树说："我喝高了，不去了！"说着哇的一声，呕吐一番。徐总经理对权大树说："汪树厂长是实在人，我们先去，等明天再让他享受太妃浴。"汪树回了宾馆，一进屋，浑身就散了架，连脱鞋脱袜子的力气都没有了，就躺下了。再后来，那个叫小红的卖淫女是怎么走进他的房间的，怎么跟他赤条条地睡在一起的，他一概不知了。当警察出现在他和小红面前时，他依旧头昏脑涨，神志不清。

汪树嫖娼被抓，日头村轰动了！

我被震蒙了。好长时间里，我都感觉到汪树身后有一片暗影。这股力量藏着掖着，操纵着一切，又从不露面。如今，这股力量终于发威了。我估计是权桑麻捣鬼，如果不是他直接授命，也是权大树干的，或者是权桑麻和权大树密谋好的陷阱。

权桑麻处理这事非常绝情，要回了别墅、汽车，而且连汪树的提成奖励款都扣了。汪树一下子变成了穷光蛋，他的未婚妻孙艳哭着跑了。

汪树被警方处罚回来，我和金沐灶去看望他。

汪树一见到我，突然扑到我怀里，哇地哭了："大伯，我冤啊！"

我叹了口气，拍拍他的肩膀。

汪老七满脸泪水，泣不成声："我的儿啊，咋混到这一步啊——"

汪树抱头蹲在地上，塌腰了，精神崩溃了。

我大喊："狗娘养的，为啥呀？"

金沐灶叹息了一声，说："你还糊涂啊？当年，权桑麻捐款助学，汪树不跪，就埋下了今天的祸根。其中的过程都他娘是假象。权桑麻在日头村高高在上，他就是一方天，得罪不得呀！"

我咧咧嘴，骂了脏话："忒狠了，吃人不吐骨头啊！"

自此，汪树从别墅搬回了汪老七的老屋。

搬家那天，汪老七去找我，我跟他在家等候着汪树。汪树住别墅的时候，汪老七死活不去，一直在旧房里住着。看来老人是有远见啊。

屋檐塌了一角，压着一层塑料。风吹来，呼嗒呼嗒地响。

汪树一回来，我和金沐灶过来了，帮助汪家修理房屋。日头升高了，热气呛得我不住咳嗽。汪老七攥着金沐灶的手，流着眼泪说："沐灶，救救汪树吧，你就是我们的恩人啊！"

汪老七含泪告诉我，汪树再也不出屋了，整天活在网络上。

我和金沐灶去看汪树，他一下子瘦了很多，两只贼眼，已眍成了黑洞，眉骨凸凸的。他在网恋，在网上建起大别墅，过上了网络婚姻生活。

我头皮一麻，心想完了，这个状元给毁了！

我望了他一眼，我狠狠地骂了一阵汪树，他嘿嘿一笑，说："您是长辈，骂就骂吧，反正不掉肉。"我看见他人已散了架，像被抽了魂儿，一副半死不活的样了，就没劲头再骂了。

一群老鼠跑过去。汪树家的老房子老鼠多，东一扑，西一爪。我将一个破笤帚疙瘩扔过去，砸得老鼠叽叽直叫。

忽然炸了个响雷，下雨了，外面响起了汽笛声。

汪树狂喊一声："我的车！专车来接我了！"说完，就冲进雨中。我追了出去，冰凉的雨水落下来，汪树一动不动。他脸上水光闪闪，分不清哪是水，哪是泪。雨水从他脸上渗到心里去了。

汪树疯了。他围着状元槐疯跑，树叶无风却摇着，哗啦啦响个没完。秋天刮风了，刮得我灰头土脸，连声咳嗽。我一抬头，看见汪树在风中疯跑，他瘦成麻秆，声音却贼亮："你认识我吗？我是日头村的汪树，我是状元！我是大老板，哈哈哈——"

汪树光着脚，撒腿跑远了。

汪老七光着脚追了起来："汪树，你回来！"

汪树一跳一跳地跑着，头也不回。

我晃了晃脑袋，骂："狗 × 的，狗 × 的！"

街上的人被我骂愣了，都以为我也疯了。

权桑麻的汽车停在街头。车窗缓缓摇下来，露出他的脑袋，他脸色青黄，大脸一闪，车窗又摇上去了。

我喊了一声："桑麻，桑麻！"

汽车嗡嗡地开走了。

不知从啥时候起，汪树从村里消失了。

汪树一走，我好长时间懒得敲钟，状元槐下便静了。街上空空的，头顶有月，映着一片树影和屋影。

我非常痛心，嘴里长满了燎泡，后悔当初怪我多嘴多舌，是我害了汪树。还是金沐灶眼毒，肯定是权桑麻玩起了背后捏指头的鬼把戏，汪树哪里是他的对手。从这事之后，我上老火了，先是牙疼，后来掉了两颗门牙，说话漏气，一笑连牙床都露了出来。

金沐灶说："汪树是个人才，不能就这么毁了。"

我一愣说："你是啥意思？"

金沐灶说："我要把他找回来，我出钱，把他的病治好。"

我心中暖暖的，眼睛一热："状元惜状元啊！"

汪树精神失常，人也失踪了，汪老七一病不起。

金沐灶到处寻找汪树。

后来听金沐灶说，他在县城的垃圾站找到了汪树。当时他脸上黑乎乎的，瘫坐在垃圾桶旁，啃着烂西瓜皮，见到金沐灶都不认得了，噘起嘴巴，汪汪学狗叫。

金沐灶二话没说，扛起他就走，他绵软的身子一动不动，湿湿的脑袋贴在了金沐灶的脖梗处——金沐灶把汪树送进了精神病院。他病好之后，就去深圳打工了。

5

我恢复敲钟的时候，犯了痔疮，那个地方火辣辣的不好受，敲几下，就停下来喘上一阵。我的脚下边，不知啥时候来了一群刨食的鸡和一只闲散的猪。倏地，毛嘎子的影子一闪一闪，就像鬼的影子。我追逐那影子，一直追到燕子河边，那团黑影消失了。

我呆愣着，显得蒙头蒙脑。一低头看见燕子河脏得厉害。两岸的庄稼地大片撂荒，奇花异草疯长。成群的蚂蚱快活得飞来飞去，到处留着它们的痕迹。庄稼地里，活动在日头底下的，除了孩子、老人就是老娘儿们。年轻后生们都进城打工去了，拦也拦不住。

燕子河河床窄，水面宽宽，水中浮着杂物，还有死猪、死羊。我正捞着死猪，一辆小轿车停下来。权大树开会回来了，见到我就咧开了嘴巴。日光将他的脸铺白，跟施了粉似的。他说1996年是大丰收的一年，全国粮食产量超过一万亿斤。我倔倔地说："大树，我就纳闷了，我们庄稼人打了那么多粮食，手里咋没几个钱儿呢？"

权大树没话了，开着车走了。

我儿子猴头的伤刚好，三万块钱赔偿金，一个子儿不留全都交给他老婆菜花，他就上城里打工去了。他百鸟床做得好，塘沽木器厂离不开他了。

中午日头烈，把人晒得蔫蔫的。

我一边抹着脑门的汗水，一边跟孙子汪大跳和汪小跳说话。我嚷道："大混账，你给我揉背；二混账，给我捶背。"大跳瞪了我一眼："哼，美的你！"二跳没说话，瘸着腿，晃晃地走了。我这俩孙子大了，越来越不听话了。我离死不远了。人一老，身上就时不时散发出棺材板的气味，自己都闻得到。人一老，觉着谁都亲了。

歇着抽烟的时候，杜伯儒来了，像一个幽灵，飘飘悠悠，来无声去无影的。全村子只有我可以不见他人能闻他声。

我闻到一股子草药味，咳嗽了一声问："你这是从药王庙来啊？"

杜伯儒翻了下白眼球，说出来的话，带着蛇爬行的气息："老轸头，知道吗，村里土地撂荒了。"

我说："知道，村委会主任组织人外出打工，壮劳力都飞了。庄稼地里只有老人、妇女和孩子了，这日子啊……"

杜伯儒忧虑地说："往后谁来种田啊？"

没等我回话，大跳扛着一捆树杈过来说："种田赔钱，赔钱的事谁干啊？"

我急得瞪了眼睛："谁说的，赔钱，也得有人种。大树刚开会回来，他说今年粮食又一个大丰收。"大跳说："丰收好哇，越丰收粮食越便宜，农民就越遭殃，地还不如不种呢！"杜伯儒笑了笑："这话是你爹说的？"

大跳说："我妈说的。"

我大声骂道："你妈是混账！"

大跳沉了脸："爷，全村人都这么说。"

我猛地挥着胳膊："那全村人都混账！"

我正在气头上，大跳也黑了脸。杜伯儒嘿嘿笑了笑，轻飘飘地走了。

第二天早晨，家家户户烟囱蹿白烟。这时候，我扛着铁锨回到日头村。大跳一瘸一瘸地跟着。进家后我径直进了厨房，一迈腿就见火苗儿了。火苗儿正蹲在暗处，一闪一闪地玩火绳。她望着火绳，深深地呼吸着，一脸的舒坦。她听见我的脚步声，睁开眼睛说："爹，你回来了！"我愣了愣："火苗儿，你都多大了，还玩火绳儿？"火苗儿一笑，已是满脸皱纹："我回村是想看一看沐灶。他还好吗？"我一阵恍惚，结巴着说："他挺好，我常常看见他。咋着，你想他了？"火苗儿放下火柴棍说："我梦见他了。我在梦中把他杀了！"我瞪了他一眼："梦都是反着做，说明他好着呢！"火苗儿咬咬牙："爹，梦打心头起，说不定我哪天真杀了他。"我吓白了脸，大声说："混账，这话不能瞎说！"火苗儿轻轻笑着，看我一眼，站起身掀开锅盖，吹着水蒸气，往一个盘子里捡花卷和鲜鸡蛋，捡完了端着出去了。我抓了一把筷子跟了出去。大跳和二跳一瘸一瘸地正往大屋跳。大跳追着喊叫："二姑，我饿了。"二跳和我老婆都跟着过来了。

菜花也跟着进来了，她手里掐着根粗黄瓜，黄灿灿的。她把黄瓜递给火苗儿，转脸对大跳说："你可真是我的冤家，我还没答应，你就把包裹都装好了。啥意思啊？"

大跳闷头吃，不说话。

我一愣，问："大跳，你打行李干啥去？"

大跳忽然冒出一句："我要到北京闯荡闯荡去。"

菜花说："爹、他二姑，你们都听见了，他非要到北京打工去！"我和火苗儿都愣了一下。我阻拦说："不中，北京忒大啊！"火苗儿先表态说："爹，我看你是老脑筋，我看中，风风火火闯九州，多挣几个钱，还能见见世面。"菜花撇嘴说："他二姑高看他了，就他这条件，能在北京混下去吗？北京房价那么高，好人活着都费劲，还缺他这个残疾人？"大跳啪地一拍桌子，走到大衣柜跟前，对着衣柜镜子里的自己吼："汪大跳，你要再窝在日头村赖着不出去，你就是上不了台面的狗肉，扶不上墙的烂泥巴……"

我一听来了气，朝他吼："你个不着四六的东西，胡咧咧个啥？不许你满嘴跑火车！"

菜花也扑到儿子跟前，连掐带拧地骂。大跳恼怒地一扬胳膊，将菜花甩了个趔趄，幸亏被火苗儿一把揪住了。菜花就抓着笤帚疙瘩打大跳。

大跳原地转了几个圈儿，正巧金沐灶进来给解了围。

金沐灶看清是大跳，笑闹一句："你可真能跳。"大跳耷拉着脑袋，一声不吭地出去了。我看到，火苗儿的背影像一块石头，一动不动。

火苗儿的眼睛先是不看金沐灶，可没几秒钟的工夫，她就按捺不住地偷偷瞄他。金沐灶转脸问菜花："大跳咋的了？跟你怄气了？"菜花说："他要上城里打工去。"

我说："正好，沐灶，你帮我分析一下，现在的年轻后生咋都乐意往城里跑呢？咋就这么不乐意跟土地跟庄稼打交道呢？"

金沐灶沉思了一会儿说："这个问题我也苦恼了很久，后来突然一下子就明白了。年轻人不愿意种粮，争着抢着进城打工，与其说是城市各种物质的强烈吸引，不如说是乡村和土地对他们的吸引力正在一天天丧失！"

我喝了口闷酒，看着金沐灶："如今咱农村不愁吃不愁喝的，还差啥呢？"金沐灶想了想说："难道你没发觉，如今咱乡村的秩序有点儿乱？"

我没听明白，眨巴着眼睛。

金沐灶喝了一口茶水，抹抹湿嘴唇，说："乱啊，乱得让人伤心，伤心就梦见祖宗。以前秩序就是老子说的'邻国相望，鸡犬之声相闻，民至老死不相往来'。"我明白他这番话的意思了，两个村子谁都可以看见谁，对面村鸡打鸣狗叫唤谁都听得见，互相谁也别干扰对方的生产和生活，直到死都别有一点儿来往，彼此相安无事。我大声说："可现在呢？本村跟外村、跟城里，互相来往频繁，你中有我，我中有你，全都乱了套，秩序一乱，就没了规矩，你说年轻后生们还能在村子里待得住？"这时我胸口疼了一下，说，"农民离开了土地，不好活啊！"

金沐灶皱着眉头，沮丧地说："可是，话又说回来，土地也对不住咱农民哩！种地赔钱,对年轻人越来越没有吸引力了。"我琢磨着他这番话,头皮发麻。金沐灶安慰我说:"轸叔,城镇化,人员的迁徙,这是一股子潮流,谁也拦不住。我来是跟您商量一件事的。"我拂着胸口看着金沐灶。他接着说:"半月前,杜伯儒找我了,说权桑麻同意了,咱村恢复过端午节。"

我还记得,当年状元给日头村留下了一个崇尚文化的风俗,就是端午节赛马,那叫壮观。有些年头没操持这个庆典了。

金沐灶看着我说:"轸头叔啊,现在都是全球化了,为了子孙后代,得保护好咱们的民族传统文化啊。"我问:"为啥这么说呀?"他说:"您知道韩国端午节文化遗产申请成功这事吧?"

我摇摇头:"端午节不是咱们中国的吗?"金沐灶激动地说:"当然是我们中国的!"

这时,火苗儿凑过来,问:"你们都说啥呢?"

金沐灶说:"我有许多话要跟你说。"

见状,菜花离开了,我也站起身撤了。

火苗儿轻轻一笑,说了一句:"昨晚我做梦了,梦里我杀了你!"

金沐灶脸一白,惊住了。

6

这个寂静的夜晚一切都黯淡了。

我凌空而起,追随受惊的云朵在星空中盘旋。星星在朦胧的天空闪烁不定。这个时刻,我要在朦胧的云顶镶嵌星星。我没有故意寻找,偶然碰上了属于火苗儿的星宿——柳宿。

火苗儿非常能睡,我还没见过哪个女人像她这么能睡。我以为她睡到天亮做完这个梦就醒了,可她还呼呼睡个不休。睡觉就有梦,她的柳宿竟然释放着缕缕黄色的光焰(说明火苗儿的梦境里隐现出强烈的火光)。我害怕黄色,那是恐怖的光焰。柳星宿的人性格善恶分明,个性强烈,一旦动怒不可收拾。

这天晚上,微醺的夜风吹散乌云也吹动着人的魂魄,散开的云彩再慢慢聚拢。我悬在一个虚无的空间里竟然能看到人间朦朦胧胧的映像，映出了一个灾祸的预兆（我不知道她这次会做一个多大的梦）。

我最先看到了火苗儿的身影。她的脸润洁光泽，弥漫着香气，眼睛明亮，头发乌黑。她穿戴高雅，戴着翡翠手镯、白金钻石项链，挎着棕黄色的名牌皮包。但是，这并不能遮掩她遭受岁月摧残的脸，满是皱纹的脸上闪烁着凄凉的光亮。

我心中涌出的悲哀倒不是火苗儿梦境里对我的遗忘，而是我第一次看到当年貌美的火苗儿美丽的凋零。火苗儿这几日精神恍惚，根本不想唱评剧，她时而亢奋，时而沮丧，时而疯狂。我仅仅是满足这种空洞的发现。可是，后来的变故仿佛把我推进了陷阱。这不是吗？

梦中的火苗儿竟然追杀金沐灶。

火苗儿开始想用火烧死他。可是，她没有放火，不是因为别的，金沐灶抬起头来的刹那间她受到了惊吓。她身上的凶狠终于爆发出来。

火苗儿一定是用刀子捅进了金沐灶的胸膛："亲爱的，你终于解脱了。"

金沐灶捂着胸膛缓缓倒地（一个人倒下去，流尽了生命的血液；一群人如果都倒下去，是生活屈服于死亡）。

我看见他的胸膛在滴血。

金沐灶对鲜血的气味过敏，他闻到血的腥气就会晕倒。

金沐灶捂着胸口在黑暗中晕倒并最后向她发出狞笑。她有些胆战心惊，黑色头发随风飘浮。

这个晚上，整个日头村都像死一样沉默了。

为了驱除这突如其来的恐惧，我大声叫了起来："不好啦！"喊过之后，我立刻做出决定，飞回村里去救金沐灶（我对自己的决定吃了一惊，我是一个没有责任心的人，从来没有认真对待村里的人和事，只是由着自己的性子飞翔）。黑夜厚厚的云层像小山一样远远近近地隆起，飞行过程中气流又一次灌进我的耳朵，在里面发出钟一般的声响。我是怎么救出金沐灶的？细节全然记不起来了，我的这次行动破例绕开了那棵菩提树。没有杜伯儒，我们云顶也没有救命的药。金沐灶抽搐的时候，忽然飞来一只红嘴乌鸦，红嘴乌鸦叼来一粒药。我把这粒药放进金沐灶嘴里，他嘴里吐出一口白气，就是这粒药把他的命救过来了（死而复活的过程仍然是一个令人费解的奥秘）。

红嘴乌鸦叫了一声，在空中翻了两个跟头，落在金沐灶的胸膛上。金沐灶苍白的脸色马上像红苹果那样了。红嘴乌鸦叽溜溜地叫着，好像在说："这里不属于你，回到你原来的地方去！"金沐灶的身体通体透明，内脏和骨骼都清晰可辨。

红嘴乌鸦跳到云朵上一声长啸飞走了。

金沐灶又回到了日头村。他回村的速度比我迅捷。

金沐灶也已经是另外一个人了。他是人的身子，红嘴乌鸦的面具脸庞。火苗儿惊讶过后，还是镇定了许多。金沐灶外表走了形，似乎戴着一个红嘴乌鸦的面具，她感受到这人的气息和灵魂还是金沐灶的。

金沐灶与火苗儿见面的情景，不是我想象中恋人生死重逢的样子。

火苗儿拥抱了金沐灶，泪流满面："你终于起死回生了。"金沐灶的手触到了她的脸，擦了擦她脸上的眼泪，又胆怯地缩了回去（世界如此丑陋，谁愿意起死回生？）。金沐灶眨着红嘴乌鸦般的眼睛（很长一段日子，金沐灶的睡眼都与红嘴乌鸦的颜色剥离不清）。他的眼睛是棕黑色，眼眶是黄颜色的。

火苗儿躲避着他的目光，说："沐灶，你怎么变成了红嘴乌鸦？"

金沐灶说："毛嘎子告诉我，在云顶上是红嘴乌鸦送药救活了我，我还没有照镜子，难道我变成了乌鸦脸吗？"

火苗儿问："你是怎样死而复活的，还是压根儿就没有死？"

金沐灶说："我死了一次了，何妨再死一次。如果我的死会换来你的幸福，那就再杀我一次吧！"

我立即感到了金沐灶心中隐隐的痛处。

火苗儿再一次抱紧了他。火苗儿不是受一点儿委屈就抹眼泪的人。此刻，她耻辱的泪水混合着口红、睫毛膏一起流下来："我杀了你，因为我太爱你了。你走了，我就什么也没有啦！"

金沐灶说："你不杀我，我就去不了云顶。但你杀不死我，人心中有爱就不会死。"他隐约感到火苗儿的颤抖。经历死亡的过程，金沐灶觉得自己的灵魂与高洁的云顶贴得更近了，也就是说与他的信仰贴得更近了。

我的云顶啊，它以其神秘性诱惑着日头村的人。云顶给人一种未知、缥缈、茫然的意象，那不是我毛嘎子的出生地却是我的归宿。不是人人都能够享有这样美好归宿的。

金沐灶抚摩着火苗儿的头发，欣喜地说："我去了云顶，我早就跟你说过，我们日头村的天空上有一个类似仙境的云顶。告诉你，我见到毛嘎子了。"

火苗儿兴奋地问："太好了，真像我爹说的，毛嘎子真的活着？毛嘎子怎样啊？"

金沐灶神往地望着火苗儿："他说话声有些女气，有些像我父亲的声音，他的嗓音在柔软的空气中充满禅意。他不再是过去傻乎乎的毛嘎子了，都该成神了。他只请我参观浏览并不收留我。"

金沐灶叹息着说："这东西说，我还没有建成魁星阁，不能留在云顶。"

火苗儿说："那你就回来吧。沐灶，我杀了你，我痛苦极啦！要走，我们也得一起走！"

金沐灶感动得落泪了："是啊，火苗儿，没有你的日子，我简直无法过。我们都熬老了，人间的荣华富贵对我已经没有意义，等我建成魁星阁一起去云顶吧。我去云顶，你也必须在云顶。"

我还是感到了曾经有过的体验，近乎天堂。云顶的宁静总是给我自由和安慰。我崇尚自由，还有比自由更金贵的吗？金沐灶说到这儿，我分明感受到他见过云顶以后的自豪感。

我头顶的太阳嗡嗡响着，霞光满天，仿佛有一群仙女站在云端将五彩花瓣撒向人间。

火苗儿凝视着金沐灶的乌鸦脸，说："我也崇尚自由。可是，你总是沉浸在仙女中，我就不高兴了。"

金沐灶说："火苗儿，你别误会，这是文化人的臭毛病。那时的天光照进我的心里，结束了我长久的焦虑。但是，我还是难以区分真实和梦想。我说了那么多，无非是营造一个美好气氛。这气氛很虚假，表面和谐，实际上我心里害怕了，害怕我们金家人得到从未拥有过的幸福。"

火苗儿轻轻地咬着嘴唇，敛声屏气地等待着，身上有一股淡淡的脂粉气。

金沐灶惨痛地说："你想过没有？现实多么残酷，贫富悬殊，穷的穷死，富的富死。开放的市场和外来资本注入，并没有那么美妙，并没有让底层人多么富裕。少数人拿着破坏披霞山铁矿资源的钱，到国外享受生活去了，其中包括袁三定。袁三定和权家已经形成了一个利益团体。这个团体严重阻碍自由创新，它以牺牲市场效率和公平为代价，攫取个人的巨大财富。我鄙视他们，这也是我拒绝使用袁三定的钱建魁星阁的原因。拼命追逐金钱，都会得病的，还是去云顶吧，那是治疗精神疾病的最佳去处。"

可是，我们生活中又有几个人能有幸到达云顶呢？

火苗儿想了想说："肉体留下了，去云顶的只能是灵魂。"金沐灶说："空谈理论无助于对现实问题的解决。我经常接触吕富仁教授，纵观其他地方的经济神话，必然要经历这样的残酷时期。我们已经积累了一些经验和情感，这样会有助于恢复普通人的独立思考能力。"

火苗儿心领神会，赶紧接了话茬儿："哪有你说得那么轻巧。"是啊，在中国，独立思考的能力不是一朝一夕就能有的，要经历多么艰难的过程。

金沐灶被噎住了，有些隐隐的不安和绝望。他与火苗儿说的问题有着本质的不同，这些问题缠绕着他，让他总想不出火苗儿需要的答案。

火苗儿不说话了，她白皙的脖颈晃来晃去。她的模样让我感到人生的无常，她心中一定充满忧伤。过了一会儿，火苗儿眯起眼睛，凝视着远方："沐灶，我们今天不说虚无缥缈的云顶了，我必须把憋在心里的话说出来，你心中根本没有我，只有魁星阁。"

金沐灶轻轻笑了，他的星宿也在闪闪发光。

火苗儿摇了摇头，以驱散萦绕在脑际中的杂乱念头。

金沐灶潇洒地一甩头，红嘴乌鸦脸恢复了人脸。

金沐灶忘情地说："火苗儿，我要离开日头村了！"

火苗儿感觉十分震惊："你去哪儿？"

金沐灶说："云顶！"

火苗儿哭了："你不能走！"

一瞬间，金沐灶就消失在暗处（现代人是飘零的羽毛，脱离了翅膀的羽毛注定要终生流浪一直到死，死是在时光的吹拂下自然脱落于世间的风尘）。

我看到一群血燕在头顶盘旋飞翔。夜里传来一声血燕的鸣叫，孤单而微弱。

红嘴乌鸦没有出现，一切都陷入永恒。这个疯狂了许久的村庄终于安安静静地沉入了梦乡。

我在树梢上倾听着村里的狗叫和人们的鼾声，等不到鸡叫就得飞走了。

7

我去药王庙找杜伯儒。他不在，我呆坐到掌灯时分，他才行医回来。

我跟他说了说端午节的事，天就黑了，接着飘起了细雨。

端午节庆典，已断了许多年头了。过去了的事在我脑海里闪过。打我记事起，日头村就有端午节庆典的古老习俗，每到这个节日，村里举行一次赛马比赛，获前三名的名字写在红绸子上，挂在村里祠堂里，奖励一套文房四宝。到现在，我还记得清清楚楚，状元槐上挂着十几串马铃铛。马铃是用马鬃拧成鬃绳系在树枝上的。没有风它也叮当叮当响，声音清脆细小，引来成群结队的血燕来吃挂在树上的粽子。粽子米在半空里四下飞散，像百花盛开。

端午节庆典这天，村子像过年似的热闹。

杜伯儒带领全村男女老少齐刷刷跪在古槐树下，行三拜九叩大礼。昔日状元金沐灶将写好孩子们名次和姓名的红绸子，郑重地从树顶依次挂到树根。状元槐被村民围了个水泄不通。夸赞的，取经的，埋怨自家孩子的，嘈杂声四起。孩子们在脖领、手腕、脚脖系上红绸子，叽叽喳喳，窜来窜去，婆娘们也说说笑笑，兴奋不已。

马队是从状元槐右边出发的，马笼头缀着红缨和铜铃，杜伯儒的发令枪一响，二十几匹高头骏马嘶叫着，枣红色的、雪白色的、黑缎子色的，像五彩的闪电一样蹿了出去，眨眼的工夫，没了踪影。

铜铃脆响，空气中弥漫着不散的烟尘。骏马围着状元槐绕圈子。一圈，一圈，又一圈，又一圈，绕得我晕了脑袋。马队最后返回状元槐。

赛马是在乡亲们的欢呼声中出征的，骑在马背上的选手，一个个昂着脖子，骨关节嘎嘎响，好不壮观。

端午节那天，我发现了一个秘密，火苗儿偷偷送给金沐灶一双鞋。

那是用女人的头发、马鬃和蓑草做成的草鞋。日头村流传的神话中，梨娘给追日头的丈夫和儿子做的就是这种鞋。

端午节刚过，权桑麻突然病了，还挺重，医院专家会诊说了些啥，除了权桑麻恐怕第二个人都不知道，连他老婆一枝花都瞒着。我觉得权桑麻病得有点儿蹊跷。这个消息比风还快地吹进了全村人的耳朵里。日头村立刻人心惶惶，都觉得天要塌了。人们担心日头村没有了权桑麻，换个人就掌控不了。权桑麻的病情发展成了全村人关注的焦点。

权桑麻病了以后，全村自动停止了所有的娱乐活动。文化广场上的皮影戏、乐亭大鼓、评戏全都不唱了。老头老太太的健身舞不跳了。麻将、扑克不玩了。一枝花比以前显得更憔悴了。权桑麻在日头村安监控探头，哪个犄角旮旯好像都有他的眼睛，谁能躲得过去呢？

这天后半晌，杜伯儒路过我家门口，我哼着评剧《夺印》片段，唱得正起劲，就听见杜伯儒说风凉话："你亲家病重，还敢唱？"我愣了一下，往脚底磕着烟袋："我有啥不敢的，他能带我走啊？"杜伯儒说："你老家伙命硬，他带不走你。你走了，村里谁敲钟啊？"我叹口气："我走了，这钟照样有人敲！"杜伯儒轻轻一笑。我看见权国金过来了，就不再和杜伯儒聊权桑麻的事。权国金喊了我一声："爹。"我只得礼节性地问候了一句："国金，你爹好点儿没？"权国金叹息一声："我爹说，他看见阎王爷派来的收命鬼了。"我知道权桑麻不愿意撒手西去，只能说："那点儿小病奈何不了你爹这个大能人啊！"杜伯儒说："人是'气'的一种存在形式，人之生也，气之聚也，聚则为生，散则为死。古之真人，得之也生，失之也死；得之也死，失之也生。"我瞪了杜伯儒一眼："别跟我之乎者也的，我听不懂，你看桑麻能否逃过这一劫啊？"杜伯儒一甩衣袖说："那就看他的造化了。"权国金说："我爹叫您过去，商量操办'关代人'的仪式。"我大睁着眼，点头。

"关代人"是日头村流传几百年的习俗。

传说，鬼王康王爷要来村里买身体虚弱的人，让他们引领恶人去阴间。恶人的鬼魂被引领着，从状元槐下出发，经过日头村村路、草铺路、燕子河石板桥、披霞山六角路、七里路、冷水坑、杀头井、奈何桥到阴间洗澡。洗完澡再由康王爷引领着到地狱报到。阎王爷为了应付康王爷，而设计出"代人"仪式，只要随他到阴间走一趟，洗刷了罪恶，就可以再回阳间接着活。不过必须是过善人的生活。日头村有个规矩，做"关代人"仪式的人家准备一碗大米饭，上面放两个鸡蛋，插上一个纸人，纸人上写上快要死了的人的名字，这就是"代人"。要让"代人"吃得饱饱的，去阴间洗礼后再回来重新做人。为了让恶人更放心地上路，还要烧一些纸钱，送给收买路钱的魔鬼。生活中真的恶人要虔诚跪地一天一夜。

这是伏天，气温滚热。我过来看望权桑麻。权家围着一堆人，省里、市里和县里的领导都有。客人走后，要搞"关代人"仪式，权桑麻往地上一跪，晃悠晃悠，已经没有体力。汗水湿了他的脸，蜇得眼睛睁不开。

我扶住权桑麻，说："亲家，就让国金替你跪地赎罪吧。"

权大树去广州出差了，火苗儿和权大树媳妇在一旁站着。

权桑麻抹了抹额头的汗，问我："轸头，这可以替啊？"

我说："能替，能替。"

权国金爽快地说："爹，我替您赎罪吧！"

权桑麻火了，猛地咳出大块血来："娘个 × 的，你给我起来，你爹是日头村的功臣，何罪之有？你替我赎啥罪？"

权国金被老爹骂愣了，赶紧爬起来，傻傻地瞅着我。

我摇着头对权国金说："这不中啊，他不让你替他跪，你就得喊，这样鬼王康王爷才能听着。"

权国金放开喉咙喊，直到喊得嗓子出血。

权桑麻的火气渐渐消了。

一枝花默默无语地看着权桑麻，脸上一点儿表情也没有。权桑麻这些天总是神神道道的。

两天后，火苗儿告诉我，权桑麻决定把权力交给权大树。

权国金急得抓耳挠腮，恨得咬牙切齿。权大树从广州一回来就听到这个喜讯，极为高兴，赶紧向权桑麻请示到澳大利亚投资开发铁矿，以施展自己的才华，谁料，竟然很快就得到权桑麻的批准。

有一天，权国金来找金沐灶，我正巧在场。我听见金沐灶问他："你的心情不好，我知道。你是要打败大树吗？"权国金说："我不想打败他，只是担心他干不好。"金沐灶说："道家主张，清静无为。意思是要我们保持一个好心态，不要东想西想，自寻烦恼。听我的，支持你大哥就是了。"权国金呆坐了一会儿，呵呵笑了："好说，好说。"我却看出他在心里说的是：走着瞧，走着瞧。

权大树当上了村支部副书记，兼农工商贸易公司总经理。我知道，权桑麻迈出这一步，权大树的养父金茂才起了推波助澜的作用。日头村男女老少乱哄哄地拎着礼品，怀揣着礼金向老支书道喜，恭喜日头村有了第二个当家人。全村人就我和闺女火苗儿没去。连权国金都去了，他脸上挂着笑容。权桑麻把权国金单独叫到他的房间，说："记住，要辅佐你大哥，我死了以后你也要这样，否则我绝对饶不了你。记住，日头村的江山是老子打下的，日头村就是我们权家的，永远都是！"这番话，让权国金恍然大悟，原来权大树不过是傀儡一个，他还得听老爹的。这个重要细节，是权国金和猴头喝多了酒的时候说走了嘴。猴头转告给了我，我淡然一笑，心说："这个老不死的！"

抛开亲属关系，就权大树和权国金这两个孩子比较，我更喜欢权国金。权大树有商业头脑，有号召力，但内心冷酷无情，霸气，人缘不行，日头村的人都躲着他走。权桑麻选他做接班人，这是要跟汪笨湖村主任平衡。其实，汪笨湖更愿意跟权国金搭班子。权国金是一个有心计的人，应当看穿了他爹的谋略，所以他跟大伙说说笑笑。其实他的笑容是培养出来的。

第二天早晨，天刚放亮，我到了权桑麻家。

权桑麻忽然又恢复了精气神，非要亲自视察披霞山铁矿。权国金要陪着老子去视察。权大树却说工厂里有重要事，不能陪同前往。权桑麻表面虽不高兴，还是勉强说："大树，你忙你的吧，爹只是随便转转。让国金和轸头爷儿俩陪我吧！"权大树愣了愣，急忙改口说："爹，我有啥忙的，我也跟爹去吧！"权桑麻沉了脸，硬硬地说："不用，你去吧！"

我们乘一辆面包车去了披霞山。工地上隆隆作响，乌烟瘴气。权桑麻望着开山工地，那张脸皱成一团，问："袁三定呢？"权国金说："在美国呢。"权桑麻叹了一声："这狗东西命好哇，挖走我们多少银子啊。"说着，他就抬了脸，权国金愣着问："爹，您望啥呢？"我毫不思考地说："你爹看红嘴乌鸦呢！"

权桑麻微微笑了："知我者，还是轸头啊！"

两个月以后，我陪同权桑麻参观大棚菜。他兴致勃勃地查看以色列进口茄子的长势，忽然，他叫了一声，低下头一看，右胳膊上爬着几只小虫子，虫子咬了他的胳膊。不一会儿，被叮的地方，红肿起来，还痒。村主任汪笨湖赶紧把他送进了唐山工人医院，医生给做了紧急处理。

当天晚上，权桑麻发起高烧，第二天凌晨持续不退，自此昏迷了三天三宿。专家会诊，结论是急性脑膜炎，而且是一种新型病毒，目前西药无法攻克这种病毒。权桑麻生命垂危了。我心里跳得腾腾的，竟然有些害怕，怕他是逃不过这一劫了。乡亲们一窝蜂地过来看望。

天亮了，病房静得吓人。权桑麻脸色青黄，十分难看，喉咙咕噜咕噜响着，时断时续。一枝花默默地掉眼泪："亲家，就这么等死，你说咋办哩？"

我迟疑了一下说："要不，请杜伯儒过来瞧瞧？这老道士了解桑麻身体，挺神的。"

一枝花拍了板，请杜伯儒过来看病。

权国金开车把杜伯儒接来了。杜伯儒进了医院，权桑麻还昏迷着。杜伯儒翻了翻他的眼皮，号号脉，愣了好半天。

我看了看杜伯儒："老杜，快点儿下药救命啊。"

杜伯儒摇了摇头："唉，桑麻怕是真要走啦！"

一枝花眼圈红了："大树，给你爹准备后事吧！"

权大树垂着头，出去安排了。

我拽了拽杜伯儒的胳膊，急了："你说啥呢？你不是有猛药吗？"

杜伯儒结结巴巴地说："轸头，猛药都是撞大运的，那是大腿号脉，没个准头。老支书是啥人？万一使坏了，你我谁担当得起啊？"

我跟权家人商量。正商量着，火苗儿来了。

杜伯儒严肃地说："我下的这剂猛药，没有绝对的把握，可能生，也可能一下子断了气。你们商量一下，究竟下还是不下？"

气氛异常紧张，没有一点儿声音。

我说："胜算在几成？"

杜伯儒微闭着眼睛，在地上缓缓踱步。投在地上的影子淡淡的、扁扁的，在脚下蠕动，像一窝散了架的鸡。

权国金大声说："下，必须下，也许绝处逢生呢。"

权大树担忧地说："我看就别下了，太冒险啦。"

我瞪了权大树一眼："大树，冒险怕啥？你爹反正这样了，万一出现奇迹呢？"

我看出权大树有私心，怕他爹醒了，自己接班的事有变局。我感到这是权国金的一个机会，就踢了一下他："时间不等人，赶紧表态！"

权国金大声说："娘，您说句话，下一猛药救我爹吧！"

一枝花体力虚弱，有气无力地说："我替桑麻当家，下药吧！"

杜伯儒说："那好。不过，下这剂药需要你们配合一下。"

权国金往前凑了凑说："您说吧，只要能救我爹，咋着都中！"

杜伯儒迟疑了一下说："这可有点儿难度，要有人品尝一下病人的尿和大便，把尿和大便的味道详细告诉我，老朽才能配好这剂猛药。"

权大树脸上掠过一丝阴影："这……天下哪有这等事？伯儒道士，您来品尝，我出钱！"

杜伯儒轻轻摇头："老朽舌头的味觉早废了！我要是中，还用你们吗？你们谁来尝？"

权大树皱眉沉吟，有点儿犯难。

权国金咬着牙，突然站出来："我来尝！"

火苗儿白了脸，在一旁直叫："国金，国金！"

我挺佩服权国金的勇气，这也许是他最后的机会。

一枝花让人把权桑麻的屎和尿端来了。

权国金强忍着恶心，咽了一口唾沫。他端着去了一个房间，细细品尝，然后说出对苦、酸和臭的感受。我皱着眉头瞅权国金，他咧着嘴巴，呕吐不止，被火苗儿扶着走了。

　　杜伯儒细心记下了，很快配出了一剂猛药。药方保密，但我知道，里边肯定有状元槐的老树皮。我记得，状元槐每年春天自动脱皮，杜伯儒像捡了宝贝似的把树皮收走了。

　　杜伯儒把药分三次给权桑麻服下了。

第八律 夷则

1

三天后，果然出了奇迹。

天刚放亮，日头露了脸。权桑麻慢慢睁开了眼睛吐了口气，我看见他紧绷的老脸皱纹舒展。

全家人兴奋地喊着："醒啦！醒啦！"

消息传到日头村，全村沸腾了。

几天后，病刚有好转，权桑麻要回村里看看。回村后他没有说别的，转脸对我说："轸头，咱老哥儿俩抽一袋。"我担心他身板，没答应。可是，权桑麻死乞白赖拉我。

我附和说："你从阎王那儿逃出来，是该抽两口。"

我搀扶着权桑麻到了街上，在一个秫秸垛旁停下了。我把烟袋锅装好烟，递给他，啪一声，用打火机给他点烟。权桑麻摇了摇头，顺手拽了一个玉米叶子，用玉米叶点着了烟，香甜地吧嗒了几口。

起风了，一阵枯叶噼噼啪啪的响声传来。我俩坐在玉米秸上，慢腾腾吸着烟袋。权桑麻手里冒出几缕辛辣的青烟来。他抽了两口，把烟锅残留的炭火，嗒嗒地磕到鞋底上。

权桑麻揉着发黏的眼皮，打着哈欠："娘个×的，轸头啊，这感觉忒他娘的好啊！忒好哇！"

我望了望天，脱口而出："年轻的时候，我们就坐在玉米秸上吸烟袋。"权桑麻也抬眼望着日头，一脸的破败相。

天空除了粉尘，没有飞来一只红嘴乌鸦。

其实我也有我的私心，权国金是我姑爷，我愿意让他接班，如果权大树这家伙接班，就没我们汪家的好日子了。我赶紧给一枝花挤咕眼，一枝花告诉权桑麻，是国金救了他的命，尝尿和大便配合杜伯儒开药救了他。权桑麻不相信，让我喊来了杜伯儒。杜伯儒对他说了说经过。权桑麻震惊不已，嘿嘿地笑了："娘个×的，国金中啊，这小子真的中啦！"

权桑麻望着权国金老泪纵横："儿啊儿，难为你了。爹心里有数儿。"

权国金的脸伏在父亲宽阔的胸膛上，悄悄说："爹，儿子没啥本事，就一点儿，我永远听爹的，盼您健康长寿。"

权桑麻拍着权国金的肩膀："啥都别说了，爹懂，爹懂啊！"

权国金立即发誓说："我的命是爹给的，爹指哪儿就打哪儿！"

我发现自此他对权国金的态度大变。

二十天以后，权桑麻出院了。那天下了一场雷阵雨，地面湿了吧唧的。悍马车经过村委会大楼门口时，权桑麻吼了一声："站下！"汽车停下了。刚刚下车，权桑麻扭头对我说了一句："你带国金到我办公室坐一坐。"

车里人都愣住了。

权大树急切地问权桑麻："爹，您是不是说错了，是叫我吗？"

权桑麻冷冷地说："大树，我跟笨湖、你轸头叔商量点儿事，你暂时先回避一下。"

权大树强忍着一肚子的气，不情愿地退回去了。

在办公室里，权桑麻咳嗽了一声："我活过来了，多亏了国金啊！国金这孩子忠诚，信得过。就让他接我的班吧！"

权国金扑通一声，给权桑麻跪下了。

我一听心里豁亮了。

汪笨湖连说：“好，权支书英明，英明啊！”

我走出来的时候，雨停了，天还阴阴的。

权大树慌了神，追在我屁股后头问：“轸叔，你给我透个底吧！”

我说了实情。

权大树跳着脚骂道：“奶奶的，杀人不过头点地，事情总该有个了断，这不逼我杀人嘛！”他的吼声，把我吓得跳了起来。权大树非要拽着我去见他爹辩论。

我挣脱着，连连劝说：“大树，听你爹的，认了吧。”

权大树吼：“×他个姥姥，我不认，我不服！”

他死死攥着我胳膊，我挣脱不开，就硬着头皮去了。

权大树黑着个脸，逼问权桑麻：“爹，我是您立的接班人，为啥让国金顶替了我？”

权桑麻始终只有一句话：“屎难吃，钱难挣，人难做啊！你是大哥，应该好好扶持你弟弟，把日头村的事情做好！”

权大树说：“爹，您都知道，我出生入死地拼命，日头村的家业是我打下的，国金干啥了？他不就是尝尝屎吗？他不就会整天跟在您屁股后头唱颂歌，溜须拍马吗？这不公平，不公平！”

权桑麻狠狠地一拍桌子：“国金比你忠诚。我早就跟你说，得先做人后做事。撒泡尿照照你自己，是个啥货色？混账！滚出去，你爹还没死哪！”

权大树自知理亏，说啥都晚了。

后来，我听说权大树去了澳门赌场，几天便输掉了一个亿。赌场得知权大树不是一般的背景，赠给他一辆豪华轿车。权大树不要，挥舞着拳头吼：“老子是日头村人，谁要你们的赠品！老子还会赢回来的，全都赢回来！”他继续赌博，毫无心思打理企业，效益每况愈下。权国金几次劝阻大哥均未奏效，只得告知了父亲。

权桑麻让权国金带着人去澳门把权大树绑了回来。

我瞅见权大树人还没进院便给权桑麻跪下了，那天我也在场，权桑麻狠狠扇了他两个耳光。

权大树哭着说："您要是好受，就打吧，反正我这条命都是您给的。"

权桑麻挥手还要打，被我拦住了。

权大树站起来，扇了自己嘴巴，落下泪来，说："爹，我错了。求您了爹，不让我接班就叫我出国吧，我带着资金去澳洲开矿。"权桑麻问："国外有啥好？"权大树说："您知道我脾气不好，难道就不怕您百年之后我会杀了老二？"权桑麻气得颤抖："你敢！我一定不会饶了你的！"权大树抹了把嘴角的血，狂笑起来。权桑麻只得答应他考虑考虑。权国金对权桑麻说："爹，叫大哥去吧，日头村一千多口子人都要受到我的庇护，包括大哥。而我又受到您老人家的庇护。顺我者昌，逆我者必亡！"权桑麻拍拍权国金的肩膀，嘿嘿地笑了。

当晚，一枝花心疼权大树，吹吹枕边风，灌了点儿迷魂汤。权桑麻做出决定，批准权大树全家移民澳洲，打理那边的铁矿石生意。

日头村工商联的轧钢厂、钢管厂和披霞山铁矿业务全都转交给权国金负责。

我听火苗儿说，金沐灶的铸铜厂低迷了一阵，最近效益很好，他已经完成了财富积累，赚了大把的钞票。他在城里住上了洋房，坐上了凌志越野车。火苗儿还说，金沐灶很难过。这正应了金沐灶说过的话，人一旦感到满足，灵魂便让魔鬼抢走。人不能让尿憋死，可他眼下真让尿憋住了。白天设计千条路，夜里还是磨豆腐。但是，现在金沐灶的精神重新陷入危机。有一天，我们俩喝酒，他吐露了真言："轸叔，您说，我在商场上混得是不是太油滑了？是不是有些媚俗？我发现资本介入农村，比如钢厂，比如铁矿，比如我的铸铜厂，表面上看给日头村带来了繁荣，实质上是对农村的剥削和掠夺。环境破坏了，资源严重消耗，老百姓并没得到多少实惠。"说到这里，他痛苦地扭皱了一下脸，"我挣到钱的时候，忽然有了一种犯罪的感觉。我还是那个追求真理的金沐灶吗？这些日子，我越来越深切地感受到，一个人如果真诚地面对生活，勇敢地面对自己，那么就有许多无法轻易解决的问题等待着他，让他寝食难安，痛不欲生。此时我就是这个样子，好难受啊！"

说着，金沐灶一口喝了半瓶酒。

我被他感染了，也跟着干了一碗酒。我醉醺醺地劝说："你有钱了，也想让乡亲们都有钱，只有井里放糖，甜头大伙才能尝到。可是，你有那么多糖吗？整天忧国忧民的，这哪中啊。"金沐灶一把抓住我的手说："我突然发现，权家富了，袁三定富了，我也稀里糊涂地富了，日头村的乡亲，种地的农民并没有走向富裕。城市跟乡村的差距越拉越大，这究竟是咋回事啊？为啥会这样呢？"

我喝高了，长吁短叹地说："稀屎好屙，屁股难擦呀！我也说不清。"

金沐灶自言自语地说道："我不怪社会，不怪政府。党和政府给了农村好政策，可都让这些乌龟王八蛋弄走样啦！"

我深有同感地点头。

金沐灶痛惜地摇头说："这不是我想要的生活，不是，绝对不是……可为啥努力打拼了这些年，会是这样一个结局呢？我活着究竟是为了什么啊？我手里攥着这么多钱干什么呢？我的价值究竟在哪儿呢？"

我被他问蒙了，心里说："我的老天爷啊，这问题也忒大了，我这敲钟人知道个啥？"

我扔下金沐灶离开饭桌，晃晃地走了出来。

火苗儿自然比我更惦记金沐灶。

我这粗心老头都看得出来，最近，火苗儿跟权国金感情出现危机。权国金当上了权桑麻的助理，整天见不着人影。他应酬太多了，除了陪酒就是待客，和火苗儿在一起吃顿饭的时候都少了。

权桑麻在权大树的陪同下，到澳洲考察铁矿去了。日头村照样正常运转着。可是，明眼人都知道，日头村的过去是权桑麻的，现在依旧是权桑麻的，权国金只不过是一个跑腿儿的。但是，权国金也练出来了，他知道该咋活在老子的阴影里头不出差错。

我仰了脸，起风了，风越刮越大。一股白毛风，从我身后卷了过去，卷走了窗台上的缸盖，吹飞了小板凳上的报纸。别的可以刮走，剧照可不能刮走，那上头有火苗儿唱评剧《杨三姐告状》的剧照。

我赶紧去追，刚追出院门口，迎面撞见了金沐灶。

我和金沐灶进了屋，喝着茶水聊了起来。我望着金沐灶说："我听说铸铜厂的事，你都不咋管了，为啥呢？"金沐灶直截了当地说："这些日子，我对经商越来越不感兴趣，可以说是厌倦了。铜钟、铜鼎的销路不错，也挣了钱。人一有钱，钱就扯淡啦！轸叔，挣了钱我咋一点儿都不高兴呢？"我插话说："你这是饱汉子不知饿汉子饥啊！"

金沐灶说："我的兴趣转移了，我帮助吕教授搞农村问题调查。到附近几个村和外县几个村子走访调查，跟农民兄弟深谈，积累了大量的第一手资料，非常珍贵啊！"我点着头，问："咱日头村啥没有，为啥还跑到外村调查？"

金沐灶两眼放出光芒，亮亮的，像黑暗里的两盏灯。

我一边倾听，一边噗噗地吸烟。

金沐灶语气里充满了激情："唉，我认这个理。谁看不起农民，我就看不起谁！人生在世，生死无常，我常常想，人生的价值究竟在哪儿？生命的理想归宿又在哪儿？一个有良心的人，必须回答这些问题啊！"

我愣了愣说："你啊，全村没人想这些问题，太高深了，想了也白想！"金沐灶依旧说："我也知道，我这是庸人自扰，有时候我也劝自己，人不人鬼不鬼的，想明白又能咋样？可是，我管不住自己。"

我额头冒汗，目光灰灰的。

过了一会儿，金沐灶又问："轸叔，你觉得日头村的现状咋样啊？"我摇了摇头："好心眼遇上了贪心贼，全村就是个火药桶啊！"金沐灶点头赞同。他从怀里抽出一本书递到我面前，我瞥了一眼，认不好字，但书名我能认出来，是《农村和农民问题研究》。金沐灶说："吕富仁教授写的，他如今成三农专家了。"我看见书上画着红道道，就说："你给大叔念念，这画红杠杠的地方！"

金沐灶晃了晃脑袋，念给我听："过去有猫论，不管白猫黑猫，抓住老鼠就是好猫。大包干让农民填饱了肚子。可是，猫时代已经过去，狼如果不怕虎，那只有结成群狼。还有人提出了'狼论'——不论白狼还是黑狼，如果不结成群狼，那注定是被别人猎杀的孤狼。对于我国农业和农民来说，走集体化道路，无论是农业生产的组织形式还是农业生产的生产经营方式，这都是必由之路……"

我听到这儿，心提了起来。

金沐灶脸色冷峻起来，盯着那几行字，一言不发。过了一会儿，他随便翻了几页，又说："轸叔，农村回到老路是死路一条，可是，新路在哪儿？谁也没看见。这本书给了一些启发，还要读，还要想，用心去想。"

我很佩服他这个劲头，如今这年月，有几个人真为农民的生活焦虑啊？

我品味着金沐灶说的这些话，不吭声了。

我一看见金沐灶勾着脖子思考的模样，就想起那棵状元槐。

雨下起来了，就像断了线的珠子。

雨中的状元槐，焦黄焦黄，湿漉漉的。雨点儿掉在门口的河塘里，泛起水泡，像是金鱼脑袋上的花朵。雨点儿掉在倭瓜叶子上，叶子显得格外翠绿。房前屋后积满了水，我叫不上名的小虫子在雨水里打转转儿。金沐灶继续说："轸叔啊，我有时心里挺矛盾的。最近我接触了一些村里的年轻人，他们都变了，他们不再像父辈那样吃苦耐劳、勤俭持家、亲近土地了，甚至鄙视自己农民的身份，他们羡慕城里人的生活，争着抢着往城里挤，就是再苦再累甚至押上身家性命也不回头。难道他们错了吗？就算是错了，难道都是他们的错吗？谁能告诉我，到底是谁错了？"

咣当一声，猴头推门进来了。

猴头穿着一件女式雨衣，整个身子裹得紧紧的，要撑破似的。两个裤腿都湿透了贴在了腿上。

猴头喊了一声爹，怯怯地望着金沐灶。

金沐灶打破尴尬问："猴头，你不是在天津打工吗，有啥急事啊？"

猴头笑笑，磕巴着说："我来跟，跟我爹借点儿钱。"

我沉了脸问："借钱干啥？"

猴头咧嘴说："厂子要扩建，老板要每个工人都必须参股，年底分红。我手里那俩钱儿……嘿嘿……"

金沐灶转脸盯着我："又一个占地扩建，这真是大问题啦，耕地越来越少了。"

我叹息着说："这又能怪谁呢？地少了，还有那么多土地撂荒了，放着不耕种，偏要进城打工……"

猴头看着金沐灶沮丧的神情问："爹，看您说的，我不打工喝西北风啊？

你和沐灶哥这是咋的了？听评书掉眼泪，替古人担上忧了。"

我扭脸说："沐灶啊，也不能全怪进城那些农民，多少年了，种粮赔钱。"

金沐灶想了想，说："对，轸叔、猴头，咱们一块儿算一笔账。"

猴头咧着嘴巴问："啥账啊？"

金沐灶说："咱们农业投入产出的账。"

猴头笑："那还用算，肯定是风险大，收入低呗！"

金沐灶说："唉，再这么下去，往后谁还来种粮食啊？"

猴头说："种粮干啥？我做梦都想开铁矿。"

我骂道："铁粉能吃啊？"

猴头说："是不能吃，换来大把的钱，吃香的喝辣的。"

金沐灶说："猴头说到关键处了，可是工业不愿反哺农业啊！"

猴头摇头说："听说日头村要拆迁了，我就等着拆迁补偿了！"

我瞪了他一眼："就你那点儿出息！纯属一个吃货！"

猴头缩了缩头，出了几口粗气，一跺脚，转身去了后院。

金沐灶想了想，攥住我的手说："轸叔，吕富仁教授呼吁建立职业农民登记制度，改变刀耕火种的生产方式。把土地交给新的职业农民来耕作。让他们成为生产者，同时也是投资者、经营决策者。"他说到这里，眼里闪光，好像心中的疙瘩化了。

我大概能听懂金沐灶说的这些话，焦虑地说："谁听你的呢？吃屎的能把拉屎的拿住？"

金沐灶说："我能力有限，但是，我跟吕教授一起写文章啊，向领导反映！"他说得唾沫飞溅。

我给牛拌了第二遍草料，金沐灶约我明早跟他上披霞山铁矿去看看。我知道，他经常独自一个人去披霞山铁矿转悠，就爽快地答应了他。我知道他去披霞山铁矿，是帮助他思考问题。这一晚，我脑子里全是金沐灶跟我说的那些话，赶也赶不走。

鸡叫头遍的时候，我迷迷瞪瞪起了床，把窝里的鸡放出来，鸡用脚扒拉着麦鱼子，低头一啄一啄。我给鸡撒了一把小米，听见院外头金沐灶喊了一声，就弓着腰奔披霞山出发了。披霞山离日头村不到六里地，我俩出了村，脚底生风，不一会儿就看见了铁矿笼罩的粉尘烟。

隔了老远，我俩就听见了磨石机隆隆的声音。

金沐灶将嘴唇咬得紫紫的，生气地说："轸叔，这高高大坝背面是矿山尾矿库，铁矿生产提取铁粉之后，剩余的废料都堆那里头了。这是悬在日头村上空的一把剑啊，说不定啥时候就会刺过来，灭了咱村的男女老少。"

听他这么一说，我的心也怦怦地狂跳了。我急忙说："得赶紧整治整治啊。"金沐灶说："整治，谁来整治？我跟袁三定发过火了，可管用吗？"

我叹了口气补充一句："树冠不摇，树梢白晃荡啊。"

金沐灶凝视着披霞山起伏的山峦，好长时间不说一句话。在回村的路上，他还是一言不发。

到了村口，看见地上卧着五条狗，都没叫，瞪着眼睛瞅着我们。我问金沐灶："你想啥呢？"

他啐了一口痰，说："走，轸叔，上我家，我给您看一样东西。"

到了他家，刚落座，金沐灶就递给我一个暗红色的纸包。我慢慢打开，摊平，仔细一瞅，原来是那张带血的《金刚经》。

我想到金校长的冤屈，不知不觉又有泪水往下淌。

这是金校长死的时候，我偷偷用毛头纸在天启大钟上拓下来的，是沾着鲜血拓下来的。血迹变得墨黑，像是趴着一只红嘴乌鸦，多少年了，没想到他竟然一直珍藏着。

金沐灶说："轸叔，谢谢您拓了它，每当痛苦的时候，我就读它。读完痛苦就减轻许多。"此时，他闭上了眼睛，抚摩着那张纸，好久才睁开眼睛。我注意到，他的两只眼睛里似有莲花盛开着。他开始读起经文，他读的是第二十三品：净心行善分。复次，须菩提！

我不信佛，敲钟时常见这些文字，知道这是佛家劝人向善。

我看出来，这些文字中有一股魔力，深深抓住了金沐灶。

2

这天上午，日头照得我影子缩小，挪了几步，还是那么小的一疙瘩。

我瞅着自己的影子去镇上赶集，回来时候路过药王庙，跟杜伯儒说了那张带血的《金刚经》。

杜伯儒眼睛一亮，说："听说过，可我没见过，《金刚经》可是佛家禅宗的核心经典啊，你带我亲眼看一看带血的《金刚经》吧。"

我答应了他。

第二天上午，我就带着杜伯儒进村去找金沐灶。金沐灶好久没见着杜伯儒了，现在见他鹤发童颜，白须当胸，目光深邃，平添几分仙气。金沐灶见到他，拱手抱拳，道一声："道长慈悲。"

杜伯儒向金沐灶还礼："无量天尊，慈悲，慈悲。"

金沐灶将带血的《金刚经》缓缓展开。

杜伯儒惊叹了："无价，无价的宝贝呀！"

金沐灶眼睛湿了："难得道长珍重啊！"

杜伯儒观察着金沐灶的脸色，笑道："能不能交给我收藏啊？"

金沐灶一愣："道教还收藏佛教的《金刚经》？"

杜伯儒说："这已经不是一部佛书了，这是你爹的精魂啊！"

金沐灶摇了摇头说："我读了这么多年，还没有读通，让我读通之后再敬献于您吧。"

杜伯儒手捻轻须，说："既然如此，你自己珍藏便是了，贫道岂能夺人所爱呢？"

说完，他轻轻飘走了。

我送走了杜伯儒，问金沐灶："你为啥撅老杜的面子呢？"

金沐灶说："我不想送出去的东西，谁要也不给。"

我沉了脸说："这不是你小子的真话！"

金沐灶苦笑着说："我有事是瞒不过轸叔了，这《金刚经》我想用于魁星阁。"

我点点头，赞许说："有远见。是啊，人心乱了，用魁星阁把人心拢一拢。"

那一天，天气热赤呼啦的，地旱得直冒青烟。我和金沐灶约好去披霞山。

我在村口树荫下等金沐灶，忽然，听见有人喊："轸头，轸头！"

我一抬头，瞅见拾荒婆婆笑着走过来。老人家背着一个大麻袋，鼓鼓囊囊的，里面全是垃圾。她穿戴洁净，身上没有酸臭味儿。金沐灶开车过来了，要老人把袋子放后备厢里，帮她送到家。老人连连摇手，慈祥地笑。她跟金沐灶说起了她捡的女儿英子。拾荒婆婆说："英子好像跟你外甥槐儿好上了。"金沐灶愣了愣："槐儿在美国读书，没听槐儿说过呀！"拾荒婆婆说："英子亲口跟我说的，你啥意见啊？"金沐灶说："婚姻大事，听孩子的。如果成了，那是好事。我挺喜欢英子这孩子。"

拾荒婆婆咧嘴笑了。

我知道，拾荒婆婆是个菩萨心肠的人，她男人黄二年轻的时候喝醉了酒就打老婆，每次都打得她见血。大包干那年，黄二喝酒暴死了，剩下了瘦弱的拾荒婆婆继续捡破烂。拾荒婆婆有一个手艺，用废旧塑料剪成塑料花，造型各异，五彩缤纷，招人喜爱。她慈祥地笑着把塑料花送给别人，只要你接受，她就感激不尽。她目不识丁，剪起塑料花却很快就进入一种神圣的境界。拾荒婆婆是个活菩萨啊！谁要是遇到了困难，她知道后总会尽自己所能地给予帮助。早些年，她在垃圾场捡到了一个女孩，孩子很小，不会说话，她给起名叫英子，靠自己微薄的收入抚养英子长大，可是吃尽了苦头。拾荒婆婆说："老轸头，你说我死后能托生红嘴乌鸦吗？"我对她说："红嘴乌鸦是灵鸟，人得三辈子行好，才能托生红嘴乌鸦！"拾荒婆婆叹了口气，默默地走了。

我知道，拾荒婆婆是日头村第一批失去土地的农民。

那一年，权桑麻和权大树建设轧钢厂，就占用了她家的土地。钢厂有权桑麻撑腰，补偿款少得可怜。金沐灶记得，拾荒婆婆失去土地那天，把自己一个人关在屋里哭了两天两宿。

第三天早上，拾荒婆婆从家里走出来，踉踉跄跄摸到铜钟前，扑通一跪，悲怆地大声呼喊："大钟啊，都说你是救命菩萨，还给我地吧，那是我的命啊——"

天启大钟默默无语。后来，我和我老婆把她搀回家里。

英子跟槐儿从小学到高中，一直是同学。有人欺负英子，身材瘦小的槐儿总要挺身相救。每一次他都被对方打得流血，但腰杆子从没弯过。英子就喜欢他这点儿。拾荒婆婆待英子如亲生女儿，英子说要啥，只要能办到一定给啥。英子想要一架钢琴，拾荒婆婆捡破烂卖钱，攒够钱给她买了钢琴。全省初中生钢琴比赛中，英子获得了第一名。拾荒婆婆抚摸着获奖证书，激动得哭了。后来，英子考进了外省一所医学院。槐儿留学海外。两人从此分开，天各一方。

亚洲爆发了金融危机，金沐灶的铸铜厂遭遇"三角债"，停产了。金沐灶想拍卖铸铜厂，拿出所得款项资助种地农民。

此举在村里引起一片哗然。也引起了权桑麻的关注，他几次追问我这事。难道他有啥想法？

我劝金沐灶说："要建设魁星阁，还是要留下一些钱。"

袁三定一连三次向金沐灶发出移民邀请，让他换个环境，移民美国。

金沐灶又拒绝了。他一字一句地说："我是中国人，哪儿也不去，你也记住，贫贱不能移！"

袁三定委托槐儿来找金沐灶，金沐灶同样说不。

有一天，我听见金沐灶郑重地对槐儿说："希望你早一天学业有成，从美国回到祖国来。我们农村出来的孩子，不是进了城，海外留了学，就光宗耀祖了。"

槐儿怔怔地望着金沐灶："舅，您说。"

金沐灶说："回来，带着文化回来，那才叫真有出息呀！"

槐儿眼睛红了："我明白您当年毕业后为啥回来了。"

权桑麻身子发软，晚上惊梦盗汗。

一枝花让我喊来了杜伯儒。我带着杜伯儒给他看过了，权桑麻留杜伯儒说说话。权桑麻问："我是不是该走了？"杜伯儒支吾过去。我想，他为人霸道从不惧死，看来都是假的，死亡来了谁都怕，人越老越怕死。杜伯儒淡淡地说："你是积劳成疾，静养吧！道家有一气含三之说，任何疾病都不离人体内环境和外环境中的物源、质源、玄源这三大范畴。修炼心神，制约情志，调和身心。"我在一旁听着，不敢插话。权桑麻将信将疑，长长地舒口气："唉，我是早想躲个清静，到你的药王庙住一住。可是，咱日头村里的乡亲们哪，总是不答应，让我这老头子发挥余热。我纵然浑身是铁，还能打几个钉？"他说着，哼哼唧唧的。我在心里说："人五人六的，真会装！"

权桑麻歪头睡了。我和杜伯儒悄悄退出来了。

村里年轻人纷纷外出务工，权桑麻拿出专项资金，作为村里老人和留守儿童的生活补贴。他让铁矿捐出一笔款，为村里诊所招聘医生，定期为老人免费检查身体，还出资把年岁大的老人养起来。他还让权国金在节假日的时候，为各家各户发放节日礼金和礼品。他甚至给每一个外出的人，一个月补助一百元的电话费。所有这一切都让权桑麻赢得了良好的口碑。

金沐灶却不这样看，为此，我跟他有过争吵。

金沐灶说："权桑麻用集体的金钱开道，帮他搞新造神运动。"我惊呆了，脑袋直冒汗。由于钢铁厂和铁粉尾矿的污染，村里人得了多种怪病，且病人越来越多。权桑麻拿出相当一笔资金，为患者医治怪病。村里人都把他当成了大救星。

金沐灶摇头叹气道："得怪病的人，其中就包括我。污染是一方面，再往深想一想，这么多年污染为啥治理不了，还不是权桑麻不想往这方面投入财力和人力造成的。可乡亲们却把他当成大善人，真是悲哀到家了！"

我听了金沐灶的话，急着去找权桑麻。

这天上午，在权桑麻的书房里，他的情绪不错，正在摇头晃脑地听评剧。他好久不抠脚泥了，没有脚气说明身板不行了。我瞅着权桑麻的脸说："你看看日头村这天气，乌烟瘴气，都得病了。再不管管污染，子孙后代都得跟着遭殃啊，你得管啊！"

权桑麻眨了眨眼睛，不吭声。

我说："亲家，我的话，你听见了吗？"

权桑麻咳嗽一声，说："亲家，你不知道，上级催效益，税务局催税款，工人张嘴等吃饭，不干中吗？"

我咧咧嘴说："正常经营我不管。日头村都污染成啥样子啦，你得管管啊！"

权桑麻倔倔地说："钱难挣，屎难吃。要挣钱，总要付出代价的。"

我急赤白脸地说："你得替子孙后代想一想啊！"

权桑麻理直气壮地说："咋没想，早想了，咋没想啊？"

我急切地问："那你是？"

权桑麻严肃地说："我早想好了，没跟你说呢。大树一家子都移民澳大利亚了，在那儿买了庄园别墅，子孙在那留学，将来让国金他们一家也过去。说不定，你老轸头还有出国探亲的日子哪！"

我咳嗽了一声，哑口无言。

天启大钟响了，我的笑声隐隐传开。

老轸头你听见了吗？你好窝囊啊，你为什么不跟权桑麻愤怒？我在天上被气得肉翅直抖。

我的骂声在最为枯燥的时候蓦然响起，显得异常尖锐。我按捺不住内心的气愤和激动，高声吼道："权桑麻的谎言说得越来越真，连他自己都被感动了。你别忘了，一个不爱自己故乡的人，不爱自己国家的人，你凭什么在日头村掌权？凭什么炫耀自己的财富？权家的财富都是怎么来的？"

可惜，我是局外人，人们听不见我在菩提树上的怒吼。

我的脑子里一片空白，仿佛刚刚从一场噩梦中脱身。

3

金沐灶打着一只纸糊的灯笼看权桑麻来了。

权桑麻傻眼了，我也一愣。金沐灶这是唱的哪出戏呀？大白天打着个灯笼干啥？

权桑麻看见金沐灶手里的灯笼里面放着一根蜡烛。灯笼是四方形的，四个面上是风景画，画上有状元槐和天启大钟。

金沐灶瞅了我一眼，一屁股坐在沙发上，他晃了晃手中的灯笼，纸灯笼哗啦啦地响了一阵。权桑麻不说话。过了许久，都无话，沉默里似乎隐藏着更大的玄机。

权桑麻脸色难看，故作镇静地问："沐灶，为啥大白天打灯笼上我家来了？"

金沐灶直截了当地说："老支书身边一片黑暗，我来给您照照亮啊！"

我吸了一口凉气，日头村除了金沐灶，哪有第二个人敢跟权桑麻这样说话。

权桑麻气得一阵咳嗽："你在学冯玉祥吗？当年冯玉祥见蒋介石就在白天打着灯笼，你是啥意思吧？"

金沐灶倔强地说："你不都说明白了吗？蒋介石不抗日，搞独裁，所以他的身前身后一片黑暗。这些年你在日头村搞独裁，身前身后也是一片黑暗。我提着灯笼来，是想请你走了以后，给日头村留一片晴朗，留一片光明！"

权桑麻颤抖了："只要你小子不捣乱，日头村就会形势大好，一派祥和。"

金沐灶说："祥和？没听见百姓在咒你吗，好汉经不起百姓咒。只要有邪恶，就会天天有人咒你！亡灵不得超度！"

权桑麻喘着粗气，双手抖抖地吼："娘个×的，滚！滚！"

我也担心会发生不测，连忙劝金沐灶出去。金沐灶说啥也不走，要跟权桑麻好好谈一谈。

权国金进来了，一见他老子满脸涨红，恶狠狠地瞪着金沐灶，他觉得金沐灶不宜再待了，背对着他老子堆着笑脸，往外推着金沐灶。

金沐灶手把门框不走，嘴里喊着："别推我，我跟你爹还没说完哪。"

权桑麻吼："娘个×的，给我滚！"

我见势不妙，跟权国金合力把金沐灶劝走了。

到了门口，权国金抬手给了金沐灶一拳头："我对你忍了不是一天两天了！你有啥怨气冲我来，我爹是个病人，你不知道吗？"

金沐灶没还手，权国金夺过他手中的灯笼，往地上一摔，踏了几脚，将灯笼踏个稀烂。

我急忙拉住激动的权国金。金沐灶望了权国金一眼，抹了一下嘴角的血，没吭声，晃晃地走了。

金沐灶走了，我和权国金回到屋里来。

我们刚刚进屋，权桑麻就将茶杯打翻在地，吼道："娘个×的，瞧你交的啥狗屁朋友！"

权国金劝道："爹，别跟他一般见识，他就是个疯子，我刚刚揍了这个疯子！"

我不爱听了，争辩说："国金，沐灶对你爹有看法，可他哪是疯子啊？"

权国金说："不是疯子，也是书呆子！"他转脸望着权桑麻，"爹，您别生他的气，他就是那么一个不着调的人。"

权桑麻咳嗽一声，咬牙切齿地说："他是金家人，不是权家的种儿，我不生他的气，我是生你们的气！我死后就是担心你斗不过他金沐灶！"

权国金倔倔地说："爹，我不怕他！"

权桑麻艰难地爬了起来，缓缓掏出兜里的那支戴了几十年的钢笔。他走到外屋灶房，那里有油锅滋滋响着。

我们也跟了去，瞅见他将钢笔扔进油锅。

我和权国金都惊呆了。

权桑麻说："国金，你用手把钢笔捞出来！捞！"

我说："桑麻，你这是干啥？"

权国金额头冒汗了，浑身颤抖，迟疑地望了望权桑麻："爹，您这是何苦？"

权桑麻黑着脸："你敢不敢吧？"

权国金咬牙："我敢！"

我阻拦着："不能啊，手会废了的！"

权国金挽起袖子，试探着走向油锅，手抖抖地伸向滚烫的油锅。我心提到嗓子眼儿，可是，权国金最终没敢伸手。

刺啦一声，权桑麻伸手将钢笔捞了出来。

我惊得合不拢嘴巴了。

权桑麻抖了抖受伤的手："国金，国金啊，你看见金沐灶那个样子了吧？你不让我放心啊！"说着，他老泪纵横。

权国金扑通一声，跪下了发誓："爹，孩儿明白了。"

权桑麻说："你明白个屁，人说条条大路通罗马，可究竟有几个人知道通罗马到底有几条大道？钱能通，权能通。但是，你别忘了，钱打不通的事情常常有，如果没有，那些老板凭啥巴结当官的？而权做不到的事就没有了！他金沐灶有本事，当过高考状元，为啥那魁星阁建不起来？还不是我不批准嘛！权力是个好东西，所以说，在日头村你要牢牢把权力抓到手里。"

权国金咬着牙说："爹，我记住了，爹，我记住了。"说着，脸红了一下，瞅了瞅我。

权桑麻喝了一口茶水，说："轸头是你老丈人，有啥不好意思的？国金哪，人比人气死人，世界上只有两种人。一种是气死别人的人，另一种是被别人气死的人。你不气死别人，别人就气死你。你想做哪种人？"权国金想了想说："爹，我既不想气死别人，又不想被别人气死。"权桑麻使劲拍了一下他的脑袋，嘿嘿笑了："甘蔗哪有两头甜的？除非你去学杜伯儒求道升仙。最后升不了仙，还会气个半死。"他转了脸又看着我，"你说呢，轸头？"

我苦笑了一下，说："杜伯儒老爹杜康都没成仙，他就能成？"

权桑麻笑了，笑声很弱。

过了几天，权桑麻真的不行了。我看见权桑麻脸色苍白，脸上有泪痕。他知道死亡无法弄虚作假，生命到了该撒手的时候了。他在无奈之际只好对自己死亡之后做出安排。权国金害怕得语无伦次，问父亲该做哪些安排？权桑麻无力地说了一句，那意思是说最好的安排就是让人们以为我啥都没有安排。权大树也站在父亲身旁问："爹，您还有啥安排？"权桑麻没有说话，眼神告诉他最好的安排就是让人们以为他没有死去。

突然，权桑麻向我和权国金提出要见一些人。

我的心哇凉哇凉的，大概权桑麻的大限到了。权桑麻找的第一个人是金茂才。金茂才是权大树的养父，他托付了啥，我不知道。金茂才一走，权桑麻就叫了我，让我好好扶助权国金。

我的嗓子呛了一下，说："我也活不了几年了。不过，你放心，只要我还有一口气，就扶助国金和火苗儿，让他们好好过日子。"权桑麻还特别叮嘱权国金和权大树，让他们精诚团结，从老权家大局出发，坚持和为贵。他还特别偷偷跟权国金交代，他说梦见袁三定了。权国金赶紧插话说："三定请您去看看美国。"

权桑麻愤愤地骂："美国有啥好，美帝国主义是纸老虎！"

权国金说："爹，您别瞎骂，您得到那儿看看。没有调查研究，就没有发言权嘛！"

权桑麻叹一声说："那么远，我走不动喽。"

权国金说："爹，我带您去美国。"

权桑麻说："我就要死了，你咋带我？"

权国金愣了愣，说："我带着您的骨灰去。"

权桑麻微微笑了："说得好，你就带我的脊骨去。人哪，不能有傲气，但不能没傲骨！你爹一辈子骨头是硬的。你小子骨头软，缺狠劲儿，这一点儿比不上你大哥。不过，你要常带着你爹的脊骨，一根就够用。慢慢地，你就知道遇事该咋办了！在日头村，只要你自个儿不退缩，没人能干过咱权家！"

权国金点点头，说："爹我记住了。"

权桑麻就要闭眼，忽然又睁开了，嚅动着嘴巴发不出声。

权国金趴在老爹的耳边，他听清了，权桑麻声音微弱地说："记住，在咱日头村的地盘上，不能让金家建成魁星阁。"

权国金愣了愣："这？"

权桑麻黑了脸："咋？你不信爹？"

权国金软了声说："爹，我是说，爹不能走，没有您我们可咋活啊？"

权桑麻瞪眼了："净说没出息的话。爹想听你说，没有爹，你们会活得更好，让金沐灶永无出头之日！"

权国金说："爹，您为啥那么恨金家？"

权桑麻说："老二，你哥不在，爹跟你说几句私密话。这么多年来，你爹最大的贡献是啥？不是搞了企业，不是挣到了多少个亿的钱，而是替权家树了一个敌人，就是金家。不管金沐灶救没救过你的命，你都不能感情用事。因为，我们家族的强大，需要一个更强大的敌人。你懂这个道理吗？"

权国金一愣："金家有那么强大吗？"

权桑麻咳嗽了两声："傻蛋，金克木，能克我们权家的人能不强大吗？但是，他们克不动我们！为啥？我们权家人胆大，胆大的人，气场就大。在基层混，啥恶人都有，要想活出个人模狗样，靠啥？靠文化是扯淡，靠的就是他娘的胆儿，没有胆量啥事也干不成！你爹我就是权大胆！大胆靠啥获得？除了遗传，就是后天的磨炼。靠啥来磨炼呢？就是靠仇恨！人得靠仇恨提供动力呀！孩子，当有一天，你拼不动的时候，就多想想历史的仇恨。这话说着不中听，但是很实用。所以说，历史上权家武状元和金家文状元的故事不能忘啊！要一代一代地讲下去，讲给你的儿孙，把这仇恨传下去！"

我听了这话，连吸两口凉气。

权国金似懂非懂地瞅着权桑麻的脸，咬紧了嘴巴。

我惊讶了，脊骨冒冷风，没想到他最后跟权国金在传承仇恨。

权桑麻说着说着，就昏迷了，连续好几天像着了魔，喃喃自语："娘个 × 的，娘个 × 的！娘个 × 的……"他的声音越来越弱，眼角流出一滴眼泪……

我瞅着他，脑子里闪过乱七八糟的图像，没有条理，轮番闪现出一群黑嘴乌鸦。我知道红嘴乌鸦不出现，就不会有奇迹发生。

权桑麻眼角滚落两滴泪水，眼睛永远闭上了。

我哭着喊："桑麻走好哇！"竟啪嗒掉下一颗泪来。我看见一枝花没掉眼泪，她只是轻轻地吻了权桑麻的额头。

权家的保姆跪下祷告说："菩萨睁睁眼吧，保佑我们的老支书，到了天国让他好好享享福吧！"说着，就哭出声来。

月亮太亮了。

人们纷纷远去，只剩下我孤零一人（记忆超越了尘世的恩怨，一股浩然之气在我胸中不息地流动）。我彻夜未眠，等待着权桑麻的灵魂飞升而来。

苦干了一生的权桑麻终于得到了安息。

其实我最后一次看到权桑麻是在一个梦里。这人已经很老了，气息奄奄，给人一种不久人世的感觉。他的离去给这个村庄留下了难以弥合的空洞。我难以清晰地感受他离开尘世的心情，取而代之的是悠悠岁月和伤心的故乡。

在这温柔之乡，永恒的宁静是对他最高的奖赏。

灵魂飞出躯体，我还构想出他灵魂的重量、形状以及无数想象出来的可能性。那个迷幻神秘的东西正穿过气层，从一个遥远的地方向我飞来。灵魂自古以来都被认为是非物质的，麦克特嘉博士却说："灵魂并非虚无缥缈，它是有色彩有重量的。"如果麦克特嘉博士研究成果是对的，那么人们就不禁要问：灵魂既然是物质的，它又是以什么样的形态存在呢？固态、液态还是气态？

灵魂学者把附着于人体的物质称作"灵魂素粒子"。人死后，灵魂素粒子就会从人的体内跑出来，之后人体只剩下一具没有灵魂的躯壳，这具躯壳随着时间的消逝，不久就会腐坏。

我一直都在想，却怎么也想不明白的问题是：灵魂最后的归属是哪里呢？是爱人的怀抱？是永恒的泥土？是传说的天堂？还是无处不在的空气？对于灵魂绝不能用平常的标准来判断，我的脑海里总是旋转着一些离奇的念头。

忽然，我眼前出现了一个逼真而怪异的情景，权桑麻的灵魂来了，那是一股彩色的气体。

一般人的灵魂是白色的气体，权桑麻还是有他的特别之处，这个铁手腕人物的灵魂的构成太丰富了。

我立刻被斑斓的色彩吸引了。

忽然，灵魂喊起了口号："娘个 × 的！"

我听出声音里有钟的旋律（尽管有钟声，我对他这一生的衔接似乎有些困难，所以对一些问题有待证实）。

我追问他的灵魂，谁是最后的死？谁是死的父亲？

死人的排场也就是活人的排场。

村上死了人，照例要请响器班子吹一吹。悲戚的喇叭一响，我就哭了，哭得鼻涕都流下来。权大树请来了村里百姓陪哭队，还请来了河北梆子演唱。火苗儿带来了城里的评剧团，唱了一阵评剧。权国金最孝顺，最懂老爹，他请来了时装模特队做时装表演，时装模特每人都抱着美女纸人，为他老爹烧纸人。

人们围在烧纸人的模特队这边，连河北梆子、评剧名角都唱不下去了，纷纷跑过来观望。

出殡那天，天气晴朗。权桑麻的葬礼非常隆重，县里、市里、省里，甚至北京都来了领导和朋友。很长很长的吊唁车队，体面无比。

权桑麻走的那几天，我感觉大白天撞见了鬼。其实，日头村平安无事，可是，总是觉得缺少了点儿啥。

权国金不管在哪儿现身，人们都向他行注目礼，怎么看他都像他老子。那背着手踱步的姿势，那斜着眼睛看人的表情，那说话的语气，那句不离口的口头禅：娘个 × 的。尽管是笑着说的，威慑力照样厉害。因为，大家伙听着，感觉跟权桑麻说的一样。有不少时候，人们听见明明是权国金在说话走路，可却是权桑麻现身。揉眼睛再瞅，就是权桑麻。越揉眼睛看得越清楚，就止不住浑身打哆嗦。人们越来越深切地体会到，权桑麻根本没死，他还活着，活在日头村的犄角旮旯，活在每一个人的脑瓜顶上，好像日头还绕着权桑麻一圈一圈地转哩。

第二年清明节，细雨绵绵。

权家为权桑麻搞了一个盛大的周年大祭。我和火苗儿都去了。我突然看见权桑麻的坟头上悄悄长出一棵小槐树。权国金悄悄地对我说："这棵树多年之后会长成状元槐吗？"我想了想说："你爹不是状元，他是能人，是一棵能人槐吧。"权国金嘱咐家人："谁也别动这棵能人槐，咱权家的官运全靠它了。"谁想到，半个月后的一个黑夜，不知是谁把这棵槐树给砍了。

权国金指使人追查此人，忙活了十几天，毫无进展，只得带着全家老少又补种了一棵紫穗槐。

4

我这把岁数的人，是经受不住高兴和窝囊刺激的。可是这一阵，我就碰上这种刺激了。有一天，金沐灶告诉我一个好消息，槐儿在美国完成了学业，成绩优异，过些日子就要回国了。

我高兴坏了，喊来了猴头、菜花和火苗儿，宣布大家都来配合我，做好迎接槐儿回家的准备。金沐灶跟我说："我还没告诉英子，给她来个惊喜。"我点头同意了。眼看离槐儿回国的日子越来越近，就差两天了。可是，不幸的消息传到了金沐灶这里，槐儿的先天性心脏病又犯了，常常昏迷。洛杉矶非特医院医生说是他的心脏病进入危险期，如果不做移植心脏手术，随时危及生命。我惊出一身冷汗："我的天哪，让三定赶紧想法救人啊！"金沐灶说："三定给我打来电话，商量手术的事。"我催促说："你也赶紧飞到美国陪槐儿手术啊。"金沐灶说："我没有护照，哪能说去就去。"我说："老天爷呀，那可咋办？"金沐灶说："在国内心脏手术都能过关，何况美国。只是等待心脏啊！"

我不说话了，赶紧到状元槐下敲钟，边敲边摸《金刚经》，愿菩萨保佑槐儿，快快找到心脏。可是，这一等就是五天，我急得没法忍，越忍越着急。

第六天早晨，天还没亮透，我一睁眼，就见窗外一闪，是一只红嘴乌鸦。我提着裤子追了出去，抬头望着，一只黑乎乎的东西飞上了天。为了确认是不是红嘴乌鸦，我到状元槐下问毛嘎子："毛嘎子，你给我传个信，刚才从我家飞走的是不是红嘴乌鸦？"

果然灵验，美国那边喜讯传来。

金沐灶告诉我，袁三定来电话了，那边找到合适的心脏了。昨天夜里，美国是白天，洛杉矶发生校园枪击案，两死三伤，一个叫吉提的基督教徒被杀。听说枪手射击的时候，吉提正在校园花园里读《圣经》，他怀抱《圣经》倒在血泊中，心脏鲜活，跟槐儿十分吻合。

可是又出现了新问题。

金沐灶告诉我，槐儿手术前，袁三定又遇到了难题。虽然要移植的两颗心脏各项机能完全吻合，但是，那个叫吉提的孩子，生在基督教家庭，家里非常富有。吉提的父亲奎尔是洛杉矶富商，他和妻子就这一个孩子，要求获救的槐儿过继到他们家庭生活，如果不答应，就不同意捐献心脏。

袁三定为难了，赶紧给金沐灶打电话。

金沐灶在电话里发火了："答应！救命要紧啊！"袁三定为了槐儿的命，同意把槐儿给他们，签字了。手术很成功，袁三定担心有排斥反应，结果还是出现了急性细胞性排斥反应。好在这种反应可以控制，槐儿的身体机能渐渐恢复了正常。

我催问金沐灶："槐儿的病养好了，咋还不回国？"金沐灶沮丧地说："奎尔夫妇不答应啊。"

槐儿回国的前一天，袁三定反悔了，不同意将槐儿过继到奎尔家庭了。

奎尔很不满意，决定要和袁三定对簿公堂。

我发愁了："唉，槐儿这命够苦的，就看他啥意见了。"

金沐灶眼睛里闪着光，说："您别急，听我往下说。"槐儿听说之后就去找吉提的父母，他进门鞠了躬，恳求说："请你们原谅，我一定要回到中国唐山。那个冀东大平原，有一个日头村，是生我养我的地方。我娘虽然死了，但是那里还有我的舅舅，我的恋人，我的父老乡亲，我舍不得离开他们，我要回到他们的身边。请两位老人家理解我，支持我，帮助我，我将永生铭记你们的大恩大德。我会常常回来看望你们的。"他说得挺动情，奎尔夫妇被感动了，奎尔拥抱了他，答应了。我竖起大拇指："槐儿有水平！"金沐灶微微一笑："听我往下说，后头还有事呢，奎尔太太是有条件的！"我愣了愣："啥条件啊？"金沐灶说："她希望槐儿尊重吉提的基督教习惯，要他宣誓将灵魂交付给上帝。槐儿说，'我为啥信基督？'奎尔太太说：'孩子，信了主，你就知道自己是谁，知道从哪儿来，到哪儿去了。'槐儿说：'我从中国来，要到中国去。'奎尔太太说：'你误会了，我是指灵魂上的。'槐儿想了想，终于悟透些什么，他愉快地接受了。奎尔太太亲手把一个十字架挂坠挂在槐儿脖子上。槐儿感受到了慈悲的力量，他对奎尔夫妇承诺：'回国后就去教堂宣誓，到中国的乡村传教，以慈悲为怀。'"

稍微停了一会儿，金沐灶继续说："槐儿电话里说，有一天，吉提的女友迪尔姆过来看望他。这个美国女孩是一个蓝眼睛、深眼窝、一头金黄鬈发的高个子女孩。她扑闪着长长的眼睫毛，用惊讶、欣赏的目光把槐儿从上到下看了个遍，然后扑进槐儿的怀里哭喊着：'亲爱的，我的吉提！'"

我惊讶地愣了："唉，她把槐儿当成吉提了？"

金沐灶说："迪尔姆爱上槐儿，槐儿拒绝了她，说他心中只有一个中国姑娘英子。迪尔姆把头伏在槐儿的胸前，听着他的心跳，说了好多话。"

我心中一阵难过，插话说："那是说给吉提的。后来咋说的？"

金沐灶说："迪尔姆把吉提留下的那本带血的《圣经》送给了槐儿，请他答应一个条件，让槐儿回国后给她手机号码，她打电话给槐儿，不需要槐儿说话，只让槐儿把手机放在心脏处，她就能听见吉提说话了。"

我连连说："这孩子魔怔了，魔怔了。"

金沐灶说："迪尔姆和槐儿去教堂宣誓，信奉了基督教。我让他把吉提留下的那本带血的《圣经》带回来。"

当天下午，我在街道碰上拾荒婆婆，她不知道槐儿换心脏的事，看来英子没跟她说。手术成功了，金沐灶也放下心来了。权桑麻死了以后，权国金忙着给自己捞民心，整天不着家，连女人的脚丫子照片都顾不上搜集了。杜伯儒最近很少回村行医，背着个布袋子，手拿拂尘，云游四方去了。权大树不知搬哪儿去了，好像一撮雪，太阳一出来，化成了一摊水。瞧我这猪脑子，啥都记不住了。

汪笨湖每天早上到村委会转一圈儿，跟办事员打个照面，眨巴眼的工夫就不见人了。村里的大事小事他能不掺和就不掺和。

我那俩宝贝孙子全都在城里打工，没啥出息，也没给我惹啥祸，平安无事。

这阵子，火苗儿让我不省心了。

火苗儿最近严重失眠，整宿整宿睡不着觉，双颊塌陷，眼袋都下来了。她也不哭也不笑，也不叫也不闹，像是得了抑郁症。我要带她去医院看看，火苗儿说："爹，我没病。我是心病。每个人都为自己活着，都在为金钱活着，钱统治了一切，我对这个世界已经厌倦了。"

我愣了，落了个红烧脸儿。

5

2003年春天里的一天，槐儿归来了。

我、金沐灶、火苗儿和英子去北京首都机场接他。槐儿手术后恢复得不错。

他出落得越发帅气，谈笑风生，满口洋文。他胸膛上挂着十字架，浑身刺满了各种野兔的图案。英子与槐儿紧紧拥抱，大家围上槐儿，嘘寒问暖。

英子热烈地注视着槐儿，问："为什么戴红色十字架？"

槐儿说："这是主耶稣为救赎我们罪人所流的宝血。基督教不是个人崇拜主义，信仰的是造天地万物的真神，神是三位一体的：圣父（耶和华）、圣子（耶稣）、圣灵。"

英子笑言："槐儿要成教父了。"

此时的槐儿目光沉静，神情淡然。

我插话说："你信基督，会不会影响你的前途？"

槐儿说："姥爷，您是怕我失去什么吧？您指哪方面？"

火苗儿说："槐儿，姥爷怕影响你爹的生意。"

槐儿谦逊地一笑，看得出来，他的身心到了无怨无恨的程度。他摇着脑袋说："我从来不会失去，只会回馈。我对所拥有的一切都很满足，因为这是上帝的恩赐，我每时每刻都要向上帝赎罪。"

我嘿嘿一笑："槐儿，上帝在哪儿啊？"

槐儿抬头望着天空，说："上帝在天上，在风中，在树林，在山上，无所不在。"

我咳了一声叹道："这上帝神了，兴许毛嘎子都能看得见。"

槐儿把家里龙形图案的东西都毁了。把龙凤的被面剪了，把带龙的家具劈了。

金沐灶恼怒了，与槐儿争吵起来。槐儿解释说："龙会给我们带来灾祸，也给撒旦留下攻击我的破口。"金沐灶抬手要打槐儿，被我拉开了。槐儿已经不是原先的槐儿了，他已是一个大小伙子了，他将替父亲袁三定掌管披霞山矿山。

槐儿与英子的恋情公开了。金沐灶叮嘱他，一切都要想好了，基督教徒一旦结婚就不能轻易离婚了。

槐儿说他一生都爱英子，可是，英子不支持他信仰基督教，为此两人还常常争执。金沐灶想去做英子的工作，为了解基督教，借走了槐儿手里的那本带血的《圣经》。金沐灶每天都读槐儿带来的《圣经》，看得非常着迷。金沐灶看《圣经》的秘密被我泄露给火苗儿，她非常惊讶，让我带她过去看望金沐灶。难道火苗儿也相信基督了？

我们爷儿俩一进金沐灶的家，金沐灶就急着跟火苗儿解释说他不是基督教徒，他只是要明白基督教义，说服英子包容槐儿。比如《圣经》说，凡事谦善、温柔、忍耐，用关爱之心相互容情，定能融洽人和人之间的关系。金沐灶让火苗儿读《圣经》，火苗儿拿过《圣经》翻看着，念出声来：“我赤身出于母胎，也必赤身回归，耶和华是应当称颂的。”我像听天书，听不明白。

英子笑着来了，金沐灶问英子：“你真心爱槐儿吗？”英子说：“真爱。”金沐灶说：“你爱他，就希望他幸福是吧？”英子说：“是，他幸福了，我才会幸福。”金沐灶说：“既然这样，你就不要为难槐儿，也不要折磨自己。你要明白，槐儿换了心脏，由此获得新生，但他还是一个病人，你要尊重他的信仰和生活习惯。”英子流泪了，哽咽着说：“我不是反对他信仰基督，我是觉得他变了个人。”金沐灶说：“他的心脏是吉提的，将来你要跟吉提和槐儿两个人生活，不容易啊！”

村里传言，信了基督教，死亡时教会负责发葬。

这对农民诱惑不小。连我听了都眼热。平时，教会还给基督教徒送大米白面。有几个农民追着槐儿要求入会。好像入了基督教就吃喝不愁了。我也动了这个念头。火苗儿骂我：“你懂啥是基督教吗？为了免费葬礼入教，丢我们后人的脸啊！”我被她的话噎住了。

日头村没有基督教堂，城里才有一座基督教堂。在基督教节日和星期日信徒们到教堂做礼拜，槐儿就去那里做礼拜。

复活节这天，美国的迪尔姆给槐儿打来了电话，她想在复活节听一听吉提的声音。

槐儿吓了一跳，迪尔姆说：“主复活了，从死里复活了，我亲爱的吉提也复活了，你不用说话，请把电话放在心脏处，我就能听到吉提说话了。”

我觉得非常蹊跷，专注地瞅着槐儿。

槐儿缓缓拿下手机，轻轻贴在心脏处，感觉心脏蓬勃跳动。

吉提好像真的在说话。迪尔姆听懂了，她在电话里哭了。

槐儿默默淌下眼泪，迪尔姆电话挂断了，槐儿还在呆愣着流泪。

槐儿对我说，复活节是基督教纪念耶稣复活的一个宗教节日。复活节有蛋，蛋是象征。槐儿把蛋染成红色，说这代表耶稣受难时流的鲜血，也象征复活后的快乐。

我却一下子想到了红嘴乌鸦。

槐儿和英子就把煮熟的彩蛋送给街头的孩子们做游戏。我给他们宰羊，将羊肉做成一根根火腿。

我有些糊涂，金沐灶端着本带血的《圣经》告诉我，上帝要考验亚伯拉罕，让他把独生子以撒献为燔祭。亚伯拉罕果真照办，在他举刀要杀以撒时，上帝命天使阻止了他。这时，亚伯拉罕正好发现一只公羊，便把它取过来献为燔祭，代替了他的儿子。因此用羊祭祀，是过节的一个老传统。

做燔祭那天上午，我去集市上给槐儿买来一只羊。我牵着羊走在街上，看羊的眼睛，眼圈湿润，眼珠黄黄，越来越像人的眼睛。

有人喊："老辂头，牵着羊干啥去？"

我故意不搭话，让他们猜。

有个婆娘喊："大爷，我家儿媳生娃，您给敲个钟吧！"

我笑呵呵地应着。

人走远了，忽然飞来一只鸡来啄羊头。我愣了，头一回见着鸡啄羊头。我抓了那只鸡，扛在肩膀上。鸡扑棱棱呼扇着翅膀。

我牵着羊扛着鸡向树林走去。林子深处，已经布置妥了。基督的图案形神具备，神奇无比。

燔祭仪式搞了一天一夜。这一夜，村里人都没有睡。林子里飘着羊肉的膻味，鼻子一嗅就馋。第二天上午，仪式结束后，日头升高了，许多人都喝醉了，树林里一堆醉汉，东倒西歪地瘫着。火苗儿好像精疲力竭了，没有了过去那种咄咄逼人的劲儿。她没说话，天亮就走了。

日光被树梢摇落，碎日从树杈、树叶间漏下来，照着人们的花脸。金沐灶收拾着东西，槐儿和英子走到我身边，槐儿悄悄对我说："姥爷，上帝保佑您的！"他声音很低，带出几分诡秘。我摆着手说："你跟上帝说说，我有个愿望。"槐儿说："姥爷，我知道您的愿望。"英子说："你咋知道啊？"槐儿说："姥爷想让我舅舅把魁星阁建起来，对不对？"我嘿嘿一笑。槐儿诚恳地说："我已经跟舅舅说了，别建魁星阁了，建一座基督教堂吧。"我愣了愣："沐灶答应你啦？"金沐灶深沉地望着天，不置可否。槐儿摊开了双手："NO，我要跟父亲说，从今天开始，我不打算替他管理披霞山铁矿了，我要做一个诚实、善良的人，当一个基督教传教士，在中国农村传教。"英子眼睛闪光："好哇，我同意，我也想信奉基督了，跟你一起传教。"槐儿笑了，很欣慰。这时凑过来几个村民，他们纷纷嚷着，也要跟着槐儿信基督教。

过了不久，袁三定从美国回来了。

袁三定得知槐儿的决定，惊讶得张大了嘴巴。他原本指望槐儿接班，哪知这孩子中途变卦。于是，父子俩当着我的面就发生了激烈争吵。最后，槐儿抚着胸口说："请别扰乱我的心，给我自由吧。"袁三定说："孩子，人生没有事业，没有财富，哪来自由？"槐儿说："父亲，《圣经》里说，不忍用杖打儿子的，是恨恶他。疼爱儿子的，随时管教。"他说完，抱着《圣经》就转身出去了。

我和金沐灶望着袁三定，袁三定擦了擦眼镜，叹道："唉，这是我的儿子吗？这是我们老袁家的后代吗？他怎么就这点出息呢？"我劝慰袁三定："算了吧，一切随缘吧。"金沐灶说："凭槐儿的性格，他无法对付经商所面对的复杂环境，由他去吧！"袁三定欲哭无泪，浑身发冷，说："唉，都是命啊，十几年前，美国的一个神父就预见了，我们袁家的后代会出一个传教士，没想到会是我的槐儿。"我连连劝说："孩子愿意，这有啥不好的？"袁三定无奈地说："他把我们家族的计划都打乱了！"

冬天到了，鹅毛般的雪花纷纷落着。

地里没活了，我们在状元槐下歇脚，东一句西一句地聊天。有一些勤快的农民干起副业。杜老七瞎了眼睛，就在家中做扫帚为生。老七婶在乡医院当护工，一天天不搭理他。那一天，我路过他家门口，听见他自己跟自己说话，又哭又笑的，就走了进去。

我说到毛嘎子跟我对话的事，杜老七摇头说："别提那狗东西了，他早死了。"

我急切地说："嘎子活着，生活在云顶哪！"

杜老七撇嘴说："轸头，伯儒说天上有个云顶，你说真有云顶吗？"

我一脸茫然，支吾说："信就有，不信就没有。"

杜老七哽咽了："有，我信。"

我就呵呵地笑了。

一个无风的黄昏，我拎着几个菜花烙的菜盒子送给杜老七吃，他坐在厕所的地上，傻呵呵地不动弹。我赶紧喊来金沐灶，我们把他送进了医院。医生说杜老七得了老年痴呆症，嘱咐我们严加看护。杜家人轮流守护杜老七，不离半步。可是十天后的一个月黑风高夜，杜老七还是走丢了。全村人都去找，找到第二年的夏天，依旧没找到。

那一阵子，不幸的事接二连三地发生。

那天溽热，风吹在身上冒火。天热得睡不着，我脱了个精光，床上溻湿一个人印子。老婆骂我老不正经，我没皮没脸地一笑："这叫舒坦一会儿是一会儿。"这天也怪，我一辈子都没跟老婆耳鬓厮磨地亲昵，那天夜里，我竟然搂着她亲了两口，老婆推了我一把，哼了一声就睡了。

早晨，一群血燕在我家屋檐做窝，血燕啄得窗棂啪啪响。

我轻轻一推老婆，她没回声，再一摸，她的四肢已经僵硬了。我起身一瞅，她死了，她睡死过去的。

我们一家厚葬了我老婆。人这辈子，离得最近的就算是自己老婆了。没有了老婆，日子空空的，一时半会儿还不适应。

我就剩一颗门牙了，这颗牙还将支撑着我的余生。我歇了半月，身体渐渐恢复，去状元槐下歇凉，想傍晚前敲一敲钟。我刚到老槐树下，伸了伸懒腰，突然听见树梢哗哗响，还有一股水啦啦的东西从头顶浇下来。

我抬头一瞅，傻眼了。

毛毛竟然爬上了状元槐树顶，像当年毛嘎子一样。他嘿嘿笑着，往我脸上撒尿。我抹着脸上的尿水，骂："毛毛，你个兔崽子，咋上树了？"毛毛不说话，握着小鸡鸡还在尿。我躲闪着，嘟囔说："反了天，我是你姥爷，你敢尿我！"

他仍然嘻嘻笑着。他的笑声不像孩子的笑声，挺瘆人的。

我感觉，毛毛上树，不是啥好兆头！

毛毛上了状元槐的情景，很长时间使我寝食难安，心烦气躁。紧接着，那天正午日月同辉了，村里又出事了。

毛嘎子的哥哥大嘎在深圳打工，生下一个男孩叫宝儿，扔给老七婶就外出打工了。刚过半年，大嘎因入室抢劫入狱，媳妇小梅跟大嘎离婚了。那一天傍晚我去看老七婶，门没锁，轻轻推开，闻着四周气味不对，臭气熏天，顺着气味望去，老七婶直挺挺死了。我头皮一麻，心里咯噔一下。大嘎的儿子宝儿正趴在七婶身旁，咧着小嘴吮吸着他奶奶尸体里流出的液体，我哇的一声吐了。原来老七婶听说儿子出事，一阵急火攻心，突发脑溢血，死在了土炕上。大热天的，死了五天竟没人知道。收尸那天，雨下疯了。我敲钟的时候，一直等着毛嘎子，想把他家的事告诉他。中午时分，我把钟敲响了，侧耳一听，果然有毛嘎子的鬼里鬼气的笑声。

唉！泪花在我眼眶里滚着。

6

老七婶办丧事那天，雨下得疯，铺天盖地，日头村汪洋一片。我就想啊，毛嘎子在天上咋不哭呢？多怪呀，他从来没有跟我问起他家的事。

权国金上县里开会去了，汪笨湖全权处理七婶的后事。村里没有多少年轻人，留守老人和小孩子都来了，全都在雨伞下头、房檐下头、屋地上伸长脖子看老七婶。女人都在哭。火苗儿没有来。她听我说了这事，脸一下子煞白，好半天动都不动一下，我瞅着发瘆。我去了杜老七家，看见金沐灶正招呼人们搭灵棚。

汪笨湖不干活，两手叉腰光动嘴，时不时伸个懒腰。

空气里头湿了吧唧的。我让菜花洗干净一块钱的钢镚，放进七婶嘴里，这叫"压口钱"。再叫菜花往七婶左手塞了块馒头，这叫"狗干粮"；往她右手塞了一根棍子，这叫"打狗棒"，这是为死者前往阴间路上打狗准备的。我在七婶灵位前放一盏灯，摆放一个小木桌，上头放了一碗米饭、一碗油炸麻花、一碗鲜白菜，当作祭品。桌子前放了一个瓦盆，俗称"丧盆子"，用来烧化纸钱。晚上守灵，我让猴头喊来了小跳，给七婶守灵。后半夜一点的时候，大跳也来了。大跳刚刚从城里赶回来。大跳给七婶灵位磕了仨头，烧了一沓纸钱。然后，往灵棚里的一个旯晃凳子上一坐，耷拉着脑袋一句话也不说。莫不是这孩子在城里惹啥祸了？

我凑过去追问，大跳嘴巴很严，啥也不说。

我再三追问："告诉爷爷，你为啥回来？"大跳扶了扶领带说："这不听说七奶奶死了，回来发送她吗？"我横了他一眼："得了吧，你是那么重情义的人吗？别说七奶奶，就是你爷我死了，你都不一定回来！"大跳说："爷，你把我看扁了，我小时候，没少吃七奶奶的炸麻花。"

我一手拧了他的耳朵："说不说？到底为啥回家来？"大跳龇牙咧嘴的，最后说出实情，他在城里跟人合伙非法集资，老板跑路了，公司倒闭了。

快晌午了，人们越聚越多。

厨师把饭菜备好了，我喊着大伙抓紧吃，吃了饭就出殡。汪笨湖叉着腰站在一边抽烟。我知道，他嫌弃丧事饭，从来都不吃。大伙正吃着的时候，大嘎突然出现了，身边跟着便衣警察。

大嘎朝着他娘的遗体大喊了一声："娘——"就扑倒在地，咚咚咚地使劲磕起头来，"娘我对不起你呀，我该死啊——"

我把他搀了起来。

权国金到了，他穿一身黑色西服，扎着紫色领带，显得挺严肃的。蝈蝈在权国金身后窜来窜去，像个跟屁虫。汪笨湖跟权国金汇报情况。我把权国金介绍给那俩警察。

权国金握警察手的时候说："谢谢你们送大嘎回家给他娘送行。"警察说："赶快举行送别仪式吧，我们还要往回赶哪。"权国金果断地对我说："爹，开始吧。"我仰了脸高喊一声："起灵啦——"

大嘎哇哇号哭着，一脸煞白。他抱起灵位前的瓦盆，高高举起，嘭一声摔到地上，没有摔碎，我上去补了一脚，瓦片碎个彻底。

喇叭声呜咽，送葬的队伍出发了。

大嘎在两个警察的监视下，跪在灵车前，又磕了三个响头，就被警察架走了。我惊讶地喊了声歇灵。出殡的队伍停下了。上车之前，大嘎扭头对我说："轸头叔，我想看看孩子。"我对警察说："让他看看孩子吧。"两个警察犹豫着，拿不定主意。我对警察说："大嘎家，爹走丢了，娘死了，弟弟早飞天上去了。家里就剩下一个孩子了，留个念想，对大嘎改造有利。"警察点头答应了。我让人把孩子抱来，大嘎在宝儿脸蛋上亲了又亲，眼泪掉在孩子脸上。我大声说："大嘎，为了你的儿子，也得好好改造，重新做人！"大嘎眼里闪着泪光，说："轸叔，这孩子全靠您了。"我拍着胸脯说："孩子的事你放心，发送完你娘，我就让村委会开会，安置好你儿子。"大嘎感激地望着我，一步一回头地上了警车，警车一溜烟儿开走了。

我们继续起灵，灵车路过状元槐的时候，正是当午，我想凑过去，我想把这噩耗告诉毛嘎子。我对着天启大钟喊："嘎子，你娘走了，不管你在云顶还是在树林里，就给你娘磕三个头吧。"我喊得别人难过，可是我没有听到毛嘎子的一丝动静。见鬼了，毛嘎子从此消失了吗？还是压根儿就是我的一个幻觉？我看见枝杈上落满了血燕，密密麻麻，层层叠叠，日光映照下红得像血块。难道燕子觉着七婶可怜，在给她送行吗？

第二天晚上，月亮悬在屋顶。四下里，显得格外冷寂，村委会却热热闹闹。权国金召集两委成员开了一个扩大会。我被扩大了进来。大家在一起商量土地流转、披霞山铁矿和村里轧钢厂污染治理问题。土地流转是自愿，等土地市场建立就自然解决了。污染是一块硬骨头，近来，日头村污染屡遭记者曝光。这我都没有发言。末了讨论了七婶家的房产以及小孙子的抚养问题。

权国金让我先说一说。

我咳嗽一声说："虽说杜老七到现在还没找着人影，但希望没有破灭，说不定哪天冷不丁回来了，或是警察给送回来了。我的意思是啊，那套房产还给老七留着，将来大嘎出来了不是可以继承吗。再说啦，毛嘎子哪天回了村，也不能让他睡野地里呀！"一听这话，大伙都哄笑了。汪笨湖说："老轸头，说着说着就离谱了，你嘴里总挂着毛嘎子，他都失踪多少年了？"我瞪眼争辩说：

"这孩子真活着，我敲钟的时候，经常跟我说话。"权国金说："爹，您别在会上宣传迷信啊，他人在哪儿啊？"我抬手指了指脑顶说："人在天上呢！"权国金声音严厉了："别说了，天上能待人啊？他是上了神六还是神七啊？我们还是讨论一下孩子的抚养问题吧！"

正说着，金沐灶推门进来了，他扫视着大伙说道："把孩子交给我吧。"他的话很简单，声音也不高，却像一道炸雷。

大伙都吃惊不小。我看着金沐灶喊："你一个大老爷们，还光棍一条，能拉扯好一个吃奶的孩子？"

金沐灶缓缓地说："当年我姐淑琴没了，槐儿还不是照样养大了。"

汪笨湖撇嘴说："拉倒吧，槐儿是你养大的？不是你娘带大的嘛！"

我憋不住说："你上城里读大学了，我家火苗儿没少帮你娘带槐儿。"我一提火苗儿权国金的脸就阴了，揪鼻子不说话。

金沐灶一脸沉重地说："日头村出现这样的事，我真的很痛心，也很后悔。其实，在七婶出事的那天，我路过她家门口，听见孩子哭声了，但我没有在意。我很后悔，当时我进去看一眼多好。我们日头村，啥都不缺，就是缺少爱。我们有状元槐，有天启大钟，有药王庙，过去还有魁星阁，按说我们最不缺的是情义呀！可是，今天是咋了？人情呢？忠义呢？难道都奔钱眼儿去啦？除了钱就没别的啦？痛心哪，多亏这个孩子活着，要是死了，我的良心受多大折磨啊。我发誓，一定要帮大嘎养活这个孩子！"

讲到此处，金沐灶已是满脸泪水。

我听着金沐灶的话很过瘾，后脊梁有一股发酥的感觉。

金沐灶擦了擦眼睛说："城里人养宠物狗，都能拉扯那么好，我还拉扯不了一个孩子？"大伙都说这孩子最好交给女人照看。金沐灶说："难道我就永远光棍一条了？"

权国金用眼睛问我："这事就这么定下了？"

我朝他点了点头。

权国金咳嗽一声说："往后沐灶哥你就又当爹又当娘的多操心吧。"

金沐灶摆摆手："相信我吧！"

大家都无话可说了。

散会之后，金沐灶从菜花手里抱过孩子，朝路边的汽车晃手，汽车里走下一个保姆模样的女孩，女孩接过孩子，和金沐灶钻进轿车走了。

那个晚上，我独自一人喝醉了。我有些空落，在月夜里巡了一圈，没有听见毛嘎子说话，却听见狗哭。

猴头回家拿换洗衣裳，他和菜花过来看我。猴头说："爹，七婶孙子吃七婶尸液的事传到网上去了，咱日头村可是出了大名了。"我听了一愣："你听谁说的？"猴头说："二跳说的，我上网也看见了。"我惊讶地问："知道是谁传的吗？"

猴头说："二跳说，是槐儿和英子。"我不满地说道："家丑不能外扬，这俩孩子咋把这事给捅咕出去了？这么多年的书真是白念了。"猴头瞪眼说："爹，你这脑筋老了，表面看是坏事，可网上说了，因这起事，空巢老人和留守儿童已经成了全体村民关注的焦点啦，上级要清理登记农村空巢老人和留守儿童了。"我被噎了一下，还是想不通，憋屈得想敲钟了。后来，我听火苗儿说，金沐灶看到网上的这个消息，难过得一宿没睡着觉。

灾祸总是结了伴儿来。

那天夜里，天阴实了，不可能有星星跳出来。尽管没有日月同辉，我家还是出了大事。

火苗儿来了电话，她带着哭腔说："爹，毛毛死了……"

我拿电话的手僵在半空，抽了一下鼻子，瘫坐在地。

火苗儿和权国金的残疾孩子死了。毛毛是在燕子河边玩耍，不幸掉进河里淹死的。虽然是个毛孩子，可毕竟是我外孙。

我心疼啊，眼泪流了好几天。

7

那天深夜柳宿开始闪烁黄光了。

柳宿是火苗儿的星宿，说明她又开始做梦了（不是所有的梦，都来得及实现，不是所有的话，都来得及诉说，我不知道她今天的梦会有多长，如果太长了，我就跳跃着讲述吧）。火苗儿好像喝了酒，脸上、脖颈，放着红光，亮亮的额头，黑黑的眼睛，这把年岁还风韵犹存。尽管这样，我还是从她的梦里看出她的满腹心事。在她的梦里老轸头没有敲钟，而是靠着状元槐昏昏欲睡，喉咙里发出时高时低的鼾声，不知过了多久，他睁眼就看见阳光把树叶照得碧绿辉煌。

我细心考察过，老轸头所属是心宿。这种星宿的人坚毅勤奋，惩恶扬善，不怕吃苦，积极并具有正义感，不足的地方是疑心过重，爱贪小便宜。这种星宿的人不爱做梦。

我期待这个正午火苗儿跟老轸头能有一场痛快淋漓的交谈，可是没有，他喝醉了的样子是那样丑陋，他躬着身子向树伞下面的冷饮铺子走去了。

火苗儿没有跟父亲说话就悄悄离开了。

我惊奇的是，火苗儿的身边出现了权国金的身影。

我一下子兴奋起来，看来火苗儿的满腹心事一定跟权国金有关。我的解梦并不总是百分之百的成功，在权国金身上我就屡屡失败却找不出原因。我多次访问权国金的星宿氐宿，试图弄清他跟火苗儿的婚姻到底有什么打算，可是，为什么总没有看见氐宿的闪光？难道权国金从不做梦吗？还是他把自己的梦包裹得太紧？（以为我的解梦本领失灵了，弄得我十分苦恼）从属氐宿的人善解人意，有幽默感，易得别人帮助，善于谋略，八面玲珑具有野心，行动果决又不失斯文和气。我太小离开了村庄，不敢断定权国金是不是这种性格？

记得有一天，我在林子里的菩提树上看见了权国金。他笑眯了眼，从树林里走过去了。（人心啊，你究竟要藏下多少等待破解的谜语？）

这一切，我永远也无法知道了。

日头村啊，从一个连一个的骚动开始走向消亡了（资本煽动起村人对固守多年传统风俗的背叛）。火苗儿流下了悲哀的眼泪，是梦想破灭的眼泪。她有些害怕，今天的梦是不是太真了？

火苗儿梦见了菩萨。她还在梦里说她不怕菩萨。

其实，不怕菩萨的人是会受到惩罚的。

火苗儿的话一出口，我便跳出了她的梦（这梦吓得我一下子从梦里跳到梦外）。我不由自主地随风西行了，行进中看见云顶下一群骷髅在星光下合唱。这个奇特的合唱队从来没有暴露过行踪，毫不费力地进行美丽的欺骗。所以，它们的奇闻逸事和谎言不易被人揭穿。

这响亮的歌声不怀好意，使日头村的夜晚显得阴森可怖。我就像一双奇亮精灵般的眼睛潜伏在合唱队一旁，选择时机给它们致命一击。

我下沉的身体迅速上升，大喝一声："别唱啦，你们要唱，就唱出你们真实的歌声。"

歌声停止了。骷髅瞬间变成花朵纷纷逃散。它们向我们呈现的面貌总是那么虚伪，逃跑的脚步声像一群迷路的孩子一样犹犹豫豫。

梦中的东西总是随意出现，火苗儿身上的火焰慢慢熄灭下去。她擦干眼泪依旧如花瓣一样，飘逝在村街上。

第
九
律
无
射

1

晌午有雾，雾里有一股怪味儿。我一个人在家吃饭：玉米饼子、熬萝卜条子，还有一盘小葱拌豆腐。现在我跟杜伯儒学，天天吃素食。

我正吃着，院门外响起几声汽车喇叭。接着又响起了袁三定的沙哑嗓儿："轸头叔哎，三定看您来啦！"

听到声音，我紧忙站起身。

袁三定瘦了，脸上蒙着一层灰气，他说："轸叔，您还这么硬朗，宝刀不老啊。"

我摆着手问："我老了，老了。槐儿呢？咋没跟你一块儿来？"

袁三定说："跟他舅舅去城里了，到城里安顿那个孩子呢！"

我点着头说："沐灶和槐儿心眼好啊！"

袁三定另一只手拎着几个盒子，他说是给我买的滋补品。

我给袁三定沏了壶铁观音，跟他聊了起来。我没跟他说权国金整他的事，只是问他家庭生活。袁三定说："又娶了一个曼哈顿的洋媳妇。"我问："咋回事啊？"袁三定一笑说："整天一睁开眼，嘴就不闲着了，嘚啵嘚啵一个劲儿地说，烦人。"我嘿嘿笑了："女人都这样，我老伴活着的时候也是唠叨，她一旦不唠叨啊，我还觉得心里发空。美国有空巢老人这一说吗？"袁三定说：
"咋没有啊。"我又问："那咋对待空巢老人的呢？"袁三定说："当然是维护
他们的合法权益了。我家隔壁住着一家，前几天把女方的爹接到家里给孩子过
生日，吃完喝完，一家三口去外边玩，把老人一个人锁在了家里。后来，被邻
居发现报了警，这两口子遭到警察的狠狠训诫，原因是他们把老人锁在家里，
自己去娱乐，违反了保护老人的相关法律。"我叹了口气："咱们国家啥时候细
致到这个地步就好喽。"袁三定笑着说："快了快了。"

停了一会儿，我问袁三定："你打算啥时候把槐儿带回美国啊？"

袁三定说："如今人家是传教士，随他的意吧。"

我微笑着说："好啊，槐儿是个善人。"

袁三定说："槐儿要跟英子结婚，我还没答应呢！"

我一愣："你啥意思啊？你反对槐儿娶英子？"

袁三定板了面孔，点了点头："我可以给英子一笔钱，补偿她，她跟槐儿
不合适。"

我惊讶地看着他："三定，亏你还走南闯北，国际大老板，脑筋咋还这么
封建啊？我看这两孩子挺般配的！"

袁三定一愣："嗯，轸叔这么看，那我要考虑一下了。"

我问："沐灶是啥意见？"

袁三定说："他舅舅开明，已跟拾荒婆婆说好，就认定那个英子啦！"

我笑着说："听沐灶的，英子没问题。"

袁三定望着我的一脸皱褶说："沐灶最近常来看您吗？"

我疑惑地望着他，点头说："来，来。你有事儿吗？"

就在这时，金沐灶一推屋门进来了，袁三定笑着拍一下巴掌："瞧瞧，说
曹操曹操就到，沐灶说来就来了。"

金沐灶摆摆手："三定，槐儿哭着找我，说你反对他和英子的婚事，我到
处找你，就是跟你说，别用资本家的眼光看日头村！"

袁三定沉了脸说："沐灶，你不知道咋回事，别乱插言儿。"

金沐灶说："我咋不知道，你不就是嫌弃人家英子是孤儿吗，嫌弃她的家

庭背景太普通。你不就是觉得你自己是个贵族吗。我告诉你，你们袁家也没啥了不起的，你问问轸叔，国内一提你祖先的名，复辟帝制，口碑也不咋样！"

袁三定被噎得黑了脸。

金沐灶说："在日头村，还想再重复你跟我姐的悲剧啊？"

袁三定唏嘘不已："连祖宗都捎上了，这话没法谈了。"我和金沐灶尴尬地对视了一下，袁三定赌气走了。

天色渐渐暗下来，我跟金沐灶继续说话。

金沐灶叹息着说："我们的日头村啊，矿山毁坏着环境，土地撂荒，要不就是偷偷改变土地的性质，跑马圈地。年青一代农民争着抢着往城里跑，就是不待见土地了。农业生产方式落后，缺少先进的生产技术和管理经验，农产品附加值不高。农业生产资料价格上涨太快，农业生产成本一再增高。农民文化素质低，具有一技之长的人很少很少。即便农产品价格暴涨，农民又有多少实惠呢？还不是让二道贩子赚走了。这些都是谁的罪过呢？一说起这些，我心里真的特别难受。这段时间，我跟吕教授一直在研究农民贫困问题，已经发表了三篇论文。从城市角度看农民，看到农民的苦恼，看出农村面临的重要问题，看见城乡越来越大的差距。老七婶的死跟她孙子吃尸液的现实，更是深深刺激了我。"

谈到这里，金沐灶停顿了好大一会儿，然后又接着说："我心甘情愿收养七婶的孙子，给孩子治病，帮助人嘎好好改造，让他重拾生活的信心。可我的能力实在是太有限了。我的心……跟针扎一样疼啊！"

金沐灶眼睛红了，说不下去了。

我不出声地看着金沐灶。他哭了，一个大老爷们儿掉眼泪，那一定太伤心了。金沐灶有良心，没忘本，值得我闺女爱他。我笑了两声，劝道："算了吧，沐灶，你又不是当官的，也不用你投资，别咸吃萝卜淡操心了！"

金沐灶说："好吧，不说了，不说了，我们下一盘棋吧！"

我俩铺开象棋盘，有板有眼地下棋。

乡下人过日子，这一天和那一天一样，这一个月和那个月一样，这一年和任何一年也没啥两样。这一天就不一样了。2006年1月1日，国家取消了农业税。我记住了这个大喜的日子。农民欣欣鼓舞，奔走相告。

我打电话叫来了金沐灶，说火苗儿送给我一瓶茅台酒，要跟他好好喝喝，庆祝庆祝。

金沐灶却充满忧虑："农业税取消了，是大好事，可这并不等于农民真的富了。"

我愣了愣问："你这是啥意思啊？"

金沐灶说："农民搭台，技术唱戏，技术已经成为咱农民生活中的重要层面。本来应该作为主角的农民，现在却成了一个混沌模糊的符号，成了一个沉默的群体。"我说："你说的我没全听懂，可我信你的。因为你小子有头脑，有思想。你别光说，往后你打算咋干呢？"

金沐灶说："我已经计划好了，轸叔您要给我参谋参谋啊。我想开办一个家庭农场，把我的铜厂转卖了，拿着卖厂子的钱开农场，雇用大批有技术的农民。"

我惊得暴牙龇出，问："你想干啥呀？"金沐灶说："眼下农村没有现成的路可走，我想搞家庭农场，探条路。"我听着兴奋，依然懵懵懂懂："这农场中啊？挺得住吗？"金沐灶说："轸叔，我要实现我爹的遗愿。搬回日头村，建设魁星阁，拯救我们这个灾难深重的日头村。"

我竖起了大拇指："你小子，有良心！我早就看出你是一个干大事业的人。可你别忘了，日头村在权国金手里，你要搞改革不那么容易啊！"

金沐灶笑道："你真是个好老头啊！我知道该咋对付他权国金。"我眨着眼睛，说："你对付的不光权国金，还有他老子权桑麻哪！"金沐灶苦笑说："对，国金不可怕，权桑麻厉害呀！"我缓缓地嘟囔说："一个死了的人，按道家说法，也就是睡觉了。尘归尘，土归土。逝者入土为安，生者节哀顺变。"

金沐灶沉默了一会儿，说："轸头叔，权桑麻阴魂不散，日头村更需要拯救呀！"我沉重地说："那就看你的了，看你咋智斗权国金啦！"

三天后的下午，天响晴响晴。日光的火气退了一些，没那么耀眼，却把整个日头村都照得透亮，犄角旮旯儿啥都藏不住。

金沐灶开着他的那辆霸道越野车，气气派派回了村。他前脚进村，后脚就变了天。日头完全被乌云吞吃了，不留一点儿缝隙。整个天空霎时像扣上了一口大铁锅，伸手不见五指，啥东西都藏起来了。

村里人都说，权桑麻在阴间施威呢。

金沐灶叉着腰站在燕子河边，愤愤地说道："轸叔你看看，日头村弄成啥样啦？披霞山被铁矿翻烂，成了光秃秃的和尚了。燕子河污染成黑泥汤子河了，血燕喝了燕子河的河水被一片一片地毒死，剩下的血燕怕都要飞走了。村里贫富悬殊在一天天拉大，权家疯狂敛财，资金转移国外，村里充满着动荡的气氛，即便建起了魁星阁还有啥用啊！"我附和着说："乡亲们都知道这是权桑麻作的孽，可如今权力还在人家权家人手里捏着，他们跟上面都勾着，谁又能把人家咋样了呢？"金沐灶气愤地说："只要权国金不把他爹的骨头扔掉，日头村就不会有民主，村民的精神就不会自由！"我想了想说："此事非同小可，整不好偷鸡不成反倒蚀把米，务必从长计议。"金沐灶憋红着脸说："不能再等了，再等就是犯罪。"当天晚上，金沐灶就给县纪委写信告权家的状。但不知啥原因，一直没有回音。

金沐灶挺郁闷的。金沐灶看着我的脸，无奈地说："有时候我心里头挺矛盾的，不知道该咋做才好。善有善报恶有恶报，善恶终有报……这个报，也许是在下一世。真是这样的遥远吗？"

我想了想说："道家成仙，佛家成神，实际都是一个结果。"

金沐灶眼睛一亮，说："轸叔，权家独霸日头村，疯狂聚财，聚到啥程度，作恶到啥时候，那都是有定数的。定数满了还贪，那就得遭报应。等着吧，这一天早早晚晚会来到的！"

我知道期盼着权家遭报应的还有袁三定。

袁三定经营披霞山铁矿，被权家治得够狠的。猴头不知道咋知道的，上次矿山骚乱整垮袁三定的幕后主谋竟然是权桑麻。猴头醉酒之后告诉了袁三定。袁三定听猴头透露这么一个天大的机密，竟不敢相信它的真实性。后来，他不知通过啥关系，从县里有关部门打探到了矿山骚乱的真相，证实是权桑麻一手策划的，恨得牙根都疼。他找到金沐灶，提出和金沐灶联手，彻底打败权家的势力。金沐灶问："你不回美国了？"袁三定咬咬牙说："整垮了权国金再说，权桑麻太可恨了！"金沐灶说："别以为你手里钱多就可以把天翻个个儿，得积聚能量，等待时机。"袁三定说："我读了带血的《金刚经》，相信佛家的因果报应。"

还真说着了，机会说来就来了。

事情是这样的。金沐灶告诉我，县委决定在城西郊开发一个五亿的大项目，要求各乡积极开展招商引资工作，成绩突出的乡镇及村政府将给予重奖。权国金开完会回到村，便连夜召集两委成员开会布置，要求大家都来想办法招商，谁招来了奖励谁。权国金想在县领导那露一手。开完会，我把招商的事跟金沐灶和袁三定说了，他俩听完同时一拍桌子，大喊一声："好机会来啦！"

我眨巴着眼睛问："你俩能招五个亿？"袁三定说："还用得着去招？我们美国的公司就投得起。"我又问："你手里当真有这么多的钱？"袁三定得意地晃晃脑袋。我不明白："你就算投五个亿了，可跟推翻人家权国金也联系不上啊？"金沐灶笑笑说："您是担心我们斗不过权国金吧？"我终于点头说："那当然了，人家根基跟那状元槐似的，深哪。"

金沐灶说："这话不假，但凭袁三定现在的实力，换掉权国金这个村支书还是不成问题的。"

我两眼定定地看着袁三定。

袁三定咬咬牙说道："明天我就去找谷县长。"

袁三定到县政府找到新上任的谷县长，究竟都说了些啥，他一个字也没透露。我猜想，他一定是得到谷县长某种承诺，心里有了底气。

2

几天后，权国金到我家来了。

权国金的脸色阴沉，像是蒙上了一层灰。我预感到他知道袁三定要除掉他的事了，但我没问他。

坐了一会儿，权国金说话了："谷县长找我谈了一次话，批评我招商引资工作不力。他暗示我，有人可以完成五亿招商大项目，我这个支书的交椅得考虑换个人坐了。我感到有人要搞垮我，赶忙找到县委王书记说情。王书记希望我跟我爹学，搞好与袁三定这样的外商的关系。爹你说，这不明摆着是袁三定要整我吗？"

我假装不知内情地说："袁三定要整你，不会吧？"

权国金有时让我生气，有时我又觉得他挺可怜。

权国金突然一把拉住我的手，用央求的语气说道："爹，您得帮帮我啊。我爹没了之后，我能靠谁呀？"

毫无疑问，权国金眼眯了，一脑袋糨糊。

我听火苗儿说，毛毛的死，对权国金打击很大，这一阵日子，他不如以前那么活跃了，天天晚上借酒浇愁。喝多了就攥着女人脚丫子的照片看个没完。

那一天，我瞅见权国金独自一人去了小树林。我偷偷追过去了。

权国金弯腰搜着什么。我冷不丁儿冒出来，吓了他一跳。

我黑了脸："你这是干啥？"

权国金央求说："爹，千万别告诉别人，我在找魂儿呢！"

我说："你找到了吗？"

权国金沮丧地摇了摇头。后来，他靠着菩提树睡着了，鼾声如雷。

日头落山了，天黑得快，眨眼工夫就伸手不见五指了。种田人纷纷收工，见权国金在睡觉，咋喊都不醒。我就让人把他抱回汽车，我跟着上了车，一路上，他依然沉睡不醒。回了家，他一直睡到第二天中午，无论火苗儿咋叫，都叫不醒，他脸色苍白，像个死人。我害怕了，找来了杜伯儒。

杜伯儒点了一支香，他看了一会儿，说："人无千日好，花无百日红，天道不由人啊！国金在野地里睡着了，对吧？"我连连点头："是啊，睡林子里了。"杜伯儒缓缓地说："丢了魂儿了！这好办，你抱着他，到他睡觉的地方，喊他的名字，边喊边说，国金啊，咱们回家啊！喊上一会儿，他就能醒！"我和火苗儿让司机拉着睡觉的权国金重新回到树林。我们照着杜伯儒的说法做，急忙抬着他来到树林的菩提树下，放他躺下。我和火苗儿轮流喊了一会儿，回到家中，果然，权国金一下子就睁开双眼。

权国金极为虚弱，畏畏缩缩，眼神无光。

杜伯儒为权国金把了脉，说："阴阳失衡，人食五谷杂粮，肠中积结成粪产生秽气，谁能无病？"火苗儿情绪低落，脸上的蝴蝶斑明显了，抬头问："那怎么医治啊？"

杜伯儒说："辟谷！"

我不明白，愣着问："啥是辟谷？"杜伯儒想了想说："这是我们道家修炼的一个方法。喝水和吃一些天然的食物，像桑葚、黄精等。"权国金一愣："吃那个能活命吗？"杜伯儒说："'辟谷'同'辟毒''避谷''却谷''断谷''绝谷''休粮'等即不吃五谷，而是食气，吸收自然正能量，怎么不能活命？"

我忽而一笑，说："老杜，拉倒吧，就这雾霾天，人吃气，找死啊？"

权国金瞪了瞪眼："是啊，我找死啊？"

杜伯儒无奈一叹："你们不信，老朽再无办法啦。"说完，他转身走了。

我头疼了，头上像勒着一根绳子。

权国金含混着舌头，说些不着边际的话，然后就打盹睡着了。火苗儿一筹莫展，垂着睫毛，脸上滚下泪珠。我劝说："愁啥，丫头，活人还能让尿憋死？有病治病吧！"权国金忽然睁了眼："爹，找点儿偏方，偏方能治病哩！"说完又眯上了眼。

有病乱投医，权国金吃了好多药，仍不见好。我揪着心，愁啊愁，多皱的脸上罩着许多愁云。

两个月过去，那一天晚上，我在家喝闷酒，本来肚子空，几盅酒下肚，人就晃了。我坐在炕头挠痒痒，胳膊硬得弯不过来，我歪着嘴，皱着眉，剩下的一颗门牙都龇出来了。

这时火苗儿过来了。她披散着头发，衣衫凌乱，脸色苍白，哽咽着说："爹，出大事啦！"

我一惊，问："咋了，国金病重啦？"

火苗儿咯咯一笑，说："他的病好了！"

我愣了愣说："咋治好的，吃啥药啦？"

火苗儿说："他啃了他爹的那块骨头！"

我问："他怎么吃他爹的骨头？"

火苗儿红着眼睛，嗓子眼紧巴："我亲眼看见的，他啃了他爹那块骨头，人就变了。他原来的胆子比兔子还小，可现在胆子大得敢捅天！有人传言他在外嫖娼，起初我不信，那天晚上，他跟我上床做爱，我阻拦他，他破口大骂娘个×的，还动手打了我，出手贼狠，我哭着，他把那事就办了。这回我信了，他的阳痿好了，身上的病也好了！"

我惊得张大了嘴巴，闭都闭不拢了："邪了，有这样的事儿？"

火苗儿说："这狗东西竟敢打我，边打边喊，老子的底线没了，你是我老婆，再敢跟金沐灶来往，就是太岁头上动土，别怪我对你不客气！爹，我不跟他过啦！这狗东西！"她一边说，一边呜呜地哭。她的头抵在门框，痛苦地扭动着。

我的身体颤抖起来，大骂："这个没良心的东西，老和尚打伞，无法无天啦！"

火苗儿说："爹，他已经不是过去的权国金啦！"

我蒙了，说话都磕巴了："唉，人算不如天算啊！那块骨头，这么厉害吗？"我半信半疑，让火苗儿带我去瞅一瞅。到了火苗儿家，瞅见权国金背着双手走路，双脚落地有声。他的脑门放光，红得发亮。

夜气凉水似的涌来，我猛地吸了口冷气。

权国金大声说："爹，过来啦！"

我脑子一时反应不过来。我冷眼观察了半天,啥怪相都不足为奇了。天哪，真的邪门了，他的神态、步态和语态，竟跟权桑麻一模一样。

权国金说："爹，我算是明白了，人怕人是从心里怕，心有多大，人就多大。骨头多硬，就能干多大的事！打铁还得自身硬,我要像我爹一样顶天立地！"说着，他挥了挥胳膊，仰脸大笑了。笑毕，他又像他爹一样盘腿抠脚泥，呲啦呲啦地响。

权国金说话不知深浅，逮啥说啥，活脱脱一个权桑麻复活了。他瞅了瞅天，牙缝里挤出四个字："娘个×的！"

我越瞅他心里越发毛，一时间不知如何是好。

权国金闻了闻脚气的味道，说："有我，您啥都别怕，过去，我的强硬是装出来的，实际上是懦弱。我爹对我不放心是有道理的。如今，我权国金变了，老子啥都不怕了！我不怕金沐灶，怕他个啥！"

权国金哈哈地笑，笑声像刀子戳在我心上。我浑身颤抖，眼神迷散了。

咔嚓一个响雷，黑夜让闪电撕破了。

权国金的变化，让我头皮发麻，得找人劝一劝。此时，我忽然想起了金茂才。

我独自去了金茂才家。但里面有人在说话，听见说话声，我就偷偷躲在金茂才家的屋后。

那里也有一棵老槐树，风吹起，把树影摇得跳来跳去。树根处是个垃圾池，蚊蝇聚集，腥臭不堪。我躲在垃圾池旁边，闻着臭味，蚊蝇扑脸地瞎撞。

暗处传来权国金的声音："茂才叔，我梦见我爹了，他在梦里叫我来找您，请茂才叔救我！"金茂才像猪一样哼哼两声："嗯，我知道了。"没听见金茂才再说别的话。权国金转身走了，急得我抓心抓肝的。

我溜回家里，睁着眼睛到天亮。

隔了几天，我正在收拾院子，权国金笑眯眯地来了。权国金嘻嘻一笑，说："爹，就要搬迁了，没人再收拾院落，您就歇着吧。"我说："我这人见不得脏和乱啊！"权国金抢过扫帚，扫着院里的落叶，他一脸的喜气洋洋。

我好奇地瞅了瞅权国金，问："捡着金元宝了？"权国金降低了调门说："多亏听了您的话，不要武斗要文斗。袁三定这小子让我给摆平了！"

我愣了愣："啥叫摆平啊？"

权国金说："就是说，这小子不敢跟我叫板了。披霞山铁矿效益不好，他想黑我，没门儿！"

我想起那天晚上的事，问："你茂才叔咋帮的你啊？"

权国金一愣："您咋知道是茂才叔帮我啊？"

我诡秘地一笑："这你就别问了，你爹我是啥人？敲了一辈子的钟，啥事能瞒过我？"

权国金一愣："天启大钟告诉您的？这钟真有那么神？"我说："神着哪，以后你得敬着它。"权国金咧嘴一笑："是啊，有了状元槐和大钟镇着，妖魔鬼怪上不来。真是蔫人出豹子，茂才叔帮了我。他手中有两道王牌，一是，袁三定开矿之初偷税漏税的证明；二是老省长的帮忙。我爹活着的时候，一直保持着与老省长的密切关系。"

我点了点头说："那老省长，我也知道。是咱家乡人，你爹当年就是雇我给他种菜。"

权国金一愣："种菜？"

我叹息了一声说："老省长就爱吃咱家乡的大白菜，你爹就把家里的自留地包下来，每年种上大白菜，委托金茂才送到省城。老省长一连吃了五六年，有一天感叹说，这菜我咋吃出家乡的味道来了？秘书悄悄说，这菜就是权桑麻老支书在您老家专门雇人种的！老省长感动了，说道：'这个大老权，咋不跟我说呢？'"

权国金感叹："唉，姜还是老的辣呀，我爹厉害，我爹咋没跟我说呢？"

我瞪了他一眼："跟你说，你说漏出去咋办？老省长要是从权家人嘴里知道这事，你爹不就白费劲了吗？"

权国金点点头："英明，英明啊！我爹没了，他的魂儿还护着我哩。"

我试探着问："你打算咋处理袁三定？"

权国金板起脸，悄声说："人家是大老板，我可动不了他。和平相处吧！披霞山铁矿永远搬不走，君子报仇十年不晚。袁三定不是爱吃大甜枣吗，那我就给他好了。各取所需嘛，先跟他好好相处，到了该宰他的时候，一定不叫他活着。"

我听着吸了口冷气。他爱笑，却有一肚子坏心眼。我赌气说："国金，你可不能下黑手啊！你得学金沐灶，学会与仇人相处，如今法制健全，你爹那套吃不开了！"

权国金说："爹，我听您的。"说完他转身就要走。

我大声把他喝住："回来！"权国金冷不防受了一惊："爹，还有啥事啊？"我生气地吼："把那个东西留下来！"

权国金一愣："爹，啥东西啊？"

我冷脸说："你爹那块骨头啊！"

权国金突然哑住，眼泪淌了下来："爹，这可不中啊！我爹在天上动怒了，我还咋混下去呀？"

我无话了，连打两个喷嚏。是不是权桑麻在阴间骂我呢？

过了两天，风贼贼的，天和地搅浑了，一会儿粘住，一会儿撕开。我和杜伯儒顶风来看金沐灶。

金沐灶正在跟槐儿吃饭。从他瘦了吧唧的脸上，我啥也看不出来。他平时沉默寡言，既不诉苦，也不埋怨。许多年来，多少人给他介绍女人，他都婉言拒绝了。他说习惯了单身生活，在这个家里，他既是男人也是女人。他收养大嘎子的那个孩子已办好手续，交由福利院照顾，他定期会去看望。

我和杜伯儒坐下喝茶。我瞅见那里晾着被子，就知道他昨晚尿炕了。金沐灶的这个软肋，除了我，没人知道。

杜伯儒说："沐灶，我看你太痛苦了，需要静心。"

金沐灶问："怎样才能静心？"

杜伯儒说："心死则心静，心静则得道。我看啊，你还是加入道教吧。"

金沐灶愣了愣说："儒，释，道，还有基督，为什么偏偏让我入道家？"

杜伯儒说："因为凭我对你的了解，你已深得道家精髓。"

金沐灶摇了摇头："其实，我是不信宗教的，走到这一步，不信也信了，可是，我已没有只信一家宗教的可能了。"

杜伯儒一愣："为什么？"

金沐灶说："有您的教诲，道教对我的影响很大。可是，我爷、我爹，都是儒家那一套，我娘信佛，槐儿信了基督，这都是我的亲人，我无法摆脱佛家、道家、儒家和基督教对我的影响。您知道，在这种环境长大的人，怎能信奉某一种宗教呢？"

我插话说："你想创立新的宗教？"

金沐灶摇头说："我是个失败者，我可没有那么大的本事。我只是想啊，用宗教的思想，帮助农民找到一条出路。"

槐儿放下筷子，忽然说："舅舅，为什么宗教没有教会他们爱，反而加重了他们的仇恨？"

金沐灶被问愣了。

窗子开了，烈风扑打进来。我揉着昏花的眼睛，不知咋回答。

金沐灶耷拉着眼，忧伤地说："儒家的入世；佛家的因果轮回；道家的清静无为，追求长生不老，得道升仙；基督教追求信、望、爱。我看来，这些宗教在最高宗旨上意见不一，甚至争得厉害。可是细想想，入口不同，最终的道理是一致的。其实啊，就是善，就是爱！依缘而立，依善而行，万物同归，回归于无啊！"

杜伯儒陷入沉思，微微点头。

金沐灶的语气渐渐深沉："有些人烧香求佛，有些人寻道，其实，并不是内心真的信佛信道，而是求佛保佑自己。这想法和目的是自私的。佛道慈悲为怀，普度众生，怎么会管一个人的私事呢？只有心中装着天下百姓，佛光方能显灵啊！黑夜漆漆，不妨给自己点燃一盏心灯，照一照自己有多么自私，多么丑陋吧！"

杜伯儒点头说："沐灶几句话，把宗教本质说透了，了不起，老朽敬佩！"

我呆在那里，痴痴地听着。

杜伯儒瞅着金沐灶："沐灶，凭我对你的了解，你的思考不会在这里止步，你的眼神告诉我，你发现了什么？快告诉我！"

金沐灶谦逊地一笑，说："杜老眼真毒，我做梦了，梦见老子、孔子和耶稣了。我混在里边听他们争吵、辩论。他们一边辩论一边行走，走啊，走啊，渐渐地，我竟然跟圣贤们走到了山顶。到了山顶，再也没人辩论，各自带着慈悲之心散去了。后来他们去了哪儿，我不得而知。"

杜伯儒频频点头："这个梦非同一般，你有悟道啊！"

金沐灶说："我必须活下去，必须要有爱心。这些天，仿佛有个奇怪的东西，一种思想，一种暗示，从我的头脑里掠过，转瞬即逝。生活不会老是这样，我们金家人也不会总这么倒霉，我们的农民兄弟更不会再这样艰难、痛苦。按部就班的宗教原则，不能解决农民问题。三农问题，由来已久，十分复杂，三言两语说不清楚。所以，我提出依善而行的农民主体观。我写了一部书，叫《我的农民主体观》，书中的核心思想是发挥农民自主性、能动性、独立性和创造性。其实，农民问题十分复杂，三言两语说不清楚。让天下农民兄弟过上好日子是咱们共同的祈祷与梦想，您说是吗？"

我狗咬刺猬不知咋张嘴。金沐灶的说法靠谱吗？

杜伯儒说："说得好，老朽一定拜读啊！沐灶的农民主体观，让我感动、敬佩。"

3

日头村要搬迁了。各种消息，像雪片一样飘来。

那一天，我去找金沐灶，瞅见袁三定在金沐灶家聊天。

袁三定说："看来，日头村就要变为城市了。"

我一愣："三定，你听到啥消息了？"

袁三定说："权国金拉我来投资开发燕园新村，我拒绝了。"

金沐灶问："你为什么拒绝他？"

袁三定说："本来，我是来回报乡亲的。现在钢铁限产，虽然披霞山铁矿经营很不景气，但是城镇化建设，还是要出力的。"

我插嘴问："你想咋个出力啊？"

袁三定说："我想做点善事，拿出一笔钱，给村里修一条宽敞的柏油马路。"

我惊讶地说："为啥修马路？"

金沐灶问："钢铁不景气，铁矿上铁精粉积压，你为什么不接权国金的盘，继续你跟权家的共同利益？"

袁三定想了想说："你看你看，对我还有成见。新农村建设也好，城镇化也罢，本意是好的，可是到日头村一落实，就会走样儿。我信不过权国金。他既想捞政绩，又想得到财富。依我看啊，一场房地产造富运动即将降临日头村。大批农民失去土地，其过程非常惨烈，我袁三定不忍心下手了啊！"

我喜了脸，哆嗦着说："三定心眼儿好啊，国金他，有那么厉害吗？谣言可畏！"

袁三定说："不，不是谣言，而是遥远的预言。"

金沐灶憋不住了，说："不是遥远，而是近在眼前。三定，你跟我想到一块儿去了。今天，我对你刮目相看了，你这样说话，我很高兴。过去，我只把你当成唯利是图的商人。今天听了你的话，我很感动，你还算有良心。"

金沐灶一说，我的老脸挂不住了。

袁三定红了眼睛，说："沐灶，你的心我懂。只是，我们之间有误会。轸头叔是亲历者，当初我回日头村投资，是为了尽快看到槐儿，还有就是回报日头村的恩德！可是，披霞山铁矿出了命案，我心中常常忏悔。我哥长眠在这儿，淑琴留下槐儿走了。我总在梦里梦见他们，我不能做一丝一毫对不起乡亲们的事！"

事后我才知道，袁三定拒绝开发楼盘，还有一层原因，是怕动了状元槐。

村里在传说搬迁的事，传得神乎其神。有些人不相信，看到村主任汪笨湖偷偷在院里搭建铁皮棚子，人们这才信了，都出来看稀罕。然后就有人纷纷效仿，偷偷搭建铁皮房。还有的人家，把坐北朝南的老宅"阴阳"转变，盖房加院，宽敞、气派。

这天上午，汪老七扛着锄头从地里回来，在村头碰上了我。汪老七又黑又矮，一副倒霉相。他问："轸头，瞅见盖房子没有哇？"我说："瞅着了，老七，你不是也想盖吧？"汪老七摇摇头："盖啥盖，往哪儿盖？"

我说："顺着院子往前盖呀！你这一盖，上头一拆，钱就赚了。"

汪老七："咱顶风噎浪半辈子了，可没那富贵命！这阵乱盖房子，还不得挨惩罚啊？"

我说："不惩罚，也是瞎忙乎，劳民伤财哩！"

正说着话，我见蝈蝈从汽车里下来。蝈蝈冲我一笑："你们说啥呢？是不是商量盖房子的事啊？"

我抬头瞪了蝈蝈一眼："你说这事靠谱吗？"

蝈蝈连眼睛都兴奋，闪闪发亮，说："我们日头村都是拆迁户啦。拆迁户，拆迁富，拆迁一夜能暴富！瞅见没，笨湖村主任都提前行动了，院里都盖了铁棚子。"

我恨恨地说："汪笨湖那狗东西，不像我们汪家人，自私自利，有好处也不通告一声，吃独食儿。"

蝈蝈说："快快行动吧，眼下是最佳时机，等公告一出，再盖就白搭了。有的人家还偷偷在地里补青苗儿呢！"

说着，蝈蝈晃晃悠悠地走了。

我和汪老七愣着，我叹口气，瞅着他的背影。汪老七倔倔地说："他就是个搅屎棍儿。做人得讲良心，不能祸害人哩！铁皮棚子我不盖，青苗我也不补。我汪老七穷，可我有个穷志气！"

我回家以后，就跟菜花说了，她给塘沽打工的猴头打了电话。猴头听了猴急地回家，跟我商量搭铁皮棚和补种青苗儿的事。

几天后，我家也盖起了一片铁皮棚，矮墙是石头垒的，安装了简易塑料门窗。

很快，日头村变了样。有的家前院和后院都搭建了铁皮棚子。棚下还种上了果树，等待赔偿。过了几天，我瞅见有几个人，对所征土地进行了录像拍照取证。

这天早上下了雨，我在后院挖泥，一群黑乌鸦落在树枝上乱叫，叫得人心烦意乱。准备把棚子的缝隙抹上草泥，忽听村里大喇叭传出权国金的声音："凡属抢搭抢种的，一律不给赔偿，种也白种，搭也白搭！"

日头村只有金沐灶和汪老七两家没盖铁皮棚。

这天，权国金找到我，他愁眉苦脸地问："金沐灶和汪老七为啥不搭铁皮棚？"

我说："金沐灶是那种贪利的人吗？汪老七，我也碰着了，他那么穷，他竟然也不搭，搞不明白啊！"

权国金叹息道："麻烦了。"

我一愣问："为啥？"

权国金说："无毒不丈夫，谁不搭铁皮棚子，谁就是钉子户！"

权国金这样武断的判断，让我吃了一惊。

权国金说："我的判断错不了，不信您瞅着。这老七叔，太倔，心比针眼还小，整天不出这个院子，对着银杏树嘟嘟囔囔，他怎能明白外边的事情呢？"

我说："我可以劝劝他。"

权国金皱眉说:"我倒是不怕汪老七,刺头在金沐灶身上。他要反了,杀伤力大呀。爹,您帮我约他一下,好吗?"

我一咧嘴说:"爹赞成你的想法。拆迁,建大楼,这么大的事,得跟沐灶沟通好喽!"

权国金说:"狗怕夹尾,人怕输理。输理的人就要挨骂。您先给我摸摸他的脉,我再主动登门找他谈谈。"

我答应着。我回头看他,只见他眉头皱成疙瘩,眼神充满仇恨。

我的心像河里的石头一样冰凉。

可是,没等我去找金沐灶和汪老七,村里就闹事了。

事情出在铁棚子上。原来,权国金给大伙耍了个阴谋。他担心村里家家都建铁棚子要钱,就跟汪笨湖密谋,让他悄悄建小棚子。汪笨湖一建,大伙就跟着建上了。权国金跟汪笨湖唱起"双簧",当众让汪笨湖做检查,汪笨湖表态一分钱不要,自动拆了铁棚子。汪笨湖一拆铁棚子,别人就傻眼了,知道补偿泡汤了,憋着一肚子气。这个关口我却听到一个消息:权国金暗箱操作,偷偷给汪笨湖补偿了铁棚子钱,三间铁棚子补偿了十七万。人们一听就炸了窝。

愤怒的村人拥进村委会大院,吵吵嚷嚷。

我劝说着大伙先回去,正说着话,权国金来了。权国金一进院,就有人追来了,大声叫喊:"凭啥给汪笨湖补偿铁棚子钱?"还有人吼:"我们要求补偿,不然,我们拒不拆迁!"还有个妇女骂:"你们黑了心的!"嚷嚷中,不知是谁趁乱扔了一块砖头,哗啦啦,把办公室窗户上的玻璃砸个粉碎,玻璃片飞溅。权国金护着我,用后脊梁挡住我的脑袋。一块碎玻璃,插进他的胳膊,血呼地涌出来。我抬起头骂:"哪个缺德的扔砖头?"前头吵嚷的村民被镇住了。接着,权国金大吼一声:"娘个×的,我看谁还吵吵!"这一声,有点霸气,地动山摇的,又是他爹的声音。真把人给镇住了。他捂着流血的胳膊,转身去了办公室。

我好生奇怪,权国金说话咋那么像权桑麻的声音呢?

权国金包好了胳膊,马上换上和蔼的模样,缓缓走出来,说:"乡亲们哪,你们是听了哪里的谣言啊?我可以把汪笨湖主任叫来,当场跟你们对质。村里和开发商都没有这么做啊!"有人吼了一句:"你别装大尾巴狼了,你偷偷给汪笨湖补钱了！"权国金的脸绷上了："大家回去预备丈量房屋，我们会适当提高补偿的，但是，不允许造谣，违反命令，造谣惑众的人，一定要严惩！"

汪笨湖和蝈蝈挤过来了。有人揪住汪笨湖不放："说，你得没得铁棚子补偿金？"汪笨湖摆手说："我要是得了一分，就撤我的职，拧我的脑袋！我愿意接受大家的监督！"

权国金说："我爹活着的时候，他老人家就谋划过搬迁的大事，只是时机不成熟。临去世之前，他嘱咐我一定要给日头村再找一块净土，让乡亲们过上幸福生活。现在，好机会终于来了，政府搞城镇化，出钱出力帮着我们拆迁，这是一件多么好的事啊！大伙听我的，都配合工作人员丈量家园，做好搬迁的准备！"

大伙都不再说话，三五成群地逐渐散去。

权国金从城里请来了房地产开发商人邝老板。

邝老板中等个头，宽肩窄背，浓眉大眼，有些秃顶。邝老板考察完后，同意开发，但条件是将那棵状元槐卖给他，大树移进城，栽入他的别墅院中。完事之后，他要在老村中心挖一个人工湖，周围建设燕园新村。权国金答应了。

我一听，头皮就麻了，看来状元槐和天启大钟难逃这一劫了。我撸了一把鼻涕，甩了甩手，然后在裤腰抹了抹。挖湖会断了日头村的根脉啊，我急忙去找权国金商谈此事。金沐灶更是反对，他找到权国金。权国金说了挪树挖湖的好处，可以提升周围地价，吸引外来投资。金沐灶说要尊重农民的意愿。

无奈之下，权国金召集村两委扩大会。会议一散，我追着汪笨湖问："笨湖，咋定的？"汪笨湖说："你就别跟着掺和了，挖湖，挪树！"我恼了："不听老人言，吃亏在眼前。你们要卖树挖湖，金沐灶不会答应的！"汪笨湖瞪了我一眼，说："国金会跟你解释清楚的。金沐灶他要捣乱，我们有办法收拾他！"

我心急如焚，知道大祸降临了，就赶紧通知金沐灶，要他阻止挪树行为。

我去金沐灶家的路上，仰脸一瞅状元槐，浑身一软，险些栽倒。唉，树没了，天启大钟也就没了挂靠，我活着还有啥意思啊！

4

那一天，我瞅见蝈蝈带着推土机和工人围住状元槐。我和乡亲们都过去了，人们拥挤着，争论着。蝈蝈的小眼睛烁烁放光，喊："放鞭炮，图个吉利！"

有人把鞭炮挂在树枝，噼里啪啦炸响了。

我捂着耳朵，心里很愤怒，瞅见蝈蝈指挥工人挖坑准备挪树。蝈蝈说："乡亲们，状元槐和天启大钟都是咱村的宝贝，可是大拆迁，建高楼，多好的宝贝也得挪窝儿喽！"汪老七喊："挪挪窝儿，说得轻巧。要是状元槐有灵，惩罚你个兔崽子！"我气冲冲地问："蝈蝈，你们想把状元槐和大钟挪到哪儿去？"

蝈蝈龇牙一笑，说："状元槐进城，大钟进博物馆。算是供起来了！"

我一愣："进城？"

蝈蝈说："城镇化嘛，不进城进哪儿？"

人们纷纷喊起来："你这王八蛋，说清楚点儿，别含含糊糊的。交给城里人，我们不放心！为啥把好东西都送给城里人？"

蝈蝈说："嘿，还不放心，城里人能亏待状元槐吗？再说啦，城乡一体化，你们马上也变成城里人啦！"

我气得鼓鼓的，只想再最后一次敲响天启大钟，手中的轸木抖了抖，用力撞了两下钟，钟一悠一悠竟然没响。

我一阵心跳，这天启大钟哑了，还是怒了？

我正嘀咕着，金沐灶呼呼地闯了过来。他显得魁梧粗壮，黑着脸，胸膛鼓满气，久久不吭声。他的哑口，让人莫名其妙地心慌。金沐灶夺过我手中的轸木，使劲扔出去，蝈蝈和司机一躲闪，轸木砸在推土机玻璃上，片片开花。

推土机和后面的铲车都停下了。一排枝叶茂盛的小树被推土机压在下面，吱吱地呻吟着。

金沐灶拿着轸木，缓缓走到状元槐树前，伸手摸了摸树疙瘩。蝈蝈大声嚷："金沐灶，让开，让开！"金沐灶不动地方，转过身，好像没听见蝈蝈的喊话，眼睛依旧半睁半闭。

金沐灶的声音像是从牙缝里挤出来似的："老祖宗的宝贝，你们也敢毁吗？谁挖它，就先挖我金沐灶！"

我也跟着骂："'文革'都没毁的，现在你们想毁状元槐？"

蝈蝈强硬地说："金沐灶，你在干扰公务，这是犯法！"

金沐灶火了："带着你的人，滚！"

蝈蝈冲上去，伸手要拽他。金沐灶气愤之极，一脚踢了蝈蝈，蝈蝈连忙躲闪，被踢中了下巴，脚下一滑趴在一块石头上，又磕掉一颗门牙。

蝈蝈的小打手六子满地找牙，找到后问蝈蝈是下牙还是上牙，当地习俗若是上牙就往低处扔，下牙往高处扔。蝈蝈满嘴是血说不出话，指了指下方，意思是叫他往下扔。小六子误以为是下牙，甩手扔到了房顶上。蝈蝈踢了小六子一脚，喊出俩字："上牙。"

人们哄地笑了。

蝈蝈尴尬地啐了一口血痰，捂着掉牙的腮，朝金沐灶瞪眼嚷嚷："金沐灶，你扰乱公务，破坏大拆迁，就等于破坏日头村的城镇化！"

金沐灶涨红了脸，说："少给我扣帽子！上级政策多好，城镇化，让农民进城过上好日子，你们呢？歪锅对歪灶，歪嘴和尚对歪庙！好事给弄糟了，祸害农民，我不干！"

蝈蝈吼道："血口喷人，谁祸害农民啊？权支书为把邝老板拉进村，腿都跑细了，他容易吗？不挖这个湖，地能值钱吗？地不值钱，拿啥建大楼啊？"

金沐灶说："拆迁，集中土地，造城，建高楼，都要尊重农民、依靠农民，我问你，你们心中有我们农民吗？"

蝈蝈扯着脖子叫喊："当然有哇！挖湖，不就是想给乡亲打造一个优美的环境嘛！过去，我们村挖矿，污染了环境，今天挖湖，就是要还老百姓一个青山绿水的日头村啊！"

金沐灶讥讽道："我不懂，我今天从你小子这儿长见识啦！"

蝈蝈没听出来，仰了头说："权支书还说了，这环境，不只是生活环境，同时还是投资环境。老百姓满意了，投资的老板才满意！"

金沐灶说:"大伙都听见了,这可是他说的,拆迁办公室主任说的!"

蝈蝈问:"我说的咋啦?"

金沐灶冷笑着:"你自己都说漏了!别胡说八道了,你小子也是某些人操纵下的牺牲品!投资环境?你知道什么是投资环境?说白了,不就是土地财政吗?你们征地,你征来一头牛,还我一只鸡,还是瘦了吧唧的小草鸡!挖湖,口口声声为百姓打造好环境!糊弄傻子啊,你们盯着的是地价,地价翻着跟头涨,土地变成摇钱树!"

蝈蝈说:"日头村的土地值钱不好啊?宝地生金,财富是大家的。只有锅里有,碗里才有嘛!"

金沐灶愤怒地吼:"别卖关子啦,谁信你这套!我的话搁在这儿,将来,等房子分完、卖光,老板赚了钱,支书有政绩,皆大欢喜。到那时候,湖水臭了都没人管的。都是农民,拍拍胸脯的四两肉,良心呢?你们在利益面前还有人性吗?乡亲们一直信不过你们,一切都变成弄虚作假、滥竽充数、巧取豪夺的闹剧啦!"

乡亲们跟着喊:"对,沐灶说得对!我们不答应!"

蝈蝈的脸挂不住了,虎着脸,一脸杀气:"别站着说话不腰疼,换你金沐灶当村支书,你也会这么干!别啰唆了,上级规划到我们村了,就得大拆大建,这是依法拆迁,你我挡得了吗?哼,谅你也挡不住!既然你挡不住,就快点儿给我滚开!"

金沐灶晃着手中的轸木,声音如雷贯耳:"滚开?你得问问轸木答应不答应!这轸木上还刻着老祖宗的字呢!广目天王,善待众生,驱魔兴邦!天王助我,除掉你们这些恶魔!"

蝈蝈的脸涨得通红:"你有本事把资金引进来呀!如今是谁有钱谁说了算,你有钱,还可以把状元槐和大钟供起来。"

金沐灶说:"如果你们毁了状元槐,毁了天启大钟,上苍会惩罚你们的,你们逃得了今天,却逃不过明天!这状元槐,这大钟,这房舍,那不仅仅是个物件,还是农民的精神依靠,他们的命,他们的灵魂已跟这些物件融为一体了。"

蝈蝈咧嘴说:"我只让他们住楼上去,至于灵魂去哪儿,我他娘管得了吗?

灵魂是啥？瞅不见，摸不着，多虚啊，想飞哪儿就飞哪儿，天王老子也管不了啊！我来干啥，我是来挖树的，跟你有啥好谈的！"

金沐灶显然看穿了蝈蝈的心思。我在金沐灶的眼里看到一个亮点，极亮，摄人心魄。蝈蝈躲躲闪闪，不敢对视他的眼神。

金沐灶严肃地说："祖宗的老根儿都敢刨。你们能耐，你们所有能耐都跟乡亲们使出来了，低价掠地，盖楼房，逼农民买。你们这样搞的城镇化，不是农民的福祉，只能是往官员脸上贴金的政绩。"

蝈蝈硬硬地说："你瞎说啥呢？这次拆迁是按法律办事，合理合法的。"

金沐灶说："假流氓不可怕，就怕你们这些真流氓披上法律的外衣，祸害乡民！你们这样搞下去，就会出现两张皮：一边是政绩轰轰烈烈，一边是遗留问题一大堆。升官的升官，发财的发财。失地农民变成失业农民，他们的生活怎么办？这样好的耕地挖成湖，蓄水怎么解决？新村能不能支付养护费？燕子河污染水源流进来怎样处理？上级再三叮嘱，民生福祉是城镇化的前提，你们眼里有这个前提吗？"

蝈蝈被问得哑口无言，脸上明显冒出一股子气来。

我听着，一时百感交集，泪水夺眶而出："沐灶啊，有勇有谋，不愧是状元，问题看得准啊！"

这时人群里发出一片掌声。

金沐灶晃晃胳膊，继续大声说："城镇化，造城，不能丢了文化！啥是文化？我们烧掉的魁星阁，这状元槐，这天启大钟，不就是文化吗？"

蝈蝈喊："你别拿敲钟棍子瞎比画。把棍子给我！"说着，他猛扑上去抢轸木。

金沐灶没使轸木，胳膊肘一顶，正顶在蝈蝈的脸上。只听见噗的一声，蝈蝈被打得鼻青脸肿，晕头转向。

人们笑了，像看耍猴一般。

蝈蝈当众栽了，脸皮再也挂不住，嘟囔着："金沐灶，你太过分啦！俗话说，打狗还得看主人呢，你是在打权国金的脸呢！"

金沐灶说："他亲自来挖树，我照样收拾他！"

日头村人讲究话茬儿,人输了,事没成,话茬儿却不能软。蝈蝈壮了壮胆说:"乡亲们被你唬住了,其实,出水才看两脚泥呢。老百姓不是好糊弄的,看看到底谁能给他们带来实惠!金沐灶,你可别得意太早喽,因为一棵老树杈子、一口大钟,耽误了拆迁,砸乡亲们致富的门路,他们会疯的,会跟你玩命的!"

金沐灶说:"你还倒打一耙!有状元槐在,有大钟在,文脉就在,公理就在,你们就不敢胡作非为!"

蝈蝈低了脑袋,恨不得把脑袋揣在怀里。

金沐灶说:"兔崽子,回去跟你的主子说,拆我的家,我眼都不眨,就是不能再打状元槐和天启大钟的鬼主意。要是就此打住,还能带着脸回去,要是一意孤行,丢了脸不说,命也悬乎!"

蝈蝈的脸绿了,一个劲儿地嗫嘴巴。

人们想笑,又不敢笑出声来。

这时候,我瞅见权国金正陪同邝老板考察。他们听见这头的响动,急匆匆赶了过来。

蝈蝈见了主子,哈腰过去说了说情况,说话时还捂着腮,哼哼唧唧叫疼。

邝老板白胖胖的脸,立时阴了,气愤地吼:"谁捣乱?扰乱公务,让警察抓了他,拘留十五天!"

权国金将邝老板拽到一旁,悄声说:"邝老板,别嚷嚷,他就是金沐灶!"

邝老板说:"金沐灶是谁?我们依法拆迁,谁也不能凌驾法律之上!"

权国金为难地一摊手,说:"我不是跟你说过吗?这个方案怕是行不通。其原因就在这儿,金沐灶不答应啊!"

邝老板翘着下巴叫道:"他算老几,他不就是你们村一个农民吗?"

权国金说:"他可不是一般农民,他是金家人,不怕死。"

邝老板啐了一口痰,露出土黄牙齿:"不怕死?谁他娘的不怕死?我就不信这个邪了!"

权国金为难地说:"唉,你的理在他这儿行不通,不跟你废话了,让我老丈人跟你说。"

邝老板跟我握手,笑嘻嘻的,但我看出他眼神的凶狠。他说:"老人家,金沐灶是怎么个人啊？"

我抬手指了指状元槐，说："这状元槐，这天启大钟，都是金家的传家宝贝！"

邝老板沉着脸："宝贝？那都是老皇历了，旧貌换新颜啊！"

我咳嗽一声，稳稳当当地说："沐灶啊，也是我们村的宝贝。如今的农村，当有矛盾冲突的时候，心里都知晓是非曲直，可是，很少有人敢站出来主持公道。金沐灶就敢站出来替乡亲们说话，你说是不是宝贝？"

邝老板脸色难看："你的意思是说，这状元槐和大钟挪不得喽？"

我的喉咙呼噜呼噜响着，一声声地紧："挪不得，挪不得！"

邝老板口气严厉："我非要挪，我就不信这个邪！金沐灶要为自己的行为和后果负全责！"

我叹息了一声，转身就走。

我回到状元槐前，与金沐灶站在一起。金沐灶双手紧握老趁木，目光如炬。人们情绪高涨，纷纷嚷着："挖湖、挖海都没事，就是不能动状元槐！"

有人喊："是啊，状元槐是我们的魂儿！"

有人吼："没了状元槐，天启大钟就没了挂处，大钟会动怒的！"

权国金捅了一下邝老板："走吧，回头我给你讲，这状元槐树和大钟都有一段惨烈、带血的故事哩！"

邝老板摇晃着脑袋说："权支书，你玩得太软了，自己把自己吓住了？不就一棵树、一口钟吗？开局要是栽了，丢面子的不是我姓邝的，而是给你大支书的脸上抹了一把屎啊！"

权国金脸上没有表情，样子像破了皮儿的蔫土豆。他嘴唇都发白了。他背着手，悻悻地走了。

邝老板哼一声，跟着权国金钻进汽车走了。

蝈蝈有些慌张，揩着脑门的汗，乖乖地带人撤了。走了几步，蝈蝈扭了头喊："金沐灶，你个书呆子，别以为我们栽了，等有一天，跟你算总账！"

后来听说，挖树事件传到谷县长那里，谷县长找到镇书记，镇书记马上找到权国金，严厉地说："要和谐拆迁，要控制上访，绝不能发生突发事件！"

权国金脸色阴沉，没吭声。

挖树只好暂停。金沐灶制服了蝈蝈，成为大英雄，如果不是亲眼瞅见，谁都不会相信。后来事情越传越神，越闹越僵，真不知是福是祸，是吉是凶。

那一天，烈日炎炎，村街的树叶都晒蔫了。

我去村委会看权国金。远远地，听见有激烈的争吵声。邝老板对权国金喊："权支书，老槐树我可以不要了，但是，如果不让挖湖，我指定不干了，我拿啥吸引买房人啊？"权国金火了："我们是有合同的，你咋出尔反尔呢？"邝老板白胖的脸皱成一团："我跟你合作，事先可是有条件的。你说把状元槐送给我，树的事，我可以让步，可是不挖湖，是你单方面违约，你咋还倒打一耙？我的损失，你赔得起吗？"权国金蔫软了，态度谦恭，话说得诚心诚意："邝老板，我们既然上了一条船，就得同舟共济嘛。坐下，坐下，天无绝人之路，我们再想办法嘛！"

我心里想："晦气，晦气，我跑到这做啥呢？"

我转身要走，权国金喊："爹，您来得正好，劝劝邝老板。"我噘着嘴巴说："咋劝？挪树，我压根儿就不同意。"

权国金清了清嗓子，说："如果不挪树，挖湖中吧？"

我想了想，说："挖湖，我能接受。"权国金嘿嘿地笑了："爹敲了一辈子的钟，就怕状元槐挪走了，没法敲钟了。"他眼睛忽地一亮，拍了拍脑门，"哎，我们来个折中方案咋样？"邝老板抹着脑门的汗，问："咋个折中法？"

权国金皱眉想了想，说："别一开始就中弹啊，后边就是死局了。我们就是找两全齐美的办法，不挪树，还挖湖。"

我呵呵一笑："这主意好！"

邝老板瞪圆了眼："甘蔗哪有两头甜的？挖了湖，树还能活？即便不挪，还不被淹死？"

权国金眨着眼睛说："我们把状元槐保护下来，湖中央形成一个孤岛，做一个景观。金沐灶和乡亲们从感情上也能接受，我们照样挖湖开发。"邝老板竖起大拇指，笑了："哎呀，高，实在是高！看来老支书生前对你的担心是多余的，你权国金就是带领日头村百姓冲锋陷阵的大将哩！"

权国金嘻嘻一笑，说："我们日头村，会对得起朋友的。"邝老板说："弄好了，我们是双赢！好，我赶紧设计方案。"说着，急匆匆地走了。

权国金扭头瞅着我："爹，保住了状元槐，金沐灶这回该答应了吧？大拆迁，他不会再生事了吧？"

我缩了缩脑袋："留住了树，保住了天启大钟，他没啥说的。拆迁的事，他不会当钉子户！"

权国金哈哈一笑："中，那就走下一步吧，拆迁！"

5

日光很好，瞅不着阴影。

我在门口晒日头，脚踩着一堆麦草，软塌塌的。墙壁上张贴了布告《致拆迁户的一封信》《拆迁补偿办法》。村委会要求农民凭着《土地使用证》和《房屋所有证》到村委会进行登记。人们来来往往，常常群情激愤，都集中在利益上，觉着自己有点儿亏。

我听说拆迁动员组在汪老七家碰了钉子。

蝈蝈一边走，一边骂骂咧咧地说："这个老东西，榆木脑袋，要顽抗到底啦！"一个工人说："哼，敬酒不吃吃罚酒，想要从我这讹钱，那就看看到底谁能挺过谁！"蝈蝈说："你有啥好法子？"那个工人以老到的口吻说："按老规矩办！把铲车都调到附近，把那老头调开，三下五除二，把那房子推平喽！"说着，嘿嘿笑了两声。

我迟疑了一下，说："蝈蝈，汪老七是我们汪家人，别开刀不使麻药胡来啊。你跟国金说，就说是我说的！"

蝈蝈哈腰一笑："是啊，是啊！你的话好使！"

我的脸一沉，心就怦怦跳了。

我到汪老七家碰了钉子，我跟权国金都登门劝过他。谁知，汪老七真倔，他不为所动，孤零零地守着老屋，成了日头村的钉子户。

当天下午，权国金过来求我。权国金说："爹，我说过吧，金沐灶和汪老七是钉子户。"

我瞪了瞪他说："金沐灶算啥钉子户？他答应拆房了！他只是护着状元槐、天启大钟，这是保文脉，他有啥错啊？"权国金说："您老是向着他说话！"临走，权国金嘱我找汪老七摸摸底细。

我犹豫一下，还是应下了。

我去汪老七家泡了一天。汪老七家院落不小，四间灰瓦房，十分老旧，也没啥像样的家具。瓮干盆净，叮叮当当，穷光景。前院的那棵银杏树，撑起大片阴凉。汪老七在院子里养鸡种菜，种了黄瓜、西红柿、茄子和大葱，窗前垂着一挂丝瓜。长长的叶子，几乎垂到了地面，被鸡啄得大窟窿小眼的。他自己生火做饭，常年不离旧房子，孤身一人过着自给自足、与世隔绝的生活。

我终于摸透了汪老七的心思。起初，我瞅见他老端着一本相册看。汪老七身边有一个破旧的手机，那是他儿子汪树给买的，这是父子联络的唯一通道。他默默地看着相册，有一搭没一搭地跟我说话。

我凑过去问："你个老东西，瞅啥呢？"

汪老七说："儿子在深圳打工寄来的照片。"

我接过来一看，黄黄的相册，卷边了，翻烂了。我缓缓翻开册页，一张一张都是汪树的照片，汪树长高了，多了几分英武。

汪老七有事没事，每天都要把相册翻上一两遍。

我说："汪树在外头买房了吗？"

汪老七摇头说："买不起，深圳的房子多贵呀。"他说话的时候，眼泪汪汪。

我埋怨道："汪树还没房子，你把拆迁款补给他，让他在城里交首付款啊。"

汪老七说："有本事自己挣去，啃老宅的人有啥出息？那不白当状元啦。我丢不起这个人！"

我说："你别跟我犯倔，快把汪树喊回来吧，人家见多识广，好好给你开开窍儿！"

汪老七倔倔地说："说出大天十六个点儿来，就是不拆！"

我说："中了，我算服了你了。"

汪老七连连咳嗽两声："轸头，我这可不是冲你的。你知道，这是我家祖宅。

是坑我跳，是河我蹚。我这辈子就认准这儿了，谁说我也不搬！"

我垂了脑袋，叹气说："其实吧，我也不想搬。劝你的时候，我心里也扑腾呢，这老宅子舒服哩！"

汪老七咧了咧嘴："这不就结了，还死鸭子嘴巴硬！"

我说："别说硬不硬，死扛，我们扛得住吗？"

汪老七胃疼了，疼得额头冒汗，猛往嘴里一下一下扔黄豆粒。

我听说他浑身是病，老胃病，便秘，整天拉不出屎来，却舍不得花钱治病。我说："你这身体，应该到镇敬老院去，治一治，养一养。"

汪老七用毛巾擦着额头的汗，说："轸头啊，我要去住养老院，汪树会被骂不孝。我咋难受，也得挺着。"

我苦笑说："你这老脑筋，得改一改了，没人骂了。再说，汪树在外边打工也好放心啊！"

汪老七抹着眼角上的眵目糊，说："听说敬老院每个月都要千把块钱，谁能吃得消啊？"

我心疼地望着他，说："我先走了，你好好琢磨琢磨。不中，就把汪树叫回来，这可不是小事哩！"

汪老七痛苦地扭皱着脸，送我出来。

我走在村街上，房舍、草垛，一切都要消失了。我一遍一遍地问自己："你是不是情愿离开这温暖的老宅？是不是情愿过上城里人的生活？"我寻求着肯定的答案，可是，内心深处没有回音——

一提房子拆迁，我心里就犯怵。就在这天夜里，有一伙贼偷袭了日头村。

咚的一声，贼跳进我家院里，我睡觉轻，听见响声就抓起轸木，一轸木砸过去，两个贼吓跑了。天亮了，我听说抢了四五家，他们知道村里都是老弱病残，入室抢劫如入无人之境。老田埂的手机和两袋粮食被抢走了。我跟老田埂到镇派出所报了案。

隔了两天，权国金过来找我。

我问权国金贼抓着没有？权国金说："没有，这是一伙流窜犯，不好逮呀！"我说了汪老七拆房的态度。权国金轻蔑地说："钉子户屡见不鲜，无非是狮子大张口，想获得更多的补偿款罢了！"

我瞪着权国金说："你狗眼看人低，汪老七可不为钱！他无欲无求，就是不想上楼，不想搬家！"权国金惊讶了："哎，不对劲儿啊，汪老七是一个无欲无求的钉子户？"我点头说："真的！"权国金眼睛一亮，说："他这么大岁数了，不喜欢钱，不代表他儿子汪树也不喜欢啊！"

我说："汪树明天从深圳回来，你跟汪树谈吧。"

权国金像是被火烫了似的说："妈呀，我咋谈？您不是不知道，他当年得了抑郁症，离开日头村的时候，跟我们权家结了仇啦！"

我一愣："你的意思是？"

权国金说："惺惺惜惺惺，状元惜状元。金沐灶跟他好，您找找金沐灶，把汪树工作做下来。和谐拆迁，这样对谁都好。"

我苦笑说："咋个都好？我盖个铁棚子都不补钱呢。你出名，你得利，硬骨头都让我啃啊？"

权国金死皮赖脸地说："谁让您是我老丈人。"他好像又想起啥，凑近我的脸说，"日头村大拆迁，谁也不是局外人，我想给金沐灶压担子！"

我不解地问："给他压啥担子？人家又不是村干部。"

权国金说："他不是干部，可他是党员啊！这回动迁组，村里要成立党员突击队，他不上谁上？"

我说："你够阴的，是让他们钉子碰钉子啊！"

权国金嘿嘿一笑："他们啊，耗子扛枪窝里横，我让他们碰出火花来！"

权国金无意间一句话，把我说得目瞪口呆。我的舌头硬了，嘴巴像被撬了一样，说不出话来。权国金这是想学他爹，可是，他哪有权桑麻那城府啊！

我没想到，金沐灶竟然领了任务，负责攻克汪老七这个钉子户。

我、金沐灶和权国金都过来了，大伙齐上阵，做汪老七的工作。开始谈话的气氛有些阴云密布。

汪树回来了，他给大家端茶倒水。汪老七呆呆坐着，窗子射进来的日光将老人的面孔映红，他的脸像钟一样威严，叫人看了心壁发震。他身后是一堵被油烟熏黑的泥墙，很浓的泥腥味和老人身上涩涩的气味扑面而来。

金沐灶不动声色地看着这个枯瘦矮小的老头儿，感到了他身上强悍坚韧的气息。

金沐灶说："七叔，支书都来了，有啥条件您就提啊！"

权国金说："这次拆迁，是全镇的统一行动，不仅我来，你要是还顶着，镇里书记、镇长也会来的。"

汪老七冷冷地说："谁爱来谁来，咱死猪不怕开水烫。"

蝈蝈龇牙说："七大爷，你进城了，马上就变市民了，日子多美。"

汪老七说："我这号庄稼人进城干啥？在大马路上种庄稼啊？"

蝈蝈咧嘴笑道："就知道种庄稼。离开种庄稼，你还会个啥？"

我瞪了蝈蝈一眼，说："庄稼人种好庄稼就是好样的。难道你爹不是种庄稼的？"

蝈蝈瞟了权国金一眼，嚷嚷："我爹是种庄稼的。但种庄稼能让你富吗？拆迁来了，那可是一夜暴富啊！"

权国金大声说："七叔啊，阎王爷要命不要钱。咱一个人富了，一个家族富了，那不叫能耐，带领全村人富了才是本事。拆迁，拆迁，一步登天。这次全村人都富裕的机会来了！"

汪老七硬硬地说："能不能不拆啊？拆了，你把我们安置在哪儿啊？"

权国金说："这个你甭担心，安置得好好的。我敢跟你发誓！我们一定要把党和政府的温暖送到群众心坎儿上。乡亲们满意不满意，是衡量我们工作得失的唯一尺度。希望乡亲们监督！"

汪老七撇了撇嘴，说："这话咋这么耳熟啊，记得老支书在世的时候，常说这话哩。"

权国金豪爽地说："我爹能耐再大，可他没赶上城镇化呀。他常托梦给我，在那个世界都想让乡亲过上好日子，我爹的梦我来圆。"

汪老七哼了一声，吧嗒着烟袋："这样吧，你们跟我儿子汪树谈吧。"

汪树咳了一声，愣磕了一句："你们有拆迁许可证吗？"

蝈蝈扑哧笑了："你还是状元呢，尽说幼稚的话，书都念到狗肚子里去啦。告诉你，这是政府主导的拆迁！"

汪树的露怯，使他的脸腾地红了："政府拆迁，目的是让老百姓过上好日子。既然这样说，就要充分尊重百姓利益。我爹是老实巴交的庄稼人，有你们这么逼他的吗？"

蝈蝈急眼了："汪树，你这话不对呀。你可以问老轸头，村委会派金沐灶在你家对接，就是耐心做工作。"

汪树大声说："听爹说你们还要挪状元槐。如果不是沐灶哥，状元槐和大钟早没影了。有些干部，就是不让人服气，会上说一套，底下干的是另一套。你们拆迁，能让我们放心吗？"

有的话说出是祸，有的话能点着火。汪树的话，惹恼了权国金。

权国金忍无可忍，嗖地站起来，将桌子拍得山响："汪树，对我爹有意见，你就明说。活人不把死人怪。事情一码是一码，你要借拆迁找碴儿，那就打错了算盘！"

汪老七瞪了眼："权国金，你拍啥桌子？汪树没有那个意思。"

汪树也急了："冲你的态度，我和爹就不能签约！你要强迫我们，我就召集媒体记者来，包括外国记者，给你们曝光。让你们吃不了兜着走！"

权国金愤怒地说："好啊，日头村的水、日头村的粮食，把你小子养大了，深圳打工长见识了，有出息了。还要找媒体给曝光！你的良心呢？你叫吧，我等着，我倒要看看外国记者长几个鼻子！"

事情僵住了，屋里鸦雀无声。

汪树倔倔地说："光脚的不怕穿鞋的，你不怕，我更不怕！"

权国金瞪圆了眼睛，说："征地中农民上访、闹事，已经不新鲜了。有的地方，农民把县政府砸了，牌匾都给劈了。多激烈的冲突啊，媒体也曝光了，到时候咋样，不还得靠当地政府解决吗？我们的建设规划项目是上级批的，我们有合法手续，我只是抓落实的。你们折腾不出个结果，闹得满城风雨，猪八戒照镜子里外不是人，吃亏的是你们自己！"

权国金气得颤抖，还要吼。我头皮发麻，感觉事情走到了死胡同，越来越没有回旋的余地了。

金沐灶插话说："国金，别急嘛。汪树肚里有苦水，让他倒出来。权力在你手里，难道这点儿肚量都没有吗？"

权国金口气缓和下来，说："汪树，我们谁都别说气话。算算自家的账目，一算就偷着乐了。"

汪老七说："乐啥？有啥好乐，偷着哭吧！你想想，咱农民有啥？不就种点儿地，守个老宅子，累死累活，也是过个清苦日子！"

权国金急得站立起来，大声说："土老帽儿，老脑筋，你说的不对呀。我们日头村跟别的地方不一样，县城西扩，越过燕子河，跟我们日头村连成一片了。我们的地，我们的房子，可都是摇钱树啊！集约出来的土地变成村集体资产，村民哪家不得分几套楼房。年底土地还能分红，加上房屋租赁的收入，我保证你的收入比住平房时翻了好几倍。这一拆一盖，就摇来了大钱啊！想想吧，过了这个村，就没有这个店啦！"

蝈蝈说："支书的话，苦口婆心，语重心长。人得知趣，灵活一些，对别人对自己都有好处！"

汪老七半死的脸一抖，发狠地说了两个字："不拆！"

权国金恼了："老七，你吃错药了吧？多少年来，你从没跟政府对抗，这是咋了？告诉你，不要怀有侥幸心理，我们可以依法强拆！"

汪老七横了他一眼："你敢！"

蝈蝈瞪圆小眼，恼着说："你以为我们做不到？"

金沐灶插嘴说："你们能做到，你们还有什么不敢做的呢？"

谈判不欢而散，权国金带着蝈蝈走了。

我有种不祥的预感，动不动我的心就抽成一团。喇叭里广播了几天，燕子河畔已盖起一片安置板房。安置板房一弄好，拆迁的人说来就来了，村里派人挨家挨户丈量尺寸，还用相机咔咔地拍照。

我在院子里守着，不错眼珠地盯着丈量。

村委会丈量宅院的人刚走，老田埂追过来喊："老轸头，老轸头！"我收住脚步说："田埂，有啥事？"老田埂愤愤地说："眼下还有啥事，拆迁的事呗！想想还是觉得亏啊！可是，胳膊拧不过大腿，有啥办法？"我打趣说："吃亏又不闹，说明你家日子光景好呗！"老田埂说："我是啥好光景，权国金是你姑爷，村里谁能比得上你呀？"我叹息说："蝈蝈是你外甥啊，管个蛋用？吃亏是福啊！"老田埂瞪着眼睛说："啥福？这个拆法，遭罪在后边呢！老轸头，我们找找金沐灶咋样？"我说："找他能管用？他有三头六臂？"老田埂说："筷子扎把儿不好撅，百姓扎堆儿不好惹。只要选个挑头的，他们就不敢含糊！"

我说："这倒是个办法！"

我和老田埂去找金沐灶。

在我们前头，人们集中往金沐灶那里拥去。我们赶到时，金沐灶家里围了好多农民，吵吵嚷嚷的。

金沐灶皱着眉头，在地上转来转去。

我催促说："沐灶，你给个痛快话呀！"

老田埂说："沐灶，你是状元，状元槐和大钟保住了，你是功臣，大伙的拆迁补偿，我们可指望你啦！"

金沐灶说："好，时机到了。等家家丈量完，集中施工之前，我们就跟他们谈判！"

我担忧地说："这种事，赶前不赶晚。哪有上赶着给老百姓送钱的？等生米煮成熟饭，啥都晚了！"

金沐灶说："嗨，心急吃不了热豆腐，大伙把该想的都想到了。咱不打无准备之仗啊！"

老田埂说："大家都不签字，都不拆，憋到劲头上，权国金和邝老板就得让步！"

金沐灶话语锋利，三下两下转了话题："那不一定！面对他们，我们是弱势群体，大家要团结起来，坚持斗争！"

金沐灶的身上寄托了大伙的希望。可是，金沐灶等人与权国金、邝老板的谈判，非常艰难，几天过去，毫无进展。权国金他们正在筹备强拆方案。大拆迁紧锣密鼓，人们都被赶到简易安置房里去了。

形势越来越复杂，越来越紧张。

这可怕的一天，说来就来了。

一辆辆警车开来了，警察在拆迁现场拉开了警戒线。

开场是权国金蛮有气势的讲话："乡亲们，今天的日子应该记入日头村的历史。我们搞城镇化，搞现代农业，就得大量转移农民，必须不惜一切代价把农民转移出去，表面看，我们没离开燕子河，没离开这块地儿，其实，是质的变化，你们由农民变为市民啦！这是大转型时代，大伙都忍受点儿痛苦，做出一些牺牲，也是给国家做了贡献。我坚信，我们明天的日子会越来越红火，我权国金，代表村委会谢谢大家啦！"说着，他鞠了躬，还掉了眼泪。

我听见身边有人嘟囔："猫哭老鼠假慈悲！"

开始清场了，保安和工作人员开始往外撵人。一个胖小伙子竟然牵着一条藏獒在那溜达，听说这是邝老板公司的保安。藏獒吐着黑黑的舌头，吓得人一身麻痒。

人群纷纷往后退着。村口的石碑被挖了出来。蝈蝈挥舞大锤砸着，两声脆响，石碑断裂了。

我心疼啊，弯腰捡起一块碑石。蝈蝈这一锤跟当年猴头那一锤一样，砸在别处，却疼在我心上。老村就要没了，我心像被剜了一刀，肉连着，滴着血，要多难受有多难受。

有人竖了大拇指附和着："蝈蝈，你小子真了不起！"

蝈蝈一手叉腰，一脚踏着石碑说："这个石碑，本应该留作纪念。可是，今天是拆房，不破不立！旧的不去，新的不来嘛！"

我大喊一声："挖祖宗根儿呢，还一派胡言！"这场合，只有我敢说上几句话。

金沐灶站在高处俯视这一切。人们不时抬头，用祈求的眼光瞅他，可是，他为啥不说话呢？

狗蛋儿媳妇大美子抱着一个吃奶的孩子，越过警戒线，逼近她家门口。

大美子一跳一跳地吼叫着："我不拆，谁爱拆谁拆，这也太欺负人了！"吼罢，一屁股坐在地上，号啕大哭。

蝈蝈踢了她一脚，喊："别哭了，吓着孩子。别算小账了，早签字还有奖励呢。"

大美子哭着："那也得我家狗蛋儿回来呀！"我知道狗蛋儿在外打工，却明知故问："狗蛋儿在哪儿啊？"大美子说："他在帕劳呢！"蝈蝈一笑说："啥？狗蛋儿怕劳动？"大美子说："老赶，帕劳是大洋洲一个岛国。"蝈蝈笑道："那等他回来黄花菜都凉了！"大美子说："狗蛋在国外，你们就欺负我们孤儿寡母啊！"

蝈蝈咧嘴说："别磨叽了，不要敬酒不吃吃罚酒！拆！"

大美子骂道："罚酒？我不怕！这是我们家门口，那是我养猪的猪圈，那是我做饭的锅台。"

工人们扑上去，三下五除二，就把墙头和锅台扒了。

大美子一手抱孩子，一手抹脸，将脸抹成了花瓜，怀里的孩子哇哇大哭。有人扑上去夺过她怀里的孩子，一刹那间，蝈蝈让人把大美子强行拖走了。

人们见他们动真格的了，退得越来越远，没人敢往前冲了。

金沐灶的眼睛湿了，我从他眼神里，看出他对乡亲们的深深同情。此时此刻，他的内心一定是绝望的。

人们骂着，叫着，跳着，一浪高过一浪。日头村被震得颤颤巍巍。我担忧地凑近权国金："硬来呀，那会出大事啊！"

权国金说："只要不死人，就不是大事。"

蝈蝈补充一句："如果捣乱，死了人，也不是大事！"

权国金严厉地喝一声："不拆等啥？！"吼完，他就钻进汽车走了。

蝈蝈一挥手，一辆辆铲车横推而过，瓦砾片片。白色烟尘缓缓飞起，又在空中慢悠悠飘落下来，组成障眼的谜团。尘土呛人喉咙，我不住地咳嗽，那股嗡嗡声响了很久。

蝈蝈他们又强拆了几户。这时候，村里大喇叭响了。

我听到一个破锣似的声音："权国金勾结邝老板，无法无天，强拆我们房屋，大伙要联合起来，保护我们的利益！有血性的爷们儿，都站出来呀，能干的娘儿们，也跟着来呀！"

接着从东街响起了锣声、脸盆声和踢踢踏踏的脚步声。拐了弯，人们一露头，这阵势吓我一跳，有人扛着锨，有人抱着棍，还有人拿着砖头。

蝈蝈站了个马步，大声嚷嚷："谁敢来，敢来就铐了你！"

有个老头举了锨吼："你铐，你铐，不铐是龟孙子！告诉你蝈蝈，价钱还没谈拢，你们就强拆，你们再拆，老子跟你玩命！"

蝈蝈发狠地喊："都他娘的一个命，你跟我玩命，你有几条命？先死容易后死难！"

双方正对骂着，警察纷纷拥过来。人们对峙着，警察一进，人群一退，进进退退好几个回合。不知道从哪个方向飞来一块砖头，砸中一个警察的脑袋，一股鲜血溅到柳树上。

蝈蝈大吼："谁？谁他娘的偷袭？"

人们情绪瞬间失控，人群大乱，噼里啪啦乱打起来。金沐灶冲上来吼："别打了，别打了！"

噗的一声，一棍子落在金沐灶肩膀上。他捂住了肩膀，疼得咧嘴。

不知是谁扔棍子打倒了一个老头，老头倒地晕了过去。我急忙大声喊道："不好了，出人命啦，出人命啦！"

人群的骚乱骤停。晕倒的老头醒了，被抬走了。随后，拆迁也停止了。

我瞅着树干上的血，呆呆地站着，觉得脸上痒，抬手去摸，却是树上的掉下的毛毛虫。

6

日头爷一下山，风就发了威，呜呜地吼。

夜晚阴实了，不可能有星星出来。白天见过的日月同辉的景象，让我的心又悬了起来。忽然，我听见呜呜的哭声，我一愣，从炕上爬了起来，走出去一瞅，状元槐那头有哭声，老树呜呜摇摆，无风咋也摇啊？我有些紧张，自语说："坏了，天象出现异象，村里又要出啥大事了？"

不一会儿，大钟里传出了呜呜咽咽的哭声，那是毛嘎子在天上笑呢。我到小树林里，大声追问毛嘎子为啥笑？

毛嘎子说："村里有好戏看啦！"我说："啥好戏？"毛嘎子说："不告诉你个老东西。"我气愤地骂："你个鬼东西，没良心，你娘死了，你都不哭一声。"

毛嘎子又没动静了。我毛骨悚然，嘴里硬硬地喊："你狗×的不说，我去问红嘴乌鸦。"毛嘎子说："红嘴乌鸦也不告诉你。"这个事我就是想破脑袋，也想不出个所以然。我仰脸望着黑漆漆的夜空，觉得整个村庄在缓缓下沉。我的头发麻，大汗淋漓。我一遍遍地唠叨着："天爷爷啊，日头村该没了，已经够乱的了，你就别再降啥灾星啦，受不了啦……"

天亮了，我听见街道上有人喊："枯井冒黑水了，枯井又冒黑水了！"

我的心都快跳出来了。过去一看，枯井里蹿着一股股黑水，咕嘟嘟、咕嘟嘟地吐泡，还有一股硫黄味道，很像"文革"中金校长被猴头一锤砸死的那一年。

这奇异的天象预示着啥？

这天上午，日头村就炸窝了。

金沐灶发动拆迁村民把权国金的家包围了，围了个水泄不通。

我是接到火苗儿电话，才知道她家被包围的。当时，我一点儿都没惊慌，因为我早就想到会有这个结果的。权国金勾结邝老板，强占耕地，强拆房屋，明面上给了合理的经济补偿，可是，这活钱总是见不着，村民能依吗？欠债还钱，天经地义。他们在金沐灶的鼓动之下，早早晚晚得跟他算账的。我担心火苗儿和国金的安危，才急三火四地赶过去的。

我瞅见火苗儿家四周全是人，吵吵嚷嚷，乱乱哄哄。

到了那里，我听说蝈蝈带着人与村民发生肢体冲突，破鼻流血，动拳动脚，还有装疯卖傻的。

权国金家的院门关得死死的，也不知道国金和火苗儿在里面干啥。我心里盘算着该咋劝说权国金，想办法平息众怒，就朝院门口走了过去。村民们看见我来了，纷纷闪出一条通道。有不少人喊："轸头叔，快说说你姑爷吧，大伙不是钉子户，就是补偿太低了，提一提吧。"我大喊："大伙别着急，我进去问问他咋回事啊。"我走到院门口使劲地拍打门板。

门开了，我看见火苗儿迎了出来。我急切地问："国金呢？"

火苗儿白了我一眼，指了指她家的二层小楼，没说话，神情有些恐怖。

我直接向小楼走去，顿时惊讶得张大了嘴巴。权国金得了"撞客"了。撞客就是活人撞着死人的灵魂了。我这个岁数，啥也不怕。屋子里的灯光，昏黄昏黄。我头昏眼花，还是一眼就看见了权国金。他好像喝高了似的，身子一摇一晃地站不稳，晃晃地走到权桑麻的照片跟前。我发现，照片里的权桑麻很威严，比他活着的时候还威严。

权国金跪在他爹的遗像前，规规矩矩地跪着，哆嗦着说："爹，儿子摊上大事了。咱村要拆迁了，要建高楼了，农民们受了金沐灶的挑唆，要钱我哪有那么多钱啊？他们急眼了，非跟我过不去，堵家门口了，您说我该咋办啊？"

我听着这些话心里说："还能咋办哪，乖乖地提升补偿款不就结了吗？"我走到权国金身边，刚要把心里话说给他，屋子里忽然响起一个熟悉的声音："娘个×的，你小子就是骨头太软！"

我吓了一跳，那是权桑麻的声音。

权桑麻的声音从哪儿来的？声音还在继续："老子在世的时候，谁敢跟我过不去，吓死他！"

我四下张望，找不到声音来源，像是在房里，也像是来自天上。我顿时浑身起了一层鸡皮疙瘩。

权国金听见亲人的声音，顿时泪如雨下："爹，您最疼我，眼下儿子难住了，您说咋办，我听您的。"

权桑麻的声音又传来了："国金啊，翻不了船，你爹就是专门破解难题的。"

权国金将爹的遗照摘下来，搂在怀里，没有一点儿声息。权国金催促："爹，您倒是说话呀，咋解这个难题啊？"

遗照静如止水。

我轻轻地拍拍权国金的肩膀，说："走，去你屋里，咱们爷儿俩合计合计。"权国金醉眼蒙眬地看了看我，缓缓把照片放下。忽然，他掏出兜里的那块骨头，塞进嘴里，咔吧咔吧啃了两下。

奇迹出现了。权国金的声音变了，竟然变成了权桑麻的声音："娘个×的！谁跟我胡闹就灭了他！无毒不丈夫，这事就该这么办！"

我一听，猛打一个哆嗦。这声音发自权国金嘴里，竟是权桑麻的声音，太像了。如果真是权桑麻，这不是要把村民当敌人对待吗？

权国金呆呆地看了我一会儿，几乎认不出我来了。我讷讷地说："国金，你咋啦？我咋听见你参说话？"

权国金肩膀一横，脸上布满杀气。突然，他"啊"地怪叫一声，疯狂地跑出去了。

我连忙叫喊着："国金你可别冲动啊，千万别冲动啊！"我连蹿带跳地跟了出去。

我没能喊住权国金，蝈蝈一个趔趄，哗啦一下敞开了院门。

我看见乡亲们愤怒地站着。权国金对乡亲的每张脸挨个看，不说话，光是看。村民们愣了愣，依旧朝他喊："此房是我盖，此树是我栽，要想动掉它，留下满意财！"老田埂也吼着："给我们补偿！我们要合理的补偿！"开始是几个人喊，然后是十几个人喊，再下来所有的人都在喊了。

我看着群情激愤的村民们，心中狂跳。

过了好一会儿，权国金说话了，竟然还是权桑麻的声音，就听权桑麻恶狠狠地大喊："娘个 × 的，都给我回家，该干啥干啥去！"我的两个耳朵惊得嗡嗡响。

乡亲们全都傻了，面面相觑。

每一个人的眼睛里都流露出一个疑问："咋会是权桑麻的声音？难道是老支书复活了？"

大伙的脸上说不清是啥表情，惊奇？恐怖？呆傻？都慌乱了。

这时只见金沐灶挺身而出，指着权国金的鼻子，转身对大伙说道："乡亲们别信他的，装神弄鬼的不好使，还是收起你这一套，善待乡亲们，提高补偿标准。谁也不能一手遮天，我们不会放弃手中的权利！"

现场静静的，没有人敢附和金沐灶。

权国金冷笑几声，说："姓金的，别他娘穷咋呼了，日头村的老少爷们儿的眼睛是雪亮的，他们最通情达理，他们知道村里遇到了暂时的困难，不会再逼我了，逼也没用，他们要以大局为重，帮着村里渡过这个难关，你难道还没看明白吗？"

金沐灶愤怒地喊："你少在这给大伙戴高帽儿。拆迁,暗箱操作,坑害乡亲,你该当何罪？"

蝈蝈喊："金沐灶，你别煽动闹事啊！不然，我剐了你！"

汪树往金沐灶身边凑了凑："你敢！"

权国金不瞅金沐灶，也不看汪树，呆呆地傻看着村民，气恼地喊道："娘个×的！你们吃了熊心豹子胆啦？敢不听我的话？还不快都给我滚！"

突然，人群一阵骚动，嚷嚷声不断。有人喊："老支书啊，我们可不是冲着您啊！"一片人都跟着喊："是啊，老支书可别生我们的气啊！老支书您歇着吧，我们回了啊！"人们被吓得哆哆嗦嗦，纷纷倒退着。

我没有随波逐流，我站在金沐灶身边。

汪树见状，急着大喊："大伙别怕，都别走啊，别走啊！"

人们纷纷逃了，权国金赢了。应该说是权桑麻的魂儿赢了。

7

我把醒来的早晨当成了昨夜的梦。

这些日子我心绪不宁，仿佛要发生什么祸事一般。因此，我飞回菩提树的路线有了改变，我越过大山、草地和麦田溜进了村庄。

到了那里，我吃了一惊。瞧这儿一眨眼变没了一座村庄，连那不为人知的故事和夜夜降临的梦都消失不见了。树林深处隐隐传来一阵嘈杂，原来城镇化大拆迁开始了，推土机已经开进了那片属于我的小树林。人们先是伐树，然后推土机跟进，一堆堆树根和湿润的黑土翻了出来。我先看见几棵白皮松树被伐掉，棵棵都价值连城、无与伦比。菩提树倒下的那一刻，成群的血燕惊慌地飞走了。

我怀着悲痛的心情偷偷窥视着这一切。

推土机开到了菩提树前，老轸头惊呼了一句："天哪，毛嘎子没法回来了！"

人群中一阵哄笑。

我非常感动，这个时刻只有老轸头想着我这个游子。

醉醺醺的老轸头嘴里不满地咕哝着走远了。

我的鼻孔里一会儿是树根味道，一会儿是浓烈呛人的土腥味，即便这样也难以抵消从心底泛上来的愤怒。

然后我的眼泪就迷迷蒙蒙地挡在了眼前。

这里是湖边，将有一片高楼拔地而起。这好吗？我一点儿也不高兴。

我的心房掠过一阵明晰的痛楚，菩提树没了，我再也回不了故乡了。走吧，快走吧，我不能忍受太多的真实。变动之中暗含着财富的重新洗牌。财富朝少数人手中快速聚集，因此人们不再和睦相处。他们为着前世的冤孽和今世莫名的仇恨，相互争斗和撕咬，难解难分。我不愿加入这种无聊的争斗中去。人们厮打完之后，疯狂地呼喊着："挖啊！拆啊！"喊着喊着，刚才呼唤的那些人，突然全部躺下了，躺在了刚刚翻开的湿土上。人睡觉时这样躺着，人在进入焚尸炉之前也这样躺着。这是怎样的情形啊？好像用这种方式就能让破碎的心灵平复，从而减轻自己的罪过。

我在工地上空盘旋了一阵，在悬浮中继续飘行，最后无奈地朝美丽的云顶飞去。飞翔的过程中，我看到了许多村庄和城市。

黑夜来临云开雾散的时候，我身边出现了一种强烈的、小范围的空气涡旋，从空气涡旋里钻出来的星星最美丽。星空热闹而有趣，星星一颗颗跳上天幕，星宿朝我蜂拥而来，连平时隐身的星星全都现身了。星星一闪一灭，忽明忽暗，好多人做着长长短短好好坏坏的梦。我寻找属于我的星宿心宿。我梦见它，遥望它。它是整个天空中唯一属于我的星辰。

我靠透过星星解梦取乐，凭着我对星宿的格外敏感和直觉，我严厉地对自己说："你该通过看梦，达到解梦，最后引导人们做好梦做美梦。"（梦在飞翔，在云顶，没有什么力量能够挡住梦）

我又把闪光的星宿检查搜索了一遍，我发现还是金沐灶的梦有质量（后来我才知道，老轸头离开树林工地是去找金沐灶了。金沐灶出面了，他像保护状元槐和天启大钟一样保护了小树林）。

金沐灶目光远大看事透彻，他在新生活的感染下寻找精神出路（尽管按常理说任何困境都有出路，可他还是找不到任何可行的出路）。我在天上敲响十二律的钟声，时隐时现的钟声给了他长久的温暖。在他做梦时我学会了他的一些语言，通过语言的交流，我发现他在梦里也一直在努力地查找我。过了一会儿，我看见金沐灶的星宿与吕富仁教授的星宿一同闪光了，闪烁中有相互靠拢的倾向，我担心金沐灶撑不住，便想紧紧抓住吕富仁的手，希望吕富仁能把自己的力量传导给他。可他还是抓不住吕富仁的手。

我清凉的脑袋又有些糊涂了。

忽然，借着星光，我依稀看见一个瞩望的身影。那是神吧？神来了，那是超越尘世的神。

我向神求助，怎样拯救日头村？我还说了说金沐灶的事情。

我耳边响起了神的声音："我可以帮忙，但要众生自己觉悟。"

我一瞬间理解了神对众生的悲悯。

天上的神被农民的悲苦所感动，晨风里，神微笑着朝我走来，眉宇之间暗含着慈悲的表情。

我不知所措地朝他迎去（神到来之前星辰是有先兆的，空中闪过一条划过天际的银弧）。神的清晰面目却没有出现，但是他的声音那么可亲可感。他不像地上的神那样喋喋不休，脸上始终挂着若有若无的笑容，眼睛里闪烁着一般星宿没有的灵光。但是，神的恩惠马上显灵了，云顶奏起了安详入梦的音乐，敲响了启人心智的钟声（物欲只带给我们感官快乐，却丝毫不能给我们带来安慰，期待一场音乐和钟声驱散我内心的忧伤和孤独）。那些铜制的响器反射出青幽的光芒。光芒和钟声搅在一起，笼罩在我心中的愁云惨雾立刻消失不见了。

心宿向我窥望，并从遥远的地方带来了一股清风。我忘情地呼吸着，听见了自己的声音，嗓音微弱喑哑："我是谁，从哪儿来？"

第十律 蕤宾

1

屋顶上有风。

这天上午,风刮得一阵紧似一阵,呜呜山响。这个时候,我得到一个情报,他们今天要对汪老七的老宅下手了。我头皮一阵麻颤,急忙赶到汪老七家门前。没想到,金沐灶抢在我前头了。金沐灶喊了半天汪老七,院里有响动,汪老七不吭声,也不开门。

前两天的深夜,汪老七曾被不明身份的人偷袭。他怕再有人偷袭,夜里不睡觉,偷偷坐上房顶观察。汪树他们爷儿俩轮流值班。这个家伙,可能被整神经了,愣把金沐灶当成了坏人。

我怒了,抬起脚,哐啷一声,将栅门踢开了。

金沐灶上来拦我,没能拦住。我冲进屋里,瞅见汪老七在听收音机。我揪着汪老七的耳朵走出来,汪老七咧着嘴嚷嚷:"这是干啥?我听新闻呢!"我梗着脖子说:"老七,你耳朵塞鸡毛了?"汪老七傻着:"咋了?"我说:"沐灶喊了你好几遍,你都不搭理。跟你说,沐灶受村委会委托,劝了你,你不爱听,可是,有一点儿你得记住,他心里向着你,站在穷乡亲一边,他跟别人不一样。"汪老七憨憨一笑:"就这事啊,这我知道。沐灶对汪树的好处、对我家的恩德,我汪老七一辈子都忘不了！"金沐灶谦逊地说："那是过去的事了，不值一提。"我说："火苗儿给沐灶报信来了，他们可能偷袭，你要多加小心。"汪老七一愣："火苗儿不是国金的老婆吗？她是哪边人啊？"我赌气说："你个老糊涂，她是哪边人？她永远是我们汪家人！"

不远处，轰的一声响，起初以为刮风，细一瞅，汪老七家的一扇泥墙轰然倒塌，尘土翻卷，残垣断壁，面目狰狞。

泥墙被推倒的那一霎，汪老七呆愣了一阵，脸发绿，头发竖起来。瞬间，他不要命地飞扑上去，被施工人员死死按倒在地。

只见汪老七双手狠狠抓地，痛哭流涕地喊着："我的房子，我的房子啊！"

我刚要上前搀扶，有人拽住了我的胳膊，我再也迈不动步了。

金沐灶冲过来了，一脚踢开工人："干啥干啥？放开！"

工人松开了汪老七，揉着双腿，瞪着眼："金沐灶，你竟敢打人？"

金沐灶抱起汪老七，烟雾里，我瞅见汪老七眼中的光亮一点点退去，闪露出绝望和阴冷，他有气无力地哭喊起来："我的房子，我的房子啊！"我在一旁劝说："老七，别闹了，保命当紧，人没了，房子有啥用？"

汪老七的嗓子撕裂了，满嘴腥气。末了，变成哇的一声长吼，突然猛一仰头，晕了过去。

有人狂喊："出人命啦，出人命啦！"

汪老七脸色煞白，口吐白沫。

我赶紧说："去喊杜伯儒，掐他人中啊！"

汪树赶来了，抱住僵死的汪老七。汪老七闭着眼睛，脸都憋紫了。

我使劲掐汪老七的人中，只见他缓缓吐出一口气，慢慢睁开了眼。但是，他的身子冰凉，鬼魂附体一般。

蝈蝈赶来了，歹毒地一笑："死就死吧，留着这老命也是累赘。"

金沐灶气愤地站起来，揪住蝈蝈的脖领："混蛋，你说什么话啊？"

蝈蝈双腿软了："我没说你，我说汪老七呢。"

金沐灶骂："混账，他是你长辈，更不能这样说。"

汪老七躺在地上，脸上的神情是那样痛苦和失落，泪珠一颗一颗流了出来。

汪树将汪老七搀回屋里，给他喂药。汪老七抖抖地接过碗，他似乎从那碗水里望见了自己脸面的羞辱，一扭脸，啪地将碗摔个粉碎："老子不吃药，让老子去死吧！"

我在一旁气愤地大骂："你个老东西，不知好歹！"

汪老七老泪纵横："他要拆，我就拼了老命！"

金沐灶一愣："七叔，可不能干傻事啊！"

我说："是啊，你不为别人，也得为孩子着想啊！"

权国金带着人赶来了。推土机隆隆开来，执法防暴队员纷纷跳下汽车。这一群人气势汹汹，不可阻挡。

汪树扭转身，踩着碎步，凄凄然跑出去观看。

这一瞬间我感到脊梁骨发冷，同时预感事情不妙。

权国金的脸上浮着阴暗的表情："汪老七、汪树，你们爷儿俩听着，工程不能等了，你们不签字，也要拆！"

汪树从门口折回来，扑通一声给权国金跪下了："权书记，求求您，有事冲我来，你们别逼我爹了，他真的不是为了钱！"

权国金说："我知道你爹不为钱，他要为钱就好办啦！钱能解决的事，都他妈的不是事儿！你跪给你爹，问问他，为啥跟政府作对？"

汪树含泪望了望汪老七，声泪俱下："爹，为了啥呀？"

汪老七一把揪住了汪树的脖领："你小子绝不能跪，咱穷，穷个志气，穷个骨气。我汪老七的儿子，可以堵枪眼，可以蹲大狱，就是不能当稀泥软蛋！"

金沐灶说："汪树，还不明白吗？讨好豺狼虎豹，没有任何意义，它该咬人照样会咬人。现在没有吃你，只是因为它下嘴的时机没到！"

权国金黑了脸："你还想挑拨是非吗？"

金沐灶说："是非自有公论。你也是庄稼人，难道不懂庄稼人的事吗？只不过，你不按庄稼人的心思说话罢了。"

权国金说："你说我按啥人的心思说话？"

金沐灶恨恨地说："你替谁说话，你自己心里明白！国金，你们想在日头村造城，我和乡亲们没意见。但你不能亏待了乡亲们。"

权国金说："你是党员，组织派你来是做汪老七思想工作的，反过来你却帮着汪老七胡搅蛮缠，你的党性呢？你的原则呢？"

金沐灶大睁着眼，语气加重了："人大心好，树大根牢，党员心中要装着群众，这是老百姓生死攸关的大事。你不能把这么老实的庄稼人逼上死路啊！"

权国金被噎住了。

蝈蝈在一旁咬牙切齿地说："死？拿死吓唬谁，顽抗是死路一条！"

汪老七也不知哪儿来的邪劲，顺着梯子，嗖地爬上了房顶。房顶的烟囱下，竟然放着一个大大的塑料桶。他拽着塑料桶溜了下来。梯子上的铁丝，划破了他的右腿根，我瞅到了他腿上的血。

汪老七嘴唇憋得青紫，大声吼道："你们不撤，我就烧给你们看！"

权国金大喊："汪老七，你不要胡来！"

我蒙了，额头冒汗："老七，老七……"

权国金劈头盖脸地骂："老东西，不识好歹，你吓唬谁呀？"

我瞪着权国金说："国金，老七多可怜啊，你就给他一句暖心窝的话吧！"

权国金愤愤地骂："我暖他心窝，谁暖我心窝啊？他可怜？可怜之人必有可恨之处！娘个×的，汪老七，你成心跟我过不去是吧？"

汪老七吼："你爹活着，我也不怕！你让他们撤走，撤还是不撤？"

权国金说："不撤！"

金沐灶急了，骂道："畜生，你还是人吗？"他直视着权国金那张狰狞的脸，一步步逼近。

蝈蝈冲过来，拽着金沐灶的衣领："瞎了你的狗眼，你要干啥？他是权支书，支书就要有支书的权威！"

一切都是瞬间的事，汪老七举着塑料桶，双手颤抖，他颤着声音大喊："汪树——"

我大吼道："老东西，你不要命啦，别把孩子搭进去！"

汪老七一阵剧烈的咳嗽，从嘴里蹦出来几个字："汪树，前院银杏树下，有你娘的骨灰，我死了，你得给我和你娘并骨啊！"说着，他将塑料桶里的汽油，猛地举上头顶，哗啦啦一泼，他手中的打火机齿轮咔地一响，一股火苗子就蹿了上来。

在这一瞬间，金沐灶扑上去了。可是，晚了一步，汪老七浑身是火，火苗儿呼呼乱窜。

汪树嘶喊："爹——"

这一声爹喊得让人心碎。

金沐灶抱住火人似的汪老七，满地打滚，他的头发、眉毛都着了火。

汪树扑过去，被人拦住了，扑通一声，跪倒在他爹的面前。

人们都傻眼了。

权国金骂了蝈蝈一句："还愣着干啥？赶紧灭火啊！"

蝈蝈挥了挥手。事情太突然，防暴队几个人冲上来，用灭火器灭火。一片白烟腾起，火灭了，金沐灶脸黑如炭，汪老七几乎无法辨认了，衣服烧没了，浑身像个黑炭棒。金沐灶抹着脑门，大喊："快送医院！"我抓着汪老七焦煳的手："你咋来真的呀！"

汪老七抬眼瞅瞅我，昏迷过去了。

人们七手八脚将他抬走，送医院去了。听说到医院抢救过来了，我这才缓了一口气，傍晚去镇医院看汪老七，只见他呼吸短促，脸色苍白，身体渐渐下沉。汪树一直在旁边守候着，他埋怨着："爹，你咋做傻事，多受罪呀！"汪老七望了汪树一眼，艰难地说："孩子，人活在这个世上就没有不受罪的。爹的罪受到头了，只是惦记你哩！爹咋忍心把你娘一个人留下呢？"说着，两行眼泪流下来，缓慢地流，越过那深深的皱纹，从下巴流到脖领里。

金沐灶盯着汪老七，嘴唇颤抖。

汪树眼里汪着泪，一声一声叫着："爹，爹！"

我喉咙一热，缓缓地说："老七，你还有啥话要跟孩子说？"

汪老七断断续续地说："孩子啊，是爹自己不想活了……你得好好活着。咱汪家破鼓万人捶……爹不用你报仇，你要听沐灶的，他是个大好人，是咱家的恩人……还有轮头大爷，他们不给你亏吃……"

汪树含泪点着头："爹，我记住了。"

汪老七一阵抽搐，瞳孔一散，仰天一叹，闭眼了。

汪树一头扑在汪老七身上，呼天抢地地大哭起来。

我往地上一蹲，双手抱头，呜呜痛哭："老天爷啊，你睁睁眼吧！"

天没睁眼，地没睁眼，金沐灶却把眼睛瞪得贼亮，他恨恨地说："权国金，你太霸道了，比你爹还狠！简直没人性！老七叔死了，我跟你没完！"他推了推哭泣的汪树，硬了声："别哭了，你爹不会白死！咱得把补偿款的事翻过来，咱他娘的就往大里折腾！"

我浑身打寒战，心在往下沉。

汪树抹着泪眼："沐灶哥，我爹真的不为钱，真的。"

金沐灶说："你爹不为钱，但是，你爹的命可以为乡亲们多得一些钱。钱不能说明什么，可是，农民过好日子离不开钱啊！"

汪树争辩说："我爹，在阴间会答应吗？"

我颤抖着嘴唇说："傻孩子，你爹不为钱，可他为了你！他最不放心的就是你啊！"

汪树听着，又哭出声儿来。

出了人命，事闹大了。当天晚上，县政法委王书记带着公安局的人来调查情况。村委会的灯光大亮，我没能进屋，听见了王书记批评权国金的吼声："县领导得知情况很震惊，不管拆迁工作多难，不管是啥原因，都不能出人命！你的工作是咋干的？"权国金垂头不语，脸青一阵白一阵。蝈蝈吓得直缩脖子。王书记严厉地说："镇派出所的同志，要配合公安局调查情况，写出真实的报告，责任人一定要严惩！"权国金低着头，使劲吸了口烟，说："是的，王书记，村委会也全力配合。我再跟您说，这次不幸事件挺特殊，真的不是与民争利，真的！"王书记着急地说："先安抚家属，做好善后工作。"

当晚权国金送走王书记，回到家里就病倒了。

我去家里看他，他躺在床上，高烧，脸红着，浑身筛糠。火苗儿赶忙找来医生到家里输液。一连输了三天液。我听火苗儿说，权国金病好之后，就得了一个怪病：耳朵聋了！对于这事，村人说啥的都有。说就说吧，谁人背后无人说，谁个背后不说人？

说归说，权国金耳朵还得治啊！我就喊来了杜伯儒。杜伯儒看过权国金的耳朵，一阵聋一阵不聋。他喝酒的时候，耳朵是聋的，正常的时候，是能听见的。为了证实一下，我跟权国金喝酒，喝了几杯，他脸就红了，我说啥，权国金竟然真没反应了。他最怕的人是金沐灶，我故意大声喊："金沐灶跟火苗儿在一块儿呢！"权国金愣愣地喝酒，没有一点儿反应。我又说："有人说，汪老七是你和邝老板合伙给逼死的，让你偿命！"权国金木然地瞪着眼，一声不吭。

县里领导要权国金去县城，追查汪老七死亡事件。权国金去了，领导批评他，他啥都听不见了。几天后，蝈蝈托人给他买了个进口助听器，听说比大彩电还贵。

我去家里看权国金，权国金正摆弄着助听器。见我进来，他就把助听器收了起来。我叹了一声，权国金瞅着我，懒懒地一笑。

火苗儿着急地说："爹，快找人给他治好了吧！"

权国金摇头苦笑："老婆的心情我理解，可是，魔鬼吃人，小鬼缠人。我是被小鬼缠上了，治不好了！"

我大声说："死马当活马医呗！"

火苗儿横了他一眼说："你不治病可以，但把酒戒喽！"

权国金一愣："为啥？喝酒是为了工作呀！"

火苗儿瞪了他一眼，说："酒桌上，人家说你，骂你，你都听不见，跟个傻子似的，我都嫌丢人呢！"

我走过去，轻轻揪了权国金的耳朵两下。我大声骂道："你个混蛋，你要还认我这个爹，就赶紧让汪老七入土为安！"

权国金说："我明天开会回来就办。"

汪老七的尸体在冰柜里停了四天。权国金从县上开会回来了，他带着蝈蝈等人来给汪老七吊唁。权国金对着汪老七的尸体鞠了三个躬，然后慰问了一下汪树，就匆匆走了。

权国金走了几步，回头望了我一眼，那眼神是让我过去。我眼神冰冷，没有回应他。气氛一下子就僵硬起来。

权国金刚走，我和金沐灶商量，把汪老七的尸体拉回废墟，让他再看老宅一眼。

转天一大早，血燕叫醒了我。我们用车推着汪老七的尸体，从河边简易安置房出发，走到老宅的废墟上。到了老宅废墟，一群血燕飞过来。我突然想起，汪老七还没棺材呢。汪树说："我手头有点儿钱，赶紧买一口吧。"金沐灶说："如今时兴火化，棺材的钱是白花！"汪树说："沐灶哥不是说，还要拿我爹的尸体说事吗？"金沐灶犯难了。我忽然想起了什么，赶紧说："我备好了一口红漆棺材，先用我那口棺材吧。"

商量完这事，金沐灶大步流星地出了门。我提着轸木，颠颠儿追了出去。

在大街上，金沐灶召集了一些村民。村民得知汪老七死了，都难过得流下眼泪。

老田埂伸着脖子骂："这帮龟孙子，太黑了，拆迁补偿就那么一点儿钱，打发叫花子哪？把人往死路上逼呀！"金沐灶悲伤地说："人死不能复活，但是，我们找他们，还大家一个公道，为大家多争取一些利益。"人们激愤地吼："沐灶说得对，我们跟你去！"金沐灶说："人心齐，泰山移，我们要跟他们斗争，争取最后的胜利！"老田埂梗着脖子问："沐灶，你说的胜利，指的啥呀？"金沐灶说："为大伙多补偿拆迁款啊！"老田埂面带忧虑："补也是补给汪树，我都签约了，房子都拆没了。"我瞪了老田埂一眼："你呀，就打自己的小算盘。"金沐灶说："老七叔的死，我们很悲伤。但是，也给大家带来一线希望，既然补偿，就得井里放糖，甜头大家尝。"老田埂竖起大拇指说："还是沐灶有远见。"大家呼叫着走了。走了几步，金沐灶忽然收了脚。

我抬头问："沐灶，你咋啦？"

金沐灶眼睛酸涩得不行，揉了揉眼说："我忽然萌生一个想法。像权国金和邝老板这样的，心比石头都硬，权国金他们主导的拆迁，是错误的政绩观造成的。以为快速拆建，就能捞取政治资本。当然还有经济利益作怪。一边是暴力，一边是暴利，我看他们是不见棺材不落泪！"

老田埂说："硬壳王八，不逼不出头。那就把棺材也抬去呗！"

金沐灶说："对，回去抬棺材。不答应条件，老七叔就不火化，就不下葬！"

我疑惑地问："沐灶，要是抬棺材，汪树也得去吧？他不出头不好办啊！"

金沐灶眨眼一想，悄声对我说："让汪树也过去吧。劝劝他，别胡来！"

上午十点，我们把大红棺材抬到了村委会门前。汪树披麻戴孝手扶灵棺，肃然而立。所有人都跑出来观看，把村委会门口围得水泄不通。公安局调查组的警察也聚拢过来，一位警察劝阻大家："乡亲们，这不是解决问题的办法，大家都到村委会办公室去协商。"

人们纷纷拥进办公室。

我和金沐灶跟着去了。权国金的办公室里密密麻麻站满了人。

屋里一阵沉默，冰冷的沉默。

权国金瞅了瞅汪树，说："汪树，这是个不幸的事件，也是个偶然事件。上级领导非常重视，正在村里调查。为啥说是偶然事件呢？是你爹的特殊个性决定的，四棱子鸡蛋，全县少找。大家见过钉子户，但从没见过你爹这样的。当然，他人走了，活人不把死人怪，你作为他的儿子，一定要冷静。死去的人不能复活，活着的还要好好活着。你还年轻，有啥利益诉求，我们会认真加以解决！"

汪树扭头瞅了金沐灶一眼。

金沐灶脸色沉稳，嘴唇乌青。

权国金咳嗽一声，继续说："但是呢，我要提醒你两点，一是不要被别有用心的人利用，二是不要钻死理。你要知道，城镇化是国家大事，上级有政策，这是农村发展的大方向。国家不会因为发生了一件偶然事件而改变政策。如果你借此事胡搅蛮缠，那就是竹篮打水一场空，还会受到惩罚的！"

汪树眼睛冒火，伸着脖子叫喊："你这话是什么意思？拿政策压我是吧？我不怕！上级政策好，可是，到了底下就让你们给弄歪了。什么是偶然事件？一个偶然就能把你们的罪过全部开脱了吗？"

权国金说："我们没有推卸责任，难道你爹就没有责任了吗？"

汪树火了，嗖地站起来，朝权国金扑过去。

金沐灶猛地将他抱住："汪树，不要激动，有话好好说。"

汪树双脚跺着地面，狂躁地叫喊："你混蛋，你们逼死了我爹，你们要负法律责任！"

权国金黑了脸，吼："你这是谈事情的态度吗？"

汪树说："什么态度？这是共产党的天下，法制社会，法律会严惩你们的！"

金沐灶说："汪树，冷静一些。"

蝈蝈闯过来，抬手指着汪树："你是疯狗啊，见谁咬谁。他是谁？他是权支书，是咱日头村的带头人！"

汪树瞪了蝈蝈一眼，说："蝈蝈，你他娘的就是帮凶，我从心里鄙视你。你说我是疯狗，在我眼里，你就是一堆臭狗屎！人渣！"

蝈蝈一抡胳膊，朝汪树脸上打去。

金沐灶眼疾手快，一把抓住了蝈蝈的胳膊："你敢撒野？"

权国金朝蝈蝈一瞪眼："滚出去！能滚多远给我滚多远！"

蝈蝈眼神凶着，无奈地退了出去。

我把汪树摁在椅子上，汪树伸胳膊撂腿，呼哧呼哧喘息。

金沐灶摆了摆手，说："拆迁以来，争吵太多了，可争吵无助解决问题。汪树，你情绪太激动，我能不能代表你跟支书谈一谈？"

汪树说："你不仅能代表我，也能代表全村乡亲们！"

权国金横了一眼金沐灶，冷脸说："你说吧！"

金沐灶思考了一阵，严肃地说："按国家新颁布的规定，赔偿款要参考周边商品房价格。河对岸十里地的县城，已经三千五百块一平方米了。占用耕地，每亩地补助三万块钱。可你们占用农民房舍和院落，补偿低得可怜。必须提高补偿，乡亲们才能安居乐业。解决老七叔自焚的问题，必须从提高补偿款入手！"

权国金迟疑了一下，说："既然响鼓碰着了重锤，咱就说敞亮话吧。今天我透露给你一个秘密，汪老七那儿，我们跟邝总商量，偷偷提高过补偿款。他们去了，还把额度试探性地放大，可汪老七还是不答应，至今我都不明白，他对抗到死，到底为了啥？"

金沐灶朝汪树递了眼色。

汪树大声说："我知道，他为了日头村百姓。"说着他眼里湿湿的。

权国金额头冒汗了："你是说你爹要提高全村人拆迁补偿款？你爹也没直说呀。别给你爹戴高帽儿了，他有那么高觉悟吗？"

金沐灶说："狗眼看人低，你不要低估了普通百姓的水平。"

权国金说："我想，这样的诉求，倒很像是你金沐灶的觉悟。咱打开天窗说亮话吧，别兜圈子了，其实，你们把汪老七的棺材往村委会一抬，我就知道你们要干啥了。你们知道，对于政府和开发商来说，最恶劣的后果是高额补偿款。"

金沐灶说："既然你什么都知道，还揣着明白装糊涂。说句痛快话，怎样补偿？你要知道，开发商是外地人，从他兜里掏点儿钱，补偿给乡亲们，这也是你权国金的公德啊！"

权国金咧了咧嘴说："你以为邝老板是银行啊？他兜里的钱可以随便掏啊？如果是那样，我权国金舍命也要榨干他的油。我开始找了袁三定，袁老板猴精，算算效益不大，就死活不干呀。上级催得紧，又怕上访，这样我们才找了邝老板，我是求着人家来的。要知道，人家是生意人，生意就是成本核算，没有赚头，凭啥给你撒钱？邝老板每天给我压力，强拆，也是没办法的办法。难道你就眼瞅着拆迁半途而废吗？鱼塘村、张庄子、二道沟等七个村，合并成一个新村，还叫我们日头村的名字。为留住这个名，我费老鼻子劲了，这个机会可不是常有的。"

金沐灶说："你说的这些，我们都听过，你依然在推辞。"

一听这话，权国金恼了火，提高了声音："金沐灶，我就知道是你在背后拆台。拆迁之初，因为状元槐，你出来搅局，已经给了你面子，做了让步。今天，你又利用汪老七之死搅和事，我警告你，你不要变本加厉，影响了拆迁，你兜得住吗？你该当何罪？"

金沐灶啪地站起来，针锋相对："你们这是拆迁吗？强盗，屠场，这是杀人的屠场！"

权国金吼道："你是混蛋！谁是强盗？哪里有屠场？"

我好久没开口，憋得难受，断喝一声："国金，你住嘴！你在造孽啊，你就不怕天谴吗？"

权国金愣住了。

我喘了口气说："国金，你不该呀！如今你是村支书，将来就是城市社区书记。称呼咋变，村里剩下的这些老少病残，都是日头村的人，都是你的父老乡亲。老七人都死了，你该醒醒了，不能再糊涂下去啦！"

权国金眼睛红了："爹，您说得都对！"

我狠狠瞪了他一眼："知道爹说得对，还穿着新鞋往屎上踩！你呀，白啃你爹的骨头了，要是老支书活着，肯定不会像你这么搞。远亲不如近邻，宁可逼死开发商，也不能逼死乡亲们！"

权国金蔫了头："爹说了，我好好反省。"

我黑了脸："光反省就完了？你要行动啊！"

金沐灶说："你想怎样让老七叔入土为安？"

权国金抹着额头的汗，说："我找邝老板再商量，再商量——"

汪树说："今天你不答复，我爹的棺材就抬到县政府去！"

权国金缓缓地说："我打电话告诉邝老板汪老七的事了，他也很重视。但是，他今天在县城好像有事情。"

金沐灶说："村里出了多大的事啊，邝老板能不来吗？你们逃了今天，却逃不了明天。权支书，你赶紧给邝老板打电话，过来商量。"

权国金说："好吧，我现场办公！"

邝老板很快就到了。他说他在县城，其实就在附近，探听着这边的谈判动静。

金沐灶让我照看汪树，他与权国金、邝老板去了一个房间。

天黑下来，外面呜呜刮风。我耳鸣了，好像听见天启大钟的鸣响。

晚上九点左右，我的肩疼，菜花过来给我拔火罐，边拔边捶肩，啪啪嗒嗒地响。这时候，金沐灶回来了，脸上略带笑意。我就知道，他替乡亲们扳回了一局。金沐灶告诉我，权国金和邝老板略作妥协，占用耕地青苗补偿，每亩地提高八千元；房屋拆迁补偿，每平方米提高六百元。村委会出资厚葬汪老七，并向汪树家多支付一套一百二十平方米的房子。

全村人感激汪老七，将金沐灶当成菩萨敬着了。

汪树含了泪说："我爹可以下葬啦。"

汪老七下葬之前，先与他老婆的骨灰并骨。

我们去了汪家坟地。金沐灶指挥着，将汪树娘的坟扒开了，瞅着黑洞，预感不好。翻腾了半天，竟然找不到汪树娘的骨灰。

汪树仰了头，悲伤地说："我爹……他不是说我娘在银杏树下吗？"

我一下子想起来了，右眼一阵阵猛跳。

人们一起回到汪老七的老宅，废墟上，施工队正在施工。我招呼工人在银杏树下挖，挖着挖着，挖出一个灰白、破旧的瓦罐。汪树打开一看，里面装着他娘的骨灰。

我和众人都惊呆了。

汪树抱着瓦罐，哭着说："这棵银杏树，是我娘的嫁妆。"

原来汪老七从坟地里偷偷背回了骨灰，埋在院里的银杏树下。

金沐灶哽咽了，慢吞吞地说："我们误会了老七叔。当钉子户的，很多是为了钱，可老七叔不是。今天，我啥都明白了，他真的不为钱。他跟这棵银杏树、这院子、这老房子，还有汪树娘的骨灰，都长在一起了。剪不断，拆不掉，院子拆了，他的魂儿无处安放啊！他不死，又能怎样活啊？"

我张了张嘴巴，说不出话，眼泪流得稀里哗啦。

2

人们陆续搬进了燕园新村的楼房。新楼房设施不全，常常停电，草坪和绿化都还没搞好，下水管道常常堵得跑水。湖对岸的建筑工地，传来呲呲啦啦的电钻声。

冬天过得贼快，雪还没咋化哪，天还没咋冷，年根儿就不声不响地到了。冬日的午后，我没听到毛嘎子说话，刚想回家，天就落雪了。天白了，地白了，树白了，房子也白了。全村人只要能出屋的都跑出家门看雪。我仰起脸来，伸出舌头接住一朵朵雪花，舌尖凉沁沁的。

火苗儿安静地看着雪景不出声。

天擦黑的时候，权国金来我家，让蝈蝈从车后备厢里扛出半扇猪肉，放进厨房里。我的老牛在客厅吃草，窣窣的细响，还是让权国金听见了，他伸着脖子望了望，说："这牛，放在这味多大呀！"我说："你爹不闻牛粪味睡不着，咋也是个伴儿啊！"权国金苦笑："咱村楼里饲养牲口的事有多少？"我傻乎乎地笑道："老田埂、汪六婶等等，大概有十几家。"权国金摇头说："这样不中，会得疯牛病的。村委会得想想办法，把牲口集中饲养。"我摆摆手说："忙你的大事，甭操这个心。"权国金说："爹，眼瞅年根儿到了，给您送肉，过两天还送大米呢！"我愣了愣："家家都给吗？"权国金说："这是我孝敬老丈人的，哪能家家都有。"我噘了嘴巴，故意逗他："你拿走，给一个人我不要！"

权国金愣住："爹，您咋这样啊，是不是听金沐灶说啥了？"我说："良心，你的良心呢？"

权国金被我骂呆了，他吭哧着说："听爹的，那就家家都送！"

权国金管搬迁这事，叫阔人阔事。

我却不以为然，住楼房实在不习惯。起初，新鲜了几天，后来又想闻庄稼的气味了。我把农具存放在耕地的窝棚里，常常住在窝棚里。可刚过了半个月，我就不想去地里干活了。不知为啥，我对土地和庄稼的感情淡了。难道是我老轸头不爱土地了？可日头村还有几个爱种庄稼的农民呢？土地呀，庄稼啊，你对不住咱农民哩！每一个农民都在心中嘀咕：农民的出路在哪里？以后谁来种地？以后谁来种地？以后谁来种地呀？

那天晚上，五更鸡叫，我睡不着了，就打电话把火苗儿叫了来。我听火苗儿说，权国金和邝老板共同出资两千万，在湖边建设一座凤凰雕塑和音乐喷泉。

我挺惊讶的，细想，就明白了这是啥意思。我摸透了权国金的脾性，他是想把围在湖中央的状元槐和天启大钟盖住。这不是胡来嘛！凤凰和音乐喷泉，跟日头村有何相关？还不如雕塑红嘴乌鸦呢。

火苗儿说："别再说您的红嘴乌鸦了。"

我疑惑地问："国金他哪来这么多的钱？"

火苗儿悄悄跟我说："爹，跟您透露一个秘密。国金手里不是攥着三个亿的土地补偿金吗，他要一点点给乡亲们，另外还拿出一部分钱，用在了邝老板的房地产里。"

我脑袋嗡地一响，生气地说："我刚明白了，要不咋通知我和你哥，拿着身份证到村委会财务领钱呢，我还没去领呢。原来这是占地款啊！闺女，国金吃了豹子胆啦？比他爹权桑麻胆子都大。他花的可是政府和开发商的补偿款，日后拿不出来咋办啊？"

火苗儿一把拉住我说："爹，您就别挑事了。弄不好，这又是一个火药桶，炸起来谁也收不住啊！"

我咧着嘴巴说："我不说，就不炸了？是脓包总要露头的！"

火苗儿噘了嘴巴说："我也反感国金的做法。可是，终归还是个秘密，如果捅了出去，会炸窝的，您一定要严守秘密！"

我只好答应火苗儿不外说。

这天的黄昏，黄色蛋黄般的晚霞，缓缓流动。我提着轸木，走在黄昏里，去状元槐下敲钟。

我慢慢走过那些正在开发的农田。记得那是汪老七和老田埂家的承包田。这是一片盖楼工地，有的主体建筑已经成形。堆放钢筋和砖头的缝隙，钻出一棵一棵谷苗。过了这片地，是一片黑乎乎的大坑，散发着臭气，据说这将是地下车库。地下大坑丑陋的形象，截断了我对城市的美好幻想。搅拌水泥的工人喊："轸头，忙啥去呀？"我炫耀一下轸木说："瞅见没？"那人笑了："以后你得到湖里敲钟啦！"这话让我听着很不顺耳。

我晃晃地走到湖边，天渐渐黑了。我上了小石桥，湖水一波一波，像镜子那么亮，晃眼，刚刚走到桥下，听见金沐灶和汪树在偷偷说话。别看我年岁大，耳朵却灵，他们说的就是权国金的三个亿占地款。

汪树哑着嗓子说："我跟权国金索要属于我家的补偿款，他死活不给，还骂我不识抬举。他说我的钱只能每月一领，我说从深圳回来不方便，他说那就破例一年一领。我还是不依，他火了，说钱都给了你们，你们还不去赌呀？我说我不赌博，我要回深圳打工，买房子，娶媳妇！他竟然嘲笑我！"

金沐灶气愤地说："无赖，简直是无赖！现在看来，我们低估权国金了。我们拿你爹的棺木要挟，给大伙换回来的是表面的利益，不是最终的结果。这里的利益博弈太复杂了，我们的斗争远没有结束。"

汪树语气很兴奋，但头脑很冷静："我们继续跟他们斗。但我们要讲点策略，可是，纳鞋要有针线，告发人家得有证据，我们要拿到第一手的证据。"

金沐灶说："咱们可以到镇党委去反映一下大家的这些猜疑，要求清查村里的收入账目。"

汪树说："这也太低估权国金和邝老板的智商了，那是他们暗箱操作的核心秘密，我们哪能查到？"

金沐灶怪模怪样地一笑，跟汪树咬了耳朵，我啥都听不见了。

汪树嘿嘿一笑："牛，姜还是老的辣！"

金沐灶说："这是我想了好久的独狼行动。"

汪树问："为什么这样说？"

金沐灶说："就是向前冲，押上身家性命，也要斗争到底！"

汪树咧嘴一笑，说："带上我，我喜欢独狼行动。"

金沐灶说："你还年轻，我要保护你。我独身一人，一人吃饱全家不饿，没有什么可怕的啦。"

我吓了一跳，心情非常矛盾。告诉不告诉权国金呢？不能告诉，权国金要是真的黑了大家的钱，那是他罪有应得。看来这一次，金沐灶要对权国金的"七寸"下手了。我眼瞅着金沐灶和汪树消失在暗夜里。

我的心怦怦狂跳，提着轸木，酥软地靠在状元槐上。

转天早上，下了一场大雨，雨水哗哗地流着。我冒雨打伞去了村委会。

我这个维持会长，纠结了一夜。说白了，我瞅不惯权国金的做法，也不愿意他垮掉。我还是想找权国金说一说，给他一个"敲山镇虎"，以免事态激化，不好收拾。

权国金却毫不在意，大咧咧地说："爹，我当啥大事呢，您就放宽心吧。搬迁以后，这笔钱不能一下发给他们，平均每户每人每月得到了一千块钱的生活费。"

我担忧说："你压着大伙的钱算咋回事啊？"

权国金理直气壮地说："给各家各户存上了，早晚是他们的钱，年底还分红利呢。"

我委婉地劝说："国金，爹知道你的好心。可是，要是没有合理的说法，人家要告状的！"

权国金恼怒地吼起来："这事又要告状？太无聊、太荒唐了。这三个亿的土地补偿款，说我们集体违法、腐败、渎职，我都能一条一条去驳斥！说我挪用公款，这更不成立！那些钱，都在老百姓的名下。娘个×的，金沐灶就是个刺头，挑动农民的不满情绪，他们闹也是白闹！"

我磨破嘴皮子，也说不动权国金。

没几天，金沐灶和汪树联手，把日头村搅得昏天黑地。

后来，金沐灶独自一人去找权国金。我怕他俩掐起来，就偷偷跟了去。

金沐灶拍了拍权国金的肩膀，差点儿把他耳朵里的助听器拍下来。金沐灶说："支书，我有事跟你谈。"权国金愣了愣："谈啥事？"金沐灶说："我想知道全村土地和房屋拆迁补偿款的账目，一笔一笔的账，收入、支出和去向。"

权国金黑了脸："你没有这个权利！"

金沐灶平静地说："我是日头村村民，有这个知情权。"

权国金站起来，狠狠一拍桌子："金沐灶，你不要欺人太甚！我已经变了，不怕你了！"

金沐灶严厉地说："你就是孙悟空七十二变，跟我没关系。我知道你啃了你爹的骨头，气粗胆壮了。我也没让你怕我，我只想知道真相。"

权国金说："眼下这都是秘密，如今简政放权实行四公开，到时候，都会公开的。"

金沐灶说："为啥现在不能？"

权国金说："稳定，稳定压倒一切！"

金沐灶说："谁给你的权力，打着维稳的旗号，胡作非为。"

权国金怒了，扯着嗓子吼着："你给我滚出去！"

此时的金沐灶神情淡定，一字一顿地说："三个多亿，数目惊人，这不该是一笔死账，更不能糊涂。一定要公开，一定要清算！"

权国金喊起来："蝈蝈，蝈蝈！"

我担心再生冲突，推着金沐灶走出村委会。

金沐灶去市里找到当市长的同学王瑞龄。他举报了权国金勾结邝老板疯狂开发的事。王瑞龄市长很重视，当即给县委书记王泰山写了一封信，让金沐灶回县里找王书记。

金沐灶回到县里，王书记和谷县长接待了他。他把情况一说，王书记很气愤，当即答应整顿纠正城镇化当中的错误和过失。

上级限令燕子河新村二期工程停工。

金沐灶很是欣慰。听到这样的喜讯，我顿时浑身轻松。

权国金和邝老板猝不及防，全呆了。他们忙乎着跑上跑下，但还是停工了。但是，拖欠的补偿款还是给不了。金沐灶亲自查过了，发现资金没在银行，而是压在了邝老板的二期楼房里。大伙都觉得，权国金在楼盘里有股份。

那一天，我碰上权国金正急着找邝老板要钱。

邝老板为难地说："大家都放在火上烤着，你就别在一旁躲着当老好人啦。有福同享，有难同当嘛！"

权国金说："这几天的气氛，真他娘的怪，跟闹鬼似的。非常时期，看来对谁都得留点儿神啊！"

我的心惴惴的，没吭声。

邝老板说："我们对金沐灶就他娘的一点儿办法都没有啦？"

权国金拍着胸脯说："那钱，我没装兜里一分，不怕查！"

邝老板憋红了脸说："那也得警告他一下了，不然我们永无宁日哩！奶奶的，气死我啦！"

权国金恨恨地说："我们凭啥生气？生哪门子的气？犯得着生他的气吗？我们得想办法收拾他了。不过，不是现在，君子报仇十年不晚。"

我感觉权国金真的变了，肚里长牙，笑里藏奸，能屈能伸。

两天后的下午，一辆面包车开进了村，直接去了村委会。

我听说县里派来了村财务问题专项小组。组长是县纪委王副书记。王副书记他们经过半个月的调查，查出日头村财务管理存在公款私存、多头开户、土地出让金没有直接分到村民手中。还有一些企业应上缴租金未及时收取，利用村里的土地补偿金与开发商暗箱操作，造成了集体资产流失，还存在干部多拿多占等等违纪问题。

我、金沐灶和汪树断定，这下权国金算是完蛋了，真的完蛋了。

可是，半年过去，调查处理结果石沉大海。有人说权国金上头有人撑腰。金沐灶急了，沉不住气了，从报社请来两位记者。记者到来之前，金沐灶组织了一批村民到村委会院子里静坐，要求如数兑现土地补偿款。

我也跟过来了，那里的气氛暴烈。那一片黑黑的脑袋，像一片荒芜的原野，一个个怒目圆睁。

我听说权国金恼火了，他指使蝈蝈和邝老板来处理。蝈蝈找来凶神恶煞的十几个人，将大院里的村民围住，喝令大伙在五分钟之内撤离，否则就不客气了。

金沐灶让蝈蝈赶快带人撤走，否则就报警。

蝈蝈一梗脖子说："金沐灶，你总是跟权家作对，对你有啥好处？穷老百姓给了你啥好处啦？"

金沐灶吼道："任何有良知的人，都会站在可怜的村民一边。我一人吃饱全家不饿，我怕谁？"

蝈蝈晃了晃手中的家伙，说："赶紧给我滚蛋！"

我急了，瞪着蝈蝈喊："兔崽子，谁滚蛋？"

汪树冷冷地喊："蝈蝈，你个混蛋！快滚蛋！"

蝈蝈回头也是无望，只好以命相搏了。他对手下弟兄歪了一下脑袋，立刻，那帮小子挥舞着手里的刀棍，一边吆喝着一边对静坐的村民又踢又踹，大打出手。

金沐灶大喊："住手！"

蝈蝈大喊："打！"

混蛋小子们举起的棍棒没轻没重地落在了村民的身上。

村民们起身躲闪，来不及了，众人厮打起来。

我的心揪紧了，身上一阵阵发冷。

我看见蝈蝈手里的砍刀砍向一村民的右臂。危急关头，金沐灶挺身而出，飞起一脚，踹飞了蝈蝈手里的砍刀。

蝈蝈一个趔趄，砍刀当啷落地。"文革"那阵，金沐灶就用飞脚踢过腰里硬，这么多年了，他的腿脚功夫还没废掉。蝈蝈的两个手下号叫着，挥舞着棍棒扑向金沐灶。

我急中生智，大喝一声："警察来啦！"蝈蝈和他的手下全都一愣，一齐朝院门口看去。

我正寻思着下一步该咋镇住蝈蝈，却看见好几个警察，真的冲到了蝈蝈那帮浑小子跟前。

一个警察喝令："放下凶器，全部抱着脑袋蹲下！"

蝈蝈这帮兔崽子全都被镇住了，乖乖放下刀棍，抱着脑袋蹲了一地，不敢动弹了。

3

一波未平，一波又起。披霞山铁矿十五根雷管被盗。

好事不出门，坏事传千里。事儿一传开，日头村一下子紧张了。听说镇长、镇派出所所长和权国金、汪笨湖都去了，县公安局还派了侦查小组。权国金陪同警方去了披霞山铁矿，搜集了几条可疑线索。

我跟金沐灶说了这事："我担心啊！"

金沐灶一愣说："这个案件，跟我们有啥关系？"

我的心一沉："我担心汪树这孩子会出事。"

很快，证实了我的预感。铁矿仓库保管员说，有一天汪树来过矿上。权国金怀疑汪树。村里有人听见汪树口吐狂言："逼急了，我就拿炸药轰了你们！"

汪树被镇派出所给抓走了。

听说汪树被带到镇综合治理办公室。

我跟着去了，权国金也赶过来了。我站在门外能听见权国金跟汪树说话。权国金说："汪树，你以后想咋办？"汪树说："我没有太高的奢望，就想要回属于我的钱，回深圳打工，买房娶媳妇。"权国金说："如果我给你钱，你能答应我一个约定吗？"汪树说："你说！"权国金咳嗽一声，严厉地说："别看你和金沐灶都是状元，你跟他不一样。你拿着钱，立马走人，从此消失，不要让我再见到你！"我听着吓了一跳。权国金在挑唆汪树？权国金眨眨眼睛，说："如果我发现你跟金沐灶搅和在一起，咋办？"

汪树大声说："这是我的家乡，我有出入自由，我不会答应你的！"

权国金说："你想学金沐灶，跟我对抗成瘾？"

汪树哈哈笑了："高抬我了，人家沐灶哥是啥人，我学不像，也学不了！我这小身板，不具备人家大义凛然、视死如归的气势！"权国金嘿嘿一笑说："你倒也诚实，不说假话。"

汪树沉默了一会儿说："当年，你爹和你哥暗中收拾我的时候，我得了抑郁症，整天想着跳楼，是金沐灶挽救了我！但是，从此我也有了怪毛病，瞅见邪恶的东西就恶心。"

权国金火了："你跟你爹一个脾性，你到底要干啥？"

汪树将牙齿咬得咯咯响："我相信邪不压正，在日头村，你们给我上了一课。你干的事不得人心，你们权家不会永远兴旺，有你们走败势的那一天。我等着那一天，盼着那一天——"

权国金骂了一句："畜生！"他憋红着脸出来了。

我上去劝说："国金，他爹都没了，你就放过他吧！"

权国金说："爹，我想放了他，可他死活不交出雷管，以后出了大事，谁也兜不住哩！"

我呆愣了半天，心里不踏实，决定去找金沐灶。

第二天早上，我找到了金沐灶。这天刮了黄风，卷起黄色的烟柱，旋转着飞向天空。进金沐灶家门时，我还不时扭头"呸呸"地吐沙子。金沐灶沉默一阵后沉痛地说："汪树这孩子，我了解，他们看错人了，他不会偷雷管。我让他离开日头村，可他就是不走。这次要吃苦头了。轸叔，您放心，我一定救出汪树！"我愁肠百结，他咋救汪树呢？

金沐灶带着我到镇政府找到镇长，镇长躲了，派出所所长一口咬定汪树是偷雷管的，死活不放人。派出所警察和联防队员正在审讯汪树。我们听见警察的吼声，高一声低一声，说出的话越来越难听。

夜黑黑的，极静。我陪同金沐灶在外面转悠。

夜里不再审查汪树，两个联防队员看护。后半夜，看守汪树的联防队员打眅，金沐灶跳进去从窗口救出了汪树。

黑暗里，金沐灶带着汪树奔跑，我腿脚不便，待在暗处，瞅见联防队员从三个方向追来。金沐灶和汪树没影了。

当天晚上，权国金就知道汪树逃跑了。

我偷偷见到汪树，盯着他问："小子，你真的没偷雷管？"

汪树急急地说："真没有！"

金沐灶问："有人瞅见你去矿上了。"

汪树辩解说："我去那里是找朋友办事的。"

金沐灶说："没偷就行，我相信你！"

汪树笑了："穷乐呵，富忧愁，心里没鬼怕个球！"我问他下一步咋办？

金沐灶说："补偿款少不了，你赶紧回深圳打工吧，不能在此久留。"

汪树说："我不走，我要跟你并肩作战！"

金沐灶黑着脸说："我说过，我是独狼行动，不需要你，赶紧走！"

我也催促着："汪树，你赶快走吧！"

见我们焦急的样子，汪树点头了。

转天早上，天刚蒙蒙亮，我和金沐灶亲眼瞅着他上路了。

我咋也没想到，汪树却走上了上访的路。唉，一件事错中出错，会滚出几件事儿来的。后来，听说汪树背着金沐灶到县里上访，县里没有结果，他就到市里上访。汪树这小子是一根筋，他竟然背着我和金沐灶到北京上访告状去了。他单枪匹马的，能告个啥名堂啊？

听说汪树去北京上访，几天没有消息，我急得脊梁骨发冷。权国金也听说汪树到京上访，意识到事情不妙，就去找金沐灶。我误以为是金沐灶的主意，一见面就把他骂了："沐灶，你太过分啦！汪老七就这么一根独苗了，有个闪失咋办？"金沐灶一愣说："难道汪树真的去北京上访啦？"我说："他真去了，权国金都知道了。"金沐灶额头冒汗了："汪树这小子做得太鲁莽！权国金和蛔蛔知道了，还能饶了他？这几天，我去北京找他，把他接回来。"

金沐灶起程了。

金沐灶一走，权国金就慌了，嘴上起了燎泡。

后来，我去村委会，偷听到权国金在和蝈蝈商量对策。

权国金给了蝈蝈两个选择：第一，让蝈蝈把汪老七之死的责任担下来，缓一步再救他。蝈蝈说啥都不同意。第二，权国金又命令蝈蝈，一定到北京把汪树和金沐灶找回来。蝈蝈说："这两人回了村，对我们有啥好处？"权国金像被火烫了一样，说："回来没好处，在北京更没好处！你懂吗？"蝈蝈点点头，没吭声，便悄悄出门走了。

我眼皮跳了跳，感觉不妙。

后来我听火苗儿说，金沐灶进京找到了汪树，汪树不答应回村，也不愿意去深圳打工。两个人争吵了一番，汪树就与金沐灶分开了，金沐灶几天没有丁点儿消息。

我和火苗儿分别打金沐灶的手机，但打不通。

火苗儿给汪树拨通电话，把手机递给我。我哆嗦着问："沐灶呢？"电话里的汪树哽咽着说："他失踪了，我也着急找他呢！"

我心里一吓，连打三个喷嚏。

4

平地一声雷，传说金沐灶死了。

过了十几天，汪树阴着脸抱着金沐灶的骨灰盒回来了。汪树脸上长满胡楂，眼神呆滞。汪树说金沐灶要完成他的独狼行动，至于是啥，汪树一直不摸底。有一天汪树接到一个电话，是朝阳区交通部门交警打来的，先问汪树是金沐灶的啥人？汪树说是亲人。交警说拿到了金沐灶的手机和身份证。原来金沐灶的面包车在路上翻车了，汽车着火了，里边的人都烧死了。

几个骨头架黑乎乎的，无法辨认了。汪树吓得尖叫，惊慌失措。

我和火苗儿悲痛万分。火苗儿听后晕倒，被送进医院。她醒来的时候，还不相信金沐灶真的会死。后来，我听火苗儿说，金沐灶死讯传来，权国金情绪波动很大。他悄悄去了父亲的灵位前嘟囔了几句。说的啥，火苗儿没听清。可是，他说着说着，竟然掉泪了。

人死如灯灭，死了也就死了。按日子掐算，这一天应该是金沐灶的"五七"了。火苗儿在我家给金沐灶做了馒头、煎饼和糖三角，分别插上香火，然后供了起来。香火点燃，烟雾缭绕。火苗儿闭上嘴巴，不说话，独自落眼泪。

乡亲们纷纷来到金沐灶的新家祭拜。有人当场哭得鼻涕一把泪一把的。

金沐灶分得的那栋居民楼下，围着一层一层的乡亲们。他们送来的祭品，摆了一圈又一圈，人们崇拜英雄，供奉他们心中的神灵。

槐儿和英子来了。

我没有说话，瞅着槐儿。

槐儿流着眼泪说："主啊，你用仁爱恩惠接纳我舅舅高尚的灵魂吧！"说着，在胸前虔诚地画着十字。

杜伯儒望着金沐灶的遗像，忍不住撕心裂肺地哭道："本是同根生，相煎何太急啊！"

我愣了，老杜为啥这样说？难道他知道其中秘密？

老田埂一跪，泪流满面："沐灶，你一路走好啊！"

权国金见到这一切，恼羞成怒。

都说我老轸头眼观六路，耳听八方，听到的竟是奇人奇事，但当我听蝈蝈说到火苗儿的奇事，还是呆傻了。

昨晚火苗儿捅了权国金两剪刀！

消息传出，全村皆惊。各种议论传得飞快，有人欢呼，有人丧气，有人担忧。还有人说，火苗儿跟权国金闹离婚呢。听着风传，我嘴唇颤抖，说不出一句话。

我急匆匆找到火苗儿，没鼻子没脸地质问她："这都是真的？"

火苗儿脸色蜡黄，身体消瘦，火热的眼睛变得沉郁、深邃。她冷冷地说："您听谁说的，国金说的？"

我不耐烦地说："谁说的不重要，我生气的是，你都多么大岁数的人了，咋还有这么大的火气？为啥呀？"

火苗儿说："国金一回家，我就冷脸质问他，汪老七家强拆，是不是他下的命令？国金毫不隐晦，说是。接着，我对他吼，问他为啥下这样的命令？"

我问："混账，他咋说？"

火苗儿说："他说为了日头村的老百姓。我还问他，金沐灶是不是他害的？"

我浑身一哆嗦："你竟敢这样问他？"

火苗儿鼓起勇气说："我预感到，沐灶是他指使人害的。我大骂他为了所谓的政绩工程，乱用权力，盲目决策，急功近利。骂他与邝老板的利益集团阴狠、贪婪，搜刮百姓！"

我叹息一声："唉，他到底是咋想的呀？"

火苗儿说："我继续质问他，金沐灶是怎么死的？"

我的心吊了起来，问："他咋说？"

火苗儿说："当时，他大骂了一通金沐灶。我气炸了肺。我一声疯叫，从裤子底下摸出一把剪刀，抡圆了胳膊朝他的身上捅去。他一躲闪，剪刀扎在他的右腿根上。我闭着眼，拼命扎了两下，一边扎一边说，这一剪刀，为了老七叔，这一刀，为了金沐灶！国金大睁着眼睛望着我，像是呆傻了一样。他马上捂住伤口，血从他的手指缝里簌簌地流了出来。"

我心跳加速，心中寒气凛凛："你呀，国金是你的男人啊！"

火苗儿缓缓地说着："国金捂着伤口走了，血流了一地，血腥气直钻鼻子。我一下子跌倒在床上晕了。爹，您知道，我最怕的是血啊！"

"你，你咋能干这傻事？让别人看笑话呀！"我心中难受，气愤地吼着。

火苗儿惨淡一笑，两行泪水涌出来："爹，您骂我吧，您打我吧！"

我抬起头来："爹不骂你，也不打你。你让爹害怕，让爹害羞。你还是我们汪家人吗？你还是我的闺女火苗儿吗？"

火苗儿哽咽说："我是汪家人，我是火苗儿。爹，你不能糊涂下去了，金家和权家争斗，汪家不是局外人。你想想，日头村这些年发生的大事，哪个能躲得掉？汪家人是欠账的，欠账越多，包袱越重啊！"

我听了心头一震，不知说啥了。

当天晚上，我过去看望权国金，毕竟是火苗儿伤害了他。

我发现，权国金在房间里鼓捣着什么，满桌五颜六色的盆盆罐罐。他的脸呈现着一团灰气。他在看照片，那是一堆女人脚丫子的照片。

权国金对着大姐的照片，缓缓地说："大姐，我的老婆，在那个世界你还好吗？跟你说，我受不了啦！昨天，你妹妹火苗儿用剪刀把我扎了。她为啥这样对我？我太孤单，太苦恼了。我知道，人到中年最可怕的是啥，就是内心的恐惧。而战胜内心的恐惧多么艰难啊……"

我听着浑身发冷，不知道咋搭腔。

火苗儿轻轻走过去，说："跟我姐说什么假话呢？是不是害怕作孽之后老天对你的惩罚？"

权国金扭头说："火苗儿，我不怕惩罚。我赢了所有人，却输掉了你。这是我最大的失败。"

火苗儿说："你是成功者，金沐灶才是失败的。"

权国金说："你在说反话。等待，并不容易；伤害，轻而易举。一个人，一个村庄，是你一生的心痛。看来你对他还是不死心啊！"

火苗儿说："不是不死心，是死不了心。"

权国金脸色非常难看："我承认，我输了。喜欢你就输给你，愿赌服输，血本无归也认了。"

火苗儿哼了一声："我替我姐说两句吧，这话我憋了很久了。我姐姐活着的时候，并没有得到你们权家的认可，她在你家没有地位，其实是被压迫的对象，她死后是凭借自己这只脚翻了身。表面看来，我们汪家为此而光荣，可实际呢，她成为你们当权人控制别人的道具。以荣誉控制老百姓，吸引他们不离你们权家左右。我姐是一个多么善良的人，死去的人，你们都不让她安生，还有比这更残酷的吗？"

权国金惊奇地说："我对你姐不好吗？谁死后有她这样的待遇？"

火苗儿愤怒了："待遇？是谁决定违规用汽车运输铁水的？是谁制造了她的死？"

提到大姐，我心中一阵难过。

权国金痛惜地摇头说："不是权家人，是钱，是为了挣钱啊！"

火苗儿的脸仰起来转动着，最后目光落在权国金的脸上。权国金害怕极了，不敢迎视火苗儿的目光。

过了一会儿，火苗儿摆着手说："这些年，我跟着你这个有钱的人生活在一起有过欢乐吗？好了，不提过去的恩恩怨怨啦。"

权国金脸色转换的一瞬间，极其难看："恩怨不提不中啊，我跟你说，你跟金沐灶的悲剧不就毁在'文革'的恩怨上吗？如果他不夺我爹的权，如果你哥不一锤砸死金校长，如果如果，太多的如果成立的话，会是啥结局呢？所以我说，别相信别人，这世界上能救你的，只有你自己！"

火苗儿眯着眼睛："有时候，我颇为自豪地想过，人间大概很少有女人像我这样幸运，从小受宠，能爬树，地里打滚，玩火绳儿，唱评剧，有那么多好伙伴，我从来不孤单。我听着爹敲打的钟声长大，知道红嘴乌鸦的故事太多了，我把这些永远珍藏在心底。自从跟了你，一切都变了，变得十分糟糕。起初，我想我有能力真心爱上你，过上富有而充实的生活。可是，最初行动起来，我有些急切，身心有了莫名的烦躁，而且产生了一些不切实际的想法。当我对自己产生了怀疑时，心里的一个声音在说，火苗儿，你要忍一忍，忍一忍。可是，事与愿违，一个声音像天启大钟一样警告说，我们不可能坚持到底了。国金，我真的坚持不住了，还是让我回到原来的生活吧，我们都忘掉这些吧——"

权国金红着眼睛说："这能忘记吗？你跟金沐灶重新搅在一起，给我戴了绿帽子，这能忘记吗？"

火苗儿看了权国金一眼，她的眼里含着伤感："我并不想伤害你。因为你心里装的只有权力，给予我的只是钱。可是，你对男女细腻的感情一窍不通。"

权国金近乎是大喊了："不是我想不通，而是我不想知道！"他的声音很大，犹如开了一枪。

火苗儿严厉地说："不，你啥都想弄个明白，没完没了地刨根问底。"

权国金耸耸肩，叫道："别说了，这一切全是做戏！那个迷途的夜晚让我胡思乱想。我模模糊糊地感到，虽然你比你姐漂亮，但是你令我迷恋的地方一定跟你姐姐是一样的。金沐灶对不住你，我发誓，一定把你娶过来！"

火苗儿长长叹了口气，说："透过表面看本质，你不是一个懦弱的人，你是个有心计的人，你对这个世界是充满仇恨的。可这种仇恨从哪儿来？我真的还不知道。你这个家伙，人格分裂到了何种程度？不懂你，甚至连你爹都不懂你这个儿子。我说得对吗？"

权国金紧张而发愣，猛眨巴眼睛。

火苗儿气愤的时候，脾气很暴躁，在地上来回走动。后来她慢慢恢复了常态，坐下来继续说："你知道，我不是吝啬鬼，那些年只管唱戏，脑子里没有钱的概念。后来进了你们权家，生活在权力和金钱集中的家庭里，慢慢地我也在乎钱了。钱使人能得到好车、好房、好的穿戴，甚至虚荣。我也曾发誓要努力去爱上你。这些年来，我的努力你一点儿也没有感受到吗？"

权国金的神情慢慢恢复起来，声音渐渐增大："我没有觉得，如果是你说的那样，你还会找金沐灶吗？"

月光如水。火苗儿被噎住了。她眼睛里聚着泪："好，我知道了，知道了。"

世间没啥秘密，我在幕后看得清清楚楚。

我知道事情弄得不可收拾，对火苗儿来说也是致命伤。她整日以泪洗面，夜晚无法入睡，连戏都唱不下去了。

权国金像中了魔怔似的说："你知道我这人有个毛病，不知为啥，喜欢看女人的脚，大妞死前我就爱看她的脚，她的脚真好看。大妞的死，击垮了我，也让我失去了男人的本事。你不知道，我在树林里偷偷大哭了一场。但我的野心计划谁也没看出来，人们都被我笑眯眯的假象迷惑了。我要金钱，我要美女，我更要权力！"

火苗儿说："这都是天意，当然更是你自己造成的。"

权国金激动地说："这是啥天意？一个没有欲望的人，却与金沐灶争夺你。我与大哥争夺权力，我没有力量控制自己的这种争夺。我娶了你，我当了村支书，表面看，我风光了，我胜利了，但是，我并不快乐。这是过的啥狗屁日子啊？"他说话的声音冷冰冰的，像深谷刮来的凉风。

火苗儿眼睛渐渐红了，她说："如果真是这样，那我就受骗了。你欺骗了世界上一个最纯洁的人！"

火苗儿站了起来，深深地叹了一口气："你不承认真理，在你心里就等于没有真理。当我跟你提出离婚的时候，你怎么想的？"

权国金辩解说："我外表强大，其实，我的内心非常软弱。那些日子里，我深受折磨，感觉自己被撕成两半。在我看来，同意离婚，成全你和金沐灶，那就意味着，你们夺走了我对生活的最后依恋。"

火苗儿激愤地望着他，摇了摇头："这不是你的全部原因。"

权国金结巴着说："后来我同意了，但我爹不答应。"

火苗儿点点头说："在日头村，你爹有着无法动摇的权威，他是村里的权力中心，他就是日头，所有人都要围着他转，所以其他人的牺牲可以忽略不计。你想想，这正常吗？难道你对你爹就没有一个真实的评价吗？"

权国金仰脸狂笑了："我的评价，跟金沐灶的评价标准肯定不同。我爹是日头村的强者，是一代枭雄，他是我崇拜的偶像！你看一看，全国那几个农民英雄，哪个能笑到最后？还不是我爹权桑麻！如果我不是这样认为的，我能整天装着他的那块骨头吗？"

我愣了愣，听到他说骨头，我还是想插一嘴。

此时，我又不能说话。杜伯儒告诉我，骨头被叫作种性。佛教把骨头看成是和门槛相关的一种东西，跟佛门讲的慧根一样，都是先天的素质，跟前世修行的境界有关。杜伯儒的道门讲，气入骨为仙骨。根骨即为仙骨，根骨好了修行能够事半功倍。人身上有头颅骨、躯干骨、上肢骨和下肢骨，按照权桑麻的遗嘱，权国金收藏了他爹的一块脊骨。

其实，我跟踪这事有些日子了，权国金有时就把那块骨头放在桌子上。火苗儿跟我说过，有一天晚上，骨头竟然放出蓝光，将她吓了一跳，她惊慌中给放到一旁。权国金喝了酒回家，骨头没了，他惊慌了，瞪着眼睛四处寻找。他从抽屉里找到了那块骨头，手捧着，深深鞠了一躬，然后啃了一口，嘴巴一下一下动着，接着又用红绸布包裹起来装进衣兜里。

火苗儿愤愤地说了一句："我讨厌你吃骨头！"

权国金却不气不恼，满脸堆笑："我要跟你说说我爹的这块骨头。起初，你知道它对于我有多重要吗？我靠着这块骨头从大风大浪中挺过来了！我答应过爹，我要永远带着它。它不是骨头，它是我的尚方宝剑，是我的精神支柱。其实人们并不怕我，但都怕这块骨头！"

火苗儿恨恨地说："骨头的事，是你爹临终的安排，你被你爹欺骗了，你中邪了。依我看来，那块骨头像阴风一样不可靠。"

权国金两眼通红，疯狂地叫嚣起来："我是权家的后代，只要我不在阴沟里翻船，只要上级一天不撤我的职，我就要牢牢地抓住权力。谁挡了我的路，我就要像我爹那样消灭谁！金沐灶占有了你，打着灯笼气死我爹，在大拆迁中闹事，阻止挖湖，鼓动村民查账，索要补偿款，处处跟我作对，他消停过一天吗？但他不会成功的。如果不是他救过我的命，他都会死一百次了。我可以告诉你，我违背了爹的意志，答应金沐灶建设魁星阁，是出于两方面考虑，一是你火苗儿的面子，一是他的救命之恩。以后我与他扯平了！"

火苗儿平静了许多，喃喃地说："扯平了，扯平了，天下为什么总有扯不平的事？"

听着他们的对话，我的呼吸紧促。

权国金说："火苗儿，我要感谢你这两剪刀，把我扎醒了，你让我彻底放下了，身心好轻松啊！我们即将分开，我不在乎啥了。今天让我说个痛快。你不知道的事情太多了，今天都告诉你。大哥最早被爹信任，得益于他比我凶狠。生活逼我玩弄心计，阴险毒辣，手段阴毒。说一说我与大哥的生死较量吧。你知道蝈蝈的腿是咋瘸的吗？那是我给弄的。本来我是想整大哥的，大哥被爹确立为接班人以后，我死的心都有。"

火苗儿眯着眼睛说："记得那时候，你一直微笑，偶尔还跟我哼哼两句评剧。唉，说这有什么用，一切都过去了！"

权国金说："是啊，我内心恨到极致的时候，总是微笑。"火苗儿愣了愣："那你对我微笑的时候，也在恨我喽？"权国金说："是啊，你想想，当我发现你跟金沐灶勾搭在一起的时候，我是不是一直对你笑着？"火苗儿想了想说："你太阴险了。不，还接着说你和大哥的事情吧！"

权国金咬牙切齿地说："袁三定送给我家的一匹枣红色汗血马，你记得吧？我大哥要去披霞山牧场骑马，我在汗血马身上捣了鬼。我让人在马身上注射了一种药，一个小时就会疯狂发作。那一天，大哥骑了一阵下来接电话，蝈蝈刚骑上去不久，马就疯了，蝈蝈被摔下来啦！那腿治了两年才好。"

这事儿我略知一二，原来是权国金捣的鬼！

火苗儿战栗了，颤着声音吼："你，你怎么能这样？快说，你还犯下了什么罪恶？"

权国金的嘴角上带着几分悲苦的笑容："天哪，你这话说得有多难听啊。"

火苗儿耸动着双肩，无语。

权国金无奈地说："你说让我能怎样？就那么一个位子，不是我大哥完蛋，就是我完蛋！我若完蛋了，还会有今天的一切吗？"

火苗儿想尽快结束这场心惊肉跳的谈话了："好了，你别说了，别说了——"

权国金脸色铁青，咬着牙继续说："火苗儿，我还要跟你说一个秘密。爹临终之际，叮嘱我不要忘记仇恨。我忘记了，但我学到了仇恨，可我一直不知道为啥要恨？你看我是疯狂追求权力的人吗？这都是大哥他们逼出来的。开始，我对自己的危险处境一无所知。权大树几次加害我，我还傻着呢。但是，我有我的高招儿。我反败为胜了！"

火苗儿鄙夷地说："你有啥高招儿？不就是听杜伯儒的，吃屎喝尿嘛！"

权国金不气不恼："这都需要心计。我还告诉你一个秘密，那就是我的耳聋。汪老七死后，我大病了一场，高烧四十摄氏度，高烧退去以后留下了一个后遗症，耳朵聋了。服了杜伯儒的药，只有喝酒的时候聋。"

火苗儿说："那是高烧后遗症，这有啥秘密？"

权国金嘿嘿一笑："实话跟你说，耳聋其实很快就治好了。我喝酒的时候，别人以为我听不见，其实，我啥都能听见，但我不说，还故意戴上了助听器。这是我的保护伞。"

火苗儿恨恨地说："你太有心计了！"

我听了脑袋轰地一响。他忍了这些年，装了这些年，为的啥呀？

权国金说："杜伯儒说过，凡事都有个限度，超过限度就可能出大事！几次我都在屈辱中反败为胜，靠的啥？靠的就是心计。靠的是我喝酒装聋的巧妙掩护。"

我听着头皮发麻，真相原来是这样啊！

火苗儿恼怒地说："你藏得够深的，这我还真没看出来。"

权国金得意地说："火苗儿，这掩护来得太晚了，早用上多好。大丈夫能屈能伸。我爹病时，你以为我吃屎尿是出于孝心吗？娘个×的，那是我的一次赌博。抓住机会的本领我是有的，但是机会也给我带来了凶险。这场赌博之前，我去状元槐和天启大钟那儿走了一圈，我跟老槐树说了很多的话。钟响了，好像是一只红嘴乌鸦飞过头顶，那可是黑夜。你想象不到，那是怎样惊心动魄的暗示！我的眼前一亮，心中有底了，急匆匆赶回医院。我爹要是死了，我会输得一败涂地，我爹活了，我就赌赢了！"

火苗儿不屑地说："你这样的人，不配得到红嘴乌鸦的祝福。对你的所作所为，我只能送你伪善两字。你伪善的日子太长了，已成习性，深入你的骨髓。当然了，没有你的伪善，也没有今天的所谓胜利！"

权国金赤裸裸地说："我也输过，输在了金沐灶的身上。对于金沐灶，我还有一个恶毒的计划，把他当魁星供起来，就像我爹对待汪树一样，让他自己精神崩溃而死。多年来，我为没有勇气实施这个计划而后悔。"

火苗儿心中惴惴的，哀叹着："你别说了，人心太可怕了，你应该回心转意，应该改邪归正！"

气氛紧张僵硬起来。

权国金一脸诡笑，避而不答。

火苗儿吼着："说呀，我要你回答！"

权国金惊了一下，有些恼怒："你想想你是谁？我想想我是谁？你叫我改邪归正，你叫我忏悔，弃恶从善。我倒要问你，什么是恶？什么是善？"

火苗儿说："你的心理太阴暗，该成一个阴谋家啦！"

权国金哽咽着说："火苗儿，我的爱妻，求求你，别这样看我。我一步步走到今天，都是由你陪伴过来的。我心中明白，我的生活完全毁掉了！一天一天过去，我们都在等一个时刻，那是我遭到报应，受到惩罚的时刻，我整日提心吊胆。可是，这个可怕时刻终于来了。我们俩的试管婴儿毛毛，竟然是个毛孩子，跟毛嘎子一样的毛孩子！我心里凄凉又无可奈何，越是残疾的孩子我心中越疼他，我想做母亲的你也一样，可是他却死了，你知道我有多难过吗？难道这是报应吗？"他忘我地倾诉，句句血泪。

我听不下去了，这些话题太窝心了。

权国金忽然嘿嘿冷笑了一声，说："我找杜伯儒给你算过命，你与金沐灶都是没有后代的命。"

我听着，头皮一麻。他也找杜伯儒算卦？

权国金说："老话说得好啊，男人面相有两张，一张在脸上，一张在裤裆。此前我以为男人裆里的家伙跟脸面是连着的，可我裤裆的家伙废了，还有啥脸面可言？是你汪火苗儿，给了我这个脸面。现在我认为最危险的时刻过去了。你那两剪刀，也把我扎醒了。事实证明我们不是一路人，你可以离开我了，你走吧，你是属于金沐灶的。如今我明白了，一个男人的脸面不仅仅是女人，还有权力和财富。"

火苗儿冷冷地说："你没说真话，脸面对你还重要？就是这个面子把你给害了。平心而论，你没法跟金沐灶比，他整天想着日头村的出路，探究人怎样才能活得更好。而你呢，为了权力，要尽手腕，你将把我们的日头村带往何处？"

权国金说："何处？上楼呗，过上富裕的好日子。"

火苗儿哼了一声："你不觉得自己有愧吗？"

权国金惊讶了："我愧从何来？难道，在你眼里我就这么失败吗？"

火苗儿厉声吼着："不是失败，而是鄙视，我从心里鄙视你！"

5

春天的傍晚，大地回暖。杏花、桃花和槐花陆续开放了，纷纷扬扬，芳香四溢。这个时节，金沐灶意外地从北京回来了，他是悄悄进村的。火苗儿眼尖，冲着金沐灶呼喊着蹦了起来，紧紧搂住他的脖子。

我瞅见金沐灶喜出望外，忍不住洒下一汪泪水。

金沐灶松开了火苗儿，风趣地说："我呀，歪嘴葫芦邪命长，我还活着，真的活着。"

火苗儿揩着眼里的泪水，紧紧抓住金沐灶的手。

火苗儿苍白的脸色略带微笑："谁害了你？你是咋活过来的？"

金沐灶摇着头，喃喃地说："说来话长，人心险恶呀！"

我望着金沐灶说："乡亲们要是知道你还活着，指不定多高兴呢！"

金沐灶微微一笑："哎，我昏迷了二十来天，醒来的时候，才感到生命的可贵！事实越来越清楚，权国金在建高楼中勾结冚老板，侵吞土地款、巧取豪夺的卑鄙勾当被我查出来了。罪孽，罪孽深重啊！权国金如果自己醒悟，坦白罪过，悔过自新，还有救赎的希望，如果一意孤行，只有死路一条了！"

我和火苗儿静静地听着。

金沐灶说："日头村现在到处都是建楼工地，表面看着挺繁荣，其实这里哪有那么多流动人口？哪有那么多人买房？如果这样疯狂开发下去，地产不仅会崩盘，还会出现鬼城。如此下去，不仅害了乡亲，也害了自己！"

火苗儿说："快说说，你是怎么活过来的？"

金沐灶声音艰涩地说："唉，我这次历险，说起来简直是传奇故事。那天黄昏，我去国家信访局告状，在北京街头我的包丢了，手机和身份证都在里面。后来那个偷我包的人出了车祸，他坐的那辆车翻车起火之后，交警发现了我那没有烧毁的身份证，按照手机上的号码找到了汪树。一切都是误会。汪树抱的那个骨灰，不是我。"

火苗儿一愣，问："你是咋昏迷的？"

金沐灶叹息了一声，说："在北京我住在一家简陋的宾馆里，被一只毒虫子叮咬，起初没在意，后来感染到脑部，被送到医院抢救，差点儿就见阎王了。"

火苗儿呼出了一口凉气，破涕为笑。

金沐灶说："九死一生，总算有收获。我和汪树告状，在北京没有进展，却惊动了市长。市长接见了我，也给县领导批示了，对日头村的问题要进行严肃查处！"

我和火苗儿都为他高兴。难道权国金的路真的走到头了？

金沐灶盯着火苗儿的眼睛，想了想说："我们三人的事情，生生死死，闹得满城风雨。不知为啥，我爹死后，我虽得了晕血症，胆子却越来越大了。据说晕血的人都爱思考问题。'文革'中我是积极分子，勇猛过，英雄过，也犯下了难以饶恕的罪过。我后来想，积极分子就是杀手！你哥哥猴头是杀手，我也是杀手，权桑麻更是幕后杀手！"

火苗儿含泪咬住嘴唇，说："这罪孽，同时扼杀了我们的爱情。"

金沐灶的脸有点儿灰暗，他皱着眉头说："火苗儿，我对不起你。我不配提爱情。烧掉魁星阁、砸毁天启大钟的时候，日头村人的心里是不是黑暗一片？是不是到处充满仇恨？可是谁来化解仇恨？谁来拯救苦难？流血的悲剧还会在日头村重演吗？我以为没有'文革'，悲剧就不会重演了。然而，我错了。事实远不是我们想象的那样，你姐姐大妞留下的那只脚、披霞山铁矿流血惨案、披霞山大火、汪老七的死、大拆迁中的强暴、失地农民的眼泪，这都是悲剧啊……"

火苗儿用牙齿咬着嘴唇，痛惜地摇了摇头："你太苦了，活得太苦了。金家出过金状元，金家人有不畏强暴的传统，你不也正是这样嘛！"

火苗儿深情地望着金沐灶说："如果我离开了权国金，你会把我娶进金家吗？"

金沐灶张开双臂，紧紧拥抱着火苗儿，泪水涌流："火苗儿，我娶你！"

6

我来到金沐灶所属的星宿箕宿。

梦想开始了，梦能把天顶得高远，也能把大地压得深厚。箕宿闪着紫色的光，说明金沐灶做着花梦，而远处的柳宿闪着黄光，说明火苗儿也做着花梦。

夜空中的两颗分置两地的星宿怎么会回收两个同样的梦呢？

我明白了，柳宿是火苗儿的星宿。我不去管柳宿只能先去触摸金沐灶那强悍的灵魂。

那一刻，我怔怔地看着金沐灶，他满心烧灼，一脸皱纹，白发盖住了双鬓。金沐灶没有看见我，他的眼睛凸出来，眼白上有无数血丝缠绕。他的梦开始了。我想知道金沐灶是否在他的宅院里掐着喉咙唱皮影戏，我想让他嘶哑的吼腔钻进我的耳朵（我常在夜里想起他的面容，发出深深的叹息）。

我很爱听他唱皮影。他除了《五峰会》还能不能唱点别的？

灾难过后的日头村死气沉沉，人们行走的身影像鬼魂。金沐灶怎能有唱皮影的心情？

老轸头的钟声响了，钟声传遍了村庄的每个角落。钟声里我的声音失灵了，只有金沐灶和火苗儿的争吵声。

日头村麦地里刚刚下过一场与隆隆雷声并不相称的小雨。雨过天晴，但是日头尚未爬上披霞山，朦胧而神秘的雨雾在村子上空游荡。

村里的鸡就一声声啼叫了。

一群山羊出了村庄，在小路上走出一条白色流线，就好像一条白云在流淌。微微的日光下，忽然下雨了（日头村常常出现顶着日头下雨的天气）。金沐灶把雨伞递给火苗儿，也不知这伞是挡雨还是抵挡烈日？

火苗儿拒绝了雨伞，她在雨中浑身湿透，神情哀伤。火苗儿穿的衣裳是鸳鸯戏水的图案。

金沐灶率先说话，打破微妙的平静："火苗儿，我有好多话要跟你说。"火苗儿的神态很微妙。两个人怎样回到房间里去的我没有看清楚。他们来到了金沐灶在日头村的老房子里。

金沐灶将毛巾递给火苗儿，她擦了一下脸上的雨水。

金沐灶诚恳地说："我承认，是我爹最后那一口血喷在天启大钟上，改变了我后来的生活轨迹。此后我常常梦见血花飞溅，就像有无数只血燕飞起来一样。我要报仇，所有不幸从此开始了。"

我终于明白，那些掩埋在历史尘埃中的血腥，谁要染指一点儿，哪怕就一点儿，就会耗掉一生。

火苗儿抱着金沐灶哭了。过了很久，她默默注视着金沐灶，那目光里充满怜悯、迷惑，还有无法泯灭的崇敬。火苗儿独自熬日的苦寂像远天一样无边无际。她哭喊道："亲爱的人啊，你应该能听到我内心的呻吟。我为人性的弱点感到悲哀，我太累了，飞不起来了。你走吧，以后我在凡尘里哭泣你还能听得到吗？"金沐灶说："我会听得到，因为那是星星与星星的交谈，我已经和死亡订下一个契约，在未来的日子里，我俩变成不朽！"

金沐灶的身影朝着云顶飞去，渐渐消失（是云顶清寂的黎明消散了他的梦，还是他的梦进入了云顶黎明的清寂）。金沐灶在飞往云顶的途中受阻，只得向云顶仰望行注目礼。他要听从神的预言和指引，要经历一次涅槃式的飞翔……

神灵已经远去，随着时间的流逝日头村开始营造魁星阁的神话了。

不知为什么，我这里却陷入黑暗，黑暗中没有梦，也没有幻影。黑暗后边是黎明。黑夜连着白天，白天连着黑夜，循环往复。我发现金沐灶身后还有人，那是谁？那是谁？一颗一颗的星星闪烁不定，一片一片的名字已在历史中淹没了。

星宿在天上，无限遥远。偌大的天体，会永远转动着。忽然，金沐灶拿起毛笔用书法写下了毛主席的诗词："大雨落幽燕，白浪滔天，秦皇岛外打鱼船。一片汪洋都不见，知向谁边？"他将墨迹送给了火苗儿，火苗儿接过来如获至宝。

黄昏众鸟已归巢，这是否定与怀疑的时刻（它既不是黑暗，也不是光明，人与自然朦朦胧胧地重叠在一起），铅灰色的云慢慢变红，整个云顶变得红彤彤的。这时出游飞翔的只能是红嘴乌鸦。忽然，一只红嘴乌鸦飞来，它的漂亮无法言说。

嘭的一声，钟响了，金沐灶的梦醒了。

我轻轻放下肉翅舒了口气，鼻子一酸，落下泪水。

星光闪烁的时候，我真的迷乱了，我分不清究竟是夜晚烘托了星星，还是星星点缀了夜晚？从此以后，我再也分不清梦里梦外、天上人间了。

第十一律 夹钟

1

晒日头补钙又杀菌。我每天都晒一阵，晒得后背热烘烘的。正晒着，听说权国金的老娘一枝花死了。

我身体冰凉，鬼魂附体似的。权国金无比悲伤，但是，还有一个特大问题让他纠结。老娘在四十分钟前接到一个陌生电话，是一个掐着嗓子的男人的声音，告诉一枝花，权国金在拆迁中贪污补偿款，遭到撤职、围攻。一枝花一急，就犯了心脏病，瘫坐在地上，撒手而去。权国金急切地找我，要我帮着分析，会是谁偷偷给他老娘打了那个恐吓电话？

我分析来分析去，也没得出个结果。权家在拆迁中仇人太多了。

权国金痛心疾首地埋怨老娘："咋就那么轻信了匿名电话，不给我打个电话核实情况呢？"我白了他一眼："核实，老太太找谁核实？"

权国金唏嘘一阵，仰望天空自语："爹，儿子记住了，往后只要到了关键时刻，我就啃一口您老的骨头，逢凶化吉！"

我心里骂："别说他娘的屁话了！"

权国金悲痛地走了，火苗儿跟着去了。

权国金前脚走，金沐灶后脚就展开了调查。金沐灶名气越来越大，脾气也越来越坏。

一枝花入土为安的第三天，金沐灶告诉我，他手里掌握了足以让权国金垮台的有力证据，只是目前不宜公开，要等一枝花百天之后，以示对死者的尊重。金沐灶说："权家完了，谁也救不了他了！"

我对金沐灶哀叹了一声："权桑麻死了，一枝花也没了，你就别恨他啦。俗话说，活人不记死人恶，田地隆起的土馒头，把阳间的账都结了。"

金沐灶倔倔地说："权桑麻的阴魂不散，账就没结！"

我被他说愣了："阴魂？"

金沐灶严肃地说："秃子头上的虱子，明摆着哪！权桑麻的那块骨头还在权国金的衣兜里，说明他的阴魂还在。"

过了片刻，我试探着问："沐灶，别看国金是我姑爷，你说出他的犯罪事实，我一定饶不了他！"

金沐灶满脸堆了笑，说："这我相信。披霞山铁矿为袁三定和权家带来了巨大的财富，也毁了环境。袁三定的钱，一笔一笔都转到美国去了。权家的钱，除了权国金和权大树挥霍，其余钱财都已经被权大树转移到海外去了。还有，村里百姓的占地款，他都把着、占着，农民只能拿身份证每月领取一点儿。这不是奴役乡亲吗？太可恶了！美丽的披霞山被破坏成了一座秃山，不少植被被污染得百年之内都不会再生长了。我已经聘请了一位律师，叫钱国一，他来为咱村的村民拿起法律武器，跟权国金的村农工商总公司打官司，将提留绿化披霞山的经费，把村里拖欠农民的占地补偿费要回来。"

我听了，直吸凉气，暗暗佩服金沐灶的魄力。

隔了几天，我刚到金沐灶的办公室，瞅见了钱国一律师。这时候，金茂才拄着拐杖推门进来了。

金茂才从会计岗位退休以后，过上了半隐居生活。他的脸上生了白癣，斑斑点点。他脸上层层叠叠的褶皱，变浓，变重了。所以他平日里，大门不出二门不迈。他今天一出来，眼睛阴森森，身上带着一股霉味。他主动来找金沐灶，肯定有重要的话要说。金茂才见了我，笑了笑，指了指金沐灶。

我知趣地想躲出去，金茂才咳了一声说："老轸头，你别走哇。"

我就悄悄坐在一边。金茂才与金沐灶出了五服。金茂才又是村里的老会计，现在的新会计马秋芬也是他的徒弟。

金沐灶给金茂才倒了杯茶水说："三叔，您坐。有事吗？"

金茂才头发花白，但眼睛炯炯有神。凭他的身体，好像并不需要拐杖，他挂拐杖好像要的是个派头。金茂才缓缓坐下，慢条斯理地说："沐灶啊，三叔来，不想跟你兜圈子，只想提醒你一件事儿，你就放过国金吧。啥三个亿四个亿的，我当过会计，那土地补偿款都是老百姓名下的钱，只不过分头发放。你捅这个马蜂窝做啥？咱金家几辈人还不都是窝着脖子活过来的？唉，你爹你娘没了，三叔得管你。当农民不容易，国金当支书，更是不容易。你俩从小一块儿长大，老钐头一起给你们开过肩，别因为一个女人过不去，就掐个你死我活的，让人看了笑话。"

金沐灶愣了愣："三叔，你说错了，我是小肚鸡肠的人吗？我是为乡亲们伸张正义啊！我不是跟国金过不去，更不是报我爹的私仇，我是替乡亲们办事。如果支书不是国金，是别人，我也不会袖手旁观的。"

金茂才沉了脸："你呀，随金家人。可是，天塌下来有高个儿顶着，你操这个闲心干啥？"

我在一旁说："茂才，沐灶说的是实话，我懂他的心，他没有害国金，只是为了伸张正义啊！"

金茂才狠狠地瞪了我一眼，回头瞅着金沐灶："你一心筹建魁星阁，三叔挺佩服，你是我们金家的秀才。你跟权家对着干，有啥好处呢？听三叔一句劝，国金当支书不容易，当年你救过他，今天再救国金一回吧。这样，火苗儿也会感激你的。"

金沐灶苦笑了："三叔，您就别操这个心了，这道坎儿会过去的。"金茂才把眼睛闭上一会儿，沉沉一叹："孩子，你跟杜伯儒待这么久，都学啥了？就没品出点儿道家的精髓来？道法自然嘛！"

金沐灶梗着脖子说："我退缩了，乡亲们咋办？出卖了他们，就是出卖良心啊！"金茂才用手里的拐杖戳地，戳得噔噔响，他气愤地骂："你呀，白读书了！生性孤僻，感情用事，你就是一个没有前途的杂种，跟咱祖上的金状元差距咋那么大呢？"

金沐灶说："三叔您别发火嘛，有话慢慢说。"

金茂才指着金沐灶，扭脸对我说："轸头，你都听见了吧，后人不孝，有辱祖先英明啊！"说完，他抬起了头，脸上的神色慢慢变得刚毅，眼神里流露出一丝凶光。

金沐灶软了声劝说："三叔，您别操心了，回去吧，回去吧！"

金茂才大喊："只要我还有一口气，就由不得你胡折腾！"

金茂才跺了脚，悻悻地走了。

几天之后，金沐灶这里出了大事——他聘请的律师钱国一死了。后来，金沐灶告诉我，下午三点来钟，钱国一应金沐灶之约，来到金沐灶在工厂里的办公室喝茶谈事。钱国一喜欢喝茶，爱喝铁观音。金沐灶给钱国一沏了一壶上等的铁观音。他自己喝的是用橘子皮、西洋参和枸杞泡的水。

五点多钟的时候，钱国一要告辞走，谈兴正浓的金沐灶拦住他，说啥不叫他走。钱国一又坐下来喝茶。大概半个钟头以后，钱国一说嗓子眼儿疼，感觉恶心，接着就跑到卫生间里吐了起来，后来越吐越厉害，差点儿背过气去。

金沐灶喊来两个小伙子，把钱律师送进了县医院。医生一查，是食物中毒，赶紧给钱律师灌肠洗胃，折腾了半天，钱律师还是没气了。

金沐灶报了警。

警察初步分析是有人下毒迫害。出了人命，村里村外都惊动了，钱律师的家人也闹得厉害，围了村委会，强烈要求严惩凶手。公安局很重视，县刑侦警察大肖和小李找我和金沐灶调查，询问得非常仔细。做笔录的时候，权国金来了，他对警察说："这个投毒犯是谁？挖地三尺也要给我挖出来！"

两位警察走了，在村里继续查案。

金沐灶脸色苍白，呆呆地坐着。他是后怕，如果那天喝了茶水，死的就是他了。那么，是谁投的毒呢？

可笑的是，我也被列入怀疑对象。因为我是权国金的老丈人。

日头村在炊烟的暮霭中渐渐暗下来，老村变成空心村了。那天傍晚，我到老村的金茂才家找他，想打探一些秘密。

我觉着金茂才最近很怪，想从他这里探听到一点儿消息。

金茂才家的院门虚掩着。院子里静悄悄的。金茂才孤身一人，他家里平日里总是这样死气沉沉的。我直接走进金茂才住的北屋。我一条腿刚迈进去，就吓了一跳，嘴里头"啊"地叫出了声。只见金茂才人站在一个方凳子上，脑袋刚钻进一个绳子做的套子里边。

听到我的动静，金茂才急忙踢翻了凳子，整个身子悬在了半空。

我赶紧冲上去，死死抱住了他的两条腿，使劲儿往上托举着。

金茂才踢腾着腿，拼命踹我。我死命扛住，用力往上一顶，金茂才的身子朝后一仰，人就掉了下来，把我砸了个跟头。

我顾不上疼了，抱起茂才，连声问他："你没事吧茂才？没啥事吧？"

金茂才脸色煞白，大口地喘着气，咳嗽起来。

我赶紧敲打着他的后背。过了好一会儿，金茂才终于恢复了正常呼吸。

我埋怨道："有啥想不开的事啊，至于连命都不要了？"

金茂才哭了，眼泪吧嗒吧嗒地掉了一地，哽咽说："轸头哥，你晚来一步，我就先走了。你不该留下我这条老命啊！"

我眨了眨眼，说："别说傻话，还有比命值钱的？"他说："那我就跟你说说话再走。"我非常生气，质问他："你为啥非要寻死啊？难道做了啥见不得人的丑事？"金茂才低下头不说话了。

我心里沉了一下，追问："你真的做了？真的？"金茂才点点头，泪眼汪汪地看着我，说："我，是我，我有罪，不过，我……不后悔！"我揪住他的衣领，失控地吼："真是你下的毒？"金茂才低下头不敢看我。我捶了他一拳："你为啥要下毒？"金茂才说："这不是秃子头上的虱子明摆着吗，有人想要金沐灶的命呗。"我惊得一身冷汗："你为啥要金沐灶的命啊？"金茂才说："老轸头，你是真糊涂还是装糊涂？因为他想要你姑爷权国金的命啊！"我吃惊地问："谁指使你干的？"金茂才摇头说："没人指使。"我马上想到权桑麻的嘱托，说："难道是权桑麻临终嘱托了你？"

金茂才说："没有嘱托我害人，可权桑麻临死前嘱托了我，要为国金保驾护航！"我立马就火了，骂道："你老糊涂了，保驾可以，可哪能这么个保驾法啊？人命关天啊！"金茂才眼睛红了，哽咽着说："老支书对我太好了，这几天，又托梦给我了，让我帮帮国金，我能不帮吗？我的命都是他给的，再说我的老命也不值钱了。"我叹息着说："你真是聪明一世糊涂一时啊，你本分一生，竟干出这种事来。这不是晚节不保，毁了一世的英名吗？"金茂才说："我的一切都不重要，重要的是国金，你正好来了。老支书不是也叮嘱你了吗，我死后，你这老丈人还要多帮帮国金，他是日头村的旗帜，旗帜不能倒啊！"我流泪了，喘息着说："帮是要帮的，可我没你这么愚蠢。"

金茂才摇着头说："我愚蠢吗？我这叫忠诚，没有你那么滑头。老支书最喜欢对他忠诚的人。保护国金，就是忠于死去的老支书。我给国金办了多少事，你哪知道啊。"

我一愣，问："快说，你还干了啥？"

金茂才断断续续地说："老支书在世的时候，我做了两本账，一本是亏账，一本是正账。如果有人想夺权，想接支书的班，我这本亏五个亿的账就会端出来，就把他狗 × 的吓跑啦！"

我惊讶地问："这是啥事儿啊？你都吓过谁？"

金茂才说："汪笨湖就被吓过。还吓跑了几个想接班的人。"

我问："你吓过金沐灶吗？"

金茂才说："这小子是铁打的，吓不住。不过，沐灶爱管闲事，已经没有权欲啦。"

我听着后脊骨冒冷汗，疯了似的吼："别说了，我算看错你了，亏你还是金家人，你这招也太损了！你对得起金家列祖列宗吗？日头村，留着你就是个老祸害。走，走，跟我投案去！"

金茂才喊了一声："老轸头，你容我一天中吧？我这心里话得跟老支书说道说道，两天后我一定自首！"

我黑着脸说："你个老祸害，不会跑吧？"

金茂才说："我这把岁数了，往哪儿跑啊？"他说着，吧嗒一声，掉泪了。我的心就软了。

金茂才的事一出，权桑麻总出现在我梦里。他在梦里骂我："你个老轸头，为啥跟着金沐灶对付国金？你还有点儿良心没有？你瞅瞅金茂才咋做的？你啊，白让我疼你一回了！"

我在梦中说："我老轸头虽说是糊涂人，但也不能再干糊涂事！"权桑麻扇了我一巴掌说："有你哭的时候！"我捂着发疼的脸哭，鼻涕眼泪一起流，要多难看有多难看。然后又是几天的噩梦，他每一回都扇我一巴掌。他活着的时候，可从没扇过我呀！

后来，我去找杜伯儒，杜伯儒眨着眼，吧嗒着嘴，自言自语地说："权桑麻人走了，魂儿没走！"我愣了愣："老杜，你有啥好法？赶紧把他的魂儿赶走！"杜伯儒说："桑麻在你心里呢，赶不走，但是，你要跟他斗，应该有你的策略。"我说："啥策略？"杜伯儒说："你的策略是敌进我退，敌退我进，神出鬼没。"我啊啊地叫着，灰白的瘦脸变紫了。

回到家里，我就对着镜子发誓，我要把权桑麻的鬼魂挖出来，你不是常常闯到我梦里来吗，那就说明你的魂儿离我不远。我不用铡刀铡你，也要把你碎尸万段。再用火把你烧了，烧成灰，变成烟。

这一夜，我没有合眼。起床的时候，日头露出脸，颜色也渐渐加深，橘黄色变成了深红，一会儿红彤彤，一会儿金灿灿，有时候说不出来是啥颜色。慢慢地，就涨成通红的脸，火一般的红。日头热热地舔着我的心，感觉身子火烧火燎的。我心里折腾个没完，不报案吧，就是包庇金茂才，那可是犯了包庇罪呀。

我咬了咬牙，就去给肖警官打电话报了案。

肖警官和小李来到我家，茶水都没顾上喝一口，就匆匆做笔录。我说得啰里啰唆，他们半天才做完了笔录。肖警官长叹一声："走，去抓金茂才。"小李站起来跟着肖警官走了。

肖警官他们一走，我也待不住了。

这时村口隐隐约约有人喊："不好了，金茂才死啦！金茂才死啦！"

我的心窝好像被啥东西重击了一下，又惊又疼。

我顾不上多想，一溜儿碎步朝村口跑去。村口状元槐下已经围了不少人。人们惊恐万状，交头接耳。

我扒开人群挤了进去，看见肖警官和小李在拍照。日光白花花的，照在金茂才的尸体上。金茂才脑袋、胸脯上血糊糊的，靠在槐树上一动不动，脑袋耷拉到了胸脯子上。天启大钟上的《金刚经》刚才被他抓过，经文上沾满点点血迹，血在慢慢变黑。汪笨湖告诉我："茂才叔是自己撞钟而死的。"其实他不说，我也能看出来。

金茂才气咽了，眼还睁着，闭不上啊。

我找来一张黄表纸，有人还以为我是用血再拓一张《金刚经》，大伙都这样猜测，可是，他们猜错了。金校长的血是圣血，他的血是脏血，我给金茂才脸上盖了这张黄表纸。人的眼睛一闭，再也不能看天，阴间阳间，不过就是一纸之隔。可是，就在这张纸上写画了多少故事啊！

我在心里头骂："金茂才啊金茂才，你这老鬼，你跟金校长不一样，你他娘的可是玷污了神圣的《金刚经》啊！"

老田埂叹息，没头没脑地冒出一句："锤子砸剪子，一物降一物啊！"

我又一转念：罢了罢了，人都死了，啥都别说了。死是他的最终归宿，只是我没想到他会撞钟而死。

这一阵披霞山的空气里粉尘很重，夜色更浓了。流星滑过去，照亮了人们共有的生命轨迹。一时间，金茂才自杀的事件把村人注意力从律师身上吸引过来，焦点集中在权国金的身上。

权国金好像并不在乎金茂才之死。

我过来跟权国金商量金茂才后事该咋办，权国金装得正经地说："爹，他是杀人犯，还厚葬他？天下哪有这样的道理！"我知道，这不是他的心里话，他心中虽敬重金茂才，但又恨金茂才暴露了自己。我也没戳破他，淡淡地说："人死为大呀，他能自己了断，说明他知罪了。"权国金说："他知罪就好，去了阴间，让我爹好好教训他吧！"

我听着好笑，终于说："你爹能教训他？是夸奖他的忠诚吧？"

权国金说："不会，我爹坦坦荡荡，是个爱憎分明的人，他最瞧不起背后下黑手的小人！"

我心里挺憋屈，晚饭都吃不下。

金沐灶来了，手里拎着一瓶二锅头，进屋就喊："轸叔啊，咱爷儿俩喝两口啊！"

我勉强说："啥时候了，这是喝的啥酒？"

金沐灶往酒杯里倒着酒，我闻到他身上的血腥味。我愣着问："沐灶，你去给茂才收尸啦？"

金沐灶喝了一口酒，红着眼睛说："他的脸和身子都是我擦的。"我望着金沐灶，不知他这葫芦里卖的啥药，金茂才是害他命去的，他为啥这样对他？

金沐灶递给我一杯酒，我也喝了一口，辣辣地烧到心底。

金沐灶说："轸叔，咋给茂才叔搭灵棚办葬礼啊？"

我叹了口气，摆了摆手。

金沐灶一愣："权国金不管？"

我说："他说茂才是罪人，没有资格办葬礼！"

金沐灶咬咬牙，说："权国金这个忘恩负义的家伙，真是辜负了我茂才叔对他们权家人的一片忠心了。"说完，嘭的一声，一拳头砸在桌子上。

后来发生的事，简直超出我的想象。

那天早上，金沐灶叫上我，去找权国金算账。我和金沐灶到了权国金家，火苗儿正在梳妆台前化妆。

金沐灶凶凶地吵嚷着："权国金，你给老子出来！快出来！"火苗儿吓了一跳，权国金听出是金沐灶的声音，没有怎样惊慌，他背着手走到院子里。权国金说："金沐灶，你来找我算账，还带着我爹干啥？"金沐灶说："我找你说的事，跟轸叔有关。"

权国金红着眼睛问："爹，请进屋。金沐灶，有屁快放！"

金沐灶梗着脖子，说："少跟我扯淡。我问你，为啥把茂才叔草草地就埋了？"

权国金问："他要害你，凭啥要厚葬他啊？"

金沐灶硬声回复："他为谁而死，你自己心里应该最清楚！"

权国金说："你说话要注意影响啊，不要指桑骂槐。"

金沐灶的口气更硬了："我不明说，是给你留个面子，你自己琢磨去吧。"

权国金仍不服软："我家里除了好酒，还有一样东西，那就是猎枪。"

金沐灶顶上来了："你知道我这次来带了啥东西吗？除了炸弹还是炸弹！"

权国金问："你要干啥？"

金沐灶命令道："我要你厚葬金茂才。"

权国金冷笑一声："哼，我没这个义务。"

金沐灶也回以冷笑："三叔是金家人，是我的长辈，不管他对我怎么样，我都尊敬他，我来给他办葬礼。"

权国金吃惊地看着金沐灶，嘴巴大张着。

金沐灶说到做到，他要厚葬金茂才。

葬礼是在状元槐下举行的。人们在灵棚下走来走去。其实来的人没有多少，场面冷冷清清的。我知道，有些村民在看权国金的脸色，权国金不答应的事，他们不敢前来吊唁。

金沐灶操办，我给他打个下手。我呼噜呼噜喝几口茶水，说："一辈子挣死挣活，啥都带不走哎。要说茂才啊，也活该，谁让他对权家那么忠心耿耿哪。愚蠢，愚蠢透了！"金沐灶点点头说："轸叔，不能这样说啊！这一切不是疯癫的前兆吗？其实，茂才叔很痛苦，表面平静，内心疯了，自从权桑麻把儿子权大树过继给他，他的心就疯了。从这方面说，三叔又是一个不幸的人，多么可怜啊。"

我听着，鸡啄米似的点头，算是对他这句话的赞成。

办完了金茂才的丧事，金沐灶往天启大钟上泼水，然后跪地擦着，擦上头的血迹。擦干净了，他对我说："轸叔，敲钟吧！"

我愣了愣，金沐灶为啥这时让我敲钟？马上我就想明白了，原来上面残留着金茂才的血。他的血玷污了天启大钟。

我说："中啦，敲钟！"我仰望挂在状元槐枝头上的大钟，抡起轸木敲着。吭吭的响声里，好像听见千年风雨，从我耳边呼啸而过。

此时金沐灶懒洋洋地靠着槐树，任凭泪水无声地流淌。

我心里那道亮光一闪，彻底服了他，宰相肚里能撑船，他到底能包容多少仇恨？包容多少苦难？

送走金茂才的第五天夜里，腰里硬死了。

我听说，腰里硬半夜里上茅房，一脚踩空，掉进了粪坑池子里，呛死了。人被拽出来的时候，身上奇臭，爬满了蠕动的蛆。

我过去的时候，看见权国金蹲在地上挤出了几滴眼泪。权国金和蝈蝈两人操办了腰里硬的葬礼。

只有权家人去了一些。我知道，都是被权国金吆喝去的。金沐灶当然没去，我也没去。听说葬礼非常冷清，凄惨。

我知道蝈蝈从小恨他爹腰里硬，腰里硬一死，这小子整天不给娘好脸了。几天几宿不回家。蓝串儿落眼泪跟我哭诉，我恨恨地说："你就当他死了，没这个儿子不就完了嘛。"权国金听见了，咳嗽一声说："爹，哪有这么安慰人的啊？"蓝串儿却瞪了一双眼说："轸头说得对，我就当他死了！"权国金说："别价，养儿为防老，他不孝敬你，我跟他算账！"

我叹息一声说："国金，你错了，过去养儿为防老，如今养老要防儿啊！"

权国金说："爹，我们对您不好吗？"我说："国金，爹不是说你，我说的是你哥猴头。他比蝈蝈好不了哪儿去！"

权国金被噎住了。

蓝串儿叹息了一声，她怕外人笑话，只能牙掉了往肚子里头咽。蓝串儿病了，发烧不退。蝈蝈叫来了救护车，把他母亲背上车去了医院。我正好路过他家，亲眼看见，望着蝈蝈说："你这浑小子还中，懂点儿孝道。"

可是，后来我听杜伯儒说："轸头啊，我真想不到，蝈蝈太坏了，他半路上背着他娘下了车，支走了救护车，看看四周没人，就把他娘扔进了一个大坑里。他娘哀号，他头也不回地走了。他进城里喝酒去了。"

苍天有眼，蓝串儿命不该绝。不一会儿，雪停了。天地一片纸白。金沐灶开车路过那个大坑，隐隐约约听见有人哭喊的声音，循声往坑里边一看，蓝串儿冻得哆嗦，蜷缩成一团。金沐灶连忙跳进坑里，背她上车，把她背到了药王庙。要是没有沐灶啊，蓝串儿必死无疑。我突然哑住，杜伯儒知道了事情真相，气愤至极，进村找蝈蝈，没找到。蓝串儿劝杜伯儒别找了，说就当没有这个儿子。杜伯儒开导她说:"我们要拉他一把,我们道家劝人行善。我必须找到蝈蝈,让他弃恶从善。"

蝈蝈躲藏着,我让权国金出面找到了他。我一见他,就抬手扇了他一巴掌。蝈蝈捂着脸,惊讶地问:"你,你竟敢打我?"

我说:"你欠揍!"

蝈蝈梗着脖子,躲闪着。

我还要揍他,杜伯儒拦住了我,说:"无量天尊。给他个机会吧,蝈蝈,跟我去看你娘吧。"

蝈蝈愣了愣:"娘?她不是像杜老七一样走丢了吗?"

我说:"你倒想呢,她被你小子遗弃了,让金沐灶救了,给送到药王庙救治啦!"

蝈蝈装成可怜的样子:"我娘没死,忒好了!"知道母亲没有死,他怕不跟杜伯儒走,自己的恶行会被公诸于众。

到了药王庙,蓝串儿在发烧,牙咬得"咯咯"响。见到蝈蝈,她从床上硬撑起身子,颤抖着用手指着儿子,张嘴要骂却没能骂出来,两眼一闭,气昏了过去。

杜伯儒喃喃地说:"你娘因为你伤心欲绝,你可知罪?"蝈蝈晃晃脑袋,沉着脸低头不说话。杜伯儒掐蓝串儿的人中。蓝串儿吐出一口浊气,醒了过来,却再也不看蝈蝈,面壁而卧,不吃不喝。

杜伯儒对蝈蝈说:"你留在这里伺候母亲,赎你的罪过吧。"

蝈蝈乖乖地留下来。权国金打来电话,他也不敢接。

我对这小子没啥信心。可是,杜伯儒却告诉我,蝈蝈在药王庙每天早上学习《太平经》,烧火做饭,把饭菜端到母亲床前。中午也是这样,晚上还是这样。蓝串儿回了屋,把门一摔,拍打着炕沿哭起来:"生了这个冤家,我活着还有啥意思啊!"自此她连续三天水米不进,一心想死。

杜伯儒含泪劝说:"你不能死,搬进新楼房了,还有后福呢!"

蓝串儿摇摇头说:"道长,这道理我懂,我儿子不是人,我本来是为他活着的,他太让我寒心了,我活着还有啥意思啊!"

杜伯儒说："切不可如此绝望。你儿子能随我来庙里侍奉你，说明他的善心还没有全部泯灭，改造好他就有希望的。蓝串儿啊，听老朽一句话，好好活下去，你孩子会弃恶从善的！"

蓝串儿被折磨得憔悴不堪，泪都哭干了。

2

正午的太阳下，晴空万里，阳光普照。银光闪闪的云彩向远处涌去。蜜蜂在林子里嗡嗡叫着，我头上和腿上沾满了白色的花粉。树下草坡碧绿，野花多得数不清。林子里若隐若现的水洼像一面镜子闪闪发光，波光粼粼的燕子河就在眼前。感谢金沐灶保护了这片小树林，让我还能回村有栖身之处。

钟声一响，我的心跳加速。我学会了用晒太阳来控制心跳（我能以最为确凿的方式证明这一点）。阳光投射下来照在树伞上，焕发出一种缤纷而绚丽的光，我的心里暖融融的，脑袋里塞满了嗡嗡的钟声，一阵口哨的亮音格外震耳。那口哨就是我吹的。

我揉了揉涩涩的眼睛，看见一个胖胖的孩子坐在菩提树下吃爆米花，我看出来那个孩子有些跛脚，像是一个残疾孩子。

村里来了一位研究隐身术的科学家。

科学家确信没有危险，才把光波仪器架了起来，像一张大网罩着天空。科学家是猴头的一个朋友引荐来的。

孩子喜欢隐形是科学家研究隐形衣的动力。孩子的好奇心常常让他异想天开，并做出惊人之举（科学家身边的残疾孩子引起了我的好奇和哀悯）。有时候他想，隐形衣离人间的生活究竟还有多远？

我听见老轸头说："嘿，毛嘎子要来了。"

我知道他是看不见我的。我看见老轸头脑袋顶上爬着一条白色的树虫。我得意地说："喂，老轸头，你这二五眼，我早来了都不知道。"

老轸头蒙了头，四处张望："毛嘎子，你在哪儿啊？"

我嘻嘻笑了："我穿着隐身衣，你永远看不见我。"

老轸头说："你个小狗×的，赶紧回来吧。"

我流着眼泪说："轸头爷爷，我真的想回去，却有些犹豫，我离开日头村太久了，一个人在云顶自由自在惯了，性格也变得孤僻了，无法再承受生活的负累。忘记我吧，我是局外人！"

老轸头骂道："混账，世界在改变，这世界没有局外人！"

我笑着说："爷爷，别生气，我就是局外人。"

老轸头说："别瞎说，快回来，给你娶一房媳妇。"

我扑哧一声笑了："娶媳妇？我不要！"（这声音传到钟里是哭的）

老轸头问："哭啥？那为啥？"

我说："说出不怕您笑话，我那宝贝物件都废啦！"

老轸头喊得青筋突暴，声音是直的："你小子才多大？废不了，废不了！见了漂亮姑娘就不是你小子啦！"

我沮丧地说："别取笑我了，我心中的姑娘死了。我无法触地，我回不去了，真的回不去了。"

老轸头骂："这小兔崽子！"

我说："我不跟你费口舌了，你赶紧做梦吧！我等着给你解梦呢！"

老轸头骂："吹牛，我做梦你也逮不着！"

我轻轻笑了。其实，我没有飞走（这是我跟老轸头说的唯一的谎言）。菩提树杈上传来窸窸窣窣的声音，接着就听见树杈上的鸟巢里有鸟叫。刚出壳的小鸟划动稚嫩的双翅，脑袋一顶一顶探出头，张着嘴巴爬到窝巢的边缘了。我担心这小家伙从枝杈缝隙里掉下去。

傍晚来临的时候，老轸头、科学家和孩子消失了。不久他们重新回到菩提树下。（科学家对我的游戏极不适应，好像失望至极）他一直想在孩子面前重塑父亲的形象，没完没了地讲他非凡的经历。孩子却跑来跑去，一蹦一蹦，娇嫩的双足踢着青草，嫩绿的草地透出清冽的芳香。

"你不要太难过，我们再找别的机会好了！"老轸头对科学家说。

科学家点点头说："大爷，没关系的。"

老轸头扭头骂道："你个毛嘎子，你他妈死哪儿去啦？说话呀！"老轸头恶毒地喊着，又带着怜悯的心情猜测我的行踪。我偷偷窃笑没有一丝回音。

我通过大钟跟老轸头对话的事情虽然有些怪诞离奇，但人们也没有能力深入探究了。

唱圣歌的少女们来了，她们飞扬着两只胳膊，像是翩翩起飞的天使。这时还没有月亮，这段时间的月亮升得非常迟缓。

槐儿、金沐灶、英子和一群白衣少女突然出现在树林里让我吃了一惊。

槐儿说她们是唱圣歌来的。我惊讶了，现代人已经不会为眼前的事物赞美和歌唱了。我从幽暗的光线里看见槐儿的脸庞像枣核，眼睛又细又亮，透着难掩的兴奋。村里类似的事情从来没有。槐儿为自己的主意无比得意，这一刻的悟想和灵慧让槐儿脸上放光。

金沐灶在树下又吹起了又响又亮的口哨。

过了不久，拾荒婆婆也拄着拐杖来了（这是一个勤劳慈悲曾失去爱又得到爱的女人），她带着一只小黄狗，黄狗的脸在她的腿上蹭来蹭去。

老轸头像个刺猬似的敲钟去了。由于道不远，不一会儿被夜间凉气冲洗过的钟声扑面而来（一股过度开发才有的焦烟气味，伴随着大钟微微的震动声从树梢透过来）。这是庄严的圣钟，槐儿感觉就像教堂大弥撒的钟声，他的灵魂被洪亮的钟声所震荡，他迷失在幻想的世界中了。槐儿喃喃地说："让被生活压得痛苦而无望的人，都来听圣歌吧！"我看见除了来的人，村庄里还拥出一群贪婪而又热情的生灵。

安静的夜晚没有一丝风（与日头村每家每户的日子一样，无论某个时辰有怎样的喧嚣，惯常的生活都是寂寞平静的）。开唱之前林子里异常安静，连喘气的声音都没有。过了一会儿，老轸头的钟声慢慢消失。槐儿像牧师一样做仪式，他画了十字，向天主祷告了一番我听不懂的话。他手持碧绿的菩提树叶分别向人们的头上挥洒圣水。白衣少女们唱起了圣歌，我听见了这基督圣歌《天上人间爱相连》：

> 喜看福音四海传，
> 感谢天父爱无限。

　　　天上人间爱相连，

　　　赐下圣子献祭坛。

　　　神的慈爱天地宽，

　　　爱似春雨润心田。

　　　上帝慈爱到永远，

　　　仰望天国福无边。

　　　……

　　这纯洁的气氛让我感到温馨。现代社会多是一些虚幻的热闹，唱圣歌可是慈悲善举。老轸头、科学家父亲、孩子都听得入迷了，显然他们被这仁慈的歌声所感染。还有一些村人叽叽喳喳地凑过来，听见歌声就安静了。

　　歌声驱散了老轸头衰老冷漠的目光。拾荒婆婆默默地跟唱，显然她也被歌声感动了。

　　科学家眼窝热起来，对孩子说："听见圣歌了吧？圣歌教你一生一世都做好人。"孩子点点头，然后问："妈妈是好人吗？"科学家说："妈妈永远是妈妈。"孩子眼里湿漉漉的："我想妈妈，要是妈妈也来听圣歌多好！"科学家说："她听不懂圣歌，她会遭到良心的折磨。"孩子说："多长时间啊？"科学家说："一年？不，是一生。"孩子说："还是一年吧。"科学家眼睛红了："好，一年，我们宽恕她。"我的眼睛一热，借圣歌为这个可怜的孩子祈福。我真的不想与老轸头斗气了，想快快飞到孩子身边给他安慰。可是，我做不到。

　　槐儿和英子在树林的暗影里跟着唱歌。槐儿怀抱《圣经》在胸前画着十字，闭上眼睛说："主啊，我赤身出于母胎，也必赤身归回，耶和华的名字应当称颂的。"槐儿说的是《圣经》中《约伯记》里的话，他的幻觉里出现美国的一家基督教堂，远处的夜空中浮动着教堂的金色圆顶，宛如我生活的云顶。这是属于槐儿自己的秘密，永远不会对别人构成威胁。

　　老轸头在我的歌声中垂下头来，沉沉睡去。

　　我感觉歌声里闪过几十年的时光，像云顶一样透明。听到歌声我的心飞到了云顶，一个人的心在哪里，他的灵魂就在哪里。

忽然，有老者吟唱一样地哼道："苦海无边，回头是岸。"我细一瞧，杜伯儒被圣歌吸引过来了。

杜伯儒望着槐儿叹息着说："他爹，他娘，他姥爷，他舅舅都——他，他咋就信了基督呢？"杜伯儒心中的疑问再次泛起，深层原因真的想不明白。金沐灶抬手指了指自己胸脯，说："槐儿的心脏，心脏换了，懂吗？没事的，能活命就会代代不绝，他身上流着咱金家的血，流着谁的血就按谁的心思办事。"杜伯儒明白了，点了点头，他在离人群稍远的地方仰脸观看。

杜伯儒走后，金沐灶躺进林子里没膝深的蒿草间听着美妙的歌声。他身边有死去的鸟和其他小动物，一只蓝色蜘蛛爬上他的脑袋。

突然，我的眼前白光一闪，一个黑乎乎的东西落在菩提树上。

我吓了一跳，不小心掉下树梢，我的身体吊在树杈上，双手紧紧地抓着树干。槐儿望着我这个形状古怪、默不作声，却鲜活真实的十字架身影以及已经升起的危宿星宿。我静心一瞧，大声惊呼着："红嘴乌鸦！圣歌把红嘴乌鸦引来了！"老轸头睡着，我的喊声没人听见。我的脸被狂喜扭歪了。红嘴乌鸦，你终于现身了，如果你今夜不来，那些星宿就会在天亮时化为灰烬的。

歌声传递着少见的欢快与自由，还有深深的忧伤。

黑暗中没有人看见红嘴乌鸦。我很想让金沐灶看见红嘴乌鸦，让他尽快转运走出苦难。金沐灶毕竟只在梦中看见过红嘴乌鸦。槐儿接了一个电话，之后带着清澈的笑容，轻轻用嗓子模仿圣歌的曲调哼唱，那边的朋友也随着唱了。槐儿身上的喜悦好像使树林里的所有人都受到感染。我抬头看看夜空，看有没有升天的灵魂。

烦琐芜杂的思绪必须经历星夜的沉潜，必然孤独寂寞。人们害怕孤寂的时候，急于以最快的速度逃离。不一会儿，老轸头醒了，他给我们点起了篝火，火苗儿闪闪跳跳让我想起火苗儿。

金沐灶看了看槐儿，凑过去问："槐儿，你想啥问题呢？"槐儿说："我想人类的起源。"金沐灶说："你在美国待久了，光想大问题。"

槐儿说："你不想吗？"金沐灶说："舅舅弄不清这个，但我想的是人类往哪儿去？"

槐儿一愣："你不知道哪儿来，怎么知道往哪儿去？"

金沐灶好奇地歪着脑袋说："你说人类从哪儿来？"

槐儿想了想说："过去，我们一直以为人从山上来，是猴子变的，这是片面的。最近，美国科学家去了埃塞俄比亚，在那儿发掘的一批十六万年前的人类骨骼化石，叫'智人'的化石。他们分析，人类是从水里来的。"

金沐灶愣住了。

圣歌唱了一支又一支，歌声渐渐响亮，喉音越来越重（世界正在改变，我为你祈祷）。

人们在篝火旁围成一圈。火光映照着金沐灶的脸，他愣了愣说："槐儿，你刚才说人类来自水里，这是不是人类的新发现？"

槐儿说："人类与水生哺乳动物之间如海豚、河马、海象之间有许多生物学上的相似性。"金沐灶笑了笑："这又能说明啥问题？"槐儿说："水能分解颜色，你看，亚洲多是黄种人，欧美多是白种人，非洲多是黑种人。但不论什么肤色，我认为，现代人的鼻祖还是黄种人。"金沐灶摇头说："我不承认人是水里来的！"槐儿说："如果每个人都依靠自己的经历，那他知道的事情也太少了。舅舅，你怎么看？"

金沐灶说："我说是从声音来的。我经常梦见钟声，最早人类是从钟声里爬出来的。"（这个观点很新鲜，我终于发现了一个为时过晚的真理。）槐儿说："还没有人呢，哪来的钟啊？"他的思维从黑暗中挣扎出来，还是似懂非懂。金沐灶说："我听说最早的钟，是无人自鸣啊。"

过了一会儿，槐儿笑着说："舅舅，我们听着圣歌，看着圣钟，讨论人类的起源，这是不是太不合时宜啦？矫情！"金沐灶说："不矫情，这么好的月夜不是常有的。"槐儿说："因为我们是金家人。"

金沐灶轻轻一笑。

老轸头喝了酒，红着脸喃喃："挺好，就这么唱吧，就这么唱吧！"

孩子在科学家的怀里睡着了。孩子没能看见隐形人却能在父亲怀里安详睡去，这也是他的福气。

火光渐渐小了，渐渐熄灭了。歌声使夜色变得透明，遥远的星星都在微微颤抖。（歌声给这片树林带来了香气和真正的营养）圣歌久久回荡在日头村上空，歌声有如来自天堂的铃音，令天空晴朗、人心明净，冲散了笼罩一切的雾霾。槐儿竟然跪在草地上感谢上天的恩赐。

天下没有不散的宴席，歌是唱不完的。天下同样没有不散的歌会。歌会结束得比我预料的早。

星光朗朗，月色袅袅，还是能看见黑夜里有云彩走过的身影。夜空出现紫色云海，云海一出现，就是十天半月的连阴雨了。

人究竟从哪儿来？

人的时代真正到来了吗？

我答不上来，这是很多人视为荒诞不经的神话。其实，人对人的了解不够多，还有一个原因是人的脚离不开地面。毕竟脚是有局限的，关键是进化出翅膀来，像今天的飞机一样，翅膀让生物的空间得到无限延伸。

3

春天有刮不完的风，风啪啪地拍打着门窗。春耕了，开犁那天，风和日丽。猴头回来了，我们家开始种地。种地都种伤心了，可是还得种。我喊哑了嗓子，才把牛从楼上牵下来。像我这把年纪的人，几乎不种地了，我只管把牛赶下楼，猴头和菜花招呼几个亲戚，埋头犁地、撒种和施肥。撒种完毕大伙也没人歇脚。

村里喇叭响了，震得人耳膜嗡嗡响。

汪笨湖主任在广播里说，村里挑头组织人清理燕子湖湖水垃圾，家家都要出义务工。不出工的，出钱顶替，每户出两百块钱。

喇叭的话音刚落，猴头说："爹，你瞅这不打铁烤煳卵子，不是个火候啊！"

菜花瞥了他一眼："横啥？言外之意，你有钱呗？"

猴头哑了一声："我有个屁钱！"

我长叹一声："在地头闲着也是闲着，我出工吧。"

菜花担忧地说："爹，您都多大了，还出义务工呢。"

猴头说："爹，您别去啊！您一走，我们就撂挑子！"

我狠狠瞪了猴头一眼："你小子，胆敢跟老子讲条件啦？"

猴头嘿嘿笑了。

我回过神来，抬起头瞅他："耕你的地吧，我先去打探打探。"

猴头沮丧地嘟囔着："嗨，种地难啊，命苦啊！当初分地的时候，我家的地要是靠南一点儿，我们这片地就盖高楼啦！"

菜花指着猴头鼻子："瞧你那熊样，做梦吧！"

猴头大大咧咧地说："我做梦总是发财，狗×的，咋就发不了呢？"

菜花讥讽着他："你就是穷命脑袋，犁地吧！"

猴头说："种完了地，我赶紧回塘沽做百鸟床呢。"

菜花纠正说："做啥百鸟床，我们租个底商铺子开店吧。"

我笑了两声，蹶跶蹶跶地走了。

人们陆陆续续来了，有说有笑，还有一些陌生的农民，听说是从外村合并过来的。人都到齐了，我粗一瞅，都是一些岁数大的老人和妇女。最年轻的就属金沐灶，最年长的是我老轸头。我心中嘀咕着：咋一个年轻人都没有？我猛地想起了汪树，问："沐灶，汪树咋没来呀？"

金沐灶说："这小子盯着权国金要钱呢！"

我叹息着说："这个权国金啊，把钱给他不就结了嘛。"

金沐灶神秘地说："事情没那么简单，这里有秘密。汪老七不能白死，我要找到真相！"

我附和着说："我算瞅明白了，只有挖出补偿款里的真相，才能掏出钱来。"

说着话，汪笨湖主任过来了。他说上级领导要来验收，说日头村可能被定为城镇化的典型，让大家多多卖力。最后分工，让岁数大的在岸上劳动，稍微年轻一点儿的划船到湖里捞垃圾。

金沐灶分到一艘歪歪扭扭的铁皮船。他弯腰，吃力地跳上铁皮船，笑着朝我摆了摆手。我对汪笨湖村主任说："笨湖，让我跟沐灶上一条船吧。"汪笨湖愣了愣："叔，你这身板吃得消吗？"我笑道："你叔的身板硬朗着哪。"汪笨湖一笑："你们爷儿俩是分不开了，去吧。"

我跳到船上到湖里捞垃圾了。

金沐灶摇着桨划船，我坐稳了吸烟。湖边的小船上，人们都在打捞垃圾。湖中央水很深，深得发黑，晃晃的不见底。日头把湖水晒得发烫，湖水太脏，翻着几条白肚皮死鱼，偶尔还有塑料袋、卫生巾和屎橛子。村里死了人，都要在湖边路口发丧，纸灰和花圈纸屑轻飘飘刮到湖里来，染得湖面黑乎乎的。

我心里呼呼地蹿上一股火气，骂："这鸟湖，咋糟蹋成这样了，对不住人哩！"

金沐灶轻快地一笑："轸头叔，还记不记得我当初骂蝈蝈时说的话？"

我说："记得，咋不记得。"

金沐灶长长一叹："唉，不是对不住人，是对不住将来移到湖中央的状元槐和天启大钟。"

我点头说："你说到我心里去了。"

船缓缓划到湖中央，金沐灶挥舞铁钩子捞了一只死猫。猫已经腐烂，臭得熏鼻子。我瞥了他一眼，说："沐灶啊，你小子就是没个眉眼高低，领导敬酒你不喝，领导讲话你吐舌，领导私事你瞎说，领导夹菜你转桌。领导不收拾你收拾谁呀？我要是你的领导，先把你小子撸了！"

金沐灶歪着脑袋说："我就这熊样儿了，还能把我开除地球？我是农民，我怕谁？"

那边的船缓缓靠过来。杜老头喊："沐灶，给我们唱一段皮影戏吧。"

金沐灶掐着喉咙唱开了《卞梁图》的几句。

众人一听，齐声喝彩。

金沐灶双手叉腰，大声说："影戏本是圣佛留，未曾上台灯打头，大锣好比开山斧，劈开三教共九流。"

我嘿嘿笑了："这小子，说话一套一套的。"

整整一个下午，我没再登船。年岁不饶人，到了船上头晕、恶心，好几个老头都败下阵来。

起风了，风吹动树叶，簌簌地响。我眯着眼睛抬头看天，天空中是隐隐的青白色。我们几个老头蹲在状元槐下的树荫里，吃午饭时蹭痒痒，饭后给那些垃圾分类。垃圾分类的教育搞了好几回了，我将矿泉水瓶装进麒麟袋里，石子和杂草都分类扔进垃圾桶里了。

经过我和金沐灶的百般劝说，汪树要回深圳打工了。走之前，汪树跟我商量，他还是想找一找权国金，他想把那份属于他爹的土地和房屋补偿款一同带走。那边是一线城市，房价高得离谱。没有钱，就没有房，没有房，他根本无法谈恋爱。

那天，我正在权国金的新办公室里，汪树大模大样地走进来了："权支书，我要回深圳了。"

权国金不吭声，甚至连眼皮都没抬。

我提醒权国金说："国金，汪树来了。"

权国金脸色难看，带有皱纹的脸上渐渐显出愤怒的表情。我知道，金沐灶和汪树告状之后，市长批示，县里的调查组来过几次了，从账面上看，补偿款投在邝老板的楼盘上。实际上，有人传说，权国金是放在房地产上入股分红。调查组没下结论，就草草收场了。但是，告状弄僵了关系，两边对问题的看法分歧太大，不好沟通。

汪树提高了声音："权支书，我跟你说话呢！"

权国金吼道："滚，你不是跟着金沐灶长本事了嘛，告啊，等你告赢了，再来找我拿钱！"

汪树脸色铁青，目光尖锐："你不要揣着明白装糊涂，上次我们已经告赢了。调查组和镇政府，不是责令你还款了吗？"

权国金懒懒地说："还款，没说不还款，可是，现在没钱。"

汪树说："钱呢？"

权国金说："我不是跟你和金沐灶说过了嘛，钱没装进我兜里，钱在邝老板的工地压着呢。他没把补偿款给我，我拿啥给你们？"

汪树说："那我们就找邝老板要钱！"

权国金顺水推舟："你快找他吧，也算帮村里的忙了。"

汪树眼神里蹿着火气，一伸手说："好，我找邝老板。拿来！"

权国金愣了："你小子刨根问底儿是啥意思？"

汪树说："他欠款的证明啊，没有证明他赖账咋办？"

权国金梗着脖子说："有，但不能给你！这涉及我们日头村的整体利益，你为一己私利，毁了大局咋办？"

我嘴唇颤抖，说不出一句话。

汪树吼道："那就是你没诚意。我爹被你们逼死了，你们还要把我往死路上逼，那好，咱就谁也别想好啦！"权国金提高了声音："汪树，你想干啥？"汪树抬起屁股往权国金的办公桌上一坐："你不给钱，我就不走了。"权国金气恼地说："汪树，过去我高看你了，啥状元？还闯深圳呢，其实，你就是个农民，比谁都贪！"汪树赖着脸，伸着手说："说吧，骂吧，狗屁状元，我就是农民！农民也得活命呀，拿钱来！"

权国金喊："蝈蝈，把这头倔驴给我赶出去！"

蝈蝈猛扑进来，拽着汪树的胳膊往外走。汪树舞动双臂大声喊叫着，挣扎着，被拖出去了。

我惊得目瞪口呆，恨不得扬起手，狠狠扇权国金一个耳光，但是，我还是忍住了，对着他吼："权国金，你太过分啦！"

权国金被我骂愣了。

我往前凑了凑，软了声说："国金，你是聪明人，咋就没一点儿灵活性呢？汪树那一百万给他不就得了。他人一走，啥事都了了。"

权国金摇头说："爹，这个口子不能开呀，给了他，别人更跟我玩命啦！"

我说："你跟我说一句实话，这钱到底给没给村里？"

权国金从抽屉里，拿出材料让我看。我不识几个字，哪里看得懂。权国金似乎后悔让我看了材料，草草收回去了。他撸了一下鼻子说："爹，这是个秘密，我还不能跟您明说，但是有一点儿请您相信我，我为难，我遭骂，都是为了日头村好。"

我糊涂了，暗暗骂道，这小子嘴巴抹了蜜，能说会道。

隔了两天，我和金沐灶到汪树的家里看他。汪树刚刚喝酒回来，醉醺醺的，他整天往城里跑，也不知道忙乎个啥。汪树说他跟城里的好同学喝酒了。我分析他胸中郁积了太多的仇恨，突然一畅快，就喝猛了，喝大了，说话时舌头都短了。

汪树晃悠悠地给我们烧水、沏茶。他家分到了三楼一百二十平方米的房子，可家里只有一张小床，一个洗脸盆。水杯、手机、充电器都放在床头柜上，连一张桌子都没有，看来汪树没想在村里久留。

汪树嘟囔着说："咱蛮有理的事，愣是没理了。他要是不给钱，我死也要拉他当垫背的。"

金沐灶拍着汪树的肩膀，说："你年轻，好日子才刚刚开始。钱，我们给你盯着，你先走吧，走吧——"

汪树呆呆地坐着，嘟囔着："我不走，我不走！凡是祸害咱庄稼人的，没一个是好下场！我等着，熬着！"

我劝了劝说："算了，算了，这钱村里拿着也跑不了，生这闲气做啥？"

金沐灶在地上蹀着步子，一步一个声响。

汪树泄了气一样，痛苦地说："完了，到此为止了。我爹白死了，我们告状的罪也白受了，我家的钱，乡亲们的钱，肯定是泡汤了。"

我一听汪树的话，就知道他折腾到极限了。他到底不如金沐灶老练，在这块土地上做事，没有超常的勇气和耐力是不行的。可是，这并不是汪树一个人的事，我家的补偿款也没给，猴头和菜花想在湖边开个便利店，也急等用钱啊，整天骂大街呢。

金沐灶想了想，说："没完，没完，你凭什么说就完了？"

我说："出水才看两脚泥，看他们能挺多久！"

金沐灶说："权国金对付要款的话背得滚瓜烂熟，他对你说，一切都是为了日头村，那也不是虚的，日头村高楼越多，土地就越涨价，他就越有政绩。他既然六亲不认，说明里边有秘密，其实，明眼人都看得出来，就是他与邝老板的秘密，无非是瓜分利益呗！"

我直愣愣地看着金沐灶："这事还咋弄哩？我听说好多村都这样，人们敢怒不敢言啊！"

汪树骂道："无耻！无耻要趁早。谁无耻，谁厚黑，谁就能吃香，就能在社会中分得更大的蛋糕。这正常吗？"

我叹息了一声："过去啊，咱庄稼人欠了谁家的钱，睡觉都睡不踏实。权国金可好，茅坑里的石头，又臭又硬！过去他可不是这个性格，自从吃了他爹的骨头就都变了。"

金沐灶说："等到了将来，农民真正富有了，什么问题都解决了，我担心的一个问题很难解决，那就是人骨子里的下贱！"

我催促说："别管那么远，先解决眼前的事吧。"

金沐灶皱眉沉吟片刻，语气愈加咄咄逼人："我们攻权国金这个山头，不容易，在这块土地上，权家的权威难以动摇。但是呢，也不是铁板一块。权国金用的还是他爹的背景和经营的关系网络。权力和资本经营的网络，还必须用资本和权力撕开。我们是平头百姓，没有权力，但是，我们可以动用资本啊！"

汪树眼睛亮了："哇，哥，原来你有钱啊？"

金沐灶说："我没钱，我的钱都建魁星阁了。可是，袁三定有钱啊！"

我担心地问："袁三定能答应吗？他不是不想蹚房地产的浑水吗？"

金沐灶说："这不是他愿意不愿意的事了。赶鸭子上架，也得把他架上来。走，你跟我一块儿去！"

我和金沐灶去找袁三定了。

人富了，嗜好就多了。袁三定喜欢打高尔夫球。金沐灶开车拉着我去了县城的高尔夫球场。那是下午，天起了火烧云，不烤人，只是发黄，照在人脸上像是患了黄疸病。我们走进球场宽阔平坦的绿地，瞅见袁三定穿一身白球衣，举着球杆，打得兴致勃勃，身边还有个漂亮女孩陪伴着。火烧云下，他的脸也映得黄黄的。袁三定见了我们，非让金沐灶打两杆。

金沐灶拒绝了，高声说："不会，打这个是你们富人的事，我们穷人找你有急事呢。"

袁三定说："什么事？"

金沐灶把权国金拖欠乡亲们拆迁补偿款的事情一说。袁三定并没有吃惊，他坐在草坪一旁的躺椅上，点燃一根雪茄。我焦急地瞅着他，别看金沐灶说着硬话，对袁三定是否出面力挺，心中真的没底。

金沐灶红着眼睛问："你说话呀，到底帮不帮？"

我在一旁劝说："沐灶是被国金逼到墙角上，没辙了，才来找你的。"

袁三定吐着烟圈，说："谁让你爱管这些闲事呢？"

金沐灶猛地一甩胳膊，高声喝道："你说什么？这是闲事吗？"

袁三定说："怎么不是闲事？资本是无情的，它要利益最大化，种庄稼不挣钱，只有种工厂、种房子！眼下工厂不挣钱了，只有蜂拥进入房地产，这是暴利呀！你也经营过铸铜厂，难道连这个道理都不懂吗？要我看啊，人家邝老板没错，权国金有错，不该把乡亲们的补偿款让邝老板使用。但这个错误也是通病，就是三角债，有什么大惊小怪的！你让我怎么管？再说了，权国金和邝老板也不归我管啊。"

我听着挺新鲜，他管盖房子叫种房子。

金沐灶大发雷霆了："袁三定，你们都是一路货色，没有一点儿同情心。当年，你来村里当知青的时候，乡亲们待你咋样？我姐待你咋样？我和娘把槐儿养大，送给你个大儿子，我们金家待你咋样？如今我们有了难处，说啥啥不中，你的良心呢，难道是被狗吃啦？"

一时间袁三定被气得连眼泪都流了出来："我要感恩，但跟补偿款无关，这不是一码事啊！"

金沐灶说："怎么不是一码事？你不知道，拆迁的时候汪老七自焚了，汪树被抓了，他到北京告状，被打了，我也险些丧命。我们为的啥？为的是夺回属于乡亲们的补偿款啊！"

袁三定闭着眼睛，问："你想让我怎么帮？"

金沐灶说："权国金口口声声说他的钱压在邝老板那儿了。邝老板凭啥牛？还不是手中攥着资本。我的意思是，邝老板不还欠款，你就冲上去！这些年，日头村人对得起你，披霞山对得起你。你从披霞山铁矿捞走多少资本，你不该反哺一下吗？"

我心头一热，张开嘴想说啥，却说不出来。

袁三定的脸红了，从牙缝间蹦出三个字："我疯啦！"

我惊呆了。袁三定怎么这么绝情？

金沐灶指着袁三定的鼻子，大骂："你他娘的没疯，是我疯啦！你就搂着你的臭钱享受人生吧！"

袁三定顽固得像一块石头，眼皮都不抬一抬。

金沐灶吼："袁三定，我算认清你了，槐儿有你这样的爹，是他的耻辱！滚，滚回你的美国去！"

金沐灶出完了恶气，气愤地走了。

我想跟着走，却咋也拔不动腿，双腿像灌了铅似的。

过了一会儿，袁三定的眼睛睁开了，眉毛一抖，甩出一句狠话："真是太气人了，我要是再不出手，还真不是人了！"

我呆愣了，一个窝里的也咬起来了，他这是骂金沐灶还是骂权国金？我从高尔夫球场走出来，火烧云跌下去了，留下一处巨大的空白。这一疙瘩空白，空荡荡的，瞅得见，摸不着。谁能解释，人活着，到底为了啥？

4

我抬头望了望天空，看有没有升天的灵魂。

我打盹的时候把一些事情漏看了。那些人嚷嚷了一阵就像被风刮走了似的。唉，谁能在任何时候都不眨巴一下眼睛？眨眼的工夫，最皎洁的月亮陨落了，天幕上已经繁星闪烁，清晰可见。

星星有彗星、流星、陨星、星云和星环。星宿从那里脱胎出来散成一堆差不多大小的亮点，构成一片神秘的光辉。白天被我忽略的一派繁荣景象涌到眼前来了。二十八颗星宿遍布宇宙，个个跃跃欲试，自信非凡，其广阔无垠超过了人类的想象。到云顶来吧，穿过湿润的云团，飘向瀑布般倾泻的阳光，天宇的广阔远远超出人们的想象。起初，我刚来云顶的时候不适应这种氛围，慢慢地，我不仅适应并喜欢上了这种氛围（这对于我既是惩罚，又是恩赐）。

星宿就是人的灵魂啊！

金沐灶的星宿箕宿挺有味道，闪光也是奇特无比，先是乳白色的强光，然后慢慢变虚，虚出了柔软的硬度和特有的神秘（箕宿的人具有智慧和才干，性格中不畏权威，无拘无束。箕宿闪光时也是懒洋洋的，但是有一股说不清的魔力让人不能自已）。我想他再迟钝也该对即将到来的那个美梦有所察觉。梦之外的世界不是全部世界，甚至不是最好的世界。所以，我大胆地说，眼睛不要多看梦的外面，看见的除了迷茫还是迷茫。透过星宿解梦能看见人的内心，那里像一个泉眼不断涌出凛冽的清泉。

金沐灶箕宿闪烁的时候，有个声音在叫我的名字，我像红嘴乌鸦一样迅速飞过去，声音瞬间消失了，似乎那里即是深渊的所在。我有些恐惧了，担心自己有一天迷失在别人的梦中再也无力返回。

后来我明白了，箕宿发出的声音是在向权国金的氐宿发出质疑。记得我以前从氐宿跟前经过，奇怪的是没有多少印象。箕宿和氐宿是什么关系？这就引出了我们常说的星宿关系，星宿关系共有五种，一是安怀星，二是荣亲星，三是业胎星，四是危成星，五是友衰星，证明了人与人之间的前世缘分，有亲缘也有孽缘。

权国金的梦与金沐灶的梦交叉了。

如果不是交叉而是碰撞，结果会发生怎样的悲剧？我惊异地目睹了两个星宿碰撞的全过程，那时黑暗笼罩了一切，我的眼睛险些失明。我有幸碰到了吉祥的业胎星。我感觉金沐灶与权国金是业胎关系，是五种星宿关系中最冤孽的关系，两人前世是一同死去，并葬在同一个地方，他们的骨头混在一起，这一生又相遇，因为你身上有他的骨头，而他的身上也有你的骨头，彼此攻击折磨，纠缠不清。解除这种困境，需要一场耐心的等待。虽然等待并没预期的那样长久，但其颜色已经变红，像一团血，血意味着什么？

沉默了一阵儿，沉默让气氛变得凝重起来，甚至连星宿都忍受着疼痛。我梦中唯一欣喜的是遇到了金沐灶，他的脸上挂着天真无邪的笑容。只有他与权国金碰撞的时候，权国金狡黠的承诺并没有让他感到一丝羞耻（死亡的梦想会在心中腐烂，并让人变得凶恶和残忍起来）。箕宿闪闪发亮，靠近箕宿的氐宿造型漂亮却因能量不足明显幽暗。

黄昏时我发出短促而尖厉的叫喊："一个没梦想的人怎样活着？请求神的恩赐，快给我梦想吧！"

果然有神迹出现，夜里我梦见了神。

对凡人而言，梦意味着恍惚、着迷，意味着与神建立的神秘的联系。我发现自己在神奇的时间里横越非凡的空间，完全融入朝圣的云顶。有个声音问："毛嘎子，你是天降神子吧？"这一刻，我差点儿成为空中飞翔的思想家（人永远不能停止梦想，因为梦想能够滋养心灵，让博爱一点点儿地渗入心田）。我辩解说："我不是神子，我来自乡村草根儿。但是，我愿把爱带给人间。"那个声音说："我懂了，没有爱就没有梦。"

追问的声音越来越低。

声音消失的时候，星宿感动了，似乎要冲出原有的轨道，结果使自己黯淡了。眼睛映照着银河的星宿，酝酿着我无法理解的图形。（快从梦中醒来思考你自己的处境吧！）感恩和爱在这个季节里到达了顶点。

我不明白感恩和爱在这个世界上有多么危险。

我仿佛看见了自己的心脏，像一朵绽放的粉红莲花（那是一朵长在天堂的莲花）。我相信天堂的存在，相信未来的长远。我对未来毕竟知之甚少，尽管未来太遥远，我还是要不断地推测和眺望……

5

这个上午，日头渐渐升高了，不再赤红，像悬着一个粉红的灯笼。

金沐灶、汪树和我去找权国金。权国金不在办公室，我拨通了他的手机，他说他与蝈蝈在燕子湖边钓鱼。

我心里骂："这狗东西，黑着乡亲们的钱，还有闲心钓鱼。"

我和汪树坐着金沐灶的汽车去了燕子河。清风徐来，河水荡漾。树叶和花瓣一片一片地涌着。为了迎接检查组，湖边插了一排排的小彩旗，在风里花花绿绿地招展着。

我没好气地说："国金，事情火烧眉毛了，你还有闲心钓鱼？"

权国金见了我们，满脸兴致："钓鱼是小事，而是这美丽的燕子湖看不够啊！沐灶兄，你瞅瞅，咱这湖面的面积比杭州西湖还大呢。"

金沐灶冷冷地说："湖面倒是不小，可是，大而空，没有文化呀！"

权国金听着别扭，抬头争辩说："你这话说得咋那么没劲儿啊！燕子湖咋没文化啦？那状元槐，那天启大钟……"

我瞪了权国金一眼："你这阵拿状元槐、天启大钟说事了，当初你咋对待它们来着？要不是沐灶舍命保护，这老树早被你卖到城里去了。"

权国金说："爹，你这胳膊肘总往外拐。再说，这不纠正过来了吗？湖中养树，难道这主意不是我出的吗？"

金沐灶摆了摆手说："别争论这些了。国金，我们找你还是谈补偿款的事，你给个痛快话吧！"

权国金两道眉拧成一个疙瘩："你在威胁我吗？"

金沐灶说："不是威胁，是跟你商量。城镇化，日头村变成这样，你有功劳。你可以庆贺你的政绩，你可以与邝老板情同手足，但是补偿款让乡亲们的心都等凉了，该有个结果了吧？"

权国金把鱼竿递给蝈蝈，站了起来："结果？我不是每月给乡亲们发钱了吗？如果这钱都一笔给了他们，他们这些土包子，钱到了手上架得住吗？你没听说有赌博的，有吸毒的，有包二奶的，有放高利贷的？"

金沐灶说："这些不是理由。这是他们的尊严和权利。他们有理由知道这笔巨款的真相。"

权国金说："我说过多少回了，这笔钱用在了城市建设，每家每户是按利息分红的。最后一分也跑不了，只是分批发放。"

金沐灶说："你说用在建设上，我们不相信。我们要跟邝老板当面说清楚，他的企业建楼，凭什么要占用老百姓的资金？"

权国金的脸上起了灰，他肯定心怀鬼胎，不然，脸上咋起了一层灰气？

蝈蝈板起脸，斜眼听着。

权国金说："邝老板常来村里，可以见面。不过，邝老板可是大老板，是我们日头村的功臣，你们要把邝老板赶跑了，后果是啥，还用我说呀！"

金沐灶倔倔地说："好吃的包子谁也不撒嘴儿，他是来这挣钱的，我们一找他就跑，说明他心中有鬼！"

权国金不耐烦了："书呆子，我不跟你磨叽了。"

汪树忍不住了，高声道："你甭走，这事不说清楚你甭走！你走到哪儿，我们就跟你到哪儿！"

权国金站住了，大睁着眼睛，鼓了鼓嘴说："金沐灶，你和汪树纠缠这事不放，到底有啥用心？这有意思吗？沐灶兄，别闹了，弄得鸡犬不宁，丢了面子，还啥也捞不到。"

金沐灶目光锐利地盯着他，似乎要把一切看穿："我不要面子，我要公平正义。别兜圈子了，我们调查了，邝老板把补偿款给了村里，是你在楼盘里投资入股，等着吃红利呢！这不是蛀虫是啥？"

权国金害怕了，不敢碰撞金沐灶的目光，愤怒地吼："你胡说八道，血口喷人，我告你诬陷！"

金沐灶清了清嗓子，说："我没有冤枉你，也没有诬陷你。我知道，村委会就将改为社区了，但不管咋改，负责的都是你。你是为资本服务，还是为百姓服务？你好好反思吧。对内，你不实行公正管理，对外不能采取建设性行为，这样下去有多危险，你知道吗？"

权国金说："天地良心，我拉来了资本，是为了日头村的老百姓。"

金沐灶胸脯剧烈地起伏着。他胸中充满一种感情，而且越来越强烈。根据他的眼神，我明白他所理解的那层意思。金沐灶说："你自相矛盾，既然让资本为乡亲们服务，就应该把土地收益转移支付来增加农民的失地保障。那你为什么还克扣土地补偿款？"

权国金火了："那是克扣吗？那是为了留住邝老板。如果把邝老板挤对走了，燕子湖畔就会变成烂尾楼，变成鬼城，到时候谁来接盘？"

金沐灶被问愣了。一时间冷了场。我的脊梁泛起阵阵凉意。

权国金又吼了一句："你说，谁来接盘？"

谁也没有想到，这时袁三定来了，他高声喊道："我来接盘！"

这个突发场景，像晴天霹雳，一下将权国金打蒙了。

我和金沐灶惊讶地瞅着袁三定。他啥时候来的？

袁三定走到权国金跟前，抽出一支雪茄，点燃吸了两口："权支书，让邝老板把补偿款还给村里吧，村里也应该尽快发给乡亲们。乡亲们要融入城市生活，不仅是生活方式改变，还需要资金的投入。如果开发商邝老板资金周转不开，我愿意接盘。"

袁三定的突然介入，令权国金毫无思想准备。他目光颤抖，定定地望着袁三定，支吾着："哎呀，没想到惊动了袁董事长。您出面了，还有啥不好商量的。"

袁三定说："过去有一句话，官逼民反，如今，钱逼民也反啊！"

权国金眨眨眼，软了声说："一般情况下，哪能轻易动用袁大老板呢。我跟邝老板想想办法，容我一点儿时间。"

袁三定轻轻一笑："好，我等你的消息。"

汪树的眼睛里有了几分活色。

袁三定瞅了金沐灶一眼，哼了一声，转身要走。

金沐灶说："慢着，这不能算完！"

权国金一愣："你还想让我咋样？"

金沐灶严厉地说："记住了，发个毒誓吧！日头村的人敬仰日头，瞅瞅天空的最后日头，它的光不仅照着你的脸，也照着你的心。对着养育你的土地，对着父老乡亲，掏心掏肺地起个誓吧！"

蝈蝈急了："金沐灶，你算老几呀？你让起誓就起誓？"

权国金瞪了蝈蝈一眼："别闹，我只对袁董事长说话，我保证兑现我的承诺！"

袁三定点点头说："好，好。"说着转身走了。

金沐灶和汪树也跟着他走了。

见此情景，我拔腿也要走，权国金却把我喊住了："爹，您别走啊！"

我站住了，恼着火问："你赶紧弄钱去吧，喊我做啥？"

权国金说："您瞅见了吧？是亲三分向，我是您姑爷，您得向着我呀！"

我往地上吐了一口痰："呸！让我向着你，你也得多干点儿让我露脸的事啊！说句关门的话，这钱你到底咋想的？"

权国金脾气暴躁地喊："唉，事情闹到这个地步，钱不还也得还了，只是还多还少的事。"

蝈蝈张着嘴，嬉皮笑脸地说："支书，你这招儿灵啊！这叫欲擒故纵，这招儿用得好啊！"

权国金黑着脸骂："好个屁！啥欲擒故纵啊，我被他们算计了。"

蝈蝈一愣："算计，为啥？"

权国金说："袁三定是谁的人？他跟谁亲？他是金沐灶的姐夫啊！他能按我们的指挥棒转吗？他能像邝老板那样听我们的吗？"

蝈蝈嘿嘿一笑，说："只要袁老板的资金一投，高楼搬不走，在咱的地盘上，跑了和尚跑不了庙，肥的瘦的一锅煮！"

权国金骂："猪脑子，煮你个头！"

蝈蝈被骂得缩回了脑袋。

权国金背着手，在地上来回走了两圈，发狠道："让邝老板还钱！"

不知是巧合还是天意，后来我听说，权国金真的急了，他和邝老板拆东墙补西墙，找到一个多亿的资金补偿乡亲们，说余下的再等一等。我笑了，眼角上挂着一滴泪。乡亲们在湖边燃放了鞭炮。好事多磨，善良和劝说，对于权国金根本起不到警示作用。还是他娘的资本厉害，如果不是袁三定插手，事情不会这么快发生逆转的。邝老板的实力跟袁三定咋比呀？宰鸡用了牛刀，那只鸡都快吓死了。这个袁三定啊，纯属被金沐灶骂醒的，不过，还是要对他刮目相看，到了关键一步还真顶上去了！

第一笔钱到手的那一天，我和猴头喝酒庆贺。没几天，猴头和菜花在燕子湖边的楼房租了两个底商，一个卖五金，一个卖杂货。

随着天气转凉，人们脸色绷紧。那天我感冒，在家里睡懒觉。客厅里的老牛哞哞地吼叫，让我不得安生。

门响了，我懒散地起来，瞅见金沐灶和汪树来了。我把他们请进来，金沐灶说："汪树要回深圳了。过来看看您！"

我说："孩子，钱到手了，走吧！在外边娶个媳妇，好好过日子吧！"

汪树感激地说："大伯，谢谢您和沐灶哥。我会想你们的。"

我摆了摆手说："别说客套话了，剩下的补偿款，我和沐灶给你盯着，一有着落就打电话告诉你！"

金沐灶说："汪树，我们虽然身在两地，依然会并肩战斗。只要我活着，就不会让他们胡作非为！"

汪树说："沐灶哥，我常常失眠。你知道，过去我得过那病，这次走想彻底离开这伤心之地，对过去有个了断。"

金沐灶停顿了一下说："好，这样也好。有我呢，你好好工作和生活吧，把这里的一切都忘记吧！"

汪树眼睛红了："我不会忘记你们，不会忘记状元槐、天启大钟和魁星阁。"

说话间，他的眼睛突然飞进了一只小蛾，他急促地眨眼。

我问："是不是迷眼了？"

金沐灶埋怨说："轸叔，这蛾子肯定是牛带进来的。人畜混住不科学，赶紧把牛弄走吧！"

我愣了愣问："往哪儿弄啊？家家都没牛棚了。"

金沐灶说："卖了吧，好好过城市人的生活！"

我说："不卖，听不见牛吼，睡觉不踏实哩。"

汪树没插话，只顾揉眼睛。金沐灶说："别揉，我给你吹吹。"他过去给汪树吹眼睛，吹了半晌不顶用。

老牛凑了过来，跺了跺蹄子，嗵地放了个响屁，金沐灶抬腿就踹了一脚，老牛哼哼着回了客厅。

我说："汪树，你流点儿眼泪就好了。"

汪树说："我没有眼泪了。"

我咳嗽一声说："想想伤心事，眼泪自然就下来了。"

过了一会儿，汪树闭着眼睛，眼泪从眼缝间缓缓流了下来。

6

今年的春脖儿短，还没咋过，天气就热烘烘的了。

权大树从澳洲风风火火地回来了，他赶回日头村那天，我要去给金茂才坟头烧周年纸。远远地，我瞅见权大树跪在金茂才墓前磕头。权大树才从拳头嘴里得知养父死了。他看见我来，只说了两句话，就急忙走了。后来听火苗儿说，权大树去找权国金，一见面就说，他澳洲的铁矿项目不顺利，急需资金。权国金还像从前那样微笑着，不冷不热地说："哥，我现在资金真的很紧张，没有钱给你。"

权大树的脸一下子变了。

过了一会儿，权大树提出要上一个新项目。权国金问："啥项目？挣钱不？"

权大树说："我在澳洲掌握了一门新技术，过去开采过的铁矿、尾矿，因为粗放型生产，大量铁粉都浪费了，含在沙子里头。用新技术进行筛选，准保能提炼出大量的铁粉来。"

权国金琢磨一下，点点头："嗯，这还差不多，可以给你干。"

权大树咧嘴笑了笑："老二，还有点儿兄弟情义。"

权国金说："我们毕竟一奶同胞。你混得不好，爹会埋怨我的。"

权大树说："老二，爹的骨头管用吗？能镇住那些刁民吗？"

权国金沾沾自喜地说："嘿，别看爹走了，爹的威力还在。爹真厉害呀，大哥，放心吧。"

权大树说："爹死了，他帮不了你。将来能帮你的是我！"

权国金不耐烦了："自家兄弟，有啥事，就直说吧！"

权大树说："你把蝈蝈给我用半年，让他帮我提炼铁粉。"

权国金愣了愣，说："要谁不中，偏偏要蝈蝈。不怕他坑了你？"

权大树说："我知道他是个坏蛋，可他跟他爹一样，对咱家忠诚！"

我听火苗儿说，没两天，权大树就带着蝈蝈等人到尾矿库提炼铁粉去了，还说猴头也去了。

我气愤地骂："猴头不好好做百鸟床，跟着瞎掺和啥？"

火苗儿说："我哥那人有奶便是娘，准是挣钱多呗！"

我偷偷察看了，后来的事情，出现了前所未有的转变。权大树雇来不少工人没日没夜地给他干活，现场一片风沙飞扬，遮天蔽日，污染了大片土地、庄稼和植被。

毛嘎子栖身的小树林也被破坏了。菩提树上的枝枝杈杈落满灰尘。

起初，我还真不知道日头村的天空是咋浊的。后来我发现，粉尘是从披霞山尾矿大坝那边弥漫过来，卷入阴阴的雾霾。我干咳了两声，往披霞山摸了去。在这里我看到了猴头，气得我当场踹了他两脚："不好好经营你的五金店，跑这瞎掺和啥！"

猴头纹丝不动，嘴巴闭得紧。

我真的老了，连这畜生都踹不动了。我仰脸骂："狗改不了吃屎！给我滚回去！"猴头揉着腿，磨蹭着走了。

蝈蝈过来说着难听的话："老轸头，你可得站稳立场，别该死不留念想。"

我啐了他一口："你穷疯啦？还嫌空气不脏吧？"

蝈蝈抖了抖腰里的砍刀，说："老轸头，吃空气你能活呀？要不看你是权国金的老丈人，我这砍刀可要说话了！"

我吃了一惊，张开的嘴巴，声音混乱不堪。

蝈蝈板起脸，斜眼瞅我。我老了，斗不过他了。

一生气，我走路时岔了气，甩着八字脚，一步一咬牙。我走到状元槐前，哐哐地敲钟，敲得痴癫疯狂，不顾一切。日头把铜钟晒热了，老脸被烤得通红，可没人知道我肚里有怨气。到底还是金沐灶，他跟我配合默契，他能从钟声节奏里听出点儿分量，就急忙奔过来了，他问我有啥心事？我赌气说："没啥心事，就是想敲钟！"金沐灶听不出个眉目，摇头说："不对，您骗得了别人，蒙了不我。"我还是不说，金沐灶冲过来，一把夺了我手中的轸木："您不说，我替您敲钟！"他说着，举着轸木，疯狂地敲钟，额头都冒汗了，惊动了许多村人围观。我败下阵来，把权大树提炼铁粉污染庄稼的事说给了金沐灶听。金沐灶一听就炸了，问权国金是否知道这事。

我挑一下眉毛，顺口说："这么大的事，他能不知道？糊弄鬼呢！"

金沐灶说："走，难道真没王法了，我们找他去！"金沐灶带着我，上了汽车，就往村委会驶去。

在村委会见到汪笨湖，他说："权支书去镇政府开会了。"

金沐灶二话没说，开车带着我又去了镇政府。

到了镇政府礼堂，我们把权国金堵了个正着。权国金正跟镇长商量小城镇建设农民上楼的事呢。过了一会儿，权国金悠闲地走出来，嘴里还哼着评剧。金沐灶走上前，严厉地质问他："你凭啥叫你哥这么干？村民大会答应了吗？"权国金微笑着说："沐灶，这是废物利用，利国利民啊！主管部门批了，手续齐全啊！"金沐灶说："这是祸害乡里，这叫巧取豪夺！"

权国金脸色立马一沉："你咋老跟我过不去呢？你的话多难听啊。"金沐灶说："难听？想听好话，就多干点好事。"

金沐灶要拽着权国金上山。权国金不去，权国金瞪了眼睛："跟你这号人没啥好说的。"说完，他背着手走了。金沐灶气得双手抖抖的，我一直没敢上去插话，权国金走远了，我才怯怯地走到金沐灶跟前。金沐灶说他自己去山上尾矿库找权大树讲理。我劝说道："听说权大树这次红了眼，蝈蝈、猴头都在，你别吃亏啊！"金沐灶说："脚正不怕鞋歪，我不怕他们！"我暗暗佩服他，就颠颠地跟着去了。

汽车拐来拐去，爬到了山上，金沐灶搀扶我下了汽车。

金沐灶让权大树拿出开采证明信。权大树把信递给了金沐灶。金沐灶匆匆一看，咬着牙，撕了个粉碎。

权大树愤怒地吼起来："金沐灶，你想干啥？"金沐灶说："权国金给你开的？村民答应了吗？留着它有屁用！"

权大树装腔作势地说："金沐灶，你为啥总爱说一些让人讨厌的话呢？你咋老跟我们权家过不去啊？好好寻思寻思，你这样不顾自己，跟我们权家斗了几十年，究竟值不值呢？"

金沐灶吼道："值，值得，你们权家人太霸道了！"

权大树骂道："金沐灶，别看你是日头村的状元，净说屁话。你不是大钟，表面铿锵，感动星宿，其实就是一口破锅。"

金沐灶轻蔑地冷笑说："我就是破锅也要发出声音。祸害了耕地，废水流过来，至少一百年不能耕种。你们仗势欺人，我不准你们胡来！"

权大树喊："你脑袋不大，鬼点子不少，我不在国内的时候，你就欺负国金。国金念你救过他一命，他都忍了。我爹活着你敢吗？你以为我爹死了你就是老大了，我爹早就把你小子看透了！"

金沐灶耿直地说："你爹肉体没了，可魂儿还在，国金兜里的那块骨头不是天天指手画脚吗？更可悲的是，有人愿意借尸还魂！"

权大树说："这是我们家的事，你恨我爹，更说明我爹是个能人。你个书呆子长个小脑袋，想整事吗？"

金沐灶轻蔑地说："哼，我的脑袋是不大，却藏着思想，你的脑袋大，却是个吃货。人只知道吃，跟动物有啥两样！"站在一旁的蝈蝈撇着嘴巴说："你有思想，为啥没混好？思想，就是死想，我看你是想死吧。"

权大树抢话说："金沐灶，瞧瞧你这德行，大学毕业混得比谁都落套！官没当成，老板干黄了，老婆没娶上。权国金没考上大学，人家有权有钱，吃香的喝辣的，可你有啥呀？"

金沐灶提高了声音："我建魁星阁，要拯救日头村的人，包括我们的后代。"

权大树嘻嘻笑着："你以为后人会感激你啊？会记着你吗？网络时代，知识爆炸，谁还记着你的魁星阁？寄希望于后人，那不是扯淡嘛！"

我在一旁始终插不上话。山风硬硬的，吹得我睁不开眼。

金沐灶自信地说道："我相信有那么一天，人们会朝拜魁星阁的。"

权大树冷笑两声："就算有，可那要等多久？一辈子都无法兑现的东西，对你，对我们，有个 × 用啊！"

金沐灶皱眉想了想，说："等多久，取决于人自身。可我有责任拯救这个灾难深重的村庄。"

权大树近乎歇斯底里了："拯救，你以为你是谁呀？你是菩萨，还是上帝呀？你小子天生就是受苦的命！"

金沐灶眼里冒火，像是在燃烧："看来你还是没有明白我的意思。我不是菩萨，更不是上帝。我是日头村一个普通农民，受苦受难，是我的命。有一点我是明确的，我不是为了得到什么去受苦。你们呢，逃避受苦，作恶多端，却还要蔑视别人，你们不觉得荒唐可笑吗，不觉得可耻吗？"

我全神贯注，侧耳倾听，用心品味。

权大树回应说："你是谁，你算老几？一个落魄的人，有啥权利教训别人？"蝈蝈更是狗仗人势，恼怒地喊："该干啥干啥去，没工夫搭理你！"

　　金沐灶憋着一肚子的气说："我还懒得搭理你们哪，我跟你们水火不容。"他停顿了一会儿，吐了口唾沫，接着说，"哎，跟你们说这个干啥，你们的心肠早坏了，金钱把你引诱住了。蝈蝈，这么多年你像狗似的跟着他们跑，简直就是恶魔！"

　　蝈蝈骂了句脏话，举起手里的砍刀："你是活腻歪了吧？"

　　金沐灶毫不示弱，迈了一步，依然对着权大树不紧不慢地说："吓唬我，收起你那一套吧。都说你爹厉害，可我没怕过，更不会怕你们哥俩儿了。你爹愚弄百姓，把他们控制在掌心里，这么多年来好像没有你爹不能的事。但是，在我金沐灶这儿不好使了。"

　　权大树闯过来，恼怒地骂："姓金的，你小子身在福中不知福，忘了我们权家对你的恩典了吗？"

　　金沐灶严厉地说："权大树，你去了海外，可你知道那些受凌辱，渴望自由、公平和正义的乡亲们是咋生活的吗？你看看治不起病的农民，看看那些困难的空巢老人，看看大嘎吃尸液的孩子，你知道，他们有多恨你们吗？你们把日头村的环境破坏了，自己发财移民了，移民还不够，听说你在澳洲赔了钱，又折回来搜刮财富继续损坏庄稼、糟蹋良田、污染环境。你们简直是丧心病狂、贪得无厌！"

　　权大树气歪了鼻子，说："常言道，人为财死，鸟为食亡。只要存在私有财产，就不可避免地产生贫富差距和物质追求。谁的错？弱肉强食的世界，竞争无可厚非，这是生物学规律。"金沐灶大声说："狗屁规律，这是竞争吗？这是你们权家的强盗逻辑，这是掠夺！巧取豪夺！"

　　权大树喊："你他娘的凭啥教训我？"

　　蝈蝈晃了晃手里的砍刀，扭头看着权大树说："他读书比我们多，我们动嘴动不过他。我家就有光荣传统，我爹的强项是皮带，我是砍刀，砍刀不离身，哪里有人不服就往哪里砍！"

　　我发颤的目光里，看见蝈蝈拎着寒光闪闪的砍刀，向金沐灶逼近。我在暗处大喊一声："蝈蝈，你他娘的敢胡来，我跟你没完！"我喊话时，期待救星，如果能有红嘴乌鸦飞来多好！

金沐灶瞪大了眼睛，毫不示弱："你想做啥？想杀人吗？"

蝈蝈恶狠狠地嚷："哼，把我逼急了，我就白刀子进去红刀子出来！"

蝈蝈一步步逼向金沐灶。

我气愤地喊："蝈蝈，住手！你小子太嚣张了！"

蝈蝈撇了撇嘴："滚，老轸头，这儿没你的事。猴头，把你爹看好了，我可要动手了！"

猴头拽我，我挣扎着，可毕竟老了，腿脚软了，我被拽到树林里。但我仍能听见金沐灶毫无惧色的呐喊："你们陷入一个罪孽的轮回里，你们一定要付出代价的！"接着，响起了拳打脚踢的声音。

我挣脱开猴头的胳膊，跑了回来。只见金沐灶被打得满脸是血，昏倒在山坡上。

权大树在一旁命令蝈蝈接着打。我跌跌撞撞地过来了，一头扑到金沐灶的身上，朝蝈蝈和权大树喊："别打了，再打就该出人命了啊！"蝈蝈擦着手上的血，对猴头喊："猴头，你小子变成滑头啦！当年抢大锤砸钟的猴头哪儿去了？我看你他娘的是不想发财啦！"猴头迟疑地说："钱，我要，人就别打了。"

金沐灶忽然醒了，挣扎着爬了起来，眼睛冒火。权大树毫不掩饰幸灾乐祸的心情："打，啥时候打服了就啥时停，不然，他会跟我们没完的！"蝈蝈伏在金沐灶耳边说："你服不服？只要你喊一声服了，再也不干涉我们的事啦，就饶了你！说啊！"我知道，只要金沐灶服了软，马上就可以改变局面。可金沐灶不可能向他们低头的。

蝈蝈骂了一句，抢起他爹留给的腰带，像疯狗一样扑上去，继续殴打金沐灶。金沐灶始终怒视着蝈蝈，一声不吭。我急了，冲着权大树吼叫："大树，你们要再打沐灶，我可不饶你！"权大树立刻喊了一声："别打了！"蝈蝈住了手，不满地看着我。

我跑到金沐灶跟前，蹲下来，搀扶他。权大树歪着头对金沐灶喊："姓金的，你都六十多岁的人了，跟我们权家斗了几十年，难道还没活明白？你不觉得自己太傻吗？你那所谓崇高的理想不堪一击。你要知道，你拆我的台，就是拆国金的台，也是拆权家的台，更是拆日头村的台。日头村，已经变为日头镇，一座新城，是省里的一面旗帜。你的疯狂行为，简直就像得了精神病的。日头村的乡亲咋看你，你知道吗？"

金沐灶吐出一口血，啐到权大树脸上："呸！你也配提乡亲！拍拍你自己的良心，心中还有乡亲吗？如果有，你就不会再来糟蹋日头村啦！"

权大树抹着脸上的血，刚要发怒，突然，陡地响起一声驴叫，把在场的人吓了一跳。哪里来的驴啊？

蝈蝈对着金沐灶说："咋着，我们要致富，不中吗？别在这胡言乱语了，赶紧滚吧！"

金沐灶倔倔地说："我不会向禽兽投降的，永远都不会！"

权大树说："你还口气不小哇。"

金沐灶说："我既然来了，就已经把生死置之度外，你们要干，有种的就从我这轧过去！"

权大树说："奶奶的，是他不想活，那还客气个啥！"

我劝说权大树："大树，听我一句话，退一步海阔天空。"

权大树狠狠地说："金沐灶怎样对待我们权家人的，您都看见了。我干爹没杀死他，我要除了他。这个念头冒出来了，就不好丢了。金沐灶就像一把刀子戳在我们权家人心上，他让我们消停过吗？是他，让我爹临死都没有放心啊！打，给老子往死里打！"

蝈蝈刚要抬手，我突然听见一声喊："娘个 × 的，都给我住手！反了你们了！"我抬头一看，不知道权国金啥时候来了。

紧接着，我听见权国金呵斥权大树的声音："打人，谁给你的权利？你们这是犯罪！"权大树说："是他自己往枪口上撞！"我只顾照看昏迷的金沐灶，没听清他们吵的啥。

权大树和蝈蝈被人带走了。

权国金回头抱起了金沐灶："沐灶，沐灶，你醒醒啊！"金沐灶嘴里涌出血沫，没有吭声。

我哽咽着说："国金，你今天做得对，你让我高看一眼。你走吧，我和猴头把沐灶送到杜伯儒的药王庙去！"权国金说："爹，我没想到会发生这样的事，您低调处理啊！我去找他们算账！医药费，我全出了。"说着他举起手机，接听着一个电话走了。

我让猴头背着金沐灶去药王庙。金沐灶不停地吐血。到了药王庙，杜伯儒在金沐灶的身上啪啪两下点了穴，他就不吐血了，但人依旧昏迷着。

我们把血淋淋的金沐灶送进了县医院。两个大夫实施了紧急抢救。金沐灶整整昏迷了五天五夜，最后吐出一摊黑血醒过来了。

杜伯儒兴奋地说："黑血出来，说明他的血脉通了。"金沐灶挣扎着要爬起来，我们都劝他好好躺着。他倔强地摇头，大声吼道："不，我不能躺着死去。我要站起来，只要还有一口气，就是一个战斗者！"说完，他又晕倒在床上了。医生纷纷拥来实施抢救。

金沐灶被打事件，激怒了村里乡亲们，他们纷纷围住权国金，还去了镇政府，上级很快重视起来。

金沐灶醒过来后的第二天，来了俩警察，给他做了笔录。两天后，打人凶手蝈蝈被抓归案，连夜突击审查。蝈蝈没有说出权国金啥事，警方开始追查权大树。可是，出事之后权大树就跑到国外去了。披霞山尾矿库提炼铁粉的违法工程停止了。

金沐灶摇了摇头，眼里涌出了泪。

过了几天，我听火苗儿说，蝈蝈被释放出来了。我有些吃惊，金沐灶一点儿不惊奇，因为他知道权国金有这个能力。我也想不通，这个被通缉的盗窃嫌疑人、流氓寻衅滋事人，为什么还像他爹一样恶行乡里呢？而且，权大树说跑就跑了，难道国外成为他的避风港了？

我赶忙劝说金沐灶："你别生气，身体当紧，我回头找国金说！蝈蝈应该受到严惩的，别生气了！"

金沐灶痛苦地摇着头："轸叔，这不是蝈蝈一个人的事，我恨，我恨啊！我努力了这些年，斗争了这些年，管用了吗？我一遍遍所设想的日头村的未来，不过是一幕幕的幻境罢了，连个魁星阁都难建成，真是愧对我爹呀！"

他痛苦不堪地说着，眼里涌出泪水。

街道两旁的树，都已见绿。天气转暖，飘着小雨，不冷不热略显凉快。我冒雨来看金沐灶，嘭嘭地敲门，没有反应。

我急了眼，踹门进去了。金沐灶像是刚刚洗了澡，刮净了胡子，换了一身板板整整的衣裳。我发现是火苗儿给他买的那身名牌西装。他躺到炕上，一脸焦黄，死人色。金沐灶对我的到来很是吃惊，慌忙将药瓶塞到身子底下。我一把抢过来，心疼地瞪着他："你不该啊，冲我老轸头也不该呀！"金沐灶看着我，眼窝里涌出泪花来。我骂了他："糊涂蛋！"金沐灶说："我该死！"我着急地喊："傻子，该死的不是你！"我们吵得正烈，杜伯儒提着药箱进来了。我把金沐灶准备自杀的事情说了，杜伯儒竟然没有惊讶，他抚着白须说话了："无量天尊。常言道：炼透人性，便是学问。吃了亏，说明你欠他的。善人替你抱屈，你就积了德。如果无缘无故挨打，说明你有罪，受过了算是还债。你已经偿还了自己的债，还有什么痛苦呢？你琢磨琢磨，贫道说的在理不在理啊？"

杜伯儒的一番话，让金沐灶明白了许多，他释然了。但是，我感觉他还有一丝不甘。

我看着他开心，也轻松了一些。过了一会儿，金沐灶喃喃地说："杜老，轸叔，说实话，我真的想死。也许死了就不痛苦了。"

杜伯儒反驳说："你只说对了一半，死亡，是自己摆脱了痛苦，可会给亲人造成新的痛苦。你想一想，难道人生的痛苦不也是一种激情吗？难道痛苦不比麻木更有意义吗？"

杜伯儒的一席话，把金沐灶说得心服口服。

杜伯儒的话让我整整琢磨了一宿，不能安睡。

过了两天，我又去看望金沐灶。由于常年熬夜，他未老先衰，邋遢、颓败，他说身上哪儿都疼。我半天无语，真的可怜他。天黑了，花花点点渗进一些微光。这时候，听见杜伯儒的咳嗽声，他提着药箱子过来为他疗伤。杜伯儒把道教内丹的修炼和济世救人理想结合起来，提倡功行双全的修炼。我愣着不解，追问了两句。杜伯儒说："你不信道，你不懂，这是全真道所提倡的济世救人、积功累德。"金沐灶点点头，似乎懂得了什么。我最懂杜伯儒成仙的愿望。杜伯儒微微一笑说："王重阳在立教之初就提出了'全真而仙'的成仙理念。所谓'全真'，就是全精、全气、全神，即达到精、气、神的合一。"

金沐灶全神贯注，侧耳倾听，用心品味。

我瞪着眼睛听烦了，摆摆手说："老杜，你别成仙了，一成仙人就飞了，你走了，谁跟我做伴啊？谁给我们看病啊？"

杜伯儒叹道："你都活成老妖精了，谁能陪得了你？"

金沐灶换了笑脸："你们老哥儿俩啊，都不是凡人，都能成仙的。"

杜伯儒点点头说："沐灶的话，我爱听。你个老朽就少说话吧！"

我瞪了杜伯儒一眼，做了几个深呼吸。

金沐灶望着杜伯儒说："杜老，我想重读《金刚经》，可以吗？"

杜伯儒笑了："当然好了，外气内调啊。"

杜伯儒把揣在怀里的《金刚经》递给金沐灶，他望了望我，又指了指门口。他的意思是让我赶紧腾地方，走人。

我眉毛拧成一个疙瘩，骂："一个老道九个怪，一个不死都是害！"骂完，我蹶跶蹶跶地走了。

杜伯儒轻轻追了出来，虽有些笨手笨脚，但却一脸红润。我与杜伯儒并排走了一阵，谁也不搭理谁。

我忽然想出一个问题，追着问："伯儒，你说《金刚经》能治好沐灶的伤吗？"

杜伯儒没有回答，走了好远，最后望着状元槐的天启大钟不动了，发出一声感叹："去问钟！"

我听了一愣，觉得是一桩古怪事。去问钟是啥意思啊？

杜伯儒神神道道地走远了。

一朵花永远不会说出它绽放的秘密，可是，当我把大钟敲响的时候，世界上已经没有秘密可言了。

天黑下来，我围着天启大钟瞅了又瞅。

密密的树冠压着，俏皮地透出几颗稀稀落落的小星星，把天启大钟照得花花的。

这口老钟啊，把日月精华都吸走了。

第十二律　黄钟

1

这天早上，我在燕子河边看见了金沐灶。

他头发泛白，嘴唇发紫，脸色焦黄。他恢复得挺快，脸上的瘀血淡了。他拄着拐杖站在燕子河边，一动不动地望着远方。日头升起来，照在他脸上，他的脸竟然像镀了金一样，闪闪发亮。河水缓缓流，穿过桥洞，浮着的水草呈黑色。水是自由的，想流到哪里就到哪里。金沐灶收回目光，缓缓地说："人要是一滴水多好，随着河水流走，流向大海，到了海里，再继续流动。"

我没有说话，陪着他看奔流的河水。

我和金沐灶正说着话，有一辆三轮车驶来，车上传来呜呜的哭声。三轮车靠近了，我们认出是金大来两口子。原来是他们的儿子均义死了。

均义死在先天性心脏病上。送到医院，百般救治，但还是没抢救过来。日头村的孩子，容易得先天性心脏病。啥原因？这传言从哪儿来的？我一时蒙在鼓里。后来，我听说起因是槐儿的一句话。说者无心听者有意，权国金听进心里去了。

槐儿说他在美国做换心脏手术时，美国大夫看见他畸形的心脏说，这样的心脏与母亲怀孕时遭病毒感染有关。孕妇怀孕期间，饮用水出了问题。水里有一种 T 元素，孕妇喝了，容易滋生风疹病毒。而风疹病毒，是引发胎儿先天性心脏病的罪魁祸首。

日头村地下水有问题？一时间，村里被一种恐慌的气氛笼罩了。

我走在新村的大街上，看着玩耍的留守儿童。瞅他们的脸，瞅他们的嘴唇，黄脸蛋儿，紫嘴唇，瞅哪个都像先天性心脏病。我坐在状元槐下，闭上眼，总是听到娃的哭，揪心，惦记，六神无主。

我心中惴惴的，就去找金沐灶。金沐灶说："有那么严重吗？我问过槐儿了，美国大夫只是那么一说，他又没来过咱村。"

我担忧地说："宁可信其有，不可信其无。我们村刚死了孩子，怕是还会有第二个、第三个哩。"

金沐灶瞪了我一眼："您就不会说一句吉利话吗？"

我闭住嘴，不说话了。

金沐灶说："杜伯儒咋看这事？"

我说："对呀，我找老杜问问。"

当天下午，我就去药王庙找杜伯儒。杜伯儒得了两天感冒，烧得浑身筛糠，见到我来了，精神好一些。他捻着长长的胡须说："这要分两步走：一是化验水源，二是排查所有孩子，查查有没有这种病。"

我叹息了一声："那得花费多少钱啊？"

杜伯儒说："化验水源不难，难的是地下水不好整治。还有，排查这些孩子，要到省城医院啊！"

我直愣愣地站着，脸色苍白："老杜，你这么一说，看来槐儿说的有道理？"

杜伯儒点点头："有道理。不是空穴来风，值得重视啊！不过，我有一个担忧，排查很难，即便查出来，有些人家也医治不起呀！日头村，谁家有槐儿的经济条件？"

我听着吓了一跳："查出来就得换心脏吗？"

杜伯儒轻轻摇头："不用，前期发现只需手术。这个手术费用大概在八到十万左右。"我心一沉："唉，查出来也治不起呀！"

恐怖的传闻不断，可是，此事却了无声息。我想找权国金谈谈，这么大的事，村里不能不管啊！

那天早上，楼下有嚓嚓的脚步声，啧啧的赞叹声。

我醒来下楼一瞅，一辆白色的棚车开进日头村，停在文化广场中间，上面挂着条幅——儿童心脏病排查。人们呀的一声惊住了。

日头刚刚露头，将汽车照得锃亮。天上有几朵云，很白。几位穿白大褂的医生做着准备工作，权国金走过来，跟医生们握手寒暄。据说，是权国金动身去北京，从大医院请来了排查仪器车。

我半信半疑，"权国金真的能干这种事？"

权国金走了，我想去找金沐灶。无论权国金有啥动静，我都愿意跟金沐灶唠一唠。

刚刚走到金沐灶家门口，听见村里的高音喇叭响了。

权国金高声喊："各位家长注意了，我把北京的医生请来了，大家都带着孩子去广场检查。排查的费用，还有将来治病的费用，大伙不用担心，都由我权国金负责。这些娃是你们家里的希望，也是咱日头村的希望，更是国家的希望。他们要好好读书，要奔前程，奔更大的前程哩！"

金沐灶从楼里走了出来，侧耳倾听。

人们都在听，然后嘀咕一些小秘密。

金沐灶说："他这是在收买人心啊！"

我说："我瞅见了，大夫和汽车都来了。"

金沐灶不屑地说："来了又能咋样？"他似乎看透了权国金。因为这看透，还不彻底，因为那不甘心，仍然像游丝似的藏在心底。

我心想，也许权国金良心发现，要给人一个惊喜。

有人嚷嚷着往广场走，我和金沐灶匆匆去了。

那里围了一些大人和孩子，没人上车检测，呆呆地观望。有人说："那么贵，查出来也治不起呀！"有人喊："权国金请来的仪器车，我们谁敢上啊？没病也得添点儿病来！"还有人说："权国金这阵净干亏心事了，这是找心理平衡呢！他背后那点儿小九九，谁不知道啊！"

权国金过来了，汪笨湖、蝈蝈和老田埂跟在后边。权国金脑门映照着红光，头上的光焰，像长了个鸡冠子。他咳了一声，说："大伙都瞅见了吧，赶紧给孩子检查呀！我知道，你们有顾虑。一旦查出自己孩子有病，不好接受，担心没钱医治。我明确告诉大家，既然我把仪器车请来，就会负责到底。谁也不愿得病，病来了，也别怕，可以医治！大伙放心，每个孩子八万元的手术费，不用村里出，也不用企业出，我权国金个人全掏了！钱是啥，钱是王八蛋，花了再赚！钱能救活孩子的命，那叫用在了刀刃上，那是多大的善事啊！"

我想了想，插话说："国金，说出去的话，泼出去的水。你这海口夸出去了，可别糊弄人啊！"

权国金咧了咧嘴说："爹，您咋跟着起哄啊？"

我说："我是给你敲警钟，怕你小子耍啥鬼花招儿。"

权国金的声音越来越高："乡亲们，你们可能有疑虑。拆迁、补偿，好些事情我与大伙之间有误会，你们不大相信我的诚意，怕我食言。但你们可以问一问许主任，我的钱已经划拨到他们医院的账号上了。一百万，多退少补啊。"此时的权国金饱含深情，只是无泪。

许大夫清了清嗓子，说："请大伙相信权支书，支书真心爱孩子们。他为了这事，到我们友谊医院跑了好几趟。出钱又出力，真操了不少心。你们日头村人有福哇，这样的好支书，打着灯笼都难找哩！"

老田埂拉着孙子的手，说："大夫，我信国金的话，先给我们查。"

许大夫哈哈一笑："好哇，赶紧查吧。"

老田埂领着孙子进了汽车包厢。

我轻轻骂道："这老田埂长了狗心，谁给吃的跟谁亲。"

老田埂开了头，家长们纷纷带孩子们检查。

一连查了三天，适龄儿童都查遍了，结果要在半个月后出来。孩子家长都提心吊胆，我带着杜伯儒给他们宽心。

半个月后，结果出来了，村里有七个孩子患有先天性心脏病。老田埂的孙子躲过去了，没有心脏病。得病孩子的家长如临大敌，一脸的紧张。权国金出面联系医院分别给孩子们做了手术。

自此，日头村人对权国金刮目相看。

事情过后，金沐灶哑口无言了。

我想不明白，一个人前后的落差太大了。

那一天，我去了权国金的办公室。说到救助孩子这件事，权国金干咽了一口唾沫，说："爹，谁都知道钱是好的，没人愿意拿钱打水漂。我有树立新形象的意思，但是，我更懂得了一个道理，积在心里的毒，总会算总账的。善有善报，恶有恶报。你就是插了翅膀，也躲不过那个报去！既然躲不过，就去行善吧。"

权国金这番话，把我说糊涂了。

权国金高深莫测地笑了："以后您会明白的，我也是大病之后明白的。人世间啥最金贵？不是金钱，不是高楼，不是权势，而是心中那点儿真情。这真情才是无价之宝啊！"

我愣了愣说："国金，你真是这么想的？"

权国金浑身哆嗦，抖出一脸的红晕："爹，我大彻大悟了，心净，就不再有忧心事啦！"

我骂了他几句，掉了几滴眼泪："唉，你小子要是早点儿醒悟，火苗儿就会死心塌地跟你了。眼下可好，弄得你和火苗儿夫妻不像夫妻，朋友不像朋友。"

权国金不敢强辩，低了头，由我骂。

后来我想，权国金仅做一件善事，心净不了，还是骑驴看唱本走着瞧吧。

那天一早，我脸没洗就跑到了金沐灶的家。金沐灶听到了门响，拄着拐杖过来开门，我扭脸笑了笑。金沐灶迎着早霞，看了看我，似乎有许多话要说。我尴尬地问："你吃饭了没？"金沐灶说："吃了，煮了碗面条，外加俩荷包蛋。"我说："你身上还疼吗？"金沐灶说："不疼，轸叔，您还没吃吧？我给您做一碗去。"我急忙扶住他，说："中了，别管我，你养好身板吧。"金沐灶拉着我，非要回家做面条。我跟着他回村了，我跟他进了厨房。他家的老房子破例暂时没拆，等建成魁星阁，恐怕也就拆了。

金沐灶拄着拐杖做饭，瓶瓶罐罐，摆放得很整齐。

我还是想不透，杜伯儒不给他开药，而让金沐灶读《金刚经》。我的疑问被金沐灶看透了。金沐灶一把抓住我的手，激动地说："轸叔，我知道您想不明白，杜老为啥让我重读《金刚经》。实话跟您说吧，昨晚我重读《金刚经》，头顶忽然开了天。这感觉谁也无法体验啊！"

我吸了一口气："有那么厉害？你以前也不是没读过？"

金沐灶眼睛黑白分明，反着日光："轸叔，您说，我被他们打得那么重，还能活着已经是个奇迹了，难道奇迹还能接二连三地发生吗？没承想，还真的发生了。我想明白了一个问题，这个问题比我的命还重要。"

我感觉血往上涌："啥问题这么重要？"

金沐灶慢慢坐下来，说："轸叔，我不想整倒权国金了。"

我一愣："为啥？"

金沐灶说："也许是我错了，日头村的事，不是金家和权家的事。权家和金家，斗来斗去，杀来杀去，啥时是个头儿啊？权国金救助心脏病儿童，真让我受了一惊。细想想，我们都是一棵树上的果子，不管大小丑俊，掐了枝蔓还连着根儿哩！我们不应该代代生仇，而是应该代代生爱，如果人人都这样想就好了。可是，那些既得利益者，已经得到了，还要得到更多，贪得无厌，抑制这种疯狂，仅仅有爱是不够的，当然没有爱也是万万不行的。有因必有果，还是去爱吧，轸叔，您说这感觉，是叫看破红尘呢，还是叫真正的清醒呢？"

我心头一热，眼睛汪了泪："沐灶，你说得好啊！"

金沐灶没再说话，脸上没了大喜，也没了大悲，表情超然："轸叔，我重读《金刚经》，让我懂了一个道理。"

我抬头问："啥道理啊？"

金沐灶干咳了一声："古人云，天下熙熙，皆为利来；天下攘攘，皆为利往。人们追逐金钱，如果取之有道，不能算恶行。关键是要看这个人拥有金钱财富之后都干了啥？权国金解囊救助心脏病儿童，不管他有怎样的初衷，终归还算是善举啊。善行天下，这不好吗？"

我点了点头，既温暖，又欣喜。

我心情疏朗一些，说："好啊，沐灶，我明白了，你从经书里学到了怎样爱仇人，有胸怀，了不起呀！你要跟国金好好聊聊，你们毕竟曾经是好朋友啊！你要帮他走出怪圈，尽早扔掉揣在兜里的那块骨头！"

金沐灶重重地点着头，哑了嗓音说："我都明白了，整倒了权国金，能解决农民问题吗？不能啊！我们日头村有多少问题啊，失地的农民坐吃山空，人还咋活？日后谁来种田？我陷进了哲学家布置的迷魂阵。人要活着，办法总会有的。换一个方式思考，有些东西会坍塌，有些东西就会重新建立。农民一路走来，步步艰辛，万万不能走回头路了。往前走，难于上青天！可是，多难，也得往前冲啊！困难，困难，困在家里就是难。出路，出路，只有走出去才会有出路。中国农民需要城市拥有的一切，这是巨大的需求，也是未来的经济增长点。同时，也是我们农民的新生之路！我说得对吗？"

我不懂这些，只为金沐灶的转变高兴。

这个时候，我听见门口传来汽笛响。不多时，吕富仁教授提着一袋补品进来了。吕富仁不知道，几次面对死亡，已使金沐灶换了个人。我们跟吕教授一阵寒暄，说到金沐灶受伤的事，吕富仁愤愤地说道："农村的乱象，很多地方这样。权大树这个魔鬼，这个混蛋，他是整个事件的祸根。"金沐灶噗地笑了。他说："权大树不是祸根，祸根是人心。"吕富仁送来了他的新书《农村三问》，送给金沐灶，还递给我一本。我满脸开花地笑着："我不识几个字，还看啥书啊？"吕富仁皱着眉，不住地摇头："唉，您是日头村老人了，最有发言权啦！这本书，主要谈解决粮食和其他农产品过剩。要减少农民，减少种地农民，就要想办法增加农民工，农民工多了，又出了新问题，制造业人员就过剩了，制造业承受不了哇！"

金沐灶眼睛亮了，说："这就是你吕富仁的难题。表面看是农业难题，其实是很复杂的社会综合问题。"吕富仁说："如今是物质世界，人被鬼缠上了，谁不天天想着挣钱？只有你金沐灶没有心思赚钱，一天到晚琢磨事，处处跟自己较劲儿。说些冠冕堂皇的话，别人不信，连我研究哲学的都不信了。首先说，我是一个人，你也是一个人，得说人话，做人事。"金沐灶眼睛亮了，镇静地说："凡是我不了解的现象，我总是勇敢地迎着它走上去，不让它吓倒。我高高地站在它的上面。人应当认定自己比狮子、老虎、猩猩高一等，比大自然中的万物，甚至比他不能理解的类似高峰的东西都高，要不然他就算不得人。"吕富仁眯起眼，回味着他的话。金沐灶说："回到庸俗层面，你的哲学还起作用吗？"

他们谈论的问题太深奥，我听不懂了。

吕富仁教授说："哲学应该是一种能量，应该努力并富有成效地改善人。"说话时，他嗓子眼里有杂音，呼噜呼噜的。

金沐灶说："胡适说过，每个人争自由，就是为国家争自由。自由即秩序，宽容即自由。"

吕富仁感慨地说："以前我曾担心杜伯儒会影响你。尽管你不信道，但还是被他感染了。其实自从你当年辞职，我就感到了道家思想在影响你。《易经》里就有'不事王侯，高尚其事'的说法，后来有了老庄学派，有了对功名利禄的拒绝。"

金沐灶说："这是属于灵魂的东西。"

吕富仁说："人的灵魂有两个入口，一个是理智，一个是意志。法国哲学家帕斯卡尔的这句话一直在我脑子里反复萦绕。我常问自己有足够的理智，有足够的意志吗？人有两个灵魂，一个是活的灵魂，一个是死的灵魂。活着的灵魂就是无私的爱，是良心、义务和责任；死去的灵魂是邪灵，邪灵就是人的罪。你说对吗？"

金沐灶愣了愣说："难道我应该改变整个灵魂吗？我们从哪里走过来，还要走到哪里去？"

吕富仁仰着头，说："你只有内心丰富，才能摆脱灵魂的孤独和内心的绝望。"

我品咂着他的话，农村这些事弄不明白，我的忧愁还少些，真弄懂了，心情反而更糟了。隔着窗户看天，披霞山那边飘来一朵黑云，移到屋顶的时候，搅得我心里慌慌的。这一时刻，我特别想敲钟。

我去了状元槐下，敲响了天启大钟。钟声响了，觉出来了吗，那灵魂，原来是一种声音，而肉体，仅是一团鼓荡的气。

生活总是坎坎坷坷，起起伏伏。

冬天哆哆嗦嗦地来了，一夜之间遍地寒霜。没几天，怪味熏人的雾霾还是卷土重来。雾霾铺天盖地而来，人们对雾霾的恐惧悄然流传。村里村外咳嗽声连成了片。

金沐灶那里刚平静下来，火苗儿这边又折腾起来。

火苗儿与权国金分居了，对外还是夫妻相称。我看出权国金在努力挽回，可是火苗儿却灰了心。屋漏偏逢连夜雨，火苗儿的评剧团发不起工资，放长假了。现在很少有人看评剧，这个剧种很难存活了。我为闺女今后的日子担忧。不是钱的事，她这个心高气傲的人，能承受没戏唱的日子吗？

火苗儿看出了我的心思，悄悄对我说："爹，您别为我担心。我都快六十的人了，还有什么放不下的呀？再说了，就凭我这身段，这气质，到底是搞文艺的范儿。"

我憋红了脸说："火苗儿啊火苗儿，你这孩子哪儿都好，就是骄傲自大，总以为自己天下第一……"

火苗儿咯咯地笑了："爹，这叫自信！"我想起自信的金沐灶来，他俩一个比一个自信。两个自信的人，很难尿到一个壶里。

火苗儿这些日子在剧团，一直没回家，还不知道金沐灶挨打的事。火苗儿平静地瞅着我，问了一句："爹，近来沐灶老不接我电话，他干什么呢？"我忍了忍，最后还是把金沐灶的遭遇说了。火苗儿急了："权家人，究竟咋回事啊？"我连连劝说："权大树惹的祸，你就别瞎掺和了。"火苗儿脸色煞白，匆忙起身出了屋。我在她身后喊："啥都过去了，你别没事儿找事儿了！"

火苗儿疯疯地走了。

第二天晌午，日光懒洋洋的，谁见了谁犯困。我正在家里打瞌睡，火苗儿过来喊我去她家里一趟，我只好跟着去了。

权国金中午喝了酒，鞋都没脱就躺下了，正在呼呼大睡。火苗儿撞门进来了，我也跟了进去。门板一声爆响，都没惊醒权国金。火苗儿拽着他的耳朵，权国金醒了，瞪着蒙眬的睡眼看着火苗儿："你咋……回……回来了？"火苗儿厉声质问："权国金，你还是男人吗？你竟然指使金茂才给金沐灶投毒，你吃了熊心豹子胆啦？"权国金把脑袋摇成拨浪鼓："我没有哇，我没那么卑鄙！"火苗儿声音严厉："你以为金会计死了，就永远死无对证了吗？"

权国金憋成大红脸，紫红紫红的。

我这才明白，火苗儿为啥急火火地带我来。我张嘴不是，不张嘴也不是。

火苗儿对权国金步步紧逼。我瞪了她一眼，说："火苗儿，你没有证据，可不能说瞎说，人命关天啊。"

火苗儿说："爹，人走多了夜路，总会碰上鬼！我听说了，您也袒护他。金茂才死前都跟您说啥了？为啥不告诉我？"

我板了脸："金茂才说了，不关国金的事，是梦着桑麻啦！"

权国金阴阴一笑："火苗儿，都听见了，我权国金是男人，我跟金沐灶虽有过节，有很深的过节，可我，念他曾经救我一命，不会黑他的。"

我想了想，说："国金、火苗儿，你们夫妻俩就别闹了，金沐灶你们仨人，就是天生的冤家。冤家宜解不宜结，你们应该好好谈谈了。"

权国金咧咧嘴说："爹，你看见了，她这性格，听见风就是雨。火苗儿，你是我老婆，处处站在金沐灶一边跟我作对，上次你说我害死了金沐灶，可金沐灶回来了，他不是活得好好的吗？"

火苗儿胸脯剧烈起伏："以前的事，是我莽撞。但是，你和蝈蝈依然没有排除加害沐灶的嫌疑。金沐灶能活着回来，不是你们的善心，而是他的命大。不管咋说，眼下沐灶被你的人打伤了，伤得挺重，你能说跟你没关系吗？大树和蝈蝈不是看你的眼色吗？"

权国金皱起眉头，说："那天要不是我，金沐灶就会叫大树和蝈蝈给打死了。爹在，是不是啊？"

我连连点头，说："国金，你甭上火，爹心里清楚。我建议啊，国金你俩应该买点儿东西，一起看看沐灶，把这疙瘩解喽！"

权国金微笑说："好啊，好啊！"火苗儿梗着脖子说："爹，您得陪着我们去！"我愣了愣："为啥总拽着你爹？"火苗儿说："您不是金沐灶的忘年交吗？"我嘿嘿笑了，笑得溅出了唾沫。

我和权国金、火苗儿去了金沐灶家。

金沐灶正坐在写字台前，用毛笔抄写《金刚经》。他深深看了火苗儿一眼，再看着权国金，风趣地说道："坐吧，书记同志。"

权国金坐到沙发上，对金沐灶说："也不给沏杯热茶？"

金沐灶说："你应该喝凉茶。"

权国金一愣："进你这屋，我咋觉得浑身都冷啊？"

金沐灶冷冷地说："再冷，也不能拿别人的血来暖自己吧？"

权国金装糊涂听不明白。

我急忙打着圆场："沐灶，国金是来看望你的。"

权国金反讽道："你别这样讽刺我，中国人恨官员，可是，又都愿意当官员。包括你，你不愿意的话，大学毕业为啥进政府机关？"

金沐灶被他问愣了。

权国金舒展开眉头说："沐灶啊，你误会我了，不是我姓权，就天生喜欢权力。权力欲，是男人最大的欲望，胜过对女人的欲望。一个人，放弃统治他人不可遏制的欲望，难上加难啊！"

金沐灶说："我承认，权力不是坏东西，关键看你怎么使用了。不是权力有罪，而是我们人有罪。这两天，我读了槐儿带来的《圣经》，真真切切感受到，我金沐灶有罪啊。我提议，就让我们一起来赎罪吧。包括替你爹赎罪，我们一起悔过自新，上帝一定会宽恕我们的！"

权国金声音变得尖厉起来："金沐灶，我不是基督教徒，我是日头村的党支部书记、集团企业的老总，你让我相信上帝，不是开国际玩笑吗？"

金沐灶向权国金提出了一个严峻的问题："好，既然你说了，现在我问你一个问题。现在的村级集体资产基本为零，村干部的待遇又非常之低，乡村两级合为一体，村庄治理徒有虚名，这个残酷的现实你不会否认吧？"

权国金意识到这是个复杂的话题，不知道该如何应对为好。

金沐灶继续说了下去："你能不能回答我，占中国大部分的乡村治理由谁来承担，又该怎样运行？当农业收益不好、集体和私人企业效益不佳、农村年轻人一股脑儿流向城市、村级集体资产基本为零的时候，农村怎么办？中国的乡村治理该如何开展？"

我对他的问题非常感兴趣。村里人只有他能想这么多啊！

权国金使劲挥动着胳膊，近乎求饶地说道："沐灶啊沐灶，打住，打住，别说了。天上不会掉馅饼，要吃馒头自己蒸！只要自己动手啥事都能解决。咱们还是聊点儿轻松的话题，好吧？"金沐灶苦笑了："轻松？只要你一天不改变思维方式，咱俩的谈话就不可能轻松。咱俩是打小光屁股长大，一同开肩的兄弟，我真的期盼从你这一任开始，把你爹那一套彻底抛弃掉，还日头村一片晴朗的天空，你能理解吗？我知道你一时理解不了，这不要紧，可只要你想改变，一切都还来得及！"权国金摇头，叹说："我为啥要改变？我能变到哪儿去？"说完，他紧闭双眼。

我与火苗儿对望了一眼。

没有想到，金沐灶怀着一颗宽恕、仁爱之心，要重新接纳权国金了。

我也从火苗儿的眼睛里看到了热切的期待。我嘴唇哑哑着说："国金、沐灶，来，握个手，一切重新开始吧！"

金沐灶向权国金伸出了右手。

权国金的右手比金沐灶的慢了一拍，在伸向金沐灶的时候还犹豫了。火苗儿顺势推了一下权国金，他身子朝前一倾，就碰到了金沐灶的手。金沐灶顺势握住了权国金的手，笑了。

权国金握着金沐灶的手，笑了一下，很快又收住了。他盯视着金沐灶，从牙缝里挤出几个字："我恨你！"

金沐灶说："我也恨你，有时恨得直咬牙。"

权国金嘿嘿一笑，说："可我俩关系特殊，有时候，又真恨不起来。"

金沐灶说："请你恨我吧，这是历史的产物。有时候，我骂你，也恨不起你来。我姓金，你姓权，带一个木字，金克木，我是你的克星啊。既然你我都恨不起对方来了，那就爱吧！糊涂的爱也是爱。你说呢？"

权国金眼睛红了，张了张嘴说不出话来。

金沐灶说："朋友变冤家，冤家再成朋友，这不也挺好吗？这也是命！"

权国金忽然沉了脸："我是书记，我不信命。"

金沐灶气愤地说："国金，你是不信命，可你信你爹，难道这不更可怕吗？城镇化当中，我们的几场较量，说明今天的日头村与你爹的时代已经完全不同了，我们需要公开、民主，需要公平、正义！"

权国金虽嘴上不承认，但心里还是暗自接受了。

金沐灶毫不客气地说："听说，你一到关键的时候就依赖兜里你爹的骨头给你指令，有这事吗？"

权国金反问："骨头咋啦？我爹是日头村的功臣。"

金沐灶说："我们不评论死去的人，我只说你盲目崇拜，你不觉得太荒唐了吗？你啃一下骨头，就变成你爹的声音，不觉得可笑吗？"

权国金被说得脸一红一紫的。

金沐灶说："你这样装神弄鬼的，想没想过你的尊严哪？在日头村，你不是一般人，你是村里的当家人，你必须时时刻刻做出表率，不然，谁听你的？没有人格独立，哪有人的尊严？没有文化，哪里找尊严？没有魁星阁，哪里还有文化？人都没了尊严，日头村还有啥希望？"说到这里，他紧闭着双眼，脸上现出沉重的表情。

权国金噘着嘴，眼神里闪过一道凶猛的光。

火苗儿看着金沐灶，目光里流露出一种敬佩。

金沐灶受到了某种激励，继续说道："日头村，说它小，实在是太小；说它大，其实也很大。它不属于谁，争斗、打杀、剥夺改变不了啥，我最痛心的是，有人犯了罪，却一点儿不知道悔悟。"

权国金一听，顿时愣住了。

金沐灶给权国金的茶杯续了一点儿水，接着说："此时我想起一位诗人的名句——'如果我们寻找，那么我们一起寻找。如果我们悲伤，那么我们一起悲伤。如果我们丧尽故乡，那么我们一起丧尽故乡。'国金，兄弟呀，我真的丢不下你！我们不能丧尽故乡啊！"

权国金小声复述着这几句名言，似有所悟。

过了几天，我对火苗儿说："沐灶和国金的这次长谈后，人起了一些变化。我是多么盼望这对兄弟和好啊！"

那天傍晚，火苗儿对我说："这一阵子，权国金病了。"

我劝火苗儿暂时搬回来，照顾照顾权国金。火苗儿爽快地说："爹，冲我姐的面子，我回来照顾他。"我说："不管冲谁，你们没离婚，就还是夫妻。"

权国金得了失眠恐惧症，总感觉有人跟踪他，他停下了看，没有人。是幻觉，可这幻觉为啥这样逼真强烈呢？我分析说："他可能是病了——心病。"火苗儿说："要不，我陪他上心理门诊看看去？"我说："先别急着去，看看再说。"这天晌午，我刚要睡会儿，火苗儿急慌慌地进来了，对我说："爹，国金要出差几天。"

我说："出差就出差吧。"但紧跟着想到了权国金有心病，赶紧去了他家，见了他就问："你真的要出差？得叫火苗儿陪着啊。"权国金说："爹，我承认我病了，是心病，需要自己一个人离开家，离开村，去一个非常清静的地方待几天。像人们说的，我要清理自己。"

我说："你自己走，火苗儿不放心，我也不放心哪。"

权国金说："可如果再在家待下去，我恐怕会疯了的。"

我想了想，说："我去给你找杜伯儒，他准能治好你的心病。"

我去药王庙找杜伯儒。杜伯儒听说是给权国金看病，不愿意跟我走。我死拉硬拽才把他请到了权国金家。杜伯儒让权国金练功，练一种道家的"开胸功"，这功，开丹气，扩心胸。

那天傍晚，我领着杜伯儒又去了权国金的别墅，杜伯儒给权国金示范"开胸功"。他瞅准了一个穴位，手指轻轻一点，末了，点到眉心穴，这一下子，权国金疼得一蹦，几乎疼疯了。

权国金颤抖着身体，跟随杜伯儒做着扩胸的动作，每做一下，火苗儿都问一句："咋样？好些吗？"权国金不说话。忽然，权国金的双臂停住了，身子猛地僵在那里，本来是正襟危坐的，突然"嗖"地站了起来，额头冒汗，呼出一口长气，像狼一样地吼了一声："你出来吧，我不怕你！我不怕你个王八蛋！"我和火苗儿都被他吓了一跳，杜伯儒缓缓摆手，示意我们这很正常，不要打搅他。

天黑下来了，权国金对着无边的夜色吼："你出来！有种出来呀！"他目视着苍茫夜幕，充满愤怒，慢慢地，眼神里有了温和。他的吼声在这个夜晚消失了，没有了，谁也听不见了。其实，我分析那只是个影子，根本就没有人走过来。权国金吼累了，瘫倒，闭上眼睛，死睡了一天一夜。

那天早上，天气阴沉，权国金醒了，面色红润，憨态可掬。我分析，他能闭上眼，却没法闭上心，他的心睡活了。我担心，一直没敢离开他。权国金一把抓住火苗儿的胳膊，说："老婆，我醒了。我问你一个问题，你说我的头号敌人是谁？"火苗儿猜测说："你爹？"权国金摇头，火苗儿继续猜："金沐灶？"权国金还是摇头。火苗儿说："到底是谁呀？我猜不着了。"权国金一字一顿地说道："我、自、己！"火苗儿微微笑了，笑着，笑着，眼泪夺眶而出。在火苗儿的催促下，权国金坚持练开胸功。

过了一段时间，有一天权国金找到火苗儿，攥着她的手说："我终于想通了，告诉金沐灶，魁星阁的项目我给跑下来了！"火苗儿一阵惊喜，紧紧地拥抱着他。没有多久，火苗儿帮助金沐灶跑通了重建魁星阁的最后手续。

魁星阁建设正式破土动工了。

人一上了年纪，爱钱，怕死，没瞌睡。每天天不亮，我就到魁星阁工地上看望金沐灶。金沐灶好像得了一种怪病，常常一边喘息着，一边大把吃药。他每天都待在临时工棚里，累了，就蜷曲到床上，或者靠在破椅子里。病情危急时，他双目紧闭，喘成一团，甚至昏迷，动不动就被工人抬进镇医院抢救室。有几次，他的确死过去了，医生给他上了氧气，按压心脏后，他竟然神奇地活了过来。只要活过来，稍微积蓄了一点儿力气，他又伏在那张破旧的椅子里，进行着魁星阁的更新设计。他的思维更加活跃，竟然在阁顶端设计了一个爱心塔。金沐灶要对新建的魁星阁进行大胆变革，除了鼓励魁星精神，还融入人间爱心。爱心塔里将供奉那张带血的《金刚经》。

魁星阁建设在紧张地进行着。

我从权国金嘴里知道，小城镇化建设在全县全面铺开了。根据县里统一规划，全乡十个自然村合并成一个镇，叫日头镇。

后来呀，我可不得消停了。为了镇名儿，几个村的干部争得面红耳赤。为了保留日头村的名字，权国金专门让我给镇领导讲红嘴乌鸦的神话。红嘴乌鸦的神话，深深地打动了他们。

日头镇名字已定，我给日头村立了一功。

我再敲钟的时候，人们都像敬神仙一样敬我，连杜伯儒也对我刮目相看。可是，一说到搬迁上楼，我和乡亲们一样，说不清是喜是忧。楼房生活从不少方面来说，都是很不方便的。但没办法，政府这样决定了，自有政府的道理。只是村庄合并了，祖祖辈辈住了几百年的村庄消失了，原来的日头村老村很快就会变成一片青纱帐。别人担心被强迫赶上楼，我却担心状元槐和天启大钟咋办？杜伯儒反对说："日头村，过去是我的祖先按金、木、水、火、土五行布置的，那是有道理的。合并后的新村，既不合五行，更不符合道家思想啊！"

我反驳说："你别瞎操心了，道看不见，摸不着，如今有几个人走在道上呢？"杜伯儒还是坚持他的观点，耐心解释说："道家反对采取勉强的、强力的、猛烈的、突然的、破坏性的、违反常规的行为，那样会破坏事物的自然和谐与平衡。道家所说的'无为'中的'为'字，实际上是指的这种不必要的、不适当的作为。兼并村庄中有强迫行为吗？勉强得了吗？"

我大声说："这明明是强行兼并，强行搬迁啊！如果不强迫，我能赶着牲口住高楼去？"

这一次，金沐灶却沉默了，是他体力不支，还是另有想法？

我问他为啥不站出来？是因为跟权国金和解了吗？金沐灶不回答。这些疑问，像影子似的，时不时，会从我心头掠过。

我再问他的时候，金沐灶严肃地说："轸叔，这次跟国金没有关系，整个过程，只是个符号。我不是害怕啥，我是单身我怕谁？我是怕给乡亲帮倒忙啊！"

我喘了一口气，心中还是惴惴的。

2

一群农民消失在谷地升起的一片雾霭中。

傍晚降临了，秋后的田野像个生了孩子的产妇那样歇息了。我盘在菩提树上，天已经黑下来，燕子河水是温暖的。觅食归来的血燕悠闲地卧在树枝上，丝丝缕缕升起的乳白色的炊烟使我的心迷茫起来。田里已经没有人看护，显露出自然的清静。（我的发现都带有偶然性，充满了喜剧色彩）我看见燕子河岸有几个留守儿童在嬉戏玩耍，他们上树掏鸟蛋，下河摸鱼，还到野地里偷摘半生不熟的地瓜。

这个芳香四溢的夜晚，月亮在薄薄的彩云里缓缓穿行。星星一颗颗跳上天幕，星光的流韵如同碎银。深邃的星空竟然如此逼近，我望着星夜，没有边缘的星夜。星宿闪闪发光了。

我无缘得到爱情，却能以自由的灵魂去触摸二十八颗星宿。辰星在天幕上闪闪烁烁，让我体味到一种超越生死又出入生死的自为状态。但也有一个遗憾，我很难通过星宿判断这些生人的容貌与性别，只能听闻那星宿唰唰的声音。（犹如农民镰刀割庄稼的声响）我与老轸头的疏远与隔膜来自他那黯淡无光的星宿。

我除了不能入地，想上天就上天，那种逍遥是别人没有的。逍遥的人啊，心在哪里安放？（一个人的心在哪里，他的家就在哪里。）我身在云顶，心还是留在村里了（村里的事务太清晰，清晰的东西缺少一种神秘感）。我与村庄的缘分彻底了断多好。我的幻觉里，星光从老轸头疲惫的脸庞往下坠落，犹如火焰。时间像流星一样流过，我猜想将有一件事给世界带来久违的惊喜。这是什么呢？

事情总有例外。披霞山的一场山火，险些将我隐身的那棵菩提树烧掉（这准是我梦境深处的另一个梦）。

看一看天启大钟有没有衰老的迹象？老轸头还是把钟声敲响了。老轸头的蒜头鼻子和大嘴都隐藏在乱七八糟的胡须中。震耳欲聋的声音使我的身子忍不住痉挛了一下。接下来，披霞山厚厚的烟雾和冷冷的空气把那钟声淹没了。

村里人听见钟声都跑来救火。

山火是怎么燃烧起来的是一个谜。"也许是春季干旱造成的山火吧。"老轸头一厢情愿地把自己的推算当作了事情的真相。其实，老轸头看到的都是表象。狼群在火焰里躁动着，一声声长嚎在山谷里回荡。通红的火光照得山野比白昼还要明亮，熊熊大火蔓延到披霞山铁矿。值班的保安撒腿就跑，他沿着山路奔跑时嗷嗷乱叫："鬼火啊！鬼火啊！"

各种嘈杂的声音响起来。

从天空望下去，人在救火的时候，脑袋是朝下的，双脚是朝上的（在这个自由的时代，人们陷入了本质的孤独。陌生的面孔遮掩着一个孤独的灵魂）。

消防队来人灭火了，乡亲们纷纷撤了出来，忽然他们又激情四射，脸上洋溢着难以捉摸的狂喜。他们把山火当成了篝火，集体救火竟然成为他们的一种狂欢仪式。一束束火焰在空中绽放，片刻间照亮了夜空。人在火旁稍稍滞留片刻，就害怕自己被蠕动和灼热的火苗儿融化掉。火苗儿竟然带头手舞足蹈起来，人们纷纷跟着跳起来了，槐儿和英子显得格外兴奋。那是一片乱糟糟的过节一样的热闹声（这很奇怪，人生中许多怪与不怪的事由不得你不信）。我听见火苗儿说话了，声音不像平常那么激烈，很柔和："爹，谁放的火？"

老轸头说："天火！"

英子说："也许上天对我们不高兴了。"

槐儿微微皱起眉头："你们怀疑自己可以，不要妄自猜测上天的意志。"

火苗儿说："别争论了，赶紧跳舞吧，如今这么有意思的活动不多了。"

金沐灶一愣："你说什么呢？救火是有意思的活动？"

火苗儿依旧热情而欢快，好像什么都没有发生过。她唱着歌翩翩起舞了。她伸手向金沐灶发出邀请，金沐灶却躲进浓烟笼罩的山林里去了。

老轸头说："他怕你。"

火苗儿瞪着眼睛说："他怕我？其实，他不应该怕我，应该爱我。"

老轸头说："别怪他，他已经爱不动了。"

火苗儿咯咯笑着："这是理由吗？死了都要爱。"

火苗儿惊讶的表情显得更加美丽，虽这把年纪她依然姿色不减。谁能分清爱与欲、灵与肉？谁能找到一个合理的界线？美是残酷的，也是绚丽的！可是，我却闻到了其中苦涩的味道。

老轸头说："这不该是我们父女讨论的话题。我找沐灶救火去啦！"

老轸头转身的时候，金沐灶早已跑远了，他已经做出了这样拼命的姿态协助消防队员救火。

金沐灶从火场里出来的时候，孤独地走在人群的后面。

我惊讶了，他是什么时候加入火苗儿他们狂欢队伍中的？

一切都旋转起来，大山、丛林、村路、燕子河的景物都鲜亮起来。村人的热情像火焰一样蔓延，昏沉的头被这热浪撩拨起来。金沐灶在空中翻跟头时像鹞子一样灵巧。他很快被人群覆盖，人头在山火的映照下耀眼地颠动，有人在地上打滚儿，有人拉着手跳冀东大秧歌，还有人扯着嗓子狂吼一通。就这样叫着、跳着、碰撞着、拥挤着，快乐到了极点。锣鼓上来了，锣鼓一响，渐渐地舞出花样来，不但舞出花样，还能舞出新鲜和别致来。忽悠悠一片红，忽悠悠一片黑，忽悠悠一片蓝，忽悠悠一片绿，染了一夜的火爆。

我望着大火周围狂欢的人群，却不能加入进去。我在天上看他们，总是对自己的视力抱有怀疑。我问自己："你为什么不相信这是真的？"我又回答自己："我没有不相信这是真的。因为我仿佛呼吸到了曾经那么熟悉的生活原本气息。"（星宿睁着眼睛从四面八方涌来观看这一盛大节日，高高的苍穹瞬间又恢复了昔日的庄严）。

我不明白生命为什么需要狂欢？

有人问："狂欢有什么用处？"

有人答："狂欢能使众生释放。"

还有人问："释放为了什么？"

有人答："释放能使人向善。"

（人压抑太久了，已经无法祥和地生活了，需要像山火一样尽情地释放，那种陌生而又熟悉的力量帮助人逃离人生苦境）疯狂的舞蹈结束了，大火也同时熄灭了。

我在远处看这一情形时心中无比兴奋，因为那是我想要的结果（人迟早要消耗掉身体中积蓄的所有激情）。

这样的场景世间难觅，我的眼里涌起了泪水。我能想象，至少在这个浪漫之夜，对于村人来说所有苦难不复存在，他们发疯似的想得到那个超越了时空的宝物，每个人都觉得自己尊贵显赫。

早晨的田野清新无比，那是焚毁涅槃之后的寂静和明媚。我的耳边仍然想着那种扣人心弦的声响。

星宿灿烂的时光里，我害怕自己被星宿的魔法变得衰老，也怕被星宿的灼热融化（我迎着风，又等待一场更大的风）。我不停地寻找、飞逃，一直向前——

3

村里传来一个好消息：槐儿跟英子要结婚了。

袁三定回来，参加槐儿和英子的婚礼。虽说他想不通，但最后还是随了槐儿。这天上午，袁三定来魁星阁工地见金沐灶。我正帮助金沐灶收拾东西，看见袁三定把支票递给金沐灶，说："这是五百万，捐助你建设魁星阁。"金沐灶耿直地说："我不能收你的钱！"袁三定愣了："为什么？你需要资金啊！这是我对魁星阁的一点儿心意啊。"金沐灶说："我的资金，还有社会募捐的资金，已经够用了，请袁董事长收回吧。"袁三定愣了："沐灶，用这钱可以扩大魁星阁的规模嘛！"金沐灶说："魁星阁是我们的文化根脉，不能用你的美国资本。请你尊重我们的文化。"

袁三定苦笑了一下，把支票收回去了："沐灶，你是不是太狭隘了？宣传人间大爱，是属于人类的，不仅仅是日头村的。听说，你要建设爱心塔，把这一张血染的《金刚经》放进去。我建议啊，你把槐儿手上的那本带血的《圣经》也放进去。"

金沐灶摇摇头说："这有些牵强吧，我建的又不是基督教堂。"

袁三定说："我们的经营模式在改革，宗教仪式为什么不能变革呢？"

金沐灶陷入迷惑状态，不知怎么说了。袁三定困惑的眼神，闪过一道阴影："我就不明白了，你怎么老是对外国资本充满敌意呢？外国资本并不都是恶意资本啊！"金沐灶冷冷地说："如果有人掠夺别人的猎物，猎人有权利对掠夺者开枪，以维护猎人的尊严。"袁三定说："我的资本，后代会用于慈善事业的。"

金沐灶说："别等后代了，从今天做起吧！"

袁三定仰了脸，张大了嘴巴，似有所悟。

我想起来了，袁三定曾经对我说过，他爷爷的亿万元的财富，于是就问他："三定，你也想像你爷爷那样安排财富吗？"袁三定想了想说："是啊！难道这不好吗？"金沐灶风趣地说："既然你不想把财富给槐儿这一代，为啥还阻挠他们的婚姻呢？"

袁三定叹息说："我反对槐儿的婚姻，是从遗传角度说的。槐儿可是我们袁家的血统啊！现在的中国，经济繁荣，富到二代就已经谢天谢地了。比如说权大树的儿子吧，这孩子在澳洲读书期间，开着豪华跑车去赌博，据说输得挺惨。要知道，从国际惯例上看，三代才出一个贵族。"

金沐灶叹息着说："我请教你一下，我们的一些民营企业，当固定资产跟银行贷款利息相抵的时候，他们能成为家族资本的拥有者吗？"

我品味着金沐灶的这番话，一连几声叹息。

金沐灶又说："我是农民，农民哪有资格谈资本？还是说说日头村吧。村庄没了，被你们侵吞了。这地方有女人，有男人，有花朵，有石头，有钟声，有笑声，以后还有魁星阁。但是，人心乱了，河水脏了，青山秃了，难道我们不该反思资本吗？"袁三定说："你只是看到资本丑恶，但资本带来的繁华你为什么视而不见呢？"金沐灶眼圈红了，说："我为改革成果欢呼，我也为改革发展中的一些失误和付出的代价难过。世事玄妙难测，谁能说得清。历史会做出检验和回答的。"袁三定说："我知道，你是向善的，心里想着百姓。可是，你的全部精力在魁星阁上。"

我疑惑间，袁三定叹息着说："说到魁星阁，我心里五味杂陈。你呀，当初要是听我的，到国外留学发展，就不会有今天的痛苦了。你想一想，你都六十岁的人了，一辈子的好时光都给了魁星阁。丢了官，丢了财富，丢了恋人，丢了后代，丢了本该属于你的快乐。人生在世，本该有丰富多彩的生活，可你没有。你太苦了，当你快要闭上眼睛之时不后悔吗？"

金沐灶轻轻摇头说："我不后悔，你知道我和我姐的性格都随我爹，宁折不弯啊！我们这一代人，该经历的都经历了。权家压得我喘不上气来，资本追得我不得安宁，我们的根在故乡的土地上扎得很深很深了，生生拔出来，就是个死啊。"

金沐灶和袁三定两个人的谈话太高深了，但我还是听懂了。我听了心发颤，瞅着他们，眼神模糊了。

金沐灶说："让我从头想想。对了，我姐姐死的那一刻，我望见了她的眼神。你要见了，一辈子都忘不掉。我爹被猴头一锤砸死的那一刻，他的一声惨叫，他最后那口血喷在钟上，呈现的图案，是那么熟悉，又是那么陌生，这个图案杜伯儒都没能破译，它折磨了我一辈子。我就想用我的命来破译它，在别人眼里这也许很可笑，可我不这样认为。三定、轸头叔，现在我破译了。"他说着，浑身发抖，无声痛哭。

我眼睛亮了，急忙追问："快说，这是个啥图案啊？"

金沐灶说："它竟然是魁星阁！"

我摇头说："魁星阁？不会吧，杜伯儒跟你说的不一样啊。"

金沐灶愣着问："他怎么说？"

我说："是日头村的地形。"

金沐灶说："他说的不对，就是魁星阁！"

袁三定皱着眉头，想了想说："我觉着，魁星阁的可能性大。"

金沐灶沉思了一阵，说："其实，我也想不明白，为什么会是魁星阁呢？我更想不明白的是，为什么谁也看不出是魁星阁呢？我马上想到爹的话，人要有文化，文化是水冲不走、火烧不掉的。老天爷也许有意让我碰上这些，重建魁星阁，续文脉，这就是我金沐灶的命。也许有人嘲笑我，骂我是个书呆子，骂我有病！我是病了，病得不轻，快死的人了，还没能留下自己的后代。我这人的命啊，比唐僧到西天取经受的磨难还多啊！"金沐灶说得激动了，眼里泪光闪闪。

这时我忽然想到了火苗儿，心里一疼。

过了一会儿，袁三定说："谁没有磨难啊？你知道，我在披霞山经历了怎样的痛苦。你还不知道，我在南非投资的金矿，经历了怎样的流血。别说什么重要，什么不重要。你没到过美国华尔街，在那里，资本的味道很足，处处都是陷阱！是狼就得练好牙，是羊就得练好腿。我不明白的是，在资本、实力说话的年代，你所推崇的这些虚幻的东西到底能挺多久？我提醒你，魁星阁就是个建筑，用钱堆起来的建筑，如果环境变了，有一把火还会把它烧掉。"

金沐灶眼睛放光了："三定，你说到问题的根儿上了。事在人为，没有做不到的，只有想不到的。这世界上，最可爱的是人，最可怕的还是人。即便再毁掉了魁星阁，还会有人心中惦记它，用自己的命来呵护它。这就是文脉啊！"

我静静地听着。

金沐灶口吃了："为了它，吃亏、遭罪我都不怕。人哪，心有多大，天空就有多大。小鸟虽小，玩的却是整个天空。就像槐儿和英子，这俩孩子多好啊，他们珍惜在一起的每一分每一秒。他们要向传统思想挑战，他们要开创自己的新天地，而不是父辈提前给指定好的。多么有志向的年轻人啊。"袁三定震惊了，张大了嘴巴琢磨着。金沐灶继续说："人没有文化，拥有多少财富，都不是自己的，都会拱手送给别人。钱统治人心，道德没有底线，人欺人，人骗人，是多么可怕啊！人心乱了，人血冷了。我续文脉，是想让我们的心怎样才能暖和起来，农民啊，怎样才能真正过上好日子！"金沐灶伤心的声音，有一种撕心裂肺的痛。他的眼泪流下来，流到鼻子两侧。我鼻子一酸，使劲跟他握了握手。

我们都沉默了。

过了一会儿，袁三定说："其实，我内心是佩服沐灶的。高远的目标成为奢望，伪君子就有了兴风作浪的机会。当今社会还是需要深邃的思想，严正的探索，今天比任何时候都需要啊！"金沐灶眼睛闪亮地望着他，这话似乎说到他心里去了。袁三定站了起来，离开的时候，掏出兜里的笔记本，写了一行字，留给了金沐灶，然后默默地走了。金沐灶打开纸条一看，嘴里轻轻念着："挺住，意味着一切——里尔克"

我敲响了天启大钟。末了，我几乎瘫软在地，后脊的汗溻透了。

黄昏的时候，槐儿和英子在状元槐下跟我告辞。他们离开了日头村，去美国旅行结婚了。走前，要跟我在状元槐下，与我和天启大钟合影。上汽车前，槐儿从包里掏出一个锃亮的小镜子，挂在了状元槐树干上。镜子一闪一闪地晃眼。

汽车在黄昏中渐渐远去，慢慢消失了。

我久久呆望着，转身回来，瞅见了镜子里的老脸。我的脸堆着皱纹，面皮精瘦，两腮塌陷，嘴巴都瘪了。唉，人老了，还能有啥好模样？

老槐树绿了又黄，黄了又绿。

一晃一年过去了。

日头村旧房子都拆了，最后一批农户，搬进了燕子河畔的高楼。村里更有有钱的农民进了城，还转走了户口。一幢幢大楼林立，立刻喧闹起来。喧闹声里，除了人声还有那鸡鸭猫狗牛叫和驴吼的声音。

我与牛同住在楼房里，人畜混居，客厅就是牛棚，洗脸盆就是牛槽。

我一出门，牛就探出脑袋，东张西望。

我回头瞅，老牛哞哞地叫唤起来。

我骂了一声："畜生！"

老牛垂了头，缩了回去。

昔日的日头村大集取消了，楼群里出现了早市、夜市和酒店，还有一些外来人口。早上晚上有了生气。人老了觉少，我站在楼里，就想一夜一夜唠叨过去的事。可是，我跟谁唠叨呢？

从高楼窗口探头探脑的老牛，茫然地望着所发生的一切。

牛哞哞的吼声令人迷惘（从远古到今天，这段故事长得没有尽头。这样的故事屡见不鲜，跟我听到的神话一样多）。牛的吼声惊动了金沐灶的生活。

我在菩提树上看见金沐灶一人跑到树林里来，有时呆坐着长时间盯着一个地方出神（不必讳言，这是一种囚禁。生活处处都在折磨着他）。

我伤心地发现，村子说没就没了。状元槐突然不绿了，枝枝杈杈，枯了。其实，状元槐树枝干虬，两年前就有半边枯萎，我把天启大钟挂在那一枝上。每遇大风，枯死的枝干就会无声地折断，从上边掉下来，到地上摔得粉碎。老鸹怕了，不敢在上面做窝。春天过去了，老槐的枝头没有动静；夏天过去了，没有一个芽苞从树枝上吐出来。我围着状元槐转了几圈，悲伤地叹道："老祖宗，状元槐这回八成真的要咽气了。"我蹲在楼下晒日头，呆呆的不知做啥，钟也懒得敲了，只等着哪一天，阎王爷安静地把我收去。

可是，我死不了，状元槐老在眼前晃，让我心神不安，日夜失眠，眼窝发黑。

一个雨后的早晨，我忽然发现状元槐又活了。它的枝条又绿了，又长出了新绿叶，嫩嫩的，彰显着青春活力。

状元槐死而复活，预示着啥呢？

没有几天，我听金沐灶说，他的魁星阁遇到资金困难，他急得嘴上起了一层燎泡。他变卖铜厂，还从农场里抽出了大部分资金，倾注所有财力。我跟火苗儿一说，火苗儿更是焦急，她帮着金沐灶筹款，变卖了自己的一些首饰，但还不足以支撑魁星阁建设。这个非常时刻，我去找权国金，想跟火苗儿一起说服他，帮助金沐灶，魁星阁毕竟不仅仅是金沐灶一个人的事。我到了权国金家里。权国金突然向火苗儿提出一个条件，他想把全家移民澳大利亚，投奔大哥权大树去。权国金是人大代表，他不能马上办手续，只能让拳头先过去。拳头大学毕业，要去墨尔本读书，让火苗儿陪同一起过去。

我吸了一口气，呆住了。火苗儿也惊讶地看着权国金，说不出话。权国金严肃地说："如果你答应，我就出资帮助金沐灶建设魁星阁。"火苗儿愣了愣："这是交换条件吗？"权国金说："是，也不是。这是为了我们一家的幸福。"火苗儿进行着艰难的抉择。我尴尬地站起来，转身出了房间。后来没几天，火苗儿就答应他了。当天下午，权国金就把钱打到了魁星阁专项账号上。魁星阁建设步伐加快了。火苗儿再三叮嘱我，要对金沐灶严格保密。

这一宿，我没睡踏实，胡乱做梦，梦中金沐灶睁了一下眼睛，很快闭上，我感觉自己被关进他的梦里。

天快亮的时候，我摸索着下了楼，出了门。我顺着街道朝魁星阁工地走。走着走着，天就亮了。我已经出了楼区，快到魁星阁了。我往草房一看，虚了吧唧，不见草房。我揉揉眼睛再看，天爷爷哎，哪里有草房的影子啊，草房不见了！我打了个激灵，心跳得厉害，拔腿就朝魁星阁跑去。到了魁星阁西边，我才看见一堆乱草乱砖。草房塌了！可能是龙卷风吹塌的。金沐灶压在草房底下了。"沐灶——"我大喊一声，扑了过去，胡乱地扒起废墟来。我的手指很快磨出了血。我一边扒一边骂："金沐灶啊，你个狗×的，魁星阁眼瞅着就要建成了，没见着魁星阁，你走了不后悔啊？"我在废墟上刨，刨出了一堆书，又刨出了一堆书。

我眼前黑影一闪，抬头一瞅，一只红嘴乌鸦飞过头顶。我立刻意识到，将有奇迹发生。

果然，金沐灶这家伙命邪大，一个放羊的孩子过来帮忙，我们从书堆里把他扒了出来。金沐灶挣扎着站了起来，脸色铁青。

日头高高地挑在树梢。我把他搀到燕子河畔的新家里。我告诉了火苗儿，火苗儿请了假，精心照料他。我时时刻刻守候在金沐灶身边，半步不敢离，生怕他有一点儿闪失。

金沐灶看出了我的担心，笑着对我说："轸叔啊，实话告诉您，我的时间本来就剩下不多了。"

我怔了怔，问："你是啥意思啊？"

金沐灶长舒口气，平静地说："我得了一种多动的怪病。这病一阵力大无比，一阵绵软无力。老天爷给我的时间恐怕不多了。"

我惊呆了，抓着他的胳膊："有杜伯儒，还有啥治不好的病吗？"

金沐灶苦笑着说："杜道士也无回天之力了。不过，只要魁星阁建好了，死而无憾了！"

我打着寒噤，流泪了："真是屋漏偏逢连夜雨啊！"

第二天早上，日头升起来了。鸡一打鸣，人们就都忙起来。我就和金沐灶赶到了魁星阁工地。魁星阁已经建到一多半了。我俩仰起脸来看，阳光在高处一闪一闪。我从金沐灶嘴里知道，这座魁星阁，阁基占地五亩。由须弥座、阁身、宝顶三部分组成。四重檐，八面体，攒尖式木结构，青灰筒瓦屋面。檐额、瓜头、撑弓都是精工雕饰。全阁拥有八十柱，层层设梯。底层用八檐柱、八廊柱、八金柱构成主体，八金柱贯通阁身，每层构架依次向内缩收一个步架到第四层。金柱则成为檐柱，另设八根金柱，金柱在山檐重力下起杠杆作用，将其挑起，使之微微离地。最高的宝顶将成为爱心塔。我久久凝视着魁星阁，觉得自己变成了毛嘎子，脚底下是一朵祥云，腾空而起，向着太阳飞奔而去。我听见沐灶喊："轸头叔，咱们干起来吧！"我转过身一看，民工们都来了，戴着安全帽，手拿各种干活工具。

金沐灶精神抖擞，大声喊："加把劲儿就快完工啦！"他的声音洪亮如钟，传得远远的。

半年过去，魁星阁终于落成了。

天快亮了，村口灰蒙蒙，有个黑影一摇一摇。那个黑影就是我。我像个幽灵，闻鸡起舞。魁星阁落成仪式在这天上午举行，我能不高兴嘛！浓密的槐树叶子，在风中招摇，呼呼啦啦响。按金沐灶的设计，参加仪式的人，每人手里举着一根槐树枝，那是状元槐的树枝。放祭台的地方，供奉着神话中掌管文章盛衰的星神。人们屏住呼吸，时光好像倒了回去。大晴天，日头很早就冒出来。日头很大，很圆，很红。我看见日头镇中学的孩子们来了，村里的留守孩子，蹦蹦跳跳、探头探脑地张望。槐儿和英子欢度蜜月归来，带着白衣少女来唱圣歌。我看见他们一双双喜气洋洋、充满天真的眼睛。钟声里，一群白鸽祥云般起飞，鸽哨掺杂着血燕的呢喃声，还有红嘴乌鸦鸣叫声。这是从没有过的大合唱。钟声里，总是带有槐花的味道。这情形像落一场槐花雨。

我让孩子们去状元槐上掰树枝，树枝上落了血燕，啄着东西，跳跳走走。我们走过来，燕子呼啦飞起，一群一群飞向了魁星阁宝顶。

杜伯儒主持典礼。天启大钟，挂在状元槐上。我把黄钟敲响，钟声一响，少女们就唱圣歌。钟声，苍凉而悲壮，响彻长空，洞彻人心，具有深长的意味。火苗儿搀扶着病入膏肓的金沐灶，金沐灶聆听着钟声，满怀敬意地仰望着魁星阁。我看见金沐灶此时已是泪流满面。

临近中午，我们给爱心塔揭幕，这是一个单独仪式。我没想到，金沐灶还是听了袁三定的建议，将那本带血的《圣经》放进了爱心塔。圣歌唱响的时候，槐儿捧着《圣经》缓缓走来，金沐灶捧着《金刚经》慢慢走来，他们两代人在爱心塔会合了。《圣经》和《金刚经》传到杜伯儒手上，杜伯儒将两者重合，精心放入一个黄色木箱，木箱用黄色绸缎包裹起来。

木箱方方正正地放在宝顶的最高处。

那一刻，我的心亮了，额头也像开了天目。

人不服老不行，我真的抡不动轳木了，只好不再敲钟。夜晚来临，我去看守魁星阁的蜡烛，整夜亮着红红的烛光，忽忽悠悠的，满眼的红色。蜡烛的青烟呛得我咳嗽了几声，我用舌头舔一舔唇须，喘了喘，勾起我温馨久远的回忆。依稀间，我还记得当年被红卫兵的大火烧掉的魁星阁。更记得，多少个日日夜夜已成过往云烟，魁星阁的废墟上，倒塌的土墙上不用播种，每年春天都长几棵麦子，秋天的时候，还有几棵高粱、玉米和谷子长出来。如今泥屋还保留着，我每年都给泥墙抹泥，这是我们汪家祖传的抹泥手艺。我用民间用的"抿子"往墙壁上抹泥。我抹的泥薄如纸，像摊煎饼一样，全村只有我能抹。即使抹出这样的墙泥，庙里的空间也越来越小，最后，我只能侧着身子出来。如今，新的魁星阁落成了，我再也不用抹泥了。

我眯着眼仰视着魁星阁，使劲咽了口唾沫，连唾沫都是滚烫的。

星星将魁星阁照亮了。

这天晚上，天黑透了。魁星阁竟自身发光，光晕虽小，但光总是光，有光就好。这时候，我瞅见金沐灶来了，他不错眼珠地看着魁星阁，像一尊雕像。忽然，他扑通一声，跪在魁星阁前，倾诉的声音格外动情："魁星啊，我活着，是为了趁我还在人世的时候，做完我的事，把魁星阁建起来。我知道，你不站立起来，我将死无葬身之地。'文革'时，权桑麻将你烧毁至今，已经四十多年，快半个世纪了。请你饶恕我，拖延了这么长时间。你别怪别人，都是我金沐灶的过错，可是我没有任何私心，我不要虚荣和显贵，不求升官，不求发财，不求自己长寿，更不求文运亨通。你文脉幽深，恩德无边，你是人间的天堂，一切崇高和希望的支柱。可是，请你原谅我，我必须修改原来修建魁星阁的方案。世道人心，不破不立，破坏一切必须破坏的，建立一切必须建立的。我不停地恳求，只是想更接近你的精神。请你赐福给人们，为的是拯救人们的灵魂……"

我静静地听着，金沐灶流着眼泪还在诉说。

4

金沐灶失眠得厉害，连续五天不闭眼。

秋雨下了三天，天气骤凉。槐树叶子渐渐变黄，收了秋庄稼，开始平整土地，播种冬小麦了。农家歇秋的时候，金沐灶终于睡了个好觉，睡得深沉，像个无忧无虑的孩子。金沐灶醒来时，我正好赶到。他眼神贼亮，提出一个大胆的设想："既然日头村变成小城镇，不久就是城市了，那就建一个真正的合作社吧。"

我愣了愣："农民合作社有过，你当副乡长的时候，不是村村都有农民专业合作吗？唉，花架子呀，都名存实亡了。萤火虫的屁股，没多大的亮儿！"

金沐灶说："别悲观啊，您还没听清，我说的是真正的合作社！"

我急切地说："是不是吕教授一来，又给你启发啦？"

金沐灶皱了皱眉头说："是啊，其实，我也做过一些调查。中国当务之急，要涨粮价，涨工资，降房价。可现在却是，粮价不涨，房价飙升，这太不正常了，太不正常了！粮价涨了，不是市场在起作用，而是炒作的结果。粮价涨，为啥农民得不到实惠？你想一想，去年大蒜价格暴涨，您家种了那么多大蒜，您收益了多少？"

我咧着嘴巴说："没得啥钱，都让二道贩子挣去了。"

金沐灶眼睛一亮，说："问题的症结就在这儿。农民得不着好处，而且城里的消费者也受到了伤害。这样饥一顿饱一顿，终究不是个办法呀！这就需要一个兼顾两头的合作社。我所说的真正的合作社，其实是两个合作社。农民生产合作社和市民消费合作社！实际上就是城乡合作社联盟啊！"

我懂了，似有所悟地点着头："好，好啊！"

金沐灶说："中国市场是一个强者通吃的市场。把握不好尺度就会费力不讨好，可能要赔钱。"

我一愣，说："这不是热脸撞上了冷屁股吗？丢了面子不当紧，怕的是赔钱啊！"

金沐灶鼓了鼓勇气，说："赔钱，赔钱也要干！"

我抬手指点着金沐灶的鼻子："你呀，金沐灶，真是个奇人，天底下就你愿意干赔钱的买卖！"

金沐灶笑了笑，说："看似赔钱，但意义重大。这就是中国农民的真正出路，星星之火，可以燎原啊！"

我说："事太大了，别指望我，我放屁添不了多少风。"

金沐灶笑了："打您自己的小算盘了吧？你啊，就是目光短浅！"

我又泼了他一瓢冷水："你光自己兴奋，谁跟你干呢？"

金沐灶毫不犹豫地说："汪树。"

我撇着嘴说："不挣钱，汪树跟你干吗？跟你忙活，他自己吃啥喝啥？我劝你别坑他了。"

金沐灶的面部表情突然活了，兴奋地说："没点儿文化的人干不起来，目前汪树是最佳人选。"

金沐灶和汪树通了电话，汪树说他没在深圳，由于长时间请假，他被公司解雇了，他目前混在北京。

金沐灶兴奋地说："快回来吧，我要委你重任！"

汪树答应了，赶紧坐大巴回来了。

那天中午，金沐灶让我把汪树叫到他家。金沐灶分到了五楼，他家老宅拆得晚，刚刚搬上新楼。我爬到五楼就气喘吁吁了。

我们一进屋，瞅见金沐灶已经在桌上摆好了酒瓶、酒壶、酒杯和碗筷。四碟凉菜，四个热菜，外加一只撕开的万里香烧鸡。

我喝不动酒了，眼瞅着，心馋着。

金沐灶把酒咕咚咕咚倒进两个玻璃杯里："汪树，咱哥儿俩酒要喝个痛快，话要说个痛快。"

汪树端着酒杯说："哥，成，成！"

金沐灶说："好，既然这样，我得把丑话说头里，不准说假话，不能说虚话，有啥说啥。谁要说假话，罚酒！裁判就是轸叔。"

我笑呵呵地说："中，我就是裁判啦！"

汪树拿起酒杯，咕咚咚喝了满杯，还亮了亮杯底："哥，我可干了。"金沐灶也喝了一大杯："好，好，好兄弟呀！"说着，他给汪树的碟子里夹了菜："吃菜，吃菜！"汪树吃着菜，还往我碗里夹菜。金沐灶说："光跟权国金斗争了，好久没这么喝酒了。轸叔知道我的脾气，我这个人脾气烈，从不在心里窝着气！可是，就这件事，总在我心里憋着，总想找人聊一聊，吐吐这心中的窝囊。"汪树满不在乎地说："有啥窝囊啊，不就是告权国金的事吗？"金沐灶说："错，错，你哪儿知道哥心中的苦啊！"汪树说："是你跟火苗儿的事吧？"金沐灶说："都不对，是农村合作社的事！"

我豁然明白了，金沐灶要说正题了。

到底都是文化人，容易沟通，金沐灶一说，汪树就激动了，浑身的肉乱蹦。

金沐灶红着脸说："哥知道这事有困难，但是，你怎么也得给哥撑起这个事，不管成功和失败，都无怨无悔。"

汪树给金沐灶倒了酒，举杯说："哥，我跟你干，只能成功，不能失败！"

金沐灶喝了这一杯酒，双眼盈满了泪水："汪树，事情是事情，交情是交情，再说旁的话都是多余的。我这人的脾气你懂。你甭忘了，我们都是农民的儿子，给农民做事，永远别想着利。你知道壮士断腕吗？我们就得有点儿断腕精神，首先得把袖子挽起来，把腕子亮出来！"

汪树喝得红脖子涨脸，脖子上的青筋一隐一现，像蚯蚓在蠕动。

金沐灶喝了一大杯，额头淌汗，满脸都湿了，流得眼睛睁不开。

我瞅着他们挺滑稽的，嘿嘿地笑了。

第二天傍晚，天还没黑透，金沐灶就在家起草《春晖合作社协议和章程》。

汪树喝高了，整整一天没出家门。晚上我去敲汪树的门，他睡眼蒙眬地说："我写不好文章。"我盯着他的眼睛："你不是状元吗？哪有状元不会写文章的？走吧！"

汪树就跟着我去了金沐灶家。

金沐灶开了门，继续埋头写着什么。我屏住呼吸，不敢大声说话，怕影响他的思路。过了一会儿，他扭了头，先跟汪树商量了一阵，汪树写了一页，金沐灶瞅了瞅，不满意，汪树就把这张纸揉成纸团，揉了一张又一张，滚了一地纸团。写到深夜，章程定稿，汪树拿笔记本电脑打了一遍。

金沐灶和汪树联合办合作社的事，在日头村传开了。自然也会传到权国金那里。

有一天，权国金问我："这是真的吗？"

我说："真的。"

权国金轻蔑地一笑："脸皮厚的人，不怕失败！"

我争辩说："你凭啥说人家会失败呀？"

权国金得意地说："凭我的直觉。爹，我的直觉越来越准了。"

我骂了一句："准个屁！你成算卦的啦？像这样的事，你应该支持！"

权国金哼哼唧唧地说："我支持是有条件的。"

我问："啥条件啊？"

权国金说："具体的有好多，简单地说，就是典型性，解决农民实际问题，有示范意义，符合科学发展规律。"

我眼睛一亮说："他们的春晖合作社都符合。"

权国金哼了一声："符合啥，他们糊弄您哪！"

我哼了一声，撇着八字脚出来了。后来，我听说权国金把这个消息透露给袁三定了。袁三定打电话，迫切与金沐灶见面。金沐灶躲避着袁三定。

那一天，金沐灶和汪树刚从城里考察回来。他们要在城里同时建立消费者的合作社，这事也已经敲定。我刚刚来到金沐灶家，袁三定就追了过来。

袁三定心里憋着气，愣愣地不吭声，着实难受。

金沐灶催促说："你说话呀，急着找我干啥？"

袁三定显然很生气："沐灶，这几天你为什么总是躲着我？"

金沐灶说："我不是太忙了嘛！"

袁三定说："你别瞒我，你要搞合作社，都传出来了。我听了还真有触动，这回行了，真的行啦！你的探索有了成果。我想给你投资，你躲我是不是信不过我呀？"

金沐灶摇了摇头，说："我不是信不过你，我是信不过资本啊！我们这个合作社，是在探索阶段，最怕嗜血的资本。我们要有限度地使用资本，把服务功能放在第一位。"

袁三定叹了口气，说："你总是戴着有色眼镜看人。我，包括我的资本，有那么可怕吗？实话跟你说，当初权国金拉着我在燕子河畔搞房地产的时候，我凭什么拒绝了他？记得跟你说过，我想拿出一笔扶助农民的资金。其实，在你骂我之前，我一直琢磨，怎样报答乡亲们，可是，我找不到出口。"

金沐灶嘿嘿笑了，说："如果你真这样想，可以投过来，我替日头村的乡亲们感谢你了。"

袁三定皱眉琢磨了一阵，激动地说："我刚从香港回来。纵看全球经济，处于巨变的转型期。中国经济也一样，处于阵痛中的转型期。过去，招商引资，某些人贱卖国家资源，压低农产品价格和劳动力价格，给外资的条件超过国民待遇。我是受益者，但是受益了，就不能糊涂着，现在到了回报乡亲们的时候了。农民缺失权利，资本胡作非为，在这困难的时刻，我能袖手旁观吗？我能眼睁睁地看着农民受煎熬吗？"

金沐灶惊讶了："姐夫，请允许我叫你一声姐夫。我头一回听你这样说，你还算有良心，没让我失望。"

我的眼窝一热："三定啊，日头村这块土，没白养你。"

袁三定眼睛湿润了，缓缓地说："沐灶，别看我一见你就争吵，其实，我内心挺佩服你的。你一直在探索，今天终于有了第一步的收获。首先，我真诚地祝贺你！过去的合作社是一个草率的探索过程，是迁就农民的一厢情愿。这次考虑了城里消费者的利益，目标是城乡共荣。做好了，将来成为一种合作联盟，挺有创见啊！我的这笔资金，你知道就成，别往外说，关键时刻也许能派上用场的。"

金沐灶警惕地瞅了我一眼。

我当场表态说："别瞪我，我保证不往外说！"

金沐灶说："如果我不在这个世界了，汪树有权动用这笔资金吗？"

袁三定说："当然，既然是慈善款项，这钱对事不对人。"

金沐灶说："好，我替我姐感谢你，替乡亲们感谢你。我们的合作社，就像你刚才说的，像是一个合作联盟。做强了，做大了，就会有农产品的定价权，那又会是怎样的前景呢？"

这时我想起一句话，话溜到嘴边上，又赶忙咽回去。

袁三定握紧了金沐灶的手："我们为明天祝福吧！"

我很冷静，他们热血沸腾的时候，我依然很冷静。我有一个固定观点：农民人最多，活得最苦的都是农民哩！你们的联盟，你们的定价权，是啥猴年马月的事啊？

春晖合作社成立那天，日头村轰动了。

仪式在状元槐下举行。我敲了钟，人们听见钟声，纷纷聚拢过来。我听见一片嗡嗡响，那里的人像炸了窝似的。这样的场面，完全出乎我的预料。我心中百感交集，一肚子话无从说起："咋来这么多人？是不是生活变了？难道人们住进了高楼不愿意种地了？"

金沐灶把汪树推到了前台。汪树举着表格，说："谁要入股，就是我们春晖合作社的股份农民了。"

金沐灶说："土地集中耕种，产品集中销售。年底分红啊！"

大伙争先恐后地报名。

老田埂喊："我要报名！"

有人喊："我要当股份农民哩！"

猴头喊："说啥也得有我一份啊！"

金沐灶补充了一句："我们是按市场规律经营的公司。不怕规模大，不怕股东多。我可有言在先，这是生意，不能百分之百地赚钱，如果有啥闪失，大伙要共担风险。"

汪树咳了咳说："如果担心，大伙可以再看一看。"

猴头吼道："我们不担心，我们相信金沐灶！"

然后，有人跟着喊起来。

后来，我和金沐灶陪同袁三定到田野考察，说起乡亲们入社的场面，袁三定默默地说："我说过的，早早晚晚会有这一天。早来比晚来要好！"

金沐灶说："已经来得晚了，晚了。"

袁三定笑着说："不晚，好宴不怕晚嘛！"

突然，哗啦一响，好像有红嘴乌鸦从脑顶飞过。

我下意识地喊了一嗓子："好兆头，红嘴乌鸦！"

金沐灶和袁三定仰了脸，往天空瞅。

天空雾蒙蒙的，哪有红嘴乌鸦的影子？

我想了想说："毛嘎子说有个云顶，红嘴乌鸦可能飞云顶去了。"

金沐灶点着头说："是有，我梦里去过那个地方。"

我说："现在你看云顶。"

金沐灶顺着我手指的方向看去。

我问："你看见了吗？"

金沐灶说："看见了。"

我问："你看见啥了？"

金沐灶说："看见云顶了。"

我一愣："真看见还是假看见了？"

金沐灶说："真看见了！"

我抬头猛往远处看，除了一疙瘩一块儿的云彩，别的啥也没看见。我掐了掐腿，疼疼的，不是幻觉。

金沐灶一瞅我，嘴角现出一丝笑意，他很愉快。

这一夜，我安详地睡去。

5

日子一晃，快得吓人。

拳头都大学毕业了，权国金要送他到澳洲墨尔本读研究生。这几天里，权家极为热闹。金沐灶也过来了，他送给拳头一套魁星阁模型，模型很精致，像是一座活的魁星阁。

权国金没有说话，拳头接过来，没有细看，随手放到了桌上。我也送给拳头一个礼物，那是一口铜铸的小钟。拳头瞪圆了眼睛瞅着我，他不明白姥爷为啥送他铜钟。大家喝酒庆祝，这样的气氛很久没见了。金沐灶与权国金坐在一桌喝酒，也出乎我的预料。明天上午，权国金和火苗儿要送拳头到澳洲墨尔本。

火苗儿和拳头走了以后，我心中空落落的。晌午了，也不觉肚子饿。我打开电视机，等着看午间新闻。这时身后屋门响了一下，火苗儿突然站在了我的面前。我瞪大眼睛看着她："哎，你咋回来了？国金呢？"火苗儿冷冷地说："他去送拳头了。"我惊讶地问："你咋不去送啊？"火苗儿的眼神黯淡下来，她哽咽着说："我怕回来的时候……再也见不着他了！"我知道她说的是金沐灶。我叹了一声，心情格外沉重。她对金沐灶的那份感情，准是让权国金吃了醋。我们父女俩好半天相对无言。火苗儿瞪着一双眼，生气地说："爹，气死我了，在路上，拳头把魁星阁模型和小铜钟都扔了。"我一愣："啊？为啥？"火苗儿轻轻地叹气说："我们在车上，拳头摆弄魁星阁模型和铜钟。国金说，带这破玩意儿干啥？"我急了："国金咋这么说话？"火苗儿说："他那人啊，还不是又吃沐灶的醋了。"我闷声闷气地说："这狗东西，魁星阁是沐灶送的，可那钟是我给的呀！"火苗儿沮丧地说："快别提了，你忘记了吗？那铜钟不是金沐灶的铜厂生产的产品嘛。"我恍然明白了什么，噎得说不出话。过了一阵，我无力地说："扔就扔吧，到了澳洲，人家谁知道魁星阁，谁知道铜钟？那里有袋鼠，有企鹅岛啊！"火苗儿说："我是生国金的气，哪有这么教育孩子的。爹，您发现没，拳头越来越像权家的人啦！"我叹息着说："人家本来就姓权，像权家人咋了？"火苗儿说："反正我生气，在路上，我两人就吵架。权国金说他一个人送拳头。"我抬手点了点她的脸："你呀，多大岁数了，还耍小孩子脾气，不冲国金，也得冲孩子啊，拳头可是你姐身上掉下的肉啊！"火苗儿眼睛湿了，哽咽说："我姐啊，快别提了，一提她，我就想起她那只脚。"

我更难受，捂着耳朵："姑奶奶，别说了，快别说了！"

日头落山，天还没黑透。我探头望了望黑暗中的田野，土地离我远去，我不看土地，不种庄稼，也能睡个踏实觉了。猴头、蝈蝈他们恨土地，我不恨。我只是听到村里的邪事就烦心。蝈蝈偷了杜伯儒的钱，被权国金追回来了。杜伯儒告诉我，无所事事的蝈蝈聚众赌博。我骂道："蝈蝈啊，那是人渣！腰里硬那狗东西，能养出好儿子来吗？"杜伯儒沉着脸，悄悄说："轸头，你骂人家腰里硬，咋不检讨检讨自个儿呢？"我愣了愣："我咋啦？"杜伯儒说："你家猴头也跟着赌博呢！"我一听就颤了："啊？这个狗东西！"杜伯儒在我发火的时候，偷偷捂着嘴巴走了。杜伯儒的嘲弄，让我很没面子。

那天被我碰个正着。如果不是猴头削尖了脑袋卷进去了，我不会掀他们赌桌的。那一天，他们打的是三缺一，蝈蝈把我家猴头拉上了牌桌。我这个当爹的知道，猴头再不务正业，还从没赌过，是蝈蝈生拉硬拽的。牌桌上，越是新手，手气就越旺。猴头一玩起麻将，就不要命了，哗啦哗啦，一干就是一宿。那牌上的图案，除了圈圈就是竖条，还有鸡的图案。前几天，猴头赢了很多钱，一来二去，猴头迷上赌了，九头大牛都拉不回。

我怕他上了瘾，败了家，就去找菜花，那时菜花还蒙在鼓里。菜花一听就气炸了。我跟菜花商量了一个对策。

那一天，我闯进去把赌桌子给掀了。赌牌哗啦啦撒了一地。

猴头跟我急了眼："爹，你老糊涂了吧？这也叫赌？人家权大树上澳门赌场，出手就是几千万。"

我骂："人家是大款，你是啥？无业游民。"

有人喊："老轸头，敢情你有钟可敲，我们干啥？不赌干啥？"

蝈蝈跟着喊："十个老头九个怪，一个不死都是害！"

我瞪着蝈蝈喊道："滚，没你说话的份儿，还想要你爹腰里硬当年的威风啊！你算个什么东西，标准的下三烂，社会渣滓，敲着破脸盆讨饭的要饭花子。"

蝈蝈梗着脖子喊："敲钟的，找死啊？"

我说："我早活腻烦了，死就死，谁怕谁呀！"

猴头怒了，抓了蝈蝈的脖领："有他娘你这么说话的吗？敢这么骂我爹？"

蝈蝈跟猴头厮打起来。我用轸木戳了蝈蝈的脚，蝈蝈被猴头扇嘴巴子疼得直咧嘴。我破口大骂："你们这些畜生，吃土地款，吃租金，赌博，可劲儿造，今天败了家，明天吃啥？坐吃山空，人活着，钱没了，光剩个破楼房，日子咋过？你们想过吗？"在场的人都让我给骂傻了。

杜伯儒正巧路过这里，进来插话说："无量天尊！老轸头成精了，说得好，继续说，说下去。"

我像泄气的皮球，摇摇头说："我再说也是白费唾沫星子，还是留口唾沫暖暖自己的心窝子吧。眼下，咱农村成啥了，老人和孩子种地，老人死了，孩子们读书走了，往后谁来种地？咱农民以后吃啥啊？"

我蹶跶蹶跶地走了，我去状元槐下敲钟了。

几天后的黄昏，我看见村头开来了一辆警车，下来好几个警察，直接奔蝈蝈家，说蝈蝈吸毒贩毒，将他铐上手铐，押上警车带走了。

第二天早上，天还没亮，火苗儿就敲我的门。我冷不防受了一惊，打开门问："出啥事了？"火苗儿喘着气说："爹，警察在抓猴头，罪名是吸毒。"在村里人眼里，挖祖坟、打闷棍、欺寡妇，是最缺德的事，并不把吸毒看得那么重。轮到我家了，还是吃惊不小，我气得瘫在了地上。猴头赌博我知道，这冤家啥时候吸上毒的啊？我急火火地问火苗儿："这个混账，快带我去找他！"火苗儿说："警察找我了，让我找您说，我哥跑了。"我惊讶地说："跑了？跑哪儿啦？"火苗儿生气地说："谁知道啊！"我埋怨道："这狗东西，咱农村，以前是养儿为防老，如今啊，养老要防儿啊！他就是要我命来的啊！"火苗儿还要说点儿啥，瞅了我一眼，又咽回去了。我连忙向火苗儿询问情况，火苗儿低声说："为了吸毒，我哥背着菜花偷偷卖掉了分给他的两套楼房。听说，还要把您分的那套房卖了呢。"

我一听气坏了，大骂猴头这个混蛋，这么瞎折腾，以后咋办？没有地了，没了房了，往后吃啥？

火苗儿叹道："他真是无家可归了！"

天空飘来雾霾，我站在门口，噗噗地吸着黑烟。隔了两天，我等猴头的消息，人没音信，却等来了一帮上门逼债的。原来，猴头偷了我的房本，偷偷抵押在赌场，他把我的房子也输掉了。一群横眉立目的小伙子上了门，让我赶紧腾房子，如果不腾房，就让我拿八十万块钱顶账。

我愤怒了，破口大骂道："兔崽子，讹人啊？这是我的房子！"那伙人递上一张契约。猴头跟人家把字都签了，手印也按了，现在说啥都晚了。

那伙人走了，说两天后见结果。

我连连骂着，心中真没底气。我急得如热锅上的蚂蚁，急忙给火苗儿打电话。谁知是金沐灶接的，看来火苗儿现在就跟他在一起。金沐灶让我别着急，他和火苗儿马上赶过来。

金沐灶见到我后，塞给我一张银行卡说："轸叔，赶紧把钱给人家吧，您不能没有家呀！"

我愣愣地问："沐灶，这是多少钱？"金沐灶说："卡里有八十万！"我心头一热，哽咽了："沐灶啊，这么多？叔咋能收你的钱啊？"

金沐灶说："轸叔，我虽说不是您名正言顺的姑爷，可我还是火苗儿的哥，还是您的亲人啊！魁星阁建成了，我孤身一人，现在身体都这样了，留钱没有用了。"我心里一阵难过，说："沐灶，你说得都对，可是，猴头他不是个东西，他对你爹——"

金沐灶说："轸叔，不提过去的事了，多少年了，咱不提了。"火苗儿在一旁劝我说："爹，您听沐灶的，收下吧。"我接过银行卡，双手颤抖。

金沐灶红着眼睛说："轸叔，我跟猴头拼命那阵，您还救过我的命呢，从您给予的爱中，我理解了天下父爱，也学会了怎样去给予别人爱。"

我哽咽说："沐灶啊，你放心，如果猴头还活着，我一定让他做一个好人。"金沐灶双唇颤抖，眼圈红了。

猴头一年里音信全无。

我让火苗儿、菜花和金沐灶到处找他，乡村和城里都找遍了，一直没有这冤家的消息。这一年，我得了哮喘，见不得凉，一着凉就呼哧乱喘，喘得我眼圈黑黑的，差不多都变成一只乌眼鸡了。

第二年的夏天，那天天阴沉着，滚了两声雷，就落雨了，遇上雨天，我不愿意在家里待着，拄着轸木去串门。串门不为别的，就是想找老人们说说话，哪怕说说瞎话也好。夜里我起身上茅房，先咳嗽两声，忽然听见一阵响动，以为来贼了，死盯了门口一阵，又没动静了。我装着睡沉了，歪着头，四肢松松垮垮。忽然，门旮旯儿又有响声传来，然后灯就亮了。

"爹……爹……"我听到猴头的喊声。

我睁开眼睛，苦着脸，歪着嘴巴，一语不发地搂住他的肩膀。我们爷儿俩抱头痛哭了一场。然后我就端详着猴头，心中一疼，他瘦得眼窝深陷，颧骨突出，邋里邋遢。过了一会儿，猴头抹了抹眼睛，突然好奇地问道："爹，您门户从来都挺紧的，今天咋没锁门，有贼闯进来咋办？"

我喘了一阵，实话实说："自从你离开爹这一年多，爹就从没关过门。"

猴头脸憋得通红，哭了："爹，儿子对不住您啊！"

我摆了摆手："爹就知道，你只要回来就得奔爹这儿。我怕你晚上突然回来进不了家门，就从来没锁过啊！"

猴头哽咽着说："我以为爹早把我这不孝儿子忘了呢！"

我叹道："我是你爹，全世界都把你忘了，都把你遗弃了，但你爹不会，家不会！回家就好啊！"

猴头一跪，咧着大嘴哭，嘴巴咧到了耳根。

猴头变化不小，他自愿去戒毒。那一阵，云层乱，上下翻，不下好雨下冷蛋。

雷声响过,冰雹落下来了。一天上午,我和金沐灶准备去戒毒所看猴头,赶上了一场冰雹。我们藏在老槐树底下,躲过去了,才上了汽车。到了城里,看见猴头和十几个农民被强制戒毒。几天不见,猴头变得脸庞浮肿,额头蜡黄,眼神恍惚。我呆愣住了,接着就心疼得落泪。所里的警官告诉我,猴头吸毒,喝大酒,患上了肝硬化,还得边戒毒边治病,这得多少钱啊!我双腿一软,虚脱了一般。猴头缩了头,不敢说话。我伸手要打猴头,身体一歪跌坐在地上。金沐灶把我扶了起来,我瞅了瞅金沐灶,金沐灶瞅了瞅我,平静地说:"轸叔,您别急,我找钱啊!"猴头扑通一声,跪在金沐灶脚下,声泪俱下:"恩人啊!我有罪,我有罪——"猴头深深地自责着。

金沐灶为啥救猴头?难道他不记得猴头是砸死他爹的仇人吗?猴头可是他深恶痛绝的人啊!我知道深层原因,可是猴头弄不清楚,只是一头雾水。

猴头在戒毒所毒瘾得到了控制。他的肝病却一天比一天严重,肝硬化腹水,肚子越来越鼓。我知道,他这病纯属自己作的,吸毒伤肝,喝大酒也伤肝啊!

金沐灶出钱给猴头治病,日头村都轰动了。

医生跟火苗儿说:"病人没几天活头了,抓紧准备后事吧。"我实在忍不住,蹲在医院的走廊里,哭得一塌糊涂。这时金沐灶又来了,搀着我的胳膊说:"轸叔,您得挺住啊!我找杜伯儒了,猴头的病兴许能有转机。"

我摇着脑袋,哭得身子发软,跟一根面条似的。

风声渐紧。风声将我的哭声撕碎了,嗡嗡的在空中飘来飘去。杜伯儒果然顶风来了。我好久没见杜伯儒了,这次见到他,我激动得喘着粗气:"伯儒啊……"

杜伯儒紧紧地握了握我的手,胡须一抖,没说话。

杜伯儒给猴头把脉,他微微闭上双目,双手颤抖。过了一会儿,他缓缓说:"无量天尊。猴头的病你大可不必过度伤悲,一切都会好的。"我点了点头,继续流眼泪。金沐灶对杜伯儒说:"杜老,当年您能让权桑麻起死回生,今天就救救猴头吧!"杜伯儒投来赞许的目光:"沐灶有博爱之心啦!"此时的金沐灶已经修炼得宠辱不惊,只是淡淡一笑。杜伯儒缓缓说:"人哪,生、死都是大自然运行中的一个阶段,所以对于死亡不必恐慌,要顺其自然。人之生也,气之聚也，聚则为生，散则为死。古之真人，得之也生，失之也死；得之也死，失之也生。以生观死，则死为死；但以死观生，生者也是死。总之，死也未必是一件坏事啊！"说着，他轻轻一笑。

我不爱听杜伯儒这番布道，他还笑，敢情要死的不是他儿子。我沉了脸说："老杜，今天不是我请你来的，是沐灶请你来的，他是请你来看病的，不是听你讲道的。"

杜伯儒暗暗吃惊，笑道："老轸头啊，你八十开外的人还有火气啊？不愧是敲钟人啊。可惜，你哥我老了，精力衰竭，难逞当年之勇了，恐怕——"我的心快跳出嗓子眼："老杜，你这是推托吧？"

杜伯儒一咬牙，心一硬，扭过脸去，开了一道药方。我拿过药方一瞅，率先看到状元槐的老树皮。

忽然，杜伯儒五脏六腑都发出声响，啪的一声，身体里传出一声怪叫，像是婴儿落地般的第一声啼哭。我惊讶地说："老杜，你咋啦？"杜伯儒闭目长叹："没想到，没想到啊，老朽最后一道药方竟是开给猴头的啊！"说完，他仰着头惝惝地走了。

苍天有眼，猴头的病竟然奇迹般好起来。

这一天，猴头忽然跟医生说他想出院了，医生跟菜花商量，菜花怯怯地跟我商量。猴头对我说他想去看一看老村里的状元槐和天启大钟。他的态度很坚决。

我们是上午接猴头回家的。

早晨的田野很宁静。乳白色的云纱飘游在山腰，翩翩起舞，又好像一群群孩子在追逐嬉戏。起初，日头有鸡蛋黄那么大，慢慢地，日头滚成了一个大火球。日头像熔化的铁水一样鲜红，带着喷薄四射的光芒，卧在遥远的地平线上。血燕在半明半暗的云空中高啭歌喉。状元槐和天启大钟就在眼前了，猴头突然转过脸瞅着我说："爹，我不想看天启大钟了。"

我一愣问："为啥呀？"

猴头低下头不说话。我揣摩他此时在想啥呢。

火苗儿问："那你想干啥？咱们直接回家吧？"

猴头摇摇头说:"不。爹,从前的念头偶尔冒出来,我梦到魁星阁,我想逛逛文庙啦。"

我愣住了,他是咋想的?凭啥想逛逛文庙呢?

金沐灶眼睛一亮:"轸叔,那就去魁星阁吧。"

我知道,这正合了金沐灶的心意。汽车缓缓停在魁星阁前。火苗儿和菜花扶着猴头下了车。

猴头的身子轻飘飘的,走起路来直打晃,可是,我突然看到他眼里似乎闪过一道精光。他不让别人搀扶,自己艰难地一步步走进了文庙,走一步,磕一个头。他对魁星阁的虔诚,让金沐灶大吃一惊。

魁星阁大殿里,红红的功德箱像火,猴头拿出口袋里的一沓钱放了进去。然后,我们陪着他游览文庙。按金沐灶的设计,无论从形式还是内容,都融进了基督教堂的精髓。文庙没设正门,我们从两侧逆行走上状元桥。

猴头走得很慢,仔细看,好像要把这里的一草一木都铭记在心上。不时地,他的眼睛进射出磷火般的绿光。

我担心猴头过于伤感,就劝他说:"回去吧,这儿风大,别着了凉。"猴头哽咽着说:"叫我多看一会儿。我后悔没听金校长的话,人有了文化,水淹不走,火烧不掉,是我把他——"

金沐灶和火苗儿愕然了。

我也流泪了:"爹现在后悔了,后悔不该停了你的学。"

猴头摇摇头说:"怪我自己鲁莽,您停了我的学,那是我应该承受的惩罚。不管咋说,杀人有罪,我必须找金校长赎罪!"

我在震颤中沉默了。此时我还能说啥呢?

金沐灶忍不住开口了:"猴头啊,你能认识到自己的罪过真让我高兴。我本来就坚信,你终会有那么一天,会向我爹忏悔的。你肯定不知道,我为什么对你这个杀父仇人恨不起来。"

猴头说:"你对我好,是看我爹我妹的面子呗。"

金沐灶摆了摆手说:"绝对不是,面子是化解不了仇恨的,我不能揣着明白装糊涂。其实,你知道我金沐灶是个恩怨分明的人,恩,记着,怨也在心里装着。我好不了，也别想让你得便宜，冤冤相报，甚至想与仇人深仇积恨，不共戴天。可是，仇恨的结果呢，只有两败俱伤，这是多么可怕的事啊！明白仇恨的真相以后，我醒悟了，我要忘记仇恨，远离仇恨。恨需要理由，而爱不需要理由。我们不妨就学会爱，爱自己，更爱他人，这才是幸福的。你明白我为啥不恨你了吧？"

猴头红着脸听着，泪流满面。

我懂了，金沐灶是个能爱仇人的人。猴头哇哇地哭着，哭得我心颤。他抹着眼泪说："爹，我是哭我自己。从小不好好读书，人一没文化，啥都完啦！我这一辈子毁了，白活了！"猴头为了自己年轻时的罪孽，而在心中自我惩罚。

这天一大早，我让菜花烙好了几张烫面饼，摊了几个鸡蛋，卷了两根山葱，蘸了豆瓣酱，装进一个饭盒里。我拎着饭盒下了楼，朝金沐灶家里走去。

我敲响了他家的门。金沐灶给我开了门，见我手里拎着饭盒，笑了："又给我做啥好吃的了？"我嘿嘿一笑说："准保你爱吃。吃完了还想跟我要。"金沐灶掀开饭盒盖，惊呼一声："烫面饼！"朝着我孩子般地笑了。

这时响起了敲门声。

我和金沐灶同时猜到了是火苗儿。我去开门，果然是火苗儿。火苗儿给金沐灶送药来了。金沐灶一直不说话，眼睛不离火苗儿。火苗儿白了他一眼，说："傻站着干啥，还不趁热吃。"

金沐灶嘿嘿笑着，说："轸叔还记着我爱吃烫面饼，这份情意，我我我……"他的声音有点儿哽咽。

我瞪了他一眼。金沐灶含泪笑了："不说了，有病……真好！"

我和火苗儿侧目相视，金沐灶粗口喘气，身体抖抖的。

我抽搭了两下，掉泪了。

隔了一天，我拄着拐杖去找杜伯儒。我想让杜伯儒给金沐灶开个药方，就像当年救权桑麻那样，下一记猛药。走到药王庙大门前，里头没声响，门虚掩着。我轻轻推开门走进大院，却不见杜伯儒。我把院子转遍了，没见着杜伯儒的影子，墙壁上却多了一幅书法：道法自然。我心中好生奇怪，一屁股坐在石凳上。这时正好来了一位小师傅。我问他杜伯儒去哪儿了。小师傅回答："师傅去魁星阁了。"我连忙转身出了药王庙，赶到了魁星阁。我看到杜伯儒靠着文庙大门，背对着日头，身子一动不动。我走上前，刚要张嘴说话，觉得不妥，又闭上了嘴。我注意到他的目光正盯着远方……

我顺着杜伯儒的目光看去，他分明是望着状元槐上的那口天启大钟。我不明白，信奉道教的杜伯儒咋盯上黄钟了呢？我正疑惑，杜伯儒说话了："轸头啊，你知道我为什么这样敬仰黄钟吗？"我愣着说："不知道。"

杜伯儒缓缓地说："我今年整整一百岁了，我敬仰它也一百年了。每当我看到它，总会看见它的灵魂，那是黄钟精魂啊！黄钟，意味着警示丑恶，意味着风水好、福气、发达。日头村正因为有了它，才会人丁兴旺、六畜欢腾，才会遇难呈祥、逢凶化吉。所以说，你老轸头是功臣哩！"

杜伯儒的声音浑厚，瓷实，我听着激动无比。

停顿了一会儿，杜伯儒继续说道："你知道那个鸡形的天象图是啥吗？"我愣了愣问："快说，是啥啊？"杜伯儒说："那是咱日头村啊，日头村的地形就是鸡形，日头村映出了鸡形的黄钟幻境，幻境在云顶。你没有看到过黄钟幻境，自然就不知道，其实黄钟有两个，一个在地上，一个在天上。"

我好奇地问："黄钟幻境？地上的黄钟我敲了一辈子，天上的那个是啥样子的啊？"

杜伯儒的目光一直盯视着大钟，他好像跟我说，也好像在自言自语："黄钟幻境里边的日头村，那是一片富裕、清明的景象，人人平等，人人享受富足和博爱。没有贫富差距，没有污泥浊水，没有邪恶势力，没有尔虞我诈，没有痛苦伤悲，就像一个神仙居住的地方。"

我摇头说："老杜，你个老东西，没事骗我干啥？"

杜伯儒说："我没骗你。"

我叹道："那是一个梦！醒不了的梦啊！"

我转脸看杜伯儒，他阴阴地一笑，而后慢慢地闭上了双眼，口中念念有词："心死则心静，心静则得道。仙门开了，我要睡了……"

我张大嘴巴目不转睛地看着他，看得嘴角流了口水。

杜伯儒的宁静，超然，每每让我不可思议。他的脸上浮着安详的红润，如同睡着了一样。他的身体在慢慢地升腾，升腾……我喊了声："老杜，老杜——"我的话音没落，杜伯儒腾云而去，从此不见了踪影。我将信将疑，恍恍惚惚，好像梦中。我仰望头顶的天空，突然出现一道彩虹。没有下雨哪来的彩虹？我从来没有见过这样好看的彩虹，五颜六色，璀璨无比。那一定是杜伯儒的魂魄，魂魄隐隐如千年，飞到高天中去。

日头村的一位高人走了，从此，我再也听不到他的道门净苦咏歌了，我老泪纵横，失声喊道："老杜啊，轸头祝你一路走好哇！"

我擦了眼泪，低头一瞅，杜伯儒穿的那件道袍，瞬间化成了无数的碎片，像天上开满了鲜花，美丽无比。再一眨眼，碎片变成了一群蝴蝶，盘飞而起，飞得无影无踪。

我的眼前突然一黑，啥也看不见了。

杜伯儒成仙了。

魁星阁的花开了，红红艳艳，满天飘香。

6

时光飞逝，我在自己的梦里。

一阵龙卷风从披霞山裹带着黑色铁粉铺天盖地而来，一瞬间把日头村遮个漆黑。秋天逝去的方向，时间的痕迹是清晰的，而村庄却隐藏在烟雾里，看上去一片朦胧。我坐在菩提树上因为惊讶而发呆，直到有人钻进树林我才离开了。离开了地面的喧嚣，我的呼吸渐渐顺畅起来（可那是看不见曙光的喜悦，相反，心情更加沉重）。

人哪，仔细想一想，等待我们的将是什么？

我飞回云顶即刻敲响了黄钟（这是十二律中的最后一律了，黄钟声响了，我裹在慈悲的声音里，心境变得安宁祥和。人在痛苦与恐惧中前行，应该往哪里去？），山遮不住水，水遮不住声，靠钟声活着的人唯有日头村啊。钟声在月光里飘去像时有时无的青烟，村人的鼾声如同旷野上传来的牛叫一样在空气中飘荡着。我看到金沐灶躺在地穴睁着眼睛，那恍惚的神情让我深深理解了他。

他苍茫的背影，蒙上了厚厚的尘埃（夜的黑空让人恐惧，而星星明亮的希望又很邈远）。希望总比绝望好，你们仰望星空吧，我却俯视苍生。

我看到一些人在做梦，偶尔说一些梦话，梦话跟血燕鸣叫一样虚幻。血燕一次次飞到南方又回来，那么我最终去往哪里？爹娘都走了，再也没有人挂念我了，只有在老轸头的话语中还隐约听见我的存在。老轸头挺不了几天了，如果他死去我将彻底销声匿迹。日头村变得越来越模糊，像一段往事，更像一个忧伤的长梦。

一次自上而下的乡村改造运动渐入佳境，我的故乡突然到了生死存亡的关头，要么回到过去过散漫的田园生活，要么提前进入多姿多彩的城市生活。无论得到哪一种生活人心都乱了套，没人确切知道人心失控之后的局面究竟会怎样？

我穿梭于云顶和菩提树之间，看着渐渐长大的孩子们随风远去，混入流向城市的人群中再也无法辨认。年轻人不愿意在乡村等待和忍受，他们为了到城市寻找幸福，要进行一场大迁徙。这场迁徙也许会带来各方面的问题，可是受益的毕竟是他们自己。如果不是在天上，我也许加入了这场迁徙。村人走的走死的死，基本都光了（走就走吧，一个人不能永远吃一个地方种的粮食。死就死吧，人们渐渐把死者忘记，也就是说鬼魂也会渐渐忘记身边所有的人），连一些牲畜都走了，只有狗留了下来，狗守着一座一座空空的院落，每一家的狗都没有叫声，好像是太阳把狗的声音融化了。

我当了多年的旁观者，我厌倦了旁观者。

我同时也厌倦了按照星宿解梦，这严重侵犯别人的隐私权（我最终没有长大，常常像个孩子似的在半梦半醒中哭泣起来）。我心中有一个太阳黑子，只要我眼睛对着太阳它就会冒出来。我瞎了眼睛吗？为什么眼前一片漆黑？我在恐惧中朝那个等待我的黑影冲过去，摸不出是个什么东西，但是我预感不是什么好东西。黑黑的，青面獠牙，谁看一眼都会恐惧。

我瞬间明白了，那是神话中宝俶为了夺回太阳曾经打死的魔王。它什么时候死而复活的？它什么时候跟踪了我？

我由于恐惧而吓得面无血色。

人们怎么愿意释放这个可怕的魔王祸害自身呢？魔王说他刚从日头村来，日月同辉的一天，那里发生了惊天大事。让我感到困惑的是，村里怎么人魔不分了？魔王善于伪装富于变化，想怎么折腾就怎么折腾。我转过头来脸上露出一个颤抖的微笑。日头村这地方发生什么怪事我都不会吃惊。即便是荒无人烟，那些妖魔鬼怪也不愿意退缩（消灭魔王的难度是因为它住在人的心上）。村里有人竟然把我这个慈悲之人错当成了魔王鬼怪，该有多么愚蠢！

我在金沐灶的梦中看见他的身影在一片废墟中跋涉，有时候他不得不匍匐下来挣扎着爬行。有个声音说他死了，我觉得他没有死（因为他就是魁星，魁星通天理），他是为了躲避村庄里妖魔鬼怪的纠缠才赌气似的逃离，开始了他的自由生活。

魔王一眨眼睛，就带着天猪、天狗、天牛和天羊到了云顶。

魔王威胁我说："毛嘎子，让你待在云顶这么长时间了，待遇也算优厚吧。可是你呢，除了跟老轸头斗嘴，就是偷看人家的梦。这成何体统！看看你自己吧，你身上毛还没褪净，看来你小子无可救药。你只能变成天猪、天狗、天牛和天羊，这四样畜生供你挑选！"

听了魔王的话，我吓了一跳，没有一点儿思想准备（猪太懒惰，狗太愚蠢，牛太辛苦，羊太软弱。除了这些，它们还有一个致命的缺陷就是没有思想）。

我既然没有力量驱散村庄上空的雾霾和无处不在的丑恶，那么我至少可以跟魔王辩论一下吧？

我硬着头皮说："魔王，这四样畜生我都不做，我还是愿意做人！"魔王说："好，还让你做人，跟着这些畜生滚吧！"他令人费解的话在我身上留下了恐怖的气息。

我含泪告别云顶，无奈跟着猪、狗、牛、羊走了。我跟它们商定了一个目标，离太阳最近的地方还有一个云顶，为了明天的幸福，我们要朝着新的云顶走去。可是，走着走着它们就忘记了目标，随便找个村庄就停留下来繁殖后代。我第一个追问天猪："革命尚未成功，你不走啦？"天猪嘴里发出那种含混得意的哼哼声。我心里灰灰的，有些恶心，没有心思再问那三个家伙。更可气的是，不管春夏秋冬，不管农忙农闲，总有那么一批农民指望这些畜生过生活。

我太失望了，扔下这些畜生飞回了云顶。

魔王更加恼怒，对我施以酷刑，拔我身上的毛，皮鞭抽打我身体，打得我遍体鳞伤。

我没日没夜地喊叫："我要做人，不做畜生，我死也不会屈服！"魔王派魔鬼们继续折磨我。（我身上的毛被它们拔光了，还割掉了我的两个肉翅，我是否在这一刻突然长大了？）人们都睡着，只有老轸头偶尔被我的喊叫惊醒，这老东西翻了个身叹道："太平盛世，这毛嘎子，瞎叫唤啥？"说完又呼呼睡去了。这老家伙即便不睡觉也没法帮我。谁也帮不了我，我陷入生命的最后绝境。这一瞬间，我愿意变成美丽善良的红嘴乌鸦。

我再说说红嘴乌鸦栖身的云顶。

红嘴乌鸦生活在仙境里，那儿的世界不染一丝凡尘。红嘴乌鸦的善举不是做给人看的，它不在乎日头村人怎样传说（好像天上有一双评价红嘴乌鸦的眼睛，那便是太阳和月亮）。红嘴乌鸦向我展示着新的超越疼痛的希望。红嘴乌鸦的踪迹依然存在，让人梦想纷呈。

危难之际我找不到红嘴乌鸦的影子，只好向太阳求援。太阳对我说，毛嘎子你没有靠近我的能力，你只能在村里找个帮手（人和日头的关系本来就没有固定的模式，走到哪一步，是水到渠成的事）。我说村里人都走光了，老轸头除了敲钟就是睡觉，我没有帮手，能帮我的只有红嘴乌鸦。任何苦难都会在红嘴乌鸦那里得到稀释和融解。可是红嘴乌鸦飞到哪儿去了啊？

红嘴乌鸦没有出现，声音隐隐传来："过去是过去，现在是现在，将来是将来，但我始终在。"

我后悔了，我不能错怪红嘴乌鸦（红嘴乌鸦在思考世界的命运）。

我对魔王说："我是毛嘎子，我是人，如果不能做人，我宁愿去死！"魔王恶狠狠地说："毛嘎子，别不识抬举！老子成全你！"我听着魔王的声音好耳熟。我没有理睬魔王，却有了这样一个念头，我不想再苟活下去了，也不想再说什么了。其实，事情发展到这个地步我的神功已经失效。老轸头也无话可说了，他总是幻想通过钟声向民众发出预言，尽管偶尔有奇迹出现，可是未来的预见模糊无期，究其原因还是预言家没有积累足够的功德（人在忠实的范围内却倍加混乱，以简单应对复杂的思考也许能走到顶峰）。日头村期待着一个新的讲故事的人。

这个人是谁？

我说不上来，好像这个人不会再有名字。

人们仰首望天，天上星光闪烁，那是远在云顶的一座圣殿，那儿才是灵魂的安歇之处。可是，有时候星星不再闪光，星光幻化成一片美丽的雾气，地上的人什么都看不见。其实，地球在这个漆黑的宇宙间孤独长旅，步步喋血，却也是一幕一幕永无止境。人们凝望着星空，目光忧伤而沉重。

这一时刻，我仿佛听见世界上所有的钟声都敲响了。听一听钟声吧，那是警告人类的钟声，也是祝福人类的钟声。

我的亲人，我爱你们！

我不明白神灵既然让我生下来，而且让我有幸脱离了凡界，魔王却要把我剥夺得一干二净，让我无可改变地走向死亡（看来无论天上还是地上，我们都面临着同一个世界的相同风险，我的身体已盛不下太多的哀愁，必须放弃世俗的身体留下纯洁的灵魂）。我哭着说："红嘴乌鸦，毛嘎子随你而去了。"我闭上眼睛从云顶跳了下去，一瞬间，我真的变成了一只红嘴乌鸦，在云彩中飘浮着，越来越远越来越远——

7

杜伯儒一走，村里比我老的人都走了。

我得赶紧把这事告诉金沐灶。金沐灶的怪病越发严重，能吃，不能睡，疯狂地走路。他走到魁星阁前，表情发痴，眼珠发木，不转不闪，迷迷瞪瞪像梦游。

我把杜伯儒的事一说，金沐灶含着眼泪说："杜老走了，到天上去了，他比毛嘎子有爱心，他还会回来的，不管走多远，飞多高，他都会回来的。他的离去就是为了他的回来。"我拍拍金沐灶的肩膀，无言以对。沉默了一会儿，金沐灶又说："碜叔，我忽然想起杜康的死，想起你给我与权国金开肩的情景了。"我知道他在想啥。我说了一句："过去了的就种在心里头，叫它开花结果吧。"金沐灶点点头，拉住我的手说："轸叔，我想敲钟。"我笑了："敲钟，敲钟能治病？"我感觉到，金沐灶的手冰凉冰凉。我不知道，他得了啥怪病？我就想多暖一会儿他冰凉的手。

金沐灶说："轸叔，你走吧，我想睡一会儿。"

我披着黑袄转身走了。秋夜寒寒，露水浓浓，状元槐挂着的最后一片叶子，在空中打了个旋儿。

隔了两天，火苗儿让我跟她去看金沐灶。我本来不想去，火苗儿埋怨我，我却骂她蠢。自从剧团解散，火苗儿受了刺激，她又重新摆弄着火绳，那火头红红的。

金沐灶一见到我们爷儿俩就轻轻笑了，眼睛闪着太阳的光。他盯着火苗儿从上到下地看。我不护犊子，我闺女老了，脸胖，腰粗，肚腹沉重。日子纠缠着她，她真的不漂亮了。

火苗儿也目不转睛地盯着金沐灶的眼睛，火苗儿轻声告诉他："我和权国金离了！我们离婚啦！"

金沐灶吃了一惊，很快又恢复了平静，轻声地说了一句："怎么会是这样啊！"

火苗儿屏住呼吸，不安地看着金沐灶。火苗儿的眼睛红了。金沐灶用力抱了一下火苗儿，说："你自由了，好好活着吧。"

火苗儿哽咽："你……沐灶哥。"

金沐灶说："我要走了。"

火苗儿一愣："你逗我？走，是啥意思？"

金沐灶说："我得了这个怪病，活不了多久了。"

火苗儿疯狂地说："我不答应！"

火苗儿抓着金沐灶的脸，把他的头发抓乱了，一会儿他的脸上、脖子上、胳膊上都是血道。金沐灶没有躲闪。

我心里翻江倒海，断喝一声："火苗儿，你给我住手！"

火苗儿收了手，哭了："你不能走，你还没娶我呢。你说过，魁星阁建成了就娶我的。你为什么变卦啦？"金沐灶无力地说："我得了怪病，要不停地走动，我不能拖累你呀。"火苗儿说："你走，我跟你一起走！"金沐灶火了，大声说："你走你的，我走我的！"

金沐灶使劲儿搂着火苗儿，哽咽说："我不死，还得活着，为了你也要活着。我们到日头那里去，那儿也有一个日头村。那里一定公平，很美，很暖和——"他的声音很柔，很轻，仿佛他的灵魂已飞升到那里。

火苗儿抱紧了他，哭成了泪人："你要能带我去天上的日头村多好！我们从头再来，我愿意跟你去，你带我走吧，带我走吧……"

金沐灶用虚弱的声音说："如果有下辈子，我们再结为夫妻吧。"火苗儿轻轻摇头说："不，你个冤家，下辈子不想再碰到你，我们太苦了。"

金沐灶问："你是啥意思？"

火苗儿说："来生再也不爱你啦！"

金沐灶说："你后悔了？"

火苗儿说："后悔了！真的，你让我爱得心痛，爱得悲苦。"说着，她的泪珠吧嗒吧嗒往下滴。

金沐灶苦笑一下，说："我对不住你。过去，我把生命的希望都放在了重建魁星阁上。我今天才明白了，天启大钟、状元槐和魁星阁都是虚幻的。它们有价值，没错儿，可是生命中还有超越它价值的东西。"

火苗儿眼睛亮了一下，说："沐灶，别说了。我让你好好活着。"

火苗儿眼睛湿了，抬头望着满天星星。

金沐灶长叹一声，转过头来，说："火苗儿，哥对不起你。这辈子，我和你结的是苦缘，你别受苦了，你应该有自己的幸福，若有来生，我一定娶你！"

我的心再次被触动了，我的嘴又咧到了耳根。

金沐灶用乞求的目光看着火苗儿说："给我唱一段评戏吧，我最爱听的《报花名》。"

火苗儿稳了稳神儿，亮开嗓子，唱了起来：

　　　　春季里风吹万物生，
　　　　花红叶绿草青青，

> 桃花艳李花浓杏花茂盛，
>
> 扑人面的杨花飞满城——

金沐灶笑了，说："你再把《报夏季》唱给我听。"

火苗儿又接着唱起来：

> 夏季里端阳五月天，
>
> 火红的石榴白玉簪，
>
> 爱它一阵黄啊黄昏雨……

金沐灶坦然地看看火苗儿，嘴角顽皮地咧开了。只见他的脸从额头到下巴都很苍白。

我知道，此时此刻对于金沐灶和火苗儿，是一场生死离别的绝唱。

火苗儿旁若无人地唱评剧，一直唱到了黑夜降临。大滴大滴的眼泪，不停地从她的脸颊上滚落下来。她的歌声越来越弱，越来越轻。过了一会儿，咣咣咣……我们听见了黄钟的声响，黄钟自鸣了，不知来自天上还是地下。我裹在慈悲的声音里，心境变得安宁祥和。

第二天早上，火苗儿提着行李离家出走了。金沐灶和权国金到处找她，哪儿都没找到。

真心离伤心最近，火苗儿的不辞而别，让我们伤透了心。

后来的日子，不断有火苗儿的消息传来：有人说她去了美国洛杉矶，有人说她出现在澳大利亚悉尼唐人街，还有人说她就在天津，在天津一家小茶馆里，有一个上了年纪的女人唱评剧，竟然有一堆的粉丝——

火苗儿的出走，对金沐灶的打击最重，他更加消瘦、无力，常常望着远方发呆。他拿出火苗儿的一个假头套，抱在怀里，把手指插进乱蓬蓬的发丝里，一边轻轻地梳理，一边失魂落魄地说："火苗儿，火苗儿，你在哪儿啊？你在哪儿啊？"

权国金说："沐灶，你咋不去找她？"

金沐灶闭上嘴巴，憋红了脸不吭声。过了一会儿，他眼里流出了泪水，说："别说了，我哪有脸找她！不是那么简单的事，你们离了，她会跟我过日子吗？唉，我伤得她太深了，是我对不起她，因为我她才没有把你放在心上，让你也冷了一辈子——"

权国金痛惜地摇头，眼眶里一直滚动着泪花："啥都别说了，都是命啊！要是大妞不走，我们也是好日子。虽说我与火苗儿夫妻一场，那是老天错点了鸳鸯谱啊！可我知道，你们爱了一辈子，痛了一辈子。我恨我自己，我该早早醒悟，早早与她了断，让你们过上几天舒心日子！"

金沐灶摆摆手，说："火苗儿能换个活法，挺好的。她就是一团火，她不论走到哪儿都会燃烧，都会红红火火的。"

权国金眼睛红了，慢慢站了起来。

金沐灶自语般地说："我这一辈子就爱过她这一个女人。她这一走，我的心空了，她把我的心摘走了，我多想让她回来，把欠她的话，说给她，欠她的情，补给她，让她活得高高兴兴——"

权国金叹息着，蔫蔫地走了。

金沐灶眼含热泪："轸叔，火苗儿走了，她不会回来了。我输了。可我们金家人为啥总是输？应该寻根问底，这里边总该有个道理。寻思这个道理有多难？咋样才能破解啊？"

我劝慰说："人生在世，无非是想明白一些道理。倘能如愿，一辈子就算有福的。"

金沐灶有些恍惚，摇着头说："我好像天生就是来受难的，我护着状元槐，护着天启大钟和魁星阁，这算有福吗？"

我感慨地说："你护的不是状元槐、天启大钟和魁星阁，而是我们这个家呀！"

金沐灶一把抓着我的胳膊，眼里藏着隐秘的兴奋："轸叔，让我叫您一声爹中吗？"

我胸腔一热："叫吧！叫吧！"

金沐灶语调长长地喊着："爹——"

我的眼泪哗地下来了："哎——"

金沐灶说："爹，我们的努力不会白费的。我们的国家，我们的日头村，人人有梦、有爹、有娘、有子孙后代，有浑身使不完的力气，我们的日子会越来越好。"

我揩着眼睛，连连点头："越来越好，越来越好。"

金沐灶的一番热肠话，是说给我，还是说给金校长的？

那天夜里，我咳嗽起来。

我一咳就气喘，一气喘心就慌，心一慌就小便失禁了。人一进八十，就夹不住尿了，裤裆里常塞着棉团。我低头骂了一句，抬头看夜空灰嘟嘟的。忽然，披霞山上飘来了歌声，细听，是冀东皮影戏，声音沙哑、苍凉，牵动着满山的树木一起颤抖，震动着燕子河水碎碎地波动。那是冀东皮影传统剧目《五峰会》：

> 朕把他的灵柩带回朝，
> 再超度他的亡魂。
> 他的忠心扶日月，
> 他的浩气贯乾坤，
> 朕追封他忠烈公，
> 朕封他一辈一辈、辈辈辈的、世袭传留荫子孙……

我循着歌声而去。我老了，背驼了，眼神也不济了。我精衰力竭，难逞当年之勇了。坑坑洼洼的小路上，我走得慢腾腾，低眉耷眼的，我瞄着披霞山的影，穿过茂盛的灌木丛，走上一块平平坦坦的高产田，看到了令人吃惊的一幕。

金沐灶居然躺在灌木丛中的一个地坑里，睁着眼睛仰望夜空。长方形的地坑，像个墓穴。

我头皮一颤，他这是干啥？难道是想死吗？土还润着湿气，散发着幽香，这气息盖住了半腥半臭的燕子河水味道。金沐灶躺在土坑里唱皮影，他的歌声惊飞一群群血燕。我真猜不透了，他这是干啥？这地坑是他挖的吗？唉，他就是一怪人，谁也无法把他纳入别人的模式。

我惊愕地喊："沐灶，沐灶。"

金沐灶嘴里轻轻哼着戏词，没有搭理我。我知道，他的话都说尽了，皮影是他生命中最后一次歌唱了。不管咋说，这是日头村最美好的一个夜晚，天和地完美地衔接在了一起。这里不仅有槐树，还有柳树、杨树、皂角树，树叶响着，哗啦哗啦，像鬼们在一起拍手。

星星一颗颗跳出来，夜空放礼花一般，流光溢彩；又像是世外桃源，万紫千红。这美丽的景象，越来越动人了，那般绚烂，那般苍凉。

金沐灶躺在墓穴里，寒凉的水汽漫了过来。

夜的平原，静得吓人。

金沐灶头枕一袋粮种，静静地躺着，没了愁苦，没了哀怨，一切都那么淡泊。我蹲在他跟前，借着月光瞅见一只蚯蚓在他脸上轻轻蠕动。

蚯蚓黑黑的，长长的，丑丑的。它从哪儿钻出来跟金沐灶做伴了？这小生灵的生命就这样一节节、一寸寸地在金沐灶的身上延续着。我忽然明白了，它是上苍派来心疼金沐灶的，也是来接过金沐灶的生命往下延续的。

金沐灶轻轻取下蚯蚓，捧在手心里，久久地凝视着它。蚯蚓的生命力是多么旺盛啊。金沐灶的目光从蚯蚓转向浩瀚的天宇，有月亮也有星星。这轮月啊，好像失去了精血，有些黯淡，可是，星星却异常耀眼。星宿闪烁，忽明忽灭。亮了就是生，灭了就是死。人死如灯灭，难道灭了就永远灭了，不会重新点亮吗？生是死，死也是生。他望着天幕上的星星，望着二十八颗星宿。

毛嘎子常跟我念叨，我似乎也懂星宿了。

天空有四个大星区，冠名为：东方青龙、北方玄武、西方白虎、南方朱雀。一个方位星区有七个星宿。望着星宿，我昏花的老眼里射出一道光芒。此刻，我感觉那二十八颗星宿，变幻成了二十八张脸，有圆有方，有长有短，有瘦有胖，神态各异，生动灿烂。

我是心宿、金沐灶是箕宿、火苗儿是柳宿、权国金是氐宿、权大树是胃宿、袁三定是斗宿、槐儿是危宿、猴头是娄宿、英子是井宿、黑五是星宿、蝈蝈是张宿、拾荒婆婆是女宿、蓝串儿是房宿、汪树是翼宿、汪笨湖是参宿、吕富仁是觜宿、汪大跳是壁宿、汪二跳是奎宿。死去的人，星宿黯淡无光，他们的脸浮了出来：金世鑫是角宿、毛嘎子是牛宿、金淑琴是昴宿、权桑麻是室宿、腰里硬是亢宿、张慧敏是轸宿、杜伯儒是虚宿、金茂才是尾宿、大妞是鬼宿、一枝花是毕宿——

我望星宿累疼了眼睛。

金沐灶依旧躺在那儿，扭了扭头，用打火机点燃了一根烟，烟在嘴角斜叼着，嘴巴歪了歪，牙板露了出来，带着一丝无奈的笑意。我的鼻子一耸一耸，闻到了泥土的腥味和酸味。

这一时刻，天空异常灿烂，明亮，旷远，美得无法形容。

渐渐地，天空又出现了那个鸡形的天象图，金校长死去时就是这样的天象图。我告诉金沐灶说："杜伯儒走的时候，把鸡形天象图给破了，那是咱日头村的黄钟幻境啊！"金沐灶脸憋着，声音苍凉地说："我明白了，我明白了。"我缓了声说："破了鸡形天象图，村里就不闹邪事了！"金沐灶说："日头村连着黄钟幻境，有钟声在，日头不灭，天行健，君子以自强不息啊！"他的声音很低，却在暗夜中传得很远。月亮隐在云彩里，时明时晦。月光沐在他脸上，一半黑一半白。

鸡形天象图转眼间说没就没了。

金沐灶说他得了怪病，还真是越来越怪。

后来他不停地走路，坐下来就浑身冒虚汗。那一天，我瞅见他沿着燕子河走，一直走了近百里。几天后，金沐灶回到家，就软软地瘫在床上。他对我说："魁星阁竣工一个月了，我们搞一个祭钟仪式吧。"

我朝金沐灶竖起大拇指说："好主意！"

天晴着，隐隐有些雾霾。槐树底下，聚集了不少的人。

我总想在上午敲钟，可是，已经拿不起轸木了。我一阵目眩，手中的轸木脱落在地。

金沐灶弯腰捡起轸木。

树下安静，鸦雀无声，多少双眼，齐齐地射过来。

眼下人人都焦虑，想钱都想疯了，日子难免过得鸡飞狗跳。钟声能给人警醒，给人安详。金沐灶双手触摸轸木的一瞬间，手竟有些抖，他抡圆了轸木，呼哧呼哧喷着热气。悠扬的钟声响起，顺着老街荡出去，滚过新村，滚过大平原，爬上披霞山，满世界都是天堂的声音了。钟声的余音，野外都能听到。隆隆的声音犹如遥远的雷鸣，给小村平添了一股浩荡之气。

状元槐树杈一个个都变成了手，它们揪着，扯着，撕着我的心。听着钟声，身体来劲儿，但心中酸楚。

金沐灶很快就精疲力竭了。过了一会儿，我瞅见他脸上大汗淋漓。

我抿了抿嘴，傻傻地笑着。

金沐灶喘了口气，停顿下来，朝轸木瞅了瞅，轸木上渗着丝丝血迹。他放在鼻根嗅了嗅，血腥味刺鼻。他拿手掌将轸木上的血迹擦了擦，继续敲钟。我听出今天的钟声裂了许多条缝，每一条缝里都有笑声。猛然间，金沐灶身子通体透明，灯笼似的亮了起来。

我目不转睛地瞅着，简直看呆了。我头一回这么专注地瞅别人敲钟，趣味无穷哩！

金沐灶敲钟的时候，肩头和脑袋上顶着金灿灿的日光。他眼角的纹路抹不去，那是日子刻下的痕迹。突然间，他眼里闪了光泽，满身的透明，满身的伤痕，满脸的泪水。

哐哐的钟声，灌满了我的耳朵。倏地，一道闪电，空中卷来一团黑气。大晴天，下雨了！瓢泼大雨，砸在地上，疯疯地翻着水花。

人们在雨里淋着，都没有动。

金沐灶脚下一滑，趔趄了一下，险些栽倒。他左手扶着状元槐，右手托住轸木，停止了敲钟。慢慢地，他仰起水淋淋的脸，分不清那是雨水还是泪水。他手中的轸木悬在半空，躬身，屈腿。

我回头一瞅，愣住了："沐灶，你要干啥？"

金沐灶没有说话，运足了气力，咔嚓一声，就把轸木一撅两半，一只手攥着一截轸木，仰脸笑了，泪花闪闪。

啊？人群发出一片低低的惊叹。

我蒙了，轸木像是猛砸我的脑袋，轰轰地响。我撸了一把脸上的雨水。撅了轸木，这个怪念头，时不时地也在我心头掠过。可是，我没有那个胆量和力气了。我猛吸了一口空气，在肺里旋进旋出多少次，再吐出来。我仰脸极畅快地叫了一声："好啊！"

忽然，金沐灶将一截轸木扔向天空。

没有人嬉笑，所有人都惊奇了。

我缩了缩肩膀，瞪圆了眼睛。河水倒映着飞翔的轸木，轸木在空中翻了几个跟头，被黑气卷走了。雨骤然停了，雨过天晴。轸木瞬间变成一朵祥云，慢慢地，雾霾的天空，突现蓝天白云。忽然，半截轸木变成一只红嘴乌鸦，呼扇着翅膀，朝着云顶，朝着日头飞去了。

金沐灶身体一抖，脸上现出激动不已的神情。他运了一口气，将另一截轸木扔起来，轸木越过湖水，飞向滚滚流淌的燕子河。轸木飞得很慢，在燕子河里缓缓落下，隐隐约约听到轸木落水时"嘌儿"的一声。

我捋着长须叹道："老朽开眼了，钟，原来还可以这样敲啊！"

金沐灶像个淘气的孩子，朝着燕子河走去了。

我鼻子一酸，心中猛醒，大声喊："沐灶，你回来！"

金沐灶甩了一下湿漉漉的头，迈着大步，坦坦荡荡地走去了。

我追了过去，一直追到燕子河边。河水淙淙流淌，那一截轸木，已经漂得无影无踪。

燕子河水由浑浊变得澄清，呈现出一片可爱的淡绿色。水面光洁闪亮，镜子一般。我惊呆了，咋回事啊？这是现实，还是幻觉？

金沐灶的身体仍像灯一样亮，刺人眼睛。

金沐灶走在河水水面上，他的脚像猫的脚，踩在水上无一丝声息，脚步极稳，溅起细小的水花。碧清的燕子河水，水珠啪啪地溅起来，像晶莹剔透的小球，一下一下地跳。他轻轻地，执拗地从燕子河水面走过去了，渐渐消失在远方。

人们都惊奇了。

我热热地喊了声："沐灶——"

他没有回头。我流了泪。那泪，泉水一样涌，咋擦也擦不尽。

一阵清风穿过树林，滚过村街，远远而来。

我等候金沐灶到天黑，他还没有回来。天地黑咕隆咚，像是掉进了灶膛。

远处，已模糊成夜了，近处，却白茫茫的。田野一片漆黑，往河对岸瞅，倒有点点亮光。忽然，我听见了毛嘎子的笑声，就知道这鬼东西在天上哭呢。毛嘎子说："这世界不值得留恋了，我找红嘴乌鸦去了。"我骂道："红嘴乌鸦不要你！"毛嘎子说："日头村完蛋啦！"我狠狠地骂他："你小子放狗屁，日头村好好的，咋个完蛋啦？"毛嘎子说："我跟红嘴乌鸦一样有预见功能，我能预见未来。"我噘着嘴，嘴唇咂咂着："你小子有个屁功能，整天在天上无事生非，搅乱人心，引发恐慌，你的良心呢？这些话烂在嘴里都不能说！"毛嘎子的声音越来越不靠谱了："你自个儿看吧，我在云顶替你敲响黄钟。"

我说："你敲，我听听。"

毛嘎子说："我敲呢，听着。"

我竖着耳朵，却听不到一丝黄钟的声音。

这时毛嘎子的声音不像平常，像驴吼叫，像牛打喷嚏。看来这个狗东西也不按常规出牌了。

我拄着拐杖，跌跌撞撞地走上河堤，河岸留下一串脚印，一排拐杖窝。确实有异象，燕子河涨水，燕子湖水跟着涨，老鼠都爬上了树，一条条长虫爬过了河堤。我有些心慌，咳嗽了两声。

我沿着湖边走，险些湿了鞋。走上小石桥的时候，状元槐下传来一阵怪声，槐树的黑影中发出了严厉警告："人哪，你们要当心啊！"我近前一看，同样的声音又重复了一句。我吓了一跳，难道树会说话了？状元槐的话像冰刀，尖锐地扎进我心里。我虽然耳背，但还是听得清清楚楚，这声音在空中久久回响着。

我直愣愣地望着状元槐，说不出一句话。

血燕带着百鸟飞来了，愤怒的鸣叫声从四面八方涌上来，把状元槐和天启大钟团团围住。

忽然，光亮一闪，桥头闪过一个暗影，有人在喊爹。

我一看是猴头，他打着手电筒过来接我。他的眼睛白白的，反着月光。猴头憨声地问："爹，黑灯瞎火的，你跟谁说话呢？"我说："爹跟状元槐说话呢。"猴头惊讶地说："树也会说话？"我哀叹一声："唉，这树流过血，但从未说过话，今晚它说话了，怕不是好兆头哇！"猴头想笑又不敢笑，惊讶地问："爹，你看见啥啦？"我伤感地说："金沐灶走了，我等他哩！"

猴头说："沐灶他去哪儿啦？"

我说："他去了远方。"

猴头问："爹，人走远了就回不来了。"

风吹动树叶，像鬼在拍手。

我感叹着说："沐灶跟你妹妹不一样，他有良心，不管他走多远，只要他活着就会回来的。"

猴头傻乎乎地笑了。

刹那间，夜空里又出现鸡形天象图了。一只雄鸡在天幕上昂起了头，引吭高歌。猴头惊讶着瞪圆了眼睛说："爹，您瞅！"

猴头哽咽几声，眼角挂着泪。

风吹来，先吹响树梢，再摇撼树干。突然，状元槐火花一闪，腾的一声，老树自燃了。树老自焚，千古少见。血燕和百鸟们展翅飞向空中，很快在天空集结起来，像花一样绽放、翻飞。

我惊呆了，没有流眼泪，但是心哭了。

我一声惊叹，闭上双眼："天哪，还是应验了！"我一个趔趄，跌坐在地上，双拳捶着胸口。

火光冲天，照得湖水闪光，将湖边的高楼映得红彤彤的。大火很快就遮盖住了湖水，黑灰一片一片，闪跳，飞扬，弥弥漫漫搅上夜空。太热了，烤得我身上冒火。我腿脚沉得拉不开栓，让猴头赶紧去新村报信。猴头跑着，上气不接下气地喊："着火了，都出来救火啊！"

村人在新楼房里也听到了，纷纷撒丫子跑出来。

暗处隐隐有狗的叫声。村人惶惶地穿过石桥，到了状元槐下。

村人大多是老人、妇女和小孩，我看着他们的脸，怪里怪气，有的像大钟，有的像倭瓜，有的像土豆，有的像玉米。村人愣了一阵，围着燃烧的状元槐，愕然指点着，议论着，天塌了一样。

我仰天大吼一声："神树归天啦！"

扑通！一片跪地声。

人们伤心地流泪了。

一阵阵风，助了火势，冲天的火苗蹿了蹿，一股脑儿升得老高，像千万朵鲜花，竞相盛开。老树燃着火苗儿，把我眉毛燎了。人们在周围频频走动，火光把人影映到夜空中，晃晃悠悠像那个鸡形天象图。没多长时间，天启大钟嗡的一声滑落到了地上，发出地动山摇的轰鸣，脆生生，满世界的声响，持续响了三天三夜。

钟声在村庄和田野里颤动，人影和树影摇晃不定。村庄没了吵嚷，除了钟声还是钟声，最后变成一股气流，天长地久，无穷无尽地萦绕在耳畔。

天启大钟头顶，滚动着团团烟雾。

我背靠着大钟，闻着涩涩的铜锈味，浑身起了一层鸡皮疙瘩。火烧到树根，树根一寸寸陷下去，黑黑的炭灰还热着，看上去，像一片暗红色的血块，最后慢慢变黑。我蹲在树根前，守护着状元槐的一堆炭灰，天上星星蹿出来，我数了一遍，又数了一遍。

我的故事讲完了，噗的一声，仅剩的一颗门牙也掉了。我把牙齿咽进了肚里，肠子里嘭的一阵轻响。忽然，树根的黑灰里嘭地一爆，槐树籽炸开了，那是树的种子，闪亮的种子又埋入焦土。

月亮缓缓移动，星星一颗一颗跳着。忽然，我听到歌声从暗处飘来，那是槐儿唱的圣歌《眼光》：

> 不管天有多黑，
> 星星还在夜里闪亮，
> 不管夜有多长，
> 黎明早已在彼岸盼望——

黎明，天色朦胧，日头又从东方轰轰隆隆升起来，我仰了脸瞅，日光纷纷扬扬。